NIE IN SICHERHEIT

WEITERE TITEL VON PATRICIA GIBNEY

DETECTIVE LOTTIE PARKER SERIE

Die vergessenen Kinder

Die geraubten Mädchen

Das verlorene Kind

Nie in Sicherheit

IN ENGLISCHER SPRACHE

DETECTIVE LOTTIE PARKER SERIE

The Missing Ones

The Stolen Girls

The Lost Child

No Safe Place

Tell Nobody

Final Betrayal

Broken Souls

Buried Angels

Silent Voices

Little Bones

NIE IN SICHERHEIT

PATRICIA GIBNEY

Übersetzt von Katharina Radtke

bookouture

Herausgegeben von Bookouture, 2022

Ein Imprint von Storyfire Ltd.
Carmelite House
50 Victoria Embankment
London EC4Y 0DZ

www.bookouture.com

ISBN: 978-1-80314-454-2
eBook ISBN: 978-180314-453-5

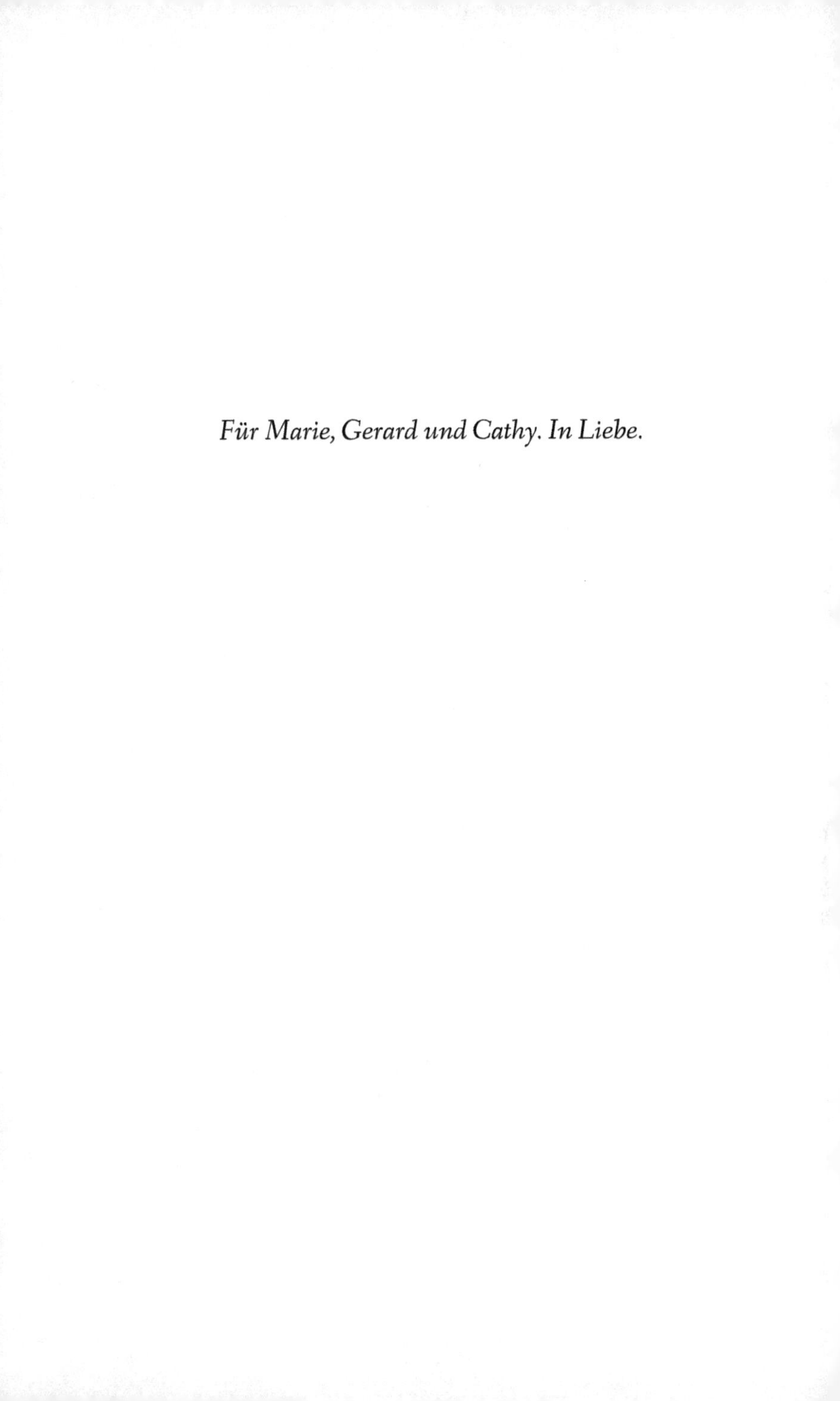

Für Marie, Gerard und Cathy. In Liebe.

Ihre nackten Füßen froren fast am Boden fest, doch sie rannte weiter. Obwohl sie aus Leibeskräften schrie, verließ kein Laut ihre Kehle. Mit dem Ellbogen prallte sie gegen Granit, aber vor lauter Angst spürte sie den Schmerz kaum.

Sie warf einen Blick über die Schulter: Die Dunkelheit hinter ihr war genauso undurchdringlich wie die allumfassende Schwärze, die vor ihr lag. Sie war vom Weg abgekommen und hatte sich in dem Irrgarten aus Kalkstein und Granit verlaufen. Die spitzen, kalten Kiesel schnitten in ihre Fußsohlen, als sie versuchte, die steinerne Einfassung zu ertasten, die dort irgendwo sein musste. Aber sie stieß sich den Zeh und stürzte mit dem Gesicht voran in das nächste Grabfeld.

Ihr Kopf war leer. Einzig das Ziel, sich in Sicherheit zu bringen, beherrschte ihr Denken. Sie stemmte sich hoch, stützte sich auf ihre Hände und blutigen Knie und lauschte in die Stille. Nichts. Keine knackenden Zweige oder raschelnden Blätter. Hatte er von ihr abgelassen? Die Verfolgung aufgegeben? Weil sie nicht mehr rannte, zitterte sie am ganzen Körper, denn die Nacht war eisig kalt. Ihr

Blick glitt suchend über den Horizont. Da: ein Licht unterhalb der Böschung zu ihrer Rechten. Es kam von einer Bungalowsiedlung. Jetzt wusste sie genau, wo sie war. In der Ferne erspähte sie den gelben Schein von Straßenlaternen. Ihre Rettung.

Hastig schaute sie sich um. Sie würde um ihr Leben laufen müssen. Stumm zählte sie bis drei und machte sich für einen letzten Sprint bereit, der sie in Sicherheit bringen würde.

»Jetzt oder nie«, flüsterte sie und stand auf, ohne sich darum zu kümmern, dass sie nackt war. Sie würde rennen wie ein Tier. Da sah sie den Atemhauch, der als Nebel in der eisigen Nachtluft schwebte.

Im nächsten Moment spürte sie seinen Arm an ihrer Kehle. Er legte sich um ihren Hals und schnürte ihr die Luft ab. Ihr Körper wurde gegen seine Jacke gepresst. Der süße Geruch von Weichspüler stieg in ihre Nase, gemischt mit dem säuerlichen Gestank seiner Wut. Ein letzter Adrenalinschwall rauschte durch ihren Körper. Sie stieß ihren Ellbogen mit voller Wucht nach hinten, mitten in seinen Solarplexus. Ein Keuchen drang aus seinem Mund und sein Griff lockerte sich: Sie war frei.

Mit einem Schrei rannte sie los. Sie donnerte gegen Granitplatten, hechtete über frostbedeckte Steine und niedrige Grabeinfassungen und stolperte, immer noch schreiend, die Böschung hinunter in Richtung des Lichts. Sie hatte es fast geschafft. Aber die Geräusche, die seine Stiefel bei jedem Schritt verursachten, verrieten ihr, dass er näherkam.

Nein, lieber Gott, bitte nicht. Sie musste den Weg verlassen. Eilig schwenkte sie nach links, lief im Zickzack weiter und hatte die Mauer schon fast erreicht, als sich der Boden unter ihr auftat. Sie fiel in einen Hohlraum, knapp zwei Meter tief, und riss bei ihrem Sturz Steine und Lehmklumpen mit sich.

Unmenschlicher Schmerz explodierte in ihrem Bein. Vor Qual schrie sie auf. Sie ahnte, dass das splitternde Geräusch, das sie gehört hatte, nicht vom berstenden Holz stammte, sondern von dem Knochen ihres linken Beins, der beim Sturz zertrümmert worden war. Sie ballte eine Faust, biss fest auf die Fingerknöchel und versuchte, still zu sein. Hier würde er sie sicher nicht finden, oder?

Aber als sie zum sternenklaren Nachthimmel aufsah, der erneuten Frost ankündigte, tauchte sein Gesicht am Rand des Lochs auf. Kurz darauf trafen die ersten Lehmklumpen sie mitten ins Gesicht und auch das letzte Fünkchen Hoffnung erlosch.

Sie weinte und ihre verzweifelten, salzigen Tränen mischten sich in den Dreck. Eine Sache stand ihr dabei mit grausamer Deutlichkeit vor Augen: Sie würde in einem fremden Grab sterben.

ERSTER TAG

MITTWOCH, 10. FEBRUAR 2016

EINS

Lottie Parker erwachte vom Geschrei eines Kindes. Sie zwang ein Auge auf und spähte auf das digitale Ziffernblatt des Weckers: Es zeigte 5:30 Uhr in der Früh.

»Was soll das denn, Louis. Es ist mitten in der Nacht«, stöhnte sie.

Ihr Enkel, gut viereinhalb Monate alt, hatte noch nie länger als zwei Stunden am Stück geschlafen. Sie schlug die Bettdecke zurück und ging in das Schlafzimmer nebenan. Die Nacht hüllte die Silhouette ihrer schlafenden zwanzigjährigen Tochter in Schatten. Katie hatte ihren Kopf unter einem Kissen vergraben, nur die Bettdecke hob und senkte sich im Takt ihrer Atmung. Als Lottie Louis aus seinem Bettchen hob, hörte er auf zu weinen. Sie nahm eine Windel und ein Fläschchen mit Säuglingsmilch aus dem Nachtschrank und überließ ihre Tochter wieder sich selbst und ihren Träumen.

Zurück in ihrem Schlafzimmer wechselte sie Louis die Windel, setzte sich mit ihm auf das Bett und gab ihm das Fläschchen. Sie konnte den Herzschlag des Babys an ihrem eigenen Oberkörper spüren. Das Gefühl hatte etwas Tröstliches und irgendwie Erdendes an sich. Adam hätte ihn geliebt. Ihr Brustkorb zog sich beim Gedanken an ihren Mann, der schon vor über vier Jahren dem Krebs erlegen war, schmerzhaft zusammen. Nichts konnte die Leere füllen, die Adams Tod hinterlassen hatte. Sie hauchte einen Kuss auf den dunklen Haarflaum ihres Enkels. Das Baby zappelte und spuckte die Flasche aus. Ein stechender Schmerz fuhr in Lotties oberen Rücken und ließ sie zusammenzucken. Sie wusste, dass sie es sich nicht erlauben konnte, bei der Arbeit zu fehlen. Denn selbst wenn in Ragmullin im Moment alles ruhig war – sogar unerträglich ruhig –, würde das sicher nicht lange so bleiben.

Sie nahm ihren kleinen Enkel hoch, um ihn ein Bäuerchen machen zu lassen, und er lächelte sie an. Sie lächelte zurück.

Das war ein gutes Omen für den bevorstehenden Tag.

So hoffte sie zumindest.

ZWEI

Mollie Hunter machte es sich auf ihrem Sitz bequem. Sie legte ihre Laptoptasche auf dem Tisch ab, rollte ihren Baumwollschal zusammen, platzierte ihn an der Fensterscheibe und lehnte ihren Kopf dagegen. Dann schloss sie die Augen, um auszublenden, dass es jeden Moment dämmern und der Tag bald anbrechen würde. Die sanfte Musik, die aus ihren Ohrhörern strömte, übertönte das Treiben der anderen Pendler. Als der Zug aus dem Bahnhof Ragmullin ausfuhr, war sie wieder eingeschlafen und konnte da weitermachen, wo sie vor dreißig Minuten aufgehört hatte, als sie aufgewacht war.

Mit den rhythmischen Bewegungen der Räder kehrte auch ihr Traum zurück. Unbewusst lächelte sie.

»Was ist denn so witzig?«

Die Frage drang durch den schläfrigen Nebel an Mollies Ohr und sie machte ein Auge auf. Sie hatte nicht bemerkt, dass sich ihr gegenüber jemand hingesetzt hatte. Aber da saß er. Schon wieder. Das war der zweite Morgen in Folge, an dem er sich trotz der anderen freien Sitze genau diesen Platz ausgesucht hatte. Direkt ihr gegenüber. Sie schloss die Augen träge wieder und war fest entschlossen, ihn zu ignorieren. Nicht, dass er schlecht ausgesehen hätte. Er wirkte ziemlich durchschnittlich, abgesehen von dem selbstgefälligen Grinsen, das seine Lippen umspielte. Vielleicht er ein bisschen älter als sie mit ihren fünfundzwanzig Jahren. In ihren Gedanken flackerte eine Erinnerung auf. Plötzlich war sie hellwach. Und ertappte sich dabei, ihn anzustarren.

Wer zum Teufel war er?

»Wie heißt du?«, fragte er.

Wie dreist von ihm! Dabei gab es eine ungeschriebene Regel, nach der man sich im Pendlerzug um sechs Uhr morgens zu verhalten hatte: Man ging sich nicht gegenseitig auf die Nerven. Immerhin steckten sie alle in der gleichen Misere, waren zur unmenschlichen Uhrzeit aufgestanden, hatten den Kaffee im Halbschlaf hastig aufgebrüht und in einen Reisebecher gefüllt. Smartphones, Ohrhörer, Laptops und Kindles waren das Erkennungsmerkmal dieser besonderen Spezies. Also warum zum Henker konnte er nicht einfach den Mund halten und sie schlafen lassen? Wenn sie erst einmal Maynooth erreicht hätten, würde sich der Waggon füllen und sie könnte ihn schlichtweg ignorieren. Aber im Moment wollte ihr das nicht gelingen.

Er hatte eisblaue Augen und die Haare steckten unter einer Strickmütze. Seine Fingernägel waren sauber. Etwa maniküirt? Kurz fragte sie sich, ob er vielleicht Lehrer war. Oder Beamter oder Banker. Sie konnte nicht erkennen, ob sich unter seiner dick gefütterten Jacke ein Sakko oder ein Pullover verbarg, aber sie wusste von den vergangenen Tagen, dass er Jeans trug. Blaue, mit Bügelfalten an den Hosenbeinen. Mein Gott, wer bügelte seine Sachen denn heutzutage noch so? Vielleicht machte das seine Mutter für ihn. Allerdings sah er ein bisschen zu alt aus, um noch bei seiner Mutter zu wohnen. Dann wohl seine Ehefrau. Aber da war kein Ring an seinen Fingern zu sehen. Und warum dachte sie überhaupt darüber nach? Ein unangenehmer Schauer lief über ihren Rücken. Im selben Moment packte sie die Angst.

Sie schloss die Augen und ließ ihre Gedanken von der Musik forttragen. Das gleichmäßige Rattern des Zuges hatte etwas Tröstliches und schlafend würde sie die Fahrtzeit von einer Stunde und zehn Minuten hoffentlich überstehen. Da spürte sie seinen Fuß an ihrem Stiefel. Sie riss die Augen auf und zog ihr Bein so schlagartig zurück, als hätte sie sich verbrannt.

»Was zur Hölle soll das?«, fragte sie heiser. Das waren ihre ersten Worte, seit sie an diesem Morgen aufgestanden war.

»Tut mir leid«, sagte er, aber der Blick aus seinen blauen Augen schien sie zu durchbohren. Sein Fuß bewegte sich keinen Millimeter von der Stelle.

Und sein Tonfall verriet Mollie, dass es ihm nicht im Geringsten leidtat.

———

Er war irgendwie süß, dachte Grace. Und wie er der Frau auf die Nerven ging, die einfach nur schlafen wollte. Sie konnte nicht anders, als ihm zuzulächeln. Er bemerkte sie nicht. Niemand bemerkte sie. Aber das machte ihr nichts aus. Wirklich nicht.

Sie presste die Finger in den kindlich wirkenden Fäustlingen zusammen, zog die Schultern fast bis zu den Ohren hoch und wünschte sich, sie könnte so tun, als würde sie schlafen. Aber sie war noch nie gut darin gewesen, anderen etwas vorzuspielen. *Du bist ein offenes Buch,* sagte ihre

Mutter immer. Und jetzt würde sie einen Monat lang bei ihrem Bruder wohnen müssen. Nicht, dass er besonders häufig zu Hause wäre. Gott sei Dank, denn er war furchtbar pingelig.

Sie warf einen Blick auf den leeren Sitz neben sich, um sich zu vergewissern, dass ihre Tasche noch da war. Es setzte sich nie jemand neben sie, außer es gab sonst nur noch Stehplätze. Ich beiße auch nicht, wollte sie dann immer sagen, machte es aber nie. Stattdessen lächelte sie, sodass man ihre Zahnlücke sehen konnte, und nickte stumm. Das Nicken sorgte für gewöhnlich dafür, dass sich die Leute weniger befangen fühlten. Man könnte meinen, ich wäre ein Serienmörder, so wie mich manche von ihnen ansehen, dachte sie. Sie war so angespannt, dass sie nicht still sitzen konnte, aber es war ihr ohnehin egal, was die anderen dachten.

Ich bin doch einfach nur ich selbst, wollte sie schreien.

Aber sie schwieg.

DREI

»Chloe, Sean! Muss ich mir jeden Morgen die Seele aus dem Leib schreien? Aufstehen! Und zwar sofort!«

Lottie wandte sich kopfschüttelnd von der Treppe ab. Das wurde immer schlimmer. Wenigstens waren nächste Woche Ferien, sodass sie sich auf die Arbeit flüchten konnte, ohne sich vorher die Stimmbänder zu ruinieren.

Sie räumte die Waschmaschine aus. Der Wäschekorb war immer noch halb voll, also tat sie eine weitere Ladung in die Maschine, schaltete sie ein und stopfte die feuchte Wäsche in den Trockner. Früher hatte ihre Mutter, Rose Fitzpatrick, ihr ab und zu im Haushalt geholfen, aber ihr Verhältnis war im Moment noch angespannter als sonst und außerdem war Rose gerade krank.

Lottie trank in kleinen Schlucken eine Tasse Kaffee, um ihre Nerven zu beruhigen. Sie nahm drei Schmerztabletten und versuchte, ihren Rücken dort zu massieren, wo sich die Stichverletzung befand. Immerhin schien sie gut zu verheilen. Allerdings hatte sie neben den körperlichen Verletzungen auch seelische Wunden erlitten und sie wusste, dass davon Narben zurückbleiben und sie für immer prägen würden. Lottie blickte durch das Fenster in den eisigen Morgen hinaus und überlegte, ob sie sich einen Pullover holen sollte, um sich gegen die Kälte zu wappnen. Sie trug ein schwarzes Langarmshirt mit ausgefransten Bündchen und schwarze Skinny Jeans. Ihre geliebten Ugg-Stiefel hatte sie letzte Woche weggeworfen, stattdessen trug sie jetzt Katies flache schwarze Lederstiefeletten.

»Bitte schön, Mutter«, sagte Chloe, während sie in die Küche geschlendert kam. »Ich glaube, den könntest du heute gut gebrauchen.«

»Danke.« Lottie nahm den blauen Kapuzenpulli von ihrer siebzehnjährigen Tochter entgegen. Ihr fiel auf, dass Chloe eine helle Foundation und rauchblauen Lidschatten trug, dazu eine dicke Schicht schwarze Wimperntusche. Ihr blondes Haar war mittig auf ihrem Kopf zu einem hohen Dutt gebunden.

»Du weißt doch, dass du in der Schule kein Make-up tragen darfst.«

»Weiß ich. Und ich trage auch keins.« Chloe nahm eine Packung Cornflakes und setzte an, sich den Inhalt in den Mund zu schaufeln.

»Du trägst sogar Lipgloss. Komm schon. Du willst doch keinen Ärger bekommen.«

»Werde ich nicht. Das ist kein Make-up auf meiner Haut, sondern nur eine dünne Schutzschicht gegen die kalte Luft«, behauptete Chloe und zupfte ein paar Cornflakeskrümel von ihren klebrigen Lippen.

Lottie schüttelte den Kopf. Es war noch zu früh am Morgen, um sich zu streiten. Sie spülte ihre Tasse unter dem Wasserhahn aus. »Ich wollte dich nur warnen, nicht, dass die Lehrer es bemerken.«

»Ist klar«, sagte Chloe und rümpfte die Nase. Genau wie ihr Vater, dachte Lottie.

»Ich mache mir Sorgen um dich.«

»Jetzt mach kein Drama. Es geht mir gut.« Chloe nahm ihren Rucksack und ging zur Tür.

»Ich kann dich mitnehmen, wenn du willst.«

»Danke, aber ich gehe lieber zu Fuß.«

Die Haustür fiel lautstark ins Schloss. Lottie bezweifelte sehr, dass es ihrer Tochter tatsächlich *gut* ging. Es setzte ihr immer noch zu, dass sie sie eben mit Mutter angesprochen hatte. Sie konnte das nicht ausstehen und Chloe wusste das genau. Deshalb machte sie es ja. Nur in besonders intimen Momenten sagte sie Mum zu Lottie.

»Pancakes wären jetzt toll«, verkündete Sean, kam in die Küche und hielt die Krawatte seiner Schuluniform in die Luft.

»Wie alt bist du, Sean?« Lottie schlang die Krawatte um ihren eigenen Hals und begann, einen Knoten zu binden.

Er schaute unter seinen langen Wimpern zu ihr auf. »Im April werde ich endlich fünfzehn. Vielleicht hörst du dann auch auf, mich wie ein Kind zu behandeln.«

»Ich habe dir schon etliche Male gezeigt, wie du die Krawatte binden musst.« Sie gab sie ihm zurück.

»Dad konnte das auch nicht. Ich weiß noch, dass du sie immer für ihn gebunden hast.«

Lottie lächelte wehmütig. »Das stimmt. Und es tut mir leid, aber ich habe keine Zeit, Pancakes zu machen. Du hast zu viele amerikanische Serien gesehen.« Sie strich ihm die Haare aus der Stirn und drückte zärtlich seine Schultern. »Bis später. Benimm dich in der Schule.«

Sie zog den Reißverschluss ihres Kapuzenpullis zu, schnappte sich Tasche und Mantel und eilte zur Haustür.

»Kannst du mich vielleicht mitnehmen?«, fragte Sean.

»Wenn du dich beeilst.«

Sie wartete, während er einen Joghurtbecher aus dem

Kühlschrank und einen Löffel aus einer der Schubladen nahm.

Dann schulterte er seine Tasche und sagte: »Kann losgehen.«

Lottie rief die Treppe hinauf: »Bis nachher, Katie. Gib Louis einen Abschiedskuss von mir.« Ohne auf eine Antwort ihrer Ältesten zu warten, folgte sie ihrem Sohn zur Tür hinaus.

Es war also ein ganz normaler Morgen im Hause Parker.

VIER

Der Zug hielt in der Universitätsstadt Maynooth. Niemand stieg aus. Das war nichts Besonderes, schließlich war es der erste Pendlerzug, der früh morgens von Ragmullin nach Dublin fuhr. Die Studenten würden erst den Zug um sieben Uhr bevölkern. Trotzdem war der Bahnsteig überfüllt. Kaffeedampf stieg in der kalten Luft auf und die Pendler drängten sich zusammen, um schnell ins Warme zu gelangen und einen Sitzplatz zu ergattern.

Mollie hoffte darauf, dass der Mann, der ihr gegenübersaß, aussteigen würde. Leider hatte sie kein Glück: Wie schon an den vorigen Tagen war er unterwegs nach Dublin.

Er saß mit verschränkten Armen da und guckte aus dem Fenster. Sie nutzte die Gelegenheit und musterte ihn erneut. Obwohl er den Kopf abgewandt hatte, spürte sie seine Blicke auf sich. Igitt, dachte sie und erschauderte. Sie rieb ihre Arme, um die Kälte zu vertreiben. Aber nicht bloß die kühle Luft, die durch die offenen Türen hereinströmte, ließ sie frösteln. Die Kälte ging vielmehr von dem Mann aus, der ihr gegenübersaß.

Sie beobachtete, wie er sich langsam vom Fenster abwandte und sie anlächelte. Die Mundwinkel seiner schmalen blassen Lippen bogen sich nach oben, aber seine blauen Augen mit den stecknadelgroßen schwarzen Pupillen lächelten nicht.

»Hast du an der Universität in Maynooth studiert?«, fragte er.

Seine Stimme ging ihr durch Mark und Bein. Sie hörte sich jetzt anders an als bei seiner Bemerkung von vorhin. Neugierig und trotzdem irgendwie anklagend. Sie schluckte und schüttelte den Kopf.

»Auf welchem College warst du dann?«, hakte er nach.

Es war wirklich an der Zeit, ihm zu sagen, dass er sich verziehen sollte. Das ging ihn alles gar nichts an. Verdammt, sie kannte ihn nicht und er kannte sie nicht. Oder? Sie runzelte die Stirn und schielte zu ihm hinüber. Gab es irgendetwas an ihm, das ihr auch nur im Entferntesten bekannt vorkam? Nein, schloss sie. Gar nichts.

»Hat es dir die Sprache verschlagen?« Wieder dieses Lächeln. Das Lächeln, das diese Bezeichnung überhaupt nicht verdient hatte.

Sie biss sich auf die Innenseite ihrer Wange und wünschte sich, sie könnte aus dem verdammten Zug aussteigen. Und sich so weit von ihm entfernen wie nur irgend möglich. *Du steigerst dich da hinein*, mahnte ihre innere Stimme. *Er meint es doch nur nett und möchte sich ein bisschen unterhalten.* Aber im frühmorgendlichen Pendlerzug versuchte niemand jemals, sich zu unterhalten.

Sie sah sich um, in der Hoffnung, den Platz wechseln zu können, aber der Zug füllte sich rasch, und wenn sie jetzt aufstand, müsste sie vielleicht die Fahrt über stehen. Sie warf einen Blick über den Gang und bemerkte eine junge Frau, die auf dem gegenüberliegenden Fensterplatz saß. Neben ihr war noch ein Platz frei. Ob sie sich dorthin setzen sollte? Fände ihr Gegenüber das seltsam, weil direkt neben ihr noch ein Sitzplatz frei war? Andererseits kannte sie den Mann ja gar nicht, also konnte ihr egal sein, was er dachte. Sie drückte ihre schwarze Laptoptasche an ihren Brustkorb, stand auf und griff gerade noch rechtzeitig nach ihrem Schal, bevor er zu Boden fallen konnte. Dann schlängelte sie sich über den Gang, ließ sich auf den Platz neben der jungen Frau fallen und stieß erleichtert die Luft aus. Aber noch im selben Moment spürte sie, wie sich die Kälte, die eben von ihm ausgegangen war, verflüchtigte und durch unterdrückten, aber heiß glühenden Zorn ersetzt wurde.

Sie starrte stur geradeaus und hoffte, dass ihre Nachbarin nicht versuchen würde, ein Gespräch anzufangen. Wieder hatte sie kein Glück.

»Ich bin Grace und wie heißt du?« Die junge Frau lächelte und entblößte dabei eine Zahnlücke.

Mollie stöhnte auf und kniff die Augen fest zusammen. Dieser Tag konnte ja nur besser werden.

———

Der Mann, der zwei Reihen weiter hinten saß, vergrub das Kinn in seinem Schal. Er hatte beobachtet, wie die junge Frau, die dem nervigen, übermäßig gesprächigen Mann gegenübergesessen hatte, aufgestanden war und neben dem Mädchen mit den Zahnlücke Platz genommen hatte. Es war von Vorteil, dass sie jetzt nervös war. Der Typ hatte sie durcheinandergebracht. Und er hatte ihr Angst gemacht. Er lächelte in seinen Wollschal hinein. Das spielte ihm direkt in die Hände.

Wenn die andere Schlampe nicht entwischt wäre, bräuchte er sie gar nicht. Aber er war sich selbst gern einen Schritt voraus. Das hatte seine Mutter immer über ihn gesagt.

Der Gedanke an seine Mutter ließ sein Lächeln erstarren, und plötzlich zitterte er am ganzen Körper. Er vergrub seine Hände tiefer in den Taschen. Es war ein kühler Tag und die Heizung im Zug war selten richtig eingestellt, aber heute hatte er das Gefühl, gleich zu erfrieren. Er schüttelte den Kopf, um das Bild seiner Mutter loszuwerden, und dachte stattdessen an die junge Frau, die ihren Laptop an die Brust drückte. Sie hatte ihre Jacke vollständig zugeknöpft und er fragte sich, was sie wohl darunter trug. Ob sie sich umzog, wenn sie auf der Arbeit ankam? Er wusste eine Menge über sie, aber er wusste nicht, was sie machte, wenn sie erst einmal das unscheinbare Bürogebäude in der Townsend Street betreten hatte.

Der Zug fuhr all die kleinen Bahnhöfen in den Vororten an, hielt und rollte weiter, und durch die Menschenmenge, die sich inzwischen im Waggon zusammendrängte, war es deutlich wärmer geworden. Im Gang standen jetzt lauter Passagiere, die ihre Taschen und Handys umklammerten, und die stickige Luft war erfüllt vom Gestank nach Käsefüßen und schwitzenden Körpern. Es war so voll, dass er sie nicht mehr sehen konnte. Also schloss er die Augen, beschwor ihren Anblick vor seinem inneren Auge wieder herauf und strich in Gedanken mit einem Finger über ihr glattes dunkles Haar, während er sich mit der Hand in der Manteltasche selbst streichelte. Er hielt das Warten nicht mehr lange aus. Heute Abend musste er sie wiedersehen.

Der Zug schwankte und tuckerte weiter, beschleunigte und wurde dann wieder langsamer, als er in den Bahnhof

Dublin Connolly einfuhr. Mit dem heißen Atem der Fahrgäste, die sich zum Aussteigen bereit machten, stieg
Vorfreude in ihm auf. Es würde ein langer Tag werden, er
würde die ganze Zeit an sie denken und auf sie warten.
Aber es würde sich auszahlen. Denn um Punkt 18:30 Uhr
heute Abend würde sie ihm gehören.

FÜNF

Auf dem Garda-Revier stieg Detective Inspector Lottie Parker die Treppe hinauf und eilte dann über den Flur. Ihr frisch renoviertes Büro befand sich im hinteren Teil des Mehrzweckgeschosses. Mit diesem Raum war der dreijährige Ausbau des Reviers inklusive Renovierungsarbeiten beendet worden. Ein aufwendiges Großprojekt. Das neue Büro hatte sogar eine eigene Tür, die man vernünftig schließen konnte. Aber Lottie hatte sich noch nicht daran gewöhnt, also setzte sie sich an ihren alten Schreibtisch im Großraumbüro. Detective Sergeant Mark Boyd saß ihr gegenüber. Er teilte sich das unordentliche Büro außerdem mit den Detectives Larry Kirby und Maria Lynch.

»Ich kann es beziehen, wenn du nicht willst«, sagte er augenzwinkernd und deutete auf das leere Büro hinter ihr.

»Nur über meine Leiche«, erwiderte sie. »Es ist gut, dass ich einen Rückzugsort habe. Wenn mir danach ist, kann ich einfach die Tür zu machen und einen Schrei loslassen.«

»Du schreist doch auch hier draußen die meiste Zeit.

Wir sind immun gegen deine Anfälle.« Er sortierte ein paar lose Blätter in einen Aktenordner und klappte ihn zu.

»Wie war das bitte, Boyd?«

»Ich spreche nur aus, was ohnehin alle denken«, murmelte er halblaut.

»Anscheinend bin ich hier nicht erwünscht.« Lottie schob sich den Henkel ihrer abgewetzten Lederhandtasche über die Schulter, marschierte in ihr neues Büro und schloss die Tür hinter sich.

Sie setzte sich an ihren Schreibtisch und tippte auf eine Taste der Tastatur, sodass der Computer mit einem Piepton zum Leben erwachte. Dann öffnete sie die Seite, die sie sich am Vortag angesehen hatte, klickte auf das Foto der fünfundzwanzigjährigen Elizabeth Byrne und zoomte näher heran. Offiziell galt sie noch nicht als vermisst, dafür war es noch zu früh. Aber weil diese Woche in Ragmullin alles ruhig gewesen war, hatte sie Boyd angewiesen, einen flüchtigen Blick auf Elizabeths mutmaßliches Verschwinden zu werfen.

Lottie stützte ihr Kinn in eine Hand und betrachtete die Porträtaufnahme der jungen Frau. Sie hatte leuchtend braune Augen und beneidenswert glänzendes, kastanienbraunen Haar, das auf einer Seite kurz über dem Ohr nach hinten frisiert war, sodass ihr auf der anderen ein paar Strähnen verführerisch ins Gesicht fielen. Unwillkürlich wanderte Lotties Hand an ihre eigene glanzlose Mähne, die dringend gefärbt und geschnitten werden müsste. In einer Woche würde sie ihr Gehalt bekommen, aber die gut achtzig Euro, die der Friseurbesuch kosten würde, konnte sie sich trotzdem nicht leisten.

»Soll ich sonst noch irgendetwas tun, was das Verschwinden von Elizabeth Byrne angeht?« Boyd blieb genau auf der Türschwelle zu ihrem Büro stehen.

»Ich beiße nicht«, sagte sie und versuchte, nicht zu lächeln.

»Ach nein? Ich dachte, du hättest da draußen gerade die Zähne gezeigt.«

»Sei nicht so ein Klugscheißer, Boyd. Komm rein und setz dich hin.«

Er schloss die Tür und nahm auf dem mit grauem Stoff bezogenen Stuhl Platz, den sie absichtlich so platziert hatte, dass er nicht sehen konnte, was genau sie an ihrem Schreibtisch machte. Nicht gerade viel, wenn sie ehrlich war.

»Haben die Überwachungskameras irgendetwas aufgezeichnet?«, fragte sie.

Boyd blätterte durch die Akte, die er auf seinen Knien abgelegt hatte, überflog eine der Seiten und legte dann ein Schwarz-Weiß-Foto vor ihr auf den Tisch.

»Du weißt, dass es noch nicht offiziell ist«, begann er.

»Weiß ich.«

»Es sind noch keine achtundvierzig Stunden vergangen.«

Sie nickte. »Sag mir einfach, was du bis jetzt herausgefunden hast.«

»Was ist dir eigentlich heute Morgen über die Leber gelaufen?«

»Boyd! Sag mir einfach, was ich hier vor mir habe, verdammt noch mal.«

Er zog die Schultern hoch und beugte sich über den Schreibtisch. »Das ist ein Screenshot vom Video der Überwachungskamera, die im Bahnhof installiert ist. Die Aufnahme zeigt, wie Elizabeth Byrne Montagfrüh um 5:55 Uhr ihr Wochenticket kauft, bevor sie in den Pendlerzug nach Dublin steigt. Sie arbeitet im Financial Services Centre als Sachbearbeiterin bei einer deutschen Bank. Nach Aussage ihrer Kolleginnen und Kollegen war sie den ganzen Tag dort und stempelte um 16:25 Uhr aus, weil sie um 17:10 Uhr den Zug zurück nach Ragmullin nehmen wollte. Ich habe einen Freund auf dem Garda-Revier in der Store Street um Hilfe gebeten. Er hat das Videomaterial der Überwachungskameras am Bahnhof Dublin Connolly durchforstet, aber bisher hat er sie darauf nicht entdeckt.«

»Gibt es auf jedem Bahnsteig Kameras?«

»Hauptsächlich dort, wo die Nahverkehrslinien abfahren. Ansonsten werden vor allem die Bahnhofshalle und die Fahrkartenschalter überwacht.«

»Verdammt.«

»Du drückst dich heute ja beinahe förmlich aus.«

»Ich will nicht mehr so viel fluchen. Katie sagt, dass Baby Louis das alles mitbekommt.«

»Um Gottes willen!« Boyd lachte. »Sieht es denn danach aus, dass sie bald wieder aufs College geht?«

»Wo denkst du hin?« Lottie schüttelte den Kopf. »Sie ist wild entschlossen, nach New York zu reisen und sich mit Tom Rickard zu treffen, Louis' Großvater.«

»Vielleicht ist das ja eine gute Idee.«

Während Lottie sich Boyds Worte durch den Kopf gehen ließ, stiegen Erinnerungen an den Schicksalsschlag in ihr auf, den ihre Familie im vorigen Jahr erlitten hatte: Rickards einziges Kind, Katies Freund Jason, war gestorben. Einige Monate später hatte Katie, damals neunzehn Jahre alt, erfahren, dass sie schwanger von Jason war. Sie hatte daraufhin ihr Studium pausiert und widmete sich seither ganz der Betreuung ihres Sohnes.

Lottie musste zugeben, dass der kleine Louis ein wahrer Segen für den Rest der Familie war. Chloe und Sean liebten ihn abgöttisch. Aber Katie tat sich schwer mit den neuen Umständen. Gleichzeitig lehnte sie stur jegliche Hilfe ab, die Lottie ihr anbot. Sie hatte einen Reisepass für

Louis ausstellen lassen und beharrte darauf, nach New York fliegen zu wollen. Es stand noch ein Gespräch darüber aus, wer die Kosten dieser Reise tragen würde. Vielleicht würden sie es heute Abend führen. Oder vielleicht auch nicht.

»Ein Tapetenwechsel könnte ihr guttun«, sagte sie. »Aber ich bin nicht sicher, was ich von der Sache halten soll.«

»Du hast Angst, dass sie dann vielleicht nicht mehr nach Hause zurückkommen möchte. Ist es das?«, fragte er und legte nachdenklich die Stirn in Falten.

Sie beobachtete, wie er sich in seinem gebügelten blauen Hemd mit der tadellos gebundenen marineblauen Krawatte zurücklehnte und die Arme über der Brust verschränkte. Sein grau meliertes Haar trug er kurz geschnitten, wie immer, und er war grenzwertig schlank, fast mager. Aber eben nur fast. Er war Mitte vierzig und hatte sich besser gehalten als sie, das musste sie zugeben. Lottie liebte die Schlagabtausche mit Boyd und sie wusste, dass er sie mochte, aber im Moment war ihr Leben zu kompliziert, um sich auf etwas Ernsteres einzulassen.

»Ich weiß nicht. Wenn es um meine Kinder geht, weiß ich nie, was ich denken soll«, meinte sie.

»Einen Schritt nach dem anderen, oder?«

»Genau.« Sie nahm das Bild der Überwachungskamera an sich, bevor Boyd anfangen konnte, unangenehme Fragen zu stellen. »Eine fünfundzwanzigjährige Frau verschwindet am Montagabend um 17:10 Uhr spurlos im Zug von Dublin nach Ragmullin. Können wir absolut sicher sein, dass sie tatsächlich in diesen Zug gestiegen ist?«

»Sie ist regelmäßig gependelt. Ich habe gestern Abend mit ein paar Leuten gesprochen, die aus dem Bahnhofsgebäude gekommen sind. Die meisten haben gesagt, dass sie

sie gesehen hätten, waren sich aber nicht sicher, an welchem Tag genau. Zwei Leute sagten allerdings, sie könnten schwören, dass Elizabeth in dem Zug war. Sie erinnern sich daran, dass sie im Gang stand, bevor sie nach dem Halt in Maynooth einen Sitzplatz gefunden hat. Allerdings kann uns keiner der beiden Zeugen Genaueres sagen, da sie beide beim nächsten Halt, in Enfield, ausgestiegen sind.«

»Aber Elizabeth ist nicht zu Hause angekommen«, erwiderte Lottie.

»Genau.«

»Vielleicht ist sie auch in Enfield ausgestiegen.«

»Die Überwachungsvideos vom Bahnhof in Enfield belegen, dass sie nicht dort ausgestiegen ist.«

»Also wieder zurück zum Bahnhof in Ragmullin. Auf den Überwachungskameras ist sie am Morgen zu sehen. Was ist mit abends?«

»Die Kameras sind alle entweder auf den Fahrkartenschalter oder auf den Parkplatz ausgerichtet. Wir wissen allerdings, dass sie kein Auto hat, also muss sie am Montagmorgen zu Fuß zum Bahnhof gelaufen sein.«

»Wenn sie im Zug geblieben ist, könnte sie auch ganz woanders gelandet sein.«

Boyd schüttelte den Kopf. »Ich habe alle Bahnhöfe, an denen der Zug hält, überprüft, einschließlich Sligo, wo die Fahrt endet. Es gibt keine Beweise dafür, dass sie im Zug war, abgesehen von den Zeugen, die *glauben*, sie vor Enfield gesehen zu haben.«

»Die Medien werden den Fall als ›Die Frau, die aus dem Zug verschwand‹ betiteln.« Sie druckte das Porträtfoto aus und reichte es Boyd. »Sag mir, was du siehst.«

»Eine junge Frau. Schulterlange Haare. Ein paar Sommersprossen auf der Nase. Braune Augen und volle Lippen. Darf ich sagen, dass sie hübsch ist?«

»Boyd! Ich spreche von ihrer Persönlichkeit.« Sie schüttelte genervt den Kopf.

»Es ist doch nur ein Foto. Ich bin kein Hellseher.«

»Versuch es trotzdem.«

Er seufzte. »Sie sieht ganz vernünftig aus. Kein Nasen- oder Augenbrauenpiercing. Keine sichtbaren Tätowierungen, wobei man hier ja nur den Kopf sieht. Der Blick wirkt klar und wach. Wahrscheinlich nimmt sie keine Drogen.«

»Das dachte ich mir auch. Wurde irgendetwas auf ihren Social-Media-Accounts gepostet?«

»Nicht seit Sonntagabend.«

»Und was zuletzt?«

»Bloß ein Facebook-Post mit einem GIF von einer pitschnassen Katze und der Bildunterschrift ›Bitte sag mir nicht, dass morgen Montag ist. Das darf nicht wahr sein.‹«

»Glaubst du, sie ist abgehauen?«

»Sie wohnt noch zu Hause und ihre Mutter sagt, dass in ihrem Zimmer nichts von ihren Sachen fehlt.«

Lottie stand auf und schnappte sich ihren Mantel und ihre Tasche. »Komm. Sehen wir uns mal bei ihr zu Hause um. Vielleicht finden wir so etwas heraus.«

»Es sind noch keine achtundvierzig Stunden vergangen.«

»Bist du vielleicht ein Papagei? Du wiederholst dich nämlich ständig.«

»Elizabeth ist erwachsen. Ich glaube, du überstürzt die Sache ein bisschen.«

»Meine Güte, hör auf zu jammern. Das ist allemal besser, als bei der Eiseskälte halbstarken Rasern hinterherzujagen oder zu versuchen, etwas über die illegalen Bare-Knuckle-Fights herauszubekommen.«

»Gott steh mir bei«, murmelte er.

Sie öffnete die Tür und warf über die Schulter einen

Blick zurück. Boyd erhob sich langsam und kam auf sie zu. Als er an ihr vorbeiging, wehte ihr sein frischer Duft in die Nase und sie musste sich davon abhalten, die Hand nach seiner auszustrecken. Sie durfte nichts tun, was den angenehmen Waffenstillstand, der im Moment zwischen ihnen herrschte, gefährdete.

»Was soll die Schnute?«, fragte er.

»Geht dich gar nichts an«, antwortete sie und marschierte mit einem Lächeln auf den Lippen durch das Großraumbüro, begleitet vom Surren der Computerlüftungen. Auf dem Flur stieß sie beinahe mit Superintendent Corrigan zusammen.

»Ich wollte Sie gerade holen«, sagte er. »In mein Büro, sofort.«

Lottie starrte seinem beleibten Körper mit offenem Mund hinterher. Sie hatte sich in letzter Zeit benommen. Oder etwa nicht?

»Was hast du jetzt wieder angestellt?«, fragte Boyd und verschwand in sein Büro.

»Nichts. Hoffe ich zumindest.« Sie schickte stumm ein Stoßgebet gen Himmel und folgte Corrigan den Flur entlang.

»Setzen Sie sich, Parker. Sie wissen, dass es mich nervös macht, wenn Sie so von einem Fuß auf den treten.«

»Das tue ich doch gar ...« Lottie schloss ihren Mund wieder, zog ihren Mantel aus, hängte ihn über den Arm und tat, wie der Chef ihr geheißen hatte.

Superintendent Corrigan zog seinen Stuhl näher an den Schreibtisch heran. Als er mit seinem Wohlstandsbauch eine bequeme Position gefunden hatte, klopfte er mit einem Stift auf die Holzplatte und schaute zu ihr auf. Sie unterdrückte ein sichtbares Erschrecken, als sie bemerkte, wie schlimm sein Auge geworden war. Letzten Sommer hatte er es mit einem Pflaster abgedeckt und kurz vor Weihnachten hatte er verkündet, dass es schon besser geworden sei. Niemand hatte gefragt, was das genau hieß, aber jetzt hatte sie eher den Eindruck, dass es sich erheblich verschlechtert hatte.

»Würden Sie bitte aufhören, mein Auge anzustarren«, sagte er und rieb so heftig daran, dass es tränte und sich noch mehr rötete.

»Tut mir leid, Sir.«

»Na ja, eigentlich ist das einer der Gründe, warum ich Sie hereingerufen habe.« Er hielt inne. »Ich musste zu einem anderen Facharzt gehen. Das Auge gefiel ihm gar nicht. Hat mich zum MRT geschickt. Dabei haben sie einen Tumor am Sehnerv entdeckt. Und ...« Seine Stimme versagte. Er stand auf und ging zum Fenster hinüber. Sie sah ihm nach. Scheiße, das waren keine guten Neuigkeiten. Und sie ahnte, dass noch schlechtere folgen sollten.

»Ich werde mich für eine Weile krankschreiben lassen müssen.«

»Das tut mir leid.«

»Hören Sie wohl auf mit dem ewigen ›Tut mir leid‹? Sie können nichts dafür. Das ist eine der wenigen Sachen hier, für die Sie nichts können, nebenbei gesagt.« Er drehte sich um. Es war nicht zu übersehen, wie sehr es ihn ärgerte, dass er eine Zeit lang auf der Dienststelle fehlen würde. »Ich habe mich mit dem Zentralbüro in Verbindung gesetzt. Die schicken jemanden, der mich vorübergehend vertritt. Ohne Vorstellungsgespräche und den ganzen Mist.«

»Tatsächlich? Ich dachte, Vorstellungsgespräche wären verpflichtend, auch bei kurzzeitigen Vertretungen.«

»Ich habe nicht die leiseste Ahnung, wie kurz oder lang

meine Abwesenheit dauern wird. Im Moment liegt mein Fokus darauf, diesen Scheißtumor aus meinem Kopf zu bekommen.«

»Ich verstehe. Tut mir leid, Sir.«

»Mein Gott, hören Sie denn nie damit auf?«

»Tut mir ...« Lottie hielt inne, bevor es ihr noch einmal herausrutschte. Wenn keine Vorstellungsgespräche geführt wurden, müsste dann nicht sie die befristete Stelle als Hauptkommissarin bekommen?

»Und bevor Sie gleich fragen: Sie werden mich nicht vertreten. Offensichtlich eilt Ihnen der Ruf, Sachen zu verbocken, so weit voraus, dass es inzwischen auch Leute gehört haben, die mehr Einfluss haben als ich. Obwohl ich mich sehr bemühe, unsere Ermittlungen vertraulich zu behandeln.« Er holte tief Luft, bevor er weitersprach. »Und wie geht es Ihnen, seit Sie wieder im Dienst sind? Besser, hoffe ich.«

Er sprach nicht nur von ihrer körperlichen Verfassung. Durch die Verletzung, die ihr eine Mörderin zugefügt hatte, waren folgenschwere Enthüllungen über Lotties Familie ans Licht gekommen. Und mit diesen Enthüllungen wusste sie noch nicht umzugehen.

»Es geht mir gut, Sir. In den vier Wochen, in denen ich zu Hause war, wäre ich fast verrückt geworden, aber jetzt fühle ich mich bestens.« Sie hoffte, dass er nicht weiter nachhaken würde.

»Das ist schön.«

»Wer wird Sie vertreten, Sir? Jemand, den ich kenne?«

»Detective Inspector David McMahon.«

Lottie stand ruckartig von ihrem Stuhl auf und ließ ihre Jacke und Tasche zu Boden fallen. »Das kann nicht Ihr Ernst sein. McMahon, heilige Mutter Gottes! Ich bitte Sie.« Sie konnte sich gerade noch davon abhalten, mit dem Fuß aufzustampfen wie ein trotziges Kind. »Wenn er herkommt, gehe ich.«

»Sie werden machen, was er sagt, und ansonsten den Mund halten. Reißen Sie sich zusammen, verdammt noch mal. Haben Sie verstanden?«

»Sir, das können Sie nicht zulassen. Dann bin ich die Lachnummer des ganzen Bezirks. Es ist absurd, dass jemand aus Dublin herkommt, um Sie zu vertreten, obwohl ich vor Ort bin. Das ist völlig unnötig. Das ist ... das ist ...«

»Es ist bereits entschieden. Mehr gibt es dazu nicht zu sagen.« Corrigan drehte sich um und guckte wieder aus dem Fenster. »Ich hoffe, Sie enttäuschen mich nicht. Ich erwarte, dass Sie sich benehmen.«

»Ich bin keine fünf, Sir.«

Er wirbelte herum. »Tja, ehrlich gesagt bin ich mir da manchmal nicht so sicher.«

Lottie sammelte ihre Habseligkeiten vom Boden auf. Was sollte sie jetzt bloß tun? Das war eine Katastrophe. An der Tür hielt sie inne. »Ich hoffe, Ihre Operation verläuft gut, Sir. Und ich verspreche, dass ich versuchen werde, mich zu benehmen, solange Sie weg sind.«

»Jetzt hören Sie sich definitiv an wie eine Fünfjährige. Aber danke.« Er fügte hinzu: »Und sorgen Sie dafür, dass sich McMahon willkommen fühlt. Auch wenn wir beide wissen, dass er ein Arsch ist.«

Draußen auf dem Flur lehnte sie sich gegen die kühle Wand. McMahon. Womit hatte sie das nur verdient? Sie musste raus aus dem Revier und in Ruhe über die Konsequenzen dieser Hiobsbotschaft nachdenken.

Sie schlüpfte in ihren Mantel und machte sich auf die Suche nach Boyd.

SECHS

Boyd lief durch die Dienststelle und konnte durch die Vordertür flüchten, aber so viel Glück hatte Lottie nicht. Die Aufregung im Eingangsbereich war ein eindeutiger Hinweis darauf, dass sie einfach weiterzugehen sollte, aber ihre Neugierde zwang sie, wenigstens kurz stehen zu bleiben, um zu sehen, was los war. In diesem Moment drehte sich die junge Frau, die eben noch geschrien hatte, zu ihr herum.

»Sie da! Sie sehen aus wie jemand, der mir endlich zuhört. Kann ich kurz mit Ihnen reden?« Die junge Frau hatte voluminöses blondes Haar mit einem schwarzem Ansatz, das sie toupiert und hochgesteckt hatte. An ihren Ohren baumelten riesige Creolen, und im Arm hatte sie ein Baby, das am Daumen nuckelte.

»Was gibt es denn?«, fragte Lottie und verfluchte sich im Stillen dafür, dass sie nicht schnell genug gewesen war, um aus dem Gebäude zu verschwinden, so wie Boyd.

Die Frau kam in ihren hautengen Jeans und kniehohen schwarzen Lederstiefeln auf sie zu. »Die dumme Nuss am

Empfang weigert sich, aufzuschreiben, was ich ihr erzählt habe. Können Sie ihr sagen, dass sie es aufschreiben soll? Ich weiß, dass Sie allem nachgehen müssen, wenn es erst mal aufgeschrieben ist.«

Lottie zeigte auf die Holzbank neben der Eingangstür und bedeutete der Frau wortlos, sich zu setzen. Dabei warf sie Garda Gilly O'Donoghue, die anscheinend die Arschkarte gezogen hatte und heute Empfangsdienst schieben durfte, einen wissenden Blick zu und nickte verständnisvoll.

»Wie ist Ihr Name?« Lottie nahm neben der Frau Platz.

»Mein Name tut überhaupt nichts zur Sache. Ich will nur melden, was ich gehört habe, aber niemand hört mir zu!«

»Ich höre mir gerne an, was Sie zu berichten haben. Aber wenn Sie möchten, dass ich Sie ernst nehme, muss ich Ihren Namen und Ihre Adresse wissen.« Lottie zog Stift und Notizbuch aus der Tasche.

»Wenn ich Ihnen das sage, glauben Sie mir bestimmt nicht mehr.« Die Frau verschränkte die Arme und drückte dabei das Kind fester an sich.

»Wetten doch?«

»Na schön. Mal sehen, ob Sie wirklich so unvoreingenommen sind. Mein Name ist Bridie McWard und ich wohne in der Fahrendensiedlung.«

»Gut, Bridie«, sagte Lottie ruhig. »Was wollten Sie mir erzählen?«

Die junge Frau rutschte unruhig auf der harten Bank herum. Es schien sie zu verunsichern, dass Lottie bereit war, ihr zuzuhören.

»Der kleine Tommy zahnt gerade, wissen Sie, und deshalb wacht er im Stundentakt auf. Und Montagnacht ging es ihm richtig schlecht. Der Zahn ist gerade durchgebrochen, aber er war das ganze Wochenende eine echte Nervensäge. Sorry. Ich nehme nicht an, dass Sie sich mit schreienden Babys auskennen?«

»Da irren Sie sich. Fahren Sie fort.«

»Wie gesagt, Montagnacht war ein Albtraum. Ich bin zum dritten oder vierten Mal aufgestanden, um nach ihm zu sehen, und da habe ich es gehört.«

»Was haben Sie gehört?«

»Die Schreie. Das habe ich auch dem nicht ganz so hellen Fräulein da drüben erzählt.« Sie zeigte auf Garda O'Donoghue.

Lottie lächelte in sich hinein. Damit lag Bridie meilenweit daneben: Gilly O'Donoghue war eine der scharfsinnigsten jungen Polizistinnen auf dem Revier.

»Fahren Sie fort«, sagte sie.

Bridie warf ihr einen flüchtigen Blick zu. »Wissen Sie, wo die Siedlung ist? Die provisorische Wohnanlage. Provisorisch, dass ich nicht lache. Die Siedlung steht schon seit fünfundzwanzig Jahren. Ich wurde dort geboren und Mammy hat ihr ganzes Leben in einem Wohnwagen auf dem Gelände verbracht, bevor die kleinen Häuser überhaupt gebaut wurden. Sie hat acht Kinder großgezogen, dann kam sie ins Pflegeheim. Ich bin das jüngste, und jetzt gehört uns das Haus. Provisorisch? Ganz sicher nicht. Jedenfalls wohne ich direkt neben dem Friedhof.«

»Ich kenne die Siedlung«, sagte Lottie. Sie ging ab und zu auf den Friedhof, um Adams Grab zu besuchen, wenn auch nicht mehr so häufig wie früher. Sie sollte bald wieder hingehen und ein paar rote Rosen zum Valentinstag ablegen. Adam würde sich wahrscheinlich vor Lachen im Grabe umdrehen. Sie hatten sich, als er noch lebte, nie viel aus dem Valentinstag gemacht.

»Bridie sprach weiter. »Zwischen den Häusern und dem

Friedhof steht eine hohe Mauer. Und Montagnacht – eigentlich war es eher Dienstagmorgen – habe ich Schreie gehört, die von der anderen Seite der Mauer kamen. Ich dachte, die Toten wären auferstanden und würden uns heimsuchen. Es klang wie eine Banshee. Mammy hat mir erzählt, dass sie sie einmal gehört hat, das ist Jahre her. Ich nahm Tommy aus seinem Bettchen und wollte Paddy, meinen Ehemann, aufwecken. Aber Paddy war nicht da. Das macht er manchmal. Geht Freunde besuchen und vergisst, nach Hause zu kommen. Er hätte gesagt, dass ich ein Angsthase bin und mich wieder hinlegen soll, aber wie soll ich wieder einschlafen, wenn Tommy wach ist und auf dem Friedhof jemand schreit? Ich hatte eine Scheißangst. Die habe ich immer noch, um ehrlich zu sein.« Sie biss sich auf die Lippe und senkte den Kopf, so, als wäre es ein Verbrechen, Angst zu haben.

Lottie hielt inne. Ihr Stift hing in der Luft und bis auf Klein-Tommy, der angestrengt an seinem Daumen nuckelte, war es vollkommen still.

»Sie haben einen Schrei gehört?«

»Sie glauben mir doch, Frau Polizistin, oder?«

»Ich bin Detective Inspector Parker, und ja, Bridie, ich glaube Ihnen, dass Sie etwas gehört haben. Ich weiß bloß nicht, was. Warum sind Sie nicht gestern hergekommen, um das zu melden?«

»Ich musste zum Sozialamt, wegen meinem Arbeitslosengeld. Wann hätte ich das sonst machen sollen?«

»Gut. Wann genau haben Sie Montagnacht diese Schreie gehört?«

»Ich hab's ja gewusst. Sie glauben mir nicht.« Bridie sprang auf. »Als ich gesagt habe, wo ich wohne, und das Sozialamt erwähnt hab, war es vorbei. Sie denken doch, dass ich nur Ihre Zeit verschwende. Tja, Miss Detective Ich-bin-was-Besseres, Sie können von mir aus denken, was Sie wollen. Ich bin gebildet. Ich habe meinen Abschluss gemacht und ich hatte einen Job. Dann habe ich geheiratet, Tommy bekommen und meinen Job aufgegeben. Also musste ich Arbeitslosengeld beantragen.«

»Setzen Sie sich, Bridie.« Lottie wartete einen Augenblick lang, bis Bridie sich wieder auf die Bank fallen ließ. »Wahrscheinlich ziehen Sie diesen Schluss über mich, weil Sie in der Vergangenheit so behandelt wurden. Aber ich glaube Ihnen.« Sie beobachtete, wie die junge Frau mit ihren Fingern, an denen etliche goldene Ringe steckten, durch das Haar ihres Sohnes fuhr und sich auf die Lippe biss. Überlegte sie, was sie als Nächstes sagen sollte?

»Ich konnte nichts sehen«, berichtete Bridie schließlich. »Von unseren Fenster sieht man direkt auf die Mauer. Aber die Schreie waren nicht weit entfernt. Sie kamen von irgendwo auf der anderen Seite. Es war eine Frau. Da bin ich mir sicher. Normalerweise ist es nachts so ruhig. Außer es gibt Streit in der Siedlung oder die Krankenwagen fahren mit heulenden Sirenen ins Krankenhaus. Aber Montagnacht war es eiskalt und ruhig. Dann habe ich die Schreie gehört. Das war um 3:15 Uhr. Ich erinnere mich daran, dass ich die roten Ziffern auf dem Wecker gesehen habe, als ich mit Tommy aufgestanden bin.«

»Wie lange dauerten die Schreie an?« Lottie war bereits zu dem Schluss gekommen, dass Bridie Teenager gehört hatte, die sturzbesoffen durch die Gräber gerannt waren und sich dabei gegenseitig zu Tode erschreckt hatten.

»Nicht sehr lange. Ein kurzer Aufschrei und dann war es wieder still.«

»Und es war ganz sicher die Stimme einer Frau?«

»Ja. Gehen Sie nun zum Friedhof und sehen nach?«

»Ich schicke jemanden hin, der sich dort umschaut. Machen Sie sich keine Sorgen. Wahrscheinlich waren es nur Jugendliche, die herumgealbert haben.«

»Schicken Sie nicht irgendjemanden hin. Gehen Sie selbst nachsehen. Ihnen traue ich zu, dass Sie sich gründlich umschauen. Und ich habe dort schon mal kreischende Teenager gehört. Das hier war anders. Das hatte wirklich jemand Todesangst.«

Lottie seufzte und schob ihr Notizbuch wieder in die Tasche. »Ich schaue, was sich machen lässt.«

»Versprechen Sie es. Dann kann ich sichergehen.«

»Inwiefern?«

»Wenn Sie mir versprechen, dass Sie persönlich nachsehen werden, glaube ich Ihnen, was Sie herausfinden.« Bridies geweitete Augen blickten sie flehend an.

»Schon gut, schon gut. Ich werde selbst nachsehen. Aber wir haben inzwischen schon Mittwoch und ich weiß nicht, was das jetzt noch bringen soll.«

»Mir geht es dann besser. Wenn ich weiß, dass Tommy in Sicherheit ist. Versprechen Sie es?«

»Ich verspreche es.« Lottie überlegte, ob sie heimlich ihre Finger überkreuzen sollte, wie man es tat, wenn man log, aber sie entschied sich dagegen. Bridies Ehrlichkeit hatte etwas in ihr berührt und sie wollte tun, worum die junge Frau sie gebeten hatte.

»Heute Vormittag findet noch eine Beerdigung auf dem Friedhof statt. Sie sollten vorher da sein.«

»Ich werde so bald wie möglich hingehen.«

»Vielen Dank, Miss Detective. Als ich Sie eben zum ersten Mal gesehen habe, wusste ich gleich, dass Sie eine echte Dame sind.«

Bridie schob ihren Sohn weiter hoch und war im

nächsten Moment mit quietschenden Lederstiefeln durch die Tür wieder verschwunden.

»Sie sind also eine Dame?« Gilly lachte.

»Kann gut sein, dass sie mich nur aufziehen wollte«, entgegnete Lottie.

SIEBEN

Lottie bat Boyd, vor der Friedhofsmauer zu parken, direkt unter der Überwachungskamera. Sie war nur auf einen Punkt ausgerichtet, um potenziellen Autodieben eine Warnung zu sein und sie davon abzuhalten, der Straße weiter zu folgen. Die Durchfahrt war mit einem alten Eisentor versehen, das wiederum mit einer klobigen Kette verschlossen war.

Sie betrat den Friedhof durch das Seitentor. Boyd trottete neben ihr her. Drinnen war es gespenstisch still.

»Die glauben an Banshees, oder?«, fragte Boyd.

»Wer?«

»Die Fahrenden. Die glauben doch an böse Flüche und Feen und all diesen Mist.«

»Du etwa nicht?« Lottie ging zügig weiter und schaute sich um, auf der Suche nach irgendetwas, das auf eine schreiende Frau hinweisen könnte. Knapp zwei Tage, nachdem Bridie McWard die Schreie gehört hatte. Sie fragte sich kurz, ob der Vorfall mit der vermissten Elizabeth Byrne zusammenhängen könnte, tat diesen Gedanken aber als absurd ab.

Sie war die Böschung schon halb hinuntergestiegen, als ein Mann in einer gelben Sicherheitsjacke hinter einem Baum hervortrat. Lottie blieb stehen.

»Kann ich Ihnen vielleicht irgendwie weiterhelfen?« Er hatte einen Spaten in der einen und eine Gartenschere in der anderen Hand.

»Meine Güte, Sie haben mich fast zu Tode erschreckt«, stieß Lottie aus.

»Tut mir leid, Miss. Sie sahen aus, als hätten Sie sich verlaufen. Bernard Fahy mein Name, ich bin der Friedhofswärter.« Er klemmte sich die Gartenschere unter die Achsel und streckte ihr eine schmutzige Hand hin. »Suchen Sie ein bestimmtes Grab?«

»Ich bin Detective Inspector Lottie Parker und das ist Detective Boyd.«

Als Lottie ihre Hand zurückzog, war sie voller Lehm. Sie blickte in das gelbliche Gesicht des Friedhofswärters und bemerkte, dass sein Augenweiß eine ähnliche Farbe hatte. »Gab es hier in letzter Zeit irgendwelche ungewöhnlichen Vorfälle?«

»Ungewöhnliche Vorfälle? Ach, jetzt wird mir das klar. Diese neugierige Tratschtante von der Fahrendensiedlung hat Ihnen etwas von den Banshees vorgejammert, die hier angeblich nachts herumschreien.« Er lachte laut und schrill auf, was die Vögel in dem kahlen Baum über seinem Kopf erschreckte. Flügelschlagend stoben sie in die Luft und sahen am eisblauen Himmel aus wie eine riesige schwarze Wolke. »Bridie ist genauso verrückt wie ihre Mutter, die alte Queenie. Sie ist eben auch eine McWard. Steht auf diesen ganzen alten Hexenkram und so. Sie wissen, was ich meine?«

»Sind Sie Bridies Hinweisen hinsichtlich der Schreie

nachgegangen?« Lottie rieb sich die Hände, um sie trotz der eiskalten Luft etwas aufzuwärmen.

»Wenn ich wegen allem nachsehen würde, was das Pack da drüben mir erzählt, käme ich nicht dazu, auch nur ein einziges Grab auszuheben. Dann würden sich die Leichen in den Särgen stapeln wie der Müll am Haupttor.«

»Wollen Sie mir also sagen, dass Sie dem nicht nachgegangen sind?«

»Volltreffer, bin ich nicht. Das habe ich doch gerade gesagt, oder nicht?«

Lottie schüttelte den Kopf und versuchte, sich einen Reim auf sein sonderbares Verhalten zu machen. »Was haben Sie in den letzten Tagen so getrieben?«, fragte sie.

»Am Montag hab ich ein Grab für die alte Mrs Green ausgehoben, die in der Innenstadt gewohnt hat. Einundneunzig ist sie geworden. Die Familie hat noch auf einen Enkel gewartet, der aus Australien eingeflogen kam. Heute wird sie neben ihrem verstorbenen Mann beerdigt.« Er deutete den Hügel hinab auf einen Lehmhaufen. »Genau genommen war es in letzter Zeit ruhig hier. Aber in dieser Jahreszeit und bei dem eiskalten Wetter beißen diese Woche sicherlich noch ein paar Leute ins Gras.«

»Ist Ihnen denn gar nichts Ungewöhnliches aufgefallen? Keine Saufgelage? Oder Teenager, die sich zwischen den Gräbern ausgetobt haben?«

»Bei diesem Wetter? Nein, so was heben die sich für den Sommer auf. Im Winter bleiben die Jungspunde zu Hause und trinken ihren Eltern den Gin weg, spielen Computerspiele oder gucken Netflix. Die harsche Luft ist nichts für ihre zarte junge Haut.«

Fahy zog die Gartenschere wieder unter seinem Arm hervor. Lottie nutzte die Gelegenheit und betrachtete sein unrasiertes Gesicht genauer. Es war übersäht von Narben, vermutlich ein Überbleibsel von Teenager-Akne, und unter der schwarzen Strickmütze schauten an den Ohren einzelne gekräuselte Haarsträhnen hervor. Sein Blick war unergründlich. Sie konnte keine Regung in seinen Augen ausmachen und fragte sich, ob sie überhaupt wissen wollte, was in dem Mann vorging.

»Wenn es Ihnen nichts ausmacht, würden wir uns kurz umsehen«, sagte sie.

»Nur zu.« Damit stapfte er den Weg hinauf, den sie gekommen waren.

Am Fuß des Hangs meinte Boyd: »Ich traue ihm nicht.«

Lottie zuckte mit den Schultern und sah zu den Häusern der Fahrendensiedlung hinter der hohen Mauer hinüber. Dort stieg in Schwaden Rauch auf, der dann, wie in der eisigen Luft von unsichtbarer Hand gepackt, gerade Linien formte, bevor er wieder zur Erde sank.

Bridie McWard hätte unmöglich bei Tageslicht etwas sehen können, das hinter diese Mauer lag, geschweige denn in tiefster Nacht. Als Lottie ihren Blick durch den kalten Nebel und über die Grabsteine wandern ließ, entdeckte sie Adams Ruhestätte aus Granit auf der Anhöhe links von ihr.

»Ist Adam nicht da oben begraben?«

Sie zuckte zusammen. »Mein Gott, Boyd. Einen Moment lang hatte ich völlig vergessen, dass du auch noch da bist.«

»Ich wollte dich nicht erschrecken. Bei diesem Wetter ist es hier irgendwie unheimlich.«

»Hier ist es immer unheimlich.«

Sie folgte der Mauer, bog nach links und blieb neben dem frisch umgegrabenen Lehmhaufen stehen, auf den Fahy gezeigt hatte. Das offene Grab war mit Holzlatten abgedeckt.

»Das ist dann wohl Mrs Greens neue Bleibe «, sagte sie.

»Dermot Green«, las Boyd die Inschrift vor. »Gestorben im September 2001, im Alter von achtzig Jahren. Ja, ich würde sagen, hier ist ihr Platz. Sie wird neben ihrem verstorbenen Ehemann ruhen.«

»Aus dir wird einmal ein guter Ermittler«, neckte ihn Lottie und lachte.

Auch Boyd lachte. Das Geräusch hallte wider und sie erschauderte.

Erinnerungen an den Tag, an dem Adam bestattet worden war, schossen ihr durch den Kopf. Sie sah seinen Leichnam wieder vor sich, in dem Holzsarg, der mit einem vergoldeten Kreuz beschlagen war und mit dem er für immer in geweihter Erde begraben werden sollte. Sie schob die Bilder beiseite und untersuchte das Gelände rund um die Grabparzelle der Greens. Das Gras vor den Randsteinen war plattgetreten, vermutlich noch von Fahy und seinen Arbeitern, mit denen er das Grab ausgehoben hatte. Lottie folgte dem Weg langsam und blieb schließlich an einer Parzelle stehen, die drei Gräber von der Ruhestätte der Greens entfernt lag.

»Boyd, sieh dir das an.« Sie kniete sich hin. »Ist das Blut?«

Boyd beugte sich vor. Sie starrten beide auf den braunroten Fleck zwischen den weißen Kieselsteinen, die die Grabstätte zierten.

»Sieht ganz danach aus.« Er zog einen Plastikbeutel aus der Jackentasche. »Ich lasse es untersuchen.«

»Mach das.«

Lottie stand auf und schaute sich noch einmal in alle Richtungen um. Auch hier war das Gras an manchen Stellen plattgetreten. Das könnte am Frost liegen, oder es kam von den Menschen, die ihre Angehörigen hier besucht hatten. Vielleicht hatte auch der Friedhofswärter diese

Spuren hinterlassen. Oder gab es eine ganz andere Erklärung dafür? Und was war mit diesem Spritzer, der aussah wie Blut? Hätte hier jemand geschrien, hätte man das in der Fahrendensiedlung vermutlich hören können.

Allmählich überkam sie das Gefühl, dass Bridie McWard vielleicht doch keine Banshee gehört hatte. Es schien wahrscheinlicher, dass tatsächlich jemand am frühen Dienstagmorgen schreiend über den Friedhof gerannt war.

Sie drehte sich wieder zu Boyd um und fragte: »Schon fertig?«

»Ja.«

»Ich habe kein gutes Gefühl bei der Sache. Lass uns noch einmal mit dem zuvorkommenden Herrn sprechen.«

Das Büro des Friedhofswärters lag direkt hinter dem Haupttor. Die Fenster waren mit gekreuzten Eisengittern versehen und das Dach hatte die gleiche Form, die man manchmal bei alten Dorfkirchen sehen konnte.

»Früher war das hier eine Wohnung«, sagte Bernard Fahy. Er hatte seine Sicherheitsjacke ausgezogen und schlurfte durch das kleine Büro. Über seinem dünnen Pullover trug er eine Latzhose, die ihm mindestens zwei Nummern zu groß war. Sein Haar war früher vielleicht einmal blond gewesen, aber inzwischen war es gelb. Wahrscheinlich vom Zigarettenrauch, wie Lottie vermutete.

»Wohnt hier jetzt noch jemand?« Sie blickte erst zu dem nackten Betonboden, dann auf die von Rissen durchzogenen Wände.

»Keine Menschenseele, abgesehen von denen, die sich die Radieschen von unten ansehen.«

»Ach ja?«

»Das ist natürlich nicht wörtlich zu nehmen.« Er lachte dasselbe raue Lachen, das vorhin die Vögel aufgeschreckt hatte.

Eine Gänsehaut breitete sich auf Lotties Körper aus. Sie sah zu dem großen, schlanken Mann auf. Es war schwer, sein Alter zu schätzen, weil seine Haut wettergegerbt war.

»Ich bin seit fünfzehn Jahren Friedhofswärter hier und ich könnte Ihnen einiges darüber erzählen, was hier so vor sich geht. Das würden Sie mir nicht glauben.«

»Doch, ich denke schon«, widersprach Lottie. Doch sie war nicht hier, um Geschichten aus alten Zeiten zu hören. Sie wollte Antworten. »Wenn sich jemand nachts Zutritt zum Friedhof verschaffen wollte, wie einfach wäre das?«

»Das Haupttor ist verschlossen und wird nur geöffnet, wenn ein Leichenwagen kommt, aber das Seitentor ist Tag und Nacht offen. Und jeder, der will, kann über die Mauer springen. Hier wird eine Menge Müll illegal abgeladen. Ich arbeite für die Stadtverwaltung, aber die hören nicht auf mich, was das angeht. Haben Sie den Haufen schwarze Säcke da draußen gesehen? Sie können nicht zufällig etwas dagegen machen?«

Lottie schüttelte den Kopf. »Leider nicht.« Sie öffnete ihre Tasche und zog das Foto von Elizabeth Byrne hervor. »Haben Sie diese junge Frau schon einmal gesehen?« Fahy nahm das Foto in die Hand und strich mit einem schmutzigen Fingernagel über Elizabeths Gesicht. »Ein hübsches Mädchen. Was hat sie angestellt?«

»Sie hat gar nichts *angestellt*.« Lottie nahm ihm das Foto wieder ab und wischte den Dreck weg. »Wir versuchen, sie ausfindig zu machen.«

»Hier werden Sie sie nicht finden, es sei denn, sie ist tot und liegt schon unter der Erde«, witzelte er.

»Haben Sie sie gesehen?«

»Sie wiederholen sich so langsam. Die Ausbildung zur Polizistin muss ja ganz schön anspruchsvoll sein. Nein, ich habe das Mädchen noch nie gesehen.« Er nahm seine Jacke. »Und jetzt entschuldigen Sie mich bitte, in ein paar Minuten kommt die Trauergemeinde für Mrs Greens Beerdigung.«

»Wenn Sie noch etwas von Bridie oder sonst jemandem hören, lassen Sie es mich bitte wissen.« Lottie reichte ihm eine ihrer Visitenkarten.

»Mach ich. Um ehrlich zu sein, hat sie mir mit ihren Gruselgeschichten einen kleinen Schrecken eingejagt. Ich fing schon beinahe selbst an, daran zu glauben.« Er blickte gedankenverloren zu den rautenförmigen Fenstern hinauf, dann fügte er hinzu: »Sind Sie sicher, dass Sie nichts gegen diese illegale Müllkippe machen können?«

»Ganz sicher.«

»Wenn ich den erwische, der dafür verantwortlich ist, ist *der* jedenfalls so gut wie mausetot«, sagte Fahy.

Lottie schob Boyd vor sich zur Tür hinaus und eilte dann mit großen Schritten zum Tor.

»Der ist mir unheimlich«, meinte Boyd.

Lottie antwortete: »Mausetot. Hoffentlich nicht.«

ACHT

Boyd ließ den Wagen an, warf einen Blick in den Rückspiegel und wollte losfahren.

»Warte mal«, sagte Lottie und legte eine Hand auf das Lenkrad, um ihn zurückzuhalten. »Da kommt gerade der Trauerzug die Straße hinauf. Ich finde, wir sollten pietätvoll sein und warten, bis sie reingegangen sind.«

»Wie du meinst, Boss.« Er schaltete den Motor wieder ab.

Lottie lehnte sich zurück und beobachtete, wie Fahy das schmiedeeiserne Tor aufschloss. Die Flügel schwangen langsam nach innen und der Leichenwagen samt dem schlichten, mit einem Liliengesteck geschmückten Sarg aus Kiefernholz fuhr auf den Friedhof. Insgesamt acht Autos parkten draußen auf der gegenüberliegenden Straßenseite.

Aus dem ersten Auto stieg ein Priester in einem schwarzen Mantel, dessen Schultern von einer violetten Stola bedeckt wurden. Er ging ein bisschen gebückt, so, als lastete auf ihm ein unsichtbares Gewicht.

Scheiße, dachte Lottie.

»Ist das der, für den ich ihn halte?«, fragte Boyd.

»Komm«, sagte sie und verdrängte, was sie gesehen hatte, obwohl es offensichtlich war: Pater Joe Burke war wieder da. »Es ist nur ein kleines Grüppchen, wir können uns dazugesellen.«

»Wir haben auch so genug zu tun, ohne dass wir in die Beerdigung einer Fremden hineinplatzen.«

»Mein Gott, Boyd, kannst du nicht einmal den Mund halten?« Lottie schlug die Autotür hinter sich zu und folgte der Gruppe von etwa dreißig Leuten den Hügel hinab zu Mrs Greens letzter Ruhestätte.

»Das ist lächerlich, wenn ich das so sagen darf.« Boyd bemühte sich, mit ihr Schritt zu halten.

»Darfst du nicht. Und jetzt sei still. Ich will sehen, wofür Mr Fahy bezahlt wird.«

»Er hebt ein Grab aus und schüttet es wieder zu, wenn die Angehörigen gegangen sind. Das weißt du doch. Wir vergeuden hier nur unsere Zeit.«

»Herr im Himmel, gib mir Geduld!«, rief sie. »Geh zurück zum Auto und warte dort auf mich.«

»Es gibt keinen Grund, so unruhig zu sein. Und wo ich schon mal hier bin, kann ich auch mitkommen.«

Sie verlangsamte ihre Schritte, als der Leichenwagen am Ende der schmalen Straße hielt. Zwei Bestatter öffneten die Hecktür und die Familie stellte sich in einer Reihe auf, um den Sarg in Empfang zu nehmen. Lottie erschauderte. Seit Adams Tod war sie auf keiner Beerdigung mehr gewesen, abgesehen von der Beisetzung der Gebeine ihres Bruders. Das hier war eine Fremde, mit der sie überhaupt nichts verband. Es sollte ihr nichts ausmachen. Aber das tat es.

Und dann entdeckte sie Pater Joe Burke. Sein blondes Haar trug er jetzt kürzer, als sie es in Erinnerung hatte, der Pony war aus der Stirn gekämmt und seine Augen leuchteten wie Saphire. Sie zog sich die Kapuze ihrer Jacke über den Kopf und wandte sich ab. Sie wollte ihn sehen, aber gleichzeitig wollte sie das nicht. Du verhältst dich so widersprüchlich, schalt sie sich selbst. Anfang letzten Jahres, als sie eine schwere Krise durchmachte, hatte er ihr als Freund beigestanden. Und ihr sogar bei ihren Ermittlungen im Mordfall Susan Sullivan geholfen. Aber als er daraufhin die Wahrheit über seine Herkunft herausgefunden hatte, hatte er Ragmullin voller Schmerz verlassen. Sie hatte geglaubt, ihn nie wiederzusehen. Und jetzt war er wieder da. War das etwas Gutes? Sie wusste es nicht.

Sechs Männer, drei auf jeder Seite, ließen den Sarg auf die Holzlatten nieder, die Fahy über das offene Grab gelegt hatte. Ein weiterer Mann in einer Sicherheitsjacke stand neben Fahy. Dann reihten sich beide hinter den anderen Trauergästen ein.

Lottie beobachtete, wie ein junger Mann in einem Anzug, der ihm eine Nummer zu klein war, das Blumengesteck neben dem Sarg auf dem Lehmhügel ablegte. Der Duft der Lilien weckte Erinnerungen und versetzte sie zu jenem Tag zurück, als sie geholfen hatte, ihren Ehemann in die karge Erde hinabzulassen. Würde diese Erinnerungen jemals aufhören, sie zu quälen? Sie klebten an ihr wie kalter Schweiß.

Pater Joe versprengte etwas Weihwasser und begann sein Gebet. Die kleine Schar stimmte murmelnd mit ein. Lottie versuchte, nicht an den Priester zu denken, und fragte sich stattdessen, was es mit der Substanz auf sich hatte, die sie vorhin auf den Kieseln entdeckt hatte. Sie war sicher, dass es sich um Blut handelte, aber dieses Blut könnte auch von einem Kind stammen, das sich das Knie aufgeschlagen hatte, oder von einem der Arbeiter, die das Grab ausgehoben hatten.

Noch mehr Weihwasser wurde versprengt, dann nahmen sechs der Trauernden, darunter die beiden einzigen anwesenden Frauen, die Lederseile auf beiden Seiten des offenen Grabes hoch, wickelten sie so fest um ihre Finger, dass die Knöchel weiß hervortraten, und zogen sie stramm. Fahy kam dazu und schob die Holzlatten beiseite, sodass der Sarg über dem klaffenden, knapp zwei Meter tiefen Loch in der Schwebe gehalten wurde.

Ein Schrei durchbrach die andächtige Stille der Versammelten, dann ließ eine der beiden Frauen das Seil fallen und sank auf die Knie. Welchen Schmerz sie durchmachen muss, dachte Lottie. Sie beobachtete aus der Ferne, wie Pater Joe die aufgelöste Frau am Ellbogen packte und ihr aufhalf. Fahy und sein Männer richteten eilig die Holzlatten neu aus, um das Gewicht des Sarges abzufangen.

Wieder stieß die Frau einen Schrei aus, woraufhin sich Lottie durch die Trauergemeinde zu ihr vorkämpfte.

»Geht es Ihnen gut?«, fragte sie.

»Lottie!«, rief der Priester aus. Er starrte sie mit offenem Mund an, so, als wollte er sie etwas fragen, aber da begann die aufgelöste Frau zu sprechen.

»Da unten ist irgendwas.« Sie deutete in das Grab. Dabei war ihr Gesicht so bleich, dass es fast dieselbe Farbe hatte wie die Bluse, die unter dem Kragen ihres Mantels hervorblitzte.

Lottie spähte in das Loch, sah aber nur Lehm. »Was haben Sie gesehen?«

Fahy zwängte sich neben sie. »Wahrscheinlich einen Vogel oder Ungeziefer. Frisch ausgehobene Gräber locken sie an. Besonders, wenn schon eine alte Leiche darin ...« Er verstummte, weil Lottie ihm einen warnenden Blick zuwarf. »Entschuldigung«, fügte er hinzu.

»Sie sprechen da von meinem Großvater«, sagte ein

stämmiger Mann, der der erschütterten Frau einen Arm um die Schultern gelegt hatte.

»Wir machen eine kurze Pause«, verkündete Pater Joe, nickte Lottie zu und geleitete die Trauergemeinde zurück auf den Weg, wo sie sich neben dem Leichenwagen zusammendrängten.

Sie spürte, dass Boyd direkt neben ihr stand.

»Vielleicht ist das die Ruhestätte der Banshee«, sagte er.

»Können wir einen Blick hineinwerfen?«, fragte sie Fahy.

»Da unten ist nichts«, antwortete er.

Lottie wandte sich der schluchzenden Frau zu. »Was genau haben Sie gesehen?«

»Ich weiß es nicht genau. Vielleicht habe ich es mir auch bloß eingebildet, aber als wir an dem Seil gezogen haben und der Sarg ein wenig angehoben wurde, dachte ich, ich hätte auf dem Boden der Aushebung etwas gesehen, das aus dem Lehm ragte und aussah wie Haut. Von einem Menschen. Großer Gott! Kann das mein Großvater gewesen sein?« Sie schüttelte heftig den Kopf. »Aber er ist doch schon seit fünfzehn Jahren tot.«

»Bleiben Sie hier. Bleiben Sie alle hier.« Lottie marschierte zu Fahy hinüber, der neben dem Grab stand. »Könnten Sie den Sarg bewegen, damit ich mir das ansehen kann?«

»Was? Sie gehen doch nicht da runter, oder?« Fahy vergrub die Hände tiefer in den Taschen.

»Ich möchte, dass der Sarg angehoben wird. Und zwar sofort.« Der Friedhofswärter ging ihr inzwischen gewaltig auf die Nerven.

»Das ist ja unerhört«, sagte er.

Boyd zwängte sich zwischen sie und Fahy. »Ich finde, dass du ein bisschen überreagierst, Boss. Wir sollten diese Familie in Ruhe ihre Angehörige beerdigen lassen.«

Zur Antwort funkelte sie ihn wütend an, bevor sie sich wieder an Fahy wandte. »Sie und Ihr Kollege räumen den Sarg aus dem Weg. Ich will einen kurzen Blick in die Grube werfen, und dann können Sie mit der Zeremonie fortfahren.«

Mit einem theatralischen Seufzer rief Fahy nach seinem Kollegen. Gemeinsam schoben sie eine weitere Latte unter den Holzsarg und zogen ihn vom Grab weg.

Die Luft schien schlagartig noch weiter abzukühlen und Lottie war, als verdunkelte sich der Himmel mit einem Mal, als sie sich über den Rand beugte und in das Loch spähte.

»Scheiße«, sagte sie. »Boyd, bestell die Spurensicherung her. Und ruf Lynch und Kirby an. Schnell.«

NEUN

»Was ist mit meinem Begräbnis?« fragte Fahy, während Boyd die Trauergemeinde und Pater Joe zusammen mit den Leuten vom Bestattungsinstitut hinter den Leichenwagen bugsierte.

Lottie ging direkt auf ihn zu. »Mr Fahy, es ist nicht Ihr Begräbnis, sondern Mrs Greens, und ich möchte, dass Sie und Ihr Kollege sich zu der Familie dort drüben gesellen, bis ich den Bereich abgesperrt habe.«

»Wir müssen sie doch begraben«, sagte er.

»Und das können Sie auch. Aber nicht jetzt. Ich habe den starken Verdacht, dass sich in diesem Grab eine Leiche befindet, die dort nicht hingehört, deshalb bitte ich Sie, Platz zu machen.«

»Na schön.« Er packte seinen Kollegen am Ärmel und zog sein Handy hervor. »Aber ich ruf deswegen meinen Vorgesetzten an.«

»Sie können von mir aus anrufen, wen Sie wollen, aber halten Sie sich von meinem Tatort fern.«

Sobald sie allein war, starrte Lottie in die Dunkelheit

hinab. Aus der dünnen Erdschicht ragten pink lackierte Zehennägel hervor.

Eine Stunde später glich der Friedhof Ragmullin mit den umherschwirrenden Menschen und ihrer lärmenden Betriebsamkeit einem Bienenstock. Den Sarg von Mrs Lorraine Green hatte man zurück in den Leichenwagen gebracht und die Angehörigen waren von den Mitarbeitern des Bestattungsinstituts nach Hause gefahren worden. Obwohl sich Lottie gern mit Pater Joe unterhalten hätte, tat sie es nicht. Sie beantwortete lediglich sein trauriges Lächeln mit einem Kopfnicken.

Schließlich war das Absperrband angebracht und das Haupttor verschlossen und bewacht. Ein paar Schaulustige hockten auf der hohen Mauer und sahen zu, wie die Leute von der Spurensicherung ein Zelt über dem klaffenden Grab aufbauten.

»Jim McGlynn ist schon unterwegs«, sagte Boyd.

»Was wird er sich freuen, uns beide zu sehen.«

Boyd rieb sich das Kinn. Ein besorgter Ausdruck lag in seinen Augen. »Glaubst du, sie ist es? Unsere Vermisste?«

»Da unten liegt eine Leiche und es sind nicht die Überreste einer Person, die seit fünfzehn Jahren begraben ist. Es wäre also möglich.« Sie schaute zu den Gaffern hinüber, die auf der Mauer hockten. »Wir müssen noch einmal mit Bridie McWard sprechen, außerdem mit Fahy und seinem Kollegen.«

»Wo sind sie denn hin?«

Sie deutete auf eine Baumreihe zu ihrer Linken. Fahy stand unter einer der Kiefern und rauchte eine Zigarette. Rechts und links neben ihm standen die Detectives Larry Kirby und Maria Lynch. Als Lottie sich ihnen näherte, nahm Fahy einen tiefen Zug und stieß den Rauch langsam aus.

»Sie müssten mit aufs Revier kommen, um Ihre Aussage zu machen«, sagte sie.

»Ich habe nichts gesehen. Und ich habe auch nichts getan, bevor Sie anfangen, mich zu beschuldigen. Ich habe das Grab am Montag ausgehoben und heute Morgen die Latten draufgelegt. Alles, was ich da unten gesehen habe, war Lehm.«

»Wir brauchen eine offizielle Aussage. Sind Sie sicher, dass Ihnen in den letzten Tagen nichts Verdächtiges aufgefallen ist?«

»Das habe ich Ihnen doch schon gesagt. Ich habe nichts gesehen.« Er zündete sich noch eine Zigarette an. Von dem Geruch drehte sich Lotties leerer Magen um.

»Wie ist Ihr Name?« Sie wandte sich an den dicklichen jungen Mann mit schlimmer Akne, der neben Fahy stand.

»Ich habe heute erst hier angefangen. Ich mache ein Praktikum.«

»Ich habe gefragt, wie Sie heißen. Oder sind Sie taub?«, fragte Lottie und musterte ihn. Er hatte gelbliche Zähne und einen fahlen Teint.

»Auf einem Ohr schon. Ich trage ein Hörgerät.« Er zeigte auf sein rechtes Ohr. »Aber heute habe ich vergessen, es einzusetzen.«

»Entschuldigung.« Lottie positionierte sich so, dass sie in sein gesundes Ohr sprechen konnte.

»Er heißt John Gilbey«, sagte Kirby. Sein buschiges Haar stand ihm vom Kopf ab und der Reißverschluss seiner Jacke spannte sich über seinen Bauch. Lynch lehnte an der Mauer. Ihr Gesicht war ungewöhnlich blass und ihre blonden Haare, die sie sonst zu einem Pferdeschwanz gebunden trug, fielen ihr über die Schultern.

»Sie müssen mit aufs Revier kommen«, informierte Lottie Gilbey. »Das ist eine reine Formalität, kein Grund zur Sorge.« Sie wies Kirby an, die beiden Männer mitzunehmen.

»Und was soll ich machen, Boss?«, fragte Lynch.

»Machen Sie sich nützlich. Sie können den anderen dabei helfen, das Absperrband am Haupttor anzubringen.«

Lynch stapfte den Hügel hinauf und zeitgleich rumpelte ein silberner Kombi die Böschung hinunter. Das Auto wurde langsamer und hielt schließlich an. Dann lehnte sich der Fahrer aus dem Fenster.

»Na, wenn das nicht Inspektor Morse und Sergeant Lewis sind. Und wie immer ruinieren Sie mir einen friedlichen Morgen.«

»Meine Güte, McGlynn. So freizügig gekleidet habe ich Sie gar nicht erkannt.« Lottie grinste. Sie hatte den Leiter der Spurensicherung bisher immer nur vermummt gesehen, in seiner weißen Schutzkleidung, mit aufgesetzter Kapuze und Mund-Nasen-Schutz. Seine grünen Augen waren alles, was dann unbedeckt blieb, mehr kannte sie von ihm nicht. Und jetzt konnte sie der Montur ein Gesicht zuordnen. Seine zerfurchten Züge verrieten ihr, dass er um die sechzig Jahre alt sein musste. Außerdem hatte er schlechte Laune, aber das war nichts Neues.

»Ich würde Sie im Schlaf wiedererkennen«, behauptete er mit nach unten gebogenen Mundwinkeln. »Wen haben Sie diesmal für mich ausgebuddelt?«

»Wir haben nicht wirklich jemanden ausgebuddelt, aber wenn ich nicht so neugierig wäre, wäre die Person wohl für immer begraben worden.«

»Und ich nehme an, Sie wissen, dass es gefährlich sein kann, seine Nase überall hineinzustecken, oder?« McGlynn ließ das Fenster wieder hoch und fuhr weiter zum Tatort.

»So ein nervtötender Arsch«, sagte Lottie.

Innerhalb von fünfzehn Minuten war McGlynns Team bei der Arbeit. Sie ließen eine Leiter in das Grab hinab, und er kletterte hinein. Rings um ihn herum rieselten Steinchen und Lehm herab, deshalb blieb er auf einer Stelle stehen.

»Wir haben hier eine dünne Schicht aus Lehm und Erde«, begann er und beugte sich hinunter. Er nahm eine Bürste mit kurzem Griff und langen Borsten und fegte die Erde vorsichtig beiseite, bis ein Fuß vor dem dunklen Hintergrund sichtbar wurde. Die Zehen waren in einem knalligen Pink lackiert. Die kreidebleiche Haut hingegen wirkte so dünn wie Papier. McGlynn bürstete auch den Lehm auf der anderen Seite weg und wich ein Stück zurück, als ein weiterer Fuß zutage trat.

»Können Sie dort weitermachen, wo der Kopf sein müsste?« Lottie wollte so schnell wie möglich wissen, wer die verschüttete Person war.

McGlynn setzte seine Arbeit systematisch fort, ohne zu antworten. Als er das Bein freigelegt hatte, bemerkte Lottie, dass es gebrochen war: Der Knochen ragte heraus. »Zunächst stelle ich eine offene Schaftfraktur der Tibia fest«, berichtete McGlynn. »Der Knochen hat beim Brechen die Haut durchbohrt. Es handelt sich um das Schienbein. Anzeichen von Madenbefall sind vorhanden, aber keine Fliegen. Sie kann noch nicht lange hier unten liegen. Es war kalt und es hat nicht geregnet, also seit einem Tag, oder höchstens zwei.«

Lottie kniete sich auf die Schutzabdeckung am Rand des Grabs und beugte sich weiter vor, während sie inständig hoffte, er möge sich beeilen.

Ein zweites Bein kam zum Vorschein, und als McGlynn

mehr von der Leiche freilegte, wurde deutlich, dass es sich eindeutig um eine Frau handelte. Und dass sie nackt war.

»Soweit gibt es keine weiteren sichtbaren Wunden«, murmelte er.

Schließlich waren das Gesicht und die Haare zu sehen. Lottie sog scharf die Luft ein. McGlynn blickte auf und seine Smaragdaugen funkelten über der weißen Maske. »Sehen Sie, was ich sehe, Inspector?«

»Wurde sie mit dem Lehm erstickt?«

»Die Schicht ist zwar dünn, aber ich glaube nicht, dass sie sich selbst darunter begraben hat. Sagen Sie der Rechtsmedizinerin, dass sie hier gebraucht wird.«

»Ich habe sie schon angerufen«, sagte Boyd. »Sie sollte bald hier sein.«

Lottie starrte auf den Mund des Opfers hinab, der voller Lehm war, und auf das dreckverkrustete kastanienbraune Haar.

»Wer war die letzte Person, der du in deinem Leben begegnet bist?«, fragte sie den leblosen Körper von Elizabeth Byrne.

ZEHN

Lottie ließ Jane Dore, die Rechtsmedizinerin, bei McGlynn zurück, um offiziell zu bestätigen, was sie bereits wussten: dass sie es nicht mit einer natürlichen Todesursache zu tun hatten. Sie schickte Lynch los, damit sie Bridie McWard aufspürte, die noch einmal befragt werden sollte, und kehrte dann mit Boyd in die Dienststelle zurück, um ein Team zusammenzustellen und die Aussagen der Friedhofsarbeiter aufzunehmen.

Superintendent Corrigan marschierte gerade durch die Zentrale, als sie eintraf.

»Haben Sie Ihre Vermisste gefunden?«

»Ich denke schon, Sir, aber sie muss noch identifiziert werden.«

»Haben Sie die Mutter informiert?«

»Noch nicht.«

»Tun Sie das bald, bevor die Medien es auf Twitter herumposaunen.«

»Das ist der Plan.«

»Ich muss mit Ihnen sprechen«, sagte Corrigan.

Lottie folgte ihm über den Flur und in sein Büro.

»Setzen Sie sich«, forderte er sie auf und zwängte sich hinter seinen Schreibtisch.

»Wollen Sie einen Lagebericht, Sir? Bis morgen früh werde ich einen vollständigen Bericht für eine Teambesprechung vorliegen haben.«

»Nein, dann bin ich nicht mehr hier, also unterliegt die Angelegenheit jetzt Ihrer Verantwortung. Oder wohl eher McMahons, um genau zu sein. Ich möchte Ihnen etwas sagen.«

O Gott, dachte Lottie. Er will mir sagen, dass er sterben muss, und dann habe ich für den Rest meines Berufslebens McMahon am Hals. »Ja, Sir?«

»Es geht um Elizabeth Byrne. Sie wurde das letzte Mal im Zug gesehen. Richtig?«

»Soweit wir wissen, schon. Wir haben diesbezüglich nur die Aussage ihrer Mutter, dass sie nicht nach Hause gekommen ist.«

»Das erinnert mich an einen Fall, den ich vor zehn Jahren bearbeitet habe. Um genau zu sein, jährt er sich sogar diese Woche. Ich weiß nicht, warum ich ihn überhaupt erwähne, aber die Sache mit dem Zug hat mich daran erinnert. Der Unterschied ist, dass die junge Frau, die damals verschwunden ist, nie gefunden wurde. Und jetzt frage ich mich, ob sie vielleicht auch in einem Grab verschüttet worden sein könnte, das für eine Bestattung ausgehoben worden war.«

»Noch mal von vorne.« Lottie versuchte zu verstehen, was Corrigan sagen wollte, aber es ergab noch keinen Sinn. »Welche Frau?«

»Lynn O'Donnell. Sie war damals vierundzwanzig oder fünfundzwanzig Jahre alt. Zuletzt wurde sie im Zug von Dublin nach Ragmullin gesehen, aber sie ist nie zu Hause angekommen. Das war am Valentinstag 2006. Holen Sie sich die Akte, wenn Sie Zeit haben. Es hat wahrscheinlich nichts mit diesem Mord zu tun, aber es schadet nicht, wenn Sie davon wissen. Ich bin sicher, dass die Medien sich daran aufhängen werden.«

»Danke, Sir, ich werde einen Blick in die Akte werfen. Und ich erinnere mich an den Fall. Zu der Zeit habe in Athlone gearbeitet.« Sie betrachtete ihn. Er rieb sich schon wieder das Auge. »Und passen Sie auf sich auf. Ich melde mich bei Ihnen, um nachzufragen, ob alles gut verlaufen ist.«

»Das ist nicht notwendig. Ich bin sicher, dass McMahon Sie ordentlich auf Trab halten wird.«

»Mir graut ein bisschen vor seiner Ankunft«, gestand sie.

»Gehen Sie ihm aus dem Weg und leisten Sie gute Arbeit, dann hat er keinen Grund, sich zu beschweren. Ich verlasse mich darauf, dass Sie den guten Ruf dieser Dienststelle aufrechterhalten werden.«

»Ich gebe mein Bestes, Sir.«

»Viel Glück dabei. Ich fürchte, Sie werden es brauchen.«

ELF

»Erinnerst du dich an das Verschwinden von Lynn O'Donnell?«, fragte Lottie Boyd, als sie das Haus von Elizabeth Byrne erreichten.

»Ja, da klingelt irgendwas. Aber das ist schon lange her. Warum fragst du?«

»Corrigan hat davon gesprochen. Sie wurde das letzte Mal lebend im Zug von Dublin nach Ragmullin gesehen. Genau wie Elizabeth.«

»Glaubt er, dass es eine Verbindung zwischen den Fällen gibt?«

»Ich weiß nicht. Er hat gesagt, ich soll einen Blick in die Akte des ungeklärten Falls werfen.«

»Das ist aber ziemlich weit hergeholt, wenn du mich fragst.«

»Ich sehe sie mir trotzdem an.« Sie klingelte an der Tür.

Elizabeth Byrne hatte mit ihrer Mutter in einem Einfamilienhaus aus rotem Backstein in der Siedlung am Greenway gelebt. Anna Byrne geleitete sie in die Küche. »Ich hoffe, Sie bringen mir Neuigkeiten von Elizabeth. Ich habe gerade Wasser aufgesetzt. Möchten Sie eine Tasse Tee mit mir trinken? Oder Kaffee? Heute ist es furchtbar kalt draußen.«

Während Mrs Byrne sich mit Tassen und Teebeuteln zu schaffen machte, saßen Lottie und Boyd am Tisch, einem altmodischen Exemplar aus Holz, über das ein rotes Wachstuch gebreitet war. Der Herd, auf dem ein Topf voll Wasser köchelte, war ein cremefarbenes Modell von Aga. Lottie warf einen Blick auf die Wanduhr und rechnete aus, dass gut zwei Stunden vergangen waren, seit sie die Leiche gefunden hatten. Sie fröstelte, obwohl es in der Küche warm war.

Dann drehte Mrs Byrne sich um, und Lottie bemerkte die Sorgenfalten auf ihrer Stirn. Sie trug Jeans, einen rosafarbenen Pullover über einer weißen Baumwollbluse und dazu flauschige Socken. Die gehörten wahrscheinlich Elizabeth, dachte Lottie. Ihr Herz setzte einen Schlag aus, als sie daran dachte, dass sie jetzt eine Nachricht überbringen mussten, die die Hoffnungen dieser armen Frau endgültig zerschmettern würde.

»Warten Sie, ich helfe Ihnen«, sagte Boyd. Er stand auf und nahm ihr die Kanne aus der Hand. »Sie setzen sich hin und ich mache den Tee.«

Er wusste seinen Charme einzusetzen, aber Lottie war sich dessen bewusst, dass er damit nur das Unvermeidliche aufschob. Mrs Byrne ließ sich in einen Stuhl fallen.

»Gibt es irgendetwas Neues wegen Elizabeth?«

»Mrs Byrne ...«, setzte Lottie an.

»Nennen Sie mich Anna.«

»Es tut mir so leid, Anna ... Ich sage es Ihnen nur ungern, aber ich fürchte, ich habe keine guten Neuigkeiten.« Verdammt, das war nicht die Art, wie man einer Mutter beibrachte, dass ihre Tochter tot war.

»Möchten Sie vielleicht ein paar Kekse?«, fragte Anna

plötzlich aufgeregt. »Ingwerplätzchen. Ich müsste irgendwo eine Packung haben.« Sie sprang auf.

Lottie legte ihr eine Hand auf den Arm. »Anna. Es tut mir leid.«

Anna kaute auf ihrer Unterlippe herum. Ihre Augen füllten sich mit Tränen. Sie schlug die Hand vor den Mund, wie um die Worte, die sie nicht aussprechen wollte, zurückzuhalten.

»Sie ist tot, stimmt's?« Jetzt nestelte sie an ihrem Ärmel herum. Sie wich Lotties Blick aus und kniff die Augen zusammen.

»Es tut mir schrecklich leid.«

»Sagen Sie's mir.« Jetzt bahnten sich die Tränen doch einen Weg, flossen über ihre Wangen, an der laufenden Nase vorbei und über ihre Lippen. »Sagen Sie es«, schrie sie.

Lottie legte ihre Hand auf die von Anna Byrne. »Leider haben wir heute Morgen die Leiche einer Frau gefunden.«

»Nein! Ich glaube Ihnen nicht. Es ist nicht meine Elizabeth. Sie ist alles, was ich habe. Verstehen Sie? Sie ist es nicht.« Die Panik in ihren Worten war so greifbar, dass Anna beinahe hysterisch klang.

»Wir haben Grund zu der Annahme, dass es sich dabei um Elizabeth handelt. Es tut mir so leid.«

Annas Körper erbebte plötzlich. Lottie sprang auf und nahm ein Glas aus einem Schrank. Sie füllte es mit Wasser aus dem Wasserhahn und hielt es Anna an die Lippen.

»Trinken Sie in kleinen Schlucken. Das tut Ihnen vielleicht gut.« Sie hatte schon oft schlechte Nachrichten überbringen müssen, aber angesichts der blanken Verzweiflung war sie nicht sicher, wie sie sich am besten verhalten sollte. Dabei müsste sie das eigentlich besser wissen als irgendjemand sonst.

»Mein Gott. Was ist mit ihr passiert?« Anna blickte Lottie direkt in die Augen und eine zerbrechliche Stille legte sich über den Raum.

Sie hielt dem Blick stand. »Im Moment wissen wir nur, dass die Umstände ihres Todes verdächtig erscheinen.«

»Wurde sie ermordet?«

»Das wissen wir noch nicht.«

»Wie ist sie gestorben? Die junge Frau, die Sie gefunden haben?«

»Das kann ich im Moment noch nicht sagen. Erst wenn ... wenn die Ergebnisse der Obduktion vorliegen.«

»O gütiger Himmel!«, klagte die Frau.

»Kann ich vielleicht jemanden für Sie anrufen? Eine Freundin? Oder eine Verwandte?«

Anna ging nicht auf ihre Frage ein. »Wo haben Sie sie gefunden?«

Lottie sah hilfesuchend zu Boyd. Er schüttelte langsam den Kopf. »Auf dem Friedhof«, sagte sie.

»Dann kann es nicht Elizabeth sein.« Anna schien davon fest überzeugt zu sein. Sie verschränkte die Arme und schluckte ihre Tränen hinunter. »Da geht sie nie hin.«

»Es tut mir leid, Anna. Ich weiß, dass das schwer für Sie ist, aber wir haben Grund zu der Annahme, dass es sich um Ihre Tochter handeln könnte. Und Sie müssten sie offiziell identifizieren.«

»Als ich sie als vermisst gemeldet habe, hat mir keiner geglaubt.« Ihre Stimme war jetzt so leise, dass sie fast nicht mehr zu verstehen war, aber dann sprang sie plötzlich um eine Oktave höher. »Sie haben gesagt, Sie könnten noch nicht nach ihr suchen, weil Sie erst achtundvierzig Stunden warten müssten. Tja, es sind über achtundvierzig Stunden vergangen, seit *ich* sie das letzte Mal gesehen habe. Sie können jetzt mit der Suche beginnen.« Sie löste ihre Arme aus der Verschränkung und riss mit einem Fingernagel ein Loch in das Wachstuch. Dann vergrößerte sie es und krallte ihren Finger in die hölzerne Tischplatte.

Lottie starrte zu Boyd hinüber. Na los, flehte sie stumm. Es wurde Zeit, dass er wieder seinen Charme spielen ließ.

»Anna«, begann er mit sanfter Stimme. »Wir glauben, dass wir Elizabeths Leiche gefunden haben. Verstehen Sie, was ich sagen will?«

Sie nickte und wieder liefen Tränen über ihr Gesicht.

»Bitte lassen Sie mich jemanden anrufen, der herkommt und bei Ihnen bleibt«, sagte Lottie.

»Ich komme zurecht. Wollen Sie mir Fragen über Elizabeth stellen? Nur zu. Fragen Sie. Am besten jetzt gleich, dann werden Sie sehen, dass Sie einen Fehler gemacht haben.«

»Das können wir auch ein andermal machen«, versicherte Boyd eilig.

Anna schlug mit der Faust auf den Tisch. »Fragen Sie mich jetzt. Bevor es mich völlig aus der Bahn wirft.«

»Sind Sie sicher?«, fragte Lottie.

Anna nickte.

Lottie senkte ihre Stimme und sprach so sanft, wie sie konnte. »Erzählen Sie uns von Ihrer Tochter. Was war sie für ein Mensch? Wer waren Ihre Freundinnen und ...«

»Das habe ich der netten jungen Garda O'Donoghue alles schon erzählt.«

»Wir müssen nachvollziehen, wo sie sich zuletzt aufgehalten hat. War sie in letzter Zeit anders als sonst?«

»Sie war genauso wie sonst auch. Immer auf dem Sprung. Mal hier und mal da. Sie kann nie zwei Minuten still sitzen. Braucht immer eine Beschäftigung. Haben Sie Kinder, Inspector?«

»Ja, habe ich«, sagte Lottie. Annas Beschreibung von

Elizabeth erinnerte sie an ihre eigene Tochter Chloe. »Drei Teenager. Na ja, Katie ist schon zwanzig.«

»Dann wissen Sie, wie das ist. Sie geht ein und aus wie ein Wirbelwind. Zieht sich ein Dutzend Mal am Tag um. Feiert in den Clubs. Samstags und sonntags geht sie am Vormittag joggen. In den Rochfort Gardens. Unter der Woche schleppt sie sich zum Bahnhof, um den Pendlerzug früh morgens zu erwischen.«

Lottie dachte darüber nach, wie sehr sich diese Welt von Katies unterschied. »Hatte sie viele Freundinnen?«

»Sie hat ein paar. Mir fällt mir niemand ein, der ihr besonders nahestehen würde. Sie trifft sich mit Carol O'Grady, obwohl ich das nicht gutheiße. Nicht, dass ich ein Snob wäre oder so.«

»Sie mögen Carol nicht?«

Anna ging nicht darauf ein. Stattdessen sagte sie: »Elizabeth ist mein einziges Kind, also sind wir meistens nur zu zweit, sie und ich.«

»Hatte sie einen Freund?«, fragte Boyd.

Anna schwieg einen Moment lang, dann hob sie den Kopf und sah ihm direkt in die Augen.

»Vor einem Jahr hatte sie schlimmen Liebeskummer. Sie war sich so sicher gewesen, dass er der Richtige war. Es war die Rede von einer Hochzeit und davon, eine Hypothek für ein Haus aufzunehmen und dergleichen. Aber er hat ihr nie einen Ring an den Finger gesteckt, und dann ist er von der Bildfläche verschwunden.«

»Verschwunden?« Lottie hob fragend eine Augenbraue.

»Nicht, was Sie denken. Er hat in einer Bank in Dublin gearbeitet und wurde in eine andere Filiale versetzt, nach München. Ist einfach abgehauen und hat meiner Kleinen das Herzen gebrochen. Dieser Mistkerl. Tut mir leid, wenn es um Matt Mullin geht, kommen mir immer viele Schimpf-wörter über die Lippen.«

Lottie hörte, wie Boyd den Namen eilig in sein Notiz-buch schrieb. »Hat die Trennung sie sehr mitgenommen?«, fragte sie.

»Ja. Sie fing an, jeden Abend mit ihren Freundinnen auszugehen. Sogar unter der Woche. Das hat sie vorher nie gemacht. War todunglücklich, mein armer Schatz.« Anna wischte sich die Tränen weg, die ihr vom Kinn tropften.

Lottie streckte eine Hand aus und umschloss ihre Finger. »Dieser Matt, ist er immer noch in München?«

Anna wich plötzlich zurück, so als hätte Lottie sie gekniffen. »Glauben Sie, er könnte wieder in der Stadt sein? Glauben Sie, er ist irgendwie in die Sache verwickelt? Hat dieser Mistkerl mein Mädchen umgebracht?« Ihre Wut verdrängte den Kummer rasch.

»Wir wissen noch nichts Genaues«, antwortete Lottie. »Stammt er ursprünglich aus Ragmullin?«

»Ja. Hat in der Dublin Road gewohnt. Seine Adresse finden Sie sicherlich heraus.«

»Sie haben Garda O'Donoghue eine Liste mit Eliza-beths Freunden gegeben. Ich kann mich aber nicht erin-nern, dass dieser Matt draufstand.«

»Er ist ja kein Freund. Ich habe versucht, ihn zu verges-sen, seit er mit meiner Kleinen Schluss gemacht hat. Letztes Jahr am Valentinstag. Ist das zu glauben? Sie dachte, er würde sie zum Essen ausführen, um sie mit einem Brillant-ring zu überraschen. Stattdessen war die Überraschung an diesem Abend ein Schlag ins Gesicht.«

»Das ist ja schrecklich«, sagte Lottie. »Ich werde ihn auf jeden Fall kontaktieren.«

»Tun Sie das.« Inzwischen weinte Anna nicht mehr,

sondern starrte sie wütend an. Lottie merkte, dass der Schock allmählich einsetzte.

»War sie nach Matt noch mit jemandem zusammen?«

Anna schüttelte den Kopf. »Nein. Davon hätte ich gewusst.« »Könnte sie vielleicht mit jemandem ausgegangen sein, ohne es Ihnen zu erzählen?«

»Wie gesagt: Davon hätte ich gewusst.«

»Am Sonntagabend letzte Woche. Hat sie da irgendetwas anderes gemacht als sonst?«

»Es war alles wie immer.«

»Können Sie mir denn sagen, was sie an diesem Abend unternommen hat?« Lottie wusste, dass sie herzlos erscheinen musste, aber sie wollte Anna weiter befragen, solange diese noch bereit war, mit ihr zu reden.

»Mal überlegen. Elizabeth geht nicht in den Gottesdienst. Das macht sie seit der Sache mit Matt nicht mehr. Es war also schon fast ein Uhr mittags, als sie aufgestanden ist. Sie hat ihre übliche Laufrunde in den Rochfort Gardens verpasst. Samstagnacht war sie im Last Hurdle und ist erst gegen drei Uhr morgens wieder nach Hause gekommen. Inzwischen bin ich an einem Punkt angelangt, an dem ich den Mund halte. Immerhin ist sie fünfundzwanzig. Und damit erwachsen, wie sie mir immer wieder sagt. Sie ist erwachsen, aber sie möchte immer noch, dass ihr jemand was zum Abendessen kocht und ihre Wäsche wäscht. Manchmal fühle ich mich mehr wie ihre Hausangestellte als wie ihre Mutter.«

»Ich kenne das Gefühl«, sagte Lottie. Ihr fiel auf, dass Anna immer noch im Präsens von ihrer Tochter sprach. »Am Sonntag ist sie also um ein Uhr mittags aufgestanden. Was hat sie dann gemacht?«

»Wir haben zu Mittag gegessen. Einen Braten, nur wir

beide. Mein Mann, Elizabeths Vater, ist vor acht Jahren gestorben. An Krebs.«

Ein scharfer Stich fuhr in Lotties Herz. Das machte der Tod mit einem. Man kam nie darüber hinweg, man lernte nur, damit zu leben. Und dieser Lernprozess dauerte bei ihr immer noch an. Sie spürte, dass Boyd sie anstarrte, und hob den Kopf. Er nickte ihr mit wissendem Blick zu.

Dann drehte sie sich wieder zu Anna um. »Was hat Elizabeth nach dem Essen gemacht?«

»Sie hat sich oben wieder ins Bett gelegt. Hat gesagt, sie wäre müde und dass ich sie nicht stören soll. Sie hatte einen Kater, also habe ich sie in Ruhe gelassen. Sie ist nicht noch einmal heruntergekommen und ich habe auch nicht gehört, dass sie am Montagmorgen aufgestanden ist, um zur Arbeit zu fahren. Also, Inspector, habe ich meine Tochter das letzte Mal am Sonntag gegen zwei Uhr mittags gesehen.«

»Können wir uns mal ihr Zimmer ansehen?«, fragte Lottie. Sie fand es ein wenig seltsam, dass Anna nicht noch einmal nach Elizabeth gesehen hatte. Andererseits machte sie sich selbst von Zeit zu Zeit der gleichen Tatenlosigkeit schuldig.

»Die Treppe hoch und dann die erste Tür.« Anna sammelte die Tassen ein und ging zur Spüle.

»Ich setze mich zu Ihnen, während Inspector Parker sich umsieht«, sagte Boyd.

»Ich komme zurecht. Gehen Sie nur.«

»Sind Sie sicher, dass ich niemanden für Sie anrufen soll?«, fragte Boyd.

»Tun Sie einfach, was Sie tun müssen.«

Lottie bedeutete ihm mit einer Geste, ihr zu folgen, und sie stiegen zusammen die Treppe hinauf.

»Eine merkwürdige kleine Familie«, flüsterte Lottie.

»Das musst du gerade sagen«, erwiderte Boyd.

. . .

»Auf den ersten Blick scheint mir, Elizabeth war ein bisschen wie du«, sagte Lottie zu Boyd.

»Wie kommst du darauf?«

»Ich finde, dieses Zimmer schreit förmlich ›Meine Bewohnerin hat eine Zwangsneurose‹.«

»Vielleicht hat ihre Mutter für sie aufgeräumt.«

»Das bezweifle ich, nach dem, was sie uns eben erzählt hat.«

Lottie schaute sich im Zimmer um und war fasziniert, wie symmetrisch alles war. Schminkpinsel standen der Höhe nach geordnet in einem Glas; Parfümflaschen waren exakt im Kreis aufgereiht und die Nagellacke dem Farbschema des Regenbogens entsprechend in einer schnurgeraden Reihe angeordnet. Eine kleine Flasche mit leuchtend pinkfarbenem Lack befand sich ganz am Ende. Sie öffnete die erste der drei Schubladen einer Kommode. Sie enthielt Unterwäsche, alles ordentlich zusammengelegt.

Lottie fuhr mit der Hand unter den Kleidungsstücken entlang, aber abgesehen von der Wäsche war die Schublade leer. In der nächsten befanden sich ein Föhn, mehrere Glätteisen und Bürsten. Eine der Haarbürsten verstaute sie als Beweismittel in einem Plastikbeutel. In der letzten Schublade entdeckte sie eine Vielzahl farbenfroher Schals und Socken.

Sie wandte sich dem Kleiderschrank zu, während Boyd den Nachttisch durchstöberte. Der Schrank war innen mithilfe eines Schuhhalters von IKEA in zwei Hälften aufgeteilt worden. Auf der einen Seite befanden sich Röcke und Jacken – Elizabeths Arbeitskleidung –, auf der anderen ein Sammelsurium von Jeans, von denen einige modische Risse und Löcher hatten. Daneben befand sich ein Gestell mit Langarmshirts und Blusen und einem Sortiment an Laufkleidung aus Lycra. Auf dem obersten Regalbrett stapelten sich etliche Hüte und Mützen und auf dem Boden des Kleiderschranks standen fein säuberlich nebeneinander mehrere Paare Laufschuhe von Nike und Adidas. Sie sahen alle aus wie neu.

»Sie hat sogar ihre Laufschuhe geputzt«, sagte Lottie zu Boyd, der auf dem feinsäuberlich gemachten Bett saß und in einem Notizbuch mit Blumenmuster blätterte. »Was ist das?«

»Liebesgedichte, so wie es aussieht. Mr Matt Mullin hat dem Mädchen wirklich das Herz gebrochen.«

»Gibt es irgendwo einen Laptop?«

»Nein, und auch kein Handy. Sie muss beides bei sich gehabt haben.«

Lottie tastete unter den Kissen über die Matratze, stieß aber nur auf einen zusammengelegten Pyjama. »Mein Gott, ich wünschte, meine Mädchen könnten das sehen.«

»Was denn?«

»In welchem Zustand sie ihre Zimmer halten sollten.«

»Das ist doch nicht normal, oder?« Boyd ließ die Hand durch die Luft schweifen. »Dass eine Fünfundzwanzigjährige so penibel ist.«

»Menschen sind nun mal unterschiedlich.«

»Wenn du das sagst.«

Boyd kniete sich auf den Boden und spähte unter das Bett.

»Ist da irgendetwas?«, fragte Lottie.

»Nur das hier.« Er zog einen roten Koffer in Handgepäckgröße hervor und öffnete ihn. »Leer.«

»Dann hatte sie hatte schon mal nicht vor, von zu Hause wegzulaufen.«

»Ich nehme das Notizbuch mit.«

Sie sah zu, wie er es in einem Beweismittelbeutel verstaute. »Weißt du, was auch noch fehlt?«

»Was?« Er verschloss die Lasche.

»Modeschmuck. Meine Mädchen haben Berge davon.« Sie deutete auf eine kleine Sammlung Silber- und Goldketten, die an einem Plastikständer auf der Frisierkommode hingen. »Warum besaß Elizabeth nur echten Schmuck? Ich werde Anna mal danach fragen.«

»Ich glaube, es wäre wichtiger, den Exfreund zu finden.« Boyd ging zur Tür.

Lottie war so angespannt, dass ihre Haut wie etliche Nadelstiche prickelte. Sie zählte bis fünf, dann folgte sie ihm.

ZWÖLF

Die Cornflakes-Packung stand nicht im richtigen Schrank. Donal O'Donnell schüttelte den Kopf und öffnete den Schrank daneben. Er nahm die Schachtel heraus und holte die Milch aus dem Kühlschrank, dann setzte er sich an den Tisch und füllte beides in seine Schüssel. Es war zur Gewohnheit geworden, dass er erst mittags frühstückte. Als er den Löffel in die Hand nahm, merkte er, dass er dreckig war. An dem Griff klebten eingetrocknete Müslireste.

»Das hat mir gerade noch gefehlt.« Seine Stimme hallte in der leeren Küche wider. »Erst gibt der Kühlschrank den Geist auf, dann die Spülmaschine.« Aber wie er wusste, waren aller guten Dinge drei. Was würde also als Nächstes kommen?

Als er sich das Müsli in den Mund löffelte, ohne sich daran zu stören, dass die Milch ihm dabei übers Kinn lief, wurde ihm klar, dass die dritte Sache bereits geschehen war. Zumindest, wenn man die Tatsache mitzählte, dass seine Ehefrau, mit der er vierzig Jahre lang verheiratet gewesen war, vor drei Wochen gestorben war.

Er beendete sein Frühstück, ließ den Löffel lautstark in

die Schüssel fallen und trug sie zur Spüle. Dann ging er zur Kommode und zündete mit einem Streichholz die Kerze an. Maura hatte sie zehn Jahre lang jeden Tag entzündet. Genauso lang hatte sie sehnsüchtig auf Antworten gewartet. Sie hatte die Hoffnung nie aufgegeben. Hatte immer gehofft, dass ihre Lynn einfach durch die Tür treten würde, dass ein Polizist bei ihnen klingeln würde, dass jemand etwas wüsste. Dass es irgendwelche Neuigkeiten gäbe.

Er presste die Lippen fest zusammen und schluckte den Schluchzer wieder hinunter, der sich über seine Lippen zwängen wollte. Arme Maura. War ohne Antworten ins Grab gegangen. Brustkrebs, hatte der Oberarzt gesagt. Pah! Donal war sich hundertprozentig sicher, dass seine Frau an einem gebrochenen Herzen gestorben war.

Da läutete es an der Tür.

Er band sich die Schuhe, bevor er zur Tür ging. Dann straffte er die Schultern und löste die Kette.

»Oh, du bist es«, sagte er, drehte sich um und ließ die Tür von allein aufschwingen.

»Ja, Dad, ich bin's. Warum bist du nicht auf der Arbeit?«

»Wie oft muss ich dir das noch sagen, Keelan? Ich bin nicht dein Dad. Für dich bin ich Donal. Verstanden?«

Es nervte ihn höllisch, dass seine Schwiegertochter ihn Dad nannte. Sie war ein nettes Mädchen und bemühte sich über alle Maßen, noch netter zu sein. Aber er hatte eine Tochter gehabt und jetzt hatte er keine mehr. Egal, wie viel Mühe sie sich gab, sie war bloß die Ehefrau seines Sohnes. Niemand könnte die gähnende Leere in seinem Herzen füllen, die das Verschwinden seiner Lynn dort hinterlassen hatte.

»Es tut mir leid, Donal. Soll ich dich irgendwohin

mitnehmen? Es macht mir keine Umstände. Saoirse ist noch in der Schule. Ich könnte ...«

»Nein!« Er hatte sie nicht anschreien wollen. Er schlug einen milderen Tonfall an und sagte: »Ich möchte meine Ruhe haben. Verstehst du das? Lynn ist weg. Maura ist weg. Und ich bin als Nächstes dran. Du kannst abhauen und wieder nach Hause gehen.« Scheiße, er wollte nicht wütend auf Keelan sein. Sie konnte nichts dafür.

Sie spülte die Schüssel unter dem Wasserhahn aus. Ihre Schultern bebten dabei. Mein Gott, hoffentlich weinte sie nicht. Noch mehr Tränen konnte er nicht verkraften. In Mauras wäre er fast ertrunken. In gewisser Weise hatte es etwas Friedliches, dass es in seinem Haus jetzt still war und keine Schluchzer mehr die Luft erfüllten.

»Ich kann das doch machen.« Er nahm ihr das Geschirr-tuch aus der Hand. Als sie sich umdrehte, bemerkte er, dass ihr Make-up verlaufen war. »Ich wollte dich nicht zum Weinen bringen.«

»Es ist nicht deine Schuld.« Sie fischte in ihrem Ärmel nach etwas und zog schließlich ein zerfleddertes Taschen-tuch heraus. Damit tupfte sie die Wimperntusche weg und sagte: »Es ist wegen Cillian.«

»Was hat er gemacht? Hat er ... hat er dir wehgetan?«

»Nein. Nichts in der Art. Also er hat mich zumindest nicht körperlich verletzt, wenn du verstehst, was ich sagen will.«

»Wie meinst du das? Komm, setz dich doch.«

Am Tisch erzählte Keelan: »Er ist anders. Distanziert. Seit Mauras Tod. Ich weiß, dass es wahrscheinlich an der Trauer liegt, aber er stand seiner Mutter doch nicht beson-ders nahe, oder?«

»Schwer zu sagen. Cillian und Finn standen beide ihrer Schwester sehr nahe. Der Altersunterschied ist nicht groß und daher waren sie ... auch mit ihr befreundet. Als sie verschwand, brachte das die ganze Familiendynamik durcheinander. Verstehst du, was ich meine?«

»Erklär es mir.«

»Sie waren damals noch jung, gerade Anfang zwanzig. Sie haben Lynn vergöttert und sie hat sie auch abgöttisch geliebt. Es gab keine Streitereien. Kein An-den-Haaren-Ziehen und so was.« Er bemerkte, dass Keelan sein Lächeln erwiderte. »Ich dachte, wir wären als Eltern unglaubliche Glückspilze. Aber weißt du was? Ich glaube, Maura war ein wenig gekränkt wegen der Freundschaft, die die Kinder verband. Es war, als stünden sich die drei so nahe, dass für sie kein Platz mehr war. Das führte manchmal zu ... Ich habe keine Ahnung, wie ich das bezeichnen soll.«

»Zu Eifersucht? War Maura eifersüchtig?«

»Ich weiß nicht genau. Ich habe damals viel gearbeitet und war nicht so viel zu Hause. Aber als Lynn verschwand, warf sich Maura vor, dass sie sich nicht so viel um die Kinder gekümmert hat, wie sie es hätte tun sollen. Und sie machte den Jungs Vorwürfe, weil sie nicht auf ihre Schwester aufgepasst hatten.«

»Aber das macht keinen Sinn. Sie waren doch alle erwachsen.«

Donal schlug mit der Hand auf den Tisch. Keelan zuckte zusammen. Er streckte den Arm aus, um nach ihrer Hand zu greifen, aber sie wich zurück. Er bemerkte einen Anflug von Angst in ihren Augen, bevor sie glasig wurden und sich mit Tränen füllten.

»Dummes Mädchen. Ich habe doch nur versucht, dich zu trösten. Ich glaube, Cillian fühlt sich schuldig, was den Tod seiner Mutter angeht. Vielleicht denkt er, er hätte öfter hier sein müssen, um für sie da zu sein«. Um ihr zu sagen, dass sie immer noch zwei Söhne hat. Aber das hat er nie getan. Und jedes Mal, wenn er an unserer Tür aufgetaucht ist, hat sie ihn fertiggemacht. Hat ihm die Schuld gegeben. Und auch Finn.«

»Er hat nie viel von seiner Mutter gesprochen. Immer nur von Lynn. Ich kann dir versichern, dass er sich einzig und allein deshalb schuldig fühlt, weil er nicht für seine Schwester da war, als sie verschwunden ist.«

Donal stand auf und stellte die Müslipackung zurück in den Schrank. »Diesen Sonntag jährt sich der Tag ihres Verschwindens, also sag ihm, er soll vorbeikommen. Sag ihm, dass wir reden müssen. Würdest du das für mich tun?«

»Kannst du ihn nicht selbst anrufen?« Keelan stand bei der Tür und schlang sich ihren Schal um den Hals.

»Er soll ruhig den ersten Schritt machen«, sagte Donal. »Mein Sohn kann von Glück reden, dass er dich hat. Weißt du was? Du siehst ein bisschen so aus, wie Lynn meiner Vorstellung nach jetzt aussehen würde, wenn sie noch am Leben wäre. Ich meine ...« Ihm wurde übel. Maura hatte es nicht ein einziges Mal erlaubt, dass er mutmaßte, ihre Tochter könnte tot sein. Kein einziges Mal in den letzten zehn Jahren. Niemals.

»Ich werde es ihm ausrichten«, versprach Keelan. »Und es gibt immer noch Hoffnung.«

Sie zog die Tür hinter sich zu.

Donal ging wieder zur Spüle, nahm die Schüssel aus dem Geschirrständer und stellte sie in den Spülmaschine. Er schaltete sie ein und lauschte, um herauszufinden, ob mit dem Motor irgendetwas nicht stimmte. Während des gesamten fünfundvierzig Minuten langen Programms stand er da und hörte zu, wie das Wasser in die Maschine einlief und wieder abfloss. Es floss davon, genau wie sein Leben seit dem Tag, an dem Lynn verschwunden war.

DREIZEHN

Lottie stieg vor dem Revier aus dem Auto und Boyd fuhr den Wagen auf den Hof. Sie dachte gerade darüber nach, was Anna Byrne ihr erzählt hatte – dass Elizabeth an Schuppenflechte litt und keinen Modeschmuck trug, weil der ihre Beschwerden verschlimmerte –, als eine Frau von der Treppe her auf sie zukam. Sie war mit Jeansjacke und -hose und einem grauen Kapuzenpulli bekleidet und musste ungefähr Mitte vierzig sein, wie Lottie schätzte.

»Cynthia Rhodes«, sagte die Frau und streckte die Hand aus.

Lottie ließ ihre Hand in der Tasche stecken. »Kennen wir uns?«

»Ich bin Polizeireporterin beim nationalen Fernsehen. Nachdem mein Kollege ermordet wurde, habe ich die Stelle übernommen.«

Die Erinnerung ließ Lottie erschaudern, aber sie bemühte sich, ihre Fassung zu bewahren und eine professionelle Miene aufzusetzen. »Wie kann ich Ihnen weiterhelfen, Ms Rhodes?«

»Es geht um die Geschehnisse auf dem Friedhof. Können Sie einen Kommentar dazu abgeben?«

»Im Moment nicht.«

»Kommen Sie schon. Ich bin noch neu in dem Job.«

Lottie würde sich nicht so leicht übers Ohr hauen lassen. Nicht jetzt, wo sie Rhodes erkannt hatte. Sie war ein Aasgeier mit überaus spitzer Zunge und hatte vor ein paar Jahren eine Nachrichtensendung im Nachtprogramm moderiert. Dass sie jetzt über Verbrechen in den Midlands berichtete, musste sie wohl als Degradierung empfinden.

»Was machen Sie in Ragmullin?«

»Meinen Job, im Gegensatz zu manch anderer Person hier.« Ihre Augen, die von wirren schwarzen Locken umrahmt wurden, funkelten Lottie kalt und wie zur Warnung an. Ich sollte wohl besser aufpassen, was ich sage, dachte sie.

»Ich habe zu viel zu tun, um jetzt mit Ihnen zu sprechen.« Sie wollte an der Reporterin vorbeigehen, aber Cynthia streckte einen Arm aus und unterband so ihren Fluchtversuch.

»Nicht so eilig. Ich weiß alles über Sie, Lottie Parker. Ich weiß von den Fehlern, die Sie in der Vergangenheit begangen haben. Ich weiß Bescheid über den Tod Ihres Mannes und den Totschlag an Ihrem Bruder und ich kann Ihnen sagen, dass Sie mir nicht im Geringsten leidtun. Lassen Sie sich das gesagt sein: Falls sich herausstellt, dass auf dem Friedhof ein Mord geschehen ist, werde ich Ihnen auf Schritt und Tritt folgen und nur darauf warten, dass Sie ins Straucheln geraten und einen Fehler machen.«

»Sind Sie fertig?« Lottie drängte sich an der Frau vorbei und eilte die Treppe hinauf.

»Ich behalte Sie im Auge. Darauf können Sie wetten.«

»Und Sie können darauf wetten, dass ich bei Ihrer Sendung nicht einschalten werde«, murmelte Lottie, während sie in den Empfangsbereich stürmte. Sie hämmerte den Code für die Innentür förmlich in das Eingabefeld.

»Hey, Inspector Parker«, rief der diensthabende Sergeant. »Sie werden im Vernehmungszimmer verlangt. Detective Kirby wartet dort mit Bernard Fahy auf Sie.«

»Scheiße.« Lottie stürzte über den Flur und ließ die Tür hinter sich zufallen.

Kirby stand auf, als Lottie das beengte Vernehmungszimmer betrat. »Wir sind hier fast fertig, Boss. Wollen Sie meine Notizen lesen und noch weitere Fragen stellen, bevor Mr Fahy wieder geht?«

Lottie schälte sich aus ihrer Jacke, ließ sich auf einen Stuhl fallen und bedeutete Kirby, sich wieder hinzusetzen.

»Ich habe jede Menge Arbeit, die sich nicht von selbst erledigt«, meckerte Fahy. Er beugte sich nach vorn über den Tisch und faltete die Hände wie zum Gebet.

»Ich auch«, erwiderte Lottie. »Können Sie darlegen, was Sie seit Montag gemacht haben? Wo Sie sich aufgehalten haben?«

»Er hat es aufgeschrieben.« Fahy zeigte auf Kirby.

Kirby blätterte in seinem Notizbuch und sagte: »Ich muss nur noch mit seiner Frau sprechen, damit sie bestätigt, dass sie zu den Zeiten, die er angibt, auch bei ihm war.«

»Glauben Sie, ich wäre dumm genug, eine Frau auf meinem eigenen Friedhof zu begraben?«

»Mr Fahy, ich versuche nur, die Fakten herauszufinden«, erklärte Lottie, obwohl sie genau das gedacht hatte. Sie wandte sich an Kirby. »Hat Mr Gilbey das alles bestätigt?«

»Gilbey hat erst heute angefangen, auf dem Friedhof zu arbeiten. Ich habe seine Aussage aufgenommen und mir eine DNA-Probe geben lassen, danach durfte er gehen.« Kirby verschränkte die Arme über seinem prallen Bauch.

Lottie las die Notizen durch, dann sah sie auf und blickte zu Fahy. Die Anspannung zeichnete sich in seinem Gesicht ab. »Das Opfer hat sich das Bein gebrochen. Sie schrie, während sie versuchte, ihren Angreifer zu entkommen. Eine verängstigte junge Frau, die mitten in der Nacht nackt über Ihren Friedhof rennt. Was löst diese Vorstellung in Ihnen aus?«

Er schüttelte den Kopf. »Sie machen einen großen Fehler, wenn Sie denken, ich hätte etwas damit zu tun. Einen sehr großen Fehler.«

»Wollen Sie mir etwa drohen?« Sie versuchte, die Wut, die in ihr aufstieg, zu unterdrücken. Auch Cynthia Rhodes hatte eben von ihren Fehlern gesprochen.

»Ich habe nichts damit zu tun. Meine Frau kann das bezeugen. Ich war jede Nacht zu Hause. Und jeden Tag auf der Arbeit. Mehr habe ich nicht zu sagen. Kann ich jetzt gehen?«

»Wir müssen Ihnen zuerst eine DNA-Probe entnehmen.«

»Weshalb?«

»Um Sie bei unseren Ermittlungen als Täter auszuschließen.«

»Ich bin sicher, dass meine DNA da überall verteilt ist – ich habe schließlich das verdammte Grab ausgehoben.«

»Sind Sie trotzdem damit einverstanden, dass wir eine Probe entnehmen?«

»Sieht mir nicht so aus, als hätte ich da viel mitzureden.«

»Die Befragung ist hiermit beendet.« Kirby stand auf und versiegelte die DVD.

Fahy nahm seine Jacke und ging zur Tür. »Lassen Sie John Gilbey in Ruhe. Der ist nicht ganz richtig im Kopf.« Er tippte sich mit einem dreckverkrusteten Finger an die Schläfe. »Ich kenne Ihren Ruf, Detective Inspector, und mehr habe ich in der Angelegenheit nicht zu sagen.«

Als er gegangen war, mit Kirby im Schlepptau, saß Lottie in dem klammen, stillen Zimmer und stützte ihren Kopf in die Hände. Die Gedanken schwirrten zusammenhanglos durch ihren Kopf. Sie könnte jetzt eine Xanax gebrauchen. Vielleicht würde es sogar eine halbe tun. Sie griff in ihre Handtasche und wühlte sich durch Kassenbons, ungeöffnete Rechnungen, Schlüssel und Kleingeld. Schließlich fand sie ein Blister mit einer Pille darin. Vielleicht sollte sie die Tablette nicht nehmen. Sie musste wachsam und konzentriert bleiben. Vor allem, wenn Cynthia Rhodes auf ihren Fall angesetzt worden war.

Es klopfte an der Tür und Boyd trat ein.

»Alles in Ordnung bei dir?«, fragte er.

»Möchtest du die Antwort darauf wirklich hören?« Sie drückte die Pille in ihre hohle Hand. »Hat Lynch irgendetwas über den Verbleib von Matt Mullin herausgefunden?«

»Noch nicht. Wie machen wir weiter?«

»Ich muss die Akte des ungelösten Falls O'Donnell einsehen und außerdem mit Elizabeths Freundin sprechen. Wie war noch gleich ihr Name? Die, die Anna nicht besonders zu mögen schien.«

Boyd sah in seinem Notizbuch nach. »Carol O'Grady.«

»Ihre Adresse?«

»Soll ich sie herausbekommen?«

»Das wäre eine große Hilfe.«

»Je später am Tag, desto dünner deine Nerven.«

»Boyd, besorg mir ihre Adresse.«

Erst als sie allein war, schluckte sie die Tablette. Das Geräusch der zugeschlagenen Tür hallte noch wie ein Gong in ihren Ohren wider. Dann verließ sie das Zimmer, um sich ein Glas Wasser zu holen und damit den kalkigen Nachgeschmack fortzuspülen.

VIERZEHN

Lottie betrachtete das Haus, neben dem Boyd geparkt hatte. Die St Fintan's Road grenzte rückwärtig an die alte Kaserne. Die meisten Häuser waren noch im Besitz der Kommunalbehörde. Nach ihrer Begegnung mit der Reporterin und dem Friedhofswärter hatte sie ein spontanes Treffen mit Lynch und Kirby in der Einsatzzentrale einberufen. Sie wollte, dass Matt Mullin aufgespürt wurde. Sie wollte alles über Elizabeth Byrne wissen, was es nur über sie zu wissen gab, und sie wollte, dass Bridie McWard offiziell vernommen wurde. Sie wollte Antworten, verdammt noch mal.

Boyd warf einen Blick auf das Blatt in seiner Hand und las: »Carol O'Grady. Vierundzwanzig Jahre alt. Sie hat zwei jüngere Brüder und lebt bei ihrer Mutter und ihrem Vater.« Das Foto hatte er von ihrer Facebook-Seite ausgedruckt und in der PULSE-Datenbank einen Eintrag zu einem ihrer Brüder gefunden.

»Mal sehen, was sie uns über Elizabeth erzählen kann«, sagte Lottie.

Sie stiegen aus dem Auto aus und folgten dem kurzen

Weg zu der roten Eingangstür von Hausnummer sechsunddreißig. Das Haus war das letzte von fünf Reihenhäusern und machte einen gepflegten Eindruck. Die Fenster waren blitzsauber.

Die Klingel schien kaputt zu sein, also klopfte Lottie kräftig gegen die in die Haustür eingelassene Scheibe.

Ein junger Mann öffnete die Tür. Er war dem Mädchen auf dem Foto wie aus dem Gesicht geschnitten. Das musste Terry sein, der achtzehnjährige Bruder, von dem sie in PULSE gelesen hatten.

»Ist Carol zu Hause?«, fragte Lottie.

»Wer will das wissen?«

Sie zog ihren Ausweis hervor, hielt ihn ihm unter die Nase und beobachtete, wie seine Selbstgefälligkeit verpuffte.

»Ich bitte vielmals um Entschuldigung«, sagte er in sarkastischem Tonfall, »ich wusste ja nicht, dass Sie Bullen ... ich meine, Polizisten sind. Carol wäre um diese Zeit eigentlich bei der Arbeit, aber heute ist sie krankgeschrieben. Soll ich sie holen gehen?«

»Ja, bitte. Wir warten so lange drinnen.« Lottie schob einen Fuß in die Tür, für den Fall, dass er sie zuschlagen würde.

»Ich ... ich weiß nicht recht«, stammelte er. »Meine Kumpels sind gerade hier. Wir lernen. Für die Abschlussprüfungen. Sie wissen schon.«

»Sollten Sie nicht in der Schule sein?«

»Wir haben zum Lernen freibekommen.«

»Wir stören Sie bestimmt nicht. Bitte holen Sie einfach Carol für uns her.«

Während er die Treppe hinaufeilte, beschloss Lottie, dass die offene Tür einer Einladung gleichkam, und trat ein. Boyd folgte ihr durch den kleinen Flur in die Küche. In dem

Moment, als sie den Raum betrat, brachen die Anwesenden in Hektik aus und irgendetwas wurde hastig vom Tisch gefegt.

»Sie müssen nicht gehen«, sagte sie.

Die drei Jungs blieben am Hinterausgang stehen. Einer von ihnen meinte, ohne sich umzudrehen: »Wir wollten sowieso gerade los.«

»Vergessen Sie das hier nicht.« Boyd hielt eine mikroskopisch kleine Tüte mit Gras hoch.

»Scheiße«, stieß einer der Jungs aus.

»Los, machen Sie 'nen Abgang«, befahl Boyd. »Ich werde das Zeug sicher für Sie aufbewahren.«

Daraufhin verließen sie das Haus.

Lottie lächelte. »Mit der Menge hätten sie eh nicht weit schweben können.«

»Hey, das gehört mir.« Terry war in die Küche gekommen. Er schnappte nach Boyds Hand, verfehlte aber die Tüte.

»Wo ist Carol?«, fragte Lottie.

»Kommt gleich runter. Gehen Sie schon mal in die gute Stube. Einfach da entlang.« Er zeigte auf eine gläserne Zwischentür.

Lottie blieb im Wohnzimmer vor dem Kamin stehen. Es brannte kein Feuer darin. Boyd folgte ihr und setzte sich auf einen der geblümten Sessel.

»Wo sind denn Ihre Eltern?«, fragte er.

»Bei der Arbeit«, antwortete Terry. »Aber nach sechs Uhr müssten sie zu Hause sein, wenn Sie dann noch mal vorbeikommen kommen wollen.«

»Wo arbeiten sie denn?«, fragte Lottie.

»Und wo ist Ihr jüngerer Bruder?«, schloss sich Boyd an.

»Sie stellen ganz schön viele Fragen.« Terry hob hilflos die Hände.

»Das ist schließlich unser Job«, sagte Lottie.

Die Tür wurde aufgeschoben und eine junge Frau im Morgenmantel kam herein. Sie war klein und blass. Ihr Haar hatte sie in den Spitzen blondiert. Lottie musste daran denken, dass Chloe sich ihr Haar genau so färben wollte. Das nannte sich Balayage oder irgendwie so. Und es kostete fast hundert Euro, was Chloe den Wind aus den Segeln genommen hatte.

Lottie zog ihren Dienstausweis hervor. »Ich bin Detective Inspector Parker und das ist mein Kollege Detective Sergeant Boyd.«

»Ich bin Carol. Was wollen Sie von mir?« Sie klang eingeschüchtert.

Lottie kam direkt zur Sache. »Sie sind heute nicht bei der Arbeit. Wo arbeiten Sie denn?« Sie wusste das bereits, aber sie wollte, dass die junge Frau sich entspannte. »In den Rochfort Gardens. Warum wollen Sie das wissen? Heute ist der erste Tag seit zwei Jahren, an dem ich krank bin. Ich finde, das rechtfertigt nicht, dass die Verwaltung gleich die Polizei ruft.«

Sie ließ sich auf den Sessel gegenüber von Boyd fallen. »Sagen Sie mir jetzt, worum es geht?«

»Es geht um Elizabeth Byrne«, warf Lottie ein. »Sind Sie mit ihr befreundet?«

»Was, wenn dem so wäre? Ich bezweifle, dass sie irgendetwas Verbotenes getan hat. Das wäre unter ihrem Niveau.«

»Wie verstehen Sie sich, Elizabeth und Sie?«

»Warum wollen Sie das wissen?«

»Beantworten Sie bitte die Frage«, schaltete sich Boyd ein.

»Sie wohnt in einem der besseren Stadtviertel. Wir sind

seit der Schulzeit befreundet. Ihre eingebildete Mutter findet das nicht gut, aber das ist uns egal. Man bekommt im Leben nicht immer nur, was man möchte, oder?«

»Nein, wahrscheinlich nicht«, sagte Lottie und bemerkte den unverkennbaren Geruch von Gras, der in dem kalten Zimmer noch in der Luft hing. Sie nahm auf dem durchgesessenen Sofa Platz. »Wann haben Sie Elizabeth das letzte Mal gesehen?«

Der Blick der jungen Frau huschte nervös hin und her. »Eigentlich nenne ich sie Lizzie. Ihre Mutter hat mich am Montagabend angerufen und mich das Gleiche gefragt. Ich würde wirklich gern wissen, warum Sie mir all diese Fragen stellen. Das macht mir Angst.«

»Es ist nicht unsere Absicht, Ihnen Angst zu machen. Wir versuchen, nachzuvollziehen, wo sich Elizabeth in den letzten Tagen aufgehalten hat, und dafür müssen wir herausfinden, wann sie das letzte Mal gesehen wurde.«

»Wo sie sich aufgehalten hat? Wird sie vermisst oder so?«

»So ähnlich.« Lottie glaubte nicht, dass jetzt der richtige Zeitpunkt war, Carol mitzuteilen, dass man ihre Freundin tot aufgefunden hatte. Zuerst musste sie offiziell identifiziert werden.

Carol zog ihren Morgenmantel enger zusammen. Sie knetete ihre Hände, dann kreuzte sie die bloßen Unterschenkel, schluckte und sagte: »Ich habe sie am Samstagabend gesehen. Wir sind ins Last Hurdle gegangen. Das ist ein Club. Das heißt, zuerst waren wir hier und haben ein bisschen was getrunken, dann sind wir in den Pub gegangen. Und von dort ins Hurdle. Tut mir leid, ich komme ganz durcheinander.«

»Sie machen das gut. Haben Sie sich im Club mit jemandem getroffen? Vielleicht mit Freunden?«

Carol guckte zwischen ihr und Boyd hin und her. Ob sie überlegte, was sie sagen sollte? Lottie wartete geduldig.

»Es waren jede Menge Leute unterwegs, aber wir sind zusammengeblieben. Lizzie wollte nicht einmal in den Club gehen, aber ich habe sie überredet. Seit Matt, dieser Arsch, sie sitzengelassen hat, habe ich versucht, sie aufzumuntern. Wir waren ungefähr bis zwei Uhr dort. Glaube ich zumindest. Der Taxifahrer hat mich zuerst abgesetzt und dann Lizzie, weil sie die Fahrt bezahlen wollte. Ich habe die ganze Woche lang nichts von ihr gehört, aber das ist nicht ungewöhnlich, weil sie in Dublin arbeitet und mit dem Zug pendelt. Deshalb ist sie den ganzen Tag unterwegs. Manchmal gehen wir zwar auch unter der Woche aus, aber das kommt nicht oft vor.«

»Sie haben sich keine SMS oder WhatsApp-Nachrichten geschrieben? Oder auf Snapchat gechattet?«

»Nein. Nichts dergleichen. Wie gesagt: Das ist nicht ungewöhnlich.«

»Was wissen Sie über den Typen, mit dem sie zusammen war?« Lottie verschränkte die Arme und sah Carol eindringlich an.

»Matt? Den konnte ich nicht ausstehen.«

»Ach ja? Warum nicht?«

»Wegen der Art und Weise, wie er sie behandelt hat. Er hat ihr nur etwas vorgemacht, hat meine Mutter gesagt.«

»Sie haben also nicht geglaubt, dass er ihr jemals einen Antrag machen würde?«

»Im Leben nicht. Lizzie und ich spielen vielleicht nicht in derselben Klasse, aber Matt war eine ganz andere Liga. Kaum hatte er die Möglichkeit, nach Deutschland versetzt zu werden, hat er sich so schnell aus dem Staub gemacht wie Usain Bolt.«

»Er ist also schon eine Weile nicht mehr hier?«

»Seit knapp einem Jahr. Warum fragen Sie nach Lizzie? Am Samstagabend schien es ihr gut zu gehen, vielleicht war sie ein bisschen betrunkener als sonst. Was ist passiert?«

»Glauben Sie, dass sie über Matt hinweg war?«

»Absolut. Sie hasst ihn abgrundtief.«

»Und Matt? Wissen Sie, wo er sein könnte?«

»In Deutschland, nehme ich an.« Carol zuckte mit den Schultern.

»Gibt es sonst noch jemanden, für den sich Elizabeth vielleicht interessiert hat?«

»Ich würde wirklich gerne wissen, worum es hier eigentlich geht.« Carol verschränkte die Arme und starrte Lottie trotzig an.

»Beantworten Sie bitte meine Frage.« Lottie stand auf wie ein Militärbefehlshaber, der ein Kriegsgericht leitet. Vom Sitzen auf der niedrigen Couch hatte sie einen Krampf im Bein bekommen.

Carol sank in sich zusammen, als wollte sie in den Falten ihres Morgenmantels verschwinden. »Ich glaube nicht, dass es jemanden in Lizzies Leben gibt. Sie unternimmt nicht viel, geht immer nur zur Arbeit nach Dublin. Sprechen Sie doch mal mit ihren Kolleginnen und Kollegen.«

»Die werden wir so bald wie möglich befragen. Bisher wissen wir, dass sie am Montag bei der Arbeit war und den Zug um 17:10 Uhr genommen hat, aber allem Anschein nach ist sie nie zu Hause angekommen. Es ist wichtig, dass Sie darüber nachdenken, wohin sie am Montagabend gegangen sein und mit wem sie zusammen gewesen sein könnte.«

»Sie *wird* also wirklich vermisst? O Gott! Ehrlich, ich habe keine Ahnung. Das ist so untypisch für sie. Sie geht nicht einmal in die Stadt, ohne ihrer Mutter Bescheid zu sagen. Man könnte meinen, Lizzie wäre zwölf, so wie diese Frau sie bemuttert.«

»Hat sie in dem Club jemanden kennengelernt?«, fragte Boyd. Carol schüttelte den Kopf. »Nein. Sie war mit niemandem zusammen, außer mit mir.«

»Was ist mit Ihren Brüdern, waren sie am Samstagabend unterwegs? Hat einer von ihnen vielleicht ein Auge auf Elizabeth geworfen?«

»Soll das ein Witz sein? Terry ist schwul und Jake gerade mal vierzehn.«

Lottie rieb ihre Hände aneinander, die in dem ungeheizten Zimmer kalt geworden waren. »Sagen Sie uns Bescheid, wenn Ihnen noch etwas einfällt?«

»Das mache ich. Ihre Mutter muss krank vor Sorge sein. Warum hat sie mir am Telefon nicht gesagt, dass Elizabeth verschwunden ist? Ich würde sie ja besuchen gehen, aber sie kann mich nicht ausstehen.«

»Dafür ist jetzt vielleicht nicht der richtige Zeitpunkt«, sagte Lottie. Offizielle Identifizierung hin oder her, sie beschloss, Carol die schlechte Nachricht trotzdem zu überbringen. »Carol, es tut mir leid, Ihnen das sagen zu müssen, aber ich glaube, Sie sollten wissen, dass wir heute Morgen eine Leiche gefunden haben. Wir haben Grund zu der Annahme, dass es sich dabei um Elizabeth handelt.«

»Was? Was soll das heißen?« Das Mädchen sprang auf, stürzte dann aber wieder auf den Sessel. »Das können Sie nicht ernst meinen. O Gott, Sie meinen das ernst, oder?«

»Es tut mir leid.«

»Ich kann das einfach nicht glauben. Eine Leiche? War es ein Unfall? Wo? Und wie ... O mein Gott, wurde sie ermordet?«

»Wir wissen noch nicht sicher, was genau passiert ist.«

Carol brach in Schluchzen aus. »Oh, die arme Lizzie.

Sie hat in ihrem ganzen Leben niemals jemandem etwas Böses getan.« Sie schluchzte noch heftiger. »Wo haben Sie sie gefunden?«

»Zum jetzigen Zeitpunkt kann ich noch nicht allzu viele Informationen preisgeben. Aber es wurde eine Leiche auf dem Friedhof Ragmullin gefunden. Hätte Elizabeth einen Grund gehabt, sich Montagnacht dort aufzuhalten?«

Carol schaute mit geröteten Augen auf. »Auf dem Friedhof? Lizzie hat seit dem Tag, an dem ihr Vater beerdigt wurde, keinen Fuß mehr durch das Tor gesetzt. Sie hasst den Ort.« Sie schien zu begreifen, was sie gerade gesagt hatte und verbesserte sich. »Hat ihn gehasst.«

»Okay. Wir müssen jetzt gehen, aber wenn Ihnen etwas einfällt, das uns weiterhelfen könnte, rufen Sie mich bitte an.«

Carol nahm Lotties Visitenkarte. Sie sah klein und schwach aus und ihre blassen Wangen waren nur gerötet, weil sie sich beim Weinen verausgabt hatte. Lottie verspürte den Drang, sie in den Arm zu nehmen.

»Und Sie sind heute krankgeschrieben? Was haben Sie denn? Nichts Schlimmes, hoffe ich?« Sie versuchte, die Situation etwas aufzulockern, aber ihre Worte bewirkten das Gegenteil.

Es flossen noch mehr Tränen und Carol krallte die Finger so fest in ihren Morgenmantel, dass ihre Knöchel weiß wurden.

»Oje, es tut mir leid.« Lottie setzte sich auf die Lehne des Sessels.

»Ich bin schwanger«, gestand Carol schniefend. »Meine Eltern wissen nichts davon. Ich habe einen Test gemacht. Niemand weiß es.«

»Sie sollten wieder ins Bett gehen«, sagte Lottie. »Und wie gesagt, rufen Sie mich an, wenn Ihnen noch etwas einfällt.« Sie drückte die Schultern des Mädchens in einer mütterlichen Geste.

Terry steckte seinen Kopf durch die Tür. »Kann ich meinen Stash zurück haben?«

»Im Leben nicht«, antwortete Boyd und tätschelte seine Tasche. »Sie sollten froh sein, dass ich Sie nicht mit auf die Wache nehme. Warum lernen Sie nicht weiter, wenn wir Sie schon unterbrochen haben?«

»Du musst lernen?«, fragte Carol.

»Für die Abschlussprüfungen«, antwortete Terry und starrte sie eindringlich an.

»Oh ... stimmt«, meinte Carol und drehte sich wieder zu Lottie um. »Ich begleite Sie noch zur Tür.«

An der Eingangstür sagte Carol: »Ignorieren Sie Terry einfach. Er ist ein notorischer Lügner. Aber ich nicht ... nur für den Fall, dass Sie jetzt denken ... ach, Sie wissen schon. Ich habe Ihnen jedenfalls die Wahrheit gesagt, was Lizzie angeht. Ich weiß wirklich nicht, was mit ihr passiert ist. Ich fühle mich furchtbar deswegen.«

»Es ist nicht Ihre Schuld«, sagte Lottie.

Aber sie musste herausfinden, wessen Schuld es war.

———

Im Badezimmer im Obergeschoss erbrach Carol das Wenige, das sie überhaupt bei sich behalten hatte. Während sie würgte und hustete, klopfte Terry an die Tür. »Hast du mein Dope geraucht? Du bist schon den ganzen Tag da drin und kotzt dir die Seele aus dem Leib.«

»Hau ab, Terry.«

»Würde ich ja, aber ich muss pissen.«

»Ich brauche nur eine Minute.«

Sie hörte, wie er die Treppe hinunterpolterte und dabei

mit der Faust gegen die Wand schlug, und hockte sich wieder hin. Ihre beste Freundin Lizzie. Ihre einzige Freundin. Sie war tot. Etwa ermordet? Sie zog die Karte der Kommissarin aus ihrer Tasche. Hätte sie ihr erzählen sollen, dass Lizzie ihr gesagt hatte, sie hätte sich letzte Woche im Zug beobachtet gefühlt? Sicherlich hatte Lizzie sich das nur eingebildet, das war typisch für sie. Sie machte sich immer zu viele Gedanken wegen allem. Aber vielleicht hätte sie trotzdem etwas sagen sollen.

Carol steckte die Karte zurück in ihre Tasche, stand auf, drückte die Spülung und wusch sich die Hände. Sie würde noch einmal in Ruhe darüber nachdenken, ob sie deshalb anrufen sollte oder nicht. Zuerst musste sie sich hinlegen und dann würde hoffentlich auch die Übelkeit nachlassen.

FÜNFZEHN

Er ging die O'Connell Street entlang und bog dann in die Talbot Street ein. Der Bahnhof Dublin Connolly ragte in der Ferne empor. Er ging weiter, kam immer näher und blickte schließlich zu der schwarzen Brücke über seinem Kopf auf. Der Nahverkehrszug, der in Richtung Bray fuhr und beschleunigte, brachte alles zum Vibrieren. Er atmete tief ein, um die Geschwindigkeit zu spüren. Den Zug und seine Geräusche auf sich wirken zu lassen. Er schloss die Augen, blieb mitten auf dem Gehweg stehen und versank in der Welt seiner Jugend.

»Biste betrunken oder was?«

Der Mann lag nicht weit entfernt von ihm vor einer Tür und streckte ihm einen ramponierten Pappbecher hin. Ein Bettler also. Wollte er Geld, um sich Drogen zu kaufen? Oder um sich für die Nacht in ein Hostel einmieten zu können? Er beachtete ihn nicht und ging weiter in Richtung Bahnhof. Seine Gedanken kreisten voller Erwartung um den bevorstehenden Abend. Er würde es tun. Noch einmal.

Während er darauf wartete, dass die Ampel grün wurde und er über die Straße gehen konnte, überkam ihn für einen

Moment ein Gefühl der Angst. War es die richtige Entscheidung gewesen, die Frau im Grab liegen zu lassen? Würde man ihre Leiche vielleicht finden? Nein, bestimmt nicht. Es war ein offenes Grab gewesen, das für eine bevorstehende Beerdigung ausgehoben worden war. Und er hatte sie vollständig mit Lehm bedeckt. Ein genialer Einfall. Er lächelte stolz in sich hinein. Er hatte sie in einem fremden Grab bestattet. Diese Art, eine Leiche zu entsorgen, sollte er sich für die Zukunft merken. Allerdings würde das, was passiert war, nicht noch einmal vorkommen. Sie bedeutete einen Verlust, einen großen sogar, und jetzt würde er die andere nehmen müssen. Sie war seine letzte Hoffnung. Und diesmal würde er nicht denselben Fehler begehen.

SECHZEHN

Es war nicht viel los in Cafferty's Bar, als Lottie und Boyd kurz nach 16:30 Uhr hereinkamen. Sie setzten sich in eine Ecke und bestellten Tee und Sandwiches nach Art des Hauses. Im Fernsehen lief eine Soap. An der Bar saßen ein paar Männer, schlürften Suppe und blätterten mit einem Pint Guinness neben sich durch die Lokalzeitungen.

»Nach dem, was ich heute Morgen erlebt habe, habe ich einen Hass auf diese verdammte Stadt. Aber weißt du was?«, fragte Lottie.

»Was?« Boyd nippte an seinem Tee.

»Ich hasse und ich liebe sie auch. Beides gleichzeitig.«

»Also ist das ein bisschen so wie mit deinen Gefühlen für mich?«

»Weißt du was?«

»Jetzt wiederholst du dich langsam.«

»Es ist unmöglich, sich vernünftig mit dir zu unterhalten.« Als ihre Sandwiches kamen, schob sie ihres hin und her, bis die Füllung herausquoll und sich auf dem Teller verteilte.

»Okay, ich bin ja schon wieder ernst«, versprach Boyd.

»Ich weiß, was du meinst, zumindest ein bisschen. Ich lebe noch nicht besonders lange hier, also ist es für mich nicht dasselbe. Aber ich verstehe dich trotzdem. Ragmullin geht einem unter die Haut. An manchen Tagen liebt man die Stadt, aber manchmal ist sie einfach nur scheiße.«

»So eloquent wie immer.« Sie schob sich etwas von dem Thunfisch, der auf dem Teller verstreut lag, in den Mund und leckte ihre Finger ab.

»Soll ich dir vielleicht eine Gabel holen, oder willst du lieber weiter essen wie ein Baby?«

»Apropos Baby, heute Abend muss ich dringend ein ernstes Gespräch mit Katie führen.«

»Und was für ein Gespräch wäre das?«

»Darüber, dass sie Tom Rickard in New York besuchen will.«

Rickard gab Lottie die Schuld am Tod seines Sohnes, aber sie hatte nie mit ihm darüber gesprochen.

»Lass sie gehen«, sagte Boyd. »Rickard ist der Großvater des Babys und es ist gut, wenn er ein Teil von Louis' Leben ist und sieht, wie er aufwächst.«

»Warum sagst du so etwas?«

»Erstens ist er stinkreich und zweitens ... ist er stinkreich.«

»Es ist nur ... ach, ich weiß auch nicht.«

»Aber ich glaube, ich weiß es.«

»Dann klär mich auf.«

»Du hast Angst, Katie und deinen Enkel an Rickard zu verlieren. Im November ist sie nicht hingereist, weil du dich von der schlimmen Stichverletzung erholt musstest. Aber jetzt hält sie nichts mehr zurück und du befürchtest, dass er ihr ein Leben schmackhaft macht, das du dir nicht leisten kannst. Und du fürchtest dich auch davor, dass sie vielleicht nicht mehr nach Hause kommen möchte.«

»Sie muss nach Hause kommen. Sie hat nur ein Touristenvisum.«

»Geld regiert die Welt, und wie ich schon sagte, Tom Rickard ist ...«

»Stinkreich. Ja, ich weiß. Warum habe ich immer solche Verlustängste? Und bevor du damit anfängst«, sie hob mahnend einen Finger, »kein Wort über Adam. Diesen Vortrag hast du mir schon oft genug gehalten.«

Boyd kaute auf einem Bissen Hühnchen herum, dann legte er sein Sandwich auf dem Teller ab. Es gefiel ihr nicht, wenn er zu gründlich über etwas nachdachte. Meistens setzte er daraufhin zu einem weitschweifigen Vortrag an, dessen These sich letztendlich als richtig erwies.

»Stimmt, ich dachte immer, deine Verlustängste rühren von Adams Tod her. Aber nach den Enthüllungen über deine Familienverhältnisse denke ich jetzt, dass diese Angst auf deine Kindheit zurückgeht.«

»Richtig, Sherlock. Ich habe meinen Vater durch einen Selbstmord verloren, der höchstwahrscheinlich Mord war, und mein Bruder wurde in einem Drecksloch von einer Anstalt umgebracht. Dann ist mein Mann an Krebs gestorben und vor Kurzem habe ich herausgefunden, dass meine Mutter in Wirklichkeit gar nicht meine biologische Mutter ist. Möglicherweise habe ich auch einen Halbbruder, von dem ich nichts weiß, und meine leibliche Mutter ist inhaftiert worden ... Wie könnte ich da auch alle Tassen im Schrank haben?«

»Was deine leibliche Mutter angeht ...«

»Halt den Mund. Du weißt, dass dieses Gesprächsthema absolut tabu ist. Iss einfach dein Sandwich auf wie ein braver Junge.« Sie wollte wirklich nicht darüber sprechen. Sie war zu oft belogen worden.

»Ach Lottie, du würdest mich doch gar nicht mögen, wenn ich ein braver Junge wäre.«

»Genug jetzt.« Unwillkürlich schmunzelte sie.

Boyd nahm sein Sandwich wieder vom Teller, und sie betrachtete die Sauerei, die sie mit ihrem Essen angerichtet hatte. Sie hatte immer noch Hunger, aber das Sandwich hatte inzwischen so wenig gemein mit dem, was sie bestellt hatte, dass sie sich nicht dazu bringen konnte, es aufzuessen.

»Ich habe Sean versprochen, ihn morgen Abend zu seinem Hurling-Training zu bringen«, sagte Boyd mit vollem Mund. »Hoffentlich können wir diesen Mord bald aufklären.«

»Es ist schön zu sehen, dass er wieder seinem Hobby nachgeht.«

»Und sobald es abends ein bisschen länger hell ist, will er in meinen Fahrradverein eintreten.«

Jetzt blickte sie ihn direkt an. Betrachtete sein schmales Gesicht mit den fein gemeißelten Zügen und seine braunen Augen mit den funkelnden hellen Sprenkeln. »Du weißt besser über meinen eigenen Sohn Bescheid als ich.«

»Er redet mit mir.«

»Wie das? Und wann?«

»Wenn ich ihn zu seinen Trainingsstunden bringe. Seit du verwundet wurdest, also seit Weihnachten. Das weißt du doch.«

»Ich dachte, du fährst ihn nur hin, nicht, dass du ihn auch verhörst.« Sie spürte, wie ihr die Eifersucht den Brustkorb zuschnürte. Sie wusste, dass sie dem Jungen niemals den Vater ersetzen könnte. Aber sie wollte auch nicht, dass Boyd diese Rolle einzunehmen versuchte. »Worüber spricht er denn?«

»Er erzählt nicht so viel. Aber wenn er mit mir plaudern, trainieren oder Rad fahren will, dann lass ihn doch.«

Sie biss sich auf die Lippe. Schweigen breitete sich aus und schwebte über ihnen wie ein Damoklesschwert. Schließlich antwortete sie: »Das ist schwer. Verdammt schwer.«

»Nichts im Leben ist einfach.«

»Das kannst du laut sagen.« Um das Gespräch von ihrer eigenen Familie wegzulenken, fragte sie: »Wie kommt Grace mit dir aus?«

»Du solltest eher fragen, wie ich mit ihr auskomme. Meine Schwester lässt sich nicht so leicht unterkriegen. Sie zermürbt mich auf ihre ganz eigene Art. Auf unaufdringliche, höfliche Weise.«

»Wann ist sie angekommen?«

»Sonntagabend. Unsere Mutter hat sie abgeladen. Sie besucht vier Wochen lang einen Medienlehrgang in Dublin und wohnt so lange unter der Woche bei mir. An den Wochenenden muss sie wieder nach Hause, aber sie glaubt, sie könnte *für immer* bei mir bleiben. Das waren ihre Worte, nicht meine.«

»Wie alt ist sie noch gleich?«

Boyd zögerte, bevor er antwortete. »Neunundzwanzig, aber sie wirkt jünger. Sie hat große Probleme mit Angstzuständen und Panikattacken.«

»Ich kann es kaum erwarten, sie kennenzulernen.«

»Hör mal, Lottie, Grace ist anders als andere Frauen ihres Alters. Vielleicht magst du sie gar nicht.«

»Lass mich das mal selbst entscheiden. Ich weiß so wenig über dich, aber dann weiß ich auf eine verdrehte Art und Weise wieder so viel. Du bist mir echt ein Rätsel, Boyd.«

Er biss ein paar Mal von seinem Sandwich ab, dann sah er sie an. »Ich würde dich gerne zum Essen einladen.«

»Was?«, platzte Lottie heraus. Dabei spuckte sie ein paar Teetropfen über den Tisch.

»Zum Abendessen. Du weißt schon, so wie das normale Menschen tun. Abends ausgehen. Sich in ein Restaurant setzen und leckeres Essen zu sich nehmen, das jemand anderes zubereitet hat. Hättest du Lust dazu?«

Lottie schluckte ihre Überraschung hinunter und dachte darüber nach. Das wäre eine nette Abwechslung. Sie könnte sich etwas entspannen, als Ausgleich zu den schwierigen Mordermittlungen. Nein, es war eine keine gute Idee.

»Quasi ein Date?«, fragte sie.

»Ja, quasi ein Date.«

»Ich glaube nicht. Nein, Boyd. Tut mir leid.«

»Überleg es dir. Vielleicht heute Abend? Ich könnte dich gegen halb acht abholen.«

»Nein ... vielleicht ein andermal. Aber nicht heute Abend. Es ist noch zu früh.« Seit dem ganzen Kummer im letzten Oktober war er so nett zu ihr gewesen. Als Freund. Und jetzt war Pater Joe zurückgekehrt. Warum musste sie ausgerechnet jetzt an ihn denken? Sie lächelte.

»Ah, ich kenne dieses Lächeln. Dann ist es abgemacht. Heute Abend, halb acht. Isst du nun die Sauerei auf deinem Teller noch auf, oder muss ich das tun?«

Sie sollte ihm wirklich den Kopf waschen, aber im Moment hatte sie keine Kraft dazu. Stattdessen schaute sie zu, wie er das Sandwich aufaß. Als es an der Zeit war zu gehen, wäre sie am liebsten den ganzen Nachmittag schweigend dort sitzen geblieben. Aber sie mussten schließlich einen Mörder finden. Am besten, sie ging noch einmal zum Friedhof.

SIEBZEHN

Er kaufte sich einen Kaffee und ein süßes Teilchen zum Mitnehmen, trank und aß im Stehen und sah zu dem Fahrplan auf der riesigen elektronische Anzeigetafel über seinem Kopf auf. Er wusste, dass sich Gardaí in Zivil in der Bahnhofshalle unter die Fahrgäste mischten und bewaffnete Polizisten vor dem Haupteingang patrouillierten. Vor aller Augen.

Er biss von dem krümelige Gebäck ab, drehte sich um und ließ seinen Blick durch die Menge wandern. Er beobachtete. Und wartete. Er brannte darauf, dass sie endlich kam, damit er ihr folgen und sich in denselben Waggon setzen konnte.

Die Ziffern der Digitaluhr sprangen mit einem klickenden Geräusch um. Wieder eine Minute weniger und nur noch vier Minuten bis zur Abfahrt. Er ging zurück zum Café und warf den Kaffeebecher und die Papiertüte in einen Mülleimer mit Schwingdeckel neben der Tür. Dann leckte er sich über die Lippen und rieb sich die Hände. Sie war spät dran. Sie würde den Zug verpassen. Er ging zur

Fahrkartenschranke und achtete darauf, nicht unter der Kamera zu stehen.

Er würde auf dem Bahnsteig auf sie warten müssen. Er scannte seine Fahrkarte ab und ging auf Gleis vier. Der Zug wartete schon, bereit zur Abfahrt. Wahrscheinlich gab es keine Sitzplätze mehr. Er würde also stehen müssen. Und er hasste es zu stehen. Komm schon, Mädchen, beeil dich.

Ein kalter Wind fegte von draußen über den Bahnsteig, als auf Gleis drei ein Zug einfuhr. Der Belfast-Express rangierte unterdessen auf das hinterste Gleis. Und dann sah er sie. Sie versuchte panisch, ihre Fahrkarte abzuscannen. Die Frau hinter ihr versuchte gleichzeitig dasselbe mit ihrem Ticket. Schließlich drängten sie sich beide durch die Schranke und rannten über die rutschigen Fliesen. Er wusste, dass sie in den letzten Waggon hechten müssen würden, also stieg er in den Waggon davor.

Wie vermutet, war der Waggon überfüllt. Er ging weiter, bis er ungefähr in der Mitte des Wagens auf eine Gruppe Menschen stieß, die im Gang standen, mit technischen Gerätschaften, an den ihre Händen festzukleben schienen. Er warf einen Blick über die Schulter: drei Reihen weiter hinten. Die beiden standen mitten auf dem Gang.

Der Zug schlängelte sich aus dem Bahnhof hinaus und fuhr in die Dunkelheit, von Dublin nach Ragmullin. Bei dem gleichmäßigen Rhythmus des Motors ging er in Gedanken seinen Plan durch. Er musste sichergehen, dass die andere Frau nicht zum Problem wurde. Das war Plan A. Plan B war, sicherzustellen, dass sein Opfer nicht versuchte zu fliehen.

Er lächelte in sich hinein und heftete seinen Blick ununterbrochen auf die beiden Frauen.

Grace lachte nervös auf, um ihre Angst zu überspielen. Sie war zu schnell gelaufen. Ihr Hals war wie zugeschnürt, sodass sie kaum Luft bekam.

Sie wühlte in ihrer Tasche, fand ihr Asthmaspray und setzte es an die Lippen, während sie versuchte, jede Berührung mit den pulsierenden Körpern um sie herum zu vermeiden. Sie atmete ein und spürte, wie das Herzklopfen allmählich nachließ. Trotzdem schwelte die Panik weiterhin unter ihrer Haut.

»Alles gut?«

Sie sah zu Mollie, ihrer neuen Freundin, auf.

»Wird es sein, sobald ich im Waggon C bin.«

»Keine Chance.«

Ihr Mund wurde trocken und Grace nahm noch einen Sprühstoß von ihrem Asthmaspray. »Aber ich *muss* im Waggon C sitzen. Nur so komme ich sicher nach Hause.«

Mollie lachte. »*So* abergläubisch bist du doch nicht, oder?«

Plötzlich erstarrte Grace und befand sich in ihrem, wie sie es nannte, Freeze-Modus.

Sie stand reglos da, nur ihre Augen bewegten sich. Schielten nach rechts, dann nach links, dann wieder in Mollies grinsendes Gesicht. Ihre Lippen klebten aneinander, ihre Zunge fühlte sich geschwollen an und ihr Hals zugeschnürt. Sie atmete hektisch durch die Nase ein und auf ihrer Stirn brach Schweiß aus. Sie spürte, wie er ihr in die Augen lief und sie schmeckte das Salz auf ihren Lippen. Mollie streckte den Arm aus und griff nach ihrer Hand. Nein! Nicht anfassen. Aber die Worte blieben in ihrem trockenen Mund einfach stecken.

Einatmen, ausatmen, ein und aus. Sie zählte in Gedanken: eins, zwei, drei. Aber vergeblich. Zehn, neun, acht. Das brachte auch nichts. Ich darf nicht ohnmächtig werden, redete sie sich selbst zu. Es gab keinen Platz. Sie konnte hier nirgendwohin fallen, nirgendwohin gehen.

Als der Zug den Bahnhof verließ, wurden die anderen Menschen gegen sie gedrückt. Ihr schlimmster Albtraum: Körperkontakt. Dazu der Gestank nach Schweiß und auf den letzten Drücker gerauchten Zigaretten, der ihr die Luft zum Atmen nahm. Ihre Hand krampfte sich um den Lederriemen ihrer Umhängetasche. Allmählich ließ die Taubheit nach. Ihre Lippen öffneten sich und sie atmete aus.

»Langsam kehrt die Farbe zurück in deine Wangen«, sagte Mollie. »Einen Moment lang hast du mir ganz schön Angst eingejagt. Was war denn los mit dir?«

Grace zuckte mit den Schultern und presste ihre Tasche fester an ihren Körper. Wie sollte sie dieser Frau, die kaum mehr als eine Fremde war, erklären, wie es war, in ihrer Haut zu stecken? Das konnte sie nicht, also blieb sie stumm und betete im Stillen dafür, dass sich eine Gelegenheit ergeben würde, in Waggon C zu gelangen. Erst dann würde sie sich wieder wohlfühlen.

ACHTZEHN

Der Abendhimmel hatte eine graublaue Farbe angenommen. Es war nicht mehr wirklich Tag, aber auch noch nicht Nacht. Die Dämmerung. Bald würde es ganz dunkel sein. Der Februar war ein hartnäckig kalter Monat, in dem sich kaum ein Hauch des nahenden Frühlings abzeichnete. Lottie schloss erst den Reißverschluss ihrer Sweatjacke und dann den ihrer Winterjacke darüber. Die schmiedeeisernen Tore waren weit geöffnet, damit die Fahrzeuge von der Spurensicherung auf den Friedhof fahren konnten. Das Gelände war mit Absperrband gesichert, das bereits etwas durchhing, und es wurde von zwei uniformierten Polizisten bewacht.

Sie meldeten sich an und betraten den Friedhof. Lottie blieb stehen und warf einen Blick zum Büro des Friedhofswärters, das dunkel und unbesetzt im Schatten der Bäume lag.

»Mein Gott, ist das kalt«, sagte Boyd.

»Der Nachtfrost setzt so langsam ein. Sieh dir das mal an. Fahy hat erwähnt, dass hier illegal Müll abgeladen wird.« Lottie musterte die unzähligen schwarzen Säcke, die sich auf einem gelben Müllcontainer stapelten. »Sieht aus, als würden sie sich bewegen.« Dann erspähte sie die Köderfallen für Ungeziefer, die rund um das Haus verteilt waren. Igitt!

»Sieh mal her«, rief Boyd. »Die Säcke liegen verstreut auf dem Boden. Scheint, als würden die Leute draußen vorfahren und dann ihren Müll über die Mauer werfen.«

»Die Stadtverwaltung sollte mehr Überwachungskameras installieren«, befand sie. »Haben wir die Aufnahmen schon bekommen?«

»Kirby kümmert sich darum.«

»Gut«, sagte Lottie und stieg die Böschung hinunter, die mit Frost überzogen war und silbern glänzte. Eine Reihe von Halogenlampen auf Dreibeinen beleuchtete das Zelt der Spurensicherung und warf gespenstische Schatten auf die umliegenden Grabsteine. Eine ganze Kolonie von Frauen und Männern arbeitete dort und grub sich methodisch, wie ein Ameisenvolk, durch Lehm und Erde.

Sie ging auf die Mauer zu, die an die Wohnsiedlung der Fahrenden angrenzte. »Was schätzt du, wie hoch ist das?«

»Bestimmt knapp drei Meter.«

»Und Bridies Haus liegt direkt dahinter. Sie sagt, sie hätte am Dienstagmorgen nach drei Uhr einen Schrei gehört. Gehst du wieder da hoch und schreist?« Sie deutete in die Richtung, aus der sie gerade gekommen waren. »Mal sehen, ob ich dich hören kann.«

»Willst du mich veräppeln?«

»Ich meine es ernst.«

»Dann bleibe ich hier stehen und *du* gehst wieder hoch und schreist.«

»Vielleicht sollte ich Bridie vorher warnen.«

»Vielleicht solltest du die Banshee warnen und ihr sagen, dass du ihren Job übernehmen willst.«

»Boyd, ich muss irgendwie feststellen, ob es auf der anderen Seite der Mauer zu hören ist, wenn hier jemand schreit.«

»Aber dein Plan hat ein paar Schwachstellen. Wenn du dich zum Beispiel direkt unter die Mauer stellst, kannst du sicher sein, dass man dich hört.«

Lottie ließ den Schein ihre Taschenlampe über die Grabsteine wandern und gab im Stillen zu, dass sie ihr Vorhaben nicht ganz durchdacht hatte. Aber sie wurde das Gefühl nicht los, dass Bridie tatsächlich die Schreie der Frau gehört hatte. Die Fahrenden waren bekannt dafür, Eingebungen und Visionen zu haben. Und wenn Bridie Elizabeth Byrne hatte schreien hören, könnte das die Todeszeit eingrenzen.

Sie ging zum Team der Spurensicherung hinüber. McGlynn kniete auf dem Boden des Grabes und bürstete und schabte über die Stelle, an der die Leiche gelegen hatte. Jetzt schaute er auf.

»Bevor Sie fragen«, begann er, »ich habe nicht viel gefunden, womit Sie etwas anfangen können. Nur Hautschuppen, Lehm, Erde und Steine.«

»Auch Blut?«, fragte Lottie vorsichtig und spähte über den Rand.

»Ein bisschen. Wir werden es untersuchen lassen.«

Lottie erinnerte sich an den Blutstropfen, den sie auf einem Kieselstein an der benachbarten Grabstätte gefunden hatte. Dem würde sie morgen früh weiter nachgehen.

»Wenn er sie mit Lehm bedeckt hat, hat er dann seine Hände dafür benutzt?«, fragte sie.

»Woher soll ich das wissen?«, fragte McGlynn.

Lottie drehte sich zu Boyd um. »Wir müssen alle Werkzeuge untersuchen, die auf dem Friedhof eingesetzt werden.«

McGlynns Stimme drang aus dem Grab zu ihnen. »Das habe ich schon veranlasst. Sie bekommen die Ergebnisse, sobald ich sie vorliegen habe. Ich nehme an, Sie haben von den beiden Arbeitern DNA-Proben und Fingerabdrücke genommen.«

»Natürlich«, bestätigte sie und hoffte, dass Kirby seine Arbeit gewissenhaft gemacht hatte.

»Gut.«

»Das gesamte Gelände wurde penibel abgesucht«, versicherte Boyd. »Wann sind Sie mit Ihrer Arbeit hier fertig?«

McGlynn sah auf. Seine grünen Augen blitzten warnend über dem weißen Mundschutz. »Ich bin fertig, wenn ich fertig bin.«

Lottie richtete ihren Blick auf die Grabsteine, die als unförmige Höcker in Reihen angeordnet auf dem Gelände verteilt waren. Es ließ sie erschaudern, wie ungeheuer weitläufig diese Ruhestätte für die Toten war.

»Ich glaube nicht, dass der Mörder das hier beabsichtigt hatte«, mutmaßte sie. »Es ist mehr als wahrscheinlich, dass die junge Frau ihm entkommen ist und er sie verfolgt hat. Aber warum waren sie überhaupt hier? Hatten sie Sex und es lief aus dem Ruder, oder hat er sie vergewaltigt und sie ist geflohen? Wo kamen sie her? Er muss ein Auto gehabt haben, also wo hat er es geparkt?«

»Wir gehen davon aus, dass ein Mann hinter der Tat steckt, aber es könnte genauso gut eine Frau gewesen sein«, gab Boyd zu denken.

»Stimmt«, räumte Lottie ein. »Aber das Opfer war nackt, was auf ein sexuelles Motiv schließen lässt. Hoffentlich wird uns die Obduktion Aufschluss darüber geben.

Und vielleicht finden wir auch etwas auf den Aufnahmen der Überwachungskamera. Wenn es ein Unfall war, warum hat er oder sie dann nicht versucht, die Frau zu befreien, oder einen Notruf abgesetzt? Sollte sie von Anfang an getötet werden? Ich verstehe es einfach nicht. Und bis jetzt haben wir nicht einen einzigen Anhaltspunkt. Das ist nicht zu fassen.«

»Warte, bis die Obduktion durchgeführt wurde. Und bis McGlynns Ergebnisse vorliegen.«

Die Böschung zu ihrer Rechten wurde von den Lichtern des Zuges von Sligo nach Dublin erhellt. Das Zughorn schrillte durch die Abendluft und ein v-förmiger Lichtkegel durchschnitt den nachtschwarzen Himmel.

»Ich muss Grace abholen«, sagte Boyd und stapfte den Hügel hinauf.

Lottie warf einen Blick auf die Uhr. »Du hast noch knapp fünfzehn Minuten, wenn du den Zug aus Dublin erwischen willst.«

Inzwischen war es fast dunkel, nur der Raureif auf den Blüten der Kunstblumen funkelte im Schein ihrer Taschenlampe und der weiße Granit glitzerte. Irgendwo über ihr krächzte eine Amsel auf einem Ast. Lottie hatte Mühe, mit Boyds großen Schritten mitzuhalten.

Als sie das Tor erreichten, blickte sie zu dem alten Gebäude hinüber, in dem sich das Büro des Friedhofswärters befand. »Wir müssen das durchsuchen.«

»Sobald die Leute von der Spurensicherung da unten fertig sind, können sie hier oben weitermachen.«

»Hast du das eben gesehen?« Sie zupfte an Boyds Ärmel.

»Wenn du die dicke, fette Ratte meinst, die aus einem der Müllsäcke da drüben gekrochen ist: Ja.«

»Mein Gott, lass uns hier verschwinden.«

Sie beeilten sich, zum Auto zu kommen. Während Boyd im Rückwärtsgang ausparkte und wendete, sagte Lottie: »Ich hoffe bei Gott, dass die Kamera etwas aufgezeichnet hat.«

»Abgesehen von der Mauer vorne ist der Friedhof auf drei Seiten gut zugänglich. Die Bahngleise und die Fahrendensiedlung am hinteren Ende, das Altersheim auf der einen Seite und ein Wohngebiet auf der anderen. Von überall dort hat man leichten Zugang.«

»Pflegeheim.«

»Was?«

»Altersheim ist kein politisch korrekter Begriff.«

Sie starrte zu dem Pflegeheim hinüber. Ein neu gebauter Block mit bodentiefen Fenstern, die auf den Friedhof hinausgingen. Dahinter konnte sie das Dach des älteren Gebäudes mit seinem grün angelaufenen Kupferdach erkennen. Warum hatte niemand etwas gehört oder gesehen? Warum war Elizabeth überhaupt auf dem Friedhof gewesen? Wohin war sie gegangen, nachdem sie aus dem Zug gestiegen war? Wenn sie das herausfinden könnten, wüssten sie vielleicht, in welche Richtung sie ermitteln mussten. Aber im Moment drehten sie sich im Kreis.

Mit einem Rumpeln lenkte Body das Auto auf die Straße. Lottie war erleichtert, dass sie sich schnell von dem Ort, an dem Elizabeth den Tod gefunden hatte, entfernten.

NEUNZEHN

»Haben Sie irgendwelche Neuigkeiten für mich, Lynch?«, rief Lottie zum Großraumbüro hinüber, während sie ihre E-Mails überflog.

Lynch ging zu ihrem Büro und blieb auf der Türschwelle stehen.

»In den sozialen Medien ist nur wenig über Elizabeth Byrne zu finden. Sie hat ihren Twitter-Account vor einem Jahr deaktiviert und auf Instagram hat sie genauso lang nichts mehr gepostet. Snapchat scheint sie überhaupt nicht genutzt zu haben und auf Facebook postete sie nur selten. Sie verwendete hauptsächlich WhatsApp.«

»Dann überprüfen Sie das. Haben Sie ihre Facebook-Freunde kontaktiert?«

»Ich arbeite mich gerade durch die Liste.«

»Hatten Sie mit Matt Mullin mehr Glück?«

»Die Bank will sich morgen früh bei mir melden. Die Leitung der Personalabteilung war nicht da und niemand sonst wollte mir Näheres sagen.«

»Kümmern Sie sich gleich morgen früh darum.«

»Boss? Was diesen Überwachungsauftrag angeht, an

dem Kirby und ich arbeiten: So, wie es aussieht, kommen wir nicht weiter. Denken Sie, es ist an der Zeit, dass wir ihn beenden?«

Sie hatten in letzter Zeit Probleme mit illegalen Bare-Knuckle-Fights in der Gemeinschaft der Fahrenden. Es wurden große Geldbeträge gewettet, was zu etlichen Verletzungen führte. Lottie hatte das Gefühl, dass es nur eine Frage der Zeit war, bis dabei jemand umkommen würde.

»Was haben Sie in den letzten drei Wochen dazu herausbekommen?«

»Nichts«, antwortete Lynch.

»Ich frage mich bloß, ob es vielleicht Hinweise darauf gibt, dass die McWards in irgendwelche illegalen Geschäfte verwickelt sind.«

»Ich erinnere mich nicht, dass der Namen irgendwo aufgetaucht wäre, aber ich kann das noch mal überprüfen.«

»Was für eine Ermittlerin sind Sie eigentlich?«

»Eine gute«, antwortete Lynch und verschränkte die Arme vor der Brust.

»Dann beweisen Sie es mir. Ich will wissen, wo Matt Mullin steckt. Ein Banker in Deutschland kann doch nicht so schwer zu finden sein, oder?«

Lynch seufzte. »Könnte ich ein paar Tage freibekommen, Boss? Ich weiß, wir stehen am Anfang der Ermittlungen in einem neuen Fall, aber ich brauche wirklich Zeit, um ...«

»Nein. Alle Urlaubstage werden aufgeschoben, bis dieser Fall gelöst ist.«

»Aber ...«

»Kein Aber, Lynch. Ich brauche jeden einzelnen. Wäre das alles?«

Lynch schnappte sich ihren Mantel und stürmte aus

der Tür, bevor Lottie sie wieder zu sich rufen konnte. Heute ging auch wirklich alles schief.

Lottie rief die Rechtsmedizinerin an.

»Hallo, Jane. Sind Sie schon zu meinem Opfer vom Friedhof gekommen?«

»Tut mir leid. Ich bin hier etwas im Rückstand. Todesfälle durch Unterkühlung im Februar sind für mich neu. Ich habe Ihre Leiche für morgen früh eingeplant. Ich rufe Sie noch mal an und sage Ihnen die genaue Uhrzeit, damit Sie dazukommen können.«

Lottie legte auf, ging ins Großraumbüro und zog sich einen Stuhl an Kirbys Schreibtisch heran.

»Sie waren eben ein bisschen schroff zu Lynch«, sagte er.

»Ich weiß nicht warum, aber in letzter Zeit fliegen immer, wenn wir miteinander reden, die Fetzen.«

»Nicht nur in letzter Zeit, Boss, das geht jetzt schon lange so. Und es passiert auch nicht nur bei Lynch, wenn Sie verstehen, was ich meine.«

Sie wollte nicht über Lynch sprechen und auch nicht über Boyd. Zwar hatte sie sich nie wirklich gut mit Lynch verstanden, aber sie wollte nicht, dass jemand davon erfuhr.

»Haben Sie Bridie McWard befragt?«, wollte sie wissen.

»Sie hat mir genau dasselbe gesagt wie Ihnen. Am Dienstagmorgen gegen 3.15 Uhr hat sie Schreie gehört. Sie weigert sich allerdings, herzukommen und eine offizielle Aussage zu machen. Ich habe in der Siedlung mit ihr gesprochen.«

»Was ist mit dem Bildmaterial von der Überwachungskamera am Friedhof, war irgendetwas Brauchbares drauf?«

»Die Techniker haben mir einen Clip geschickt.« Er klickte auf ein Icon und ein verrauschtes graues Bild öffnete sich mittig auf seinem Bildschirm. Er vergrößerte das Fenster und lehnte sich zurück, sodass Lottie das Video ansehen konnte. »Das war um 3:07 Uhr«, sagte er.

»Ich sehe nichts.«

»Es gibt auch nichts zu sehen, außer der Tatsache, dass sich das Licht verändert. Warten Sie, ich spule zurück.« Er klackerte mit seinen wulstigen Fingern über ein paar Tasten und das Video begann von vorn. »Schauen Sie genau hin, auf die Straße. Sehen Sie das? Das kommt von den Scheinwerfern eines herannahenden Autos, aber dann verschwindet das Licht wieder. Ich würde sagen, er hat den Wagen auf der gegenüberliegenden Straßenseite geparkt, die von der Kamera nicht erfasst wird.«

»Okay. Aber es sind keine Menschen zu sehen?«

»Nein.«

»Vielleicht hat bloß jemand seinen Müll über die Mauer geworfen.«

»Das glaube ich nicht.«

»Warum nicht?«

»Weil das Videomaterial bestätigt, dass ein Fahrzeug dort vierundzwanzig Minuten lang geparkt war.« Er spulte vor bis 3:31 Uhr. »Sehen Sie. Da huscht ein Lichtstreifen über die Straße, so, als würde ein Auto wenden.«

»Und weiter?«

»Nichts weiter, das war's.«

»Dazwischen ist nichts? Keine anderen Autos?«

»Nein, nichts. An einem Montagabend ist die Stadt wie ausgestorben.«

»Es sieht also danach aus, als wäre er aus der Stadt gekommen, hätte fast eine halbe Stunde lang dort geparkt, wäre dann umgedreht und zurück in die Stadt gefahren. Überprüfen Sie, was unsere Verkehrsüberwachungskameras zu diesen Zeiten aufgenommen haben, und schauen Sie, ob Sie das Auto ausmachen können.«

»Ich versuche es.«

Lottie schob den Stuhl wieder zurück und machte sich auf den Rückweg in ihr Büro. »Ich möchte, dass alle Bewohner des Pflegeheims befragt werden. Vor allem diejenigen, deren Fenster zum Friedhof hinausgehen.«

»Noch heute Abend?«

»Nein. Morgen. Haben die uniformierten Kolleginnen und Kollegen irgendetwas Nützliches in dem Wohngebiet herausgefunden?«

»Die Datei wird gerade noch erstellt, aber bis jetzt gibt es nichts Auffälliges zu berichten.«

»Und die Bewohner der Fahrendensiedlung?«

»Niemand hat etwas gehört oder gesehen.«

»Es ist immer dieselbe alte Leier in Ragmullin. Überall wird man beobachtet, aber niemand will etwas gesehen haben – wie in dem berühmten Roman von Brinsley MacNamara.«

»Was?« Kirby kratzte sich mit der Spitze seines Stifts am Kopf.

»Ich möchte morgen bei der Frühbesprechung ein Update bekommen.«

ZWANZIG

Als in Maynooth einige Fahrgäste ausstiegen, ergatterte er einen Sitzplatz. Auch die beiden Frauen fanden Plätze. Jetzt saßen sie ihm gegenüber, allerdings ein paar Reihen weiter hinten im Waggon.

Wie sehr er sich wünschte, neben ihr zu sitzen, sodass ihre weiche Haut seine berührte. Haut auf Haut. Es gäbe nichts Schöneres, dachte er. Außer, man nahm die schaukelnden Bewegungen des Zuges dazu. Oh, Haut auf Haut, nackt und im Rhythmus des Zuges. Dieses Bild schwirrte wieder und wieder durch seine Gedanken. Wie schön wäre das wohl? Ihre Lippen erzitterten, wenn er zu ihr hinübersah. Sie waren rot und erwartungsvoll zum Kussmund gespitzt.

Sie warteten auf ihn.

Auf niemanden sonst.

Und sie kannten die Antwort, die er brauchte.

———

Der Bahnhof von Ragmullin war so alt, dass er zu zerbröckeln schien. Auch die unzähligen Renovierungsarbeiten im Laufe der Jahre hatten wenig dazu beigetragen, seinen optischen Zustand zu verbessern. Die Tatsache, dass das Gebäude unter Denkmalschutz stand, hinderte die Eisenbahngesellschaft daran, größere Arbeiten vorzunehmen. Dabei war es paradox, das Gebäude so schützen zu wollen, denn er zerfiel vor den zwanzigtausend Augenpaaren der Einwohner Ragmullins.

»Wie geht's, Jimmy? Gibt es Neuigkeiten?« Boyd schlenderte zum Pförtner hinüber und lehnte sich gegen die Fahrkartenschranke.

»Klar, aber die einzigen Neuigkeiten hier betreffen das Wetter und Züge, die sich verspäten.« Jimmy Maguire kratzte sich unter seiner Schirmmütze den Kopf.

»Ich hoffe, dieser hier hat keine Verspätung.«

»Der sollte pünktlich sein. Fahrplanmäßig fährt er um 18:20 Uhr ein.«

Boyd lächelte, als Jimmy mit behandschuhten Fingern umständlich auf seine Uhr schaute. Leuchtend gelbe Kunstfasern. Selbst mit der Schirmmütze auf dem Kopf reichte Jimmy Boyd nur bis zu den Schultern und dazu sah er genauso mitgenommen aus wie der verwitterte Bahnhof.

»Also in siebenundfünfzig Sekunden, um genau zu sein.«

»Sehr präzise.«

»Es gehört zu meinem Job, so etwas zu wissen.«

Boyd starrte zum Bahnsteig hinüber und beobachtete, wie der Zug sich näherte.

»Er ist ein bisschen zu früh.« Jimmy richtete sich auf. »Nämlich fünfzehn Sekunden.«

Boyd zog den Kopf ein, um einer Taube auszuweichen,

die von den Stahlstreben über ihnen auf den Bahnsteig aus Beton herabschoss.

Die Hydraulikbremsen zischten, der Zug kam allmählich zum Stehen und schließlich öffneten sich die Türen. Boyd wich zur Seite aus, um den Fahrgästen Platz zu machen, die aus den Waggons strömten und zur Fahrkartenschranke eilten, von wo aus sie zu ihren Autos auf dem überfüllten Parkplatz hetzen würden. So schnell wie er gekommen war, fuhr der Zug mit lautem Gepolter wieder an und ratterte auf dem Gleis davon.

Dafür tauchte seine Schwester auf. »Hi, Mark. Du siehst müde aus. Ist alles in Ordnung?«

»Ja, ich habe bloß hier auf dich gewartet und dich kurz nicht gesehen.«

»Ich habe eine neue Freundin.« Grace sah sich um. »Gerade war sie noch da. Ich wollte dich fragen, ob wir sie mitnehmen können.«

»Wahrscheinlich ist sie schon vorausgegangen«, sagte Boyd und dachte, dass Graces neue Freundin wahrscheinlich die Flucht ergriffen hatte, um dem pausenlosen Geplapper seiner Schwester zu entkommen. »Das Auto steht draußen. Im Halteverbot.«

»Also hast du mal wieder gegen das Gesetz verstoßen?«, fragte sie.

»Ich bin das Gesetz«, entgegnete Boyd.

Mit einem Piepsen entriegelte er das Auto und stieg ein. Grace zog sich den dicken Strickschal vom Hals, legte ihn ordentlich zusammen, platzierte ihn auf ihrem Schoß und stellte ihre Tasche im Fußraum ab. Aber dann schien sie sich eines Besseren zu besinnen und hob sie stattdessen auf den Schal auf ihrem Schoß.

»Mach die Tür zu«, sagte er. »Es ist arschkalt.«

»Was du nicht sagst.«

Sie ist noch schlimmer als Lottie, dachte Boyd. Er fragte sich, ob er vielleicht in einem früheren Leben ein unglaublich schlechter Mensch gewesen und deshalb jetzt dazu verdammt war, auf demselben Planeten zu leben wie diese eigenwilligen Frauen.

Er machte eine Kehrtwende und reihte sich in die Schlange wartender Autos ein.

»Erzähl mir von deiner Freundin.«

»Ich habe sie heute Morgen im Zug kennengelernt. Sie hat erzählt, dass sie immer mit dem Zug um 17:10 Uhr nach Hause fährt. Also habe ich beschlossen, mich ihr anzuschließen.«

»Habt ihr euch in den Waggon gesetzt, den du sonst immer nimmst?«

»Das war ein bisschen kompliziert, weil sie später gekommen ist als ich. Ich habe auf sie gewartet, und dann mussten wir stehen, im falschen Waggon. Ich hatte eine kleine Panikattacke, aber jetzt geht's mir wieder gut.«

»Bist du sicher, dass alles in Ordnung ist?«

»Hör auf, mich wie eine Idiotin zu behandeln. Ich bin vielleicht sechzehn Jahre jünger als du, aber ich bin nicht dumm.«

Die Ampel auf der Brücke sprang auf Grün und Boyd trat das Gaspedal durch, um es noch über die Straße zu schaffen, bevor sie wieder umschaltete. Als sie oben auf dem Hügel angekommen waren, war sie schon rot, aber er fuhr weiter.

»Du hast dich also gut mit ihr verstanden?«

»Jetzt tu nicht so überrascht. Ich bin durchaus in der Lage, mich mit anderen Menschen zu unterhalten.«

»Das macht mir ja gerade Sorgen.«

»Versuchst du, witzig zu sein?«

Boyd hätte sich in den Hintern beißen können. Grace

verstand keinen Humor. Für sie waren die Dinge entweder schwarz oder weiß. Sie war sehr geradeheraus, oder wie auch immer man das sagen wollte. Schon öfter war im selben Atemzug mit ihrem Namen von ›autistischen Zügen‹ die Rede gewesen. Er liebte seine Schwester, aber sie stellte seine Geduld auf eine harte Probe. Er ermahnte sich, in ihrer Gegenwart auf seine Wortwahl zu achten. Und daran zu denken, dass sie neunundzwanzig Jahre alt war.

»Warum fährst du über die Hauptstraße?«, fragte sie.

»Ich hole etwas zu Essen für heute Abend.«

»Aber ich esse kein Essen, das jemand anderes zubereitet hat. Das weißt du doch.«

»Nur dieses eine Mal, Grace. Tust du mir den Gefallen? Bitte?«

»Mark! Du hast ein Date!«

»Woher weißt du das?«

»Du bist für mich ein offenes Buch.«

Genau wie Lottie, dachte er und parkte in zweiter Reihe vor dem chinesischen Imbiss.

»Ich nehme an, du gehst nicht rein und holst dir selber was?«, sagte er.

»Da liegst du völlig richtig.«

Boyd schüttelte den Kopf. Er war froh, dass er heute Abend rauskommen würde. Andererseits fragte er sich, ob er nicht vielleicht vom Regen in die Traufe käme. Er hoffte, dass Lottie bessere Laune haben würde als Grace. Aber nach allem, was heute passiert war, bezweifelte er das.

EINUNDZWANZIG

Die Temperaturen waren unter den Gefrierpunkt gesunken und die Windschutzscheiben mit einer feinen Schicht glitzernden Raureifs überzogen. Unter einem klaren, sternenübersäten Himmel verließen die Pendler den Bahnhof. Ihr Atem eilte ihnen in der feuchten, kühlen Abendluft als weißer Nebel voraus.

Die Menge drängte zum Ausgang und Mollie spürte, wie ihr jemand auf die Schulter tippte.

»Hallo«, sagte der Mann.

Genau derselbe Mann hatte sie gestern Abend nach Hause gebracht. Er war ein echter Gentleman gewesen und hatte sie vor ihrer Wohnung abgesetzt. Er schien wirklich nett und vernünftig zu sein. Sie hatte ihn schon ab und zu in der Stadt gesehen, aber sie wusste nicht, wer er war. Sie hatten sich nicht mit Namen vorgestellt, geschweige denn ihre Telefonnummern ausgetauscht. Aber darüber war sie eigentlich ganz froh.

»Ich kann dich wieder mitnehmen«, schlug er vor. »Falls du dem Geplapper deiner Freundin entkommen möchtest.«

Sie entfernte sich von Grace, ohne dass diese das bemerkte. Sie unterhielt sich gerade mit einem großen, schlanken Mann. Wahrscheinlich der Bruder, von dem Mollie auf der schier endlosen Zugfahrt gehört hatte. Scheiß drauf, dachte sie, sie konnte das ständige Gequatsche nicht mehr hören.

»Das wäre cool. Danke.« Sie spürte seine Hand an ihrem Ellbogen und wurde die Treppe hinunterbugsiert.

Über den gefrorenen Boden schlitterten sie zur linken Seite des Parkplatzes, die in Dunkelheit gehüllt war.

»Deine Freundin ist vielleicht ein Plappermaul. Sie hat ja nicht einmal aufgehört zu reden, um Luft zu holen. Sie muss dir ganz schön auf die Nerven gegangen sein.«

»Sie ist gar nicht so schlimm«, sagte Mollie. Warum nahm sie eine Frau in Schutz, die sie nicht einmal kannte? Und überhaupt: Warum ließ sie sich von einem Mann nach Hause bringen, den sie ebenfalls nicht kannte? Der Parkplatz war inzwischen fast leer. Nur ein einziges Auto parkte an der Mauer im hinteren Bereich des Bahnhofs. Sie blieb stehen. Jetzt drehte er sich um und sah sie an.

»Was ist los?«, fragte er. Er klang normal. Also immerhin kein Freak.

»Danke, dass du mich gerettet hast. Und danke fürs Mitnehmen gestern Abend, aber ich glaube, ich gehe heute lieber zu Fuß. Ich brauche ein bisschen frische Luft.« Sie trat einen Schritt zurück. Er schloss zu ihr auf und verringerte so die Distanz zwischen ihnen wieder. »Das ist nicht der Rede wert. Mein Auto steht gleich da drüben.« Er deutete auf seine schwarze Limousine, die außerhalb der Reichweite der Überwachungskameras im Dunkeln stand. Langsam wurde ihr das unheimlich. Dort hatte er gestern nicht geparkt.

»Wirklich, ich bin dankbar für deine Hilfe. Vielleicht

sehen wir uns ja morgen?« Sie drehte sich um, aber im selben Moment festigte sich der Griff um ihren Ellbogen, sodass seine Fingernägel sich durch ihre Kleidung gruben. Das tat ihr weh. »Hey! Was ist das für ein Spielchen?«

»Das ist kein Spielchen, Mollie. So heißt du doch, oder? Wenn du schnell weitergehst, muss ich dir auch nicht wehtun. Komm mit und sei ein braves Mädchen.«

»Du bist wohl völlig übergeschnappt.« Mollie öffnete den Mund. Sie wollte schreien, aber sie zögerte für den Bruchteil einer Sekunde. In diesem Moment füllte seine behandschuhte Hand plötzlich ihre Mundhöhle aus und er stopfte ihr ein Tuch halb hinein. Sie sah sich hektisch um, aber alle anderen saßen entweder in ihrem Auto und standen vor der Ausfahrt in der Schlange oder eilten zu Fuß den Hügel hinauf und hatten den Kopf gesenkt, um sich gegen den beißenden Wind zu schützen.

»Hilfe!« Sie dachte, sie hätte das Wort geschrien, aber wegen des Tuchs drang kein Laut aus ihrem Mund.

Seine Arme schlangen sich um ihren Körper und zogen sie dicht an sich heran. Das Tuch machte das Atmen fast unmöglich. Und dieser Gestank ...

»Tu, was ich dir sage, oder du wirst sterben, hast du verstanden?«

Die Zentralverriegelung des Wagens piepte. Er öffnete die Tür und schubste sie hinein. Sie schlug sich den Kopf am Lenkrad und fiel längs über die beiden Vordersitze. Er packte ihre Knöchel und zwängte ihre Beine ebenfalls ins Auto. Sie streckte eine Hand aus, um auf die Hupe zu drücken, bevor er ebenfalls einstieg, aber sie war zu langsam. Er griff nach ihren Fingern, schob sie beiseite und setzte sich auf den Fahrersitz. Sie schlug um sich und krallte die Fingernägel in den Kragen seines Hemdes.

»Du Miststück«, rief er, bedeckte ihren Mund wieder

mit seiner Hand und stopfte das Tuch weiter hinein. Dann zog er eine Plastiktüte aus der Tasche. Sie erspähte noch ein Tuch, das genauso aussah wie das erste.

»Es wird dir noch leidtun, dass du versucht hast, mich anzugreifen«, sagte er. »Es wird dir so verdammt leidtun, dass du nicht wissen wirst, wie dir geschieht. Du wirst betteln. Betteln, hörst du? Du wirst um dein Leben betteln, und weißt du, was ich dann machen werde? Nein, ich glaube nicht, dass du das weißt, aber du wirst es bald herausfinden, so viel ist sicher.«

Wieder schlug er ihr mit der Hand ins Gesicht und drückte ihr dabei das zweite Tuch an die Nase. Ein widerwärtig süßlicher Geruch benebelte ihre Sinne, während die Dunkelheit wie ein sanfter Regenschauer über sie hereinbrach.

ZWEIUNDZWANZIG

»Bin ich im falschen Haus?«, fragte Lottie und hängte ihre Jacke an den Treppenpfosten, der ausnahmsweise nicht zugemüllt war.

Der Duft von Chili und Käse wehte aus der Küche herüber, und das roch nicht nach einem Fertiggericht. Lottie öffnete die Tür zum Wohnzimmer und stellte überrascht fest, dass es sauber, ordentlich aufgeräumt und leer war. Sie ging in die Küche. Der Tisch war mit Besteck und Geschirr gedeckt, das sogar zusammenpasste. Es war auch ein Tischtuch im Einsatz, das sonst nur an Weihnachten hervorgeholt wurde.

»Was ist denn hier los?«, fragte sie.

Rechts von ihr, vor den Schränken, standen in einer Reihe Sean, Chloe und Katie mit Louis auf dem Arm.

»Überraschung!«, riefen sie.

»Aber warum? Was? ... Ich weiß gar nicht, was ich sagen soll.«

»Du könntest dich bedanken«, meinte Katie.

»Danke. Im Ernst, ich bin völlig platt. Ich glaube, ich muss mich erst mal setzen.«

»Ja, setz dich hin, ich hole die Lasagne«, sagte Chloe. »Glaubst du, sie ist durch, Katie?«

»Auf jeden Fall. Hier, Mum, du hältst Louis, und ich richte das Essen an. Es ist Chili drin. Sean hat darauf bestanden; ich hoffe, das macht dir nichts aus. Wir haben ein Glas davon im Schrank gefunden.«

Lottie nahm Louis in den Arm, während sich ihre Kinder um das Essen kümmerten. Ihr Verstand lief inzwischen auf Hochtouren. Sie wollten etwas von ihr. Nichts im Leben war umsonst. Aber was konnten sie wollen? Weshalb hatten sie sich so viel Mühe gegeben?

Sie schaute sich um, um herauszufinden, ob ihre Mutter hier vielleicht das Zepter führte, doch sie war nirgends zu sehen. Und das überraschte Lottie nicht. Rose war in letzter Zeit teilnahmslos und meist fühlte sie sich nicht gut. Lottie gab sich alle Mühe und brachte ihr abends etwas zu essen vorbei.

Es handelte sich hier also eindeutig um eine Verschwörung. Da sie keine Ahnung hatte, worum es ging, beschloss sie, vorerst mitzuspielen.

»Das war lecker«, sagte sie, als sie fertig gegessen hatten. »Und es ist schön, als Familie zusammen am Tisch zu sitzen. Das sollten wir öfter machen.« In diesem Moment bemerkte sie, dass Chloe und Katie einen Blick tauschten.

»Ich nehme Louis mit und mache ihm das Baby-Fernsehen an.« Sean löste die Bremse des Buggys, schob ihn auf den Flur hinaus und zog die Tür hinter sich zu.

»Na schön, sagt mir, was hier los ist«, verlangte Lottie.

Da klingelte es an der Tür.

»Ich mache auf«, rief Sean aus dem Flur.

»Ach, Scheiße«, sagte Lottie und sprang auf.

Boyd stand im Türrahmen mit sechs roten Rosen in der Hand.

»Wie es aussieht, hast du wohl schon ohne mich gegessen«, sagte er.

»O Gott, Boyd. Wir hatten doch nichts verabredet, oder? Ich hätte mich klarer ausdrücken müssen. Es tut mir leid. Ich wusste nicht ...« Scheiße, sie redete dummes Zeug.

»Gib mir deine Jacke, ich hänge sie auf«, sagte Sean.

»Nein, ich möchte euren Familienabend nicht stören. Ich gehe wieder.«

»Ist schon okay«, sagte Chloe.

»Bring Boyd für einen Moment ins Wohnzimmer«, bat Lottie. »Ich möchte mich mit Katie unterhalten.«

Als sie allein waren, beobachtete Lottie ihre Tochter, die mit einem Stapel Teller in den Händen dastand. »Setz dich und erzähl mir, was los ist«, bat sie.

»Mam.« Katie stellte das Geschirr auf der Arbeitsplatte ab. »Ich weiß, dass du nicht möchtest, dass ich nach New York reise, um Louis' Großvater zu besuchen, aber ich möchte hinfliegen. Ich habe es aufgeschoben, als du angegriffen wurdest und dann war Weihnachten und ... warte kurz. Reg dich nicht gleich auf.«

Lottie setzte sich wieder hin und musterte das hübsche, traurige Gesicht ihrer Tochter. Katie hatte mit ihren gerade einmal zwanzig Jahren schon so viel durchmachen müssen, dass es vielleicht an der Zeit war, ihr zu erlauben, an sich selbst zu denken. Ihr ein eigenes Leben zuzugestehen. Hatte Boyd nicht genau davon gesprochen?

»Okay, Katie. Ich möchte nicht mit dir streiten. Was denkst du: Wie viel Geld wirst du ungefähr brauchen?«

»Das ist es ja gerade. Ich brauche kein Geld. Wir haben für dich gekocht, um zu feiern, dass ... also, um dir zu sagen ...«

»Um mir was zu sagen?«

»Tom Rickard hat die Flugtickets gebucht und mir Geld überwiesen. Louis und ich, wir machen uns Freitag auf den Weg nach New York. Ich habe mich nicht getraut, es dir eher zu erzählen. Bitte halte mich nicht zurück.«

Eine Welle widersprüchlicher Gefühle brach über Lottie zusammen. Die Haare auf ihren Armen stellten sich prickelnd auf, ihre Zunge klebte trocken am Gaumen, etwas in ihrem Brustkorb zog sich zu einem festen Knoten zusammen und ihre Augen füllten sich mit Tränen, die sie kaum zurückhalten konnte.

»Sag doch was«, flehte Katie und sah sie mit großen Augen an. Ihr Blick war glasklar, jetzt, wo die Tage, an denen sie mit Jason Rickard Gras geraucht hatte, hinter ihr lagen. Das Einzige, was sich jetzt an ihrem Blick ablesen ließ, waren die schlaflosen Nächte.

»An welchem Freitag?«, flüsterte Lottie, obwohl sie sich vor der Antwort fürchtete.

»Diesen Freitag.«

»Was? Aber heute ist schon Mittwoch ... Das geht nicht, das ist zu früh. Ich muss noch so viel organisieren ...«

»Du musst gar nichts organisieren. Es ist alles geregelt. Ich konnte es dir nur nicht früher sagen, denn dann hättest du Zeit gehabt, dir zu überlegen, wie du mich aufhalten kannst. Ich will das wirklich, Mam. Bitte sag, dass es in Ordnung ist.«

Egal was sie jetzt sagen würde, es klänge falsch, deshalb hielt Lottie den Mund und nickte nur. Plötzlich wurde sie umarmt. Katie umarmte andere nicht allzu oft. Aber jetzt tat sie es.

»Du bist die beste Mutter auf der ganzen Welt. Das ist eine unglaubliche Gelegenheit für mich. Und ich weiß, dass Tom Louis genauso sehr lieben wird wie du.«

»Wie lange wirst du weg sein?«, krächzte Lottie.

»Nur ein paar Wochen.«

»Und wie viele sind ›ein paar‹?«

»Drei.«

»Drei?«

»Ich möchte das wirklich machen, Mam. Für Louis.«

»Wie viel Geld hat Tom dir überwiesen?« Scheiße, warum hatte sie das fragen müssen?

Katie trat von einem Fuß auf den anderen. »Fünftausend Euro. Ist das zu fassen?«

»Was?« Lottie starrte ihre Tochter an. »Zusätzlich zu den Flugtickets?«

Katie nickte. »Ist das nicht toll? Ich fahre morgen in die Stadt, um mir neue Klamotten zu kaufen. Ich muss vernünftig aussehen, wenn ich ihn wiedertreffe. Das ist alles so aufregend. Und ich muss noch packen. Du bringst mich doch am Freitagmorgen zum Flughafen, oder? Hab dich lieb, Mam.« Damit stürmte sie aus der Küche und ließ das Geschirr und Besteck auf der Arbeitsplatte liegen.

Lottie war kurz davor gewesen, sie zu ermahnen, nicht zu vergessen, wie schlecht Tom seinen Sohn behandelt hatte. Aber sie wollte das glückliche Strahlen in Katies Gesicht nicht dämpfen. Erschöpft stand sie auf und begann, die Spülmaschine einzuräumen.

»Ich helfe dir.« Boyd kam zu ihr und sie beseitigten gemeinsam die letzten Spuren des Essens.

»Danke«, sagte Lottie, als sie fertig waren. »Du bist doch bestimmt am Verhungern. Hast du im Restaurant angerufen und abgesagt? Oder warum gehst du nicht allein hin? Es tut mir leid, wenn ich dir einen falschen Eindruck vermittelt habe. Vielleicht solltest du ...«

Seine langen, weichen Finger umschlossen ihre Arme, und plötzlich sah er ihr in die Augen. »Es ist alles in

Ordnung. Wir gehen einfach morgen Abend aus. Abgemacht?«

»Ich weiß nicht, ob das eine gute Idee ist.«

»Abgemacht?«

»Nein, nicht abgemacht«, sagte sie. »Zumindest nicht, bis dieser Mord aufgeklärt ist.«

»Ich habe keine Chance, oder?« Boyd ließ ihre Arme los und lehnte sich gegen den Tisch. »Willst du mir erzählen, was das eben mit Katie war?«

»Nicht wirklich. Du musst eigentlich nur wissen, dass sie glücklich ist. Zumindest im Moment.«

»Bist *du* auch glücklich?«

»So glücklich, wie es gerade geht. Setz dich, ich mache uns Kaffee. Wo hast du die Blumen hingestellt? Vielen Dank, übrigens.«

»Ich habe sie im Wohnzimmer gelassen.«

»Hast du Grace vom Bahnhof abgeholt?«, fragte Lottie.

»Ja. Sie hat es sich mit Essen vom chinesischen Imbiss und Netflix auf meinem Sofa gemütlich gemacht.«

»Klingt himmlisch.«

»Das hier, genau dieser Moment, der ist himmlisch.«

Er lächelte sie an, aber Lottie musste an Katies bevorstehende Reise denken. Und dann fiel ihr ihre Mutter ein. »Scheiße, Boyd. Es tut mir leid.«

»Was ist jetzt?«

»Ich muss zu Rose rübergehen und ihr das Abendessen bringen. Das hatte ich total vergessen.«

Er stand wieder auf. »Du kannst dich unmöglich allein um alles kümmern.«

»Ich muss einfach bei der Sache bleiben. Ich gebe mir Mühe, alles so zu organisieren, dass wir irgendwann mal essen gehen können, aber ...«

»Aber du kannst es nicht versprechen?«

»Das kann ich nicht. Es ist also erst einmal ein Vielleicht.«

»Ein Vielleicht reicht mir.« Er lächelte. »Aber wie ich dir schon gesagt habe, werde ich nicht ewig warten. Weißt du das?« Er streifte mit den Lippen ihre Wange.

In diesem Moment wurde die Tür aufgerissen. Chloe kam herein und öffnete den Kühlschrank. Dann knallte sie ihn wieder zu und ging aus der Küche.

»Was war denn das?«, fragte Boyd.

»Wie Teenager eben sind«, sagte Lottie.

DREIUNDZWANZIG

»Hallo, Liebling, du bist wieder spät dran. Hast du den Zug verpasst?«

Cillian O'Donnell ignorierte seine Frau, hängte seine schwarze Lederjacke über die Lehne eines Stuhls, beugte sich hinunter und nahm seine fünfjährige Tochter Saoirse schwungvoll hoch.

»Was hast du angestellt, während Daddy bei der Arbeit war, du kleine Hexe?«

Saoirse schmiegte ihren Lockenkopf in die Kuhle unter seinem Kinn und schlang ihre Arme und Beine um seinen Oberkörper. Der Duft von Pfirsichshampoo stieg in seine Nase und er spürte die angenehm weiche Haut seiner Tochter an seinem Hals. Er küsste sie sanft auf den Kopf und ließ sie wieder zu Boden sinken. Sie zog ihn zum Küchentisch, wo bunt bemalte Blätter verstreut lagen und Pinsel in einem Wasserglas standen.

»Also hast du gemalt«, sagte er. »Hat Mummy dir dabei geholfen?«

Saoirse schüttelte den Kopf und schob schmollend die Unterlippe vor.

»Du warst heute in der Schule ganz schön frech, stimmt's, Schatz?«, fragte Keelan. »Ich habe ihr nur für eine halbe Stunde erlaubt zu malen.«

Cillian senkte den Kopf und sah zu den Bildern, weil er fürchtete, Keelan könnte sehen, welche Empfindungen ihn quälten, obwohl er verzweifelt versuchte, sie zu verbergen. Er nahm wahr, dass sich seine Frau, die am Herd stand, umdrehte, und spürte ihren starrenden Blick auf sich. Sie war durchschnittlich. Ganz und gar gewöhnlich. Kurzes schwarzes Haar und graue Augen. Das einzige Make-up, das sie trug, war so dezent, dass es im Prinzip unsichtbar war. Nach Saoirses Geburt hatte sie es nicht geschafft, wieder so schlank zu werden wie vorher, und er konnte ihr nicht verzeihen, dass sie sich nicht mehr Mühe gab. Aber das alles spielte sich nur in seinem Kopf ab. Er wagte nicht, es laut auszusprechen.

»Hast du es vergessen?«, fragte sie.

»Was vergessen?«

»Das Treffen heute Abend. Es ist um neun Uhr. Und du bist gerade erst zur Tür reingekommen.« Sie wischte sich die Hände an einem Geschirrtuch ab und setzte sich an den überfüllten Tisch. »Wo warst du bis eben?«

»Auf der Arbeit war die Hölle los. Ich habe das Treffen ganz vergessen. Ich dusche, gehe hin und esse vielleicht noch einen Happen, bevor ich mich schlafen lege.«

»Du kannst nicht mit vollem Magen ins Bett gehen. Das tut dir nicht gut.« Sie stand auf und pfefferte das Geschirrtuch gegen die Tischkante.

Saoirse zuckte zusammen und krabbelte auf den Schoß ihres Vaters.

Er wusste, dass Keelan wütende Tränen in den Augen standen. Sie wollte gern, dass alles nach Plan verlief, Tag für Tag war es dasselbe, bloß nicht von der Routine abweichen. In mancherlei Hinsicht, wenn auch nicht in jeder, war sie ein Abklatsch der Ehefrau seines Bruders. Und beide Frauen waren wiederum Kopien von Maura, ihrer Mutter. Wie hatten sie das nur angestellt? Er wandte seine Aufmerksamkeit wieder seiner Tochter zu.

»Hier, Liebling, nimm das Rot. Und hier ist ein neues Blatt Papier. Wenn Daddy aus der Dusche kommt, möchte er eine schöne rote Dampflok sehen.«

»Aber ich weiß nicht, wie das geht. Kann Mummy mir helfen?«

Das genervte Aufstöhnen von Keelan, die mit dem Rücken zu ihm neben dem Waschbecken stand, ließ ihn erschaudern.

Er zog er eine seiner vielen Eisenbahnzeitschriften aus dem Bücherregal und schlug sie auf genau der richtigen Seite auf. »Hier, bitte schön, Saoirse. Mal das ab.«

»Das ist zu schwer für eine Fünfjährige«, sagte Keelan und schaute aus dem Fenster. »Übrigens möchte dein Vater, dass du ihn anrufst.«

Ihre Fratze spiegelte sich in dem Glas. Er ballte seine Hände zu Fäusten und unterdrückte den Drang, sie ihr ins Gesicht zu schlagen. Dann wandte er sich ab, ging zur Treppe und zog sich unterwegs das Hemd aus.

Was zum Teufel konnte sein Vater von ihm wollen?

———

Finn O'Donnell schlüpfte aus seinem Mantel und hängte ihn an den Garderobenständer neben der Tür. Mit nur einem Schritt durchquerte er die Diele und betrat das kleine Wohnzimmer. Sara befand sich in der Kochnische. Es war zwar eigentlich ein eigener Raum, aber schon beim Einzug hatte sie gesagt, dass das Zimmer zu klein wäre, um es als Küche zu bezeichnen. Sie hatten ohnehin vorgehabt, nur vorübergehend hier zu wohnen. Inzwischen beschwerte sich Sara jeden Abend darüber, dass fünf Jahre zu lang für eine Übergangslösung seien.

»Ich bleibe nicht«, sagte er. »Ich muss zu einem Treffen.«

»Ständig musst du irgendwohin. Kannst du nicht mal einen Abend zu Hause bleiben?«

Er ließ sich in seinen Sessel sinken, ohne zu fragen, ob es etwas zu essen gab. Die Mühe brauchte er sich nicht machen, denn der Geruch nach Alkohol, der mit ihrem Atem herüberwehte, als sie sich in den Stuhl gegenüber quetschte, war ihm Antwort genug. Er würde sich später irgendwo etwas zum Mitnehmen holen.

Sie stellte ihr Glas mit Wucht auf dem Couchtisch ab. Das klirrende Geräusch ließ ihn aufblicken. Sara war rund und pummelig. Ein schwabbeliger Wal. Ihre Haare fielen ihr ungewaschen über die Schultern und sie trug seit drei Tagen dieselbe Kleidung. Gott, warum hatte er sie überhaupt geheiratet? Nein, er wusste, warum. Wegen seiner Mutter. Maura hatte ihn in Zugzwang gebracht, nachdem Cillian sich Keelan geangelt hatte. Er war nicht Manns genug gewesen, um die Sticheleien und Anspielungen zu ertragen, mit denen sie ihn Tag für Tag verhöhnt hatte. Finn wusste, dass er niemals so gut sein konnte wie sein Bruder, egal was er tat. Nicht seit Lynn verschwunden war. Und sogar vorher schon. In Mauras Augen war er nie gut genug gewesen. Und erst recht nicht, was seinen Vater anging. Er sollte wirklich mal vorbeischauen, um zu sehen, wie es Donal ging. Das könnte sein Fluchtplan für morgen Abend werden.

»Was geht in deinem dämlichen Hirn vor?« Saras

Stimme war hoch und piepsig. Sie erinnerte ihn an eine Ratte.

»Lass das«, sagte er und stand auf. »Bitte lass es einfach. Ich hatte einen beschissenen Tag und tue es mir jetzt ganz bestimmt nicht an, dir dabei zuzuhören, wie du irgendwelchen Mist von dir gibst.«

»Dann geh doch zu deinem blöden Treffen. Das ist mir doch scheißegal.«

Er nahm seinen Mantel und öffnete die Haustür, in dem Wissen, dass es auch ihm scheißegal war.

———

Der Mann verbarg sein Gesicht hinter dem Kragen seines Mantels, während er langsam durch das Industriegebiet fuhr und dann in die Gaol Street einbog. Er wusste nicht, wie viele Runden durch die Stadt er inzwischen gedreht hatte, seit er den Bahnhof verlassen hatte. Er wollte noch nicht nach Hause fahren. Wenn er noch ein bisschen länger herumfuhr, wäre sie vielleicht schon zu Bett gegangen, wenn er dort ankam.

Sein Blick war getrübt, weil Tränen in seinen Augen standen und über sein Gesicht liefen. Eilig wischte er sie mit dem Ärmel weg wie ein Kind. Er war zwar längst kein Kind mehr, aber er fühlte sich wieder wie eines. Und an manchen Tagen wünschte er sich, er könnte tatsächlich wieder Kind sein und noch einmal ganz von vorne anfangen.

VIERUNDZWANZIG

Lottie stellte den Teller, den sie mit einem Geschirrtuch umwickelt hatte, auf den Tisch. Keine Spur von ihrer Mutter. »Jemand zu Hause?«, rief sie.

»Ich bin hier.« Rose Fitzpatrick hörte sich kraftlos an.

Lottie ging zurück auf den Flur und blieb vor der offenen Tür stehen, die zum Schlafzimmer ihrer Mutter führte.

»Liegst du hier schon den ganzen Tag?«

»Ich habe keinen Grund, aufzustehen«, antwortete Rose und ihre Mundwinkel bogen sich nach unten.

Mit einem verärgerten Seufzer klopfte Lottie die Kissen auf und zog die Bettdecke zurecht. Rose bewegte sich keinen Millimeter. Sie starrte sie einfach nur an. Lottie schüttelte das unangenehme Gefühl ab, das dieser Blick in ihr auslöste, und trat einen Schritt zurück. »Ich habe dir etwas zum Abendessen mitgebracht. Hast du Hunger?«

»Nicht, wenn es wieder irgendeine Fleischpfanne ist.«

»Es ist Lasagne. Die Kinder haben gekocht. Man muss aufpassen, sich nicht die Zunge zu verbrennen.«

»Besser als kaltes Essen, wie sonst.«

»Ich meine, weil es so scharf ist. Ich kann es auch in den Mülleimer kippen, wenn du es nicht willst.«

»Das ist kein Grund, eingeschnappt zu sein, junge Dame.« Rose stützte sich mit den Ellbogen ab und setzte sich im Bett auf. »Ich werde hier essen. Und dazu eine Tasse Tee trinken.«

»Wenn es sonst nichts ist.« Lottie stapfte zurück auf den Flur.

Die letzten Monate, in denen sie versucht hatte, mit den verheerenden Tatsachen zurechtzukommen, die ihre Mutter ihr enthüllt hatte, waren nicht leicht gewesen. Ihre Beziehung war vorher schon schwierig gewesen, aber jetzt hatte Lottie Mühe, überhaupt herauszufinden, welchen Stellenwert Rose für sie noch hatte. Wenn sie nicht ihre leibliche Mutter war, wer war sie dann? Eine Lügnerin?

Sie hängte einen Teebeutel in eine Tasse, goss heißes Wasser darüber, rührte den Tee mit einem Löffel um, schüttete einen Schluck Milch dazu und brachte ihn samt dem Teller mit der Lasagne zu Rose.

»Hast du das Tablett nicht gefunden?«

»Meine Güte!«, rief Lottie aus. »Gestern hast du noch mit dem Teller auf den Knien gegessen. Was ist heute anders?«

Natürlich war Rose einfach aus Prinzip so kleinlich. Um ihr auf die Nerven zu gehen. Tja, Punkt für dich, dachte sie. Sie stellte die Tasse auf dem Nachtschrank ab und legte Messer und Gabel zu dem Teller.

Rose beugte sich vor und nippte an ihrem Tee. »Du hast den Zucker vergessen.«

»Du nimmst sonst nie Zucker.«

»Aber jetzt nehme ich welchen. Vielleicht gibt mir das mehr Energie. Holst du ihn für mich?«

Lottie biss sich auf die Lippe und unterdrückte den

Impuls, etwas Schroffes zu erwidern. Sie beobachtete, wie Rose in dem Essen herumstocherte. Sie war nur noch ein Schatten der einst großen, lebensprühenden sechsundsiebzigjährigen Frau. Ihr kurzes, silbergraues Haar, das früher in frechen Strähnen von ihrem Kopf abgestanden hatte, klebte jetzt platt an ihrem Schädel und an einigen Stellen schimmerte die weiße Haut hindurch. Überhaupt schien ihr Kopf, genau wie ihr restlicher Körper, geschrumpft zu sein. Und obwohl Lottie es versuchte und sich dabei wirklich große Mühe gab, konnte sie keine Liebe für die Frau empfinden, die sie aufgezogen und die sie vierundvierzig Jahre lang für ihre Mutter gehalten hatte. Tief in ihrem Herzen konnte sie ihr nicht vergeben. Aber sie wusste, dass sich ihre Unfähigkeit, zu vergeben, nicht gegen diese Frau richtete, die dort im Bett lag. Nein, sie konnte der Frau nicht vergeben, die Rose einmal gewesen war. Die sie belogen hatte. Diese Lüge würde sie ihr niemals verzeihen können. Natürlich wusste sie auch, dass das alles allein die Schuld ihres Vaters war.

Lottie kehrte mit der Zuckerdose zurück und sagte: »Du solltest zu einem Arzt gehen.«

»Ich werde in meinem Alter nicht die Hausärztin wechseln. Ich warte, bis Dr O'Shea wieder in der Stadt ist.«

Lottie seufzte. Sie hatte keine Ahnung, wann ihre Freundin Annabelle O'Shea zurück nach Ragmullin kommen würde. Sie hoffte allerdings, dass das bald geschehen würde, denn ihr gingen die Tabletten aus.

»Ich weiß nicht, wie lange sie weg ist, und es ist nicht normal, dass du den ganzen Tag im Bett bleibst.«

»Seit ich deinen Vater geheiratet habe, war kein einziger Tag in meinem Leben normal. Also raus mit dir. Geh nach Hause und pass auf deine Kinder auf. Und hier«, Rose reichte ihr den Teller mit dem Essen, »ich kann das nicht essen. Das schmeckt wie eine alte Schuhsohle.«

Lottie seufzte. Wenn es um Rose Fitzpatrick ging, konnte sie nie gewinnen. »Hast du überhaupt schon mal eine Schuhsohle probiert?«

Sie ging aus dem Zimmer, ohne eine Antwort abzuwarten.

———

»Du bist aber früh zurück«, sagte Grace und lächelte.

»Es gab eine Planänderung.« Boyd zog seine Jacke aus und lockerte die Krawatte. »Was guckst du da?«

»Nicht das Thema wechseln.« Grace drückte eine Taste auf der Fernbedienung und verschränkte die Arme. Der Bildschirm des Fernsehers wurde schwarz.

Boyd machte es sich in seinem Sessel bequem, zog die Schuhe aus und schob sie unter den Couchtisch vor sich.

»Möchtest du vielleicht ...«, begann sie.

»Frag mich jetzt nicht nach Tee.«

»Ich wollte dir ein Bier holen.«

»Ja, gerne. Danke.«

Grace ging in die Pantryküche und rief: »Ich nehme wohl an, mit der reizenden Lottie Parker lief es nicht so gut. Und falls du das vergessen haben solltest: Ich muss sie immer noch kennenlernen.«

»Es ist nicht so, dass du sie kennenlernen *musst*. Und zu deiner Frage: Ihre Familie hatte für heute Abend schon etwas anderes geplant. Ich muss umdisponieren.«

Grace reichte ihm eine Flasche Heineken und setzte sich mit einem Glas Cola light in der Hand neben ihn. »Umdisponieren? Ich dachte, das wäre eine Verabredung und kein geschäftlicher Termin.«

»Du weißt, wie ich das meine.«

»Dann solltest du auch sagen, was du meinst.«

»Fang jetzt nicht damit an.«

Grace nippte mit einem Lächeln auf den Lippen an ihrem Getränk. Auch Boyd konnte sich ein Lächeln nicht verkneifen. Wenn seine Schwester so redete, klang sie so sehr nach Lottie, dass es schon fast unheimlich war. Aber in manch anderer Hinsicht war sie das ganze Gegenteil seiner Chefin.

»Du bist wirklich ein sehr einsamer Mann«, sagte Grace und zupfte an ihren kurzen braunen Haaren herum.

Boyd sah auf. Über den Rand ihres Glases hinweg starrte sie ihn an.

»Wo kommt das auf einmal her?«, fragte er.

»Ich bin ziemlich scharfsinnig, auch wenn mich alle für dumm halten.«

»Du bist einer der intelligentesten Menschen, die ich kenne.«

»Vielen Dank, liebster Bruder.«

»Du brauchst nicht gleich zynisch zu werden.«

»Ich bin nie zynisch.«

Boyd seufzte und nahm einen Schluck von seinem Bier. Er dachte daran zurück, wie eilig ihn Lottie vorhin aus ihrem Haus bugsiert hatte. Egal, was sie über ihre Mutter sagte, egal, wie verwirrt sie wegen ihrer Herkunft auch war, sie besaß ein angeborenes Pflichtgefühl, das sie dazu zwang, für Rose zu sorgen. Ihre Familie bedeutete Lottie Parker alles und er verzweifelte an dem schier unmöglichen Wunsch, jemals Teil dieser Familie sein zu können.

»Du *bist* einsam«, sagte Grace.

Er zog eine Augenbraue hoch. »Bin ich nicht«, widersprach er etwas zu energisch. »Ich bin gern allein und mag meinen Freiraum.«

»Ich werde ja nicht lange hier sein.« Grace stellte ihr Glas auf dem Couchtisch ab und griff wieder nach der Fernbedienung.

»So habe ich das nicht gemeint, auch wenn es sich vielleicht danach angehört hat. Tut mir leid. Glaub mir, ich meinte wirklich nicht, dass du störst. Ich freue mich sehr, dass du hier bist.«

»Du bist ein grottenschlechter Lügner.«

»Und du könntest nicht mal lügen, wenn es um Leben und Tod ginge.«

Daraufhin lachten sie beide.

»Das stimmt.« Sie schaltete den Fernseher wieder ein. »Ich möchte Lottie kennenlernen. Also fädele das bald mal ein.«

»Okay.«

Er nippte an seinem Bier. Grace wohnte nicht einmal seit drei Tagen hier und es lagen noch dreieinhalb Wochen vor ihm. Er fragte sich, wie er es bloß schaffen sollte, die restliche Zeit, in der seine Schwester bei ihm wohnte, zu überstehen.

FÜNFUNDZWANZIG

Nach der Sitzung der Railway Preservation Society gingen einige Mitglieder des Komitees ins Cafferty's. Sie setzten sich an einen der runden Tische im Pub und ließen sich jeweils ein Pint Guinness bringen.

»Egal was wir tun: Der Bahnhof wird so oder so geschlossen werden«, sagte der Vorsitzende. »Und dann bin ich meinen Job los.«

»Wir müssen kämpfen bis zum Schluss«, sagte Cillian O'Donnell.

»Es muss im Fernsehen darüber berichtet werden«, schlug Bernard Fahy vor.

»Ich schaue mal, ob ich dazu etwas herausbekommen kann.« Cillian nippte an seinem Bier. Er strich sich über das dunkle Haar. Der Vorsitzende hob müde eine Hand zum Abschied und ging zur Tür.

»Danke für heute und gute Nacht, Jungs.«

»Vielleicht könnten wir einen Protestmarsch zum Parlament in Dublin organisieren«, schlug Cillian vor, als sie nur noch zu dritt waren.

»Um diese Zeit des Jahres ist es zu kalt zum Demonstrieren. Da würden nur wenige herausgekrochen kommen«, sagte Bernard.

»Dann hat das Wetter also zumindest für deinen Job etwas Gutes«, bemerkte Cillian und grinste.

»Ich kann mich nicht darüber beschweren, dass auf dem Friedhof zu wenig los wäre. Ich habe Mühe, die Banshees zu vertreiben. Und die Polizisten.«

»Wovon sprichst du?« Cillian setzte sich ruckartig auf und starrte ihn an.

»O ja, erzähl uns mehr darüber«, drängte Finn. »Ein paar Geistergeschichten würden uns wenigstens von den Idioten ablenken, die den Bahnhof schließen wollen.«

»Haltet doch die Klappe, ihr beiden«, schnaubte Bernard. »Ich bin schließlich derjenige, der da im Dunkeln herumlaufen muss.«

»Dann schiebst du also Nachtdienst?« Finn setzte sich kerzengerade hin und salutierte zum Spott mit seinem tropfenden Bierglas in der Hand. »Auf den Wächter der Toten.«

»Sehr witzig. Haha. Aber ich finde das nicht lustig. Da gehen komische Dinge vor sich. Heute Morgen wollte ich zum Beispiel eine alte Frau bestatten, und da kam diese Ermittlerin und hat herumgeschnüffelt, wegen der Schreie, die die junge Fahrende gehört hat ...«

»Wovon redest du da?«, fragte Cillian. »Welche Schreie? Was ist passiert?«

»Ach, jetzt können wir wieder ernst sein, was? Eine junge Frau wurde in dem Grab tot aufgefunden.« Bernard setzte das Glas an die Lippen und trank die schwarze Flüssigkeit darin mit einem einzigen Schluck aus.

»Eine tote Frau in einem Grab?«, erwiderte Finn.

»Mein Gott. Was es nicht alles gibt.« Cillian nippte an seinem Bier.

»Der Ort ist ringsherum abgesperrt. Nicht einmal ich komme da rein. Niemand kann rein.« Bernard griff nach seinem Mantel. »Ich gehe nach Hause. Sehen wir uns nächsten Mittwoch? Zur gleichen Zeit?«

»Klar«, sagten die Brüder.

Er setze sich seine Mütze auf, zog seine abgetragene schwarze Jacke an, die ihn als städtischen Angestellten auswies, und trat in die eisige Nacht hinaus.

»Er ist schon ein Spinner«, meinte Cillian. »Eine Leiche in einem Grab ist schließlich nichts Besonderes, oder?«

Finn starrte geistesabwesend auf die Schaumkrone seines Biers. Ihm graute davor, nach Hause zu Sara zu gehen. Der Gedanke, ihr gefühlloses Gesicht zu sehen, stieß ihn ab. Wenn er erst nach dreiundzwanzig Uhr zurückkäme, wäre sie garantiert schon im Bett. So vorhersehbar wie ein Uhrwerk. Das beschrieb sie genau. Er war überzeugt, dass in ihrem Brustkorb ein kleiner Uhrmacher saß, der an Rädchen drehte, die direkt mit ihrem Gehirn verbundenen waren. Es wird Zeit für dies. Zeit für das. Du bist spät dran für dies. Zu spät für jenes. Verdammte Scheiße!

»Alles gut bei euch, Jungs?«, fragte Darren, der Barmann, der hinter dem Tresen stand.

»Wenn ich das hier ausgetrunken habe, ist alles gut«, sagte Finn.

»Was machen eure Pläne, den Bahnhof vor der Schließung zu bewahren? Gibt's gute Neuigkeiten?«, fragte Darren und polierte dabei ein Glas mit einem Geschirrtuch.

»Wir arbeiten noch dran«, antwortete Cillian.

»Wenn irgendjemand es schaffen kann, dass die Kommune ihre Meinung ändert, dann ihr.« Darren stellte das Glas oben auf das Regal. »Schlimm, die Sache mit der ermordeten jungen Frau, die auf dem Friedhof gefunden wurde.«

»Ermordet? Davon habe ich eben nichts mitbekommen.« Finn zog seinen dunkelblauen Anorak an und zog den Reißverschluss zu. Es war wieder mal an der Zeit, der Uhrwerk-Orange gegenüberzutreten. Allein beim Gedanken daran kam ihm die Galle hoch.

»Wo gehst du hin?«, fragte Cillian und verließ gemeinsam mit seinem Bruder den Pub.

»Nach Hause«, sagte Finn.

»Wir sollten uns diese Woche mit Dad treffen.«

»Warum?«

»Es ist der zehnte Jahrestag von Lynns Verschwinden. Am Sonntag.«

»Ich weiß, das habe ich nicht vergessen.« Finn blickte zum Nachthimmel auf. »Der erste ohne Mutter. Meinst du, wir sollten einen neuen Aufruf nach Hinweisen starten?«

»Das wird sie wohl kaum zurückbringen, oder?«

»Man kann nie wissen«, sagte Finn.

»Aber das könnte Dad den Rest geben. Keelan hat erzählt, dass er wieder Kerzen anzündet. Sie sagt, es geht ihm gar nicht gut.«

»War das denn jemals anders? Dieser verdammte Mistkerl.«

»Hey, nicht so laut. Das müssen ja nicht alle wissen.«

»Du hast schon immer gerne die Wahrheit vertuscht, nicht wahr?« Finn zog den Kragen seiner Jacke fester zusammen und entfernte sich von seinem Bruder.

»Weißt du was, Finn, du bist ein Stück Scheiße«, rief Cillian.

»Vergiss nicht, dass wir beide aus derselben Familie stammen.« Finn ging weiter und rief ihm die Worte über seine Schulter zu. »Du bist kein Engel, Cillian O'Donnell. Ich kenne dich. Denk immer dran: Ich weiß alles über dich.«

SECHSUNDZWANZIG

Was der Spiegel ihr zeigte, war heute Abend nicht gerade schmeichelhaft. Gilly O'Donoghue war nicht geübt im kunstvollen Umgang mit Make-up. Meistens trug sie nur ein bisschen Lippenstift. Immerhin gefiel ihr der Kurzhaarschnitt. Er war praktisch, besonders wenn sie die Schirmmütze trug, die zu ihrer Polizeiuniform gehörte.

»Das wird reichen müssen«, sagte sie zu ihrem Spiegelbild.

Sie war mit ihrer Freundin Mollie in Danny's Bar verabredet, weil Kirby ihre übliche Mittwochabend-Verabredung wegen irgendeines Überwachungsauftrags hatte absagen müssen. Also hatte sie Mollie angerufen, die für diesen Abend zugesagt hatte, obwohl sie jeden Morgen sehr früh den Zug nehmen musste.

Gilly traf sich schon seit vier Monaten mit Kirby und hatte versucht, das auf der Arbeit geheim zu halten. Aber es war schwer, vor einer Gruppe Polizisten ein Geheimnis zu bewahren. Kirby war mindestens zehn Jahre älter als sie. Das machte ihr allerdings nichts aus. Wenn sie ehrlich war, sah er sah sogar noch deutlich älter aus. Wahrscheinlich lag das an den überflüssigen Kilos, die er vor allem in der Bauchgegend mit sich herumschleppte. Ob sie ihn wohl dazu bringen könnte, mit ihr joggen zu gehen? Sie würde ihn mal fragen.

»Ich bin ein bisschen spät dran«, sprach sie in das leere Schlafzimmer. Sie sollte Mollie lieber Bescheid sagen. Sie tippte auf dem Handy herum und rief ihre Freundin an. Es klingelte, aber niemand nahm ab. Sie versuchte es noch einmal, aber das Ergebnis war dasselbe. Sie warf einen Blick auf die Uhr: 21:45 Uhr. Vielleicht war Mollie schon im Pub und konnte das Telefon nicht hören.

Gilly schnappte sich ihren Mantel, der an der Rückseite der Tür hing, und verließ ihre Wohnung. Hoffentlich wär Mollie nicht sauer auf sie.

Es war eine dunkle Nacht. Die Sterne waren nicht mehr zu sehen und mit ihnen hatte sich auch der Frost verzogen. Es war immer noch kalt, aber er spürte, dass es bald regnen würde.

Er dachte an Elizabeth. Verdammt, er hatte geglaubt, dass man sie niemals finden würde. War er achtsam genug gewesen? Er hatte ihr Handy entsorgt. Hatte es auseinandergenommen und die Einzelteile aus dem Zugfenster geworfen und auf den Straßen Dublins verstreut. Ihre Handtasche hatte er in einen Mülleimer hinter einem Pub gestopft. Gab es sonst noch etwas, woran er denken musste?

Ihre Kleidung befand sich in dem Müllcontainer hinter der Friedhofsmauer. Deshalb war er überhaupt erst dort gewesen war. Er hatte angenommen, die Schlampe wäre immer noch bewusstlos. Eine gefühlte Ewigkeit lang war er mit ihr am See gewesen und hatte sie ausgezogen. Dann hatte er ihre Kleider ins Wasser getaucht und in schwarze Müllsäcke gepackt, um sie in dem Container zu entsorgen. Wahrscheinlich würde die Polizei sie bald finden, aber er war vorsichtig gewesen: Es sollte sich keine DNA von ihm daran befinden.

Er hatte sie in einem der Wohnwagen am See versteckt, bis es an der Zeit gewesen war, sie wegzubringen. Sie dort liegen zu lassen, hatte er nicht riskieren können. Aber vielleicht hätte er das doch tun sollen, denn ihre Flucht aus dem Auto hatte alles verändert. Und ihn veranlasst, seine nächste Beute ins Auge zu fassen.

Er musste lächeln, während er an die Neue dachte, die auf ihn wartete. Er hatte immer noch ihre Sachen. Morgen früh würde ihrem Handy das gleiche Schicksal widerfahren, das auch Elizabeths Telefon ereilt hatte, und den Laptop würde er am anderen Ende der Stadt angemessen entsorgen. Er hatte ihre Kleidung und ihre Stiefel in Tüten gepackt und sie in die Wertstofftonne vor dem Tesco-Supermarkt gestopft.

Also hatte er sich um alles gekümmert. Jetzt durfte er spielen.

———

In Mollies Wohnung am Canal Drive war alles dunkel. Sie war auch nicht im Pub gewesen, und es sah ihr gar nicht ähnlich, ihre Meinung zu ändern, was ihre gemeinsamen Pläne anging, ohne Gilly Bescheid zu sagen.

Als niemand auf ihr Klingeln reagierte, schlug Gilly gegen die Tür. Sie stand auf der obersten Treppenstufe und sah sich in der trostlosen Nachbarschaft um. In der Ferne konnte sie die Lichter der Stadt erspähen, die heller wirkten als die einzelne Laterne an der Ecke des Häuserblocks.

Sie stieg die Treppe langsam wieder hinunter und achtete drauf, nicht auszurutschen. In diesem Moment fiel ihr ein, dass sie einen Schlüssel hatte. Mollie hatte ihn ihr schon vor einer Weile gegeben, für den Fall der Fälle. Man konnte ja nie wissen, wann man mal eine spontane Übernachtungsmöglichkeit brauchte. Sie drehte sich um und ging wieder zur Tür.

Wahrscheinlich reagierte sie über. Aber da sie schon mal dort war, konnte sie auch nachsehen, ob alles in Ordnung war. Das Schlimmste, das passieren konnte, wäre, dass Mollie früh zu Bett gegangen war und Gilly sie aufwecken würde. Sie ging die unzähligen Schlüssel an ihrem Schlüsselbund durch und probierte zwei aus, bevor die Tür schließlich nach innen aufschwang.

Gilly trat ein und tastete sich an der Wand entlang, bis sie den Lichtschalter fand.

»Mollie? Ist alles in Ordnung?«

In der Küche war niemand. Eine Schüssel mit festgetrockneten Müsliresten stand in der Spüle. Aber es gab keine Anzeichen dafür, dass dort jemand etwas zum Abendessen gekocht hatte, und auch keine Schachteln oder andere Verpackungsmaterialien, die davon zeugen würden, dass sich Mollie etwas zum Mitnehmen geholt hatte. Gilly machte sich auf den Weg zum Schlaf- und zum Wohnzimmer. Beide waren leer.

Noch einmal versuchte sie, Mollie anzurufen. Nichts.

Gilly verließ die Wohnung und zog frustriert die Tür hinter sich zu. Sie war schon ein bisschen sauer. Erst hatte Kirby sie sitzenlassen und jetzt auch noch Mollie, die nicht einmal den Anstand besessen hatte, die Verabredung abzusagen. Tolle Freundin.

Als sie den Weg zurückging, fragte sie sich, ob Mollie vielleicht den letzten Zug nach Hause verpasst hatte und die Nacht in Dublin bei einer ihrer Kolleginnen verbrachte. Aber hätte sie ihr in diesem Fall nicht Bescheid gesagt? Und würde an ihr Handy gehen? Andererseits hatte sie sich vielleicht einen neuen Kerl geangelt. Du kannst mich mal, Mollie.

Jetzt musste sie nach Hause gehen und das verdammte Make-up wieder abwaschen. Dabei hatte sie noch nicht einmal einen Drink gehabt.

———

Mollies Zähne klapperten buchstäblich gegeneinander, so sehr zitterte sie, als sie versuchte, sich an die Geschehnisse zu erinnern, die sie hergeführt hatten. Ihr Kopf war wie benebelt und ihr war übel. Sie war betäubt worden, so viel war sicher. Ihre Zunge fühlte sich an wie mit kratzigem Pelz überzogen und ihr Hals war wund.

Er hatte so nett ausgesehen. Hatte ihr angeboten, sie im Auto mitzunehmen. Und sie hatte nicht lange überlegt, ob sie sein Angebot annehmen sollte. Schließlich hatte er sie gestern auch sicher nach Hause gebracht.

Ihre Bekanntschaft aus dem Zug hatte wirklich genervt. Sie hatte eine Million Fragen gestellt. Hielten sich die Leute nicht mehr an die unausgesprochene Regel, die beim Pendeln galt? Das ungeschriebene Gesetz zu schweigen? Das Geplapper ohne Punkt und Komma hatte sie dazu gebracht, sofort die Chance zu ergreifen, als sich am Bahnhof eine Möglichkeit zur Flucht geboten hatte – nämlich, indem sie bei ihm mitfuhr. Das war dumm gewesen. Immerhin kannte sie ihn gar nicht.

Der Geruch des Betäubungsmittels, wie nach saurer

Milch oder Erbrochenem, umhüllte sie. Sie hatte das Gefühl, als klebte der Gestank in ihrem Gesicht. Der Mann hatte ihr das Tuch auf Mund und Nase gedrückt und die Chemikalien hatten ihr Gehirn geflutet. Jetzt schwirrte alles, was man ihr je darüber erzählt hatte, nicht mit Fremden mitzugehen, durch ihren Kopf. Nur, dass man diese Warnungen normalerweise Kindern gegenüber aussprach. Nicht einer Fünfundzwanzigjährigen. Ihr wurde klar, dass sie noch nie in ihrem Leben etwas so Dämliches getan hatte.

Er war auch da und saß auf einem Stuhl neben dem provisorischen Bett, auf dem sie lag. Sie versuchte, ihren nackten Körper zu bedecken, aber ihre Hände wollten nicht gehorchen. Das konnten sie gar nicht, denn sie waren mit dem groben Seil, das sie waagerecht an das Lager aus dunklen Laken fesselte, an ihren Seiten festgebunden. Der Raum war klein, zu klein. Die Wände waren unangenehm nah.

So wie er.

»Wo bin ich?«, fragte sie. Erneut verschwamm die Umgebung vor ihren Augen, dann fokussierte sich ihr Blick wieder und sie nahm den schwachen Lichtstreifen wahr, der durch eine Klappe in der Decke fiel.

»Du bist in Sicherheit. Hier, bei mir.« Er lachte und der Lichtstrahl der Taschenlampe, die er in der Hand hielt, bewegte sich auf und ab.

»Komm schon, das ist nicht lustig. Bring mich nach Hause.«

»Halt den Mund. Es wird noch genug Zeit zum Reden geben.«

Als sie ihn das erste Mal getroffen hatte, war er ihr vollkommen normal vorgekommen. Sie hatte ihn ab und zu in der Stadt gesehen. Er hatte ausgesehen wie ein ganz gewöhnlicher Pendler, der mit dem Zug von der Arbeit nach Hause fuhr. War er auch der Grund, weshalb sie in den letzten Tagen das Gefühl gehabt hatte, auf Schritt und Tritt beobachtet zu werden?

»Ich habe ein Auge auf dich gehabt«, sagte er. »Morgens und abends habe ich dich beobachtet. Aber du hast mich nie bemerkt. Entweder habe ich es geschafft, dich unauffällig anzustarren, oder du hast dich nicht für mich interessiert. Aber wie dem auch sei, jetzt kann ich dich ganz ungestört betrachten. Und du hast keine andere Wahl, als mich anzuschauen. Hier sind nur wir beide. Ganz in Ruhe. So wie ich es mag.«

»Du bist ein verdammter Perversling. Lass mich gehen!« Sie zerrte am Seil und spürte, wie es in ihre Haut schnitt. Aber erst, als seine Hand auf ihre Wange traf, ließ sie von ihrem Kampf um die Freiheit ab.

»Nimm das zurück! Sag, dass es dir leidtut!«, rief er.

Wer zur Hölle war dieses Arschloch? Ganz sicher würde sie sich nicht bei ihm entschuldigen. Sie presste ihre Lippen fest zusammen, schloss die Augen und zwang ihren schmerzenden Körper, standhaft zu bleiben.

Ruppige, ungeduldige Finger zogen ihre Augenlider wieder auf. Ein spitzer Schrei drang aus ihrer Kehle, bevor er seine andere Hand auf ihren Mund presste.

»Ein hübscher Mund«, flüsterte er und lehnte seine Stirn an ihre. »Ich muss dich jetzt für eine Weile allein lassen. Komm nicht auf die Idee zu fliehen wie die letzte Schlampe. Sie ist jetzt mausetot und das willst du doch nicht, oder?«

Sie konnte nicht verhindern, dass ein Wimmern aus ihrem Mund drang, und nickte.

»Du wirst dich daran gewöhnen, nach meinen Regeln

zu leben, und dann werde ich dich dafür belohnen. Stück für Stück.«

»Wie meinst du das?«

»Du brauchst doch Essen und Trinken, oder nicht?«

»Dafür werde ich nicht lange genug hier sein«, zischte sie.

»Mal sehen, wie lange es dauert, bis dein Kampfgeist dich verlässt. Und wenn es so weit ist, das verspreche ich dir, dann wirst du um Dinge betteln, die du dein ganzes Leben lang für selbstverständlich gehalten hast.«

»Du weißt nichts über mein Leben.«

»Stimmt. Aber jetzt bist du hier bei mir und ich habe viel Zeit, dich kennenzulernen. Und du wirst mir sagen, was ich wissen will.«

»Wo gehst du hin?« Sie versuchte, sich mit den Ellbogen aufzustützen, fiel aber zurück nach hinten. Sie beobachtete, wie er zu der Eisenleiter ging, die zu der Klappe in der Decke führte. Die Taschenlampe nahm er mit. »Nein! Lass mich nicht hier im Dunkeln zurück. Bitte.«

»Und schon bettelst du. Ich habe es dir ja gesagt. Bisher warst du ganz allein, aber jetzt hast du mich.«

»Da liegst du falsch. Ich bin mit einer Freundin verabredet. Sie ist Polizistin. Und die Frau, die ich im Zug getroffen habe, hat einen Bruder. Die werden sich auf die Suche nach mir machen.«

Kaum waren ihr die unüberlegten Worten über die Lippen gekommen, wusste Mollie, dass sie einen Fehler gemacht hatte. Nur konnte sie nicht genau sagen, worin er bestand. Sein Blick verfinsterte sich und sein Gesicht leuchtete im Halbdunkel dämonisch.

»Aber jetzt bist du allein«, sagte er schlicht.

Sie sah ihm hinterher, wie er die Leiter hochkletterte

und sich durch die Luke hochzog. Dann fiel die kleine viereckige Luke mit lautem Krach zu und Mollie wurde von Dunkelheit umfangen.

Die Nacht legte sich um ihre kalten Schultern, und sie weinte bitterlich, bis ihre Kehle so wund war, dass sie kaum noch Luft bekam.

———

Als er alles abgeriegelt hatte, ging er zu seinem Auto. Er setzte sich hinein und dachte nach. Er hätte vorsichtiger sein müssen. Er hatte nicht gewusst, dass sie eine Freundin bei der Polizei hatte. Verdammt noch mal. Er schlug mit der Faust gegen das Lenkrad. Er musste herausfinden, um wen es sich dabei handelte, und sicherstellen, dass nichts in seine Richtung wies. Aber da *gab* es nichts, was auf ihn hindeuten könnte. Er hatte noch nie Kontakt zu dem Mädchen gehabt, abgesehen davon, dass er sie einmal nach Hause gebracht und sie im Zug gesehen hatte.

Der Zug!

Wer war dieses Mädchen mit der Zahnlücke? Welchen Unterschied machte es schon, ob sie einen Bruder hatte oder nicht? Was sollte das heißen? Er übersah etwas. Mollie hatte ihm definitiv etwas verschwiegen. Das musste er herausfinden. Aber all das lenkte seine Aufmerksamkeit von den Bemühungen ab, die Antwort zu bekommen, die er brauchte. Wenn bloß die Schlampe neulich nicht abgehauen wäre, wäre das alles jetzt nicht nötig. Es war allein ihre Schuld.

Er hatte nicht einmal Zeit gehabt, sich mit ihr zu vergnügen. Aber bei dieser hier würde er sich das Vergnügen nicht entgehen lassen, sie zu nehmen. Er spürte, wie sein Verlangen nach ihr hart zwischen seinen Beinen pochte. Sie wäre genau die Medizin, die er brauchte. Und sie würde ihm die Antworten verraten.

Er ließ den Motor an und machte sich auf den Heimweg.

Aber er fuhr langsam. Sehr langsam.

SIEBENUNDZWANZIG

Cillian schlich im Halbdunkel in das Zimmer. Die Straßenlaterne spendete gerade so viel Licht, dass er sich auszuziehen, seine Kleidung zusammenzulegen und sich nackt ins Bett legen konnte. Daraufhin bewegte sich Keelan im Schlaf. Er legte sich auf den Rücken und starrte an die dunkle Decke. Und dabei dachte er an die andere Frau in seinem Leben.

Sie fehlte ihm so sehr. Er fühlte sich, als hätte ihm jemand einen Knochen aus dem Bein operiert und er wäre für immer dazu verdammt, unter Schmerzen herumzulaufen und auf einer Seite zu humpeln. Aber es ist doch nur einer von etlichen Knochen, würden die meisten Leute sagen, das Leben geht weiter. Aber was wussten sie schon darüber?

Keelan drehte sich um und er spürte, dass sie ihn anguckte.

»Was hast du gesagt?«, fragte sie.

»Nichts. Schlaf weiter.«

»Denkst du an Lynn?«

»Du sollst weiterschlafen.«

»Bist du nach dem Treffen noch in den Pub gegangen?«

»Ja. Mit Finn.«

In diesem Moment spürte er ihre Finger, die sanft über das weiche Haar auf seinem straffen Bauch strichen. Und sich weiter nach unten bewegten. Er konnte nichts dagegen tun, dass sein Körper auf die Berührungen reagierte. Er war bereit, zumindest physisch. Aber seine Gedanken waren wieder in die Vergangenheit gewandert. Zu dem Tag, als die Dunkelheit über ihn hereingebrochen war und sein Leben sich unwiederbringlich verändert hatte.

Er spürte, wie sie sich unter ihm wand.

»Mach langsamer«, sagte sie. »Du tust mir weh.«

Aber er konnte nicht langsamer machen. Seine Haut glitt über ihre und er bewegte sich vor und zurück, bis ihre Körper mit einem dünnen Schweißfilm überzogen waren. Vielleicht könnte er seine Dämonen heute Nacht besiegen. Sie in den Schrank verbannen und den Schlüssel wegwerfen. Seine Welt in zwei voneinander unabhängige Hälften teilen. Zumindest für eine Weile.

Während er sich keuchend auf ihr bewegte, mit zusammengebissenen Zähnen und offenen Augen, fiel sein Blick auf den Stuhl vor dem Fenster, auf dem ein Stapel ordentlich zusammengefalteter Wäsche lag. Alles musste an seinem Platz sein. So wie das Porzellanservice, das sie zur Hochzeit geschenkt bekommen hatten. Das zu fein war, um es zu benutzen, und zu zerbrechlich. Es verstaubte hinten im Schrank und wurde nur für hohen Besuch hervorgeholt. Zum Beispiel, wenn der Priester kam oder jemand von der Polizei ...

Der Gedanke dämpfte seine Lust.

»Du hast genau im falschen Moment aufgehört«, sagte sie. »Was ist los?«

»Offensichtlich nicht viel.« Er ließ sich zurück auf die

Matratze fallen, schweißgebadet und unfähig, seine eheliche Pflicht zu erfüllen.

Er war wütend.

Sie auch.

Sie konnte nichts dafür. Er schlug sie dennoch.

———

»Weißt du, wie spät es ist?«

Finn zwängte sich an seiner Frau, der wandelnden Uhr, vorbei und ging über den kurzen, schmalen Flur zu dem winzigen Gästezimmer. Sie folgte ihm.

»Was hast du denn, Schatz?«

»Nenn mich nicht Schatz«, sagte er. Dann legte er sich vollständig bekleidet auf das Einzelbett und schloss die Augen. Sogar den Mantel hatte er noch an. Im Zimmer war es schweinekalt. Die ganze verdammte Wohnung war ein Eisschrank. Er schlang die Arme um den Körper. »Mach das Licht aus.« Würde er die Hand ausstreckte, könnte er den Schalter selbst umlegen, so klein war das Zimmer.

»Jetzt komm schon. Hab dich nicht so«, bat sie in weinerlichem Ton und setzte sich auf die Bettkante. Er drehte sich von ihr weg, der Wand zu, und betrachtete den schimmligen Stockfleck unterhalb der Fensterbank. Er hatte jetzt keine Lust auf diesen Mist. Aber sie quasselte weiter. »Ich bin einsam, wenn du nicht da bist. Und es ist so kalt hier. Ich könnte ein bisschen Körperwärme gebrauchen. Du weißt schon.«

»Du kannst mich mal«, knurrte er.

»Wie redest du denn mit mir?«

»Mein Gott, du klingst genau wie meine Mutter.«

»Deine Mutter ist tot.«

»Und ich wünschte, du wärst es auch. Jetzt mach das verdammte Licht aus und lass mich in Ruhe.«

Er konnte nicht mit ihr reden, wenn sie so drauf war. Wenn *er* so drauf war. Wenn sein Leben schon so scheiße war, warum musste sie es dann noch schlimmer machen?

Als er sicher war, dass sich seine Frau nicht mehr im Zimmer befand, setzte er sich auf und zog seine Stiefel und die Kleidung aus. Dann streifte er sich ein T-Shirt und eine Jogginghose über und schlüpfte unter die Bettdecke. Er fragte sich, wie er aus dem Mist, den er sich eingebrockt hatte und den er sein Leben nannte, wieder herauskommen sollte. Sie hatten kein Geld und wohnten immer noch in dieser armseligen Dreizimmerwohnung.

Immerhin hast du noch deinen Job, würde Sara sagen. Seinen Job, ach was! Er war Büroangestellter im öffentlichen Dienst und verdiente knapp über Mindestlohn. Sie hatten keine Ersparnisse und das Bahnticket kostete achtzig Euro pro Woche.

Warum suchte *sie* sich nicht einen Job? Aber es hatte keinen Sinn, diesen Gedanken weiterzuspinnen, denn er wusste genau, warum. Und er wollte jetzt nicht an Saras Trinkgewohnheiten denken. Die Lage war schon schlimm genug. Meine Güte, er war vierunddreißig Jahre alt. Müsste das Leben da nicht besser sein? Er hätte sie niemals heiraten dürfen. Jetzt bezahlte er jeden einzelnen Tag seines Lebens für diesen Fehler.

ACHTUNDZWANZIG

Bridie McWard setzte sich auf und starrte zu ihrem Sohn hinüber, der in seinem Gitterbett lag. Sie hatte das Licht angelassen und ihr iPhone spielte am laufenden Band sanfte Musik über Spotify. Immer noch keine Spur von Paddy. Es war jede Nacht dasselbe: Er war bis in die frühen Morgenstunden unterwegs. Sie sah ihn kaum noch.

Sie zog sich das Betttuch bis zum Kinn und setzte sich in den Schneidersitz. Sie fürchtete sich zu sehr, um sich hinzulegen. Hatte zu viel Angst, um die Augen zu schließen.

Der Schlüssel klimperte im Schloss und die Haustür wurde geöffnet. Sie hielt die Luft an und erstarrte, sogar ihr Herz schien stehenzubleiben. Dann wurde die Tür zum Schlafzimmer aufgestoßen, sie sah auf und blickte in die traurigen Augen ihres Ehemannes.

»Es tut mir leid«, sagte er und setzte sich auf das Bett, um sich die Stiefel auszuziehen.

»Das sagst du jedes Mal.«

Sie entspannte sich erst, als er das Licht ausschaltete, sich auf die andere Seite des Bettes legte und seine Atmung allmählich zu einem leisen Schnarchen verklang. Erst dann glitt sie hinunter, streckte ihre Beine aus und schloss die Augen.

———

Lottie fühlte sich, als wäre sie von einem Zehntonner überrollt worden. Das Wasser prasselte auf sie herab und sie versuchte, sowohl Geist als auch Körper zu entspannen und den Stress abzuschütteln. Ihre Wunde war zwar gut verheilt, aber die ständigen Schmerzen setzten ihr zu. Und eine kalte Dusche spät abends machte es auch nicht besser. Sie wickelte sich in ein Handtuch, cremte ihren Körper mit Bodylotion ein und zog sich einen warmen Schlafanzug über. Dann nahm sie zwei Paracetamol. Im selben Augenblick fiel ihr die Wäsche ein, die sie am Morgen angestellt hatte. Die Sachen würden inzwischen alle stinken und verknittert sein. Es sei denn, Katie hatte sich um die Hausarbeit gekümmert. Die Wahrscheinlichkeit dafür ging gegen null.

Unten in der Waschküche räumte sie die Wäsche aus dem Trockner und legte sie auf verschiedenen Stapeln zusammen, dann zog sie die feuchte Wäsche aus der Waschmaschine und stopfte sie in den Trockner. Sie schaltete das Gerät ein, löschte das Licht und ging wieder ins Bett.

Während sie auf die Geräusche des Hauses und den prasselnden Regen an der Fensterscheibe lauschte, musste sie an Katie denken, die sich mit ihrem Baby auf den Weg nach New York machen würde. Und es gab nichts, was sie tun könnte, um sie aufzuhalten. Lottie Parker konnte mit Tom Rickard nicht mithalten. Sie hoffte nur, dass er ihre

Tochter gut behandeln und sie wieder heil nach Hause zurückkehren würde.

Der Gedanke an New York erinnerte sie an die inoffiziellen Ermittlungen, die sie wegen der Mordfälle im letzten Oktober angestellt hatte. Sie hatte nichts herausgefunden, aber es gab eine Verbindung zu New York, da war sie sicher. Sie musste sie nur finden.

Sie drehte ihr Kissen um und schüttelte die Federn auf, dann wälzte sie sich im Bett von einer auf die andere Seite, um eine bequeme Schlafposition zu finden. Sie dachte an die arme Anna Byrne, deren Tochter nie wieder nach Hause kommen würde. Morgen würde sie sich daran machen, Elizabeths Mörder zu fassen. Und dann fiel es ihr wieder ein.

»Oh nein«, stöhnte sie. »McMahon.«

Ein unangenehmes Gefühl irgendwo in ihrer Magengegend sagte ihr, dass ihr Leben schon bald sehr kompliziert werden würde.

———

Matt Mullin pausierte das Fernsehbild bei Elizabeths Foto, setzte sich dann im Schneidersitz auf den Boden und starrte sie an. Warum hatte er sie gehen lassen? Warum hatte er seinen Job über die Liebe gestellt? Er *hatte* sie doch geliebt, oder nicht? Und sie hatte ihn auch geliebt.

Er zog die Nase hoch, unterdrückte die Tränen und ließ zu, dass sich der Hass in seinem Herzen ausbreitete und die Leere füllte. Ihretwegen war sein Herz in winzige Stücke zerbrochen, so viele, dass er sicher war, sie nie wieder zusammensetzen zu können. Niemals.

Er hatte eine lange Nacht vor sich. Und trotzdem starrte er immer noch ihr Gesicht auf dem Fernsehbildschirm an. Es brannte sich in sein Gedächtnis. Er erinnerte sich an dieses Foto. Sogar sehr gut. Denn er hatte es geschossen. Und jetzt war sie ihm genommen worden.

»O Elizabeth«, schluchzte er. »Was habe ich bloß getan?«

———

Donal O'Donnell schaltete das Licht aus und setzte sich an den Tisch. Er konnte sich nicht dazu durchringen, die Treppe hochzugehen und sich in sein leeres Bett zu legen.

Das flackernde Licht des Fernsehers fiel auf das Foto, das auf der Kommode stand. Der silberne Rahmen funkelte und die junge Frau auf dem Bild schien lebendig zu werden.

Er starrte ihr hübsches Gesicht an. Für ihn *war* sie hübsch gewesen.

Sie war es immer noch. Seine Prinzessin. Aber sie hatte ihm Maura weggenommen. Nicht nur in den zehn Jahren, in denen sie sich nach Antworten gesehnt hatten, in denen sie darauf gewartet hatten, dass jemand an die Tür klopfte, in denen sie getrauert hatten, obwohl es keine Leiche gab. Nein. Lynn hatte ihm seine Frau schon an dem Tag weggenommen, als sie geboren wurde. Es hatte keine Rolle gespielt, dass sie bereits zwei Söhne hatten, denn von da an hatte Maura ein kleines Mädchen gehabt, dem sie all ihre Aufmerksamkeit widmen konnte. Und sie hatte alle anderen ausgeschlossen. Sie hatte ihre Tochter mit übermächtiger Liebe und Fürsorge erstickt.

Die Jungen hatten gelitten. Das war ihm damals bewusst gewesen. Und das war es jetzt immer noch. Aber er hatte nichts dagegen unternommen. Stattdessen hatte er mitgemacht, aus Angst, Maura sonst ganz zu verlieren. Er war mitschuldig geworden, was die Ungleichbehandlung seiner Söhne anging. Was er und Maura getan hatten, war falsch, aber er war nicht in der Lage gewesen, es zu verhindern. Als er erst einmal mit drinsteckte, gab es keinen Ausweg mehr.

Er legte den Kopf auf seinen verschränkten Armen ab und verdrängte das Bild seiner Tochter, das das Foto heraufbeschworen hatte, aus seinen Gedanken, aber trotzdem sah er sie vor seinem geistigen Auge noch in der Küche stehen.

»Gütiger Gott im Himmel«, murmelte er, »vergib mir. Vergib uns allen unsere Schuld.«

Aber Donal O'Donnell wusste, dass seine Seele den Punkt, an dem ihm hätte vergeben werden können, längst überschritten hatte.

———

Bridie nahm wahr, dass Paddy aus dem Bett stieg. Sie hörte das Summen seines elektrischen Rasierers und wie sich die Tür mit einem leisen, dumpfen Geräusch schloss, als er das Haus verließ. Er hatte nicht ein Wort zu ihr gesagt. Die Leuchtziffern des Weckers zeigten 3:46 Uhr. Sie fiel wieder in einen unruhigen Schlaf.

Ein lautes knackendes Geräusch weckte sie. Sie setzte sich auf. War ein Baum auf das Dach gefallen? Aber es herrschte kein Wind und es stand auch kein Baum in der Nähe. Der Wecker zeigte 4:25 Uhr.

Sie sprang aus dem Bett, um nach dem Baby zu sehen. Tommy schlief tief und fest. Die erste Nacht seit Wochen, in der er durchschlief, und sie war wach. Sie zog den Vorhang zurück und ihr Blick fiel auf die unansehnliche

Friedhofsmauer, aber der Himmel darüber war mit Sternen übersät.

Die Tür flog auf. Sie wirbelte auf dem Ballen herum und riss den Mund zu einem stummen Schrei auf.

Eine Gestalt stand im dürftigen Licht der Nacht im Türrahmen.

»Wer ... wer sind Sie? Hauen Sie ab!«

Als Bridie zum Gitterbett stürzen wollte, schlug ihr eine mit einem Lederhandschuh bekleidete Faust ins Gesicht. Sie hob die Arme, um ihren Kopf zu schützen, aber beim zweiten Schlag taumelte sie zu Boden. Sie kauerte sich zu einem Ball zusammen, so wie Paddy es ihr einmal gesagt hatte, für den Fall, dass sie jemals angegriffen werden sollte. Dabei schrie sie: »Lassen Sie die Finger von meinem Baby!«

Ein Stiefel trat ihr in den Rücken, als sie sich umdrehte. Der zweite Stiefel landete in ihrem Bauch. Der Schmerz explodierte in ihrem Brustkorb und strahlte in ihren Kopf aus. Im selben Moment wurde etwas Hartes auf ihren Schädel niedergeschmettert.

Sie glaubte eine Stimme zu hören, irgendwo wie von weit weg. Was sagte der Mann? Wenn sie sich konzentrierte, würde er Tommy vielleicht nicht wehtun. Aber selbst als sie begann, seine Worte zu verstehen, prasselten die Schläge ununterbrochen auf sie nieder, bis sich schließlich Dunkelheit über sie legte.

ZWEITER TAG

DONNERSTAG, 11. FEBRUAR 2016

NEUNUNDZWANZIG

Das Bild, das ihm der Spiegel über dem Waschbecken zeigte, gefiel ihm nicht. Selbst wenn man bedachte, dass der Spiegel einen Riss hatte, der sich als braune Linie diagonal über das Glas zog und sein Gesicht in zwei Hälften teilte, wusste er, dass er nicht gut aussah. Er beugte sich näher heran und fuhr mit einem Finger über die Tränensäcke, die sich dunkel unter seinen müden Augen abzeichneten. Seine Pupillen waren so geweitet, dass sie wie schwarze Knöpfe aussahen und die Farbe seiner Iris verbargen. Immerhin war das nicht das Schlechteste, dachte er. Vielleicht könnte er etwas von ihrem Make-up verwenden, um nicht mehr so blass auszusehen und seine kreidebleichen Wangen mit einem farbigen Akzent zu versehen. Vielleicht auch nicht.

Er putzte sich die Zähne und spülte den widerlichen Geschmack, den der Alkohol der letzten Nacht in seinem Mund hinterlassen hatte, den Abfluss hinunter. Dann schöpfte er sich Wasser ins Gesicht und trocknete es mit dem einzigen sauberen Handtuch, das er finden konnte, ab. Er zog sich eilig an und nahm das zusammengeschnürte

Paket aus Postern vom Tisch sowie die Heftmaschine aus dem Schrank unter dem Waschbecken.

Es war 5:25 Uhr. Ein dunkler und bitterkalter Morgen, der sich ganz und gar nicht nach Frühling anfühlte. Weil es in der Nacht geregnet und dann gefroren hatte, waren die Gehwege tückisch glatt. Er parkte das Auto und ging zu Fuß in der Stadt umher, um die Plakate in A4-Format an jedem Laternenpfahl und jedem Pfosten anzubringen, den er finden konnte. Genau das hatte er schon in den letzten zehn Jahren jedes Jahr um diese Zeit getan. Und er würde es weiterhin tun, obwohl er wusste, dass es aussichtslos war zu glauben, dass sie jemals zurückkehren würde. Aber nach außen musste der Schein musste gewahrt bleiben. Und zumindest das war ihm bisher ganz gut gelungen.

In diesem Moment fuhr ein Auto vorbei, über die Brücke weiter in Richtung Bahnhof. Die Scheinwerfer erleuchteten die schimmernde Eisschicht auf der Straße. Weil er abgelenkt war, rutschte seine Hand ab und die Heftklammer durchbohrte ihre Nasenwurzel, genau zwischen ihren Augen.

Er grinste in sich hinein. Das fühlte sich gut an. Zu gut.

Er schüttelte das aufregende Gefühl ab, das sich wie Feuer in seinem Bauch ausbreitete, und ging weiter zum nächsten Pfahl.

DREISSIG

Grace Boyd setzte sich im Zug auf ihren üblichen Platz. Sie wartete auf Mollie, sah dabei aus dem Fenster und rieb über den Raureif, der wie das Skelett eines toten Tiers an der Scheibe klebte. Mollie musste sich beeilen, sonst würde sie den Zug verpassen. Die Pfeife ertönte. Der Schaffner schwenkte einen kleinen grünen Befehlsstab, dann schlossen sich die Türen zischend.

Vielleicht war sie in einen anderen Waggon gestiegen. Aber das konnte nicht sein. Grace war um 5:50 Uhr am Bahnhof gewesen. Sie hatte auf die Uhr im Armaturenbrett gesehen, bevor sie aus Boyds Auto gestiegen war. Jetzt warf sie einen Blick auf das Display ihres Handys: 6:01 Uhr.

Sie seufzte und versuchte, sich zu entspannen. Vielleicht ging Mollie ihr bewusst aus dem Weg. Das war durchaus möglich, dachte sie. Sie hatte noch nie Probleme damit gehabt, Freunde zu finden, aber sie auch zu behalten, schien für sie ein Ding der Unmöglichkeit zu sein.

Sie sah hinüber zu den Plätzen auf der anderen Seite. Der Mann war wieder da. Er hatte immer noch den Dreitagebart, aber seine Pupillen wirkten dunkler und seine

Augen waren gerötet. Weiter hinten im Gang bemerkte sie einen weiteren Mann. Wahrscheinlich waren ihr gerade diese beiden aufgefallen, weil sie hellwach waren. Alle anderen schliefen bereits wieder.

Sie wiegte ihren Körper im Takt des Zuges vor und zurück und wünschte sich, sie könnte wenigstens für fünf Minuten die kreisenden Gedanken abschalten. Aber sie wusste, dass sie sich nie abschalten ließen. Nicht einmal, wenn sie schlief.

Ob sie ihren Bruder anrufen sollte? Warum um alles in der Welt sollte das helfen, Grace? Er würde sagen, dass sie verrückt sei. Und vielleicht war sie das auch. Aber eigentlich glaubte sie nicht daran. Sie führte gerne stumme Selbstgespräche. Das tröstete sie, wenn ihr sonst niemand zuhörte.

Grace musterte den Mann, der gestern Mollie gegenübergesessen hatte; der Mann, der sie dazu gebracht hatte, sich auf einen anderen Platz zu setzen. Vielleicht war sie krank oder sie hatte verschlafen. Warum hatte sie bloß nicht nach Mollies Telefonnummer gefragt?

Der Zug hielt in Enfield und noch mehr Menschen zwängten sich hinein. Hatte Mollie nicht erzählt, dass sie allein lebte? Was, wenn sie die Treppe hinuntergefallen war und niemand es mitbekommen hatte? Stopp! Grace wusste ja nicht einmal, ob es in Mollies Haus überhaupt eine Treppe gab, also warum machte sie sich solche Gedanken?

Sie zog ihr Handy aus der Tasche und drückte auf den Tasten herum, bis ihre Kontakte erschienen. Alle beide. Mark und ihre Mutter. Wenn sie Mark davon erzählte, würde sie sich zumindest besser fühlen.

Detective Inspector David McMahon war bereits auf dem Revier, als Lottie dort eintraf. Mit verschränkten Armen und einem selbstzufriedenen Ausdruck auf dem markanten Gesicht lehnte er an ihrer Bürotür.

So langsam wie möglich schlüpfte sie aus ihrer Jacke und hängte sie an den Garderobenständer. Für wen zum Teufel hielt er sich eigentlich? Sie seufzte und beschloss, heute nett zu ihm zu sein. Falls er den Mund hielt.

Sein Fehler war, dass er zuerst das Wort ergriff.

»Na, wenn das mal nicht Inspektor Clouseau ist.« Er grinste und strich sich die schwarzen Ponyfransen aus dem Gesicht.

Sie ignorierte seine Bemerkung und eilte an ihm vorbei. Der Mann, der in absehbarer Zukunft ihr unmittelbarer Vorgesetzter sein würde, war ein Arschloch erster Güte.

Das war kein guter Anfang für ihre noch junge Arbeitsbeziehung. Aber ihr Verhältnis hatte sich schon im vergangenen Oktober verschlechtert, als er von Dublin hergeschickt worden war, um ihr bei den Ermittlungen gegen eine mutmaßlich mordende Drogenbande zu helfen. Er hatte versucht, den Fall an sich zu reißen, aber sie hatte sich behauptet und war am Ende siegreich aus diesem Machtkampf hervorgegangen. Doch das war damals. Und jetzt? Jetzt würde es sie alle Kraft kosten, sich ihm gegenüber höflich zu benehmen. Gott, warum hatte sie bloß diese Flasche aufgemacht, gestern Abend, als sie nicht hatte schlafen können?

»Es ist wohl noch zu früh für Sie«, sagte er. »Ich dachte, Sie hätten einen Sinn für Humor.« Er straffte die Schultern. »Ich möchte, dass Sie in mein Büro kommen und mir ein Update zu ihren aktuell offenen Fällen geben. Sagen wir in fünf Minuten? Dann sollte Ihnen genügend Zeit bleiben, um wach zu werden.«

Sie sah zu, wie er den Kopf einzog, um ihr Büro durch die Tür wieder zu verlassen. Sie hatte nichts gegen große Männer, aber bei Riesen bekam sie eine Gänsehaut.

Da drehte er sich noch einmal um. »Und vergessen Sie eines nicht: Corrigan mag sich den Mist, den Sie verzapfen, vielleicht gefallen lassen, aber ich nicht.«

Kraftlos ließ sie sich auf ihren Stuhl fallen und starrte zur Decke. Womit hatte sie McMahon bloß verdient? Ach, Scheiße. Sie hatte im Laufe der Jahre genug getan, um das zu verdient zu haben, und jetzt war die Zeit gekommen, ihre Armee auf die Schlacht einzustimmen.

»Boyd!«, rief sie. Wo waren denn heute Morgen alle hin? Niemand war im Büro. So ein Mist. Sie würde diesem Revierbesetzer allein gegenübertreten müssen. Und dabei müsste sie den Mund halten. Zuerst warf sie jedoch zwei Paracetamol ein, in der Hoffnung, dass das ihre Kopfschmerzen lindern würde.

»Sie haben ja keine Zeit vergeudet«, sagte sie, als sie das Büro betrat, das bis gestern noch Superintendent Corrigan gehört hatte.

»Was meinen Sie?« McMahon sah überrascht auf und zog eine Augenbraue hoch.

»Damit, sich hier einzurichten.«

Sie machte eine ausladende Geste mit der Hand. McMahon hatte den Schreibtisch unter das Fenster gerückt und der Garderobenständer befand sich jetzt in der hintersten Ecke des Zimmers. Verbarg sich dahinter irgendeine Strategie? Sie wusste es nicht, aber die Beobachtung versetzte sie trotzdem in höchste Alarmbereitschaft. Egal wie lang oder kurz sein Aufenthalt in Ragmullin andauern würde, er war offensichtlich erpicht darauf, hier Eindruck zu hinterlassen. Sie hoffte bloß, dass sie nicht von den Pfählen aufgespießt werden würde, die er in den Boden rammte, um sein Revier abzustecken.

»Setzen Sie sich, Detective Inspector Parker.« Er zeigte auf den Stuhl, der vor seinem Schreibtisch stand.

Sosehr es sie auch ärgerte, Lottie entschied, dass es im Moment am klügsten war, zu tun, was er sagte. Also setzte sie sich hin.

»Und jetzt erzählen Sie mir, woran Sie arbeiten.« Er knöpfte sein Anzugsjackett auf und verschränkte die Arme über der zweireihigen Weste. Ein rotes Taschentuch lugte aus der Brusttasche hervor. Meine Güte! Mit einem Mal vermisste sie Corrigan, dessen Bauch beinahe mit der gemaserten Schreibtischplatte verwachsen gewesen war.

»Elizabeth Byrne, fünfundzwanzig Jahre alt, wurde am Montagabend als vermisst gemeldet, nachdem sie nach der Arbeit mit dem Zug von Dublin nach Hause gefahren ist. Gestern Morgen haben wir Ihre Leiche auf dem Friedhof gefunden und Grund zu der Annahme, dass sie ermordet wurde.«

»Ich habe den spärlichen Bericht gelesen. Wie ist sie gestorben?«

»Sie hatte ein gebrochenes Bein und lag mit Lehm bedeckt in einem offenen Grab. Vermutlich ist an der Erde erstickt. Wir glauben, dass der Täter sie dort sterbend zurückgelassen hat. Ich auf den Anruf der Rechtsmedizinerin mit dem Termin für die Obduktion.«

»Sie sind sich also nicht sicher, dass sie ermordet wurde?«

»Ich bin mir sicher, Sir. Ich warte nur auf die Bestätigung.«

»Sie könnte in das Grab gefallen sein, sich dabei das Bein gebrochen haben und sich bei den Bemühungen, wieder herauszukommen, mit Lehm bedeckt haben. Haben Sie das bedacht?«

»Ja, Sir. Aber laut Jim McGlynn, dem Leiter der Spurensicherung, deutet die Menge an Lehm darauf hin, dass jemand sie absichtlich damit beworfen hat.«

»Hm. Welche anderen Ermittlungen haben Sie noch laufen?« »David ...«

»Sir für Sie! Ich bin schließlich Ihr Vorgesetzter.«

»Als ob ich das nicht wüsste«, murmelte Lottie.

»Wie bitte?«

»Danke, dass Sie mich daran erinnert haben. Könnte ich jetzt einen Moment lang über Elizabeth sprechen?«

»Über wen?«

Oje, das würde ein hartes Stück Arbeit werden. Sie wäre jetzt lieber unterwegs, um in dem Fall Spuren zu verfolgen, als nutzlos in diesem Büro zu sitzen. Aber sie sagte nur: »Über die junge Frau, die ermordet wurde. Sir.«

»Kein Wunder, dass Superintendent Corrigan im Krankenhaus liegt. Sie müssen den armen Mann ja völlig mürbegemacht haben.«

Lottie ging durch den Kopf, dass Corrigan alles andere als mürbe war, ging aber nicht weiter darauf ein. Stattdessen brachte sie McMahon auf den aktuellen Stand, indem sie ihm mitteilte, welche Informationen sie bis jetzt zusammengetragen hatte.

»Elizabeth hat in Dublin gearbeitet. Ihre Mutter hat sie nach dem gemeinsamen Mittagessen am Sonntag nicht mehr gesehen. Die junge Frau pendelte jeden Morgen um sechs Uhr mit dem Zug nach Dublin. Am Montag war sie bei der Arbeit und wurde zuletzt gesehen, als sie um 17:10 Uhr den Zug vom Bahnhof Dublin Connolly nach Ragmullin nahm. Uns liegt ein Standbild von den Überwachungskameras in Connolly vor und zwei Pendler schwören, sie hätten sie im Zug gesehen. Aber wir haben kein Bild, das beweist, dass sie in Ragmullin wieder ausgestiegen ist. Dazu kommt, dass eine andere junge Frau, Bridie McWard, am Dienstagmorgen um 3:15 Uhr Schreie auf dem Friedhof gehört hat. Auf dem Material der Überwachungskameras vor dem Friedhofstor ist um 3:07 Uhr der Schatten eines Autos zu sehen und ein ähnliches Bild zeigt sich vierundzwanzig Minuten später. Ich sehe das als Bestätigung dafür, dass der Mörder mit dem Auto zum Friedhof gefahren ist und das Opfer auch darinsaß. Möglicherweise ist sie geflohen und er hat sie verfolgt. Vielleicht ist sie über etwas gestolpert und in das offene Grab gefallen, wobei sie sich das Bein gebrochen hat. Ihr Entführer hat dann die Gelegenheit genutzt, um sie mit Lehm zu bedecken, damit sie erstickt.«

»Das haben Sie sich ja alles schön zurechtgelegt. Es gibt nur zwei Probleme mit Ihrem Szenario.«

»Und die wären?«

»Erstens haben Sie keinen Beweis dafür, dass die Frau ermordet wurde, und zweitens könnte das Auto auch einer unbeteiligten Person gehört haben.«

»Das werde ich herauszufinden. Sir.«

»Tun Sie das. Und dann erstatten Sie mir Bericht.«

»Gleich steht noch eine Frühbesprechung an, falls Sie daran teilnehmen möchten?«

»Haben Sie nicht gehört, was ich gerade gesagt habe? Sie sollen mir Bericht erstatten.«

Lottie biss sich auf die Zunge und hielt einen Moment lang inne, bevor sie antwortete. »Gibt es sonst noch etwas? Sir?«

»An welchen Fällen arbeiten Sie derzeit noch?«

»Kirby und Lynch hatten den Auftrag, verdächtige Aktivitäten in der Gemeinschaft der Fahrenden zu beobachten. Wir glauben, dass im Untergrund illegale Bare-Knuckle-Fights ausgetragen werden.«

»Faustkämpfe? Haben wir hier keine anderen Probleme?«

»Das kann sehr schlimm werden. In den Wetten werden hohe Geldbeträge eingesetzt. Und manchmal artet es zu einem Kampf auf Leben und Tod aus.«

»Ist denn schon jemand gestorben?«

»Bisher noch nicht.«

»Dann lassen Sie sie weitermachen. Ich habe so etwas in Dublin schon gesehen. Da geht es nur um die Demonstration von Macht.«

Lottie seufzte und zog sich ihre Ärmel über die Hände, während sie verzweifelt versuchte, ruhig sitzen zu bleiben. Mein Gott, sie brauchte dringend eine Xanax. »Soll ich Kirby und Lynch also sagen, dass sie die Angelegenheit fallenlassen sollen?«

Er bewegte sich so plötzlich, dass sie überrascht zusammenzuckte, als er aufstand. Er marschierte durch das kleine Büro, blieb vor ihr stehen und setzte sich gebeugt auf die Kante des Schreibtischs. Sie lehnte sich in ihren Stuhl zurück.

»Ich möchte, dass Sie Ihre Arbeit machen«, sagte er. »Und zwar so, dass ich mir nicht vor Ärger die Haare raufen muss.«

Sie hätten aber genug dafür, dachte sie. Als hätte er ihre Gedanken gelesen, strich er sich den Pony aus dem Gesicht. Scheiße, sie hoffte, sie hatte das nicht laut ausgesprochen.

»Wohnen Sie der Obduktion bei und finden Sie heraus, ob es sich um einen Mord handelt oder nicht. Ziehen Sie Ihre Ermittler aus der Gemeinschaft der Fahrenden ab und präsentieren Sie mir einen Mörder. Heute noch, wenn es geht.«

»Sicher.« Glaubte er vielleicht, sie wäre Superwoman oder so? »Da ist noch eine Sache«, sagte sie. »Superintendent Corrigan hat mich gebeten, mir einen ungelösten Fall noch einmal anzusehen.«

»Was für ein ungelöster Fall?«

»Es geht um eine junge Frau namens Lynn O'Donnell, deren Verschwinden sich genau diese Woche zum zehnten Mal jährt.«

»Und inwiefern sollte das relevant sein?«

»Ich bin noch nicht dazu gekommen, mir die Akte durchzulesen, aber sie ist wohl auch zuletzt im Pendlerzug aus Dublin gesehen worden. Am Valentinstag.«

»Vielleicht ist sie durchgebrannt?«

»Das weiß ich nicht. Sie wurde nie gefunden. Ich werde mir die Akte durchlesen und mich vielleicht mit ihrer Familie unterhalten.«

»Ich würde meinen, Sie hätten genug zu tun, auch ohne, dass Sie Ihre Nase in einen zehn Jahre alten Fall stecken.«

»Ich werde das trotzdem überprüfen.«

»Finden Sie den Mörder von dieser Byrne. *Falls* sie ermordet wurde, meine ich. Und das ist ein Befehl.«

»Ja, Sir.« Sie Idiot, fügte sie in Gedanken hinzu.

»Sie dürfen jetzt gehen«, sagte er.

Sie stand auf, zwängte sich an seinen ausgestreckten Beinen vorbei und verließ das Büro ohne ein weiteres Wort. Manchmal war es besser zu schweigen. Aber bei Weitem nicht immer.

EINUNDDREISSIG

»Wo um alles in der Welt bist du gewesen?« Lottie sah zu, wie Boyd sich auf seinen Stuhl fallen ließ, ohne seine Jacke auszuziehen. »Ich hätte vor zehn Minuten deine Rückendeckung gebrauchen können.«

»Tut mir leid. Grace macht mich ganz matschig in der Birne. Ich wohne schon so lange nicht mehr zu Hause, dass ich vergessen hatte, wie viel sie redet. Ununterbrochen. Ohne Punkt und Komma. Ich glaube, dank ihr bekomme ich gerade einen Migräneanfall.«

»Du hast keine Migräne«, spottete Lottie.

»Doch, jetzt schon. Ich habe sie heute früh am Bahnhof abgesetzt und stand gerade zu Hause unter der Dusche, als sie anrief, um mir zu erzählen, dass ihre Freundin nicht im Zug war.«

»Hast du nicht gesagt, sie hätte keine Freunde?«

»Hat sie auch nicht. Aber gestern hat sie jemanden im Zug kennengelernt. Ich glaube ja, dass ihr die arme Frau jetzt aus dem Weg geht. Der Herr sei mir gnädig, ich weiß, sie ist meine Schwester, aber selbst ich würde ihr aus dem Weg gehen, wenn ich könnte.«

»Sei nicht so gemein. Ich kann es gar nicht abwarten, sie kennenzulernen.«

»Das wirst du zurücknehmen, wenn du sie erst einmal kennengelernt hast.«

»Du bist vielleicht ein toller Bruder.«

Lottie zog Kirbys Stuhl zu sich heran und setzte sich neben Boyd. Sie musste daran denken, wie gern sie einen Bruder hätte. Sie hatte einen gehabt, aber er war ermordet worden, als er gerade zwölf Jahre alt gewesen war. Dann wanderten ihre Gedanken zu ihrem mysteriösen Halbgeschwister, von dem sie erst während der letzten Mordermittlungen erfahren hatte. Alles Lügen. Ihr Leben war auf Lügen gebaut worden. »McMahon ist schon da«, sagte sie.

»Das hat uns gerade noch gefehlt.«

»Ganz deiner Meinung. Er geht mir bei den Mordermittlungen nur auf die Nerven. Erlaubt nicht, dass ich Elizabeths Tod als Mord einstufe, bevor die Rechtsmedizinerin das bestätigt hat. Ich soll jede Neuigkeit zuerst ihm berichten. Und er will, dass Kirby und Lynch von den Untersuchungen zu den Bare-Knuckle-Fights abgezogen werden.«

Boyd rieb sich das Kinn. »Sie hatten ohnehin nicht viel Erfolg dabei. Vielleicht hat McMahon recht und es ist wirklich an der Zeit, dass sie sich anderen Aufgaben widmen.«

»Auf wessen Seite stehst du eigentlich?« Lottie stand auf, rollte den Stuhl an seinen Platz zurück und ging in ihr Büro, um ihre Jacke zu holen. »Ich fahre nach Tullamore zur Obduktion, und danach können wir unsere Teambesprechung abhalten. Anschließend fahre ich weiter zur Pressestelle.«

»Was? Nachdem unser neuer stellvertretender Superintendent dich angewiesen hat, alles zuerst ihm zu berichten?«

»Ich zeige ihm lieber gleich von Anfang an, wer die

Hosen anhat«, sagte Lottie und stieß die Tür mit dem Fuß zu.

Jane Dore war zierlich und akkurat. In jeglicher Hinsicht. Sie nickte, als Lottie ihren sterilen Arbeitsplatz im sogenannten Totenhaus betrat.

»Ist schon ein paar Monate her, dass du das letzte Mal hier warst«, sagte sie und zog die medizinische Maske herunter.

»Gott sei Dank war nicht viel los«, sagte Lottie. »Ich dachte schon, alle mordenden Mistkerle hätten sich an die Costa del Sol geflüchtet.«

»Alle leider nicht.«

»Was haben Sie herausgefunden?«

»Ich habe die Voruntersuchungen abgeschlossen. Elizabeth Byrne war eine gesunde fünfundzwanzigjährige Frau. Ich würde sagen, sie hat auf sich geachtet. Wahrscheinlich ist sie viel gejoggt, dafür spricht ihr Muskelgewebe.«

»Vielleicht hat sie es deshalb geschafft, ihrem Mörder zu entkommen.«

»Sie gehen also davon aus, dass sie ermordet wurde?«

»Wurde sie das etwa nicht?«

»Um das zu beweisen, werden Sie forensische Beweise brauchen. Ich kann Ihnen nur etwas über den Zustand der Leiche sagen und darüber, welche Indizien ich gefunden habe. Wenn Sie gestatten?«

»Nur zu.« Lottie setzte sich auf einen hohen Hocker. Um sich herum erspähte sie weiße Kacheln und Bänke sowie Tische aus Edelstahl. Aber sie konnte keine Leichen entdecken. Das war gut so.

»Sie litt an chronischer Schuppenflechte. Ihre Kopfhaut, die Knie und Ellbogen waren stark betroffen. Und zwar so stark, dass, wenn sie mit dem Auto transportiert worden wäre, überall Hautschüppchen zu finden sein müssten. Spurenmaterial, also.«

Lottie notierte sich das in ihrem Notizbuch, für den Fall, dass sie jemals ein Auto fänden, das sie untersuchen konnten.

Jane fuhr fort. »Sie hatte Schnittwunden an ihrem rechten Ellbogen und an beiden Fußsohlen, die darauf hindeuten, dass sie barfuß gerannt ist. Der Hallux an ihrem linken Fuß ist gebrochen, das ist ihr großer Zeh. Ebenfalls ihr linkes Bein.«

»Offene Schaftfraktur der Tibia«, sagte Lottie.

Jane zog eine Augenbraue hoch.

»Das hat McGlynn mir gesagt. Die meisten Ihrer Beobachtungen stimmen mit dem überein, was ich bereits weiß.«

»Ihre Fingerknöchel weisen Bissspuren von ihren eigenen Zähnen auf, wahrscheinlich hat sie sich selbst gebissen, um den Schmerz zu dämpfen, den die Fraktur verursacht hat.«

»Woran ist sie gestorben?« Lottie wollte die Angelegenheit endlich als Mord einstufen.

»Um es ganz unverblümt zu sagen: Sie wurde lebendig begraben.«

»Das habe ich mir gedacht.«

»Ihr Angreifer hat sie von hinten in den Schwitzkasten genommen und ihr mit dem Arm die Kehle abgedrückt. Ich konnte keine Fingerabdrücke finden, aber ein paar Fasern. Sie fiel in das Grab oder wurde hineingestoßen. Als sie dann dort lag, fiel der Lehm entweder von selbst herunter oder sie wurde damit beworfen, sodass sie erstickte. Ich kann Ihnen die Details der Todesart genauer erläutern, wenn Sie möchten.«

»Nein, das ist schon in Ordnung. War es also Mord?«

»Wenn ich ehrlich bin, glaube ich nicht, dass diese Menge an Lehm von selbst in das Grab gefallen ist. Und die Todesursache ist Erstickung durch Lehm.«

»McGlynn hat gesagt, es gäbe Anzeichen von Madenbefall.«

»Sie hatte eine offene Wunde, daher war das auch zu erwarten, wenn man bedenkt, dass sie etwa zwei Meter unter der Erdoberfläche lag.«

»Wann war der Todeszeitpunkt?«

»Wenn ich die niedrigen Temperaturen und die Farbe der Leichenflecken in Betracht ziehe, würde ich schätzen, dass sie maximal zweiunddreißig bis sechsunddreißig Stunden tot war, als Sie sie gefunden haben.«

»Es könnte also sein, dass sie am Dienstag zwischen drei und vier Uhr morgens ermordet wurde?«

»Da gehe ich mit.«

»Fand sich an der Leiche Spurenmaterial, das auf den Mörder hinweisen könnte?«

»Er trug Handschuhe. Wie gesagt waren ein paar Fasern seines Mantels an ihrem Nacken. Es könnte außerdem sein, dass er sie betäubt hat. Ich habe Proben an die Toxikologie geschickt und sage Ihnen Bescheid, sobald ich etwas erfahre.«

»Hinweise auf sexuelle Gewalt?«

»Nein, nichts deutet darauf hin, dass das Opfer jüngst Geschlechtsverkehr hatte.«

»Danke Ihnen, Jane.«

»Eine Sache noch«, fügte die Rechtsmedizinerin hinzu.

Lottie hielt inne.

»Das Mädchen hat extrem gelitten. Trotz des Lehms waren ihre Wangen salzig. Vom Weinen. Finden Sie ihn, Lottie, bevor er noch eine Frau erwischt.«

ZWEIUNDDREISSIG

Am schlimmsten waren die endlosen Vormittage, wenn Saoirse in der Schule war. Nicht zum ersten Mal wünschte Keelan O'Donnell, sie hätte einen Job. Aber Cillian wollte, dass sie zu Hause blieb. Er verdiente genug, sagte er, also warum sollte sie arbeiten, wenn er doch für sie sorgte? Was das Geld anging, hatte er wohl recht, aber sie musste, wenn er bei der Arbeit war, auch einmal andere Menschen sehen. Erst hatte er ihrem Kunstunterricht den Riegel vorgeschoben und ihr gesagt, dass sie nicht malen könne, obwohl die anderen Frauen im Kurs ihre Arbeiten für gut hielten. Dann war sie einem Chor im Kulturzentrum beigetreten. Die Proben waren vormittags gewesen, jeweils zwei Stunden lang. Aber auch dem hatte er ein Ende gesetzt. Das Gejaule will keiner hören, hatte er gesagt.

Sie ließ ihr Handy von eine Hand in die andere wandern und spielte mit dem Gedanken, Finns Frau Sara anzurufen. Mein Gott, dachte sie. Da sah man, wie einsam sie war. Sie steckte das Telefon weg. So schlimm stand es nicht um sie. Noch nicht.

Sie nahm ihren Mantel. Mal sehen, ob es wenigstens Donal besser ging.

Keelan warf einen Blick in den Spiegel auf dem Flur, um sich zu vergewissern, dass das Make-up den gelben Bluterguss verdeckte, der sich allmählich auf ihrer Wange bildete. Seit dem Tod seiner Mutter war Cillian nicht mehr er selbst.

Warum versuchte sie immer, sein Verhalten zu entschuldigen? Die Frage schoss ihr durch den Kopf, aber sie wusste keine Antwort.

Als sie sicherheitshalber eine zusätzliche Schicht Foundation auflegte, fiel ihr Blick auf den kleinen rosafarbenen Regenschirm im Ständer auf dem Flur. Solange Cillian seine Wut an ihr ausließ, sollte Saoirse vor ihm sicher sein. Aber sobald er diese Grenze übertrat, würde Keelan ihre Tochter nehmen und mit ihr irgendwohin verschwinden, wo er sie nicht finden würde. Niemals.

————

Lottie war kaum anderthalb Stunden weg gewesen, aber als sie zur Dienststelle zurückkehrte, stellte sie fest, dass sich die Falltafeln, auf denen alle Beweise zu den laufenden Ermittlungen notiert wurden, gefüllt hatten. Sie betrachtete die Liste der Werkzeuge vom Friedhof, die zur Untersuchung geschickt worden waren. Besonders interessierten sie die Analyseergebnisse eines Spatens: Er hatte neben dem Bagger, mit dem die Gräber ausgehoben wurden, im Boden gesteckt und schien ein geeignetes Werkzeug zu sein, um Elizabeth mit Lehm und Erde zu überhäufen.

»Ich komme gerade aus der Leichenhalle.« Sie blieb vor den Tafeln stehen, drehte sich zu ihrem Team um und deutete auf das Foto von Elizabeth Byrne. »Diese junge Frau wurde mit Lehm erstickt. Lebendig begraben.« Sie fasste zusammen, welche Verletzungen Elizabeth erlitten hatte. »Ich möchte informiert werden, sobald die Ergebnisse der Untersuchungen auf DNA und Fingerabdrücke an dem Spaten da sind und auch, was den Stein angeht, auf dem wir Blutspuren gefunden haben.« Sie wandte den Blick zu Kirby. »Sie haben doch eine DNA-Probe von Bernard Fahy entnommen, oder?«

»Ja, und auch eine von John Gilbey, dem anderen Mann, der auf dem Friedhof arbeitet.«

»Gibt es irgendwelche Treffer?«

»Nichts in der PULSE-Datenbank, aber wir haben sie noch nicht mit dem Blut und den Werkzeugen abgeglichen, die am Tatort gefunden wurden.« Kirby rutschte auf dem schmalen, knarzenden Stuhl herum, um eine bequeme Position für sein Gesäß zu finden.

»Haben Sie ihre Alibis überprüft?«

»Fahys Frau hat bestätigt, dass er den ganzen Montagabend lang zu Hause war und auch die Nacht über. Aber Ehefrauen geben ihren Männern gern mal ein Alibi. John Gilbey wohnt in einem Hostel. Ich werde nachverfolgen, wo er sich zur betreffenden Zeit aufgehalten hat.«

»Okay, machen Sie das. Die Durchsuchung des Büros des Friedhofswärters hat bis jetzt nichts ergeben. Das hatte ich zwar auch nicht erwartet, aber ich hatte die Spurensicherung angewiesen, es zu überprüfen, und werde mich später selbst dort umsehen.«

»Es ist wahrscheinlicher, dass sie in dem Auto war, das draußen hielt, als in dem Gebäude«, sagte Kirby.

»Zeigen Sie mir das Material von der Überwachungskamera.«

Kirby tippte auf dem Laptop auf seinem Schoß herum.

Lottie drehte eine der Falltafeln um und die verrauschten Bilder wurden darauf projiziert.

»Wie Sie sehen, war dort vierundzwanzig Minuten lang ein Auto geparkt, möglicherweise das des Mörders«, sagte Kirby.

»Wir sollten unsere eigenen Verkehrsüberwachungskameras für den relevanten Zeitraum überprüfen, um zu sehen, ob wir das Fahrzeug lokalisieren können«, fügte Lottie hinzu.

Lynch mischte sich ein: »Ich habe einen Polizisten damit beauftragt. Ich werde das nachprüfen und Ihnen Bericht erstatten, sobald sich etwas ergibt.«

Lottie stellte fest, dass Lynch heute wesentlich blasser war als gestern. Hoffentlich hatte sie sich keinen Infekt eingefangen. Sie brauchte jeden Mitarbeiter, den sie bekommen konnten, um diese Ermittlungen zu stemmen.

Sie fuhr fort. »Ich möchte, dass heute die Bewohner des Pflegeheims befragt werden, vor allem diejenigen, deren Zimmer auf der Friedhofsseite liegen. Und auch die Mitarbeiter. Kirby, haben Sie die Ergebnisse von der Befragung der umliegenden Nachbarschaft?«

»Ich habe alle Berichte überprüft: Keiner hat etwas gesehen oder gehört. Es war schließlich mitten in der Nacht. Die Bewohner der Fahrendensiedlung sagen alle dasselbe, nur Bridie McWard hat die Schreie gehört.«

»Ihre Aussage passt zu den Aufnahmen der Überwachungskameras und zu der von der Rechtsmedizinerin geschätzten Todeszeit. Das gibt uns einen Zeitrahmen, mit dem wir weiterarbeiten können. Wir können folgern, dass Elizabeth um 17:10 Uhr in Dublin Connolly den Zug genommen hat, weil sie von zwei Pendlern gesehen wurde. In Enfield ist sie ausgestiegen. Bis heute haben wir keine Hinweise darauf entdeckt, dass Elizabeth danach noch einmal gesehen wurde. Bis auf die Schreie, die Bridie McWard um 3:15 Uhr in der Früh gehört hat.«

»Vielleicht hatte Bridie einen Albtraum«, meldete sich Lynch.

»Das könnte sein, aber sie wirkte ziemlich aufgewühlt, als ich mit ihr gesprochen habe«, sagte Lottie. »Okay. Also ich möchte, dass Sie und Kirby die Befragungen im Pflegeheim durchführen. Nehmen Sie uniformierte Polizisten mit, damit Sie möglichst schnell weiterkommen.«

»Boss, wir waren letzte Nacht bei einer Observierung. Oben im Munbally Estate. Ich muss auch mal ein bisschen Schlaf bekommen«, stöhnte Kirby.

»Ach ja. Unser *stellvertretender* Superintendent möchte, dass Sie den Auftrag einstellen.«

»Aber wir ...«

»Ich gebe nur die Befehle weiter, die ich bekommen habe.«

»So eine Zeitverschwendung«, brummte Kirby und tastete seinen Taschen ab. Er zog eine E-Zigarette heraus und schob sie sich in den Mund.

»Sie hatten ohnehin kaum Ergebnisse vorzuweisen, oder?«, stellte Lottie mehr fest als sie fragte. »Kommen wir jetzt zu Carol O'Grady. Sie war Elizabeths Freundin, deswegen finde ich, dass wir noch einmal mit ihr sprechen sollten. Mal sehen, ob wir mehr über Elizabeth in Erfahrung bringen können. Und über jeden, der sich für sie interessiert haben könnte.«

»Carols Bruder kommt mir ein bisschen zwielichtig vor«, meinte Boyd.

»Terry O'Grady«, sagte Lottie und sah in ihren Notizen nach. »Seine Daten sollen in PULSE überprüft werden und dann unterhalten wir uns mit Carol. Bitte anrufen und nachfragen, ob sie zu Hause oder bei der Arbeit ist.« Sie hielt inne und betrachtete die beiden Fotos von Elizabeth Byrne, von denen eines sie tot und eines lebendig zeigte. »Und was ist mit Matt Mullin, dem Exfreund? Haben Sie da was erreicht, Lynch?«

»Ich habe versucht, ihn ausfindig zu machen«, sagte Lynch und rieb sich die Augen. Vielleicht war es doch gut, dass McMahon den Auftrag in der Fahrendensiedlung gestoppt hatte, denn Lottie brauchte ihr Team hellwach.

»Haben Sie es heute Morgen noch einmal bei der Bank versucht?«

»Sie waren nicht sehr auskunftsfreudig, aber immerhin haben sie mir seine Handynummer gegeben. Er geht allerdings nicht ran. Ich werde mich noch einmal mit der Bank in Verbindung setzen und herausfinden, was da vor sich geht.«

»Überprüfen Sie auch, ob seine Familie weiß, wo er sich aufhält und ob er kürzlich seinen Reisepass benutzt hat.«

»Wird gemacht.«

»Gibt es etwas Neues, was Elizabeths Handy angeht?«

»Es ist nicht zu erreichen, die Leitung ist tot. Ich versuche, über den Provider herauszubekommen, wo und wann es zuletzt benutzt wurde«, sagte Boyd.

»Ich überrede McMahon, eine Presseerklärung herauszugeben zu lassen. Er kann einen Zeugenaufruf in der Bevölkerung starten. Wir müssen mit Besuchern des Last Hurdle sprechen, wo Elizabeth am Samstagabend war, und mit Passagieren, die sie im Zug gesehen haben.«

Nachdem sie diese Aufgaben verteilt hatte, sagte Lottie: »Ich rufe noch einmal im Bahnhof an. Wir müssen herausfinden, ob Elizabeth tatsächlich in Ragmullin ausgestiegen ist.«

Sie musterte ihr Team: Bis auf Kirby und Lynch wirkten alle motiviert und einsatzbereit. »Sie beide sehen aus wie der Tod auf Urlaub. Gehen Sie nach Hause. Legen Sie sich für zwei Stunden hin, und danach will ich Sie beide wieder hier haben.«

Sie verteilte noch mehr Aufgaben, dann sagte sie: »Okay, Sie wissen alle, was Sie zu tun haben. Jetzt lassen Sie uns den Mistkerl fangen, der diese junge Frau bei lebendigem Leibe begraben hat.«

————

»Donal, ich weiß, dass du da bist. Mach schon auf.«

Keelan drückte noch einmal auf die Klingel. Spähte durch die Scheibe in der oberen Hälfte der Tür ins Haus. Sie sah nicht mal einen Schatten. Nichts rührte sich und alles war still. Aber sein Fahrrad stand unter dem Fenster und sie wusste, dass er zu Fuß nirgendwohin ging. Vielleicht hatte er sich ein Taxi gerufen.

Sie wandte sich von der Tür ab und ging den Weg über die rissigen Steinplatten wieder zurück. Dabei wich sie dem wuchernden Unkraut aus, das sich von der winterlich kargen Rasenfläche auf den Pfad ausbreitete. Mit einem Blick über die Schulter betrachtete sie das zweistöckige Reihenhaus, in dem Cillian aufgewachsen war. Es war das einzige der insgesamt zehn Reihenhäuser, das noch bewohnt war. Die anderen fielen bereits in sich zusammen: Bei einigen war das Dach eingestürzt, bei anderen wuchsen Sträucher aus den Schornsteinen und reckten ihre kahlen Zweige gen Himmel. Die meisten Fenster waren zugenagelt. Jetzt, da Maura tot war, würde Donal vielleicht ausziehen. Er wartete nun seit zehn Jahren darauf, dass ein Geist auftaucht, während die Wände um ihn herum zerbröckelten; das war lange genug. Heute Abend würde sie mit Cillian darüber sprechen.

Vielleicht konnte er seinen Vater zur Vernunft bringen.

Das rostige Gartentor fiel quietschend hinter ihr zu. Sie ging unter der Eisenbahnbrücke hindurch wieder zurück in die Stadt.

So entging ihr, dass sich einer der Vorhänge bewegte.

Kirby lächelte, als Garda Gilly O'Donoghue auf ihn zukam. Er stand in dem überdachten Raucherbereich hinter dem Revier, wo sich auch die Fahrradständer befanden, und hatte keine Zeit, die Zigarre zu verstecken, die er paffte.

»Igitt. Das stinkt fürchterlich«, schimpfte Gilly und deutete auf den Mülleimer voller Zigarettenstummel.

»Möchtest du eine?«, fragte Kirby.

»Nein, danke. War ja klar, dass ich dich hier finde.«

»Wieso?«

»Weil ich sicher war, dass du das Rauchen doch nicht ganz aufgegeben hast. Hast du gestern Abend noch etwas Aufschlussreiches herausgefunden?«

»Gestern Abend?«

»Du hast gesagt, du müsstest arbeiten. Deshalb hast du doch unsere Verabredung abgesagt.«

»Sorry, Babe.«

»Das passt nicht zu dir.«

»Was?«

»Der amerikanische Akzent. Selbst wenn du ihn richtig hinbekommen würdest.«

»Ich schinde heute Morgen nicht gerade Eindruck, was?«

»Dann streng dich mal ein bisschen an.«

»Okay, wie wäre es damit?« Er griff in die Brusttasche seiner Jacke und reichte ihr einen Umschlag. Gillys Miene erhellte sich, und auch er musste lächeln.

»Hey, das sind ja Tickets für das Theaterstück, das ich sehen wollte. Du bist mein Held«, sagte sie.

»Die sind für heute Abend«, sagte er.

»Ich kann es kaum erwarten. Und danach können wir noch was trinken gehen.«

Kirby rieb sich mit einer Hand das stoppelige Kinn und schüttelte den Kopf. »Mal sehen. Ich bin völlig fertig.«

»Was machst du denn überhaupt hier, wenn du die ganze Nacht lang gearbeitet hast?«

»Ich bin gerade auf dem Weg nach Hause.«

»Allmählich glaube ich, du hast eine andere Frau.«

»Du reichst mir vollkommen.« Er drückte die Zigarre aus und ließ den Stummel in seiner Tasche verschwinden. »Wie lief dein Abend mit dieser Freundin, von der du erzählt hast?«

»Mollie? Sie ist gar nicht erst aufgetaucht.«

»Das ist typisch irisch, oder? An ein und demselben Abend zweimal versetzt zu werden?« Er grinste.

»Das ist nicht witzig.« Gilly zog die Augenbrauen hoch, steckte die Tickets ein und wollte sich umdrehen.

»Willst du mir nicht mit einem Kuss einen guten Morgen wünschen?«, fragte Kirby.

»Wenn du so weitermachst, bekommst du nicht mal einen Gutenachtkuss.«

»Frauen!«, sagte Kirby in der eisigen Luft zu sich selbst, denn Gilly war schon gegangen. Er überlegte gerade, ob er sich seine Zigarre wieder anzünden sollte, als Lynch an der Seite des Gebäudes auf ihn zugelaufen kam.

»Wir müssen zu einem Einsatz«, sagte sie.

»Nein, müssen wir nicht. Ich brauche dringend eine Mütze Schlaf.«

»Wir müssen zur Fahrendensiedlung. Es ist dringend. Jetzt komm schon.«

»Vielleicht zahlen sich unsere nächtlichen Unternehmungen endlich aus«, grummelte Kirby und folgte ihr zum Auto.

———

Lottie saß an ihrem Computer und öffnete ihr E-Mail-Postfach.

»Was zum ...?« Die Nachricht in ihrem Posteingang kam von einem Absender, dessen Namen sie wiedererkannte. Sie blinzelte und zog eine der Schubladen auf. Hatte sie heute Morgen schon eine Tablette genommen? Sie konnte sich nicht mehr erinnern, aber sie fand eine und schluckte sie trotzdem herunter. Wenn sie nicht aufpasste, würde es mir ihr genauso schlimm enden wie vor einem Jahr, dachte sie.

Sie war kurz davor, Boyd hereinzurufen, aber dann dachte sie, dass die Angelegenheit vielleicht zu privat war. Scheiße, das *war* definitiv privat. Ihr Finger schwebte über der Maustaste. Was war der Grund für diese Kontaktaufnahme? Lies die Mail und du wirst es wissen, sagte sie sich. Ihre Zunge klebte trocken am Gaumen, ihre Beine zitterten und ihre Hand hing starr in der Luft.

Die Tür wurde geöffnet und Boyd steckte seinen Kopf herein. »Kirby braucht uns in der Fahrendensiedlung.«

Sie starrte ihn an, blickte durch ihn hindurch. Dann senkte sie den Kopf und sah auf den Bildschirm.

»Lottie? Was ist los?« Er ging seitlich um den Schreibtisch herum. »Ich kenne diesen wirren Blick.«

»Welchen Blick?«

»Du weißt schon. So, wie du guckst, wenn du bis spät nachts getrunken hast.«

»Ich habe nicht getrunken«, log sie.

»Was hat dir dann so einen Schrecken eingejagt?«

Mit einem Ruck kam Lottie wieder zu sich und klickte auf das Symbol in der oberen Ecke der Registerkarte, sodass das Fenster mit ihren E-Mails minimiert wurde. »Nichts.«

Boyd stützte sich mit den Händen auf dem Schreibtisch ab. »Ich dachte, du könntest Lügner nicht ausstehen, und jetzt lügst du mich selber an.«

Sie stand auf, versetzte dem Stuhl mit ihren Kniekehlen einen Schubs, sodass er davonrollte, und drängte sich an Boyd vorbei. »Ich habe gesagt, dass nichts los ist. Und alles Weitere geht dich nichts an. Halt dich raus. Hast du gehört?«

»Laut und deutlich.« Boyd machte einen Schritt zurück und stieß gegen die Wand.

Lottie ging weiter. »Was hat sich Kirby diesmal eingebrockt?«

———

»Hallo? Ist hier irgendjemand?«

Mollie lauschte. War das der Wind? Oder eine Klimaanlage? Sie war sich nicht sicher. Aber sie konnte auch keinen Verkehrslärm oder andere Geräusche hören. Wo befand sie sich?

In dem Raum war es ziemlich finster, aber schummriges

Licht fiel durch die Ritzen der Luke über ihrem Kopf und warf ein unheimliches V mittig auf den Boden. Dadurch konnte sie den Holzboden erkennen: Die Dielen waren abgenutzt, das Holz übersät mit Astlöchern. Wieder betrachtete sie den Lichtstreifen. Nein, das war kein Tageslicht. Es musste von einer Glühbirne stammen, die irgendwo oben an der Decke hing.

Ihre Arme waren noch immer seitlich an den Oberkörper gefesselt und sie musste dringend pinkeln. Ihr Mund fühlte sich an, als wären die Muskeln in den Schleimhäuten angeschwollen, und zähflüssiger Schleim verklebte ihren Hals. An den Haaren in ihren verstopften Nasenlöchern hing der modrige Gestank des Zimmers. Und als wäre das nicht schon schlimm genug, knurrte ihr Magen vor Hunger.

Ein wahnwitziger Gedanke flirrte durch ihren Kopf. Was, wenn er nie wieder zurückkommen würde? Wenn er sie hier verhungern lassen wollte? Nein. Er hätte sich niemals so viel Mühe gemacht, nur um sie hier zum Sterben zurückzulassen. Oder doch? Sie wusste rein gar nichts über ihn, und je mehr sie darüber nachdachte, desto weniger wollte sie wissen. Sie wollte nach Hause. Und zwar sofort. Bevor dieser kranke Freak zurückkam.

Nach Hause. Aber dort war niemand, der sie vermissen würde. Sie lebte allein. Ihre Mutter war tot und ihr Vater wohnte in London. Sie rief ihn nur sonntags an. Und heute war ... Donnerstag. Oder? Sie war sich nicht sicher. Aber sie hatte nicht das Gefühl, als wäre schon viel Zeit vergangen. Das könnte allerdings auch an dem Betäubungsmittel liegen, das er verwendet hatte.

Sicher würden sich ihre Kollegen darüber wundern, dass sie nicht angerufen hatte, um sich krankzumelden. Aber vielleicht auch nicht. Schließlich brauchte man nur dann ein ärztliches Attest, wenn man länger als zwei Tage am Stück nicht zur Arbeit kam. Und weil das Wochenende bevorstand, würden sie erst am Montag Fragen stellen.

Gilly! Ja, Gilly würde sie vermissen. Aber wie lange würde das dauern? Sie hatten zusammen etwas trinken gehen wollen, aber würde Gilly sich Sorgen machen, wenn sie nicht kam? So oder so, sie konnte es nicht wissen. Alles, was sie tun konnte, war zu hoffen, dass sie jemand als vermisst melden würde.

Sie versuchte, auf ihrem steinharten Bett den Kopf zu heben. Sie musste dringend pinkeln, aber noch bevor sie überhaupt versuchen konnte, sich aus den Fesseln zu winden, lief die warme Flüssigkeit an ihren Beinen hinunter und durchnässte die Matratze.

In diesem Moment glaubte sie, einen Zug zu hören.

VIERUNDDREISSIG

Die Strahlen der blendenden Vormittagssonne hatten einen
Gutteil des Frosts schmelzen lassen, aber im Schatten war
der Boden immer noch gefährlich glatt. Boyd parkte den
Wagen hinter dem Tor und sie gingen zu Kirby, der an der
Außenmauer eines der zwölf Betonhäuser lehnte. Lynch
stand vor ihm. Ihr blondes Haar schaute offen unter einer
grauen Beanie hervor. Beide versuchten augenscheinlich
angestrengt, sich wach zu halten. In dem überschaubaren
Hof war ein kleiner Wohnwagen geparkt.

Kirby rückte ein Stück zur Seite, sodass er genau in der
schmalen Lücke zwischen dem Haus und dem Wohnwagen
stand. Er hatte sich seinen blauen Schal eng um den Hals
geschlungen, seine Nase hatte eine weihnachtlich anmu-
tende rote Farbe und sein buschiges Haar sah aus, als hätte
ihn der Blitz getroffen. Auf der anderen Seite des Geländes
drängte sich eine Gruppe von Schaulustigen zusammen.
Frauen und Kinder und um sie herum ein Kreis aus offensichtlich sehr wütenden Männern. Sie hatten die Hände
misstrauisch in den Taschen vergraben, aber Lottie wusste,
dass sie bei Bedarf jederzeit zuschlagen würden.

Schniefend atmete sie die eisige Luft ein. »Erzählen Sie mir, was hier los ist, bevor ich mich auf das Minenfeld begebe.«

»Sieht aus wie ein Fall von häuslicher Gewalt«, berichtete Lynch. »Aber wir müssen vorsichtig sein. Sie wissen ja, dass solche Situationen sich manchmal nicht als das herausstellen, was sie auf den ersten Blick zu sein scheinen.« Sie zog eine Augenbraue hoch.

War das ein unterschwelliger Vorwurf? Lottie sog die kalte Luft ein und ihr wurde klar, dass Lynchs Worte auf frühere Ermittlungen anspielten. Aber sie beschloss, es dabei zu belassen.

»Wer wohnt hier?«, fragte sie.

»Paddy und Bridie McWard«, sagte Kirby. »Sie haben einen kleinen Sohn namens ...« Er blätterte sein Notizbuch um.

»Tommy«, unterbrach ihn Lottie.

»Bridie wurde schlimm zugerichtet«, sagte Kirby. »Gehen Sie rein und sehen Sie es sich selbst an.«

Bridie saß im Wohnzimmer auf einem weißen Ledersofa. Sie hielt ihren Sohn in den Armen und drückte ihn viel zu fest an sich. Tränen standen ihr in den Augen.

»O mein Gott, Bridie! Ist alles in Ordnung mit Ihnen?«, fragte Lottie erschrocken. »Sie müssen von einem Arzt untersucht werden. Im Krankenhaus oder so.«

»Das ist Ihre Schuld«, schrie Bridie.

Es war doch immer dasselbe. Lottie setzte sich, sah die junge Frau an und versuchte, in ihrem Blick Antworten zu finden. »Erzählen Sie mir, was passiert ist.«

»Ich habe es schon Ihren beiden Schoßhündchen da draußen erzählt.«

»Trotzdem muss ich es von Ihnen hören. Hat Paddy Ihnen das angetan?«

Ein violetter Bluterguss war auf Bridies geschwollenem Kiefer zu sehen und in ihrem langen Haar klebte getrocknetes Blut.

»Nein, aber die beiden glauben mir das nicht.« Sie stöhnte auf und rieb sich, während sie sprach, mit einer Hand den Bauch.

Das Baby begann zu schreien. Lottie musste an Louis denken und ihr Herz zog sich zusammen. Bridie steckte dem kleinen Jungen einen Schnuller in den Mund und wiegte ihn an ihrer Brust, zuckte aber bei jeder Bewegung vor Schmerz zusammen.

»Erzählen Sie mir, was passiert ist. Sie wissen doch, dass ich Ihnen glauben werde.« Lottie nahm Notizbuch und Stift aus ihrer Tasche. »Möchten Sie, dass Boyd da drüben den kleinen Tommy hält, während wir uns unterhalten?«

»Das soll wohl ein Witz sein. Niemand wird mir mein Baby wegnehmen.«

»Ich wollte nur helfen«, sagte Lottie. »Sie müssen die Wunden säubern, bevor sie sich entzünden.« Sie reichte Boyd ihr Notizbuch und gab ihm mit einem Kopfnicken zu verstehen, dass er Notizen machen sollte.

»Reden Sie immer so mit anderen?«, fragte Bridie. »Erst wollen Sie meine Geschichte hören, dann wollen Sie mein Kind und jetzt wollen Sie, dass ich mich waschen gehe.«

Lottie musste schmunzeln und nickte. »Sie haben recht. Ich bin heute ganz schön durch den Wind. Sie machen einfach, wonach Sie sich fühlen. Und wenn Sie so weit sind, dann erzählen Sie mir, woher die Verletzungen und Blutergüsse stammen.«

»Also, es war jedenfalls nicht Paddy, das können Sie sich gleich abschminken, Miss Detective.«

»Okay. Wenn es also nicht Paddy war, wer dann? Und wo *ist* Paddy überhaupt?«

»Und es geht schon wieder los. Zwei Fragen auf einmal.«

»Ich werde jetzt den Mund halten und zuhören.« Lottie presste die Lippen fest zusammen und zwang sich, sie nicht zu bewegen.

»Endlich ein bisschen Ruhe.« Bridie schaukelte Tommy langsam hin und her, sodass dem Baby die Augen zufielen. »Paddy war gestern Abend für eine Weile hier. Er kam ins Bett, blieb aber nur ungefähr eine Stunde lang, dann ist er wieder aufgestanden und gegangen. Ich weiß nicht, wo er ist, also fragen Sie mich auch nicht danach. Klar?«

Lottie nickte.

Bridie fuhr fort und erzählte, was geschehen war. Lottie fragte sich, was der Grund dafür sein könnte, dass jemand eine wehrlose junge Frau angriff, während ihr Baby im selben Zimmer lag.

»Können Sie mir den Angreifer beschreiben?«

»Es war dunkel, aber er war ein verdammtes, riesiges Monster.«

Lottie saß schweigend da und wartete, während sich Schluchzer über Bridies Lippen zwängten. Sie traute sich nicht, auch nur ein Wort zu sagen, aus Angst, dass die junge Frau dann nicht mehr weitersprechen würde.

»Lederhandschuhe, er trug dunkle Lederhandschuhe. Wenn ich darüber nachdenke, glaube ich, dass er ganz in Schwarz gekleidet war. Und bevor Sie fragen: Sein Gesicht habe ich nicht gesehen. Mein Gott, Paddy wird vor Wut explodieren, wenn er mich so sieht.«

»Machen Sie sich darum keine Sorgen, Detective Kirby wird mit ihm sprechen.«

»Niemand wird mit Paddy sprechen, bevor ich es nicht getan habe.«

»Haben Sie ihn schon erreicht?«

»Ich habe es auf seinem Handy versucht. Er hat wohl gerade keinen Empfang oder so.« Bridie biss sich auf die Lippe, trotzdem liefen ihr Tränen über das geschwollene Gesicht.

Lottie streckte vorsichtig eine Hand aus und strich der jungen Frau über das Knie. »Sie machen das sehr gut, Bridie«, sagte sie beruhigend. »Können Sie sich sonst noch an etwas erinnern?«

»Dieses Monster hat mir die Seele aus dem Leib geprügelt. Er hat mir in den Bauch getreten. Und mir mit irgendwas Hartem auf den Kopf geschlagen. Ich konnte spüren, wie das Blut an mir hinunterlief. Und die Schmerzen. O Gott, das war schlimmer als bei Tommys Geburt. Na ja, vielleicht nicht schlimmer. Aber genauso schlimm.«

»Erinnern Sie sich daran, ob er irgendetwas gesagt hat?«

Bridie schniefte. »Das war das Schlimmste. Er hat mich an den Haaren gepackt, daran gezogen und gesagt: ›Halt dich von der Polizei und von dem Friedhof fern, wenn du nicht unter der Erde enden willst wie die andere Schlampe.‹ O Gott.«

Lottie warf Boyd einen Blick zu. »Woran können Sie sich noch erinnern, nachdem er das gesagt hat?«

»Ich bin ohnmächtig geworden und erst wieder aufgewacht, weil Tommy in seinem Bettchen geschrien hat. Und ich hätte am liebsten mitgeschrien, so sehr tat mir jeder Zentimeter meines Körpers weh.«

»Tommy ist aber nichts passiert?«

Bridie schüttelte den Kopf. »Ihm geht es gut.« Sie starrte Lottie mit einem flehenden Ausdruck in den Augen an. »Wie hat er das gemeint? War das, weil ich Ihnen von der Banshee erzählt habe? Hat es etwas mit der Frau zu tun, die da drüben umgebracht wurde?«

Lottie dachte einen Moment lang nach. Sollte das der Grund sein, warum Bridie angegriffen worden war? Das erschien ihr ein wenig weit hergeholt. Sie entschied, ehrlich zu antworten. »Ich weiß es nicht, aber ich werde die SOCOs herbestellen, um zu sehen, ob der Angreifer hier DNA-Spuren hinterlassen hat.«

»Was ist SOCO?«

»Die Spurensicherung.«

»Wie die CSI-Leute im Fernsehen?«

»So ähnlich«, sagte Lottie. Sie nickte Boyd zu, damit er dort anrief.

»Wehe, sie hinterlassen hier eine Sauerei. Ich habe den Boden im Schlafzimmer zwei Stunden lang geputzt.«

»Sie haben was?«, rief Boyd aus, bevor Lottie ihn zurückhalten konnte.

Tommy öffnete den Mund und sein Schnuller fiel heraus. Er fing an, zu schreien.

»Sehen Sie, was Sie angerichtet haben.« Bridie funkelte ihn wütend an. »Natürlich habe ich den Boden gewischt. Ich konnte schlecht da herumlaufen und das ganze Blut überall verteilen. In ein paar Minuten kommt außerdem jemand, um die Tür zu reparieren.«

»Lassen Sie es erst mal gut sein«, sagte Lottie. »Unsere Leute werden sich das anschauen. Und keine Sorge, es wird ein Polizist in Uniform hierbleiben und auf Sie aufpassen, bis Paddy zurückkommt. Kann ich seine Nummer bekommen?«

»Nein, können Sie nicht. Ich hätte eigentlich gar nichts gesagt, aber die beiden da draußen lungern ja schon seit Wochen hier rum, daher wusste ich, dass das Bullen sind. *Sie* da hat mir sogar eine dieser Karten mit ihrer Nummer drauf gegeben. Ich wollte eigentlich niemandem etwas erzählen, aber natürlich war ich so aufgelöst, dass ich sie angerufen und ihr alles erzählt habe, bevor mir überhaupt klar wurde, was ich tue.«

»Sie sollten die Wunden wirklich nähen lassen«, sagte Lottie, weil sie bemerkt hatte, dass frisches Blut durch Bridies Haar sickerte.

»Das geht schon. Ich habe irgendwo noch Pflaster.«

»Kann ich jemanden anrufen, der Ihnen Gesellschaft leistet?«

»Ich kann sehr gut allein auf mich aufpassen, vielen Dank auch.«

Bridie bemerkte die Ironie der Situation nicht, aber Lottie überkam eine Welle des Mitgefühls für die junge Frau und ihr Brustkorb wurde eng. Sie nahm eine ihrer eigenen Visitenkarten heraus.

»Hier ist meine Nummer. Rufen Sie mich an, wenn Ihnen noch etwas einfällt. Jedes noch so kleine Detail könnte wichtig sein.«

Bridie nahm die Karte entgegen. »Ich sage Ihnen das hier und jetzt, als Warnung: Mein Paddy wird das hier nicht ohne Blutvergießen hinnehmen. Merken Sie sich meine Worte.«

Nachdem sie die Spurensicherung zu Bridies Haus geführt hatte, beauftragte Lottie Kirby, die beiden Polizeitransporter, die eingetroffen waren, während sie drinnen waren, zurück zur Dienststelle zu schicken.

»Haben Sie etwa auch das Überfallkommando herbestellt?«, fragte sie trocken.

»Nein, aber bei solchen Angelegenheiten kann die Stimmung schon mal überkochen.«

»Hoffen wir, dass das nicht passiert. Wir wollen nicht noch mehr Aufmerksamkeit auf Bridie lenken. Finden Sie Paddy McWard und bekommen Sie heraus, wo er war und was er gemacht hat, okay?«

»Wird erledigt.«

Ihr fiel auf, dass alle Häuser und Wohnwagen in der Siedlung im Außenbereich mit Kameras ausgestattet waren. »Und schauen Sie mal, ob die Bewohner Ihnen die Bänder ihrer Überwachungskameras überlassen. Hier hängen mehr Kameras als in ganz Ragmullin zusammen.«

»Wahrscheinlich nur Attrappen«, entgegnete Kirby.

»Überprüfen Sie das. Und warum ist es hier so ruhig? Haben Sie alle Schaulustigen verscheucht?«

»Ich kann nichts dafür.« Kirby steckte sich eine dicke Zigarre in den Mund, zündete sie aber nicht an.

»Was ist mit Lynch los?«, fragte Lottie etwas leiser.

Kirby sah über Lotties Schulter hinweg. Lottie drehte sich um und folgte seinem Blick. Lynch drehte langsam ihre Runden, immer im Kreis, und hatte dabei ihr Handy am Ohr.

»Ärger zu Hause, glaube ich. Sie hat nichts zu mir gesagt, aber sobald ich mich umdrehe, ruft sie ihren Mann an.«

Lottie wartete, bis Boyd den Wagen aufgeschlossen hatte. Dabei hörte sie, dass ein Zug auf den Gleisen rangierte, die über den Damm hinter dem Friedhof verliefen.

»Ich glaube allmählich, dass das hier wahrscheinlich das Werk von Elizabeths Mörder ist. Er hat versucht, Bridie Angst zu machen, damit sie nicht mit uns spricht«, sagte sie und setzte sich in den Wagen.

»Aber sie hat doch schon mit dir gesprochen«, sagte Boyd.

»Vielleicht hat sie noch etwas anderes gesehen oder gehört. Etwas, von dem sie uns bisher nichts erzählt hat.«

»Ich halte es für wahrscheinlicher, dass der Vorfall mit Problemen in ihrer Gemeinschaft zu tun hat.«

»Wir werden sehen. Was weißt du über Lynchs Ehemann?«

»Nicht besonders viel, warum?«, fragte er und bog auf die Hauptstraße.

»Ich hänge nur meinen Gedanken nach.« Lottie zog die Ärmel ihres Shirts weiter herunter, über ihre kalten Finger.

»Du hast wohl ein neues Hobby?«

»Konzentrier dich einfach aufs Fahren okay?«

»Wo soll's denn hingehen?«

»Wo auch immer wir Carol O'Grady antreffen können.«

FÜNFUNDDREISSIG

Donal O'Donnell hatte kein Glück. Nicht heute und auch nicht an all den anderen Tagen. Eine Viertelstunde lang hatte er gewartet, bevor er sich rührte, nachdem Keelan Sturm geklingelt und die Anlage damit fast kaputt gemacht hatte.

Er schlurfte durch seine Küche und wünschte, er würde nicht bei jedem Schritt diese innere Leere spüren. Sein Blick wanderte zum Radio und er spielte mit dem Gedanken, es einzuschalten. Aber stattdessen öffnete er den Kühlschrank. Bald würde er das Haus verlassen müssen. Das Mindesthaltbarkeitsdatum der Milch war schon seit zwei Tagen verstrichen und außer Müsli hatte er nichts zu essen da. Vielleicht hätte er Keelan bitten sollen, für ihn ein paar Lebensmittel einzukaufen. Aber damit hätte er sich seine Niederlage eingestanden. Und Donal O'Donnell würde niemals klein beigeben.

Er suchte nach der Schachtel mit den Streichhölzern und zündete die Kerze vor dem Foto an. Das Lächeln in Lynns Gesicht ließ ihn innehalten. Mit einem ausgestreckten Finger zeichnete er die Kontur ihres offenen dunklen Haars nach und fuhr über ihren Ohrstecker. Das Leuchten in ihren Augen machte ihn sprachlos. Wie konnte sich jemand, der so jung war, so voller Leben und so schön, einfach in Luft auflösen?

»Mein Schatz«, sagte er.

Kalte Angst rieselte plötzlich seinen Rücken hinunter und brachte dabei jeden einzelnen Wirbel zum Erschaudern. Donal fuhr herum. Da war niemand. Niemand außer ihm selbst. Nur eine leere Hülle bewohnte jetzt noch dieses Haus.

Er drehte sich wieder zu dem Foto um.

»Du hast deiner Mutter das Herz gebrochen. Und auch diese Familie hast du zerbrochen.« Er wusste nicht, ob er mit Lynn sprach oder zu sich selbst. Nie hatte er sich in seiner eigenen Haut unwohler gefühlt – das Gewicht der Vergangenheit schien ihn zu erdrücken. Und nie hatte er mehr um seine verbleibende Familie gefürchtet. Denn er wusste, dass das Böse zurück war. Er zog sich an den Haaren und schrie die Wände an: »Lass mich in Ruhe. Lass mich in Ruhe!«

Reglose Stille legte sich über die Küche. Um sie zu vertreiben, schaltete er das Radio ein. Es liefen Nachrichten. Von seiner Lynn war darin nie die Rede. Das war damals, als sie verschwand, anders gewesen. Damals, als das Böse die Klauen nach seinem Herz ausgestreckt und fest zugepackt hatte.

Es stimmt, dachte er, während er saure Milch über seine Cornflakes goss, die bösen Geister waren zurückgekehrt. Und diesmal fühlte er sich zu schwach, um gegen sie anzukämpfen.

Die sogenannte Jealous Wall, ein Zierbau in Form einer Mauer, der sich in den Rochfort Gardens über eine Fläche von einem halben Fußballfeld erstreckte, ragte bedrohlich aus der Talsenke hervor. Sie war eine Ruine und fiel allmählich in sich zusammen. Durchbrüche im Mauerwerk markierten die Stellen, an denen sich niemals Fenster befunden hatten, und die gotischen Spitzbögen ragten willkürlich hier und da in die Höhe. Sie war so gebaut worden, dass sie der Mauer einer verfallenen mittelalterlichen Abtei ähnelte. Aus Eifersucht, denn diese war der vorrangige Beweggrund ihres Auftraggebers gewesen.

Zusammen mit Boyd ging Lottie den steilen Abhang zum Besucherzentrum hinunter. Sie betraten das Gebäude durch die gläserne Schiebetür. Am Empfang schlug Lottie auf die Glocke.

Eine junge Frau öffnete die Tür hinter dem Empfangsbereich und blieb erschrocken stehen. »Oh, Sie sind's.«

»Ich bin's«, sagte Lottie und lächelte Carol O'Grady freundlich zu.

Carol machte ein finsteres Gesicht und setzte sich

hinter den Schreibtisch. Sie sah blass und abgespannt aus. »Wie kann ich Ihnen weiterhelfen?«

»Ich würde gerne noch einmal mit Ihnen über Ihre Freundin Elizabeth sprechen. Können wir Sie auf eine Tasse Tee oder Kaffee einladen?«

»Geben Sie mir einen Moment. Das Besuchercafé ist da drüben, zu Ihrer Rechten.«

Der Duft von frisch gebrühtem Kaffee schlug den beiden Ermittlern entgegen, als sie den Gastraum betraten.

»Das riecht gut«, sagte Lottie. »Ich nehme ein warmes Schinken-Käse-Croissant. Und einen großen Kaffee.« Sie setzte sich auf eines der Sofas, um auf Carol zu warten.

»Ich bezahle dann wohl?«, fragte Boyd und drehte sich zu dem Tresen um.

»Sieht ganz so aus.«

Lottie zog Mütze und Schal aus und knöpfte die Jacke auf. Ihre Hände waren leichenblass, was sie an Elizabeths Fuß mit den pink lackierten Zehennägeln erinnerte.

Boyd kam zu ihr und setzte sich. »Sie bringen es uns.«

Lottie hob den Kopf, als ein Schatten auf den kleinen Tisch fiel.

»Ich kann Ihnen wirklich nichts sagen«, begann Carol.

»Wir wollen bloß ein bisschen mehr über Elizabeth erfahren. Es muss in ihrem Leben einen Anhaltspunkt dafür geben, warum sie getötet wurde.«

»Ich möchte keinen Ärger kriegen. Ich brauche diesen Job.« Carol berührte flüchtig ihren Bauch. »Besonders jetzt.«

»Setzen Sie sich«, sagte Lottie. »Trinken Sie eine Tasse Kaffee.«

»Ich darf die Rezeption wirklich nicht verlassen.«

»Das haben Sie doch schon. Gibt es nicht dafür die Glocke, falls jemand hereinkommt?«

Carol warf einen nervösen Blick ins Foyer, schien dann aber ihren inneren Zwiespalt beizulegen. Sie setzte sich Lottie gegenüber, während Boyd aufstand, um noch einen Kaffee zu bestellen.

»Schwarz, ohne Zucker«, rief Carol. »Ich vertrage im Moment nichts Süßes.«

»Wie ist die Arbeit hier so?«, fragte Lottie.

»Ganz in Ordnung. Der Arbeitsweg von der Stadt hierher ist vielleicht ein bisschen umständlich.«

»Was hat Elizabeth in ihrer Freizeit gemacht?«

»Sie hatte nicht viel Freizeit, weil sie so viel pendeln musste.«

»Aber sie hatte doch Zeit, um mal etwas trinken oder in den Club zu gehen. Und Sie haben erwähnt, dass sie joggen ging.«

»Ja. Samstags und sonntags ist sie hier gejoggt. Viele Leute, die in der Nähe wohnen, nutzen den Park zum Joggen. Wir sind zusammen gelaufen. Aber ich glaube nicht, dass ich jetzt noch allzu viel joggen werde.«

»Bewegung tut gut, besonders in der Schwangerschaft«, sagte Lottie und dachte bei sich, dass auch sie ein bisschen Bewegung gebrauchen könnte. »Ist außer Ihnen noch jemand anderes zusammen mit Elizabeth gelaufen?«

»Nein.«

»War vielleicht jemand an ihr interessiert?«

»Nicht dass ich wüsste.«

»Wie viele Menschen sind an einem üblichen Samstagmorgen hier?«

»Bis zu fünfzig. Ich kann in der Liste nachsehen. Jeder, der läuft, muss unterschreiben. Sie müssen zwar nichts bezahlen, aber aus versicherungstechnischen Gründen müssen sie sich eintragen. Ich hole eben das Buch.«

»Hast du es schon geschafft, sie zu verscheuchen?«

Boyd stellte ein Tablett auf dem Tisch ab, dann setzte er sich und schenkte den Kaffee in die Tassen.

Carol kam mit einem Hauptbuch zurück. Lottie fuhr mit dem Zeigefinger über die größtenteils unleserlichen Unterschriften. »Könnten Sie mir davon eine Kopie machen?«

»Klar. Ist das meiner?« Carol nahm sich eine Tasse mit schwarzem Kaffee und pustete über die dampfende Flüssigkeit hinweg. Sie nahm nur einen Schluck, dann sagte sie: »Bitte entschuldigen Sie mich. Ich muss mal zur Toilette.« Sie presste eine Hand vor ihren Mund und verschwand aus dem Café.

»Wenn wir eine Kopie davon haben, möchte ich, dass du die Listen durchgehst. Du bist gut in solchen Sachen«, sagte Lottie und gab das Buch an Boyd weiter.

»Das reicht über Wochen zurück«, sagte er und blätterte durch die Seiten.

»Umso besser, dann können wir die Namen der einzelnen Wochen abgleichen. Vielleicht stoßen wir auf etwas.«

»Oder vielleicht auch nicht.« Boyd legte das Buch weg und schob sich eine großes Stück des Croissants in den Mund.

»Ich dachte, das wäre meins.« Lottie verdrehte die Augen und trank ihren Kaffee aus. Ihr Schädel pochte – schon wieder waren Kopfschmerzen im Anmarsch. Außerdem wurde sie das Gefühl nicht los, dass sie Carol dringend noch etwas fragen sollte.

SIEBENUNDDREISSIG

Der Bahnhof von Ragmullin trotzte schon seit mehr als hundertfünfzig Jahren der Witterung, begrenzt von dem Kanal auf der einen Seite und der Stadt auf der anderen. Er befand sich am Fuße eines Hanges. Einst hatte es hier zwei funktionierende Gleise gegeben. Auf dem einen waren Züge von und nach Galway gefahren, auf dem anderen nach Sligo. Doch jetzt wurde nur noch die Strecke von Dublin nach Sligo und zurück bedient. Ein Teil der alten Strecke nach Galway, die entlang des Kanals verlief, war zum Radweg ausgebaut worden.

»Der ist großartig«, sagte Boyd zu Lottie, als sie auf den Eingang des Bahnhofs zuliefen. »Sehr sicher. Und toll für Kinder. Es ist zwar immer viel los, aber das Gute ist, dass es dort keinen Verkehr gibt.«

»Fährst du dort Fahrrad?«

»Mindestens einmal pro Woche, wenn ich nicht gerade in Mordermittlungen stecke. Solche Fälle zehren an meinen Kräften.«

»Ich hätte gedacht, dass gerade solche Fälle dir Lust

darauf machen, rauszugehen und frische Luft zu schnappen.«

»Da ist auch etwas dran«, sagte er, während sie die Treppe zum gepflasterten Vorhof hinaufstiegen.

»Hallo, wie geht's?«, begrüßte Jimmy Boyd. »Der Zug kommt erst um drei.«

»Ach so, nein, diesmal bin ich nicht wegen eine Zugs hier, sondern wegen Informationen.«

»Dann sind Sie bei mir richtig.«

»Ich weiß, dass einige unserer Leute neulich hier waren und Fragen über eine junge Frau namens Elizabeth Byrne gestellt haben. Nun wollten wir schauen, ob Ihnen seither noch irgendetwas anderes eingefallen ist.«

»Oh, ich habe davon gehört, dass das arme Mädchen verschwunden ist und tot in einem Grab aufgefunden wurde. Eine schreckliche Geschichte. Erschütternd. Niemand ist mehr sicher in dieser Stadt. Niemand.«

»Wir versuchen, dafür zu sorgen, dass die Leute in Sicherheit sind, indem wir denjenigen finden, der für den Mord verantwortlich ist«, sagte Lottie.

Jimmy sah überrascht zu ihr auf. Da wurde ihr klar, dass er keine Ahnung hatte, wer sie war. Sie streckte ihm eine Hand entgegen, um ihn zu begrüßen. »Ich bin Detective Inspector Lottie Parker.«

»Jimmy Maguire, oberster Wachmeister hier. Also, ich bin nicht direkt ein Polizist wie Sie, aber ich arbeite seit über vierzig Jahren hier. Eigentlich sollte ich schon im Ruhestand sein, aber ich glaube, die haben mich vergessen. Ich gehöre schon zum Inventar.« Er versuchte sich an einem Lachen, aber es kam eher einem angestrengten Keuchen gleich.

»Haben Sie einen Überblick über die Leute, die hier täglich ein- und ausgehen?«

Er schob seine Schirmmütze wieder ein Stück hoch und sah zu ihr auf. »Früher hätte man das wohl behaupten können. Jetzt nicht mehr, mit all den jungen Leuten, die nach Dublin pendeln.«

Sie zeigte ihm Fotos von Elizabeth. »Das ist die junge Frau, für die wir uns interessieren. Und dieses Bild stammt von der Überwachungskamera an Ihrem Fahrkartenschalter. Es zeigt, wie sie am Montagmorgen ihr Ticket kauft. Erkennen Sie sie? Sie hat jeden Tag den Zug um sechs Uhr früh genommen. Wir glauben, dass sie am Montagabend um 17:10 Uhr mit dem Zug aus Dublin wieder hier angekommen ist. Gibt es irgendeine Möglichkeit, das zu überprüfen?«

Jimmy schüttelte den Kopf, kniff ein Auge zu und sagte: »Ich wüsste nicht, dass ich sie schon mal gesehen hätte. Armes Ding. Für mich sehen sie in diesem Alter alle gleich aus.«

»Gibt es hier noch andere Kameras?«, fragte Lottie.

»Nur die am Fahrkartenschalter und ein paar auf dem Parkplatz.«

»Das Bildmaterial haben wir schon, aber darauf ist sie nicht zu sehen.« Lottie sah sich in der kalten Säulenhalle, in der sie standen, um. »Gibt es keine auf dem Bahnsteig?«

»Es war einmal die Rede davon, mehr Kameras anzubringen, aber dann verlagerte sich das Gespräch auf die Überlegung, den Bahnhof gänzlich zu schließen. Was sehr schade wäre. Es wurde ein Komitee gegründet, um zu sehen, ob wir den Bahnhof im Betrieb halten können.« Er schob den Brustkorb vor und straffte die Schultern. »Ich bin der Vorsitzende.«

Lottie warf Boyd einen Blick zu. Seinem Gesichtsausdruck nach zu urteilen, dachte er dasselbe wie sie: Mit

Jimmy als Vorsitzendem war das Schicksal des Bahnhofs wohl bereits besiegelt.

»Da brauchen Sie mich gar nicht so anzuschauen. Mir liegt dieser Ort am Herzen. Im Einsatz seit 1848.« Jimmy lachte. »Also der Bahnhof, nicht ich, obwohl es sich manchmal so anfühlt. Die Gruppe, die ich ins Leben gerufen habe, besteht aus ehrenamtlichen Mitgliedern. Aber es werden immer weniger. Wir sind nur noch ungefähr zehn aktive Mitglieder. Jammerschade. Gemeinsam ist man stärker. Und wenn man in die Schlacht reitet, ist es besser, Rückendeckung zu haben.«

»Da haben Sie völlig recht«, sagte Lottie und dachte an die Schlachten, die ihr höchstwahrscheinlich noch mit McMahon bevorstünden, solange Corrigan weg war.

»In einigen der Züge gibt es Kameras, falls Sie daran interessiert sind.«

Lottie trat einen Schritt auf ihn zu. »Auf jeden Fall. Könnten wir das Bildmaterial von letztem Montag bekommen?«

»Welcher Zug wäre das?«

»Der Zug um sechs von Ragmullin nach Dublin Connolly und alle Abendzüge, die wieder hierher zurückfahren, insbesondere der Zug um 17:10 Uhr.«

»Ich kann Ihnen gleich sagen, dass es in dem Zug um sechs keine Kameras gibt. Auf dieser Strecke setzten wir einen älteren Zug ein. Zu der frühen Stunde macht selten jemand Ärger. Wegen der anderen Züge müssten Sie in der Zentrale anrufen.«

»Wenn Sie mir die Kontaktdaten geben, mache ich das«, sagte Lottie. »Können wir uns umsehen, wenn wir schon mal hier sind?«

»Nur zu.« Jimmy tippte an seine Schirmmütze, öffnete die Schranke und führte sie auf den Bahnsteig. »Ich bin in der Nähe, wenn Sie noch etwas wissen wollen. Gott sei ihrer Seele gnädig, das arme Mädchen.«

Eine frische Brise fegte über den Bahnsteig, während Lottie und Boyd das Gleis entlangliefen. Am hinteren Ende befand sich ein altes Stellwerk und zu ihrer Rechten verlief die stillgelegte Strecke nach Galway.

»Was ist das da drüben?« Sie deutete auf eine Reihe verfallener Gebäude.

»Das müssten wir Jimmy fragen«, sagte Boyd.

»Das waren früher einmal Warteräume.«

Lottie zuckte zusammen, als der Bahnwärter hinter ihr auftauchte. »Sie haben mich fast zu Tode erschreckt«, sagte sie. Aber sie fand ihre Fassung schnell wieder und schob hinterher: »Wofür werden die Gebäude heute genutzt?«

»Gar nicht. Sie sind baufällig und voller Ungeziefer. Niemand wagt sich mehr da hin.« Er drehte sich um. »Wenn sie diesen Bahnhof schließen, wird alles hier genauso verfallen. Unser kulturelles Erbe wird dem Vergessen anheimgegeben, und das alles mit nur einem Federstrich in irgendeinem schicken Büro in Dublin.«

»Ich glaube nicht, dass der Bahnhof geschlossen wird«, sagte Boyd.

Jimmy warf ihm einen Blick zu, der wohl so viel heißen sollte wie: Was wissen Sie denn schon darüber?

»Tja, wenn diese junge Frau im Zug geschnappt und entführt wurde, was glauben Sie, wie meine Pendler darauf reagieren?«

»Wir haben keine Beweise dafür, dass sie schon im Zug auf ihren Entführer getroffen ist«, sagte Lottie. »Oder wissen Sie vielleicht etwas, das Sie uns verschweigen?«

»Diese Bemerkung nehme ich Ihnen übel, und wenn es Ihnen nichts ausmacht, würde ich Sie bitten, weiterzugehen, denn in diesem Bereich ist der Zutritt verboten. Schutzmaßnahmen. Sie wissen schon.«

Lottie folgte Jimmys Anweisung, aber erst, nachdem sie ihm einen strengen Blick zugeworfen hatte, den er nach Kräften erwiderte.

»Haben Sie auch hier gearbeitet, als Lynn O'Donnell verschwunden ist?«, fragte sie.

»Was, wenn es so wäre?«

»Es gibt keinen Grund, sich angegriffen zu fühlen. Ich überprüfe ihren Fall gerade noch einmal.« Lottie bemerkte, dass Boyds Blick skeptisch auf ihr ruhte. Scheiß drauf. »Erinnern Sie sich noch daran?«

»Das ist lange her.«

»Zehn Jahre.«

»Das ist eine lange Zeit.«

»Für jemanden, der schon seit vierzig Jahren hier arbeitet?«, warf Lottie ein. »Im Vergleich ist das gar nicht lange her.«

»Sie müssen in den Akten nachsehen, denn ich kann mich nicht mehr daran erinnern.« Er drehte sich zu den stillgelegten Gleisen um.

»Das werde ich tun. Und dann komme ich wieder.«

Als sie über den Bahnsteig entlang wieder zurückliefen, sagte Lottie: »Er weiß irgendetwas.«

»Den Eindruck habe ich auch«, sagte Boyd. »Wir sollten ihn besser im Auge behalten.«

»Ich glaube eher, er behält uns im Auge«, sagte Boyd und deutete mit dem Kopf zur Seite.

Maguire stand an der Tür des alten Warteraums und beobachtete sie. Als sie den Bahnhof verließen, spürte Lottie, dass er ihnen immer noch nachblickte. Sie bereute es, dass sie sich dazu entschieden hatten, zu Fuß zu gehen, anstatt mit dem Auto zu fahren. Denn selbst als sie die

Brücke oben auf dem Hügel erreichten, hatte Lottie das Gefühl, beobachtet zu werden.

———

Die Frau reihte sich mit ihrem Wagen in den Verkehr ein und beobachtete dabei die beiden Kriminalbeamten, die den Hügel hinaufgingen. Sie spielte mit dem Gedanken, zum Bahnhof zurückzukehren, um zu sehen, was sie herausgefunden hatten, kam aber zu dem Schluss, dass sie besser ein Auge auf Lottie Parker haben sollte.

Denn sie wusste: Wohin auch immer die Kommissarin ging, sie hinterließ Spuren. Sie würde irgendwann einen Fehler machen, so viel war sicher.

Und dann würde sie, Cynthia Rhodes, bereitstehen, um ihr den Todesstoß zu versetzen.

ACHTUNDDREISSIG

Lottie stemmte sich gegen die Kälte und ging mit Boyd zusammen die Main Street entlang. An einem Laternenpfahl blieb sie stehen und riss einen Zettel ab. »Jemand hat Flugblätter aufgehängt und sucht nach Hinweisen zu Lynn O'Donnells Verschwinden.«

»Die tauchen jedes Jahr auf«, meinte Boyd. »Du hast dir doch schon einen Mordfall aufgehalst, also lass dich nicht ablenken.«

»Da ist noch einer«, sagte sie. »Ich werde mir auf jeden Fall die Akte mit dem ungeklärten Fall durchlesen.«

»Lottie!«

»Nicht während der Arbeitszeit, sondern in meiner Freizeit.«

»Du hast keine Freizeit. Ich kenne dich doch. Lass es einfach gut sein.«

»Boyd, kannst du nicht einfach mal die Klappe halten?«

Sie würde es nicht gut sein lassen. Nicht, ohne vorher einen Blick in die Akte zu werfen. Superintendent Corrigan wollte das so. Nur für den Fall, dass es vielleicht eine Verbindung zu dem Mord an Elizabeth Byrne gab.

Sie überholte Boyd und ging vorweg. Warum war sie bloß so empfindlich? Vielleicht hatte sie doch nicht zwei Pillen genommen, sondern nur eine. Sie verlor langsam den Überblick.

In der Einsatzzentrale herrschte Hochbetrieb. Die Telefone klingelten ununterbrochen. »Was ist hier los?«, fragte Lottie.

Kirby hatte sich ein Telefon zwischen Kinn und Schulter geklemmt. »McMahon hat eine Presseerklärung abgegeben, in der er die Öffentlichkeit um Mithilfe dabei bittet, nachzuvollziehen, wo sich Elizabeth Byrne in den Stunden vor ihrem Tod aufgehalten hat.«

»Ich dachte, das wäre mein Fall«, sagte Lottie und stemmte die Hände in die Hüften.

»Es könnte etwas dabei herauskommen«, sagte Boyd.

»Wahrscheinlich hat er es vermasselt und jetzt wird jeder Spinner in der Stadt hier anrufen.« Sie setzte sich auf einen Stuhl und sah zu den Falltafeln hinüber. »Glück gehabt, was die Kameras in den Zügen angeht?«

»Die Zentrale sagt, dass sie die Aufnahmen nur zwei Tage lang aufbewahren, danach werden sie überschrieben«, erklärte Boyd. »Aber sie gucken mal, was sie noch finden können.«

»Ist wahrscheinlich eine Sackgasse. Gibt es sonst irgendwelche guten Neuigkeiten, Kirby?«

Er beendete das Gespräch und sah in einer Akte nach. »Der Mobilfunkprovider gibt an, dass Elizabeths Handy zuletzt in der Gegend von Ragmullin geortet werden konnte. Einen genauen Standort konnten sie uns noch nicht mitteilen. Aber es hat seit Montagabend, 18:30 Uhr, kein Signal mehr gesendet.«

»Der Mörder hat es wahrscheinlich auseinandergenommen und zerstört.« Lottie starrte immer noch auf die dürftigen Informationen auf der Falltafel. »Gibt es etwas Neues im Fall Bridie McWard?«

»Nein.«

»Hat sie sich im Krankenhaus behandeln lassen?«

»Sie hat sich geweigert.«

Lottie drehte sich zu Lynch um, die den Kopf gesenkt hielt. »Und gibt es irgendetwas Neues wegen Matt Mullin?«

Lynch tauschte einen Blick mit Kirby und zuckte dann mit den Schultern. »Ich arbeite daran.«

»Was zum Teufel ist heute los mit Ihnen? Ich will Antworten und nicht, dass wir unsere Zeit mit unsinnigen Telefonaten vertrödeln. Konzentrieren Sie sich auf die richtige Arbeit.« Sie machte eine Pause, um Luft zu holen. »Verdammt, ich brauche einen Kaffee.«

Lottie machte sich mit Boyd im Schlepptau auf den Weg zur Küche. Dort goss sie Wasser aus dem Kessel in zwei Becher, nahm dann einen davon und führte ihn an die Lippen. Boyd nahm den anderen.

»Ich glaube, du hast zwei Löffel Kaffee reingetan«, sagte er.

»Dann ist das ist meiner. Nimm den hier. Ich muss wach bleiben.«

McMahon ging vorbei, machte dann kehrt und kam wieder zurück.

»Dieser Bereich ist tabu. Benutzen Sie die Kantine.«

Lottie hob ihren Becher an die Lippen und trank langsam einen Schluck. »Und wer sagt das?«

»Ich sage das. Diese Küche verstößt gegen jede existierende Gesundheitsvorschrift.«

»Wir benutzen sie seit geschlagenen drei Jahren.«

»Sie haben eine nagelneue Kantine, und dort machen Sie gefälligst auch Ihre Pausen. Außerdem bin ich mit dieser ständigen Teekocherei nicht einverstanden.«

»Das ist Kaffee.«

»Wollen Sie jetzt klugscheißen?«

Lottie schüttelte den Kopf und roch an ihrem Getränk. »Ist vielleicht ein bisschen stark, aber definitiv Kaffee.«

McMahon richtete sich zu seiner vollen Größe auf. »Diese Küche wird heute noch demontiert.«

Damit verzog er sich wieder auf den Flur. Lottie schüttelte den Kopf und öffnete den Mund, um etwas zu sagen.

»Kein einziges Wort«, warnte Boyd.

»Dann eben zwei Wörter. Kompletter Schwachfug.«

Sie stürmte zurück in ihr Büro und verschüttete dabei überall Kaffee.

Ihr Telefon klingelte. McGlynn.

»Ich habe da etwas, das Sie interessieren wird«, sagte er. »Auf dem Friedhof.«

»Bin schon unterwegs.« Sie zog ihre Jacke an und ging nach draußen.

Auf dem Platz vor dem Friedhof parkten keine Fahrzeuge mehr, dafür hatte man ein Zelt von dort aus über den Container gespannt. Ein zweiter Bereich, der der Untersuchung des Mülls diente, war ebenfalls überdacht worden. Drei Spurensicherungsbeamte durchkämmten die Säcke, die sie aus dem Container gefischt hatten, einen nach dem anderen.

»Wir dachten, es ist gehupft wie gesprungen, deswegen untersuchen wir das gleich hier«, erklärte McGlynn. »Wenigstens sind wir so vor dem Medienrummel und den Gaffern geschützt.«

»Was haben Sie gefunden, außer Müll?«

»Wie Sie sehen, handelt es sich hauptsächlich um Hausmüll. Leute, die zu geizig oder zu arm sind, um ihre Abfallgebühren zu bezahlen, haben den Container wohl als private Müllkippe benutzt. Aber ich habe da drüben einen Sack, der Sie interessieren wird.«

Lottie folgte ihm in die Ecke des Zeltes. Der Geruch war schlimmer als alles, was sie in der Leichenhalle erlebt hatte. Der Abfall faulte bereits, darunter Essensreste, Verpackungen und alles, was man in einem Küchenmüll-eimer so finden konnte.

»Mein Gott«, sagte sie. »Das ist ja mal eine undankbare Aufgabe.«

»Eine verwesende Leiche wäre mir auch lieber«, sagte McGlynn. »So, da wären wir.«

Auf einem ausklappbaren, teflonbeschichteten Tisch erspähte Lottie, was McGlynn in solche Aufregung versetzt hatte. Da lagen eine schwarze Lederjacke, ein grauer Kapu-zenpulli, eine blau karierte Bluse, Bluejeans, ein Paar knöchelhohe schwarze Lederstiefeletten, flauschige weiße Socken, ein pinkfarbener BH und weiße Unterhosen.

Lottie wollte die Jacke anfassen.

»Warten Sie.« McGlynn reichte ihr ein Paar Gummi-handschuhe.

Sie starrte auf die Kleidung. »Das sind ihre Sachen. Es muss so sein. Niemand würde eine Eins-a-Lederjacke wegwerfen.«

»Es sei denn, sie gehörte jemandem, den man umge-bracht hat oder den man gleich umbringen möchte.«

»Überprüfen Sie die Sachen auf DNA oder andere Spuren ...«

»Ich weiß, was ich zu tun habe, Detective Inspector.«

»Ist keine Handtasche aufgetaucht?«

»Bis jetzt nicht.«

»Kann ich das hier fotografieren? Ich möchte ihrer Mutter Bilder zeigen, damit sie die Sachen identifizieren kann.«

»Das war alles nass.«

»Nass?«

»So, als wären die Sachen in ein Wasserbad getaucht worden. Ich überprüfe das.«

»Danke. Den Bildern der Überwachungskameras nach bin ich sicher, dass Elizabeth eine Jacke und Jeans in dieser Art getragen hat. Gute Arbeit.«

»Ich mache nur meinen Job. Ich packe die Kleidung in Beutel und lasse sie genauer untersuchen.«

»Sagen Sie mir Bescheid, sobald ...«

»Ja, ja. Ich sage Ihnen Bescheid, sobald ich etwas weiß.«

»Er muss irgendwo auf ihrer Kleidung DNA-Spuren hinterlassen haben.« Lottie legte ihre Füße auf dem Papierkorb ab und rief die Worte von ihrem Schreibtisch aus ins Großraumbüro hinaus.

»Das Ganze sieht aus, als hätte er die Entführung genau durchdacht«, sagte Boyd.

»Ach, dann hat er sie wohl absichtlich über den Friedhof laufen lassen?«

»Alles ist denkbar.«

»Ich wünschte, wir hätten auch nur die geringste Ahnung, mit was wir es hier zu tun haben. Verdammt, wir wissen ja nicht einmal sicher, von wo sie entführt wurde. Ihr Verbleib in den Stunden zwischen sechs Uhr abends und drei Uhr morgens ist völlig unklar.« Lottie nahm ihre Füße herunter. »Lynch! Ich muss wissen, wo Matt Mullin ist.«

»Ich habe veranlasst, dass sein Reisepass überprüft wird«, rief Lynch zurück.

»Was hat die Bank gesagt?«

»Er wurde vor Weihnachten entlassen.«

»Was?« Lottie sprang auf und eilte aus ihrem Büro. »Dann muss er zu Hause sein.«

»Gestern hat niemand aufgemacht.«

»Versuchen Sie es noch einmal.«

»Aber ich muss ...«

»Jetzt sofort. Kirby begleitet Sie.« Lottie drehte sich zu Boyd um und betrachtete seinen sorgfältig aufgeräumten Schreibtisch. »Gibt es auf der Liste derjenigen, die in den Rochfort Gardens laufen, irgendetwas Interessantes zu sehen?«

»Nichts Erwähnenswertes. Ich habe die Seiten eingescannt und alle Namen mit dem Computer erfasst, aber mir ist nichts aufgefallen.«

»Ist Elizabeth jedes Wochenende gejoggt?«

»Die Listen gehen zurück bis zur Woche nach Weihnachten. Der einzige Tag, an dem sie gefehlt hat, war letzter Sonntag.«

»Laut ihrer Mutter hatte sie an diesem Tag einen üblen Kater.« Lottie beugte sich über seine Schulter und spähte auf die Liste auf seinem Bildschirm. »Ist es jedes Wochenende dieselbe Gruppe?«

»Mehr oder weniger. Ich versuche, sie irgendwie nach Kriterien zu ordnen.«

»Gut. Danach müssen wir jeden einzelnen auf dieser Liste befragen.«

»Was ist mit den Befragungen im Pflegeheim?«

»Ich habe Lynch oder Kirby gebeten, sich darum zu kümmern.« Sie warf einen Blick zu deren unbesetzte

Schreibtischen. »Scheiße, ich habe sie gerade losgeschickt, um Mullin aufzuspüren.«

»Ich habe den Bericht überprüft, den die Beamten, die im Pflegeheim waren, geschrieben haben. Keiner hat etwas gehört oder gesehen.«

»Ich fahre einfach selbst hin. Ich will mich da sowieso mal umsehen.«

»Soll ich mitkommen?«

»Du machst mit der Liste der Läufer weiter. Ich hole mir ein Sandwich und dann fahre ich hin. Danach spreche ich wegen der Kleidung kurz mit Elizabeths Mutter.«

»Kommst du anschließend wieder her?«

»Bist du jetzt meine Mutter oder was?«

»Tut mir leid, war nur 'ne Frage.«

Lottie seufzte. Sie konnte nicht sagen, warum Boyd ihr heute auf die Nerven ging, aber er tat es. »Im Anschluss gehe ich nach Hause. Katie reist morgen ab und ich muss ihr noch beim Packen helfen. Ich will gar nicht daran denken.«

»Sie wird furchtbar viel Spaß haben.«

»Was du nicht sagst.« Sie warf einen Blick auf die Uhr. »Und vergiss nicht, Grace vom Bahnhof abzuholen.«

»Als ob ich das vergessen würde«, erwiderte er.

Das Sandwich blieb ihr förmlich im Halse stecken. Ich sollte einfach keine Zwiebeln essen, sagte sich Lottie. Gott, was würde sie jetzt für einen Drink geben. Einen alkoholischen. Nur um sich einen Moment lang entspannen zu können. Einen. Nur einen.

Später. Heute Abend. Vielleicht, zumindest.

»Ich weiß nicht, wie wir Ihnen weiterhelfen können.« Peadar Kane, der Leiter des Pflegeheims, führte sie in sein Büro. Er war groß und schlank, und nur noch ein schmaler Haarstreifen schlängelte sich über seinen fast kahlen Kopf.

»Das ist ein sehr schönes Gebäude. Sie arbeiten sicher gern hier.« Lottie betrieb normalerweise keinen Small Talk, aber weil die Bewohner und das Personal bereits befragt worden waren, wusste sie, wenn sie ehrlich war, selbst nicht genau, was sie hier wollte.

»Jedenfalls ist es viel schöner als das alte Heim.«

»Wird das alte Gebäude denn noch genutzt?«

»Nein. Aus Gesundheitsschutzgründen geht das nicht.«

»Gesundheitsschutz, der Fluch meines Lebens«, sagte

Lottie und dachte an McMahon und ihre behelfsmäßige Küche.

»Man kann gar nicht vorsichtig genug sein, wenn es um ältere Menschen geht. Sie sind körperlich nicht so belastbar wie wir.«

»Das stimmt wohl.« Sie fragte sich, wie es ihrer Mutter heute ging. Besser, hoffentlich. »Haben Sie hier eine Mrs McWard?«

»Queenie? Ja. Im zweiten Stock. Möchten Sie sie sprechen?«

»Ja. Und ich würde mich gern ein bisschen umsehen.«

»Bitte sehr. Ich habe in ein paar Minuten eine Besprechung, aber ich gebe Ihnen einen Besucherausweis, dann haben Sie Zugang zu allen Bereichen.«

»Das wäre wunderbar.«

Nachdem er ihr den Ausweis und die Zimmernummer von Queenie gegeben hatte, geleitete er sie aus seinem Büro. Ein Mann kam auf sie zu. Seine Haut hatte eine gräuliche Farbe und die Trauer in seinen dunklen Augen sprach Bände.

»Ah, Donal. Schön, dass Sie vorbeikommen«, sagte Kane. »Ich habe mir Sorgen um Sie gemacht. Nehmen Sie doch in meinem Büro Platz, ich bin sofort bei Ihnen.«

Der Mann senkte den Kopf und schlurfte in das warme Büro.

»Armer Donal. Er arbeitet hier schon seit einer Ewigkeit als Pförtner. Seine Frau ist vor ein paar Wochen verstorben und ich muss mit ihm darüber sprechen, wann er wieder zur Arbeit kommt.«

»Lassen Sie sich von mir nicht aufhalten.«

»Wenn ich sonst noch etwas für Sie tun kann, sagen Sie bitte Bescheid.«

Kane folgte seinem Angestellten ins Büro und Lottie

begann ihren Rundgang durch die Einrichtung. Gedankenverloren fragte sie sich, ob es Rose hier gefallen würde. Aber so schnell, wie ihr der Einfall gekommen war, verwarf sie ihn auch wieder. Rose Fitzpatrick würde eher sterben, als in ein Pflegeheim zu ziehen.

———

Gilly O'Donoghue gab das Ruder an Dan ab, der zu spät zu seinem Dienst am Empfangsschalter gekommen war. Sie nahm ihre Tasche und eilte zur Tür, froh, dass ihre Schicht zu Ende war. Sie musste schnell nach Hause, um vor dem Theaterstück noch etwas zu essen, zu duschen und ein bisschen Make-up aufzulegen. Gerade hatte sie ihren Mantel angezogen, als Boyd über den Flur auf sie zukam.

»Hey, Gilly, kann ich dich noch kurz sprechen, bevor du gehst?«

»Ich habe es heute Abend ein bisschen eilig. Worum geht es denn?«

»Ich weiß nicht genau. Es ist nur so eine Ahnung, dass du etwas gesehen haben könntest.« Er zeigte ihr die Kopien der Seiten aus dem Hauptbuch der Rochfort Gardens. »Mir ist aufgefallen, dass du hier joggen gehst.«

»Ja, das mache ich. Wenn ich nicht im Dienst bin. Wieso?«

»Ich habe deinen Namen auf einer der Listen entdeckt. Kanntest du Elizabeth Byrne?«

»Die junge Frau, die ermordet wurde? Nein. Warum?«

»Sie war jedes Wochenende zum Joggen in den Rochfort Gardens. Ich dachte nur, du hättest sie vielleicht gesehen, oder dir wäre jemand aufgefallen, der sich in ihrer Nähe verdächtig verhalten hat.«

»Ich habe ihr Foto auf der Falltafel gesehen, aber sie

kommt mir nicht bekannt vor. Soll ich in dem Fall verdeckt ermitteln?«

»Wir versuchen, alle, die auf der Liste stehen, zu kontaktieren, und ich glaube, Lottie möchte, dass wir die verbleibenden Leute am Samstagmorgen vor ihrer Laufrunde befragen, daher wäre mir deine Hilfe dabei sehr willkommen.«

»Also keine verdeckten Ermittlungen?« Sie hätte gerne ein wenig Detektivarbeit übernommen. Das wäre ihr bei ihrem Ziel, Sergeant zu werde, vielleicht nützlich gewesen.

Boyd schüttelte den Kopf. »Aber falls du dich an irgendetwas erinnerst, das dir ungewöhnlich vorkommt, lass es mich wissen.«

»Das ist aber ein Schuss ins Blaue, oder?«

»Inzwischen ist mir alles recht, was uns irgendwie dem Ziel näherbringt.«

Boyd drehte sich um und ging. Gilly musste an Mollie denken, die ebenfalls an den Wochenenden joggten, und drückte die Schnellwahltaste ihres Telefons. Nichts. Nicht einmal die Mailbox. Wo war sie bloß? Sie überlegte, auf dem Heimweg bei ihr vorbeizuschauen. Aber ein Blick auf die Uhr machte ihr klar, dass sie ohnehin keine Zeit mehr hatte. Sie würde bei ihr vorbeischauen, nachdem Kirby sie für ihre Verabredung abgeholt hatte.

———

Sie starrte ihn schon wieder an. Saß im Waggon C, auf dem letzten Platz. Er hatte sie beim Einsteigen beobachtet Ihr neugieriges Köpfchen hatte sich überall umgesehen. Nach wem suchte sie denn? Doch wohl nicht nach der Beute, die er gestern geschnappt hatte?

Er überlegte, ob er sich neben sie setzen sollte. Sich mit ihr unterhalten. Nur um zu sehen, was er aus ihr herausbekommen könnte. Aber dann beschloss er, dass das Leben zu kurz war, um sich solche Qualen zuzumuten. Stattdessen fokussierte er sich darauf, später seine Beute zu besuchen. Er ging in Gedanken die Checkliste durch. Den Laptop und das Handy hatte er entsorgt, genau wie ihre Kleidung und ihre Tasche. Sie waren in ganz Dublin verstreut. Keine Spur führte zu ihr. Und schon gar nicht zu ihm.

Ein zufriedenes Lächeln legte sich auf seine Lippen, aber er verkniff es sich sofort wieder. Die kleine Schlampe durchbohrte ihn förmlich mit ihren stechenden Blicken. Pass auf, dass du mir nicht lästig wirst, dachte er, sonst weiß ich zufällig einen Ort, an dem dich niemals jemand finden wird.

Sie ging ihm so sehr auf die Nerven, dass selbst der immer schneller werdende Rhythmus des Zuges sein Unbehagen nicht lindern konnte. Das unangenehme Gefühl lastete auf seinen Schultern und schien seine Knochen knirschend gegeneinander zu bewegen. Er würde die Fahrtzeit damit verschwenden müssen, darüber nachzudenken, wie er sie loswerden könnte, anstatt die Vorfreude auf sein neues Spielzeug zu genießen. Das wird dir noch leidtun, du Schlampe, schwor er sich stumm.

———

Obwohl das Gebäude neu war, hing ein merkwürdiger, irgendwie alt anmutender Geruch in der Luft. Lottie nahm ihn wahr, aber sie konnte nicht sagen, woher er kam. Die Zimmer waren hell und luftig und die meisten Bewohner schienen mit ihrem Los zufrieden zu sein.

Sie fuhr mit dem Aufzug in den obersten Stock und stellte sich vor das riesige Fenster. Es dämmerte bereits, aber von dort oben konnte sie trotzdem noch direkt auf den Friedhof sehen.

Sie starrte hinunter zu dem Fundort von Elizabeths Leiche. Das klaffende, offene Grab harrte immer noch der Bestattung von Mrs Green. Pater Joes Gesicht schoss Lottie durch den Kopf und ihr Finger wischte unwillkürlich über das Display ihres Handys. Sie würde sich so gerne mal mit ihm unterhalten. Aber das wäre ein Fehler. Sie beide hatten in der Vergangenheit zu viel Schmerz durch ihre jeweiligen Familien erfahren, und es ging ihr ohnehin schon schlecht genug, auch ohne dass sie diese Wunden wieder aufriss.

»Das ist kein schöner Ausblick«, bemerkte eine Stimme hinter ihr.

Sie wirbelte auf dem Fußballen herum. Der Mann, den sie kurz zuvor vor Kanes Büro gesehen hatte, blieb neben ihr stehen.

»Es ist auch ein düsterer Abend«, sagte Lottie vorsichtig.

»So viele arme Seelen sind da draußen begraben.«

»Das mit Ihrer Frau tut mir leid. Waren Sie lange verheiratet?«

»Zu lange, jedenfalls.« Er legte eine Hand auf Lotties Schulterblatt. Seine Finger wogen schwer. Dann ging er auf demselben Weg, den er gekommen war, wieder zurück, aber der Schmerz strahlte von ihrer Wirbelsäule bis in ihren Nacken aus. Seine Hand hatte genau die Stelle getroffen, an der sie die Stichwunde erlitten hatte. Aber noch mehr Unbehagen rief sein frostiger Tonfall in ihr hervor. Die Härchen in ihrem Nacken stellten sich auf, während sie ihm nachsah.

Sie schüttelte sich. Sie machte diesen Job schon zu lange, dachte sie, wenn ihr selbst wegen eines alten Mannes, den sie gar nicht kannte, ein kalter Schauer über den Rücken lief.

VIERZIG

Matt Mullins Elternhaus stand an der alten Dublin Road am Stadtrand von Ragmullin. Es war ein großes, zweistöckiges Gebäude mit roter Backsteinfassade, die an den Hausecken und unter den Fensterbänken Anzeichen von Feuchtigkeit aufwies. Ein schmaler Weg führte zur Eingangstür. Die Bäume auf dem Grundstück hinter dem Haus waren gefällt worden und der Boden wurde gerade aufgebaggert. Lastwagen und Bagger schienen soeben ihre Arbeit für diesen Tag zu niederzulegen.

Lynch drückte auf die Türklingel und hoffte fast, dass Mrs Mullin nicht da sein würde. Sie fror und wollte nach Hause.

»Was ist denn da los?«, fragte Kirby.

»Da wird neue Schule gebaut.« Sie lehnte sich wieder gegen die Klingel.

»Ein guter Ort, um eine Leiche verschwinden zu lassen.«

»Wirst du wohl den Mund halten?«

»Das Mädchen, das vor zehn Jahren verschwunden ist«, begann Kirby und zog an seiner Zigarre, bevor er sie zwischen zwei wulstigen Fingern ausdrückte. »Sie könnte in so einer Gegend verscharrt worden sein. Hier war früher einmal ein Wald.«

»Und du glaubst, dass die Bauarbeiter jetzt plötzlich ihre Leiche finden könnten?«

»Möglich wär's.«

Sie beobachtete, wie Kirby den Zigarrenstummel in der Innentasche seiner Jacke versteckte, als die Tür geöffnet wurde. Eine Frau um die Fünfzig mit einem länglichen, feinknochigen Gesicht mit hoher Stirn und stechendem Blick betrachtete ihre Dienstausweise.

»Sie haben am Telefon gesagt, es ginge um meinen Sohn.« Sie zwirbelte ihr blondes Haar um einen Finger und warf es dann über eine Schulter zurück. Wahrscheinlich eher aus Effekthascherei als aus Nervosität, dachte Lynch.

»Ja, das stimmt. Können wir reinkommen?«

Mrs Mullin drehte sich um und ging über den breiten Flur. Lynch bemerkte die teure Einrichtung.

»Schönes Haus.«

»Wir haben es vor fünf Jahren gekauft. Kam nach der Bankenkrise auf den Markt.«

Sie führte sie in den Wohnbereich mit zwei bodentiefen Fenstern. Ein großer Baum vor dem Haus tauchte das Zimmer in Schatten. Sie schaltete eine Lampe ein. »Setzen Sie sich bitte.«

Lynch und Kirby nahmen auf zwei Sesseln gegenüber der Frau Platz.

»Wir haben versucht, Matt aufzuspüren, aber bisher hatten wir kein Glück«, begann Lynch. »Wissen Sie, wo er sein könnte oder wie wir ihn erreichen könnten?«

»Natürlich weiß ich das.«

»Ist er hier?« Lynch klappte ihr Notizbuch zu und schob ihren Stift durch das Zopfgummi ihres Pferdeschwanzes. »Wir dachten, er arbeitet in Deutschland, aber die Bank hat uns mitgeteilt, dass er vor Weihnachten entlassen wurde. Auf unsere Anrufe hat er nicht reagiert. Ich würde gerne mit ihm sprechen.«

»Ich fürchte, das ist ausgeschlossen.«

»Aber für unsere Ermittlungen ist es zwingend nötig, dass er uns einige Details bestätigt.«

»Und was für Ermittlungen wären das bitte?«

Lynch bemerkte den warnenden Blick, den Kirby ihr zuwarf. Jetzt war Taktgefühl gefragt.

»Das müsste ich mit Matt persönlich besprechen«, sagte sie. »Können Sie mir sagen, ob er im Moment zu Hause ist?«

»Es geht ihm nicht gut. Wenn Sie die Angelegenheit nicht mit mir besprechen möchten, kann ich Ihnen leider nichts weiter sagen.«

Mrs Mullin stand auf und knöpfte ihren Cardigan zu. Auch ihre Jeans sah teuer aus, wahrscheinlich von einem Designer-Label.

Lynch blieb sitzen und sah zu der hochgewachsenen Frau auf. »Wenn er hier ist, hat er sicher nichts dagegen, uns zwei Minuten seiner Zeit zu schenken. Nur damit wir ihn von unseren weiteren Ermittlungen ausschließen können.«

»Da Sie mir nicht einmal sagen wollen, worum es bei diesen Ermittlungen geht, kann ich Ihnen nicht helfen.« Sie schloss den Mund und ihr schmales Gesicht verharrte angespannt in einer verbissenen Miene.

»Es geht um einen Mord«, platzte Lynch heraus.

Mrs Mullin setzte sich wieder hin. »Wer wurde ermordet und warum glauben Sie, dass mein Sohn bei den Ermittlungen befragt werden muss?«

Lynch seufzte. Das war ein hartes Stück Arbeit. »Das Mordopfer heißt Elizabeth Byrne.«

»Ich habe davon gehört. Das arme Mädchen. Aber das hat rein gar nichts mit Matt zu tun. Sie haben sich vor einem Jahr getrennt. Sie hat ihm das Herz gebrochen.«

Lynch schaute mit hochgezogener Augenbraue zu Kirby und sagte: »Nach unseren Informationen hat Matt mit Elizabeth Schluss gemacht.«

»Dann wurden Sie falsch informiert.«

»Also hat Elizabeth die Beziehung beendet?«

»Korrekt. Am Valentinstag. Wie kann man nur so grausam sein?«

»Und daraufhin ist er nach München gezogen?« Lynch hatte ihr Notizbuch wieder hervorgezogen.

»Sie hat meinen Jungen von mir weggetrieben. Das werde ich ihr niemals verzeihen.«

»Mrs Mullin, wo ist Matt?« Lynch hatte die Nase voll von diesem Eiertanz.

»Wenn Sie mit ihm sprechen möchten, können Sie einen Gerichtsbeschluss erwirken oder eine Vorladung oder wie auch immer Sie das nennen.«

»Kann er nicht selbst entscheiden, ob er mit uns reden möchte?«

»Ich begleite Sie hinaus.« Mrs Mullin stand auf und ging zur Tür.

Kirby drehte den Kopf zur Seite und sah Lynch an. »Was sollen wir machen?«, formulierte er tonlos mit den Lippen.

»Könnte ich Ihre Toilette benutzen, bevor wir gehen?« Lynch folgte ihr zur Tür. »Ich müsste wirklich dringend.«

»Diese Masche zieht bei mir nicht. Es wäre mir lieber, wenn Sie sich einfach verpissen.«

Die derben Worte aus einem so feinen Mund trafen Lynch unvorbereitet. »Was?«

»Ich möchte, dass Sie beide mein Haus verlassen.«

»Sagen Sie Matt, er soll auf dem Revier vorbeikommen«, erwiderte Lynch. »Wir müssen mit ihm reden.«

Statt einer Antwort wurde die Tür hinter ihnen geschlossen.

Lynch setzte sich ins Auto und heftete ihren Blick auf die Fenster im Obergeschoss. Kirby ließ den Motor an und fuhr die Straße entlang.

»Du warst eben ein bisschen launisch«, sagte er.

»Ich bin schwanger.«

»Ach, komm! Das kann nicht dein Ernst sein.«

»Ist es aber.«

»Mein Gott, Lynch. Schwanger?« Kirby tastete in seiner Tasche nach seiner Zigarre. »Tja, das ist keine Entschuldigung dafür und das weißt du auch. Unser Boss wird dich durch die Mangel drehen, wenn Mrs Mullin sich beschwert.«

»Worüber sollte sie sich beschweren? Sie war diejenige, die sich aufgeführt und keine einzige Frage beantwortet hat. Außerdem wird sie sich nicht beschweren. Sie will keine Aufmerksamkeit erregen.«

»Wie meinst du das?«

»Wir müssen dringend mit ihrem Sohn sprechen, das meine ich.«

»Er könnte überall sein.«

»Er war zu Hause, ganz sicher. Warum glaubst du wohl, wollte er nicht herunterkommen und uns sagen, wo er am Montagabend war?«

»Das bildest du dir ein, Lynch.« Kirby steckte sich die halb gerauchte Zigarre zwischen die Lippen. »Ich glaube nicht, dass außer Mrs Mullin noch jemand in dem Haus war.«

Schweigend fuhren sie durch die Stadt. Als sie in der Main Street ankamen, murmelte Kirby: »Schwanger? Mein Gott, Lynch, wie konnte das passieren?«

»Was glaubst du wohl?« Sie stieg aus dem Auto und ließ ihn kopfschüttelnd zurück.

Bridies Auge war fast vollständig zugeschwollen, aber immerhin schlief der kleine Tommy endlich tief und fest in seinem Bettchen. Sie stand am Fenster ihres kleinen Hauses und starrte hinaus auf die Betonmauer.

Die arme ermordete Frau. Es mussten ihre Schreie gewesen sein, die sie neulich in der Nacht gehört hatte. Vielleicht hätte sie doch direkt die Polizei rufen sollen. Aber was hätte die tun können? Das arme Ding war ja kurz darauf schon tot gewesen. Also warum war da draußen jemand, der nicht wollte, dass sie etwas sagte? Die Leiche war doch schon lange gefunden worden. War ihr Angreifer derjenige, der das Byrne-Mädchen ermordet hatte, oder wollte er sie wegen etwas ganz anderem zum Schweigen zu bringen?

Paddy.

Es musste etwas mit Paddy zu tun haben. Und warum ging er nicht an sein Handy?

Sie nahm ihr iPhone in der Glitzerhülle und wählte erneut seine Nummer. Noch immer nahm niemand ab. Sie hinterließ ihm noch eine Nachricht, mit der Bitte, sich so schnell wie möglich bei ihr zu melden.

Mehr konnte sie im Moment nicht tun.

EINUNDVIERZIG

Lottie fragte eine Pflegerin, ob sie mit Queenie McWard sprechen könnte, und saß bald darauf am Bett der alten Frau.

Sie sah zerbrechlich aus. Auf der Nase trug sie eine Brille mit schmalem Rahmen und einer langen Brillenkette aus Gold. Ihr graues Haar mit einer hübschen Dauerwelle umrahmte ihr Gesicht wie ein Gemälde. Die gespenstisch wirkenden Hände hatte sie vor der Brust gefaltet, die Perlen eines Rosenkranzes waren durch ihre Finger geschlungen. Ihre Lippen bewegten sich schnell und stumm.

»Mrs McWard?«, fragte Lottie. Sie antwortete nicht, aber die Bewegung ihrer Lippen beschleunigte sich. »Kann ich mich mit Ihnen unterhalten?«

Die alte Frau riss die Augen auf, ihre Brille fiel von ihrer Nase auf ihre Brust und die Rosenkranzperlen glitten aus ihren Händen.

»Jetzt bin ich durcheinandergekommen. Ich weiß nicht mehr, ob das mein fünftes oder mein sechstes Ave Maria war.« Ein dunkelbraunes Augenpaar musterte Lottie mit bohrendem Blick. »Was wollen Sie?«

Queenies Mund war zahnlos und Lottie bemerkte, dass ein Gebiss in dem Glas auf dem Nachttisch lag.

»Es tut mir leid, dass ich Sie störe, aber ich war gerade in der Nähe und dachte, ich sage mal Hallo.« Sie überkreuzte ihre Finger.

»Das ist eine Lüge. Sagen Sie mir, warum Sie hier sind, junge Dame, und dann lassen Sie mich weiter beten.«

»Ich habe mit Ihrer Tochter gesprochen.«

»Mit welcher?«

»Mit Bridie.«

»Was hat ihr nutzloser Ehemann jetzt wieder angestellt? Ich hoffe, er hat sie nicht geschlagen. Allerdings würde mich das nicht überraschen, schließlich ist sein Vater ein Cousin dritten Grades meines Mannes, Gott hab ihn selig, den Räuber.«

»Ah, ich habe mich schon gefragt, warum Sie und Bridie denselben Nachnamen haben.«

»Jetzt wissen Sie es.«

»Bridie glaubte, sie hätte neulich in der Nacht eine Banshee gehört. Wie sich herausgestellt hat, waren es die Schreie einer jungen Frau, deren Leiche wir später gefunden haben. Sie wurde ermordet.«

»Dann war es ganz sicher die Banshee. Sie hat den Tod der Frau, von der Sie sprechen, angekündigt. Ihr glaubt nicht an die Banshee, aber mein Volk schon. Warum belästigen Sie mich?«

»Sie haben schon einmal eine Banshee gehört.«

»Wer sagt das?«

»Bridie hat das erwähnt.«

»Zu meiner Zeit habe ich die Banshee so manches Mal gehört. Und jedes Mal, wenn ich sie schreien höre, stirbt jemand in der Familie. Es ist eine Warnung. Man muss auf der Hut sein. Sie kann nächtelang schreien und wehklagen.

Ich habe nie eine zu Gesicht bekommen, aber meine Urgroßmutter schon. Allerdings ist das schon ein paar Tage her, nicht wahr?«

»Das nehme ich an«, sagte Lottie. Sie verschwendete hier ihre Zeit, so wie man es ihr nur allzu oft gesagt hatte. Sie musste nach Hause fahren und Katie beim Packen helfen. Es gab noch so viel zu tun.

Aber Queenie sprach weiter.

»Und dann hörte ich sie damals, als diese junge Frau verschwand. Sie war zuletzt gesehen worden, als sie aus dem Zug stieg. Das ist lange her. Es müssen schon zehn Jahre sein, wenn nicht länger. Damals habe ich die Banshee sieben Nächte hintereinander gehört. Und man hat die Frau nie gefunden.« Sie hielt inne, setzte sich die Brille wieder auf ihre Nase und starrte Lottie an. »Sehen Sie mich nicht so ungläubig an. Wie ich schon sagte, man hat sie nie gefunden. Sie war einfach ... weg. Verschwunden. Hat sich in Luft aufgelöst. Glauben Sie mir, sie ist so tot wie die armen Seelen, die da draußen auf dem Friedhof begraben sind.«

»Ihr Verschwinden jährt sich genau dieses Wochenende wieder.«

»Ist das so?«

Lottie erinnerte sich an den Flyer, den sie in der Stadt gefunden hatte. Er steckte immer noch zusammengerollt in ihrer Tasche. Sie holte ihn heraus, strich ihn glatt und zeigte ihn der alten Frau.

»Aye, das ist sie, die vor all den Jahren verschwunden ist. Man hat sie nie gefunden. Aber die Banshee hat sie gefunden.«

Ich sollte mir wirklich die Akte des ungeklärten Falls durchlesen, dachte Lottie.

ZWEIUNDVIERZIG

Boyd saß mit laufendem Motor in seinem Auto und beobachtete die Pendler, die aus dem Bahnhofsgebäude kamen. Warum hatte am Montagabend niemand Elizabeth Byrne gesehen? Wo war sie gewesen zwischen dem Zeitpunkt, als sie aus dem Zug gestiegen war, und 3:15 Uhr am nächsten Morgen, als jemand ihre Schreie gehört hatte? Sie war nicht nach Hause gegangen. Sie war auch nicht zu ihrer Freundin Carol gegangen. Aber wohin dann? Die einzige naheliegende Schlussfolgerung war, dass sie nach dem Aussteigen aus dem Zug auf dem Heimweg entführt und von ihrem Entführer so lange festgehalten worden war, bis er sie getötet hatte.

Er winkte Grace zu. Sie lief eilig auf sein Auto zu. Als sie sich angeschnallt und ihre Tasche auf den Schoß gestellt hatte, drehte sie sich zu ihm um.

»Mark, ich möchte, dass du nach meiner Freundin suchst. Sie ist verschwunden.«

»Sie ist nicht deine Freundin und sie ist auch nicht verschwunden.«

»Was bist du denn für ein Ermittler?«

»Was soll das heißen?«

»Du nimmst mich einfach nicht ernst.«

»Grace, du kennst nicht einmal den Namen dieser Frau. Du weißt nichts über sie. Und es sind keine Vermisstenmeldungen eingegangen. Lass uns jetzt losfahren. Wir müssen etwas essen. Du bist doch bestimmt am Verhungern.«

»Das war ich. Aber jetzt habe ich keinen Hunger mehr.«

»Ich koche etwas Leckeres. Vielleicht änderst du dann deine Meinung.«

»Mollie«, sagte Grace.

»Was?«

»Ihr Name ist Mollie.«

———

Mollie wusste immer noch nicht, wo sie sich befand oder welcher Tag war, und allmählich überkam sie beinahe das Gefühl, auch nicht mehr zu wissen, *wer* sie war.

Die Dunkelheit trieb sie zusehends in den Wahnsinn. Es gab nicht mal irgendwelche Schatten. Keine Geräusche außer ihren eigenen Atemzügen. Selbst der Lichtstreifen, den sie zuvor bemerkt hatte, war erloschen. Und ihre Vorstellungskraft beschwor ihre schlimmsten Ängste herauf: die Angst vor dem Unbekannten. Die Angst vor dem, was sich um sie herum befinden könnte. Die Angst davor, was mit ihr geschehen würde. Sie versuchte, sich an die Inhalte es Achtsamkeitskurses zu erinnern, an dem sie einmal von der aus Arbeit teilgenommen hatte. Lebe im Jetzt. Das war die Quintessenz gewesen. So ein Blödsinn. Sie wollte ganz sicher nicht in diesem Jetzt leben. Auf keinen Fall. Keine Sekunde länger.

Ihre Augen waren trocken, und sie konnte keine Tränen mehr vergießen. Stattdessen stieg überwältigende Wut in ihr auf. Warum hatte er sie entführt? Was hatte sie an sich, dass sie zum Opfer hatte werden lassen? War sie an alledem vielleicht selbst schuld?

Diese Gedanken hatte sie ihrem Vater zu verdanken. Er besaß die Gabe, ihr wegen allem und jedem ein schlechtes Gewissen zu machen. Wenn er seine Milch verschüttete, wenn seine Stiefel schmutzig waren und wenn die Laune ihrer Mutter wieder einmal kippte. Ja, all das war allein Mollies Schuld. Das war einer der Gründe, warum sie sich geweigert hatte, nach London zu ziehen: Sie hatte den ständigen Vorwürfen, die kamen, egal was sie tat, entgehen wollen. Und als ihre Mutter dann gestorben war, war das auch ihre Schuld gewesen. Wenn du hier gewesen wärst, Mollie, wäre sie jetzt noch am Leben. Wie sollte ich das schaffen, mich ganz allein um sie zu kümmern? Das ist alles deine Schuld.

Schuldig im Sinne der Anklage.

Nein, stopp. Sie würde jetzt nicht in diesen ewigen Gedankenspielen versinken. Sie musste von hier weg. Und das würde sie nur schaffen, wenn sie stark blieb und wachsam war. Sie würde den Mistkerl mit seinen eigenen Waffen schlagen müssen. Sie rutschte auf dem unbequemen Bett hin und her und fragte sie sich, welche Waffen das wohl sein könnten.

Das musste sie herausfinden, bevor es zu spät war. Denn sie wusste, dass es da draußen niemanden gab, der sie vermisste. Nicht eine Menschenseele.

DREIUNDVIERZIG

»Dieses Haus ist der reinste Eisschrank«, stellte Lottie fest und schlug die Eingangstür hinter sich zu. »Sean? Chloe? Katie?«

Sie ließ die Akte mit dem Fall Lynn O'Donnell auf den Tisch fallen und ging in den Hauswirtschaftsraum, um nach dem Heizkessel zu sehen. Er war eingeschaltet, gab aber keine Wärme ab. Hatte er etwa kein Öl mehr? Sie öffnete die Hintertür und starrte in die Dunkelheit hinaus. Dann schaltete sie die Außenbeleuchtung ein.

Sean kam heruntergeschlendert. »Was soll denn das Geschrei?«

»Könntest du dir Schuhe anziehen und mal nach dem Öltank sehen?«

Sie beobachtete, wie er auf die Betonmauer kletterte, die den Tank umschloss, und den Messstab hineinsteckte. Dann brachte er ihr den Stab und sie begutachtete ihn.

»Ist noch ein Viertel drin«, sagte sie. »Aber warum funktioniert der Heizkessel dann nicht?«

»Schalte ihn mal aus und wieder ein«, sagte Sean. »Das mache ich mit meinem Computer auch immer so.«

Sie versuchte es. Der Heizkessel sprang an.

Sean lächelte. »Das klappt jedes Mal.«

Lottie räumte die Waschmaschine aus und verfrachtete die Wäsche in den Trockner. Dann eilte sie zurück in die Küche und durchsuchte den Kühlschrank nach Zutaten für das Abendessen.

»Mam?«, hallte Katies Stimme aus dem ersten Stock. »Kannst du mir mal mit dem Koffer hier helfen?«

»Sofort. Ich muss mich schnell um das Essen kümmern.« Sie nahm eine Schüssel mit Hackfleisch aus dem Kühlschrank, holte dazu noch eine Packung Nudeln und begann zu kochen.

»Ich esse später«, verkündete Sean. »Boyd fährt mich zum Training.«

»Mist, das habe ich ganz vergessen. Ich komme gleich hoch, Katie.«

Lottie warf einen Blick zu der Akte auf dem Tisch und wusste im selben Moment, dass es ein Fehler gewesen war, sie mit nach Hause zu nehmen. Sie würde irgendwann ein Stündchen abzwacken müssen, um sie durchzusehen.

Es läutete an der Tür und Sean rannte die Treppe hinunter, um als Erster dort zu sein und aufzumachen. Boyd trat auf den Flur. »Na, Kumpel, bist du so weit?«

»Gib mir zwei Minuten. Mam ist in der Küche.«

Lottie drehte sich am Herd zu ihm um. »Danke, dass du ihn hinbringst.«

»Kein Problem. Wie ich sehe, hast du die Arbeit mit nach Hause genommen.« Sie hielt mit dem Kochlöffel in der Hand inne und beobachtete, wie er den Aktendeckel aufschlug. »Ich dachte, du hättest ohnehin schon genug zu tun.«

»Ich möchte sie nur mal durchlesen.« Warum rechtfertigte sie sich überhaupt ihm gegenüber? »Ich war im Pflegeheim und habe Queenie McWard besucht. Lach jetzt nicht, aber sie behauptet, sie hätte in der Nacht, in der diese Lynn O'Donnell verschwand, eine Banshee gehört. Es kann sicher nicht schaden, einen Blick in die Akte zu werfen.« Sie wusste, dass sie allmählich wirres Zeug redete. Halt am besten einfach die Klappe, Parker.

»Ich kenne dich, Lottie, und ich finde nicht, dass du dich in einen Fall verbeißen solltest, der dir das letzte bisschen Energie rauben wird.«

»Das habe ich auch nicht vor.«

Er schnaubte.

»Morgen früh muss ich Katie zum Flughafen fahren. Um neun bin ich im Büro.« Sie drehte sich wieder zum Herd um, ging in Abwehrhaltung und rührte energisch im Hackfleisch herum. »Lass dir irgendeine Ausrede einfallen, falls McMahon nach mir fragt.«

Auf dem Tisch vibrierte ihr Handy. Boyd nahm es hoch. Sie schnappte es ihm weg, sah den Namen des Anrufers und schaltete es aus.

»Das habe ich gesehen«, sagte er. »Warum ruft er dich an?«

»Woher soll ich das wissen? Ich bin ja nicht rangegangen.«

»Und warum nicht?«

»Boyd, würdest du einfach mal ...«

»Es kann losgehen.« Sean kam mit seiner Sporttasche auf dem Rücken und einem Hurling-Schläger in der Hand ins Zimmer gelaufen.

»Bis später«, rief Lottie hinterher, als die Tür hinter ihnen zufiel.

»Mam!«, rief Katie. »Chloe raubt mir den letzten Nerv.«

»Komme schon.« Lottie rührte das Essen ein letztes Mal

um, stellte den Herd auf eine niedrige Stufe und stieg die Treppe hinauf.

Warum hatte Pater Joe sie angerufen? Sollte sie zurückrufen? Nein, falls es wichtig war, würde er es noch einmal versuchen. Wahrscheinlich wollte er nur wissen, wann er Mrs Green bestatten konnte. Und sie hatte auch ohne Pater Joe schon genug Probleme.

———

Im Canal Drive war alles dunkel und trostlos, als Kirby Gilly die Treppe hinauf folgte, die zu Mollies Wohnung führte. Gilly drückte einmal kräftig auf den Klingelknopf. Niemand öffnete, also holte sie ihren Schlüsselbund hervor.

»Wir verpassen noch den Anfang des Stücks«, meckerte Kirby.

»Es dauert nur einen Moment.« Sie drehte den Schlüssel im Schloss und betrat die Wohnung. »Mollie? Ich bin's nur.«

»Komm schon, das ist Hausfriedensbruch und strafbar.« Kirby stieg langsam die Treppe wieder hinunter.

»Sie hat mir doch selbst einen Schlüssel gegeben!«

»Wir haben noch fünf Minuten, um zum Kulturzentrum zu fahren. Sie lassen uns bestimmt nicht mehr rein, wenn das Stück schon angefangen hat.«

»Hör endlich auf, von dem blöden Stück zu quatschen!«

»Du wolltest es doch sehen.«

»Komm rein. Sieh dir das mal an«, sagte Gilly.

Er folgte ihr in die kleine Küche. »Sie lässt anscheinend gern schmutziges Geschirr herumstehen.«

»Es sieht alles noch genauso aus wie gestern Abend. Also war sie seit gestern Morgen nicht mehr hier.«

»Du sagtest doch, sie arbeitet in Dublin, oder?«

»Ja. Und ich rufe morgen früh in ihrem Büro an, um herauszufinden, was zur Hölle da los ist.«

»Mach das. Können wir jetzt los?«

Bevor sie ihm aus der Wohnung folgte, versuchte Gilly noch einmal, Mollie auf dem Handy zu erreichen. Die Leitung war tot.

»Das ist gar nicht Mollies Art«, sagte sie, aber ihre Worte wurden nicht mehr gehört.

———

Lottie ließ Katie und Chloe allein, die sich darüber stritten, wem ein bestimmtes Paar Jeans gehörte. Sie schloss die Eingangstür von Roses Haus auf und rief: »Mutter, ich bringe dir das Abendessen.«

»Abendessen ist wohl ein dehnbarer Begriff«, sagte Rose. Sie saß auf einem Stuhl neben dem Herd. »Weißt du, wie spät es ist?«

»Ja, und ich hatte viel zu tun.«

»Du hast immer viel zu tun.« Rose rümpfte die Nase. »Ich hoffe, es ist nicht wieder dieses scharfe Zeug.«

»Nudeln mit Hackfleisch, tut mir leid. Ich musste Katie beim Packen helfen.«

»Warum hast du mich nicht gefragt, ob ich helfen kann?«

»Es ging dir nicht gut.« Lottie stellte den Teller auf dem Tisch ab und zog das Geschirrtuch weg. Das Essen sah ziemlich erbärmlich aus. Sie wusste, dass sie dafür Kritik ernten würde, und machte sich daran, den Tee zu kochen.

»Noch bin ich nicht tot.« Rose schlurfte zum Tisch. »Ich hätte meiner Enkelin durchaus geholfen, wenn jemand von euch sich die Mühe gemacht hätte, mich zu fragen.

Und wann lässt sie endlich das Kind taufen? Solange das nicht geschehen ist, befindet der Kleine sich im Stand der Sünde und es ist gefährlich zu fliegen, wenn man Sünde auf seine Seele geladen hat.«

In den letzten dreieinhalb Monate hatte sich Rose von einer tobenden Matriarchin zu einer verbitterten Tyrannin gewandelt. Manchmal kam es Lottie vor, als wären schon vier Jahre vergangen, seit sie ihr gestanden hatte, ihr Leben lang nur gelogen zu haben.

Sie kochte ihr eine Tasse Tee und hatte Mühe, sich zu beherrschen und den Mund zu halten. Egal, was sie sagte, es wäre sowieso das Falsche.

»Tu drei Würfelzucker rein. Ich glaube, mein Blutzucker ist zu niedrig.«

»Bei zu viel Zucker kannst du nicht gut schlafen.«

»Das ist doch dann mein Problem, oder?«

»Ja, das ist wohl so.« Sie stellte die Tasse auf den Tisch.

»Du hättest eine Teekanne nehmen sollen. Dann zieht er besser. Wir hatten damals gar keine Teebeutel.«

»Möchtest du das noch essen oder willst du es den Göttern als Opfer darbringen?« Lottie stellte sich vor den Herd.

»Mit Publikum vergeht mir der Appetit, selbst wenn das Zeug genießbar wäre.« Rose legte Messer und Gabel beiseite und nippte an ihrem Tee. »Du hast nur einen Würfelzucker reingetan.«

»Das ist genug für dich.«

Rose drehte sich auf ihrem Platz zu ihr um und sah Lottie an. »Sag mir nicht, was ich in meinem eigenen Haus zu tun und zu lassen habe. Ich lebe hier und nicht du.« Sie schob den Teller zur Mitte des Tisches und verschränkte die Arme.

Lottie stützte die Hände auf den Tisch und beugte sich

zu ihrer Mutter hinunter. Sie hätte schwören können, gehört zu haben, wie ein Nerv in ihrem Kopf entzweiriss.

»Und ich bin froh, dass ich *nicht* hier lebe, denn weißt du was? Mein Leben war die Hölle, als ich noch hier gelebt habe, und ich hoffe, dass ich nie wieder hier leben muss.«

Sie nahm ihre Jacke und stürmte aus dem Haus. Jetzt hatte sie eindeutig das Falsche gesagt. Aber es war geschehen und jetzt konnte sie es nicht mehr rückgängig machen.

VIERUNDVIERZIG

Der Atem, der zu Finn O'Donnell herüberwaberte, während sie ihn über den Rand ihres Glases hinweg anstarrte, roch nach Whiskey. Er war ihr viel zu nahe, aber in dem engen Zimmer konnte er sich nirgendwo sonst hinsetzen.

»Hattest du einen guten Tag auf der Arbeit?«, fragte sie.

»Schon okay.« Er schüttelte die Zeitung aus und hielt sie sich vors Gesicht, um Sara nicht mehr ansehen zu müssen. Sie quasselte unaufhörlich von irgendwem oder irgendwas. Das trieb ihn in den Wahnsinn. Er faltete die Zeitung wieder zusammen und stand auf.

»Ich gehe raus.«

»Wohin?«

»Ich glaube, ich schaue mal bei Dad vorbei. Um zu sehen, wie er zurechtkommt.«

»Du hast ihn doch schon ewig nicht mehr besucht. Seit dem Tag, an dem deine Mutter beerdigt wurde, um genau zu sein.«

»Erst recht ein Grund, das jetzt zu tun, oder?«

»Weißt du überhaupt, wie spät es ist? Ich verstehe einfach nicht, warum du nicht ein Mal ...«

Und ob er wusste, wie spät es war, verdammt. Sie sagte es ihm ja alle fünfzehn Minuten. Er wartete nicht, bis sie mit ihrem dummen Vortrag fertig war. Stattdessen ging er zur Tür hinaus, lief die Treppe hinunter und dann immer weiter.

———

Cillian sah auf, als seine Frau Bescheid sagte, dass das Abendessen fertig war.

»Saoirse, räum deine Spielsachen weg«, sagte er und klappte die Hülle seines sein iPads zu.

»Gleich, Daddy.« Das Mädchen drückte die Spitze ihres roten Buntstifts in das Papier.

»Ich habe gesagt, du sollst den Kram wegräumen«, fuhr er sie an. Er war seiner Tochter gegenüber nicht gerne so. Aber heute Abend konnte er nicht aus seiner Haut.

»Hey, jetzt ist gut. Sie kann noch ein oder zwei Minuten lang malen.« Keelan stand in der Tür. »Warum hilfst du mir nicht, den Tisch zu decken?«

»Ach, so ist das also. Das ist ja unglaublich.« Er warf das iPad auf den Couchtisch. Es landete genau auf der Kante der Tischplatte, schwankte einen Moment lang und fiel dann mit Krach zu Boden. »Da, sieh dir an, wozu du mich gebracht hast!«

Er sprang auf und schnappte sich das Tablet, fuhr mit dem Finger über den Riss im Display und schleuderte es wieder zu Boden. Mit zwei großen Schritten war er in der Küche.

Keelan wich zurück, bis sie mit dem Rücken an die

Arbeitsplatte stieß. »Das ... das war deine eigene Schuld. Schieb es jetzt nicht auf mich.«

»Ach, jetzt bin ich also an allem selbst schuld.« Er nahm einen Teller von dem Stapel auf der Arbeitsplatte und warf ihn zu Boden. »Ich kann dir sagen, dass *das* hier meine Schuld ist. Und das auch.« Er warf einen weiteren Teller herunter, dann hielt er der Wirkung halber inne und schleuderte schließlich noch einen hinterher.

»Cillian. Hör auf! Du machst Saoirse Angst.«

Der rote Nebel, der ihn eingehüllt hatte, lichtete sich etwas, als er sah, dass seine Tochter den Kopf zur Tür hereinstreckte.

»Warum hast du das gemacht, Daddy?«

Sie klang genau wie Keelan. Genauso vorwurfsvoll. Ohne nachzudenken, fegte er das restliche Geschirr von der Arbeitsplatte, marschierte durch die Scherben und griff nach seiner Jacke. Er würde gehen, bevor er wirklichen Schaden anrichtete. Tödlichen Schaden. Nein, das würde er sich nie wieder zu Schulden kommen lassen.

———

Paddy schaffte es nicht, sie zu trösten. Egal was er tat, sie zitterte und weinte.

»Bridie, du musst das nähen lassen. Die Wunde blutet immer noch.« Er setzte sich neben sie auf das weiße Sofa. »Hier, lass mich Tommy nehmen. Du gehst jetzt ins Bett. Ich gebe ihm die Flasche und lege ihn hin.«

Sie drückte den Jungen fester an ihre Brust, sodass ihre Tränen sein Haar benetzten. »Nein. Du kannst mich mal. Du hast dich nachts hier rausgeschlichen und uns allein gelassen. Dann kommt irgendein Arschloch und prügelt mir die Seele aus dem Leib und was machst du? Gar nichts.

Das ist alles, wofür bist du zu gebrauchen bist, Paddy McWard, für gar nichts. Also verpiss dich.«

Er stand auf. Was sollte er tun? Er konnte es nicht ertragen, sie weinen zu sehen.

»Schließ die Tür ab. Ich habe meinen eigenen Schlüssel«, sagte er und ließ Bridie in ihrem kleinen, tadellosen Haus allein zurück.

FÜNFUNDVIERZIG

In Cafferty's Bar herrschte für einen Donnerstagabend viel Betrieb. Die Bierzapfanlage und die gedämpfte Beleuchtung lockten die Gäste an. Mehrere Fernseher zeigten die letzten Minuten eines Fußballspiels.

Kirby bestellte ein Pint Bier und ein Glas Wein, während Gilly sich in die Ecke setzte, die am weitesten von der Fußballübertragung entfernt war.

»Bisschen laut, oder?«, fragte sie.

»So ist es erst richtig gemütlich«, sagte er.

»Das ist wohl Definitionssache.«

Der Barmann kam mit ihren Getränken und Kirby gab ihm einen Zehneuroschein. »Stimmt so.«

»Das Stück war gut. Danke, dass du mit mir hingegangen bist«, sagte Gilly. »Ich dachte erst, du müsstest heute Abend vielleicht arbeiten.«

»Der neue Superintendent hat den Einsatz abgeblasen. Ich muss sagen, ich kann's verstehen. Wir sind nicht weitergekommen. Da arbeite ich lieber an dem Mordfall.«

»Boyd hat mich heute kurz vor Feierabend danach gefragt. Du weißt ja, dass ich am Wochenende immer in den Rochfort Gardens joggen gehe? Genau wie Elizabeth Byrne. Er wollte wissen, ob ich sie kenne oder ob mir jemand aufgefallen ist, der sich verdächtig verhalten hat.«

»Und, ist dir etwas aufgefallen?«

»Nein. Die einzigen, die sich verdächtig verhalten, sind die alten Säcke, die ihren Bauch einziehen, in der Hoffnung, so dreißig Jahre jünger auszusehen.« Sie errötete und hoffte, Kirby dachte nicht, dass sie ihn meinte. »Dort habe ich auch Mollie kennengelernt.«

Kirby, der gerade etwas trinken wollte, hielt mit dem Bierkrug auf halbem Weg zum Mund inne. »Etwa die Mollie, von der du glaubst, sie wäre plötzlich wie vom Erdboden verschluckt?«

»Genau die.«

»Das ist ja interessanter Zufall.«

»Also doch.«

»Ich sage nur, dass es interessant ist. Ich mache kein Drama draus.«

»Aber sie sagt mir sonst immer Bescheid, wenn sie mal nicht zum Joggen kommen kann oder so. Das Ganze ist ein bisschen untypisch für sie, das ist alles.«

»Versuch doch noch mal, sie anzurufen.«

»Habe ich schon etliche Male versucht. Das Handy ist aus.«

»Hast du nachgesehen, ob ihr Reisepass in ihrer Wohnung ist?«

»Nein, aber ich halte es für unwahrscheinlich, dass sie verreist ist. Andererseits wohnt ihr Vater in London.«

»Na bitte. Das Rätsel ist gelöst.«

»Ich gehe der Sache morgen nach.«

»Prima. Dann können wir uns ja jetzt entspannt zurücklehnen und uns über das Stück unterhalten.«

»Vielleicht sollten wir Boyd Bescheid sagen.«

»Morgen.«

»Warum nicht jetzt?«

»Also entspannst du dich doch nicht, stimmt's?«

»Stimmt genau.«

Kirby hob sein Bierglas. »Dann trink aus.«

———

Als Boyd müde vom Hurling-Training in seine Wohnung zurückkehrte, dachte er immer noch darüber nach, warum Pater Joe Lottie angerufen hatte. Auf dem Weg zur Dusche fiel ihm Grace wieder ein. Sie saß auf der Couch und sah fern.

»Wie geht es dir, Schwesterherz?«, rief er aus dem Schlafzimmer. Wo hatte er noch gleich die sauberen Handtücher hingelegt?

Die Geräusche des Fernsehers verstummten. Er schaute auf. Grace stand im Türrahmen und starrte ihn an. War das etwa ein stiller Vorwurf in ihrem Blick?

»Ich möchte, dass du mir jetzt wirklich zuhörst, Mark. Ich mache mir Sorgen um das Mädchen, das ich gestern Morgen im Zug kennengelernt habe. Du kennst mich doch. Mein Gefühl sagt mir, wenn etwas nicht in Ordnung ist. So wie bei dir. Ich kann deine Einsamkeit spüren.«

»Und weiter?« Er zog ein Handtuch aus einer Schublade.

»Wir wissen doch beide, dass du ein einsamer Mann mittleren Alters bist.«

»Hey, das mit dem mittleren Alter war nicht nett.«

»Du weißt genau, worauf ich hinauswill.«

»Ich gehe jetzt duschen.«

»Hörst du mir jetzt endlich zu? Ich habe das Gefühl, dass Mollie etwas zugestoßen ist.«

»Grace, vielleicht hatte sie sich einen Tag freigenommen. Oder sie wollte mal einen anderen Zug nehmen.«

»Ich habe dir doch gesagt: Ich es weiß einfach!« Grace stampfte mit dem Fuß auf. Dann schien ihr klar zu werden, was sie getan hatte, und sie verkrümelte sich wieder ins Wohnzimmer, wo sie sich auf das Sofa setzte. »Nie hört irgendjemand auf mich. Hör zu: Falls ihr etwas zugestoßen sein sollte, habe ich's dir gleich gesagt.«

»Stimmt, ich behalte das im Hinterkopf, aber deine Sorge ist unbegründet. Ich gehe jetzt duschen. Ist das in Ordnung? Und stell den Fernseher nicht so laut. Ich will nicht, dass sich die Nachbarn beschweren.« Es fiel ihm schwer, seine neunundzwanzigjährige Schwester wie eine erwachsene Frau zu behandeln.

»Welche Nachbarn? Weißt du überhaupt, wer nebenan wohnt? Mark Boyd, es wird Zeit, dass du dir ein eigenes Leben zulegst.«

Mit Graces Worten noch im Ohr knallte er die Badezimmertür zu, zerrte sich die verschwitzten Klamotten vom Leib und drehte in der Dusche das kalte Wasser auf. Er musste nicht nur seinen Körper abkühlen, sondern auch sein hitziges Gemüt. Wie sollte er es noch drei Wochen lang mit Grace aushalten? Wenigstens würde sie über das Wochenende zurück zu Mam fahren. Das hoffte er zumindest.

Als das Wasser kühl über seine Haut lief, drehte er den Hahn auf heiß und dachte über sein Leben nach. Die Jahre zogen an ihm vorbei und was konnte er vorweisen? Nur eine Ehefrau, von der er getrennt lebte, aber noch nicht geschieden war. Eine Schwester, die ihm auf den Zeiger ging. Eine Mutter, die kaum mit ihm sprach. Eine Frau, die er liebte, die aber nicht einmal mit ihm essen gehen wollte.

Nichts.

Jedenfalls nichts Erwähnenswertes. Nichts, was man an seine Kindern weitergeben könnte. Er hatte ja nicht einmal Kinder. Niemanden, dem er seine Liebe schenken konnte. Selbst für seine Schwester, die noch nicht einmal seit einer Woche bei ihm wohnte, war die Leere in seinem Herzen offensichtlich.

Er schlug mit der Hand gegen die Fliesen und streckte sein Gesicht dem prasselnden Wasserstrahl entgegen. Wäre er nahe am Wasser gebaut, hätte er jetzt wohl geweint. Aber so schlimm stand es nicht um ihn. Noch nicht ganz.

Er drehte das Wasser ab und hörte Graces Stimme aus dem Schlafzimmer.

»Mark, da ist ein Anruf für dich.«

Vielleicht Lottie, dachte er und wickelte sich ein Handtuch um die Hüften. Hoffentlich hatte er irgendwo noch ein sauberes Hemd.

Als er das Telefon entgegennahm, hatte Kirby bereits aufgelegt. Was auch immer er gewollt hatte, konnte sicher bis zum Morgen warten. Boyd zog ein Sweatshirt und eine Jogginghose an.

»Hast du Hunger?«

»Versuch nicht, mir Honig ums Maul zu schmieren«, sagte Grace.

»Ich glaube, ich mache mir ein Sandwich. Möchtest du auch eins?«

Sie drehte sich um. »Es gibt zwei Dinge, die ich von dir möchte, und ein Sandwich zu dieser späten Stunde gehört nicht dazu.«

»Dann schieß los.« Trotz seiner feuchten Haare lehnte er sich zurück in das angenehm kühle Polster.

»Schießen?«

»Was sind die zwei Dinge, die du möchtest?«

»Lottie Parker kennenlernen und dass du herausfindest, wo meine Freundin Mollie ist.«

Er beugte sich auf dem Sessel nach vorn, die Arme zwischen seinen langen Beinen, und ballte die Hände zu Fäusten. »Okay. Ich organisiere für dich ein Treffen mit Lottie. Zufrieden?«

»Und was ist mit Mollie?«

»Ich werde morgen versuchen, ihre Adresse herauszufinden. Wie heißt sie mit Nachnamen?«

Grace biss sich auf die Lippe.

»Bitte sag mir, dass du ihren vollständigen Namen kennst!«

»Ich weiß nur, dass sie Mollie heißt. Und dass sie in Ragmullin wohnt und in Dublin arbeitet.«

»Das reicht nicht.« Er schüttelte den Kopf und streckte ihr eine Hand hin.

»Versuchst du es? Mir zuliebe?« Sie griff nach seiner Hand und hielt sie so fest, dass Boyd glaubte, sie würde seine Finger zerquetschen.

»Du verlangst ganz schön viel. Nur mit ihrem Vornamen und dem Zug, den sie meistens nimmt? Aber weil du so süß lächelst, werde ich es versuchen.«

Er sah zu, wie Grace sich zurück auf das Sofa fallen ließ. Dabei breitete sich ein zufriedenes Grinsen auf ihrem Gesicht aus. Er stand auf, um sich sein Sandwich zu machen. Plötzlich kam ihm Elizabeth Byrne wieder in den Sinn, aber er schüttelte den Gedanken ab. Die Sache mit Mollie war wahrscheinlich bloß der Tatsache geschuldet, dass Grace sich mal wieder in ihren eigenen Gedanken verlor. Immerhin hatte sie schon als Kind in einer Fantasiewelt gelebt.

Er durchwühlte den Kühlschrank auf der Suche nach

Zutaten für sein Sandwich und musste feststellen, dass gar nichts Essbares mehr da war.

»Grace, hast du den Kühlschrank geplündert?«

»Du weißt schon, dass du jetzt für zwei einkaufen musst?«

Zwar hatte sie seine Frage nicht beantwortet, aber Brot und Butter würden wohl bis morgen reichen müssen.

Da läutete es an der Tür.

SECHSUNDVIERZIG

Die Luke öffnete sich und Licht drang in den Raum. Mollie kniff die Augen zusammen, weil es sie blendete.

»Du stinkst.« Seine Stimme hallte von den Wänden wider.

Sie riss die Augen auf. Langsam bewegte sie ihren Kopf, aber trotzdem konnte sie nur wenig erkennen. Zuerst musste sie sich orientieren. Sie schien sich in einem alten Keller zu befinden, in so einem, wie sie ihn aus Filmen kannte. Oder in einer Art unterirdischem Bunker. Die Wände waren dick mit Dämmfolie verkleidet und ein ummanteltes Rohr führte in einer Ecke die Wand hinauf. In der gegenüberliegenden Ecke stand ein kleiner viereckiger Tisch, der gerade so hineinpasste, und darüber führte eine kurze Leiter zu der Luke in der Decke.

Sie sah wieder zu ihm und sagte: »Der Gestank ist nicht meine Schuld.« Ihre Stimme klang heiser, weil sie vorhin so viel geschrien hatte, obwohl sie wusste, dass die Anstrengung vergeblich war.

»Ich binde jetzt deine Arme los. Aber unter einer Bedingung.«

»Und die wäre?«

»Nur eine falsche Bewegung und ich lasse dich hier unten verrotten.«

»Ich tue, was du sagst.«

»Ah, du hast den Kampf also aufgegeben.«

Mollie wusste, dass sie sich seinem Willen fügen musste. Das Messer, mit dem er ihre Fesseln durchtrennte, war kurz und scharf. Ob sie es ergreifen konnte? Zumindest nicht jetzt, denn der Schmerz in ihren von den Stricken befreiten Handgelenken war kaum zu ertragen.

»Danke«, sagte sie und massierte ihre Handgelenke.

»Da ist ein Eimer. Benutz ihn.«

»Ich muss nicht. Zumindest jetzt nicht.«

Sie musterte ihn. Weil er wegen der niedrigen Decke gebückt dastand, konnte sie seine Größe nicht schätzen und versuchte stattdessen, sein Gesicht zu erkennen. Sie prägte sich seinen Knochenbau ein. Seine Augen. Plötzlich verzog er das Gesicht so angewidert, als hätte er in eine Zitrone gebissen.

»Du hast dich eingepinkelt.« Er grinste spöttisch. »Du stinkst wie ein Iltis.«

»Welcher Tag ist heute?«, fragte sie vorsichtig, obwohl sie wusste, dass sie ihn lieber nicht verärgern sollte.

Die Ohrfeige kam schnell und heftig. Sie fiel zurück auf das Bett und schlug mit dem Kopf gegen den Eisenrahmen.

»Du sprichst nur, wenn ich es dir erlaube. Hast du verstanden?«

Sie nickte, biss sich auf die Unterlippe und versuchte krampfhaft, nicht zu weinen. Weil er sich jetzt über sie beugte, sah sie nicht mehr viel vom Raum. Aber sie musste eine gute Vorstellung vom Grundriss bekommen, das könnte nützlich sein, wenn er sie allein ließ. Vielleicht würde er sie aber auch wieder fesseln. Und vielleicht wollte er sie umbringen. Sie begann zu weinen. Die Tränen waren im Laufe des Tages versiegt, aber jetzt flossen sie wieder.

»Und hör auf zu heulen, verdammt noch mal. Ich kann Mimosen nicht ausstehen.«

»Tut mir leid.« Wieder rieb sie ihre tauben Handgelenke, um die Durchblutung anzuregen.

Er zog sie an den Armen zu sich, bis sie aufrecht saß. Mit einem Finger zeichnete er die Kontur ihres Kiefers nach, wanderte dann ihren Hals hinunter und strich über die Kuhle zwischen Hals und Schulterblatt. Es kostete sie all ihre Willenskraft, unter seinen Berührungen nicht zusammenzuzucken. Sie musste verstehen, was er von ihr wollte. Sicherlich hätte er sich nicht die Mühe gemacht, sie zu betäuben und in dieses Verließ zu schleppen, wenn er sie töten wollte, oder?

Aber in diesem Moment entdeckte sie die Knochen.

SIEBENUNDVIERZIG

Boyd sah zu, wie Kirby sich mit Gilly O'Donoghue im Schlepptau den schmalen Flur entlang zwängte.

»Ich hoffe, die Angelegenheit ist wichtig«, sagte er, als sie sich alle gesetzt hatten. Selbst Grace saß noch auf einem Stuhl in der Pantryküche und beobachtete sie. Warum ging sie nicht endlich ins Bett? Er stellte sie den anderen vor und wartete ab, was Kirby zu sagen hatte.

»Erzähl du es ihm«, sagte Kirby.

Gilly tippte auf ihrem Handy herum und reichte es Boyd.

»Tja, das bist du an der Jealous Wall. Und wer ist die Frau neben dir?« Boyd zeigte auf das Foto.

»Sie ist der Grund, weshalb Gilly mich quer durch die Stadt geschleppt hat, um dir einen Besuch abzustatten.« Kirby gab einen grunzenden Laut von sich und verschränkte die Arme.

»Ich kenne sie von meinen Laufrunden an den Wochenenden«, erklärte Gilly. »Weißt du noch, dass du mich heute kurz vor Feierabend nach Elizabeth Byrne gefragt hast?«

»Klar.«

»Das ist Mollie Hunter. Wir haben uns letztes Jahr getroffen. Haben zur selben Zeit mit dem Laufen angefangen. Dann sind wir abends ab und zu zusammen etwas trinken gegangen. Ich glaube, ich bin so ziemlich ihre beste Freundin. Ihre Familie ist vor ein paar Jahren nach London gezogen.« Sie warf Kirby einen Blick zu. »Die Sache ist die: Ich kann sie nicht mehr erreichen.«

»Und sie heißt Mollie?«, fragte Grace.

Boyd wandte den Blick von seiner Schwester ab. Sie starrte ihn mit großen Augen und offenem Mund an und ihre Miene schien zu sagen: »Ich hab's ja gleich gewusst.« Er schüttelte den Kopf und fragte: »Fährt sie mit dem Zug zur Arbeit?«

Gilly beugte sich in ihrem Sessel nach vorn. »Ja. Genau wie Elizabeth Byrne.«

Boyd verstand, worauf sie hinauswollte, und seufzte. »Das ist ziemlich weit hergeholt. Habt ihr bei Mollie zu Hause nachgesehen?«

»Sie hat mir vor einer Weile ihren Zweitschlüssel gegeben. Ich war in ihrer Wohnung, und es sieht aus, als wäre sie Mittwochfrüh das letzte Mal dort gewesen. Das Frühstücksgeschirr stand noch in der Spüle. Und weder ihr Mantel noch ihre Handtasche lagen irgendwo herum.«

»Woher weißt du, dass es Mittwochfrüh war?«

»Ich habe sie am Dienstag angerufen. Wir wollten uns am Mittwochabend auf einen Drink treffen. Aber sie ist nicht gekommen, also bin ich bei ihr zu Hause vorbeigefahren.«

»Vielleicht war sie einfach gerade nicht da«, warf Boyd ein.

»Wir haben es auch heute am frühen Abend bei ihr versucht«, sagte Kirby.

Boyd stand auf. »Ich kümmere mich morgen früh darum.«

»Elizabeth Byrne ist ebenfalls auf der Zugfahrt nach Hause verschwunden«, gab Gilly zu bedenken.

»Du weißt aber nicht, ob Mollie überhaupt in den Zug gestiegen ist. Sie könnte noch in Dublin sein«, sagte Kirby.

»Und was, wenn sie Elizabeths Mörder in die Hände gefallen ist?«

»Mörder?«

Boyd drehte sich hastig zu Grace um, die eine Hand vor den Mund geschlagen hatte. »Grace, willst du nicht so langsam ins Bett gehen?«

»Erzähl ihnen, was ich dir erzählt habe«, beharrte sie.

Boyd seufzte und setzte sich wieder hin. »Grace zufolge ...«

Aber da unterbrach sie ihn. »Mollie saß gestern Morgen im Zug neben mir und wir haben uns unterhalten. Wir sind auch zusammen mit dem Zug nach Hause gefahren, das war der Zug von Dublin Connolly um 17:10 Uhr ... und jetzt ist sie verschwunden.«

»Ich werde morgen mit Lottie sprechen. Mal sehen, ob wir Mollie ausfindig machen und herausfinden können, ob es irgendeine Verbindung zu Elizabeth gibt«, sagte Boyd.

Er sah, dass Gilly sich bei Kirby einhakte, als die beiden gingen.

Nachdem Grace zu Bett gegangen und er allein war, überkam ihn wieder die Einsamkeit. Sie umfing ihn kalt und klamm wie ein Grabtuch.

ACHTUNDVIERZIG

Zwei Teenager schlichen sich aus einem Wohnmobil und gingen Hand in Hand die dunkle Straße am See entlang, weg vom Campingplatz. Er hatte eine Flasche Wodka dabei und sie eine Flasche Captain Morgan. Sie tranken beim Laufen, und mit jedem Schluck rückten sie näher zusammen, bis sie eng umschlungen waren.

An einer Stelle, wo die Bäume und Büsche den Weg freigaben, zog er sie an der Hand von der Straße weg.

»Hey, die Äste verheddern sich in meinen Haaren.«

»Ich werde mich gleich in deinen Haaren verheddern, du Schöne.«

Sie lachte und ließ sich von ihm führen. Gebeugt standen sie da, kicherten und gaben Quietschlaute von sich.

»Uff, Shane, ich kann nicht mehr. Ich glaube, mir wird schlecht.« Sie warf die Rumflasche ins Dickicht.

»Hier ist es gar nicht übel. Man kann sogar den Mond sehen.«

»Ich sehe nur Bäume. Es ist unheimlich hier. Viel zu dunkel.«

Er zog sie mit sich zu Boden.

»Shane, es ist ganz nass. Meine Jeans ...«

Er brachte sie mit einem Kuss zum Schweigen, aber im selben Moment drang ein widerlicher Geruch an ihre Nase.

Sie stieß ihn von sich und setzte sich auf. »Shane! Du bist ekelhaft. Hast du gefurzt?«

»Kannst du nicht einfach mal den Mund ... Du hast recht. Was zum Henker ist das für ein Gestank?«

Sie zog ihr Handy aus der Tasche ihrer Jeans und entsperrte es. Das beleuchtete Display warf unheimliche Schatten auf sein Gesicht. Sie drehte das Telefon herum. »Da drüben ist irgendwas.«

»Verdammt noch mal, Jen.« Er zog selbst sein Handy heraus und aktivierte die Taschenlampe. »O mein Gott. Das ist ... Das ist eine ...«

Jen schrie.

Sie sprangen auf und stürzten durch Gestrüpp und Büsche davon.

———

Sein verfluchter Hund hörte wollte nicht aufhören zu bellen. Wo steckte er bloß? Bob Mulligan schaltete seine Taschenlampe ein und zwängte sich in der Richtung, in die der Hund gelaufen war, durch das Unterholz. Am Ladystown Lake zu leben, war ihm zunächst vorgekommen wie ein wahrgewordener Traum. Frieden und Ruhe, die reinste Idylle im Gegensatz zu dem Stadtleben und all der Hektik, die das mit sich brachte. Aber die Einsamkeit machte ihm zu schaffen. Ein Tag war wie der andere. Es gab nur ihn und Köter. Bis die Jugendlichen angefangen hatten, hier Schabernack zu treiben, sich zu betrinken und herumzukreischen. Heute Abend waren sie schon wieder da.

Als er auf der anderen Seite des Gebüschs auf einer

Lichtung herauskam, konnte er Köter immer noch nicht entdecken. Er blieb stehen und lauschte. Das Bellen hatte aufgehört. Auch die Schreie waren verstummt. Der See lag ruhig da, übersät mit silbernen Mondlichtsprenkeln. Sternbilder leuchteten vor dem nachtschwarzen Himmel.

Zu seiner Rechten schrie jemand auf.

Dann raschelte es im Gebüsch.

Zwei Teenager rannten ihn geradewegs um.

Das Mädchen schrie und deutete hinter sich. »Da drüben. Es ist grässlich.«

»Beruhig dich«, sagte Mulligan. »Was ist los? Hat der Junge dir wehgetan? Hat er dir etwas angetan?«

»Nein! Nein«, keuchte sie. »Gehen Sie da nicht hin. Rufen Sie die Polizei. O Gott, mir wird schlecht.«

Sie stürmte davon. Der Junge zuckte mit den Schultern und folgte ihr.

Mit seinem Wanderstock schob Bob das frostbedeckte Gestrüpp beiseite. Die schummrige Lichtung wurde nur von den dürftigen Strahlen der Himmelskörper über ihm erhellt.

»He, Junge, was gibt es denn da so Spannendes?«

Als er näherkam, brachte ihn der Gestank zum Würgen. Der Hund drehte sich schwanzwedelnd zu ihm um. Etwas Unidentifizierbares hing aus seinem Maul.

»Gütiger Gott im Himmel!« Bob fischte sein Handy aus der Tasche und packte Köter am Halsband.

NEUNUNDVIERZIG

Der große Koffer war gepackt, nur Katies Rucksack blieb geöffnet, damit sie die Sachen, die sie noch brauchten, später einpacken konnte.

Lottie saß auf der Kante von Katies Bett und beobachtete ihre Tochter beim Schlafen. Dann drehte sie sich zum Kinderbettchen um. Sie lauschte der Atmung des kleinen Louis. So wie sie es immer getan hatte, als ihre eigenen Kinder noch Babys gewesen waren. Sie und Adam, um genau zu sein. Sie hatten sich mit einem »Pst!« gegenseitig zum Schweigen ermahnt und versucht, die Atemzüge zu hören und zu sehen, wie sich die kleinen Brustkörbe hoben und senkten, bevor sie sich erleichtert wieder in ihre Kissen fallen gelassen hatten. Wahrscheinlich tat das jede Mutter auf der Welt irgendwann einmal. Und obwohl ihr Glaube zu oft auf die Probe gestellt worden war, betete Lottie jetzt, dass ihre Tochter und ihr Enkel auf ihrer Reise behütet sein würden.

Schließlich schlich sie auf Zehenspitzen aus dem Zimmer und ging hinunter in die Küche.

Die Erschöpfung zerrte unbarmherzig an ihren müden

Knochen. Trotzdem setzte sie sich an den Tisch. Die Fall-akte mit den dicken Papierstapeln, die unordentlich zwischen den Aktendeckeln hervorlugten, schrie förmlich danach, geöffnet zu werden. Aber ihre verletzte Schulter verlangte nach einem Schmerzmittel und erinnerte sie gleichzeitig an den Moment, als die schwere Hand eines Mannes auf der verheilten Wunde gelegen hatte. Und von dem Besuch im Pflegeheim schweifte sie gedanklich zu der Auseinandersetzung mit ihrer Mutter.

Rose war schon immer streitlustig gewesen, manchmal auch zu Recht, aber jetzt stellte sie sich einfach nur quer. Ich versuche doch bloß zu helfen, dachte Lottie. Dabei war sie sich durchaus bewusst, dass sie das nur widerwillig tat. Sie hätte den Mund halten sollen. Ihre Worte hatten hatte Rose verletzt. Das war zu diesem Zeitpunkt auch ihre Intention gewesen. Aber jetzt? Jetzt bereute sie es. Ihre Gefühle für Rose waren so widersprüchlich, dass sie jetzt nicht die Kraft hatte, eine Lösung für den ständigen Streit zu finden. Jedenfalls nicht heute Abend. Sie wusste, dass sie ungeschlagen darin war, ihr chaotisches Gefühlsleben tief unter den alltäglichen Aufgaben zu begraben.

Sie suchte nach einer Schachtel Paracetamol und nahm zwei Tabletten mit einem Glas Wasser, dann warf sie noch eine dritte hinterher, um sicherzugehen, dass die Schmerzen so weit nachließen, dass sie ein paar Stunden schlafen konnte. Jetzt brauchte sie einen Drink. Nur einen einzigen.

Sie nahm den Wodka aus dem hinteren Teil des Schranks hervor, wo sie ihn versteckt hatte, und schenkte sich eine doppelte Portion ein. Beim ersten Schluck musste sie würgen, der zweite war schon besser und nach dem dritten fühlte sich ihr Kopf angenehm leicht an.

Sie sah zu der Akte. Vielleicht würde es ihr beim

Einschlafen helfen, wenn sie für ein paar Minuten in den alten Fall eintauchte.

Als sie den Aktendeckel öffnete, klingelte ihr Handy. Die Vibrationen erfüllten die stille Küche und sie sprang auf. Nachdem sie das Telefonat beendet hatte, rief sie Boyd an. Sie hatten eine lange Nacht vor sich.

FÜNFZIG

Es war schon nach Mitternacht, als Lottie zusammen mit Boyd über die schmale Straße nach Barren Point am Ufer des Ladystown Lake fuhr.

Der Ladystown Lake war der größte See in der Gegend um Ragmullin. Während Lough Cullion die Stadt mit Wasser versorgte, wurde täglich geklärtes Abwasser in die Tiefen von Ladystown Lake gepumpt. Trotzdem eignete der See sich noch zum Angeln, wie Adam ihr vor Jahren erzählt hatte.

»Wohin jetzt?«, fragte sie.

»Scharf links abbiegen«, antwortete Boyd. »Pass auf den Baum da auf. Mein Gott. Du hättest mich fahren lassen sollen.«

»Ich muss um sechs Uhr auf dem Weg zum Flughafen sein, also bin ich lieber mobil.« Sie hoffte, dass er nicht roch, dass sie getrunken hatte.

»Und was ist mit mir?«

»Es gibt ja noch den Streifenwagen.«

Sie parkte irgendwo schief und sprang aus dem Auto. Dann nahm sie ihren Schutzanzug aus dem Kofferraum, zog ihn über ihre Kleidung, griff nach einer Taschenlampe und eilte auf den uniformierten Beamten zu, der neben dem Absperrband stand. Ein Mann mit einem Hund war ebenfalls dort.

»Wer sind Sie?«, fragte sie.

»Bob Mulligan.«

»Sind Sie der Mann, der die Leiche gefunden hat?«

»Um ehrlich zu sein, glaube ich, dass zwei Jugendliche sie gefunden haben, bevor Köter sie entdeckt hat. Ich weiß auch nicht, wie viel Schaden er angerichtet hat.«

»Hat er die Leiche zerlegt?« Sie wollte sich so schnell wie möglich den Tatort ansehen, die Lage einschätzen und vielleicht eine Mütze voll Schlaf bekommen, bevor sie sich wieder auf den Weg machen musste.

»Er hatte ein Stück von einer Hand im Maul. Ich habe es ihm abgenommen. Jetzt müssen Sie bestimmt eine DNA-Probe von mir entnehmen, weil ich die Leiche angefasst habe, oder? Ist das nicht die übliche Vorgehensweise?«

»Ja, Sir.«

»Sie kann noch nicht lange dort liegen.«

»Wie meinen Sie das?«

»Die Leiche. Sie muss in der letzten Woche hier abgeladen worden sein. Köter und ich haben ein paar Tage drüben in Galway verbracht und er hätte es erschnüffelt, wenn sie vorher schon da gelegen hätte.«

»Wo wohnen Sie?«

Mulligan zeigte auf einen Lichtschimmer hinter den Bäumen. »Gleich da drüben.«

»Wissen Sie, wohin diese Jugendlichen gelaufen sind?«

»Sie könnten auf dem Campingplatz wohnen.«

»Für Urlauber ist das aber nicht die richtige Jahreszeit.« Sie wies zwei Wachleute an, das zu überprüfen. »Mr Mulligan, Sie bleiben bitte hier. Ich gehe rein und sehe mich um.« Sie wandte sich den Uniformierten zu. »Hat jemand eine Taschenlampe, die besser ist als diese hier? Und fordern Sie Verstärkung an. Wir müssen die Jugendlichen finden.«

Mit einer Industrietaschenlampe in der Hand und Boyd im Rücken bahnte sich Lottie gebückt den Weg durch das Gebüsch. Das gefrorene Laub knirschte unter ihren Füßen, dann erstreckte sich die Lichtung vor sich.

Obwohl sie schon einige Leichen gesehen hatte, musste sie würgen und Gänsehaut breitete sich kribbelnd auf ihrem Körper aus. In dem grellen künstlichen Licht schien sich die bläulich-schwarze Leiche zu bewegen.

»O Gott, Boyd. Sag mir, was ich hier sehe.«

Er kam zu ihr. »Ich hoffe nur, das ist nicht Mollie Hunter.«

Lottie trat einen Schritt zurück und sah zu ihm hoch. »Wer?«

»Andererseits ist das eher nicht möglich. Die Leiche ist bereits zu sehr verwest. Und Mollie ist erst seit gestern Abend verschwunden, falls sie überhaupt verschwunden ist.« Boyd schüttelte den Kopf.

»Wovon um Himmels willen redest du da? Wer ist Mollie Hunter?« Sie machte einen Schritt auf ihn zu.

»Eine junge Frau, die vielleicht verschwunden ist, vielleicht auch nicht. Gilly O'Donoghue ist mit ihr befreundet und sie kann sie nicht erreichen. Vielleicht ist es nichts.«

Lottie bemerkte, dass ihr Unterkiefer heruntergeklappt war, und sagte eilig: »Und wann wolltest du mich darüber informieren? Mein Gott, Boyd, manchmal möchte ich, weißt du ... manchmal möchte ich dich einfach nur ... Ach, was weiß ich!«

»Wie wär's, wenn wir nachsehen, womit wir es hier zu tun haben, bevor du mir den Garaus machst?«

»Du rührst nichts an, bis der Tatort vollständig abgesperrt ist. Hast du Kirby und Lynch Bescheid gesagt?«

»Keiner von beiden geht ans Telefon. McGlynn hat gesagt, wir sollen den Tatort absichern. Er kommt morgen früh her.«

»Dann lass ein Zelt über der Leiche aufstellen. Und ich will, dass diese Jugendlichen gefunden werden.«

Während Boyd davonging, um weitere Anrufe zu tätigen, stand Lottie an einem Baum und richtete den Lichtkegel ihrer Taschenlampe auf die Leiche.

»Wer bist du?«, flüsterte sie und schrie gleich darauf, als eine Ratte unter den sterblichen Überresten hervorkrabbelte.

DRITTER TAG

FREITAG, 12. FEBRUAR 2016

Nachdem der Zug den Bahnhof Enfield verlassen hatte, fiel Grace auf, dass der Mann, der sie gestern so misstrauisch gemustert hatte, anscheinend nicht im Zug war. Vielleicht musste er freitags nicht nach Dublin fahren, oder er saß in einem anderen Waggon. Oder saß sie etwa im falschen? Sie drehte sich nach dem Schild über der Tür um. C. Erleichterung überkam sie.

Je mehr Leute einstiegen, desto mehr heizte sich der Waggon durch die Körperwärme auf. Die Gerüche von Parfüm und hastig aufgelegtem Deodorant fluteten ihre Sinne. Sie vermied es, allzu tief einzuatmen, weil sich sonst ihre Allergien bemerkbar machen würden.

Wo war Mollie? Und wo war der Mann, der ihr am Mittwochabend am Bahnhof von Ragmullin aufgefallen war, weil er sich mit Mollie unterhalten hatte?

In diesem Moment fiel ihr ein, dass sie noch niemandem von ihm erzählt hatte. Sie musste es Mark sagen. In ihrer Tasche suchte sie nach ihrem klobigen Nokia, konnte es aber nicht finden. Sie hatte es gestern Abend aufgeladen und vor lauter Trubel vergessen, es heute Morgen einzustecken. Verflixt und zugenäht, dachte sie, jetzt hatte sie keine Möglichkeit, ihn zu erreichen. Er rechnete damit, dass sie heute Abend direkt von Dublin nach Galway fuhr, und sie hatte vergessen, ihm zu sagen, dass sich ihre Pläne geändert hatten. Gestern Abend hatte sie ihre Mutter angerufen und ihr gesagt, dass sie das Wochenende über in Ragmullin bleiben würde. Sie würde wohl heute Abend ein Taxi zu Marks Wohnung nehmen müssen.

Unruhe überkam sie und sorgte dafür, dass sich ihr Magen verkrampfte. Sie vergaß niemals etwas. In ihrem Leben musste Ordnung herrschen, nur dann kam sie im Alltag zurecht. Tief ein- und ausatmen. Sie kramte ihr Asthmaspray hervor. Wenigstens das hatte sie dabei. Sie nahm ein paar Züge und das Zittern ihrer Hände ließ nach. Aber ihre Kehle war immer noch wie zugeschnürt. Sie nahm noch einen Zug und steckte das Spray wieder in die Tasche. Dann suchte sie nach ihren Tabletten gegen die Angstzustände. Die hatte sie also auch vergessen. Wegen all der Aufregung um Mollie war sie nicht so konzentriert wie sonst.

Grace ärgerte sich über sich selbst. Als sie aufschaute, entdeckte sie ihn. Er saß am anderen Ende des Waggons. Und starrte sie an. Sie ließ ihre Tasche auf die Knie fallen. Gänsehaut breitete sich auf ihren Armen aus. Zuerst schoss ihr durch den Kopf, wie sehr sie sich wünschte, Mark anrufen zu können. Und gleich darauf, dass sie Mollie finden musste.

ZWEIUNDFÜNFZIG

An den Schranken, die zum Sicherheitsbereich des Flughafens führten, hielt Katie Lottie einen Umschlag hin.

»Was ist das?«, fragte sie.

»Ich habe nur ungefähr hundert Euro ausgegeben. Ich möchte, dass du das restliche Geld bekommst.« Katie drückte ihr den Umschlag in die Hand. »Ich habe es von der Bank abgehoben. Hier, für dich.«

»Aber du brauchst doch Taschengeld. Zum Bummeln und Shoppen. Oh, Katie, du musst unbedingt ins Woodbury Common gehen. In dem Outlet-Center waren wir, als du klein warst. Weißt du noch?«

»Mach dir keine Sorgen um mich. Ich habe ein bisschen was behalten und ich werde nicht viel zum Einkaufen kommen. Tom sagt, er möchte Zeit mit seinem Enkel verbringen und natürlich mit mir.«

»Das kann ich nicht annehmen.«

»Doch, kannst du. Gönn dir mal was. Chloe will unbedingt diese Balayage und Sean braucht bestimmt irgendwas für sein Training oder so. Gib das Geld aus. Fühl dich nicht schuldig, weil es Tom Rickards Geld ist. Es ist mein

Geschenk an dich, dafür, dass du die beste Mutter auf der Welt bist. Du hast all den Mist ertragen, den ich dir nach Dads Tod an den Kopf geworfen habe, jetzt lass mich ein einziges Mal etwas für dich tun.«

Lottie nickte. »Du musst dir das Empire State Building ansehen und, nicht zu vergessen, den Central Park.« Ihre Stimme brach und sie drängte die Erinnerungen an die Reisen nach New York zurück, die sie zusammen mit Adam unternommen hatte. An den Trip, den sie zu zweit gemacht hatten, bevor die Kinder da waren. Oben auf dem Empire State Building hatte sie unter solcher Höhenangst gelitten, dass sie nicht einmal einen Blick über den Rand der Aussichtsplattform geworfen hatte. Adam hatte sie im Aufzug förmlich wieder heruntertragen müssen.

Sie nahm den kleinen Louis auf den Arm, küsste sein Haar, seine Finger und seine Nase und atmete seinen Baby-Duft ein, bevor Chloe ihn nahm, um ihn ebenfalls an sich zu drücken.

Katie schloss Lottie in ihre Arme. »Mach dir keine Sorgen um mich, Mam. Ich bin doch nur drei Wochen weg. Hab dich lieb.«

»Hab dich lieber.«

Nachdem sie Chloe umarmt hatte, ging Katie weiter zu ihrem Bruder. Der große, unbeholfene Sean zögerte einen Moment lang, dann drückte er seine Schwester in einer stürmischen Umarmung an sich und mit einem Mal weinten sie alle. Es waren Tränen des Glücks, weil sie sich für Katie freuten, aber sie weinten auch aus Einsamkeit, weil sie ihnen sehr fehlen würde.

»Ach, Leute, reißt euch zusammen«, sagte Katie, nahm Louis wieder an sich, setzte ihn in den Buggy und schnallte ihn an. »Sonst muss ich mir die Augen noch mal neu schminken.« Sie hängte die Wickeltasche an den Griff und hievte sich ihren Rucksack auf die Schultern.

»Du Drama-Queen«, sagte Chloe.

»Das sagt die Richtige!« Sean stupste sie an.

Alles wieder beim Alten, dachte Lottie.

Als sie sich umdrehte und sich mit Chloe und Sean, die rechts und links von ihr gingen, auf den Weg zurück zum Parkdeck machte, spürte sie, wie in einem Winkel ihres Herzens ein Gefühl der Leere entsprang und sich dort, zusammen mit einer Spur Angst, einnistete. Beides würde erst nachlassen, wenn ihre Familie wieder vereint wäre, wann immer das auch sein mochte.

Nachdem sie Chloe und Sean an der Schule abgesetzt hatte, fuhr sie nach Hause, um die Akte des ungeklärten Falls zu holen, obwohl sie für die Teambesprechung ohnehin schon spät dran war. Sie hatte den Großteil der Akte gelesen, nachdem sie gestern Abend vom See zurückgekehrt war, und noch ungefähr eine Stunde Schlaf bekommen, bevor sie zum Flughafen hatte aufbrechen müssen. Die Erschöpfung sickerte ihr bis in die Knochen; kein gutes Vorzeichen, was den restlichen Tag anging. Draußen vor der Zentrale schluckte sie eine halbe Xanax und hoffte das Beste.

McMahon stand an der Stirnseite des Zimmers und leitete die Teambesprechung, als sie hereinstürzte.

»Sie haben sich also auch endlich entschlossen, uns mit Ihrer Anwesenheit zu beehren«, sagte er und rieb sich mit Daumen und Zeigefinger das Kinn.

Lottie starrte wütend zu Boyd hinüber. Hatte er sich etwa keine plausible Entschuldigung für ihre Abwesenheit überlegt?

»Jetzt bin ich ja da«, sagte sie.

Sie kratzte ihr Selbstvertrauen zusammen, obwohl ihr Kopf von der Tablette dröhnte, marschierte an den versammelten Kriminalbeamten und uniformierten Polizisten vorbei und warf dabei einen Blick auf die Falltafeln. Inzwischen war ein Foto hinzugefügt worden, das schemenhaft die Leiche zeigte, die sie im Wald am See gefunden hatten.

»In der Tat«, sagte McMahon. »Und zur Feier meiner Ankunft in diesem Bezirk gibt es nicht nur einen, sondern gleich zwei Mordfälle. Allmählich möchte ich den Medien glauben, wenn sie Ragmullin als Stadt des Schreckens bezeichnen.«

»Und welche Medien sagen so etwas?«, fragte Lottie und versuchte, sich zu sammeln.

McMahon starrte sie zornig an. »Ich hatte Besuch von der Polizeireporterin beim Landesfernsehen, Cynthia Rhodes. Ich glaube, Sie kennen sich schon. Das Bild, das sie von dieser Stadt zeichnet, ist sehr düster.«

»Dann ist sie wohl eine ziemlich schlechte Künstlerin.« Lottie stellte ihre Tasche mit Wucht auf dem Boden ab und legte ihre zusammengeknäuelte Jacke darauf.

Kirby kicherte und Lottie konnte nicht verhindern, dass sich daraufhin ein Lächeln auf ihrem Gesicht ausbreitete.

»Als leitende Ermittlerin übernehme ich jetzt«, verkündete sie.

Sie wartete, bis McMahon mit einem schadenfrohen Grinsen auf den Lippen beiseitegetreten war. Was sollte das bedeuten? Sie zeigte auf das erste Foto auf dem Fallbrett und setzte an.

»Elizabeth Byrne. Zuletzt gesehen wurde sie am Montag, als sie um 16:00 Uhr ihr Büro verließ. Wir haben Bildmaterial einer Überwachungskamera vom Bahnhof Dublin Connolly, das sie dort um 17:00 Uhr zeigt. Der Zug fuhr um 17:10 Uhr ab und kam um 18:20 Uhr in Ragmullin an. Ihre Leiche wurde am Mittwochmorgen auf dem Friedhof gefunden, als gerade eine Beerdigung im Gange war. Sie haben die Daten und Einzelheiten zu den entsprechenden Vernehmungen. Eine Spur geht auf Bridie McWard zurück, die in der Wohnsiedlung der Fahrenden lebt. Sie sagt, sie habe am Dienstag um 3:15 Uhr Schreie gehört. Die Obduktionsergebnisse haben ergeben, dass dies der ungefähre Todeszeitpunkt war. Bridie wurde anschließend in ihrer Wohnung tätlich angegriffen. Es ist unklar, ob es einen Zusammenhang zu ihrer Aussage gibt, aber während des Angriffs wurde ihr verbal gedroht.«

Sie hielt inne, um sich gedanklich wieder auf den Mord zu fokussieren. »Elizabeth wurde höchstwahrscheinlich über den Friedhof gejagt und ist dann in das offene Grab gefallen, wobei sie sich ein Bein gebrochen hat, falls es nicht schon vorher geschehen ist. Sie wurde lebendig begraben. Vielleicht hoffte der Mörder, dass an diesem Tag, dem Dienstag, ein Sarg ins Grab gelassen und Elizabeth darunter begraben werden würde. Tatsächlich wurde die Beerdigung aber auf Mittwoch verschoben, weil der Enkel der Verstorbenen aus Australien herfliegen musste. In der Zwischenzeit hat sich der lose Lehm etwas verteilt und so einen Teil der Leiche freigelegt.«

»Glauben Sie, dass jemand aus der Familie Green etwas mit dem Mord zu tun hat?«, fragte McMahon.

Lottie hatte völlig vergessen, dass er auch noch da war.

»Kirby, Sie haben diese Vernehmungen vorgenommen.« Sie wandte sich an den Beamten. »Was haben Sie herausgefunden?«

»Alles unverdächtig. Die Angaben waren korrekt. Außerdem habe ich nach dem Medienaufruf unseres stellvertretenden Superintendent McMahon die Aussagen derjenigen überprüft, die sich gemeldet haben, weil sie am Samstagabend in der Diskothek Last Hurdle waren, und auch derer, die am Montagabend im Zug aus Dublin saßen. Keiner hat etwas Ungewöhnliches bemerkt. Kaum jemand erinnert sich an Elizabeth, und wenn doch, ist ihnen zumindest nichts Verdächtiges aufgefallen. Ein paar Pendler sagten, sie sei regelmäßig mit dem Zug gefahren, aber sie könnten sich nicht daran erinnern, dass am Montag etwas besonders gewesen wäre.«

»Okay. Sehen Sie sich noch einmal das Video der Überwachungskamera am Bahnhof an. Ursprünglich haben wir nur nach Elizabeth Ausschau gehalten. Diesmal achten wir auf jeden, der sich verdächtig verhält, und suchen nach Personen, die möglicherweise schon in der PULSE-Datenbank aufgeführt werden.«

»Wird gemacht«, sagte Kirby.

»Die einzige Spur, die wir haben, ist ein Bündel Kleidung, das in Müllsäcke verpackt im Container beim Friedhof gefunden wurde. Es ist denkbar, dass der Mörder sie dort in derselben Nacht, in der Elizabeth ermordet wurde, abgeladen hat. Die Überwachungskameras zeigen ein Auto, das vierundzwanzig Minuten lang dort geparkt war. Mrs Byrne hat bestätigt, dass diese Kleider ihrer Tochter gehörten. Jim McGlynn sagt weiterhin, die Kleidungsstücke seien nass gewesen. Liegen uns die Ergebnisse seiner Untersuchungen schon vor?«

»Noch nicht«, antwortete Kirby.

»Wurden die Aussagen von Elizabeths Arbeitskolleginnen und -kollegen überprüft?«

»Sie können alle nachweisen, wo sie sich zur fraglichen Zeit aufgehalten haben, und Elizabeth war bei keinem von ihnen.« Kirby schob einen Stapel Papiere zurück in einen Aktenordner.

»Die Frage, die wir uns stellen müssen, ist folgende: Wo war Elizabeth von dem Zeitpunkt, als sie zuletzt gesehen wurde, also um 17:00 Uhr, bis zu dem Zeitpunkt, als Bridie die Schreie hörte, um 3:15 Uhr am nächsten Morgen? Wurde sie in Ragmullin im Zug aufgegriffen und entführt? Oder ist sie wohlbehalten ausgestiegen und wurde dann auf ihrem Nachhauseweg abgepasst? Sie hat kein Auto. Haben wir alle Überwachungskameras der Stadt überprüft? Die Geschäfte, die auf ihrem üblichen Weg nach Hause liegen?«

»Das wurde alles überprüft, aber es gibt keine Spur von ihr«, sagte Kirby.

»Was ist mit Taxis?«

»Kein Taxifahrer kann sich an sie erinnern.«

»Und der Exfreund. Matt Mullin. Hat Lynch ihn ausfindig gemacht?« Wo war Lynch an diesem Morgen überhaupt? Sie konnte sie in der versammelten Gruppe nicht entdecken.

»Wir waren gestern bei ihm zu Hause«, berichtete Kirby, »und haben seine Mutter angetroffen. Sie war nicht sehr kooperativ, um es milde auszudrücken.«

»Warum?«

»Ohne richterliche Anordnung weigert sie sich, mit uns zu sprechen.«

»Was verheimlicht sie dann?«

»Sie deckt Matt«, sagte Kirby. »Er wurde aus seinem Job bei der Bank entlassen, schon vor Weihnachten, also muss er zu Hause sein.«

»Vergewissern Sie sich, dass er wieder in der Stadt ist, mit allen Mitteln, die zur Verfügung stehen. Wir müssen ihn so schnell wie möglich ausfindig machen, um herauszufinden, wo er am Montagabend war. Geben Sie sein Foto an die Medien weiter.«

»Dafür ist es noch ein bisschen früh«, warf McMahon ein.

»Er ist der *einzige* Verdächtige, den wir haben«, widersprach Lottie. Mit seinem Einwand hatte McMahon sie aus dem Konzept gebracht. »Wir könnten sagen, dass wir bei den laufenden Ermittlungen seine Hilfe brauchen.« Sie verschränkte einen Arm vor der Brust, stützte den anderen Ellbogen darauf und legte ihr Kinn auf dem Handrücken ab. So dachte sie nach und fügte dann hinzu: »Elizabeths Handy wurde noch nicht gefunden. Wir müssen dem Mobilfunkprovider Druck machen.«

»Ich arbeite dran«, sagte Boyd.

»Es ist anzunehmen, dass sie in diesem Zug saß. Was ist also geschehen, als der Zug in Ragmullin hielt? Kommt schon, Leute. Das müssen wir herausfinden.«

Ein dumpfes Murmeln ging durch den Raum. »Gibt es sonst noch etwas zu besprechen?«, fragte Lottie.

Kirby meldete sich zu Wort. »Den Angriff auf Bridie McWard. Die Spurensicherung ist in ihrem Haus fertig. Sie haben DNA-Spuren und Fasern gefunden. Wir müssen mit ihrem Ehemann Paddy sprechen, um ihn als Verdächtigen auszuschließen.«

McMahon richtete sich auf. »Wo ist er?«

»Das wissen wir nicht, Sir.«

»Finden Sie ihn. Bringen Sie das Nummernschild seines Transporters oder Pkws in Umlauf. Ich finde nicht, dass Ragmullin so groß ist, dass Sie ihn nicht aufspüren könnten. Schluss mit der Zeitverschwendung.«

»Wenn man nicht gefunden werden will, ist die Stadt groß genug, um sich zu verstecken«, erklärte Lottie. Sie sah, dass Boyd zögerlich eine Hand gehoben hatte. »Ja, Boyd?«

»Wir müssen in Betracht ziehen, dass möglicherweise noch eine weitere junge Frau vermisst wird.«

»Wer?«, fragte Lottie.

»Mollie Hunter«, sagte Boyd. »Ich habe dir gestern Abend von ihr erzählt.« Scheiße, das hatte er tatsächlich. »Steht sie in der Vermissten-Datenbank?«

»Nein, noch nicht. Sie lebt allein in einer Wohnung am Canal Drive. Und ist eine Freundin von Gilly.« Aus Rücksicht McMahon gegenüber fügte Boyd hinzu: »Garda O'Donoghue.« Dann fuhr er fort: »Gilly hat am Dienstag mit Mollie telefoniert, konnte sie aber seither nicht mehr erreichen. Sie hat einen Schlüssel zu ihrer Wohnung und hat zweimal dort nachgesehen. Keine Spur von der Frau. Und jetzt kommt der interessanteste Teil: Mollie nimmt jeden Morgen um sechs Uhr den Zug nach Dublin, wo sie arbeitet, und fährt dann mit dem Zug um 17:10 Uhr wieder nach Hause.«

»Wurde ihr Arbeitgeber kontaktiert?«, fragte Lottie.

»Noch nicht. Ich habe erst gestern Abend davon erfahren.«

McMahon trat einen Schritt vor. »Es hat keinen Sinn, sich hier zu verzetteln und ...«

»Ich finde, wir sollten der Sache nachgehen, Sir«, warf Lottie ein. »Zumindest, um auszuschließen, dass sie tatsächlich vermisst wird.« Sie bemerkte, dass Kirby seinen Kopf gesenkt hatte und angestrengt auf seinen Laptop starrte.

McMahons Stimme sprang zwei Oktaven nach oben. »Warum hat ihre Familie sie nicht als vermisst gemeldet?«

»Die Familie lebt in London, daher finde ich, dass wir handeln müssen ...«, begann Boyd.

»Sie wurde nicht als vermisst gemeldet«, unterbrach ihn McMahon. »Sie haben mit dem Mord doch schon alle Hände voll zu tun, oder nicht, Detective Inspector?«

Lottie wollte sich gegen ihn zur Wehr setzen, aber sie fühlte sich, als müsste sie in Tränen ausbrechen, wenn sie jemand bloß schief anschauen würde, weil sie so müde war. Und so aufgewühlt wegen Katies Abreise.

»So. Und was ist jetzt mit der Leiche, die gestern Abend gefunden wurde?« McMahon zeigte auf das Foto auf der Falltafel. »Könnte das vielleicht Ihre verschwundene Mollie sein?« Er wandte den Kopf in Boyds Richtung und warf ihm einen abschätzigen Blick zu.

Lottie antwortete, bevor Boyd auf die Provokation eingehen konnte: »Wir wissen noch nicht, wer sie ist. Bob Mulligan, der draußen am Ladystown Lake lebt, hat die Leiche gegen Mitternacht gefunden. Na ja, genaugenommen hat sie sein Hund gefunden. Aber vorher waren schon zwei Jugendliche darüber gestolpert.«

»Könnten Sie vielleicht erklären, wovon Sie da reden?« McMahon strich sich den Pony aus der Stirn.

Lottie bemerkte auf seiner gerunzelten Stirn ein paar Pickel, die zu pochen schienen, während sie ihm erklärte, was am See vorgefallen war.

»Ich muss Mr Mulligan noch offiziell vernehmen, aber er behauptet, dass die Leiche dort nicht länger als eine Woche gelegen haben kann.«

»Und woher will er das wissen?«

»Er war von Freitag, dem fünften, bis gestern Abend in Galway. Und er hatte den Hund dabei. Er behauptet, das Tier hätte es erschnüffelt, wenn die Leiche vorher schon dort gelegen hätte.«

»Haben Sie sein Alibi überprüft? Er könnte in den Vorfall verwickelt sein und versucht vielleicht, Sie von seiner Fährte abzubringen. Oder besser gesagt von der Fährte, die der Hund aufgenommen hat.« McMahon lachte.

Lottie ging nicht darauf ein. »Ich muss heute Morgen die beiden Jugendlichen befragen. Letzte Nacht standen sie unter Schock. Sie wohnen in einem Wohnwagen auf dem Campingplatz.«

»Bei diesem Wetter?«, hakte Kirby nach.

»Sie sind jung, vielleicht haben sich unerlaubterweise irgendwo eingenistet. Aber darüber mache ich mir jetzt keine Gedanken. Die Leiche ist noch *in situ*. Die Rechtsmedizinerin wird bald da sein und die Spurensicherung ist bereits vor Ort.«

»Dann ermitteln Sie weiter.«

Lottie hielt die Luft an, zählte bis fünf und atmete dann langsam wieder aus. Er würde sie noch in den Wahnsinn treiben. »Ja, Sir.«

»Und was den Mord an Elizabeth Byrne angeht – Sie haben uns erzählt, was Sie alles nicht wissen; *was* wissen Sie denn überhaupt?«

»Wir haben mit ihrer Freundin Carol O'Grady gesprochen. Sie sagt, dass Elizabeth jedes Wochenende in den Rochfort Gardens joggen ging. Wir haben eine Liste aller, die ebenfalls an diesen Laufrunden teilgenommen haben, und arbeiten uns da durch. Wenn wir in der Zwischenzeit nichts Auffälliges entdecken, werde ich morgen hingehen und mich bei allen umhören, mit denen wir bisher noch nicht gesprochen haben.«

»Und wozu soll das gut sein?«, fragte McMahon.

Herrgott noch mal, dachte sie. Warum verpisste er sich nicht einfach und ging wieder zurück nach Dublin?

»Eine oder einer von ihnen könnte uns Hinweise darauf geben, was passiert ist. Vielleicht hat jemand jemanden gesehen, die oder der sich verdächtig verhalten hat.«

»Wurde sie vielleicht gestalkt?«

»Das wäre denkbar.«

»Dann komme ich mit. Morgen, sagten Sie? Gut. Ich möchte mir die Gegend ansehen.«

»Ach ja?«

»Natürlich.«

»Schön.« Heilige Scheiße, das wurde ja immer schlimmer.

»Und verschwenden Sie keine Zeit mit diesem vermissten Mädchen, das gar nicht als vermisst gemeldet wurde.«

Wieder zählte Lottie stumm bis fünf. »Gibt es sonst noch etwas Neues, Team?«

»John Gilbey lebt in einem Wohnheim in der Kennedy Street«, sagte Kirby. »Ich werde nach dem Meeting hinfahren, um ihn noch einmal zu befragen. Und wie ich schon sagte, hat Bernard Fahys Ehefrau bestätigt, dass er Montagnacht die ganze Zeit über bei ihr war.«

»Hmpf.« McMahon gab ein grunzendes Geräusch von sich. »An Ihrer Stelle würde ich sein Alibi auf Herz und Nieren prüfen.«

»Das werde ich tun, Sir.«

»Ich glaube nicht, dass Fahy etwas mit dem Mord zu tun hat«, sagte Lottie.

»Wir dürfen nichts unversucht lassen und so weiter, Sie wissen schon«, sagte McMahon. »Gut. Machen Sie sich an die Arbeit, alle Mann. Und DI Parker, ich will mit Ihnen sprechen. Sofort. Draußen.«

Lottie beobachtete, wie er dem Team zunickte und dann aus der Zentrale marschierte. Sie blieb, wo sie war, bis er seinen Kopf plötzlich wieder zur Tür hereinstreckte.

»Wenn ich sofort sage, dann meine ich das auch.«

»Ich würde lieber gehen«, riet ihr Boyd. »Bevor er mich an den Ohren hier herauszieht.«

McMahon schritt auf dem Flur auf und ab.

»Hören Sie, Parker, ich werde das Gefühl nicht los, dass Sie nicht wollen, dass ich an diesen Ermittlungen mitwirke.«

»Ich ...« Lottie schloss eilig den Mund wieder. Das war sicherer.

»Bei Superintendent Corrigan konnten Sie vielleicht Ihren Egotrip abziehen, aber ich habe nicht vor, Ihnen das durchgehen zu lassen.«

»Bei allem Respekt, *Sir*, das stimmt so nicht. Ich habe mit Boyd, Kirby und Lynch ein großartiges Team an meiner Seite.«

»Und wo ist Detective Lynch heute Morgen?«

»Krankgeschrieben, soweit ich weiß.« Sie wusste es nicht, aber sie würde es herausbekommen.

»Ist denn jeder in diesem verdammten Laden krankgeschrieben?«

»Nur Superintendent Corrigan und Detective Lynch. Sir.«

»Vorlaut sind Sie also auch noch.« Er beugte sich mit seinem langen Oberkörper zu ihr hinunter. »Sie haben da drinnen etliche Männer und Frauen zu Ihrer Unterstützung und Sie halten sie mit irgendwelchen banalen Aufgaben beschäftigt. Sie wollen den Ruhm wohl für sich ganz allein beanspruchen, was?«

Lottie lachte. »Das ist wohl die eine Sache, die man mir nicht vorwerfen kann.«

Er schien darüber nachzudenken, dann sagte er: »Ich behalte Sie im Auge, Parker. Alles, was Ihnen jetzt ein Dorn im Auge ist, wird ein ausgewachsenes Problem sein, ja, ein verdammtes Dornengestrüpp, wenn ich hier fertig bin. Und wenn Sie dann das Gefühl haben, dass Sie auf Schritt und Tritt verfolgt werden, dann lassen Sie mich

Ihnen sagen: Das bin ich und ich hefte mich an Sie wie ein Schatten.«

»Wenn das alles wäre?« Lottie ballte ihre Hände zu Fäusten, so fest sie konnte, für den Fall, dass sie sonst auf ihn losgehen würde.

Sie sah ihm nach, wie er mit großen Schritten über den Flur davonrauschte. Die Sache war ernst. Glaubte sie zumindest. Er konnte sie mal.

Sie spürte, dass jemand hinter ihr stand, und erschauderte. Hatte er nicht irgendwas von einem Schatten gesagt?

»Was hatte er zu seiner Verteidigung zu sagen?«, fragte Boyd.

»Fahr den Wagen vor, dann erzähle ich es dir auf dem Weg zum See. Und weißt du, wo Lynch ist?«

DREIUNDFÜNFZIG

Im See spiegelte sich der Himmel, silbergrau, und die Schatten der Wolken zogen über ihn hinweg wie der Dampf einer alten Lokomotive. Am Fuße der Bäume zwängten weiße Schneeglöckchen ihre Köpfe durch die harte Erde. Vögel zwitscherten. Mit einem flatternden Geräusch stob einer von ihnen durch das Geäst und flog zum Himmel empor. Vom See her schlug ihnen ein harscher Wind entgegen. Lottie zog den Reißverschluss ihrer Jacke bis zum Hals zu und die weiße Schutzkleidung darüber.

Der Weg zur Leiche war mit Absperrband abgesteckt worden und Lottie folgte den Markierungen durch das Unterholz, Boyd dicht hinter sich. Hier und da mühte sich etwas Grün ab, trotz des kalten Wetters zu blühen. Über ihrem Kopf ragten Äste in den Weg hinein und blieben in ihrem Haar hängen. Sie setzte die Kapuze auf und zog eine Maske über ihren Mund, bevor sie den Tatort betrat.

Ein lautes Krächzen ließ sie aufsehen. Eine Elster mit aufgeplustertem schwarz-weißem Gefieder saß flugbereit da und beobachtete sie, als sie über die innere Absperrung stieg.

»Eine bringt Kummer«, sagte Boyd und bezog sich auf den alten englischen Kinderreim.

Lottie betrat das kleine Zelt, sah sie sich um und ging auf McGlynn zu.

»Haben Sie Abdrücke von den Fußspuren genommen?«, fragte sie.

»Hinz und Kunz sind über diesen Tatort getrampelt. Oder sollte ich sagen: Hinz und Köter?«

»Und die Äste da draußen? Da können doch sehr leicht Fasern und Haaren hängen bleiben.«

»Die werden noch untersucht«, gab er mürrisch zurück.

»Hat sich Jane schon gemeldet?«, fragte sie.

»Sie ist auf dem Weg hierher. Sie war noch mit dem Papierkram wegen des Mordes an Elizabeth Byrne. Ich glaube, sie könnte auch ein paar Ergebnisse der DNA-Tests haben.«

»Super. Ich kann zur Abwechslung mal gute Neuigkeiten gebrauchen. Hat die Untersuchung der Kleidung aus dem Müllcontainer etwas ergeben?«

»Wenn Sie mich nicht ständig zu neuen Leichen rufen würden, könnte ich vielleicht tatsächlich mal Zeit in meinem Labor verbringen.«

»Das heißt also nein?«

»Ja, das heißt nein.«

Lottie rückte näher an die aufgedunsene nackte Leiche heran. Sie spürte McGlynns warnenden Blick mehr, als dass sie ihn sah.

»Ich würde nicht näher heran gehen«, sagte er. »Ich möchte, dass die Rechtsmedizinerin sie sich zuerst ansieht.«

»Es ist also eine Frau?«

»Ja. Aber sie wurde mit Bleiche übergossen und das

Ungeziefer hat sie ordentlich angeknabbert. Ich werde mehr wissen, sobald ich im Labor war.«

»Wie lange liegt sie schon hier?«

»Drei oder vier Tage vielleicht. Aber sie ist schon länger tot. Wie lange, weiß ich nicht.«

»Jane wird den Todeszeitpunkt bestimmen können«, sagte Lottie.

»Habe ich da meinen Namen gehört?« Jane Dore kam in ihrem Schutzanzug auf sie zu. Was ihr an Körpergröße mangelte – sie war ganze einen Meter fünfzig groß –, machte sie durch ihr professionelles, geradliniges Auftreten wieder wett.

»Guten Morgen zusammen. Machen Sie Platz.«

Lottie beobachtete voller Bewunderung, wie die Rechtsmedizinerin sich sofort an die Arbeit machte, die Leiche begutachtete und McGlynn dann aufforderte, sie leicht zu drehen, bevor sie die Hand hob, um ihn innehalten zu lassen.

»Haben Sie die Leiche bewegt?«

»Nein, ich habe auf Sie gewartet«, sagte er.

»Dann drehen Sie sie um.«

Als McGlynn und einer seiner Mitarbeiter ansetzten, die Leiche zu bewegen, sagte Jane: »Seien Sie vorsichtig.«

»Selbstverständlich«, erwiderte er.

Lottie lächelte in sich hinein. Mit Jane sprach er nicht so wie mit ihr. Sie musste an die Hackordnung bei Vögeln denken.

»Es gibt keine sichtbaren Verletzungen«, stellte die Rechtsmedizinerin fest.

»Woran ist sie dann gestorben?«, fragte Lottie.

»Wie Sie wissen, stelle ich niemals Mutmaßungen an. Aber ich würde sagen, in Anbetracht der Tatsache, dass die

Leiche anscheinend mit Bleiche gewaschen wurde, liegt Fremdeinwirkung, welcher Art auch immer, nahe.«

»Das hier scheinen die Überreste eines Müllsacks zu sein«, sagte Lottie und deutete auf zwei schwarze Plastikfetzen auf dem Boden.

»Packen Sie alles ein«, wies Jane McGlynn an. »Vielleicht war die Leiche darin eingewickelt. Es könnten sich noch Spuren daran finden.«

»Gut«, sagte Lottie. »Könnten Sie diesen Fall priorisieren, Jane?«

»Kann ich.«

»Um welche Altersgruppe handelt es sich in etwa?«

»Anfang bis Mitte dreißig, würde ich sagen.«

»Danke.«

Lottie verließ zusammen mit Boyd das Zelt.

»Du hast ja gar nichts gesagt da drinnen«, meinte sie.

»Wieso auch? Du bist in so viele Fettnäpfchen getreten, dass es für zwei reicht«, sagte er und machte sich auf den Weg zurück durch das Gestrüpp.

Welche Laus war ihm denn bitte über die Leber gelaufen?

An der äußeren Absperrung zogen sie die Schutzkleidung aus und packten die Anzüge in Tüten.

»Steht Mulligan als Nächstes an?«, fragte Boyd.

»Ja.«

Sie beschloss, nicht weiter nachzuhaken, was auch immer gerade mit ihm los war. Auch ohne Boyd hatte sie genug Sorgen. Plötzlich fragte sie sich, wie es wohl Katie ging, die jetzt im Flugzeug sitzen müsste. »Lieber Gott, bitte beschütze sie«, murmelte sie.

VIERUNDFÜNFZIG

Die Knochen. Die winzigen Knochen lagen vor ihr auf dem schmalen Tisch. Und ein ebenso winziger Schädel. Sie hätte ihn danach fragen sollen. Ob sie echt waren? Hatte er sie dagelassen, um ihr Angst zu machen und ihren Willen zu brechen? Sie wusste es nicht, aber eigentlich wollte sie es auch gar nicht so genau wissen. Am besten, sie stellte sich vor, dass sie aus Plastik wären. Nur Spielzeug. Ja. Nein. Sie waren echt. Erschreckend echt.

Sie setzte sich auf die Bettkante und trank einen Schluck Wasser aus der Plastikflasche, die er ihr dagelassen hatte. Und währenddessen starrte sie weiterhin die Knochen an. Was machten die Knochen eines Kindes hier unten? Warum waren sie nicht bestattet worden? Oder hatte man sie bestattet und dann wieder ausgegraben? Angst überzog prickelnd ihre Haut, ein beißendes Gefühl wie von etlichen hungrigen Ameisen, die an ihr fraßen. Und erst der Gestank. Er erfüllte den ganzen Raum. Es roch nach Ammoniak oder Bleiche. Welche Spuren hatte er damit beseitigt, bevor er sie hergebracht hatte? Was auch immer vor ihr hier gewesen war, er war bei seiner Arbeit nicht besonders gründlich gewesen. Sie konnte den Gestank ausmachen, der unter den chemischen Gerüchen lag. Nach verwesendem Fleisch. Er erinnerte sie an die tote Maus, die sie einmal hinter einer Fußbodenleiste gefunden hatte. Und egal, wie sehr sie sich auch vor Ungeziefer fürchtete und ekelte, sie hoffte dennoch, dass es bloß das war, was sie unter dem Geruch der Chemikalien wahrnahm.

Sie fühlte sich schwach und müde, aber sie wusste, dass sie nicht schlafen können würde. Nicht solange diese Knochen dort drüben lagen. Auf dem Präsentierteller. Nur um sie zu verhöhnen.

Stand ihr ein ähnliches Schicksal bevor?

Auf keinen Fall. Sie war stärker als das hier. Sie würde nicht das gleiche Schicksal erleiden wie... Plötzlich musste sie würgen und schluckte eilig. Wollten die Knochen des Kindes ihrer Überzeugung vielleicht widersprechen?

Bob Mulligans Grundstück wurde von einem Lattenzaun begrenzt. Das Fertighaus lag in einer Senke, einen knappen Kilometer vom Seeufer entfernt und etwa genauso weit vom Fundort der Leiche. Lottie stellte fest, dass es offensichtlich lange vor der Einführung strengerer Bauvorschriften errichtet worden war. Oder vielleicht hatte es Bob Mulligan mit dem Gesetz nicht so genau genommen.

Ein Auslauf aus Maschendraht beherbergte ein paar fast blank gerupfte Hühner und der Hund war mit einem angefressenen Seil auf einem betonierten Platz angebunden. Mulligan brachte sie ins Haus und sie setzten sich an einen Tisch, auf dem noch die Reste des Frühstücks verstreut lagen. Ihnen wurde kein Tee angeboten, worüber

Lottie ganz froh war. Sie hatte keine Lust, aus den offensichtlich schmutzigen Tassen mit braunen Rändern zu trinken.

»Wie lange leben Sie schon hier, Mr Mulligan?«, setzte sie an.

»So ungefähr dreißig Jahre. Hab das Haus von meiner Großmutter geerbt.«

»Was machen Sie beruflich?«

»Bin im Ruhestand. Jetzt angele ich nur ab und zu am See.«

»Die Gegend scheint sehr abgelegen zu sein.«

»Genau das gefällt mir. Meine Tiere und ich sind hier glücklich. Das war nicht immer so. Es gab eine Zeit, das muss jetzt schon fünfzehn, wenn nicht sogar zwanzig Jahre her sein, da hätten die Fahrenden mit ihren Wohnwagen fast die ganze Gegend in Beschlag genommen. Aber die Gemeinde hat sie in die Stadt umgesiedelt.«

»Wirklich? Was wollten sie denn hier draußen?«

»Es gibt da diesen Campingplatz auf der anderen Seite des Sees. Für Urlauber, wissen Sie. Ich glaube, die Fahrenden dachten, sie könnten hier drüben ihre eigene Siedlung errichten. Ich hatte kein Problem mit ihnen, aber sie hatten kein fließendes Wasser und keine Toiletten.«

»Das ist lange her«, sagte Lottie. »Hat Sie hier draußen sonst jemals irgendwer gestört?«

»Jugendliche Raser von Zeit zu Zeit. Liebespaare, die nachts mit dem Auto herkommen und die man an den beschlagenen Scheiben erkennt. Ansonsten ist es schön ruhig.«

»Wie oft gehen Sie in der Gegend, in der Sie die Leiche gefunden haben, spazieren?«, fragte Lottie und verschränkte die Arme.

»Ich werde doch nicht verdächtigt, oder? Ich habe nichts mit der Sache zu tun.«

»Könnten Sie bitte die Frage beantworten?«, warf Boyd ein.

»Normalerweise gehe ich an der Straße am See entlang, aber letzte Nacht waren da diese jungen Leute und haben Unfug getrieben. Sie haben die Leiche zuerst gesehen. Das Mädchen hat geschrien, und das hat Köter aufgeschreckt. Er hat die Fährte aufgenommen und ist losgelaufen. Also bin ich hinterher.«

»Wann waren Sie, abgesehen von letzter Nacht, zum letzten Mal dort?«, fragte Boyd.

»Wie ich Ihnen schon gesagt habe, das war vor über einer Woche. Sie können meinen Kumpel in Galway anrufen. Ich bin am vergangenen Freitag, den fünften, zu ihm gefahren.«

»Und vorher waren Sie die ganze Zeit über hier?« Lottie beobachtete, wie Mulligan unruhig auf seinem Stuhl hin und her rutschte. »Ja. Das heißt aber nicht, dass ich jemanden umgebracht habe.«

»Wir gehen lediglich allem nach, bis wir den Todeszeitpunkt kennen.«

»Glauben Sie, dass sie ermordet wurde?«

»Wie kommen Sie darauf?«

Er deutete auf die Zeitung, die auf dem Tisch lag. »Auf der Titelseite war ein Bericht über den Mord an Elizabeth Byrne.«

»›Beerdigt in einem fremden Grab‹«, las Lottie vor. »Wir werden das mit Ihrem Kumpel überprüfen. Und ich brauche eine Aufstellung davon, an welchen Orten Sie sich in den letzten Wochen wann aufgehalten haben.«

»Ich schreibe es Ihnen auf.«

»Sie können auf dem Revier eine offizielle Aussage

machen und eine DNA-Probe abgeben. Passt es Ihnen gleich heute?«

»Na wunderbar.«

»Hier ist meine Karte. Lassen Sie es mich wissen, wenn Ihnen noch etwas einfällt, das uns weiterhelfen könnte. Solange die Spurensicherung am Tatort andauert, lasse ich Ihr Tor von einem uniformierten Beamten bewachen.«

»Ich stehe also unter Hausarrest?«

»Das dient nur Ihrer eigenen Sicherheit«, log Lottie.

───────

Bevor sie dazu kamen, die Jugendlichen zu befragen, ließ McGlynn ihnen eine Nachricht zukommen, mit der Bitte, dass sie zum Tatort kommen sollten.

»Wir haben das hier gefunden.« Er deutete nach unten und einer seiner Mitarbeiter trat zur Seite.

Lottie sah zu Boden und erspähte eine Stelle, wo die Erde umgegraben war. »Jemand hat hier gegraben?«

»Zumindest hat er es versucht.«

»Vielleicht wollte er die Leiche vergraben, aber wegen des Frosts war der Boden zu hart.«

»Also hat er den Plastiksack entfernt und sie der Natur und der Witterung überlassen.« McGlynn stellte eine Spurentafel zur Markierung neben das Loch. »In der Hoffnung, dass sie, falls man sie finden würde, bis dahin nur noch ein Haufen Knochen wäre.«

»Eine Schaufel wurde nicht gefunden?«

»Nein.«

»Reifenspuren?«

»Auch nicht. Wahrscheinlich hat er an der Straße geparkt, die Leiche über der Schulter gelegt und hergetragen. Er ist so weit in den Wald gelaufen, wie er konnte, bevor das Dickicht ihm den Weg versperrt hat.«

»Es muss also ein Einheimischer sein.«

»Warum?«

»Er kennt sich in der Gegend aus und weiß, wie das Gelände beschaffen ist.«

»Oder es ist jemand Ortsfremdes, der auf dem Campingplatz untergekommen ist«, sagte Boyd.

»Wir müssen den Manager befragen.«

»Wir versuchen gerade, ihn zu erreichen.«

»Und wir brauchen eine Liste aller Personen, die in den letzten Monaten auf dem Campingplatz übernachtet haben.«

»Man müsste schon verrückt sein, um bei dem Wetter da zu übernachten«, sagte Boyd und zuckte mit den Schultern.

Während sie zurück zum Auto gingen, fragte Lottie: »Glaubst du, dass der Mörder von Elizabeth auch hierfür verantwortlich ist?«

»Schwer zu sagen. Man sollte doch meinen, dass er, wenn er Elizabeth in einem offenen Grab lebendig begräbt, das Gleiche auch in diesem Fall tun würde.«

»Das war auch mein Gedanke. Also hat er vielleicht versucht, dieses Opfer loszuwerden, bevor er sich um Elizabeth gekümmert hat. Und wenn wir mit Mulligans Annahme mitgehen, dass sein Hund die Leiche gefunden hätte, wenn sie früher hier gelegen hätte, muss sie diese Woche dort abgeladen worden sein.«

FÜNFUNDFÜNFZIG

In der Zentrale hängte Lottie noch ein verpixeltes Foto der am See gefundenen Leiche auf und ging dann zurück in ihr Büro.

Von Shane Timmons und Jen O'Reilly, den beiden verängstigten Jugendlichen, die Dublin für ein paar Tage entflohen waren, um im Wohnwagen von Shanes Mutter rumzumachen, hatten sie nichts Neues erfahren.

»Okay, diese Leiche kann jedenfalls nicht die von Mollie Hunter sein, die vielleicht vermisst wird. Sie ist fünfundzwanzig Jahre alt und es ist wahrscheinlich, dass es sich bei der Leiche um eine Frau Mitte dreißig handelt. Sie ist seit etwa einer Woche tot.« Lottie setzte sich an ihren Schreibtisch. Boyd lungerte an ihrer Tür herum.

»Ich werde jemanden beauftragen, die landesweite Vermissten-Datenbank zu überprüfen, denn ich glaube nicht, dass die Parameter auf jemanden aus der Gegend zutreffen«, sagte er.

»Vielleicht bekommen wir nachher ihre DNA.«

»Ich werde auf jeden Fall bei Mollies Arbeitgeber und

ihren Kolleginnen und Kollegen nachfragen, ob jemand eine Ahnung hat, wo sie sein könnte.«

»Sag Lynch, sie soll die Datenbank durchsuchen.« Lottie reckte ihren Hals, um an Boyd vorbeizusehen. »Wo ist sie überhaupt?«

»Sie hat sich krankgemeldet.«

»Scheiße. Wir haben zu viel zu tun, als dass jemand fehlen könnte.«

»Ruf sie doch an.«

»Lieber nicht. Sie könnte es als Belästigung auffassen.«

»Macht dieses hässliche Wort schon wieder die Runde?«

»Du weißt, was passiert ist, Boyd. Ich will das nicht noch einmal erleben.«

Da kam Kirby auf sie zu. »Wir haben Paddy McWard gefunden. Wollen Sie ihn befragen?«

»Mit welcher Begründung haben Sie ihn festgenommen?«

»Ich habe ihn nicht festgenommen.« Kirby fuchtelte mit einem Aktenordner voller loser Blätter herum. »Er ist hier aufgetaucht und hat verlangt, mit dem oder der Verantwortlichen zu sprechen. Das sind entweder Sie oder McMahon. Soll ich also den Superintendent fragen?«

Lottie stand auf.

»Nein, je weniger der an den Ermittlungen beteiligt ist desto besser. In welchem Vernehmungsraum ist er?«

Paddy McWard lehnte an der Wand, die Arme neben seinem Körper, und sein unterdrückter Zorn war beinahe greifbar. Er trug ein T-Shirt, obwohl es eiskalt war. Einer seiner Arme war mit bunten Tätowierungen übersät, den anderen zierte ein keltisches Kreuz. Sein volles schwarzes

Haar war ordentlich zurückgekämmt und er funkelte sie aus kalten blauen Augen herausfordernd an. Lottie war überrascht, wie gut aussehend er war, trotz seiner schwelenden Wut.

In seiner Akte hatte sie gelesen, dass er einen Meter neunzig groß und sechsunddreißig Jahre alt war und dass er schon zweimal wegen Ruhestörung festgenommen worden war. Keiner der beiden Vorfälle hatte zu einer Gerichtsverhandlung geführt, aber sie waren in der PULSE-Datenbank gespeichert worden.

»Mr McWard. Was führt Sie hierher?«

»*Sie.*«

»Schön, was kann ich für Sie tun?«

»Sie können den Scheißkerl finden, der meiner Frau die Seele aus dem Leib geprügelt hat.«

»Bitte setzen Sie sich.« Lottie gefiel seine einschüchternde Ausstrahlung nicht.

»Ich möchte lieber stehen bleiben. Sie können sich setzen, wenn Sie wollen.«

»Mr McWard, das hier ist mein Vernehmungszimmer. Ich kann ein paar uniformierte Beamte reinholen, wenn Sie möchten.« Lottie lächelte herzallerliebst und deutete auf den Stuhl, der auf der gegenüberliegenden Seite des Tisches stand.

Als er widerwillig Platz genommen hatte, setzte sie sich ebenfalls. Er roch nach Aftershave und seine Kleidung war sauber. In ihren Jahren bei der Polizei hatte Lottie schon oft Kontakt zu Menschen aus der Gemeinschaft der Fahrenden gehabt und sie wusste, dass es im Grunde gute Menschen waren, die versuchten, ihr Leben nach ihren Vorstellungen zu gestalten und ihr kulturelles Erbe zu schützen. Aber in jeder Gemeinschaft gab es nun mal ein paar Störenfriede, die alle anderen ebenfalls in Verruf brachten.

»Also, Mr McWard, wo waren Sie die ganze Woche über? Wir haben nach Ihnen gesucht.« Sie verschränkte die Arme und lehnte sich in ihren Stuhl zurück. Das brachte ihn wiederum dazu, sich vorzubeugen.

»Was reden Sie da? Ich bin hergekommen, um mit Ihnen zu sprechen, Miss Detective. Also lassen Sie den Scheiß und hören Sie auf, mir Fragen zu stellen.«

»Ihre Frau wurde angegriffen und Sie waren nirgends aufzufinden. Es liegt auf der Hand, dass wir mit Ihnen darüber sprechen möchten.«

»Und ich will mit *Ihnen* darüber sprechen.«

»Nur zu.«

»Was unternehmen Sie, um den Mistkerl zu finden, der das getan hat? Sagen Sie's mir.«

»Wir haben den Tatort kriminaltechnisch untersucht und alle Personen vor Ort befragt und ...«

»Das war niemand von meinen Leuten, sondern jemand von außerhalb.«

»Und wie ist er reingekommen?«

»Durch das Eingangstor.«

»Mir ist aufgefallen, dass alle Häuser und sogar die Wohnwagen mit Kameras ausgestattet sind. Aber niemand war bereit, uns seine Aufnahmen zur Verfügung zu stellen. Das ist nicht gerade hilfreich.« Diese Informationen hatte Lottie Kirbys Ermittlungen entnommen.

»Auf den Bändern war nichts zu sehen. Ich habe sie überprüft. Ich will Gerechtigkeit für meine Bridie. Seit dem Angriff ist sie ein nervliches Wrack.«

»Was glauben Sie, warum sie so brutal angegriffen wurde?«

»Worauf wollen Sie hinaus?« Er lehnte sich wieder zurück und musterte sie misstrauisch.

»Sind Sie in Angelegenheiten verwickelt, die Ihre Frau zur Zielscheibe machen könnten?«

Er schob den Stuhl zurück, stand auf und sah auf sie hinab. »Das hat nichts mit mir zu tun.«

Lottie blieb reglos sitzen. »Wo waren Sie in der Nacht von Montag auf Dienstag und am Dienstagmorgen, Mr McWard?«

»Das geht Sie nichts an.« Er setzte sich wieder hin.

»Sie wissen ja, dass wir die Leiche einer jungen Frau auf dem Friedhof gefunden haben. Ihre Frau hat sie schreien hören. Aber Sie waren nicht zu Hause. Also, wo waren Sie?«

»Es geht Sie gar nichts an, wo ich war. Sie haben kein Recht, mir diese Fragen zu stellen.«

»Sind Sie damit einverstanden, dass wir DNA-Test durchführen?«

»Einen was? Sind Sie denn völlig bescheuert?« Er schlug mit der flachen Hand auf den Tisch.

»Können Sie nachweisen, wo Sie an jedem Tag und in jeder Nacht der letzten Woche waren?« Lottie sprach weiterhin mit sanfter, ruhiger Stimme.

»Das ist Schikane.« Er verzog das Gesicht zu einer Grimasse, dann bogen sich seine Lippen zu einem gehässigen Grinsen. »Ah, verstehe. Sie denken, Sie können mich herumschikanieren, weil ich ein Fahrender bin.«

»Wir stellen jedem die gleichen Fragen. Aber Sie interessieren mich besonders, weil Sie mir nicht sehr auskunftsfreudig zu sein scheinen. Sagen Sie mir jetzt, wo Sie gewesen sind und was Sie gemacht haben?«

»Nein, das tue ich nicht. Und wenn Sie keine Lust haben, Ihren knochigen Arsch hochzukriegen und etwas gegen den Schwachkopf zu unternehmen, der meine Frau geschlagen hat, dann werde ich das selbst tun.«

Er schleuderte beim Aufstehen den Stuhl nach hinten gegen die Wand und ging zur Tür.

»Mr McWard?« Lottie bemühte sich um ihre gelassenste Tonlage. Als er sich umdrehte, die Hand schon an der Klinke, sagte sie: »Ich behalte Sie im Auge.«

Er riss die Tür auf und stürmte hinaus.

Da streckte Boyd seinen Kopf herein.

»Cynthia Rhodes möchte eine Stellungnahme von dir haben.«

»Sag ihr, sie soll sich verpissen.«

SECHSUNDFÜNFZIG

Lottie ging hinaus zum Empfangsbereich, öffnete die Tür links neben der Theke und schaltete das Licht ein. Das Zimmer sah genauso aus wie der Vernehmungsraum, aus dem sie gerade kam, nur kleiner. Es wurde hauptsächlich genutzt, um Bewerberinnen und Bewerber dort Formulare ausfüllen zu lassen. Es fanden darin gerade einmal zwei Personen Platz, und das war schon beengt.

»Ich bin sehr beschäftigt, wie Sie sich denken können«, sagte sie, setzte sich und verschränkte die Arme.

»Ich werde Ihre Zeit nicht allzu lange in Anspruch nehmen. Danke, dass Sie sich bereit erklärt haben, mit mir zu sprechen.« Cynthia Rhodes zog einen Stuhl vom Tisch.

»Ich habe mich zu überhaupt nichts bereit erklärt. Ich hake nur einen Punkt auf der To-do-Liste ab.« Sobald sie die Worte ausgesprochen hatte, wusste Lottie, dass es ihr gelungen war, die Journalistin gegen sich aufzubringen. Das war Paddy McWards schuld. Sie musste das Gespräch mit ihm erst noch verdauen und herausfinden, weshalb er so wütend war.

»Darf ich mich setzen?«, fragte Cynthia, legte ihr

Handy auf dem kleinen Schreibtisch ab und öffnete die Aufnahme-App. Sie schob ihre schwarze Brille auf der Nase ein Stück nach oben.

»Nur zwei Minuten. Mehr kann ich nicht entbehren.«

»Ich möchte einen Beitrag für die Wochenendnachrichten machen.«

»Worüber?«

»Den zehnten Jahrestag des Verschwindens von Lynn O'Donnell.«

Lottie stieß einen Seufzer aus.

»Damals war ich noch nicht in Ragmullin tätig.« Sie war entschlossen, so wenig wie möglich zu sagen.

»Könnte ich dann bitte mit Superintendent Corrigan sprechen? Ich glaube, er war damals der leitende Ermittler.«

»Er ist derzeit krankgeschrieben.« Was Sie bereits wissen, dachte Lottie. Sie vergeudete hier kostbare Zeit. Schließlich musste sie sich um zwei Leichen und eine eventuell vermisste Person kümmern. »Wir brauchen jedoch die Hilfe der Medien, um von der Öffentlichkeit Informationen über den letzten Aufenthaltsort Elizabeth Byrnes zu erhalten. Das ist die junge Frau, die ermordet wurde und die wir in ...«

»Ich habe die Pressemitteilung gelesen und bin mir Ihres momentanen Arbeitspensums durchaus bewusst«, unterbrach sie Cynthia.

Lottie zog die Augenbrauen hoch. »Meines Arbeitspensums? Was hat das denn mit Ihnen zu tun?«

»Ich habe mich mit David unterhalten.«

Welcher David? Ach, Scheiße. McMahon! Lottie ballte die Hände so fest zu Fäusten, dass sich ihre Nägel in die Haut gruben. »Vielleicht kann Ihnen *David* dann weiterhelfen, was den Vermisstenfall von vor zehn Jahren angeht.«

»Er hat gesagt, ich solle mit Ihnen sprechen.«

»Hat er das?« Dieser Mistkerl musste sich auch überall einmischen.

Cynthia redete einfach weiter. »Ich möchte herausfinden, ob die Gardaí in Ragmullin damals etwas übersehen haben. Besonders, weil ich jetzt erfahren habe, dass Elizabeth Byrne ebenfalls im Zug war, bevor sie verschwunden ist. Genau wie Lynn O'Donnell.«

Lottie seufzte erleichtert. Wenigstens hatte Cynthia keine Ahnung davon, dass Mollie Hunter möglicherweise vermisst wurde und dass auch sie zuletzt in einem Zug gesehen worden war. »Und dann ist da noch Mollie Hunter«, sagte Cynthia mit einem Lächeln, das beinahe gerissen wirkte.

»Um Himmels willen«, rief Lottie aus. »Nur zu Ihrer Information: Uns liegt keine Vermisstenmeldung für Mollie Hunter vor. Sie sind falsch informiert worden.« Sie stand auf und öffnete die Tür.

»Schließen Sie die Tür mal kurz.«

»Was?«

»Ich sagte: Schließen Sie ...«

»Ich habe Sie schon verstanden«, sagte Lottie, »aber ich finde, es ist Zeit für Sie zu gehen. Wenn die Pressestelle neue Informationen für die Öffentlichkeit hat, sorge ich dafür, dass Sie mit im E-Mail-Verteiler stehen.«

»Ich stehe bereits im E-Mail-Verteiler. Aber finden Sie nicht auch, dass es ein mysteriöser Zufall ist, wenn fast genau zehn Jahre nach Lynns Verschwinden plötzlich eine junge Frau im selben Alter ermordet und eine weitere vermisst wird? Und alle drei sind verschwunden, nachdem sie den Abendzug von Dublin nach Ragmullin genommen hatten. Vielleicht ist der Mörder zurück. Er stellt jungen Frauen nach und tötet sie. Das könnte für Panik unter den Pendlern sorgen. Sehr zum Nachteil eines Bahnhofs, dessen Erhalt ohnehin schon auf der Kippe steht.«

Lottie schloss die Augen, zählte bis drei und öffnete sie wieder, in der Hoffnung, dass Cynthia dann bereits zur Tür hinaus getrippelt wäre. Fehlanzeige.

»Wenn Sie anfangen, niederträchtige Gerüchte zu verbreiten und unter der Bevölkerung Ragmullins Panik zu schüren, werde ich Sie dafür zur Rechenschaft ziehen.«

»Es macht mir nichts aus, Panik zu verbreiten, wenn ich so das Leben einer weiteren, nichts ahnenden jungen Frau retten kann. Haben Sie sonst noch etwas zu sagen?«

»Wozu?«

»Zum Fall O'Donnell?«

»Hören Sie mal, Ms Rhodes, Sie und ich wissen beide, dass die Chancen, Lynn O'Donnell lebend zu finden, praktisch gegen null gehen. Soweit wir wissen, wurde die junge Frau damals ermordet und ihre Leiche irgendwo in den Dubliner Bergen verscharrt. Wenn das zutrifft, wird sie nie gefunden werden, außer vielleicht zufällig. Also bitte machen sie der armen Familie des Opfers keine Hoffnungen, obwohl Sie wissen, dass die Sache aussichtslos ist.«

»Sonst nichts weiter?«

»Raus hier.«

»Oh, ich bin schon weg, aber denken Sie daran, Detective Inspector Parker: Ihre Vergangenheit wird Sie letztendlich einholen.«

Lottie stand völlig verblüfft da. »Was zur Hölle wollen Sie damit sagen?«

»Ich glaube, das wissen Sie nur zu gut. Der Apfel fällt nicht weit vom Stamm.«

SIEBENUNDFÜNFZIG

Lottie stapfte in ihr Büro und knallte die Tür hinter sich zu. Sie pfefferte ihre Stiefel in eine Ecke, schwang die Füße auf den Tisch und öffnete die Akte von Lynn O'Donnell. Als ob sie nicht schon genug auf der To-do-Liste hätte! Cynthia Rhodes war ihr buchstäblich unter die Haut gegangen und hatte sich wie Ungeziefer in ihr verbissen, um sich mit ihrem Blut vollzusaugen. Obwohl sie die Frau nicht einmal kannte, hasste sie sie bereits.

Bevor sie sich der Akte widmete, durchwühlte sie eine der Schubladen nach einer Tablette. Sie brauchte etwas, um ihre Wut zu dämpfen und sich zu beruhigen. Etwas, um die Geister ihrer Vergangenheit zu vertreiben. Was hatte Cynthia gemeint? Hatte sie auf die Tatsache angespielt, dass Peter Fitzpatrick, Lotties Vater, ein korrupter Polizist gewesen war? Glaubte sie, dass Lottie genauso sein müsste? Bestimmt nicht. Oder hatte es etwas mit ihrer leiblichen Mutter zu tun? Aber darüber wusste niemand Bescheid. Oder doch? Sie fand eine Tablette und schluckte sie ohne Flüssigkeit herunter, sodass der kreideartige Nachgeschmack sie zum Würgen brachte. Wurde sie allmählich zu einer Kopie ihrer suchtkranken Mutter? O Gott, hoffentlich nicht.

Sie erinnerte sich nur noch vage an den Inhalt der Akte, was an mehreren Dingen lag, die letzten Nacht zusammengekommen waren, darunter auch Wodka. Mist! Sie spürte, dass wieder Kopfschmerzen im Verzug waren. Gott stehe jedem bei, der jetzt zur Tür hereinkäme. Sie betrachtete das Foto, das an die Innenseite des Ordners getackert war. Rotbraunes Haar, das in Locken auf die Schultern fiel. Himmelblaue Augen voller Leben. Die Lippen zu einem leichten, verschmitzten Lächeln gebogen. Lynn O'Donnell wirkte auf dem Bild jünger als fünfundzwanzig Jahre und Lottie fragte sich, ob das Foto vielleicht schon einige Zeit vor ihrem Verschwinden aufgenommen worden war.

Die Akte bot eine triste Lektüre. Die junge Frau war zuletzt im Zug gesehen worden, der um 17 Uhr von Dublin nach Ragmullin fuhr. Jimmy Maguire, der Bahnwärter, hatte ausgesagt, er wäre ihr begegnet, nachdem sie ausgestiegen war. Sie hatte ihre Handtasche fallen lassen, und er hatte ihr geholfen, ihre Sachen wieder aufzusammeln. Und danach ... nichts. Keine Spur. Sie hatte sich einfach in Luft aufgelöst. Vor zehn Jahren gab es auf dem Bahnhofsgelände noch keine Überwachungskameras und nur sehr wenige in der Stadt. Selbst nach intensiven Ermittlungen hatten die Gardaí keine Anhaltspunkte gefunden. Aber Lottie sah auch, dass damals nicht in alle Richtungen ermittelt worden war. Einiges würde man heute anders machen.

Hinten in der Akte hatte Superintendent Corrigan umfangreiche Notizen hinterlassen. Als Lottie sie überflog, erinnerte sie sich an die anderen Fälle, bei denen im Laufe der Jahre junge Frauen verschwunden waren. Einige von ihnen hatte man gefunden. Ermordet. Aber es gab immer noch zu viele, die bis heute vermisst wurden. Zu viele Familien, die keine Antworten bekommen hatten. Wie die O'Donnells.

Wenn auch nur der Hauch einer Chance bestand, dass die aktuellen Fälle eine Verbindung zu Lynn aufwiesen, musste Jimmy Maguire erneut befragt werden. Die Mitglieder der Familie O'Donnell waren in der Akte aufgelistet. Vielleicht würde sie sich auch mit ihnen unterhalten.

Als Lottie nach ihrem Telefon griff, lief ihr ein unangenehmer Schauer über den Rücken und damit die Vorahnung, dass sie Mollie Hunter so schnell wie möglich finden musste.

Bevor sie den Hörer jedoch abnehmen konnte, klingelte das Telefon bereits.

Es war Jane Dore.

Lottie legte die Schutzkleidung an und ging zu Jane in die Leichenhalle.

»Danke, dass Sie das so schnell erledigt haben, Jane«, sagte sie.

»Heute war nicht viel los.« Die Rechtsmedizinerin öffnete eine Datei auf ihrem Computer. »Ich habe die vorläufigen Ergebnisse. Es handelt sich um eine Frau, Mitte dreißig. Stark unterernährt. An der Grenze zur Mangelernährung, würde ich sagen. Wie Sie gesehen haben, war ihr Kopf rasiert, aber an den Haarfollikeln erkenne ich, dass ihr Haar ergraut war. Sie hatte blaue Augen, und auch wenn man es ihr jetzt nicht mehr ansieht, war sie hellhäutig.

Sie war in eine Art Plastik eingewickelt, möglicherweise in besonders strapazierfähige Müllsäcke. Deshalb und wegen der Verwesung ist es schwierig, den genauen Todeszeitpunkt zu bestimmen. Hinzu kommt, dass die Leiche mit Bleichmittel übergossen wurde, was es nicht leichter macht. Aber da trotz der niedrigen Temperaturen Fliegen und Maden zu finden waren, vermute ich, dass sie seit mindestens einer Woche tot ist. Vielleicht auch länger. Und es könnte sein, dass die Leiche in einem Innenraum aufbewahrt wurde. Irgendwo, wo es warm ist. Das sind noch zu viele unbekannte Variablen, fürchte ich. Ich werde noch weitere Untersuchungen vornehmen, vielleicht weiß ich nachher mehr.«

»Okay.«

»Ich habe DNA-Proben von ihr entnommen, die Sie mit der landesweiten Vermissten-Datenbank abgleichen sollten. Das könnte die einzige Möglichkeit sein, die Frau zu identifizieren.«

»Haben Sie auch toxikologische Untersuchungen durchgeführt?«

»Ja. Meine Erstanalyse kam zu einem negativen Ergebnis, aber ich habe die Proben weggeschickt, damit sie genauer untersucht werden.«

»Können Sie mir sagen, woran sie gestorben ist?«

»Wie gesagt: Es gibt keine sichtbaren Wunden, abgesehen von dem offensichtlichen Ungezieferbefall. Die Leiche lag seit etwa einer Woche im Freien. Sie wissen, dass ich ungern Vermutungen anstelle, bevor ich nicht alle Untersuchungsergebnisse vorliegen habe, aber ich tendiere dazu, von einer natürlichen Todesursache auszugehen.«

Lottie riss die Augen auf. »Aber jemand hat sie in Plastik eingewickelt und im Wald abgeladen.«

»Das deutet auf Fremdeinwirkung nach ihrem Tod hin. Derzeit kann ich nur sagen, dass die Todesursache nicht abschließend festzustellen ist.«

»Gibt es sonst noch etwas?«, fragte Lottie. »Im Moment klammere ich mich an jeden Strohhalm.«

»Sie hatte entbunden.«

»Vor Kurzem?«

»Nein, ich würde sagen, es ist mindestens fünf bis zehn Jahre her.« Jane machte sich an einem Stapel Papier zu schaffen.

»Besteht eine Chance, DNA-Spuren zu finden?«

»Von dem Baby? Nein, aber wenn Sie das Kind finden, kann ich es durch einen DNA-Test vielleicht der Mutter zuordnen.«

»Danke, Jane.«

»Ich werde Ihnen den vollständigen Bericht so bald wie möglich zukommen lassen.«

»Und rufen Sie mich an, falls Sie noch etwas finden?«

»Das mache ich.«

Lottie war schon an der Tür, da sagte Jane: »Ach so, eine Sache noch.«

Lottie drehte sich wieder herum.

»Dieses Detail hätte ich beinahe vergessen, denn ich habe es mir für den Schluss aufgehoben: Zwischen Speiseröhre und Magen habe ich einen silbernen Claddagh-Ring gefunden.«

»Was?«

»Sie haben schon richtig gehört. Er steckte dort seit einiger Zeit fest. Vielleicht hat sie ihn heruntergeschluckt oder jemand hat sie dazu gezwungen. Aber er hat ihren Körper nicht wieder verlassen.«

»Das ist ja schrecklich. Hatte der Ring eine Gravur?«

»Ich fotografiere ihn und schicke Ihnen die Fotos.«

Lottie ließ Jane in ihrem Totenhaus zurück. Auf der Fahrt zurück nach Ragmullin fragte sie sich, wer diese geheimnisvolle Frau war und warum jemand, der wahrscheinlich eines natürlichen Todes gestorben war, im Wald am See entsorgt wurde. Und warum hatte sie einen Ring verschluckt? Wo war ihr Kind? Lebte es oder war es schon tot? Dann kam ihr noch ein Gedanke. Warum hatte man den Kopf des Opfers kahl rasiert?

ACHTUNDFÜNFZIG

Graces Kurs war früher zu Ende als geplant. Sie verließ das Gebäude und blickte sich nach allen Seiten um. In ihrem Rücken spürte sie fremde Blicke. Sie lehnte sich gegen die Wand und ließ die Menschenmassen an sich vorbeiziehen, dann atmete sie tief ein und schüttelte ihre Angst ab.

Den ganzen Tag über hatte sie an nichts anderes gedacht als an Mollie. Solch unlogisches Verhalten war ihr normalerweise fremd. Sie war ein Gewohnheitsmensch und brauchte ihre Routinen. Und jetzt wollte sie einem Mädchen helfen, das sie kaum kannte. Wenn sie bloß mutig sein könnte, wenn sie bloß ihre Ängste für ein paar Stunden ablegen könnte, dann könnte sie vielleicht den Mann zur Rede stellen, den sie im Zug gesehen hatte. Ob sie das wohl schaffen würde? Nein, natürlich nicht. Doch, Grace, du kannst das. Und du machst das.

Sie hängte sich ihre Tasche über die Schulter und wickelte mit zitternden Händen den Schal um ihren Hals. Sie brauchte wirklich ihre Tabletten gegen die Angstzustände. Sie machte sich so klein wie möglich, um jeden Kontakt mit anderen Menschen zu vermeiden, und ging einen ersten Schritt, weg von dem Gebäude. Und dann weiter in Richtung des Bahnhofs. Wenn er im Zug säße, würde sie ihn ansprechen. Und ihn dazu bringen, ihr zu sagen, wohin er Mollie gebracht hatte.

Sie ging die Talbot Street entlang und sah alle paar Sekunden über die Schulter zurück.

Um zu sehen, ob ihr jemand folgte.

———

Auf dem Rückweg von der Leichenhalle lief Lottie Detective Maria Lynch direkt in die Arme.

»Tut mir leid wegen heute Morgen, Boss«, begann Lynch.

»Geht es Ihnen nicht gut?«, fragte Lottie. »Kommen Sie mit in mein Büro.«

»Mir ist ein bisschen übel. Vor allem morgens«, sagte Lynch, nachdem sie sich gesetzt hatte.

»Sind Sie schwanger?«

»Ja. Ich bin fünfunddreißig. Ich habe schon zwei kleine Kinder und wollte keins mehr und ...«

»Herzlichen Glückwunsch!«

»Danke.«

»Ich freue mich aufrichtig für Sie.« Etwas in Lynchs Blick ließ Lottie stutzig werden. »Sie sind nicht glücklich darüber?«

»Es war nicht geplant. Ich muss mich noch an den Gedanken gewöhnen. Der Grund, warum ich es Ihnen so früh sage, ist, dass ich morgens vielleicht ab und zu fehlen werde, aber dafür werde ich die Stunden am Abend nacharbeiten.«

»Machen Sie sich deshalb keine Sorgen.«

»Ich möchte keine Sonderbehandlung. Keinen Schreibtischdienst.«

»Ich? Sonderbehandlung? Sie sollten mich inzwischen besser kennen.«

Lynch lachte und die Spannung im Raum löste sich. »Jetzt, wo der Observationsauftrag aufgegeben wurde, habe ich mehr Energie.«

»Bestens. Dann hat es für Sie jetzt oberste Priorität, Matt Mullin zu einer Vernehmung hierher zu bekommen. Kriegen Sie das hin?«

»Mach ich. Danke, Boss.«

Als Lynch gegangen war, atmete Lottie erleichtert auf. Das könnte an der Wirkung der Tablette liegen, die sie vorhin genommen hatte, oder vielleicht war es auch nur die Tatsache, dass sie Lynch von der Liste derjenigen Leute, die es auf sie abgesehen hatten, streichen konnte.

Sie hatte gerade die Tür geschlossen, um für ein paar Minuten Ruhe zu haben, als es klopfte und Gilly O'Donoghue hereinkam.

»Was ist los?«, fragte Lottie und bemerkte, dass die junge Frau ungewöhnlich blass war. Sie ja wohl etwa nicht auch schwanger?

»Ich möchte Mollie Hunter offiziell als vermisst melden.«

»Ich bin ganz Ihrer Meinung, aber sagen Sie mir, was sich an der Sachlage geändert hat.«

»Ich habe ihren Arbeitgeber kontaktiert. Sie arbeitet auf dem Sozialamt in der Townsend Street in Dublin. Ihr direkter Vorgesetzter sagt, dass sie nur sehr selten fehlt. Falls sie doch einmal krank ist, ruft sie immer an und gibt Bescheid. Sie hatte auch keinen Urlaub eingereicht, deshalb war er besonders besorgt, als er hörte, dass sie seit Mittwoch nicht mehr gesehen wurde.«

»Kann er bezeugen, dass es ihr gut ging, als sie am Mittwoch Feierabend gemacht hat? Und haben Sie mit ihren Kolleginnen und Kollegen gesprochen?«

»Nicht persönlich. Aber ihr Vorgesetzter hat mich zurückgerufen und gesagt, dass niemand etwas von ihr gehört hat. Er findet das merkwürdig.«

»Vor dem Hintergrund des Mordes an Elizabeth Byrne: Legen Sie los und geben Sie die Vermisstenanzeige auf. Finden Sie Mollies letzten bekannten Aufenthaltsort heraus. Sprechen Sie mit jedem, der sie auf dem Bahnhof gesehen hat.« Das war genau der entgegengesetzte Kurs zu McMahons direkten Befehlen. Also bahnte sich wohl noch eine Konfrontation an.

»Ich habe bereits einen persönlichen Aufruf auf Facebook gestartet und ich werde auch einen offiziellen Appell veröffentlichen«, sagte Gilly. »Und ich werde mit Boyds Schwester Grace sprechen. Sie saß am Mittwoch zusammen mit Mollie im Zug.«

»Machen Sie das und halten Sie mich darüber auf dem Laufenden. Wir müssen Mollie finden.« Als Gilly die Tür hinter sich schloss, fügte Lottie im Flüsterton hinzu: »Und zwar lebend.«

NEUNUNDFÜNFZIG

Lottie trommelte das Team zu einer spontanen Besprechung in der Zentrale zusammen und informierte sie über die Einzelheiten, die die Obduktion des am See gefundenen Opfers ergeben hatte.

»Wir müssen sie identifizieren. Kirby, lassen Sie ihre DNA durch die Vermissten-Datenbank laufen. Mal sehen, was dabei herauskommt.«

»Wird gemacht.« Kirby kritzelte etwas auf seine immer länger werdende To-do-Liste.

Sie hängte ein Foto auf und zeigte darauf. »Dies ist ein silberner Claddagh-Ring. Die Rechtsmedizinerin hat ihn in den Eingeweiden des Opfers gefunden. Fertigen Sie Kopien davon an und versuchen Sie herauszufinden, woher er stammt.«

»Himmel«, rief Kirby aus.

»Das könnte uns einen Hinweis darauf geben, wer sie war. Ich kann keine Gravuren darauf erkennen, also ist es vielleicht ein hoffnungsloser Fall. Egal: Schließlich sind wir hier ziemlich gut darin, auf verlorenem Posten zu kämpfen.«

Leises Lachen ging durch den Raum, dann sagte Boyd: »Er ist ein Symbol der Liebe.«

»Was?«

»Der Claddagh-Ring. Mein Vater hat meiner Mutter einen als Verlobungsring geschenkt. Er kann bedeuten, dass man vergeben ist. Es ist ein traditioneller Ring, aber heutzutage wird er in Massenproduktion hergestellt.«

»Das hilft uns zwar im Moment nicht groß weiter, aber behalten Sie alle diese Bedeutung im Hinterkopf.« Lottie betrachtete das Bild, bevor sie fortfuhr. »Das Opfer hat vor einigen Jahren ein Kind bekommen. Wir suchen also nach einer fünfunddreißigjährigen Mutter. Irgendjemand muss sie doch vermissen. Ihr Kind? Ihr Ehemann oder Partner? Oder vielleicht der Mann, der ihr den Ring geschenkt hat?«

»Ist sie eine Einheimische?«, meldete sich Boyd.

»Die einzigen vermissten Personen, die uns in den letzten Wochen gemeldet wurden, sind Elizabeth Byrne und jetzt Mollie Hunter«, sagte Lottie. »Wir wissen, dass Elizabeth tot ist, und wir haben ihre Leiche gefunden, aber Mollies Alter passt nicht zu der anderen Leiche, und soweit wir wissen, hatte sie auch keine Kinder. Es muss also jemand anderes sein.

Mollie Hunter ist jetzt offiziell als vermisst eingestuft worden. Garda O'Donoghue organisiert einen Zeugenaufruf. Außerdem müssen wir ihr Handy finden und ihren Aufenthaltsort der letzten Tage nachvollziehen. Achten Sie darauf, ob sich etwas in ihrem Leben mit dem Leben von Elizabeth Byrne überschneidet. Es kann kein Zufall sein, dass beide Frauen zuletzt im Bahnhof von Ragmullin gesehen wurden. Boyd, ich brauche alles Videomaterial von den Kameras im Bahnhof, das vom Mittwoch verfügbar ist.«

»Ich tue, was ich kann.«

Lottie schritt an den Wänden der Zentrale auf und ab.

»Ich glaube nicht an Zufälle, also müssen wir Mollie finden, bevor sie wie Elizabeth in einem fremden Grab endet.«

»Sollen wir alle Bahnreisenden warnen?«, fragte Boyd.

Lottie musste daran denken, was Cynthia Rhodes ihr gedroht hatte, und erschauderte. »Mir ist klar, dass du dir wegen Grace Sorgen machst, aber ich glaube nicht, dass das im Moment gerechtfertigt ist.«

»Es ist nicht nur Grace, um die ich mir Sorgen mache.«

»Nach dem momentanen Stand der Dinge wissen wir nicht, wo Elizabeth tatsächlich entführt wurde. Es könnte auf ihrem Weg nach Hause gewesen sein. Aber wir werden heute Abend uniformierte Gardaí auf den Bahnsteig positionieren. Dann haben wir das Wochenende über Zeit, um mit den Ermittlungen voranzukommen, bevor der Pendlerverkehr am Montag wieder beginnt. Alle Urlaubstage sind gestrichen. Wer hat sich das Überwachungsvideo der Bahnhofskameras vom Montag noch einmal angesehen?«

Kirby hob die Hand. »Ich. Die Bilder sind sehr unscharf. Mir ist niemand ins Auge gesprungen, der klar zu identifizieren gewesen wäre.«

»Sehen Sie es sich noch einmal an.« Sie zeigte auf das Foto von Matt Mullin auf der Falltafel. »Er wird polizeilich gesucht. Finden Sie ihn.« Sie blieb vor Kirby stehen und fragte: »Gibt es Neuigkeiten, was John Gilbey angeht?«

»Sie meinen den Totengräber? Ich habe ihn noch einmal befragt, der ist entlastet.«

Lottie blieb vor der Falltafel stehen. »Wer hat die Liste mit den Namen derjenigen, die in den Rochfort Gardens joggen?«

»Die habe ich.« Boyd schwenkte sie durch die Luft.

»Steht Mollie Hunter darauf?«

Sie klopfte ungeduldig mit dem Fuß auf den Boden und

wartete, während Boyd mit dem Zeigefinger die Liste entlangfuhr.

»Ich glaube, das hier ist ihre Unterschrift.«

»Lass mal sehen.« Lottie nahm das Blatt und studierte sie konzentriert. »Ich dachte, ich hätte jemanden darum gebeten, das abzutippen. Herrgott, ich kann das nicht entziffern. Wo steht ihr Name?«

Boyd zeigte darauf.

»Stimmt.« Sie sah zu ihm auf. »Wie geht es mit dem Versuch voran, die Leute, die auf der Liste stehen, zu kontaktieren?«

»Wir haben nicht von allen die Adresse.« Boyd senkte den Blick. »Es ist also ein bisschen schwierig.«

»Ich will nichts davon hören, dass es schwierig ist. Ich will Antworten.«

»Wir haben damit angefangen, aber jetzt ist diese neue Leiche aufgetaucht und ...«

»Die Liste kann auch jemand anders abarbeiten. Gilly O'Donoghue soll das machen. Da fällt mir ein, dass Gilly mit Grace sprechen möchte, um zu sehen, an welche Details ihrer Begegnung mit Mollie im Zug sie sich erinnert.«

»Ich werde meine Schwester da nicht mit reinziehen.«

»Irgendwie wird sie sich schon überzeugen lassen.« Lottie stieß einen verärgerten Seufzer aus. »Muss ich das Denken jetzt auch noch für andere übernehmen?«

»Du könntest es auch einfach lassen.« Boyd faltete die Liste zusammen und stapfte aus dem Zimmer.

———

Er starrte sie an. Stand einfach da und lehnte an der Tür von Waggon C. Schweiß brach auf ihrer Stirn aus, ihre

Hände wurden kalt und schwitzig. Sie atmete tief durch, aber letztendlich musste sie doch ihr Asthmaspray benutzen. Gott sei Dank hatte sie das dabei. Immerhin könnte sie, sobald sie wieder in Marks Wohnung war, ihre Tabletten nehmen und vielleicht ein bisschen schlafen. Das klang himmlisch. Sie steckte das Asthmaspray zurück in ihre Tasche. Als sie wieder aufsah, stand er plötzlich vor ihr. »Du solltest dich setzen«, sagte er. »Du siehst gar nicht gut aus.«

Sie hatte nicht bemerkt, dass er sich gerührt hatte. Nicht einmal, dass der Zug in Maynooth gehalten hatte. Und auch nicht, dass jetzt viele Plätze frei waren.

»Es … es geht mir gut«, stammelte sie.

»Setz dich hin«, befahl er.

Sicher konnte er sehen, wie ihr Herz gegen ihren Brustkorb hämmerte. Sie sank auf den Platz hinter sich, gerade so auf die Kante des Sitzes, und umklammerte ihre Tasche auf ihrem Schoß. Die Frau neben ihr schlief mit den Kopf gegen das Fenster gelehnt und bekam, auch wegen ihrer Ohrhörer, nichts von ihrer Umgebung mit.

Er setzte sich auf den Platz ihr gegenüber. Grace hielt den Atem an. Da beugte er sich über das schmale Brett, das mehr Dekoration als wirklich ein Tisch war, und sagte: »Du brauchst keine Angst vor mir zu haben. Ich kann dir helfen.«

Ihre Augen weiteten sich und ihr Mund wurde trocken. »Was meinen Sie?«

»Ich habe dich heute Morgen gesehen. Und gestern. Auf der Suche nach deiner Freundin.«

Sie brauchte nicht weiter nachzufragen. Sie wusste, wen er meinte.

»Mollie«, sagte er. »Sie steckt ein bisschen in Schwierigkeiten. Ich glaube, sie würde sich freuen, dich zu sehen, auch wenn sie mir gesagt hat, dass ich niemandem davon erzählen darf.«

Er starrte sie noch immer an und Grace spürte, wie sich ihr Brustkorb zusammenzog. Wieder kramte sie in ihrer Tasche nach dem Asthmaspray. »Wo ist sie?«

»Wenn du versprichst, keinen Aufstand zu machen, kontaktiere ich sie und frage nach, ob sie dich sehen will.«

Mark würde heute nicht am Bahnhof auf sie warten, um sie abzuholen. Was sollte sie jetzt machen? Mit dem Mann mitgehen und Mollie suchen oder brüllen wie am Spieß? Vielleicht könnte sie es schaffen, nur ein einziges Mal in ihrem Leben mutig zu sein. Sie sog hastig die Luft ein und wartete, bis ihr von Panik erfüllter Kopf den Gedanken verarbeitet hatte. Sie würde mit ihm mitgehen und herausfinden, wo Mollie war.

»Okay«, flüsterte sie.

SECHZIG

»Wartet Grace jetzt nicht gerade am Bahnhof?« Lottie sah auf ihrem Handy nach, wie spät es war. »Darauf, abgeholt zu werden?«

»Sie fährt übers Wochenende nach Hause, zurück nach Galway.«

»Dann hat der große Bruder also eine Verschnaufpause«, sagte sie. »Gott, dieser Tag zieht sich vielleicht. Ich brauche einen Kaffee. Auch einen?«

Sie schnappte ihre Tasse und machte sich auf den Weg in die provisorische Küche. Katie müsste inzwischen schon in New York sein. Und sie hatte sich noch immer nicht gemeldet. Sie würde ihr noch eine Stunde geben und dann anrufen, um sicherzugehen, dass es ihr und Louis gut ging.

»Was zum Henker?«, rief sie aus. »Wer hat meine Küche geklaut?«

Die Ecke war vollkommen kahl, abgesehen von den Leitungsrohren, die aus der Wand ragten und deren kupferne Stutzen mit Isolierband umwickelt waren.

»McMahon«, sagte Boyd und unterdrückte ein Kichern.

»Das ist nicht lustig.« Lottie machte auf dem Absatz kehrt und stürmte über den Flur wieder zurück.

»Mensch, her mit der Tasse«, sagte Boyd. »Ich hole einen Kaffee aus der Kantine.«

»Nicht nötig. Ich fahre nach Hause.« Sie ging ihre Jacke holen.

Da meldete sich Kirby zu Wort: »Wisst ihr, was euch beiden guttun würde?«

»Ich weiß, dass du es uns gleich sagen wirst«, erwiderte Boyd und setzte sich an seinen Schreibtisch.

»Ein paar Bierchen.«

»Ich werde bestimmt nichts mit dir trinken gehen, Kirby, nie im Leben.«

»Sie können auch mitkommen, Boss, und du auch, Lynch.« Kirby drehte eine Zigarre, die er noch nicht angezündet hatte, zwischen seinen Fingern,.

»Tut mir leid, ich trinke nicht«, sagte Lynch und richtete ihren Blick stur auf den Bildschirm ihres Computers.

»Ich habe noch nie erlebt, dass du einen Drink auf Kirbys Rechnung ausgeschlagen hast; nicht, dass er das allzu oft anbieten würde«, sagte Boyd.

»Ich gehe nach Hause«, warf Lottie ein. »Es war ein langer Tag und ich muss morgen früh in den Rochfort Gardens sein, um die Läufer zu überprüfen. Und Sie sollten besser auch in aller Frühe hier sein.«

»Bei mir könnte es etwas später werden«, brachte Lynch hervor.

»Keine Sorge.« Lottie warf sich die Jacke über und nahm ihre Tasche.

Boyd folgte ihr hinaus auf den Flur. »Möchtest du einen Happen essen gehen?«

»Ich bin am Verhungern, aber ich muss meiner Familie auch etwas zu Essen machen.«

»Vielleicht ein andermal?«

»Wann auch immer es sich ergibt.« Lottie ließ die Tür hinter sich zufallen.

———

Als der Zug im Bahnhof von Ragmullin hielt, drängte sich Grace widerspruchslos neben ihm durch die Menschenmenge auf dem Bahnsteig. Ihr fielen die uniformierten Gardaí auf, die dort patrouillierten, und sie überlegte, ob sie schreien sollte. Aber dann verwarf sie den Gedanken wieder. Immerhin wollte sie zu Mollie. Mark wäre stolz, wenn er sehen könnte, wie mutig sie war. Auch wenn er sie immer noch als seine kleine Schwester sah, war sie fast dreißig Jahre alt. Es wurde Zeit, dass sie auf eigenen Füßen stand.

Er hielt ihren Ellbogen mit eisernem Griff umklammert. Jede Faser ihres Körpers wehrte sich gegen die Berührung. Sie versuchte, seine Hand abzuschütteln, aber er hielt sie fest.

Als sie auf dem Parkplatz hinter dem Bahnhof angekommen waren, zog er eine Autotür auf. »Dauert jetzt nicht mehr lange.«

»Was dauert nicht mehr lange?« Sie zögerte und Verunsicherung spülte ihren frisch gefassten Mut fort.

»Bis du deine Freundin wiedersiehst.«

»Ich dachte, Sie müssten sie zuerst anrufen«, sagte Grace.

»Ich bin sicher, es wird ihr nichts ausmachen, wenn wir unangemeldet kommen.«

Sie stieg ins Auto. »Wohin fahren wir?«

»Nur ein paar Kilometer die Straße entlang. Mollie hat es schön gemütlich und ich bin sicher, ihr werdet euch gut unterhalten.«

Grace schnallte sich an und starrte aus dem Fenster auf die Straßenlaternen, die vorbeizogen, während er aus der Stadt fuhr. Sie biss sich auf die Lippe und krampfte ihre Finger um den Schulterriemen ihrer Tasche. Vielleicht war das doch keine so gute Idee gewesen, mahnte ihre innere Stimme. Aber jetzt war es zu spät.

———

Matt Mullin parkte seinen Wagen hinter dem Haus. Er konnte sehen, dass seine Mutter in der Küche das Abendessen zubereitete, aber er wollte nichts essen. Anscheinend hatte sie nicht gehört, dass er angekommen war, denn sie sah nicht aus dem Fenster.

Es nützte nichts. Er konnte sich nicht dazu bringen, ins Haus zu gehen. Sie würde ihn wegen seiner Arbeit ausfragen. Nein, ich habe keinen neuen Job, Mutter. Er ließ den Motor wieder an und fuhr langsam am Haus vorbei und dann die Allee hinunter.

Er vermisste Elizabeth. Warum war bloß alles derart schiefgegangen? Das war ihre Schuld. Warum hatte sie den Kontakt abgebrochen? Sie hatte ihre Nummer geändert und ihre Social-Media-Accounts stillgelegt. Er hatte keine Möglichkeit gehabt, herauszufinden, was sie so machte. Aber dann, kurz vor Weihnachten, war sie wieder auf Facebook gewesen. Sie wollte mit ihm in Kontakt treten. Sie wollte, dass er nach Hause kam. Er war sich sicher, dass das der Grund dafür gewesen war, dass sie sich wieder eingeloggt hatte.

Und dann war alles wieder in sich zusammengebrochen.

Er war so ein Vollidiot. Er hielt das Lenkrad so fest

umklammert, dass seine Knöchel beinahe durch die Haut traten. Und er fuhr zu schnell. Er drosselte seine Geschwindigkeit. Es war nicht gut, unnötig Aufmerksamkeit auf sich zu ziehen.

An der Dublin Bridge hielt er an und wartete, bis die Ampel umschaltete. Er blickte auf die Stadt hinab, die ihm zu Füßen lag, und den Kanal, der unter der Brücke hindurchfloss. Sollte er sein Auto stehen lassen und in das trübe Wasser springen?

Die Ampel sprang auf Grün und er verwarf den Gedanken.

———

Keelan hatte Saoirse früh zu Bett gebracht, ihr eine Geschichte vorgelesen und dann die Küche aufgeräumt, bevor Cillian nach Hause kam. Der Streit begann wegen einer Nichtigkeit.

»Du verbringst mehr Zeit damit, dich um Saoirse zu kümmern als um mich.« Cillian zog die Schuhe aus und legte seine Füße auf dem Couchtisch ab.

»Und du verbringst mehr Zeit damit, dich über deinen Bruder auszulassen, als für ihn da zu sein.«

»Was soll das heißen?«

»Ist dir nicht aufgefallen, wie niedergeschlagen er in letzter Zeit ist?«

»Niedergeschlagen? Und woher willst du das bitte wissen?«

»Ich habe ihn in der Stadt umherirren sehen. Er wirkte … sehr deprimiert.«

»Unsere Schwester ist wie vom Erdboden verschluckt, das hat die Familie auseinandergerissen.« Er nahm die Füße vom Tisch und beugte sich vor, sodass seine Hände zwischen seinen Beinen baumelten.

»Ich weiß das. Ich habe das mit dir in den letzten fünf Jahren zusammen durchgestanden.« Jedes Jahr war es dasselbe. Die Woche vor und die Woche nach dem vierzehnten Februar. Und sie wusste, dass die Rosen, die er ihr jedes Jahr schenkte, in Wirklichkeit dem Andenken seiner verlorenen Schwester galten.

»Ja, aber du weißt nicht, was das damals für mich und für meine Familie bedeutet hat.«

Sie stellte Saoirses Buch über Züge, das Cillian ihr gekauft hatte, zurück ins Regal und drehte sich zu ihm um. »Das liegt daran, dass du nicht mit mir darüber reden möchtest. Du frisst es einfach alles in dich hinein. Und dann platzt dir ab und zu der Kragen und ich muss deine Wut ertragen.«

»Ich habe doch gesagt, dass es mir leidtut wegen der Teller. Hast du ein neues Set gekauft?«

»Ich meine nicht die verdammten Teller. Ich rede von uns. Die Art und Weise, wie du mich behandelst. Das ist nicht richtig, Cillian. Ich glaube, du brauchst Hilfe.«

Er sprang von seinem Stuhl auf und packte sie am Arm. »Wag es nicht, so etwas zu sagen. Erst behauptest du, mein Bruder wäre depressiv, und dann schiebst du mir die ganze Schuld zu.«

»Du tust mir weh.« Sie versuchte, sich aus seinem Griff zu winden. Er packte fester zu, sodass sich seine Finger in die Haut an ihrem Arm und bis auf den Knochen gruben.

»Ich tue dir weh? Ich kann dir noch viel mehr wehtun. Willst du das?«

»Hör auf!« Sie bog seine Finger einen nach dem anderen von ihrem Arm weg. Sie wusste, dass es ihr Zorn war, der ihr die Kraft dazu gab. Cillian stand da und starrte sie mit offenem Mund an.

»Seit dem Tag, an dem ich dich kennengelernt habe, verfolgt mich der Geist deiner Schwester«, sagte sie. »Ich dachte, über die Jahre würdest du die Dämonen von damals besiegen. Aber es wird immer schlimmer. Jedes verdammte Jahr wird es schlimmer. Ich habe so langsam genug davon. Hast du verstanden?«

Und dann kamen die Tränen. Sie wollte nicht weinen. Sie wusste, dass es seine Wut nur noch weiter anheizen würde. Sie ballte die Hände zu Fäusten, um sich davon abzuhalten, auf ihn loszugehen und sein erbärmliches Gesicht mit den Fingernägeln zu zerkratzen, und wandte sich ab. Dann nahm sie das Buch über Züge raus dem Regal und begann, eine Seite nach der anderen herauszureißen. Sie wusste nicht, warum sie das tat – warum sie ihn weiter provozierte, obwohl er jeden Moment in die Luft gehen könnte.

Sein Handy klingelte, und als er aufgelegt hatte, sagte er: »Ich muss los.«

Sie sah zu, wie er seine Schuhe anzog. »Wohin?« Er antwortete nicht. Hilflos schob sie hinterher: »Vergiss deinen Mantel nicht.«

An der Tür wirbelte er herum. »Du klingst jeden Tag ein bisschen mehr wie meine Mutter«, knurrte er.

Er schlug die Tür zu, was Saoirse aufweckte, und während Keelan ins Zimmer ihrer Tochter eilte, fragte sie sich, ob sie jetzt die Kraft besäße, Cillian O'Donnell endgültig zu verlassen.

EINUNDSECHZIG

Es war ungewöhnlich still, als Lottie nach Hause kam. Dann erinnerte sie sich daran, dass Katie und Klein-Louis in New York waren. Sie schob den Kinderwagen aus dem Weg und ins Wohnzimmer, froh darüber, dass Katie den leichten Buggy dabeihatte.

»Sean?«, rief sie die Treppe hinauf. »Würdest du bitte den Kinderwagen zusammenklappen? Und wo ist Chloe?«

Ohne auf eine Antwort zu warten, ging sie in die Küche, öffnete den Kühlschrank und nahm Lebensmittel heraus, um Abendessen zu kochen.

»Können wir Essen bestellen?«, fragte Chloe, die hinter ihr in die Küche kam.

»Ich muss für deine Oma kochen, also kann ich genauso gut für uns alle was machen.« Lottie drehte sich um und sah, dass Chloe an der Küchentür lehnte und an ihren Ärmeln herumzupfte.

»Was ist los?«

»Nichts. Wir haben nächste Woche Ferien, und weil Katie und Louis nicht da sind, dachte ich, wir könnten vielleicht für ein paar Tage wegfahren.«

»Ich stecke mitten in Mordermittlungen. Ich kann mich nicht einfach auf und davon machen.«

»Es geht auch immer nur um dich, oder?«

»Tut mir leid, Chloe, so hab ich das nicht gemeint ...«

»Vergiss es einfach.«

»Es tut mir leid.« Aber Chloe war bereits verschwunden.

Aus dem Wohnzimmer rief Sean: »Ich habe keine Ahnung, wie man dieses Ding zusammenklappt. Ich schieb's einfach hinters Sofa.«

Lotties Telefon klingelte. »Ja, Mutter?«

»Ich habe mir ein Hähnchen im Ofen gemacht. Es ist noch etwas übrig, wenn ihr möchtet.«

»Nein, ist schon gut. Wir lassen uns etwas liefern.«

Sie legte auf, bevor ihre Mutter ihr einen Vortrag darüber halten konnte, wie wichtig gesunde Ernährung für die Entwicklung des jugendlichen Gehirns war. Wenigstens schien Rose auf dem Wege der Besserung zu sein.

Chloe tauchte wieder im Türrahmen auf. »Soll ich dann beim Lieferservice anrufen?«

»Ja, mach das.«

Aber Lottie hatte keine Lust auf Essen vom Lieferdienst. Sie hatte Lust, auszugehen. Irgendwohin, wo sie einen Drink bekommen konnte, ohne dass Chloe es mitbekam.

Also rief sie Boyd an.

ZWEIUNDSECHZIG

Die drei Männer saßen in der Küche. Die Türklingel durchbrach die Stille. Donal stand auf, um zu öffnen.

Cillian sah seinen Bruder über den Tisch hinweg kritisch an. Finn senkte den Kopf und Cillian lächelte. Er war seinem Bruder schon immer überlegen gewesen. Ihr Vater kam zurück, gefolgt von einer Frau. Sie hatte kurzes, lockiges Haar und trug eine Brille mit schwarzem Gestell. Sie musste um die vierzig sein. Nicht gerade eine Augenweide, dachte er.

»Das ist Cynthia Rhodes. Sie kommt vom Fernsehen«, sagte Donal.

»Hallo, ich freue mich, Sie alle kennenzulernen.« Sie schüttelte den Brüdern die Hand und setzte sich, ohne darauf zu warten, dass ihr ein Platz angeboten wurde.

Als sie zu viert am Tisch versammelt waren, fragte Cillian: »Erzählen Sie uns jetzt, worum es hier geht?«

»Ich krame nicht gern traurige Erinnerungen hervor, aber ich möchte für die Nachrichten einen Beitrag zum zehnten Jahrestag von Lynns Verschwinden machen. Das könnte das Interesse an ihrem Fall wieder aufleben lassen.«

»Da bin ich mir nicht so sicher«, sagte Donal.

»Haben Sie etwas dagegen, wenn ich das Gespräch aufzeichne?« Sie legte ihr Handy mit der geöffneten Aufnahme-App auf den Tisch.

»Ich habe sehr wohl etwas dagegen«, sagte Cillian und verschränkte die Arme. Sie zog ein Notizbuch aus ihrer Tasche. »Und das können Sie auch wieder wegtun.«

»Okay.« Sie stellte ihre Tasche auf dem Boden ab. »Ich habe die Plakate in der Stadt gesehen. Ich dachte, Sie würden sich über etwas mehr Publicity freuen.«

Finn meldete sich zu Wort: »Kommt darauf an, was Sie mit Publicity meinen.«

»Wir vermissen Lynn so sehr«, sagte Donal. »Und meine Frau, Maura ... Sie ist gestorben ...«

Cillian seufzte. Hoffentlich fing sein alter Herr nicht an zu heulen. Er hatte genug Tränen für ein ganzes Leben gesehen.

»Mein herzliches Beileid«, sagte Cynthia. »Vielleicht tauchen neue Hinweise auf, wenn ich einen besonders guten Beitrag schreibe? So was wie *Crimecall*.«

Cillian schnaubte. »Die Behörden scheinen zu glauben, wenn es keine Leiche gibt, ist es auch kein Verbrechen. Aber wir haben die letzten zehn Jahre ohne unsere Schwester verbracht und in meinen Augen ist das ein Verbrechen.«

»Da gebe ich Ihnen recht«, sagte Cynthia.

»Warum reden Sie dann mit uns?«, fragte Cillian. »Reden Sie mit der Polizei. Hören Sie, was die Ihnen sagen können.«

»Das habe ich versucht, aber sie halten sich sehr bedeckt. Ich dachte, nach dem Mord an einer jungen Frau, die zuletzt im Zug gesehen wurde, würde ihnen auffallen, wie viele Ähnlichkeiten der Fall zu Lynns Verschwinden aufweist.«

»Davon habe ich gehört. Das ist schrecklich«, sagte Donal.

»Also, können Sie mir irgendetwas erzählen, was dem Gedächtnis der Menschen auf die Sprünge helfen könnte?«

Donal stand auf und machte sich daran, die Zeitung zusammenzufalten. »Sie kennen die Fakten. Meine Tochter hat im öffentlichen Dienst in Dublin gearbeitet. Sie ist jeden Tag mit dem Zug gependelt. Und am vierzehnten Februar 2006 hat sie wie üblich den Zug nach Hause genommen, nur, dass sie nie hier angekommen ist. An diesem Morgen haben wir sie also das letzte Mal gesehen.«

»Und Sie als Brüder, wann haben Sie Ihre Schwester zuletzt gesehen?«

Cillian beobachtete, wie die Reporterin heimlich etwas in das Notizbuch schrieb, das auf ihren Knien lag. Dachte sie, er konnte das nicht sehen? »Wir wohnten zu der Zeit alle noch zu Hause. Lynn ist aufgestanden, um den Frühzug zu nehmen. Damals gab es nur den einen. Wir haben sie am Abend zuvor gesehen, ich und Finn, als wir zu Bett gegangen sind. Stimmt's?«

Finn gab einen brummenden Laut von sich, den Kopf immer noch gesenkt. Cillian stieß ihn unter dem Tisch an.

»Das stimmt«, sagte er.

Cillian stand auf. »Ich denke, einzig und allein die Polizei kann Ihnen alle wichtigen Informationen zukommen lassen. Aber wir würden es zu schätzen wissen, wenn Sie einen neuen Zeugenaufruf veranlassen könnten.«

Er beobachtete, wie sie eines der Plakate auf dem Tisch ausbreitete. »Diese Telefonnummer hier, gehört die jemandem von Ihnen? Darf ich sie publik machen?«

»Die Nummer wurde eigens für Auskünfte eingerichtet. Nicht, dass es viel genützt hätte. Sie hat seit zehn Jahren nicht mehr geklingelt.« Cillian sah zu seinem Vater, der die Zeitung inzwischen zu einem kleinen Quadrat gefaltet hatte.

»Ja, das stimmt«, sagte Donal.

»Vielleicht wird mein Nachrichtenbeitrag die Gardaí auf ein paar neue Verdächtige stoßen.«

»Sie hatten ja gar keine Verdächtigen«, sagte Donal. »Ich geleite Sie jetzt hinaus, Ms Rhodes.«

Nachdem die Reporterin gegangen war, beäugten sich die drei O'Donnells skeptisch. Sie wussten, dass es einen Hauptverdächtigen gab, der der Polizei nie aufgefallen war. Sie hätten damals etwas sagen sollen, aber diese Schmach würden sie ihrer Familie nicht zumuten. Niemals.

———

Carol lag in ihrem Bett auf der Seite. Die Übelkeit stieg vom Magen her in ihr auf und schien sich in ihrem Hals festzusetzen. Wie hatte sie nur zulassen können, dass das passierte? Sie war so bescheuert. Sie hätte den Polizisten sagen sollen, dass Elizabeth von ihrer Schwangerschaft gewusst hatte, und dass sie schon viel weiter war, als sie ihnen gegenüber vorgegeben hatte.

Sie würde wohl bald mit ihm sprechen müssen. Mit dem Vater des Kindes, das in ihr heranwuchs. Er war doch so nett gewesen, oder nicht? Nach der ganzen Vorgeschichte. Hatte so viel Verständnis für ihre Unzufriedenheit mit ihrem Privatleben gehabt; mit ihrem homosexuellen Bruder und ihrem dämlichen Job. Ja, er war nett zu ihr gewesen. Aber nicht an besagtem Abend.

Verdammte Scheiße, dachte sie, die Situation war ganz schön verfahren.

Ihr Handy lag neben ihr auf dem Kissen. Sie hatte seinen Kontakt schon aufgerufen. Seine Nummer war unter einem erfundenen Namen eingespeichert, für alle Fälle. Man kann nie vorsichtig genug sein, hatte er gesagt. Ja, sie wusste, dass er verheiratet war. Aber er hatte trotzdem ein Recht darauf, es zu wissen. Oder nicht?

Wieder stieg eine Welle der Übelkeit in ihr auf und sie erbrach sich in die Schüssel, die sie neben dem Bett bereitgestellt hatte.

Wie lange würde das noch so weitergehen? Kalter Schweiß brach auf ihrer Stirn aus. Sie schloss das Fenster mit seinem Kontakt und sperrte ihr Telefon. Nicht jetzt. Ihr war zu übel.

———

Die Wohnsiedlung der Fahrenden war so hell erleuchtet wie an Weihnachten. Paddy McWard parkte seinen Jeep und sah sich aufmerksam um, bevor er sein Haus betrat.

Sein Abendessen stand auf einem Teller in der Mikrowelle und Bridie saß mit Tommy auf dem Schoß auf dem Sofa.

»Wie geht es Tommy?«, fragte er.

»Mein Gesicht tut noch sehr weh, danke der Nachfrage«, gab Bridie eingeschnappt zurück. Er setzte sich neben sie und nahm seinen Sohn in den Arm. Er küsste Tommys duftendes Haar und das Baby schmiegte sich an seinen Brustkorb. »Es tut mir leid, dass ich in letzter Zeit nicht für euch da war.«

»Und warum, Paddy? Warum warst du nicht hier? Wo warst du denn? Oder darf ich das nicht fragen?«

»Bitte frag nicht, dann muss ich dich auch nicht anlügen.«

»So ist das also, ja?« Sie rückte ein Stück von ihm weg. Er bemerkte, dass sie dabei den Blick fest auf Tommy gerichtet behielt.

»Ich werde unserem Sohn nicht wehtun und dir auch nicht«, sagte er. Sie biss sich auf die Lippe. Er wusste, dass das bedeutete, dass sie mit aller Kraft versuchte, nicht zu weinen. »Und fang nicht an zu weinen. Ich möchte, dass du mir glaubst, wenn ich sage, dass die Tatsache, dass du verprügelt wurdest, nichts mit mir zu tun hatte.«

»Ich bin mir sicher, dass es etwas mit deinen Machenschaften zu tun hatte. Warum sonst waren in den letzten Wochen so viele Polizisten hier? Unsere Siedlung hat sie angezogen wie der Mist die Fliegen.«

»Sie suchen nach einem Sündenbock. Jemanden, den sie für jeden Streit oder Einbruch in der Stadt verantwortlich machen können. Und ich sage dir hier und jetzt, dass das alles nichts mit mir zu tun hat.«

Sie rückte wieder näher an ihn heran. »Aber warum sollte dann jemand hier einbrechen und mich verprügeln?«

»Ich weiß es nicht. Aber ich werde es herausfinden.« Er spürte ihren verzweifelten Blick auf sich. »Was ist?«

»Wenn es nichts mit dir zu tun hat, dann damit, dass jemand glaubt, ich hätte auf dem Friedhof etwas gesehen. In der Nacht, als das arme Mädchen umgebracht wurde.«

Er gab das Baby an sie weiter und stand auf. »Überlass das mir. Zwei meiner Cousins bewachen das Haus und du gehst nirgendwo hin, ohne einen von ihnen oder beide mitzunehmen.«

»Aber ich habe nichts falsch gemacht. Das ist nicht fair.«

»Hör zu, in dieser Stadt ist im Moment echt gefährlich, deshalb möchte ich nicht, dass du allein herumläufst. Ich kann es mir nicht erlauben, dich auch noch zu verlieren.«

Er tippte auf der Mikrowelle herum und sah zu, wie sich der Teller mit seinem Essen unter der Lampe drehte.

»Wie geht es deiner Mutter?«, fragte er. Er musste dringend das Thema wechseln.

»Wie meinst du das, *mich auch noch* zu verlieren?«, fragte sie und blieb hinter ihm stehen.

Er konnte das teure Parfüm riechen, das er ihr gekauft hatte. Er wollte ihr sagen, dass alles gut werden würde. Aber ihm fehlten die Worte, und außerdem konnte er ihr nichts sagen, was er nicht selbst glaubte.

———

Sie saßen in einer Ecke im Cafferty's, nippten an ihrem Guinness und ertrugen sich gegenseitig.

»Unser alter Herr verliert die Nerven«, sagte Cillian.

»Ich glaube, *du* verlierst die Nerven«, meinte Finn.

»Du hast gut reden. Jetzt schmeckt mir mein Bier auch nicht mehr. Ich weiß nicht, warum ich überhaupt mit hergekommen bin.«

»Du weißt warum. Du wolltest dem alten Herrn entkommen, jetzt, wo Lynns Jahrestag bevorsteht und er kurz davor ist durchzudrehen.«

»Er war schon immer kurz davor durchzudrehen. Lynns Verschwinden hat das auch nicht schlimmer gemacht.«

»Vielleicht nicht. Mutter aber schon.«

»Fang nicht von ihr an.« Cillian nippte an seinem Bier. Bittere Galle stieg in seiner Kehle auf und ruinierte den Geschmack.

»Sie hat Lynn vergöttert.«

»Das haben wir doch alle. Ich noch mehr als ihr.« Cillian ließ das Kinn auf die Brust sinken. Er wollte nicht darüber sprechen. Schon gar nicht mit seinem Bruder, den er verabscheute.

»Aber du bist doch der Glückspilz bei der ganzen Sache. Du hast Keelan und Saoirse.«

Cillian warf seinem Bruder mit voller Absicht einen Blick zu, der hätte töten können. »Sprich nie, nie wieder über meine Frau und meine Tochter. Wie man sich bettet, so liegt man. Also geh nach Hause zu deiner eigenen Frau.«

Finns Kiefer bewegte sich knirschend hin und her, so als wolle er etwas sagen, die Worte blieben ihm aber im Halse stecken.

Nachdem er sein Bier in zwei Schlucken geleert hatte, machte sich Cillian auf den Weg zur Tür. »Ich weiß nicht, wie du es anstellst, aber jedes Mal, wenn ich auch nur eine Minute in deiner Gesellschaft verbringen muss, verspüre ich danach den Drang, jemanden umzubringen.«

Draußen wartete er ganze drei Minuten lang in der Kälte, bevor er einen Fuß vor den anderen setzen konnte. Jetzt stand der Konfrontationskurs, der seit dem Tag ihrer Geburt für sie vorgezeichnet gewesen war und auf dem es nur Schwarz und Weiß, aber nichts dazwischen gab, klar und deutlich vor Augen.

Die kühle Luft drang beißend durch seinen Pullover und er verfluchte sich dafür, dass er zu stur gewesen war, um eine Jacke mitzunehmen, als er das Haus verlassen hatte. Er wollte nicht zurück zu Keelan gehen. Noch nicht. Es gab jemanden, mit dem er jetzt viel lieber zusammen wäre.

Er fasste einen Entschluss und machte sich auf den Weg zu seinem Auto.

DREIUNDSECHZIG

»Ich weiß noch, wie wir das letzte Mal in diesem Restaurant waren.« Boyd nippte an einem Glas Rotwein.

Sie hatten vorzüglich indisch gegessen und waren dann wieder zu Boyds Wohnung gefahren. Es hatte keine Überredungskünste gebraucht, um Lottie dazu zu bringen, noch auf einen Absacker mit hereinzukommen. Die drei Gläser Wein im Restaurant hatten ihren Durst längst nicht gestillt. Sie brauchte eine ganze Flasche.

Lottie lächelte. »Es hat so stark geschneit, dass man fast nichts erkennen konnte.«

»Und du musstest mich in mein Auto setzen und mich nach Hause bringen. Pater Joe hat sich damals an dich herangemacht.«

»Das ist wirklich geschmacklos, Boyd. Er war doch nur als Freund für mich da.«

»Es gibt solche Freunde und ... solche.«

»Hast du sicher keine zweite Flasche Wein getrunken, während ich gegessen habe?«

»Nur die eine.«

»Lügner.« Sie lachte und fühlte sich gelöster, als sie wahrscheinlich sollte. »Vermisst du Grace?«

»Nö. Wie ist es bei dir zu Hause, ohne Katie und Louis?«

»Ruhig.«

»Das ist doch gut, oder?«

»Ich vermisse sie jetzt schon. Ja, ich weiß. Aber Chloe spielt die Drama-Queen. Sie möchte, dass wir nächste Woche für ein paar Tage wegfahren, weil sie und Sean Ferien haben. Und ich bin ins Fettnäpfchen getreten, weil ich die Arbeit vorgeschoben habe.«

»So wie ich dich kenne, hätte ich gedacht, du würdest mangelnde Finanzen vorschieben.«

Lottie seufzte. »Diese Karte konnte ich nicht ausspielen. Katie hat mir Geld gegeben, bevor sie geflogen ist.«

»Katie? Woher hatte sie das Geld?« Boyd hielt inne, dann klappte ihm vor Schreck der Unterkiefer herunter. »Von Tom Rickard?«

»Ja, und ich werde keinen Cent von seinem schmutzigen Geld ausgeben.«

»Also ich würde es ausgeben.«

»So hätte ich dich nicht eingeschätzt.« Sie nippte an ihrem Wein, um ihn noch ein wenig länger zu genießen, und schielte dabei nach der Flasche auf dem Tisch.

»Vielleicht würde ich es aber auch einfach verbrennen«, sagte er.

»Nein, würdest du nicht. Und ich werde das auch nicht tun. Katie wird das Geld brauchen, wenn sie zurückkommt.«

»Wie kommt sie denn zurecht?« Boyd erhob sich vom Sofa und schenkte sich noch ein Glas ein. Sie streckte ihm ihr Glas hin und er holte den Weißwein für sie.

»Sie hat mir eine Nachricht geschickt, um Bescheid zu sagen, dass sie gut angekommen sind. Ich habe jede Menge Nachrichten zurückgeschickt, aber sie hat noch nicht geantwortet.«

»Lass das Mädchen mal ihr eigenes Ding machen.«

»Vielleicht sollte ich sie anrufen ...«

»Mach das ja nicht. Gib ihr ein paar Wochen Zeit, ohne dass du dich einmischst.« Er setzte sich neben sie und ihr fiel auf, dass er ihr jetzt näher war als noch vor wenigen Augenblicken. Sie leerte ihr Glas und schenkte sich nach. Scheiße, sie sollte lieber langsam machen.

»Jetzt hast du mich schon zum zweiten Mal innerhalb von kurzer Zeit beleidigt.« Sie rutschte nach links an die Armlehne des Sofas heran. Auch ohne hinzusehen, wusste sie, dass er grinste.

»Du hast auf ihn gestanden, oder?«, fragte er.

»Auf wen?«

»Pater Joe.«

»Wenn du nicht damit aufhörst, gehe ich sofort nach Hause.«

»Es tut mir leid.«

Sie spürte, wie sie sich allmählich entspannte, und musterte ihn aus dem Augenwinkel. »Du siehst überhaupt nicht aus, als täte es dir leid. Um genau zu sein, bist du ein bisschen blass. Fühlst du dich nicht gut?«

Er streckte eine Hand aus und streichelte über ihre Wange. »Ich bin irgendwie nicht ganz bei mir.«

»Du bist so ein Stümper.«

Aber sie wies seinen Annäherungsversuch nicht zurück. Ein erwartungsvolles Prickeln breitete sich in ihrer Magengegend aus und sie genoss das Gefühl. Oder lag es nur am Wein? Wenn er mich jetzt küsst, dachte sie, dann lande ich in seinem Bett.

Er stellte sein Glas auf dem Couchtisch ab. Das klirrende Geräusch ließ sie aufschrecken. Dann nahm er auch ihr Glas und stellte es beiseite, bevor seine Hand wieder an ihre Wange wanderte. Sie drehte sich zu ihm um.

»Soll ich stimmungsvolle Musik anmachen?«, fragte er.

»Stimmungsvolle Musik? Boyd, du weißt doch gar nicht, was stimmungsvolle Musik ist.«

»Darf ich dich dann küssen?«, flüsterte er.

»Ich dachte schon, du würdest nie fragen.«

»Das ist das Kitschigste, was ich je gehört habe.«

»Du willst also nicht?«

Seine Lippen auf ihren waren ihr Antwort genug.

———

Grace riss die Augen auf. Sie zitterte unkontrolliert und fühlte sich, als hätte man sie mit einem Messer gehäutet. Ihr Brustkorb verkrampfte sich und der Schmerz schoss in ihren Rücken – sie war sicher, jeden Moment einen Herzinfarkt zu bekommen. Aber das war nur ihre Angst. Dabei durfte sie keine Panikattacke haben. Nicht jetzt.

Der Boden unter ihr war feucht. Durch ein mit Brettern verschlagenes Fenster konnte sie schwach das Mondlicht ausmachen. Ihr Atem beschleunigte sich. Es sah schlecht für sie aus. Sehr schlecht. Weil ihre Hände seitlich an ihren Körper gefesselt waren, konnte sie nicht nach ihrem Asthmaspray suchen. Wenn sie noch ein paar Stunden so zubringen müsste, würde sie ganz sicher sterben. Er hatte sie nicht zu Mollie gefahren. Sie hatte nicht die leiseste Ahnung, wo er sie hingebracht hatte, nachdem er ihr im Auto das getränkte Tuch auf den Mund gepresst hatte.

Wie hatte sie nur so leichtgläubig sein können? Vielleicht hatten alle anderen doch recht. Vielleicht war sie dumm. Und jetzt, da sie zusammengeschnürt war wie ein Bratenstück, das in den Ofen geschoben werden sollte, hatte sie keine Möglichkeit mehr, ihnen das Gegenteil zu beweisen.

VIERUNDSECHZIG

Bridie McWard drückte Tommy an ihren Brustkorb und wickelte die Bettdecke enger um sie beide. Sie hatte keine Ahnung, was in den letzten Wochen mit Paddy los war. Er war ein ganz anderer Mensch. War kaum noch zu Hause. Und wenn er mal da war, war er wütend. Dann schlug er mit der Faust auf den Tisch und schrie und machte Tommy Angst. Er war definitiv in irgendetwas verwickelt, aber sie traute sich nicht, ihn danach zu fragen. Sie strich über das Haar ihres Babys und in diesem Moment wurde ihr klar, dass sie eigentlich auch gar nicht wissen wollte, was Paddy trieb.

Als Tommy eingeschlafen war, brachte sie ihn in sein Bettchen und wollte sich wieder hinlegen. Ihr Kopf tat immer noch weh von den Schlägen, die sie eingesteckt hatte. Auch darüber war Paddy so wütend gewesen. Vielleicht war er draußen unterwegs und versuchte, ihren Angreifer aufzuspüren.

Als sie sich in das leere Bett legte, gab es einen heftigen Knall, der das ganze Haus erschütterte. Tommy schrie in seinem Bettchen. Bridie setzte sich ruckartig auf, sprang aus dem Bett und griff nach ihrem Baby.

Sie öffnete die Schlafzimmertür und wurde von einem Luftstoß nach hinten geschleudert. Der Lärm war ohrenbetäubend und das Licht blendete sie. Sie bemerkte den seltsamen Geruch, der in der Luft lag, bevor sie die Hitze spürte.

»Nein!«, schrie sie und versuchte, die Tür zuzuschlagen, aber die Flammen hatten das dünne Holz erfasst und trieben sie zurück in das Zimmer. Das Feuer jagte sie.

»Paddy!«, rief sie, drückte sich in eine Ecke und versuchte, ihr schreiendes Baby zu schützen. »Hilfe. Ich brauche Hilfe.«

Die Flammen erfassten den Kunstfaserteppich, folgten ihren Schritten und schlugen dann wie brennende Wellen an ihren Füßen hoch. Sie schrie, bis der Rauch ihr die Stimme raubte und die giftigen Gase ihre Lunge füllten.

Als sie ihr Gesicht im Haar ihres Sohnes vergrub und sich in die Ecke presste, glaubte sie, den Ruf der Banshee zu hören. Und in ihren letzten Augenblicken verstand sie, dass diese Unheil verkündenden Schreie vor ein paar Tagen nicht dem Mädchen auf dem Friedhof gegolten hatten. Sondern ihr und ihrem hübschen kleinen Jungen.

FÜNFUNDSECHZIG

Das Zimmer wurde allein vom Licht der Straßenlaterne erhellt, das durch die Lamellen des Holzrollos fiel. Lottie stützte sich auf die Ellbogen und sah sich um. Wo war sie? Wie spät war es? O Gott, ihr Kopf! O Gott, Boyd!

Sie setzte sich ruckartig auf, wartete, bis der Schwindel nachließ, und betrachtete ihn. Er lag neben ihr im Bett. Seine Züge waren in Dunkelheit getaucht, nur das Rollo warf schräge Lichtstreifen auf sein Gesicht. Er stöhnte auf und öffnete die Augen.

»Hallo, du Schöne«, sagte er. »Was lächelst du denn so?«

Sie legte sich wieder hin und drehte sich von ihm weg.

»War ich so schlecht?«, fragte er.

»Du warst grandios, aber ich bin etwas eingerostet, entschuldige.«

»Du weißt doch, was man sagt: Übung macht den Meister.«

»Mach den Moment nicht mit deinen oberschlauen Sprüchen kaputt.«

»Normalerweise bist du doch von uns Klugscheißer ...«

»Siehst du. Ich habe es ja gesagt: Jetzt hast du es kaputt-gemacht.«

»Dann lass es mich wieder unkaputtmachen.«

»Du redest völligen Mist.«

»Ich halte schon die Klappe«, sagte er und zog sie unter sich.

Sie spürte das Gewicht seines Körpers auf sich und die neu erwachte Leidenschaft, mit der er sie küsste. Ihr Verstand sagte ihr, dass sie damit aufhören und nach Hause gehen sollte, aber ihr Körper wehrte sich gegen den Gedanken. Ihr Kopf war ganz benebelt. Etwa vom Alkohol? Scheiße. Wie viel hatte sie überhaupt getrunken? Zu viel jedenfalls.

»Du machst mich so verrückt, dass mir schon die Ohren klingeln«, sagte er leise, während seine Lippen über ihren Hals und dann weiter ihren nackten Körper entlang-wanderten.

»Das ist mein Handy!« Sie drückte ihn von sich weg und stürzte aus dem Bett. »Wo ist mein Handy? Wie spät ist es? Boyd! Mach das Licht an.«

»Moment.«

Er schaltete eine Lampe ein und gedämpftes Licht füllte das Zimmer. Lottie krabbelte auf dem Boden herum. Ihr Handy klingelte immer noch. Ihr ging auf, dass das Geräusch aus dem Wohnzimmer kam. Sie zog ein Laken vom Bett, wickelte sich darin ein und entdeckte schließlich ihre Tasche neben dem Sofa auf dem Boden. Das Klingeln hörte auf.

»Scheiße. Vielleicht war das Katie. Ich hoffe, es geht ihr gut.«

»Kein Grund zur Panik«, rief er von der Schlafzim-mertür aus.

Sie warf einen Blick über den Flur und sah, wie sich

seine Silhouette im Gegenlicht abzeichnete. Fast hätte sie ihre Suche nach dem Handy aufgegeben. Aber nur fast.

Als sie das Gerät endlich in den Händen hielt, klingelte es erneut.

»Ach, verdammt noch mal«, sagte sie und warf einen Blick auf den Namen des Anrufers. »Es ist bloß Kirby.«

»Ich drehe ihm den Hals um, wenn ich ihn das nächste Mal sehe. Geh nicht ran.«

Lottie hielt sich das Handy ans Ohr.

SECHSUNDSECHZIG

Boyd lenkte schweigend den Wagen. Lottie wusste nicht, was sie denken sollte, also machte sie sich einfach ganz taub und ließ zu, dass die Erinnerungen an den gestrigen Abend sich beklemmend über sie legten wie ein Schleier. Das alles würde kein gutes Ende nehmen, das spürte sie.

Kirby wartete am Eingang zur Wohnsiedlung. Zwei Löschwagen standen dort und Feuerwehrleute bekämpften mit den Schläuchen die sterbenden Flammen.

Kaum hatte Boyd angehalten, sprang Lottie aus dem Auto und sagte: »Ich kann das nicht fassen, Kirby. Ich hoffe, Bridie und ihre Familie sind nicht da drin.«

»Wir haben alle Bewohner evakuiert, aber von den McWards fehlt jede Spur.«

»Hat sie denn niemand gesehen? Wo sind alle? Kann ich mit den Bewohnern sprechen?«

»Sie wurden in das Pflegeheim nebenan gebracht. Das Personal dort versorgt sie mit Decken und heißem Tee. Sie stehen alle unter Schock. Ich kann die Gesichter der armen Kinder nicht vergessen. Die Lage ist schlimm, Boss, ganz schlimm.«

»Glauben Sie, die McWards sind da drin?«

»Das kann ich nicht sagen, noch nicht. Aber sie sind nicht unter den Bewohnern, die hinausgebracht wurden. Ich war fast genauso schnell hier wie die Feuerwehr.«

»Wie haben Sie das angestellt?«

»Ich habe ein paar Informanten, die hier leben. Einer von ihnen hat mich angerufen. Zusammen mit zwei Beamten haben wir allen zur Flucht verholfen, während die Feuerwehr sich an die Arbeit gemacht hat.«

»Also waren die McWards entweder nicht zu Hause oder sie waren da drin ...« Sie machte einen Schritt nach vorn, wurde aber vom Einsatzleiter der Feuerwehr zurückgehalten.

»Es tut mir leid, aber Sie müssen warten, bis es sicher ist, das Gebäude zu betreten. Hier stehen so viele Wohnwagen mit Gasflaschen. Bei dieser Hitze ist alles leicht entflammbar.«

Lottie nickte und drehte sich zu Boyd um. Er legte eine Hand ihren Ellbogen, um sie vom Brand wegzuführen. Sie schüttelte diese besorgte Geste ab.

»Ich möchte zurückgefahren werden, damit ich mein Auto holen kann, danach geht es bitte wieder hierher, zu Kirby. Der Tatort muss abgesperrt werden, bis wir herausgefunden haben, was zur Hölle vorgefallen ist. Ich möchte Bescheid wissen, wenn die McWards gefunden wurden, und angerufen werden, sobald es sicher ist, das Gelände zu betreten.«

Der Einsatzleiter hatte mitgehört. »Es wird bis zum Morgen dauern, bis es sicher ist.«

»Wie dem auch sei«, sagte Lottie. »Kirby und Boyd: Sie koordinieren den Einsatz der Wachleute und befragen dann die Bewohner. Ich will wissen, wo die McWards sind, wenn sie nicht schon tot sind.«

. . .

Obwohl es bereits nach drei Uhr morgens war, brannte in ihrem Haus noch Licht. Lottie ging in die Küche, aber der Raum war leer. Wie von selbst nahm sie die Wäsche, von der die meisten Kleidungsstücke Louis gehörten, aus der Waschmaschine und füllte sie in den Trockner. Noch immer hatte sie nur eine einzige Nachricht von Katie bekommen. Vielleicht hatte Chloe etwas von ihr gehört.

Am oberen Ende der Treppe bemerkte sie einen Lichtstreifen unter Seans Zimmertür. Sie streckte ihren Kopf hinein. Er hörte sie nicht, denn er hatte riesige Kopfhörer auf den Ohren und gestikulierte mit der Fernbedienung wild vor einem Bildschirm herum. Sie öffnete den Mund, um ihm zu sagen, dass er ins Bett gehen solle, hielt dann aber inne und beschloss, ihm für eine Nacht seine Ruhe zu lassen. Es waren eine Woche lang Ferien. Das hatte er sich verdient.

Vor Chloes Zimmertür hielt sie zögerlich inne. Wahrscheinlich schlief ihre Tochter schon und sie wollte sie nicht aufwecken, aber irgendwie hatte sie ein ungutes Gefühl, also öffnete sie die Tür.

Chloe lag im Bett, mehrere Kissen im Rücken, und ihr Gesicht wurde vom Display des Handys beleuchtet, das sie in der Hand hielt. Das Knarren der Tür hatte sie erschreckt. Sie zuckte zusammen und ließ ihr Telefon fallen. Das Zimmer wurde in Dunkelheit getaucht. Lottie knipste das Licht an.

»Ich dachte, du wärst die ganze Nacht lang weg«, sagte Chloe. »Mit Ermittlungen beschäftigt oder so. Oh, oder vielleicht damit, *Boyd zu vögeln.*«

»Chloe!« Lottie war erschüttert darüber, wie gehässig die Worte ihrer Tochter klangen. Wie zum Henker sollte sie mit diesem Vorwurf umgehen? Auf jeden Fall behutsam. Ganz behutsam. »Wir sind nur etwas essen gegangen.«

»War ja ein ziemlich langes Essen. Und es gab dazu Alkohol, der Fahne nach.«

»Chloe, das muss doch nicht sein.«

»Und ob das sein muss. Du hast getrunken. Meine Güte, müssen wir das alles noch einmal durchmachen?«

»Bitte. Ich hatte nur ein Glas Wein.« Warum rechtfertigte sie sich überhaupt? Vielleicht, weil sie wusste, dass ihre Kinder in der Vergangenheit unter ihrem Alkoholproblem gelitten hatten. Bei Gott, sie wollte nicht, dass es wieder so wurde wie damals.

»Du hast dich also mit Boyd betrunken?« Chloe schürzte die Lippen. »Und ich dachte, er wäre nett. So kann man sich täuschen.«

»Mit ihm hat das nichts zu tun.« Lottie ließ ihre Arme sinken, sodass sie schlaff neben ihrem Körper baumelten. Es würde nicht gut enden, wenn sie mit Boyd ins Bett ging. Das Feuer war eine Warnung gewesen. Lass ihn in Ruhe, sagte sie sich selbst, sonst wirst du ihn mit dir in den Abgrund ziehen. Sie hatte keine Ahnung, wie sie ihrer siebzehnjährigen Tochter die Lage erklären sollte, also versuchte sie es erst gar nicht.

»Ich muss morgen früh wieder arbeiten«, sagte sie, »aber wenn du reden möchtest, kannst du mich jederzeit anrufen, ja? Bitte.«

Chloe zog sich die Bettdecke bis zum Kinn und musterte sie. »Wie war Boyd denn so im Bett?«

»Gute Nacht, Chloe.« Lottie schaltete das Licht aus.

———

Er hatte das Licht angelassen. Das war seine »Belohnung«. Dann hatte er sich auf den kleinen Holzstuhl gesetzt und sie angestarrt. Sie hatte keine Ahnung, wie lange er dort gesessen hatte, bevor er aufstand und mit einem Finger langsam über ihren Körper fuhr. Sie erschauderte und schreckte zurück, aber weil sie gefesselt war, konnte sie sich nicht wehren.

Dann musste sie ohnmächtig geworden sein, denn als sie wieder erwachte, war er verschwunden und sie war nicht mehr gefesselt. Das Licht war noch an. Ihr Blick fiel zuerst auf die Knochen. Sie lagen, der Form eines Skeletts nach ausgerichtet, auf der Bank. Die Angst schnürte ihr die Kehle zu und machte das Atmen fast unmöglich.

Sie entdeckte die Flasche Wasser und das Sandwich, das er für sie dagelassen hatte, und überlegte, ob sie es rationieren sollte, für den Fall, dass er nicht zurückkehrte. Aber er würde zurückkommen. Das wusste sie mit absoluter Sicherheit, genauso sicher, wie sie wusste, dass die Knochen auf der Bank von einem Menschen stammten. Das verriet ihr der Schmerz zwischen ihren Beinen, der ihm geschuldet war. Galle stieg in ihrer Speiseröhre auf.

Sie schloss die Augen und atmete die stickige Luft tief ein. Dann öffnete sie die Lider wieder und überflog die Umgebung. Da stach ihr etwas ins Auge, das ihr zuvor nicht aufgefallen war. Bilder. Winzig klein und mit Wasserfarben gemalt. Jemand hatte sie mit Reißzwecken an die Wand hinter ihr geheftet.

Sie erhob sich vom Bett und tastete vorsichtig mit ihren nackten Füßen über den Boden. Er war kalt. Sie fühlte sich schwach, weil sie schon so lange hier eingepfercht war. Mit nur zwei Schritten stand sie vor der Wand, an der die Bilder hingen. Die Farben waren zu Grautönen verblasst. Sie kniff die Augen zusammen und versuchte, die Initialen in der

Ecke eines der Bilder zu erkennen. Aber sie waren verschmiert. Auch was darauf abgebildet war, ließ sich kaum erkennen. Wieder zogen die Knochen, die sie schon den ganzen Tag über verfolgten, ihren Blick auf sich.

Sie waren so klein, dass sie nur einem Baby gehört haben konnten.

VIERTER TAG

SAMSTAG, 13. FEBRUAR 2016

SIEBENUNDSECHZIG

Die Löschfahrzeuge reihten sich auf der Hauptstraße aneinander, der Verkehr wurde umgeleitet. Lottie betrat das Gelände der Siedlung. Der Geruch nach Rauch und Ruß erfüllte die stickige Luft. Lynch und Garda Gilly O'Donoghue hatten Boyd und Kirby abgelöst. Lynch sah noch schlimmer aus als gestern. Lottie war froh, dass sie Boyd jetzt nicht gegenübertreten musste. Der Wodka, den sie nach dem Streit mit Chloe getrunken hatte, hatte ein flaues Gefühl in ihrer Magengegend hinterlassen. Die Tablette hatte auch nicht geholfen. Nein, sie wollte Boyd nicht sehen.

Sie blickte auf und entdeckte Paddy McWard, der auf sie zu gerannt kam wie ein Stier auf einen Matador. Tränen liefen ihm über das rußverschmierte Gesicht und seine Hände waren ganz schwarz.

»Das ist eure Schuld. Ihr verdammten Bullen seid schuld daran.«

»Mr McWard, Paddy, es tut mir leid ...« Lottie streckte eine Hand nach ihm aus, aber er schlug sie weg. Letzte

Nacht war er nirgends zu finden gewesen. Wie zum Teufel war er in die Siedlung gelangt?

Er tobte weiter. »Wagen Sie es nicht, sich zu entschuldigen. Denken Sie nicht mal daran, mit mir reden zu wollen. Dass die Bullen hier herumschnüffeln, hat nichts als Ärger gebracht. Meine Frau und mein Sohn. Beide tot. Merken Sie sich meine Worte: Sie werden dafür bezahlen.« Er spuckte Lottie vor die Füße, dann drehte er sich hastig um und stürmte wieder zu den schwelenden Überresten seines Hauses.

Lottie konnte sich nicht rühren, bis plötzlich jemand eine Hand auf ihren Arm legte. Boyd.

»Doch nicht nach Hause gegangen?« Sie vergrub ihr Kinn im Kragen ihrer Jacke und ihre Hände tief in den Taschen.

»Konnte nicht schlafen. Dachte, dass ich hier nützlicher wäre.« Er ließ seine Hand sinken.

War er ihr gerade ausgewichen? Scheiße, sie war so übermüdet, dass sie schon Gespenster sah. Also wandte sich Lottie den Leuten von der Spurensicherung zu. McGlynn und sein Team waren am Rande der Brandstelle zu Gange und warteten darauf, dass der Einsatzleiter ihnen grünes Licht gab.

»Was in Gottes Namen ist hier passiert, Boyd?«, fragte sie.

»Vielleicht wollte sich jemand rächen? Wegen irgendeiner Angelegenheit, in die Paddy verwickelt war?«

»Oder es war Rache dafür, dass Bridie mit uns geredet hat?«

»Aber sie hat uns nichts gesagt, was auf den Mörder von Elizabeth hindeuten könnte, und die Leiche wurde zufällig entdeckt. Es bringt nichts, sich deswegen Vorwürfe zu machen.«

»Eine Mutter und ihr Baby. Bei lebendigem Leib verbrannt, in ihrem eigenen Haus. Ich kann das nicht begreifen.«

»Das sollten wir gar nicht erst versuchen, bevor wir nicht alle Fakten kennen.«

»Sie war doch selbst noch ein Kind.« Lottie musste an Katie und Louis denken und an die Nachricht, die ihre Tochter vorhin geschickt hatte. Worte voller Lebensfreude.

Der Einsatzleiter nickte den Spurensicherungsleuten schließlich zu und sie begannen mit ihrer Arbeit.

»Ist Jane Dore schon unterwegs?«, fragte Lottie McGlynn.

»Zuerst müssen wir die Leichen finden.«

»Wir wissen nicht einmal sicher, ob jemand zu Hause war«, sagte Boyd und zuckte mit den Schultern.

»Der Ehemann sagt, dass sie hier waren, und niemand sonst hat sie seit gestern gegen siebzehn Uhr gesehen.« McGlynn warf einen Blick auf seine rußverschmierten Notizen.

»Ich bin mir ziemlich sicher, dass wir die sterblichen Überreste finden werden.«

Lottie entfernte sich, weil sie es nicht ertragen konnte zu sehen, wie Paddy außerhalb der Absperrung auf dem nassen Boden kniete und weinte. Sie dachte an die junge Frau, die aufs Revier gekommen und dann in ihrem eigenen Haus brutal angegriffen worden war. Bridie war so schön, schlagfertig und intelligent gewesen. Hatte Paddy mit seiner Einschätzung recht? War seine Frau zur Zielscheibe geworden, weil sie mit der Polizei gesprochen hatte? Hoffentlich nicht, denn sonst wäre die Situation ganz anders, als sie bisher angenommen hatten.

Sie drehte sich zu Boyd um. »Das muss etwas mit Paddy zu tun haben. Und wenn das der Fall ist, müssen wir die Sache, so ungern ich das auch sage, an ein anderes Team übergeben.«

»Es bringt nichts, jetzt schon Vermutungen anzustellen. McMahon wird auch noch etwas zu der Angelegenheit sagen.«

»O nein. Ich hatte vergessen, dass wir ihn abholen müssen, bevor wir zu den Rochfort Gardens fahren.«

Sie wies Lynch an, Paddy McWard jederzeit im Auge zu behalten und ihr Bescheid zu sagen, wenn McGlynn etwas zu berichten hätte. »Und dann finden Sie Matt Mullin. Ich bin es leid, darauf zu warten, dass er unter irgendeinem Stein hervorgekrochen kommt, wenn er hinter dieser ... dieser ... Katastrophe stecken könnte.«

Entnervt steckte sie ihre Hände in die Taschen. Oder aus Angst, dass sie sonst jemanden schlagen könnte?

Als sie sich auf den Weg machten, wurden die Schläuche aufgerollt und die Feuerwehrleute packten ihre Ausrüstung zusammen. Ein Zug polterte bremsend über die Gleise hinter der Siedlung in Richtung Stadt.

»Gibt es immer noch keine Spur von Mollie Hunter?«, fragte Lottie.

Boyd schüttelte den Kopf und ging voraus. »Ich muss mir noch das Material der Überwachungskameras am Bahnhof vom Mittwochabend besorgen. Verdammt.«

Heute war wohl wieder einer dieser Tage, an denen alles schiefging.

ACHTUNDSECHZIG

Boyd parkte und sie liefen über den schmalen Weg die Böschung hinunter zum Besucherzentrum.

»Das ist also die Jealous Wall«, sagte McMahon, bevor sie durch die gläserne Schiebetür treten konnten.

»So ist es.« Lottie hoffte, dass sie jetzt keine Lehrstunde in Lokalgeschichte für ihn halten müsste.

»Ich habe mich gestern Abend darüber belesen«, sagte er.

»Es geschehen noch Zeichen und Wunder«, meinte Lottie.

»Was?«

»Fanden Sie die Geschichte interessant?«, setzte sie an, um von ihrer Bemerkung abzulenken.

»Ein Zierbau, einer verfallenen Abtei nachempfunden, den ein Earl im achtzehnten Jahrhundert errichten lassen hat. Er war unglaublich eifersüchtig und wollte verhindern, dass sein Bruder seine Ehefrau beobachten konnte. Anschließend hat er sie im Herrenhaus eingesperrt.« McMahon sah sich um. »Und wo liegt das?«

»Oben auf dem Hügel. Es ist nicht sehr weit von hier, wenn Sie es sich ansehen möchten.« Vielleicht würde er sich vom Acker machen und sie allein lassen.

»Ein andermal.« McMahon ging voraus.

Lottie seufzte und folgte ihm in das Gebäude. Ein ohrenbetäubender Lärm dröhnte aus den Räumlichkeiten neben dem Foyer.

»Wie viele Leute wohl hier sind?«, flüsterte Lottie Boyd zu, während sie eilig versuchte, die Anzahl der anwesenden Personen zu überschlagen.

»Ungefähr fünfzig«, sagte Boyd.

»Spinnen die? Die Temperatur liegt bei zwei Grad minus und die haben vor, joggen zu gehen«, sagte McMahon.

»So kann man sich wohl warm halten«, meinte Lottie.

»Da würde mir was Besseres einfallen«, murmelte Boyd.

Sein Grinsen entging ihr nicht und die Hitze stieg ihr unangenehm ins Gesicht, während sie die Namensliste betrachtete, die Gilly für sie abgetippt hatte. »Du denkst auch immer nur an das Eine, oder?«

McMahon stand am Empfangsschalter und drückte auf die Klingel. Carol O'Grady kam aus dem Büro hinter der Theke. McMahon knallte seinen Dienstausweis auf den Tresen.

»Ich würde gerne mit den Joggern sprechen, bevor sie nach draußen gehen. Geht es dort entlang?« Er machte auf dem Absatz kehrt und hielt auf die Innentür zu.

»Hey, kommen Sie zurück. Ich glaube nicht, dass das gestattet ist.« Carol hob den Hörer des Telefons auf dem Schreibtisch ab. »Ich muss zuerst meinen Vorgesetzten fragen.«

»Das ist schon abgesprochen.« McMahon ging zu Lottie und riss ihr die Liste aus der Hand. Es kostete sie alle Mühe, nichts zu erwidern, aber sie schaffte es. Der Duft von frisch gebrühtem Kaffee lag in der Luft, als sie sich ihren Weg durch die wogende Masse an Menschen bahnten, die alle in leuchtendes Lycra gekleidet waren.

Boyd steuerte auf die Tür an der gegenüberliegenden Seite der großen, offenen gehaltenen Räumlichkeiten zu. Von dort aus gelangte man auf das weitläufige Gelände. Er versperrte den Ausgang, während McMahon versuchte, sich Gehör zu verschaffen.

»Meine Damen und Herren! Einen Moment, bitte. Dürfte ich um Ihre Aufmerksamkeit bitten?«

Der Lärm ging allmählich in ein raschelndes Gemurmel über, bevor es schließlich still war.

»Vielen Dank«, sagte er.

Lottie kochte vor Wut. Das war ihr Auftritt, aber sie hatte das Gefühl, dass McMahon alles vermasseln würde.

»Mein Name ist Superintendent McMahon und ich habe hier eine Liste von Leuten, mit denen meine Ermittler sich gern unterhalten würden. Detective Inspector Parker wird Ihre Namen aufrufen, und wir bitten Sie, hierzubleiben und zu warten, bis wir mit ihnen gesprochen haben.«

Ein Geraune aus offensichtlich wenig erfreuten Stimmen erhob sich.

»Ich bitte um Ruhe.«

Hielt er sich für einen Schuldirektor? Lottie stellte sich neben ihn. »Die meisten von Ihnen haben bereits mit jemandem aus meinem Team telefoniert«, sagte sie, »aber ich habe eine Liste von vierzehn Personen, die wir noch nicht kontaktiert haben. Der Rest von Ihnen kann zur Laufrunde aufbrechen. Ich bin Ihnen sehr dankbar für Ihre Hilfe bei der Suche nach Personen, die uns Hinweise bezüglich des Mords an Elizabeth Byrne und der Vermissten Mollie Hunter geben können.«

Sie nahm McMahon die Liste wieder weg und las die vierzehn Namen laut vor. Die anderen Läufer wichen zur Seite, um die Aufgerufenen hindurchzulassen.

»Ich zähle nur zwölf«, sagte Boyd.

»Fangen wir an«, erwiderte McMahon und nahm einen Tisch und Stühle in Beschlag.

Ein kalter Luftzug strömte in den hohen Raum, als die restlichen Läufer die Tür öffneten, um nach draußen zu entfliehen.

Es dauerte nicht lange, die verbleibenden zwölf Personen zu befragen. Elizabeth war mehreren von ihnen flüchtig bekannt, aber niemandem war etwas Ungewöhnliches aufgefallen und niemand hatte in ihrer Nähe eine Person gesehen, die sich verdächtig verhalten hätte. Das Gleiche galt für Mollie. Lottie betrachtete die beiden Namen, die noch auf der Liste verblieben, und blickte dann zu Boyd.

»Siehst du, welche beiden heute Morgen nicht aufgetaucht sind?«

Er nickte. »Glaubst du, sie sind verwandt mit ...?«

»Da bin ich mir sicher.« Sie sammelte ihre Gesprächsnotizen ein und sah sich nach McMahon um. »Wo ist der Superintendent?«

»Er ist weggegangen, um sich das Herrenhaus anzusehen.«

»Wir haben keine Zeit für so was.«

»Dann sollten wir ihn lieber suchen gehen.«

»Oder wir überlassen ihn seinem Schicksal.«

»Also wirklich, Lottie, das kannst du nicht machen!«

Sie schlüpfte in ihre Jacke und stopfte die Zettel in ihre Tasche. »Kann ich schon, aber ich habe keine Lust, die Konsequenzen seiner schlechten Laune zu ertragen.«

Als sie schon die Tür erreicht hatte, hörte Lottie, wie jemand ihren Namen rief. Carol trat hinter dem Schreibtisch hervor.

»Ich habe mich gefragt, ob Sie auf etwas gestoßen sind, das Ihnen weiterhilft? Sie wissen schon, bei Ihren Befragungen.«

»Auf der Liste gibt es zwei Personen, die heute nicht hier zu sein scheinen. Vielleicht kennen Sie sie.«

»Wer denn?« Carol schlang ihre Hände fest um sich selbst, so, als würde sie plötzlich frösteln.

»Cillian und Finn O'Donnell«, sagte Lottie.

Plötzlich wich die Farbe aus dem Gesicht der schwangeren Frau. Boyd streckte eine Hand aus, um sie zu beruhigen.

»Was ist los?«, fragte er.

Sie schüttelte den Kopf und wandte sich ab. Lottie folgte ihr.

»Hey, was ist denn? Kennen Sie die beiden? Sie sind mit dem Mädchen verwandt, das vor zehn Jahren verschwunden ist, stimmt's?«

Carol blieb stehen und drehte sich langsam um. Ihr Gesicht war tränenüberströmt und sie hatte die Lippen fest zusammengepresst. Sie nickte, so als wüsste sie nicht, ob sie sprechen könnte, hielt sich dann die Hand vor den Mund und rannte in Richtung der Toilette.

»So eine Schwangerschaft muss anstrengend sein«, sagte Boyd.

»Und woher willst du das wissen?« Lottie ging nach

draußen und ließ die Tür vor seiner Nase zufallen. Sie wollte heute nicht in Boyds Nähe sein. Die Erinnerungen an seine zärtlichen Berührungen waren noch zu frisch und sie fühlten sich zu schmerzhaft an und zu falsch.

David McMahon parkte vor der Wohnung, die er glücklicherweise zu einem Spottpreis kurzfristig hatte anmieten können. Sie lag am Rande von Ragmullin und war von Bäumen umgeben. Sehr abgelegen. Anonym. Und damit perfekt.

Er lächelte, als er sah, dass hinter ihm ein Auto hinter heranfuhr. Er stieg aus, lehnte sich gegen seinen Wagen und wartete, bis die Fahrerin zu ihm gelaufen kam.

»Cynthia. Welch angenehme Überraschung.«

»Sie sind ein schlechter Lügner, McMahon.«

»Haben Sie Neuigkeiten für mich?«

»Das wollte ich Sie auch gerade fragen.« Sie versuchte sich an einem liebenswürdigen Blick, den er ihr nicht abkaufte. Er kannte ihre Art.

»Sie wollen etwas über das Feuer wissen?«, fragte er.

»Ja. Und über alle anderen Fälle, bei denen es neue Entwicklungen gibt.« Sie zog eine Packung Minzpastillen hervor und bot ihm eine an. Er schüttelte den Kopf und sah sie abwartend an. »Hören Sie, David, ich suche überall und so schnell ich kann. Aber bis jetzt will niemand etwas über sie sagen.«

»Versuchen Sie es bei Detective Maria Lynch. Ich habe das Gefühl, dass sie nicht gerade beste Freundinnen sind.«

»Gut. Was war das für ein Feuer? Erzählen Sie mir davon.«

»Da gibt es nicht viel zu erzählen. Zwei Tote, eine Mutter und ihr Baby. Das Haus ist ausgebrannt. Es sieht ganz nach Brandstiftung aus. Und, haben Sie irgendwelche pikanten Details für mich, die mir in die Karten spielen?«

»Bis jetzt nicht. Ich habe Ihnen ja erzählt, dass ich einen Beitrag über das vermisste O'Donnell-Mädchen schreibe.«

»Das hatten Sie gesagt. Ein neuer Aufruf nach Hinweisen?«

»Eher ein Biopic über die Folgen des Vorfalls für Lynns Familie. Ich habe das Gefühl, ihr Verschwinden hat sie auseinandergerissen.«

»Und Sie haben vor, sie noch weiter auseinanderzureißen?«

»Nein. Das ist einfach eine Geschichte mitten aus dem Leben.« Sie lächelte verschlagen. »Ich bin nicht durch und durch böse, wissen Sie.«

»Doch, ich denke, das sind Sie.«

Er drückte sich von seinem BMW weg, feuchtete einen Finger an und wischte einen Schmutzfleck von der Tür. Dann ging er zu seiner Wohnung. Lottie Parker hatte ihn im letzten Oktober bloßgestellt. Er war immer noch sauer wegen der Zurückweisung von damals, und er wollte Rache nehmen. Er wollte, dass sie mit dem Gesicht voran im Dreck lag, mit seinem Fuß im Nacken, der sie zu Boden drückte.

»Hey, David?«, rief Cynthia. »Ich brauche bald eine gute Story. Am Montag kehre ich wieder nach Dublin zurück.«

»Quid pro quo.«

»Wollen Sie mich nicht auf einen Kaffee hereinbitten?«, fragte sie.

»Ich hatte schon einen.«

Er verschwand in seiner Wohnung und fragte sich, ob Cynthia Rhodes den Ärger, den er mit ihr hatte, überhaupt wert war.

NEUNUNDSECHZIG

Als Lottie aus den Rochfort Gardens zurückkehrte, saß Jane Dore in ihrem Büro.

»Jane! Was machen Sie denn hier?«

»Ich komme gerade von der Wohnsiedlung, wo dieses furchtbare Feuer gewütet hat.«

Lottie ließ sich auf ihren Stuhl sinken und fragte: »Sie haben eine Leiche gefunden?«

»Zwei. Also das, was von ihnen übrig ist.«

»O Gott, nicht auch noch das.« Lottie raufte sich die Haare. »Gibt es Hoffnung darauf, dass sie identifiziert werden können?«

»Über die DNA-Spuren, vielleicht. Es handelt sich um eine erwachsene Frau und ein Kind.«

»Bridie McWard und ihr Baby.« Lottie rieb sich mit den Händen über die Arme und versuchte, das Gefühl der Trostlosigkeit zu vertreiben.

»Ihre Überreste sind schon auf dem Weg zur Leichenhalle. Später weiß ich mehr.« Jane lehnte sich über den Schreibtisch, die zierlichen Finger ineinander verschränkt. »Was geht in Ragmullin vor sich, Lottie?«

Lottie erwiderte den Blick der Rechtsmedizinerin und schüttelte den Kopf. »Ich wünschte, ich wüsste es. Gibt es Hinweise auf ein Verbrechen?«

»Das Feuer wurde absichtlich gelegt.«

Lottie blätterte durch eine Akte, die sich auf ihrem Schreibtisch befand. »Aber einer der Nachbarn hat fast sofort nach dem Ausbruch die Feuerwehr gerufen. Wie konnte das Haus so schnell niederbrennen?«

»McGlynn kann Ihnen die Einzelheiten erklären, aber es war ein Fertighaus. Es hat gebrannt wie Zunder.«

»Also hatten die beiden keine Chance.«

»Kannten Sie die Opfer?«

»Mit Bridie habe ich ein paar Mal gesprochen. Ich glaube, sie hat Elizabeth Byrne in der Nacht, in der sie ermordet wurde, schreien gehört. Und neulich wurde sie nachts in ihrem Haus überfallen.«

Jane schob die Brille auf ihrer Nase weiter nach oben und sagte: »Ich habe noch mehr Informationen, was den Mord an Elizabeth angeht. Ich habe sie Ihnen heute Morgen per E-Mail geschickt. Vielleicht haben Sie das noch nicht gesehen. Die Kleidung, die im Müllcontainer gefunden wurde, weist Spuren von Wasser auf.«

»Ja, das wusste ich.«

»Die Spuren stimmen mit Proben überein, die wir aus dem Ladystown Lake haben.«

»Wo wir die nicht identifizierte Leiche gefunden haben. Warum war Elizabeth dort? Und wie ist sie dorthin gekommen?«

»Vielleicht war nur ihre Kleidung da. Der Mörder könnte sie ins Wasser getaucht haben, um Spuren von sich zu beseitigen, wie Fasern oder Zellen.«

»Mein Gott, das wird ja immer seltsamer. Deutete

irgendetwas an Elizabeths Leiche darauf hin, dass sie sich im Wasser befunden hatte?«

»Nein. Und was die toxikologischen Untersuchungen angeht: Es wurden Spuren von Chlor gefunden. Nur winzige Mengen, aber dennoch waren sie da.«

»Ich knöpfe den Scheißkerl auf, wenn ich ihn finde.« Lottie stand ruckartig von ihrem Stuhl auf und lief in dem kleinen Büro auf und ab, bevor sie sich auf die Kante ihres Schreibtischs setzte. »Und was ist mit der Leiche am See?«

»Wie Sie vielleicht bemerkt haben, waren die Fingernägel bis zum Nagelbett abgekaut. Aber ich habe an einigen Stellen Spuren von Farbe unter dem Nagel gefunden.«

»Farbe? Welche Art von Farbe?«

»Ich weiß es nicht. Ich habe Proben zur weiteren Untersuchungen weggeschickt.« Jane stand auf. »Haben Sie jemanden in Ihrer Datenbank gefunden, deren Beschreibung auf die Frau passen könnte?«

»Wir haben alle Vorkommnisse der letzten Wochen überprüft und nichts gefunden. Nur Mollie Hunter wird vermisst, und die wurde bis Mittwoch noch gesehen, soweit wir das ermitteln konnten. Außerdem passt sie vom Alter her nicht.«

»Haben Sie auch die Daten der landesweiten Vermissten-Datenbank abgeglichen? Und dort nach der DNA gesucht?«

Lottie starrte sie an. »Natürlich.« Aber hatten sie das auch wirklich gemacht? Sie sollte das noch einmal überprüfen.

»Eine fünfunddreißigjährige Frau, eine Mutter, ist seit mindestens einer Woche tot, und niemand hat sie vermisst? Das glaube ich kaum, Lottie, und ich finde, auch Sie sollten das anzweifeln.«

»Aber Sie sagten doch, die Frau wäre eines natürlichen Todes gestorben.«

»Ihr Herz hat aufgehört zu schlagen, das ist das einzig Natürliche daran. Sie war unterernährt. Ich habe keine Nahrung in ihrem Magen gefunden. Und keine Medikamente. Sie trug keine Kleidung, die Haare waren abrasiert. Man hatte sie in Bleichmittel gewaschen. Es gab Spuren von Plastiksäcken in der Nähe der Leiche. Sie hatte auch keine Schuhe an. Es gibt also keinen Hinweis darauf, dass sie eigenständig zum See gelaufen ist und sich dann zum Sterben ins Gebüsch gelegt hat. Wer hat sie dorthin gebracht? Das ist eine der Fragen, die Sie sich stellen sollten.«

»Aber wer war sie?«

Jane ging zur Tür.

»Das müssen Sie herausfinden, Lottie. Bevor noch jemand aus Ragmullin tot aufgefunden oder vermisst wird.«

Noch während sie versuchte, Janes Erkenntnisse einzuordnen, klingelte Lotties Telefon. Eine unbekannte Handynummer. Sie ging ran. Es war McMahon.

»Sir?«

»Halten Sie mich über die Ermittlungen in all Ihren Fällen auf dem Laufenden. Sie erreichen mich unter dieser Nummer.«

»Das mache ich.« *Nicht,* fügte sie in Gedanken hinzu.

»Es kann nicht schaden, mit der Familie O'Donnell zu sprechen. Ich habe gehört, dass Cynthia Rhodes einen Beitrag über sie macht. Sie hat bereits mit ihnen gesprochen, wenn ich mich nicht irre. Bringen Sie sich auf den neuesten Stand.«

»Aber Sir, ich habe schon zu viel ...«

»Tun Sie es einfach, Parker.«

»Sie mich auch«, sagte sie, als sie sicher war, dass er aufgelegt hatte.

Sie hatte Grund genug, mit den O'Donnells zu sprechen, auch ohne herausbekommen zu wollen, was die Journalistin vorhatte.

Lottie blätterte auf der Suche nach der Telefonnummer durch die alte Akte.

»Boyd! Zieh den Mantel an.«

Nachdem die Ermittler gegangen waren, fühlte sich Carol noch schlechter. Die Übelkeit hatte immer noch nicht nachgelassen, also sagte sie ihrem Vorgesetzten Bescheid und ging nach Hause.

Dort schaltete sie ihre Heizdecke ein und rollte sich auf dem Bett zusammen. Sie war froh, dass ihre Mutter und ihr Vater in der Stadt unterwegs waren, um den Wocheneinkauf zu erledigen. Sie schlang die Arme um ihren Bauch und versuchte, das flaue Gefühl zu ignorieren. Wie lange würde das noch andauern? Drei Monate? Oder länger? Viel länger könnte sie es nicht ertragen.

Sie würde es ihm sagen müssen. Und zwar bald. Bevor es zu spät war. Sie hätte so gern mit Lizzie darüber geredet. Wenn sie da gewesen wäre, hätte sie gewusst, was zu tun war. Aber dieser Gedanke spendete ihr keinen Trost. Ihre Freundin war tot. Ein Schauer der Angst sorgte dafür, dass sich ihre Muskeln verkrampften. Sie hatte den Polizisten nicht gesagt, dass sie auch Mollie Hunter kannte. Sie war zwar nicht wirklich eine Freundin von ihr, aber Mollie war in jener Nacht zufällig da gewesen. In der Nacht, in der er sie ... Jedenfalls hatte Mollie ihr geholfen und jetzt war sie verschwunden.

Geschah das alles ihretwegen? Das konnte doch nicht sein.

Aber wie sie so in ihrem Bett lag und sich elend fühlte, wurde Carol das Gefühl nicht los, dass es sehr wohl etwas mit ihr zu tun hatte.

———

Der Wind peitschte gegen die Wände des Raumes, in dem er sie untergebracht hatte, wo auch immer das war. Grace versuchte sich an kurzen, gleichmäßigen Atemzügen, trotzdem schnappte sie hektisch nach Luft. Ihre Augen waren verklebt und auf ihrer Haut hatte sich ein juckender Ausschlag ausgebreitet. Es fühlte sich an, als hätte ihr jemand einen dicken Sack über den Kopf gezogen und sie dann allein gelassen.

Sie bräuchte gar nicht erst versuchen, sich aufzurichten. Also lag sie einfach da, während die Feuchtigkeit des Raumes in ihre Poren sickerte, die Seile in ihre Haut schnitten und ihr eigener Herzschlag in ihren Ohren dröhnte.

Es war zwecklos, sich zu wehren. Ihre Lage war aussichtslos. Mark dachte, sie wäre in Galway, und ihre Mutter dachte, sie wäre bei Mark. Sie war dem Mann, der sie hergebracht hatte, vollkommen ausgeliefert.

Eine Welle der Übelkeit stieg in ihrer Kehle auf und sie unterdrückte sie mühsam, um sich nicht übergeben zu müssen. Denn sie wusste, wenn sie das tat, würde sie ersticken.

EINUNDSIEBZIG

Die Häuserzeile war von einer Steinmauer umgeben, mit einer Tür, die in das Mauerwerk eingelassen war. Dahinter führte ein Weg zu einer Treppe vor der Eingangstür.

Lottie drückte das hölzerne Gartentor auf, das knarrend nachgab, und betrachtete das zweistöckige Haus. Der größte Teil des Kieselrauputzes war im Laufe der Zeit durch die Witterung abgetragen worden, sodass ihr jetzt nur noch der bloße, rissige Beton trotzte. Ein Busch mit kahlen Ästen ragte seitlich aus dem Schornstein hervor, auf der anderen Seite hing eine Satellitenschüssel schief lediglich an ein paar Kabeln.

»Ein bisschen baufällig dafür, dass es noch bewohnt ist, findest du nicht?«

»Donal O'Donnell lebt allein. Vielleicht hat er nicht das Geld, um in eine, sagen wir mal, vornehmere Wohngegend umzuziehen.« Boyd drückte seine Zigarette aus und krümmte sich, weil ihn plötzlich ein Hustenanfall schüttelte.

»Geht es dir gut?«, fragte sie.

»Ich glaube, ich hab mich ein bisschen erkältet.«

»Behalte deine Bazillen bei dir. Das klingt nicht nur nach *ein bisschen*. Meine Mutter schwört auf Honig und Zitrone.«

»Deshalb macht sie also immer so eine saure Miene.«

»Du kannst mich mal, Boyd.«

Sie drückte auf die Klingel und hauchte, während sie warteten, ihre hohlen Hände an, um sie zu wärmen. Da wurde die Tür geöffnet.

»Donal O'Donnell?«, fragte sie.

»Ja. Und Sie müssen Detective Inspector Parker sein. Kommen Sie herein in die Küche.«

Er drehte sich um und ging den dunklen, schmalen Flur entlang. Lottie zog eine Augenbraue hoch und drehte sich nach Boyd um. Er schüttelte den Kopf, so als wollte er sagen: Was denn?

Aber sie erkannte den Mann wieder. Aus dem Pflegeheim. Er hatte darauf gewartet, mit Kane zu sprechen, und im obersten Stock vor dem großen Fenster eine Hand auf ihre verletzte Schulter gelegt. Sie erschauderte.

»Wirst du jetzt auch krank?«, flüsterte Boyd ihr ins Ohr.

Sie rückte von ihm weg und ging voraus.

Die O'Donnell-Brüder saßen in der tristen, staubigen Küche an einem Tisch. Lottie versuchte auszumachen, woher der säuerliche Geruch kam. Entweder hatte man den Boden mit einem schmutzigen Mopp gewischt, oder er war seit Monaten nicht mehr geputzt worden.

»Danke, dass Sie sich zu einem Gespräch mit uns bereit erklärt haben«, sagte sie und stellte Boyd vor. Jetzt, da sie zu fünft in dem kleinen Raum standen, fühlte sie sich allmählich etwas eingeengt. Sie schüttelten sich alle zur Begrüßung die Hände und setzten sich dann.

»Geht es um unsere Schwester?« Cillian O'Donnell war groß und schlank. Sein schwarzes Haar hatte er hinter die Ohren gekämmt und zu dem blauen Pullover, vermutlich aus Lammwolle, unter dem ein eng anliegender weißer Hemdkragen hervorschaute, trug er eine Lederjacke. Als er aufstand, um Lottie die Hand zu geben, bemerkte sie, dass seine Jeans an den Knien Risse hatte, so wie es gerade in Mode war.

Sein Bruder hingegen wirkte ungepflegt und ähnelte eher dem Vater. Sein Pullover hatte Löcher in den Ärmeln, und sie war sicher, dass das keine Absicht war. Bartstoppeln übersäten sein Gesicht und sein zerzaustes Haar war ungewaschen.

Sie hatte Mühe, sich an die Frage zu erinnern.

O'Donnell Senior setzte an: »Meine Tochter. Sind Sie hier, um uns etwas über sie zu sagen?«

»Nein, es tut mir leid, ich habe keine Neuigkeiten, was Lynns Verschwinden angeht. Wir ermitteln in einem Mordfall an einer jungen Frau. Ihre Leiche wurde am Dienstagmorgen in Ragmullin auf dem Friedhof gefunden.«

Cillian stand ruckartig von seinem Stuhl auf. »Sie haben uns unter Vorspiegelung falscher Tatsachen hergelockt. Wir dachten, Sie hätten Neuigkeiten wegen Lynn.«

»Wir wissen nichts von einem Mord«, sagte Finn.

Lottie bemerkte, dass ihm wohl irgendwann in seinem Leben einmal die Nase gebrochen worden sein musste, denn der Knochen war schief. Seine Augen waren dunkel und musterten sie stechend.

»Bitte setzen Sie sich, dann erkläre ich es Ihnen«, sagte sie.

»Ja, bitte erklären Sie, was das hier soll, ansonsten werde ich Sie beide bitten müssen zu gehen«, sagte Donal und nickte, wie um sich selbst beizupflichten.

Er wirkte in sich zusammengesunken. Wahrscheinlich war er einmal ein großer, gut aussehender Mann gewesen, aber der Verlust, den er erlitten hatte, lastete wie ein Felsbrocken auf seinen Schultern und drückte ihn nieder. Ein gestreiftes Hemd hing lose um seinen dürren Körper und seine Kieferknochen schienen die hauchdünne Haut beinahe zu durchbohren. Sie bemerkte, dass er ununterbrochen die Hände rang, so als könnte diese Bewegung den Schmerz lindern, der beständig an seinem Herzen fraß.

»Erst einmal möchte ich Ihnen danken, Cillian und Finn, dass Sie sich bereit erklärt haben, uns hier zusammen mit Ihrem Vater zu treffen«, sagte sie. »Das beschleunigt die Ermittlungen ungemein. Der Grund, weshalb wir mit Ihnen sprechen möchten, ist, dass Ihre Namen auf einer Liste der Personen aufgetaucht sind, die am Wochenende in den Rochfort Gardens joggen gehen.«

»Aber ich dachte, Sie hätten gesagt, das tote Mädchen sei auf dem Friedhof gefunden worden?«, fragte Cillian. Übernahm er jetzt also die Rolle des Wortführers?

»Das stimmt«, sagte Lottie. »Aber wir sprechen mit jedem, der sie gekannt haben könnte. Ein Ermittlungsansatz ist, dass sie von jemandem gestalkt wurde, vielleicht sogar beim Joggen.«

»Tja, meinen Jungs werden Sie nichts in die Schuhe schieben«, sagte Donal, ließ von der nervösen Geste ab und schlug mit den flachen Händen auf den Tisch. »Unsere Familie hat schon genug durchgemacht, auch ohne dass Sie noch mehr Mist vor unserer Tür abladen.«

»Das verstehe ich, Mr O'Donnell. Wir versuchen lediglich, uns ein Bild von der Verstorbenen zu machen.«

»Sie sollten Ihre Zeit besser darauf verwenden herauszufinden, was mit meiner Tochter passiert ist. Ihre Mutter ist gestorben, ohne Antworten zu bekommen, und ich fürchte, dass es mir genauso ergehen wird.«

»Jetzt aber, Dad, mal nicht alles so schwarz«, sagte

Cillian. Er drehte sich in seinem Stuhl zu Lottie herum. »Das stimmt, Inspector. Finn und ich laufen meistens am Wochenende. Aber nicht zusammen. Wir sind bloß zufällig beide zur selben Zeit dort.«

Lottie zog ein Foto von Elizabeth hervor, legte es auf den Tisch und wartete die Reaktionen der beiden ab. Finn warf nur einen kurzen Blick darauf und verschränkte dann die Arme, aber Cillian zog das Bild zu sich und betrachtete es genauer.

»Es tut mir leid, aber ich kenne sie nicht.« Er schob das Foto wieder über die Tischplatte.

»Sicher? Sehen Sie es sich genauer an.« Boyd beugte sich vor und schob das Foto wieder zurück.

»Ich sagte doch: Ich habe keine Ahnung, wer sie ist. Am Wochenende sind da draußen bestimmt fünfzig oder sechzig Leute. Ich gehe zum Joggen hin und nicht, um die Frauen zu begaffen – ich bin ein glücklich verheirateter Mann.«

»Ich auch«, warf Finn ein. Sollte er denn für immer dazu verurteilt sein, im Schatten seines älteren Bruders zu stehen?

Lottie nahm noch ein Foto heraus. »Und das ist Mollie Hunter. Sie wird vermisst. Und ist auch am Wochenende dort gelaufen. Erkennen Sie sie wieder?«

Beide Männer schüttelten den Kopf. Und blieben stumm. Lottie konnte keine weitere Reaktion ausmachen.

»Wenn das dann alles wäre?« Donal erhob sich vorsichtig von seinem Stuhl. Der Mann war so bleich, dass Lottie glaubte, er würde sich jeden Moment übergeben.

»Ich hätte nichts gegen eine Tasse Kaffee einzuwenden, wenn Sie welchen dahaben«, behauptete sie. Warum um alles in der Welt hatte sie das bloß gesagt?

»Ich habe keine Lebensmittel im Haus«, murmelte

Donal. »Ich war gerade dabei, eine Liste für Keelan zu schreiben. Das ist meine Schwiegertochter.« Er stand noch immer.

Lottie wusste, wann sie unerwünscht war. Sie würde unter vier Augen mit den Brüdern sprechen müssen. Damit ihnen keine Gelegenheit blieb, sich zusammenzutun. Andererseits hatten sie doch nichts zu verbergen, oder? Als sie aufstand, stach ihr das Foto auf der Kommode ins Auge, vor dem eine Kerze brannte.

»Es ist jetzt zehn Jahre her, nicht wahr?«, sagte sie.

»Morgen sind es zehn Jahre.« Donal nahm den Rahmen hoch und fuhr mit der Fingerspitze über das Gesicht auf dem Bild. »Mein Schatz ist nicht mehr nach Hause zurückgekommen.«

»Hatte sie zu dieser Zeit irgendwelche Probleme? Gab es Streit zu Hause?«

»Soll das eine Anschuldigung sein?« Donal knallte das Foto mit Wucht zurück auf die Kommode. Die Kerze flackerte und erlosch dann.

»Bestimmt nicht. Ich habe nur die Akte gelesen und mich gefragt, ob Lynn vielleicht verschwinden wollte. Um sich ein neues Leben aufzubauen, weit weg von Ragmullin.«

»Wie kommen Sie denn auf die Idee?«, fragte Cillian, der jetzt neben seinem Vater stand. »Woraus folgern Sie das?«

»Ich folgere gar nichts. Das ist lediglich eine Beobachtung.« Lottie warf Boyd einen Seitenblick zu, um ihn um Beistand zu bitten, aber da ging ihr auf, dass er die Akte natürlich nicht gelesen hatte. »Hatte sie einen festen Freund?«

»Einen festen Freund?«, fragte Finn, der immer noch am Tisch saß. Seine Augen weiteten sich und er durchbohrte sie mit forschendem Blick. »Hat das jemand behauptet? Haben Sie etwas herausgefunden, was Sie uns verschwiegen haben?«

»Nein, nein. In der Akte steht nichts davon. Ich dachte nur, dass eine hübsche junge Frau wie Lynn vielleicht in einer Beziehung gewesen sein könnte.« Die Temperatur im Raum schien plötzlich um mindestens zehn Grad gefallen zu sein und Lottie verspürte den Drang, sich im Rest des Hauses umzusehen. Nicht nur, um der Nähe der drei Männer zu entkommen, sondern auch, um zu sehen, ob vor zehn Jahren irgendetwas übersehen worden war.

Damals hatten fünf erwachsene Menschen in diesem kleinen Haus gelebt. Drei Männer und zwei Frauen. Wie war das wohl gewesen? Beengt und vor Hormonen nur so strotzend. Hatten diese Menschen sich nahegestanden und als glückliche Familie zusammen an diesem Tisch gegessen? Oder war die Spannung zwischen ihnen, die sie jetzt wahrnahm, damals noch viel größer gewesen? War die Lage so angespannt gewesen, dass irgendwann jemand in die Luft gehen musste?

»Meine Tochter hätte jeden Mann auf der Welt haben können«, sagte Donal. »Die Typen standen vor meiner Tür Schlange, um sie auszuführen. Aber nein. Lynn war eine Karrierefrau. Sie wollte sich die Karriereleiter hocharbeiten, bis ganz nach oben. Und dabei ließ sie sich nicht von irgendeinem überheblichen Idioten aus Ragmullin aufhalten.«

»Dann vielleicht jemand aus Dublin? Jemand von der Arbeit?«

»Sie haben doch das Leben meiner Tochter so gründlich auseinandergenommen. Das Einzige, was nach Abschluss der Ermittlungen nicht bekannt war, war ihr Aufenthaltsort.«

Lottie sah über Donals Schulter zu seinen beiden Söhnen. Sie standen jeweils auf einer Seite des Tisches und starrten sich zornig an.

»Und keiner von Ihnen hat jemals Elizabeth Byrne oder Mollie Hunter beim Joggen gesehen?«

»Wir können uns nicht an jeden einzelnen Jogger erinnern, den wir mal gesehen haben«, sagte Cillian.

»Ist das Nein?«

»Das ist alles, was Sie zur Antwort bekommen werden. Ich begleite Sie nach draußen, Inspector.«

ZWEIUNDSIEBZIG

Als sie wieder in ihrem Büro war, warf Lottie ihre Jacke über die Lehne eines Stuhls. »Ich kann nicht sagen, ob diese drei Männer einfach nur Versager sind, die einem leidtun können, oder ob sie etwas verheimlichen.«

Kirby hob den Kopf. »Welche drei Männer?«

»Die beiden O'Donnell-Brüder und ihr Vater.«

»Die Familie der jungen Frau, die seit ein paar Jahren vermisst wird?«

»Seit zehn.«

»Ach ja, genau.« Kirby stand auf und leckte sich die Finger, bevor er versuchte, damit sein buschiges Haar zu glätten.

»Was ist?« Lottie verschränkte ihre Arme und stellte sich vor, wie schön ein zehnminütiges Nickerchen jetzt wäre. Aber die Chancen dafür waren gleich null.

»Ich habe kein gutes Gefühl bei Paddy McWard.«

»Gefühle zählen aber nicht unserem Aufgabengebiet, Kirby. Nur Fakten und Beweise.«

»Sie hören doch bei den Ermittlungen auf Ihr Bauchgefühl, oder nicht?«

Dagegen konnte sie nichts sagen. »Sprechen Sie weiter.«

»Wir, Lynch und ich, haben ja in den letzten Wochen die Gemeinschaft der Fahrenden observiert.« Er zögerte.

»Mein Gott, Kirby, spucken Sie es aus.« Sie rappelte sich aus ihrem Stuhl hoch, machte sich auf den Weg in ihr Büro und bedeutete ihm mit einer Geste, ihr zu folgen. Dann schloss sie die Tür. »Was treibt Sie um?«

»Ich bin unsere Notizen noch einmal durchgegangen. Ich weiß, dass wir die meiste Zeit in den Wohngebieten verbracht haben, aber wir haben auch die Siedlung der Fahrenden beobachtet. Er hat nicht eine einzige Nacht dort verbracht. Ich weiß nicht, wo er hingeht. Und mein Informant hat gesagt, dass es auch sonst niemand weiß.«

»Irgendjemand muss es wissen.«

»Das ist mir klar. Aber er hat eine Frau und ein kleines Kind ...«

»Er hatte eine Frau und ein Kind.« Ein Schauer lief Lottie über den Rücken. »Glauben Sie, dass er sie umgebracht hat?«

»Nein. Das heißt, ich bin nicht sicher, aber ich frage mich, ob er vielleicht in irgendetwas verwickelt war, das schiefgegangen ist, oder ob er jemanden reingelegt hat und das Ganze ein Racheakt war. Ob es ihm eine Warnung sein sollte.«

»Das wäre eine ganz schön blutrünstige Warnung.«

Sie ließ sich seine Theorie durch den Kopf gehen. »Bringen Sie ihn zur Befragung her. Vielleicht hat er seine Familie getötet, vielleicht auch nicht, aber irgendetwas hat er auf jeden Fall verbrochen.«

Kirby öffnete die Tür, schloss sie aber gleich darauf wieder. »Lynch ist nach Hause gegangen. Es geht ihr nicht gut. Sie hat mich gebeten, Ihnen das auszurichten.«

»Das ist in Ordnung. Sagen Sie mir Bescheid, sobald McWard hier ist. Und ich warte immer noch darauf, dass jemand Matt Mullin findet!«

»Sein Foto wurde in den sozialen Medien verbreitet und wir haben eine Suchmeldung nach ihm herausgegeben.« Kirby verschwand durch die Tür.

Als sie wieder allein war, versuchte Lottie, sich ein Bild von McWard zu machen. Sie rief die PULSE-Datenbank auf und sah sich die Einträge unter seinem Namen noch einmal genau an. Ruhestörung. Ein paar kleinere Vergehen. Dann stach ihr etwas ins Auge. Etwas, das ihr entgangen war, als sie gestern in der Datenbank nachgesehen hatte. Sicher hatte das nichts zu bedeuten. Aber andererseits ...

Sie zupfte an den Ärmeln ihres Pullovers herum und betrachtete den Bildschirm. Vielleicht musste ihnen McWard, abgesehen von der naheliegenden Frage danach, warum sein Haus bis auf die Grundmauern niedergebrannt und seine Familie ausgelöscht worden war, noch in anderer Hinsicht Rede und Antwort stehen.

Boyd fing sie an der Tür ab.

»Ich habe mir Elizabeths Notizbuch angesehen.«

»Das aus ihrem Zimmer?«

Er nickte, schlug es auf und deutete auf eine Seite. Lottie blickte über seine Schulter und sah sich die Einträge an, die mit bunten Gelstiften geschrieben und mit Herzen und Sternen verziert worden waren.

»Ein bisschen kindisch für eine Fünfundzwanzigjährige.«

»Die Einträge in das Notizbuch hat sie schon vor Jahren geschrieben. Als sie noch viel jünger war. Aber ... hier, da steht das Interessante.« Er reichte das Buch weiter. »Man beachte die Namen.« Er lehnte sich gegen die Schreibtischkante und verschränkte die Arme vor der Brust.

Lottie überflog die Seite und kam zu dem Schluss, dass es sich um einen Tagebucheintrag handelte. »Sie muss vielleicht fünfzehn Jahre alt gewesen sein, als sie das schrieb. Es geht nur um die Schule. Klassenarbeiten und so was. Ich sehe da keinen Namen ... O Gott, Boyd!«

»Nein, von Gott steht da nichts.«

»Bridie McWard. War sie damals in Elizabeths Klasse? Sie hat mir ja erzählt, dass sie ihren Abschluss gemacht hat.«

»Also ist die Frage: War Elizabeth für sie Freundin oder Feindin?«

»Was ist los?«, fragte Kirby.

»Ich lese mal laut vor.« Lottie starrte konzentriert auf die rosafarbene Schrift. »Heute hat Bridie McWard eine Eins für ihren Geschichtsaufsatz bekommen. Ich freue mich ja so für sie. Nicht.«

»Nicht was?«, fragte Kirby und steckte sich einen Zigarrenstummel zwischen die Lippen, ohne ihn anzuzünden.

Lottie sah ihn über den Rand des Notizbuchs hinweg an und legte den Kopf schief. »Entweder heißt das, dass sie sich eben nicht für Bridie gefreut hat, oder sie wollte noch etwas anderes schreiben und hat den Satz nicht beendet.« Sie blätterte zur nächsten Seite. Sie war voller bunter Kritzeleien. Auf der nächsten Seite stand ein Gedicht. Wieder las sie laut vor: »›Er ist so nah und doch so fern, ich kann nicht zu ihm gehen. Er ist für mich tabu. Ich werde ihn für immer lieben. Aber er kann niemals mir gehören.‹«

»Das klingt ja ziemlich pathetisch für eine Fünfzehnjährige«, sagte Boyd.

»Wurde ihre Liebe einfach nicht erwidert oder

schwärmte sie vielleicht für jemanden, der schon vergeben war?«

»Das könnte alles heißen, aber es kann unmöglich etwas mit ihrer Ermordung zu tun haben. Oder?«

»Jedenfalls gibt es eine Verbindung zu Bridie McWard, die ebenfalls tot ist. Ist Paddy schon da?«, fragte sie Kirby.

Er nahm den Hörer des Telefons ab. »Ich bringe es in Erfahrung. Aber es gibt immer noch kein Lebenszeichen von Matt Mullin oder Mollie Hunter, Boss.«

»Ich werde mich mal kurz in Mollies Wohnung umsehen«, sagte Lottie. »Wenn ich zurückkomme, möchte ich, dass McWard im Vernehmungsraum sitzt und auf seine Befragung wartet. Boyd, mitkommen.«

Sie hatte von Gilly den Schlüssel bekommen und stand jetzt in Mollie Hunters kleiner Pantryküche. Das Frühstücksmüsli war in seiner Schüssel zu einem festen Klumpen erstarrt und am Löffel klebten ebenfalls Müslireste.

»Hier gibt es nicht viel zu sehen«, rief Boyd aus dem Schlafzimmer.

»Warum hat sie sich die Wohnung nicht mit jemandem geteilt?«, fragte Lottie, obwohl sie geglaubt hatte, das nur gedacht zu haben. »Die Miete sind hier sicherlich ziemlich hoch.«

Plötzlich bebte das Gebäude und ein Fenster klapperte im Rahmen. »Was zum ...?«

Sie zwängte die Finger zwischen die Lamellen des Holzrollos. Ein Zug rauschte über die Gleise. Sie konnte in die Waggons sehen, während er vorbeifuhr. Es war denkbar, dass die Menschen im Zug ebenfalls in die Wohnung sehen konnten.

Lottie zog die Finger zurück und ließ die Holzlamellen wieder an ihren Platz fallen.

»Keine Tagebücher.« Boyds Stimme drang aus dem anderen Zimmer.

»Die Jugend von heute schreibt kein Tagebuch mehr. Es ist alles auf ihren Handys oder auf Facebook zu finden, und ... da fällt mir etwas ein ...« Sie blieb im Türrahmen stehen und beobachtete, wie Boyd systematisch die Schubladen der Kommode durchsuchte.

»Was fällt dir ein?«

»Was ist mit Elizabeths und Mollies Handys? Keine Spur von beiden Geräten.«

»Wahrscheinlich liegen sie auf dem Grund des Kanals.« Boyd hielt mit behandschuhten Fingern eine Plastiktüte hoch, die einen roten Tanga enthielt. »Was ist das?«

Lottie schüttelte den Kopf und wandte sich ab. »Manchmal widerst du mich einfach an, Boyd.«

»Ich meine es ernst. Ich weiß, dass das ein Tanga ist. Aber er passt zu keinem anderen Unterwäscheteil in der Schublade. Alles andere ist zweckmäßig und sauber. Nur der hier ist nicht sauber. Und er steckt in einer Plastiktüte! Glaubst du nicht, wenn sie Unterwäsche für besondere Anlässe hätte, hätte sie mehr als ein Teil, vielleicht sogar ein passendes Set?«

Lottie kam zurück und hielt ihm einen Beweismittelbeutel hin. Boyd ließ die Tüte samt Tanga hineinfallen.

»Vielleicht gehört er gar nicht ihr«, sagte sie.

»Wenn er ihr nicht gehört, wieso liegt er dann bei ihren Sachen?«

»Das fragen wir sie, falls wir sie finden.«

»Sobald wir sie finden.«

»Okay, du Optimist. Sobald wir sie finden.«

Neben der Eingangstür hingen ein paar Haken mit

Jacken und Mänteln. Lottie überprüfte alle Taschen und sah sich auch die Sohlen der Schuhe und Stiefel an.

»Hast du irgendetwas gefunden?«, fragte Boyd und blieb hinter ihr stehen.

»Nicht einmal ein Taschentuch.«

»Das wundert mich gerade. Wie ordentlich sie ist. Alles ist aufgeräumt und am richtigen Platz. Nur die Müslischale und den Löffel waren nicht sauber, vermutlich, weil sie es eilig hatte. Und der rote Tanga.«

»Das hilft uns immer noch nicht weiter«, meinte Lottie und fügte dann hinzu: »Allerdings war Elizabeth auch überaus penibel. Waren sich die beiden vom Charakter her ähnlich?«

»Was denkst du über Bridie McWard?«, fragte Boyd.

Lottie schloss die Augen und erinnerte sich an den blank geputzten Tisch und das weiße Ledersofa. »Sie war auch eine Ordnungsfanatikerin.«

»Also nicht wie deine Kinder.«

»Ganz und gar nicht wie meine Kinder. Meinst du, das hat etwas zu bedeuten?«

»Ich glaube nicht.«

»Aber ich glaube, dass diese drei Frauen irgendetwas verbindet, und wir sollten besser herausfinden, was, denn dann bekämen wir vielleicht die Antworten, die wir suchen.«

»Glaubst du, dass Mollie tot ist?«

Lottie schüttelte den Kopf. »Mein Bauchgefühl verheißt gar nichts Gutes, aber ich hoffe inständig, dass sie nicht tot ist.«

Lottie legte den Beweismittelbeutel auf den Schreibtisch.

»Was ist das?«, fragte Gilly O'Donoghue. Ihre Augen weiteten sich vor Schreck.

»Sie wissen, was das ist. Warum hatte Mollie so was?«

Gilly rümpfte die Nase. »Woher soll ich wissen, was für Unterwäsche sie gerne trägt? So nahe stehen wir uns nicht.«

»Das war das einzige Teil dieser Art. Es gab sonst keine Dessous. Und der Tanga war in diesem Gefrierbeutel. Finden Sie das nicht merkwürdig?«

Gilly zuckte ratlos mit den Schultern.

Lottie ließ nicht locker. »Warum hat sie Ihnen den Ersatzschlüssel gegeben?«

»Sie wohnt allein. Und ihre Familie lebt in London. Ich glaube, ich bin ihre einzige Freundin.«

»Hatten Sie das Gefühl, dass sie in Gefahr war? Hatte sie vielleicht Angst vor irgendjemandem?«

»Nein. Ganz und gar nicht.«

»Warum wollte sie Ihnen dann einen Schlüssel geben? Das macht mir Kopfzerbrechen.« Lottie tippte Mollies

Namen in die PULSE-Datenbank ein. Ein leeres Fenster erschien. »Hier ist nicht einmal ein Knöllchen eingetragen.«

»Sie hat kein Auto.«

»Wann genau hat sie Ihnen den Schlüssel gegeben?«

Gilly überlegte einen Moment lang und strich sich dabei die Haare hinter die Ohren. »Wir waren schon ein paar Monate befreundet, aber ich glaube, es war irgendwann vor Weihnachten. Lassen Sie mich nachdenken.« Sie massierte ihre Stirn mit den Fingerknöcheln. »Es war Mitte Dezember. Ich war sauer auf Kirby, weil er an diesem Überwachungsauftrag gearbeitet hat. Mollie und ich sind etwas trinken gegangen und dann in einen Club. Sie hat mich gefragt, ob ich ihren Zweitschlüssel aufbewahren würde, für den Fall, dass sie sich jemals aus ihrer Wohnung aussperren sollte oder ich ein Bett für die Nacht brauchte. Ich fand das nicht komisch. Ich sagte einfach: Na klar.«

»Und sie hat Ihnen den Schlüssel noch in derselben Nacht gegeben?«

»Ja. Wir haben uns ein Taxi geteilt. Der Fahrer hat sie zuerst abgesetzt und dann mich. Es war nichts Ungewöhnliches dabei. Wir hatten ein paar Drinks, haben ein bisschen getanzt und sind dann wieder nach Hause gefahren.«

»Und sie hatte sie keine anderen Freundinnen? Auch keinen Freund?«

Gilly schüttelte den Kopf. »Nicht dass ich wüsste.«

»Kannte sie Elizabeth Byrne oder Bridie McWard?«

»Tut mir leid, Boss, da bin ich überfragt.«

»Worüber haben Sie sich mit ihr unterhalten? Beim Ausgehen?«

Gilly lächelte. »Hauptsächlich habe ich mich über Kirby aufgeregt.«

»Sie sind ja auch ein ...« Lottie schloss den Mund

wieder, bevor sie noch etwas sagte, was die junge Frau vor ihr verletzen könnte.

»Ein ungleiches Paar?« Gilly lachte. »Das wollten Sie doch gerade sagen, und es stimmt. Er ist viel älter als ich, aber wissen Sie was? Wir passen zusammen. Ich mag ihn. Und es macht Spaß, mit ihm zusammen zu sein, also ist es mir egal, was die Leute hinter meinem Rücken darüber sagen.«

Lottie erwiderte Gillys Lächeln und spürte, wie sich ein mütterlicher Instinkt in ihr regte. Sie mochte die junge Polizistin wirklich. Und Kirby stand im Ruf, ein liebenswürdiger Schelm zu sein, deshalb konnte sie verstehen, warum Gilly sich zu ihm hingezogen fühlte.

»Ich bewundere Sie«, sagte Lottie. »Sie sind eine großartige Mitarbeiterin und ich schätze Ihre Hilfe bei diesem Fall sehr. Sie werden eines Tages eine gute Ermittlerin sein.«

Ein Lächeln breitete sich auf Gillys Gesicht aus. Ach Gottchen, dachte Lottie.

»Danke«, sagte Gilly. »Das bedeutet mir viel.«

»Haben Sie mit Mollies Familie gesprochen?«

»Mit ihrem Vater. Er hat sie seit Weihnachten nicht mehr gesehen. Soweit ich das beurteilen kann, stehen sie nicht in regelmäßigem Kontakt.«

»Befragen Sie ihn noch mal. Versuchen Sie, etwas herauszufinden, irgendetwas, das uns auf die richtige Spur bringen könnte.«

»Das mache ich. Sofort.«

Als Gilly gegangen war, kam es Lottie vor, als wäre es im Büro plötzlich dunkler geworden. Sie fragte sich, was sich die anderen wohl hinter *ihrem* Rücken erzählten. Zum Beispiel über sie und Boyd. Sie hatte nicht vor, ihnen einen

Grund zum Tratschen zu geben. Die letzte Nacht war ein Fehler gewesen. Ein schöner Fehler zwar, aber trotzdem ein Fehler.

Kirby winkte ihr vom Großraumbüro aus zu.

Sie würde wohl die Glastür austauschen lassen müssen, gegen eine, die komplett aus Holz war.

Dann bemerkte sie, dass er ihren Namen rief.

»McWard ist da«, sagte er.

Nachdem sie den roten Tanga zur Untersuchung ins Labor geschickt hatte, ging Lottie zusammen mit Boyd in den Vernehmungsraum.

»Mein aufrichtiges Beileid«, sagte sie und setzte sich auf den Platz gegenüber von Paddy McWard. Seine Jacke hatte er über den Tisch geworfen. Er trug Jeans und ein schwarzes T-Shirt.

»Und was unternehmen Sie deshalb, hm? Mich zu verfolgen, wird nichts dazu beitragen, den Mistkerl zu finden, der meine Frau und meinen Sohn ermordet hat.«

»Möchten Sie einen Anwalt anrufen?« Lottie bedeutete Boyd mit einem Kopfnicken, das Aufnahmegerät einzuschalten. »Ich habe ein paar Fragen an Sie und ich möchte, dass Sie wissen, dass Sie einen Anwalt zugegen haben können, falls Sie …«

»Ich will keinen scheiß Anwalt.« Er überkreuzte seine nackten, tätowierten Arme vor der Brust und lehnte sich auf den Stuhl zurück. »Machen Sie schon.«

»Na schön.« Lottie blätterte in ihrem Notizbuch und schlug die Seite mit den Daten auf, die sie von Kirby wusste. »Wo waren Sie letzte Nacht?«

Er löste seine Arme so schnell aus der Verschränkung,

dass sie erschrocken blinzelte, als er die Hände auf den Tisch schlug.

»Ich sage Ihnen hier und jetzt, dass Sie sowohl meine als auch Ihre Zeit verschwenden, wenn Sie denken, ich könnte etwas so … so was Grausames tun, wie meine eigene Familie bei lebendigem Leib zu verbrennen.«

»Beantworten Sie einfach die Frage«, sagte Boyd.

McWard seufzte und schien nachzugeben. »Ich war weg.«

»Kommen Sie schon. Ich muss es ein bisschen genauer wissen.« Lottie war sauer. Bis jetzt waren sie an diesem Vormittag noch gar nicht weitergekommen; sie hatten lediglich einen roten Tanga, der wahrscheinlich einen Scheiß mit alledem zu tun hatte.

McWard raufte sich die Haare und biss sich auf seine zitternde Unterlippe. Herrgott, hoffentlich würde er nicht anfangen zu weinen, dachte sie.

»Wenn ich nicht muss, will ich es Ihnen nicht sagen. Wo ich war oder was ich getan habe, hat nichts mit dem Feuer zu tun. Darauf gebe ich Ihnen mein Wort.«

»Tut mir leid, aber das reicht nicht. Ich muss es wissen.«

Er rieb sich mit der Hand die Nase und schniefte. Lieber Gott, der gestandene Mann schluchzte doch tatsächlich.

»Ich habe sie geliebt. Bridie. Auf meine Art. Aber das hat sie nie geglaubt. Als Tommy geboren wurde, hat sie mich ausgeschlossen. Nicht indem sie wirklich den Schlüssel in der Haustür umgedreht hat, aber aus ihrem Herzen. Ich bin um einiges älter als sie. Und es war schwer für mich, ein … Sie wissen schon … ein liebender Ehemann zu sein. Und das Baby, der kleine Tommy, hat viel geschrien. Ich habe das nicht auf die Reihe bekommen.

Also bin ich geflohen. Jede Nacht. Ich bin stundenlang herumgefahren und morgens oder manchmal erst nachmittags zurückgekommen, und dann bin ich wieder abgehauen.«

»Was für ein Schwachsinn«, sagte Boyd.

»Es ist die Wahrheit.«

Lottie wusste nicht, ob sie ihm glauben sollte oder nicht. »Sagen Sie uns, wohin Sie letzte Nacht gefahren sind.«

»Wie ich schon sagte, ich bin in der Gegend herumgefahren.«

Lottie seufzte. »Das alles wäre viel leichter, wenn Sie es uns einfach sagen würden. Ansonsten muss ich Sie hierbehalten, bis ich überprüft habe, dass Sie nicht in der Nähe Ihres Hauses waren, als es gestern Abend in Brand gesetzt wurde.«

»Dann sind Sie also sicher, dass es Brandstiftung war?«

»Ja.«

»Diese Schweine. Ich wusste es. Ich hab es einfach gewusst.«

»Was haben Sie gewusst?«, fragte Lottie.

»Sie konnten mich einfach nicht in Ruhe lassen.« Er ballte seine Hände zu Fäusten und verzog das Gesicht. Sie konnte nicht sagen, ob es Zorn oder Kummer war, der ihn so schüttelte.

»Von wem sprechen Sie, Paddy?«

»Das würden Sie nicht verstehen.« Er sah auf und der Blick aus seinen dunklen Augen schien sie zu durchbohren. Sie konnte nichts darin lesen. McWard faszinierte sie; aber nicht auf die Art und Weise wie die üblichen Kriminellen es taten, die ihr sonst gegenübersaßen, sondern als Mann. Sie musste sich mit aller Kraft davon abhalten, eine Hand nach seiner auszustrecken und ihm zu sagen, dass alles wieder gut werden würde.

»Dann erklären Sie's«, blaffte Boyd.

»Wenn Sie mich nicht festnehmen, gehe ich nach Hause.« McWard hielt inne, bevor er beim Gedanken daran, dass er kein Zuhause mehr hatte, in sich zusammensackte.

»Kannten Sie Elizabeth Byrne?«, fragte Lottie.

»Wen?« Er legte verwirrt die Stirn in Falten, wobei ihm sein schwarzes Haar ins Gesicht fiel.

»Die Frau, die in der unmittelbaren Nähe Ihres Hauses ermordet wurde. Auf dem Friedhof.«

»Nein, die kannte ich nicht.«

»Kannte Bridie sie?«

»Weiß ich nicht.« Der stämmige Mann sackte noch weiter in sich zusammen und drückte verzweifelt die Finger in seine Augen.

Es klopfte an der Tür, und Kirby winkte Lottie nach draußen.

Sie schaltete das Aufnahmegerät aus. »Geben Sie mir eine Minute. Möchten Sie einen Kaffee?«

McWard gewann allmählich seine Fassung zurück und ließ die Hände fallen. »Zwei Minuten. Länger warte ich nicht.« Wieder überkreuzte er seine kräftigen tätowierten Arme und starrte dabei auf einen Punkt an der Wand irgendwo über ihrem Kopf.

Draußen auf dem Flur nahm Lottie Kirby das Blatt Papier ab, das er in der Hand hielt.

»Ist das ein DNA-Ergebnis?«, fragte sie.

»Ja. Wir haben zu der Leiche am See eine Übereinstimmung in der Datenbank gefunden.«

»Aber diese Probe ist von ...« Sie betrachtete den Namen am oben Rand der Seite. »Das kann nicht sein ... Das ergibt keinen Sinn.«

»Es ergibt keinen Sinn, das stimmt, aber es wurde zweimal überprüft.«

»Scheiße, Kirby. Das ist ... ich weiß nicht. Was ist das?«

»Gruselig?«

»Ja. Gruselig trifft es vorerst ganz gut.«

VIERUNDSIEBZIG

Sie ließen McWard wieder gehen, denn sie hatten nichts, weswegen sie ihn hätten festhalten können. Aber sie warnten ihn, nicht wieder zu verschwinden.

»Ich halte es für einen Fehler, ihn einfach so davonkommen zu lassen«, sagte Boyd. Er setzte sich hin, legte ein angewinkeltes Bein auf seinem Knie ab und machte es sich in ihrem Büro bequem.

»Ich glaube nicht, dass er seine Familie umgebracht hat. Und ich habe ein paar Polizisten losgeschickt, um ihn zu beschatten. Aber er ist zu verzweifelt, um irgendetwas Dummes zu tun.« Sie zeigte ihm das Blatt, das Kirby ihr gegeben hatte. »Wir müssen uns jetzt um etwas kümmern, das dringender ist als Paddy McWard. Die Leiche am See.«

»Was zum Teufel ...?« Boyd ließ sein Bein zu Boden fallen. »Lynn O'Donnell? Aber die ist doch schon vor einem Jahrzehnt verschwunden.«

»Und jetzt ist sie tot wieder aufgetaucht.«

»Aber die Leiche am See ... das war eine Frau über dreißig. Das kann nicht Lynn O'Donnell sein. Sie war erst fünfundzwanzig.«

»Als sie verschwunden ist, war sie fünfundzwanzig. Aber dieses DNA-Ergebnis bedeutet, dass sie am Leben war, Boyd. All die Jahre war sie am Leben!«

»Scheiße. Wo war sie die ganze Zeit über?«

»Ich weiß es nicht, aber wir sollten es besser herausfinden, bevor das ihre Brüder tun.« Sie schritt eilig durch das kleine Büro, aber als sie die Tür öffnen wollte, hielt jemand ihren Arm fest. Boyd stand direkt neben ihr, und als sie sich zu ihm drehte, sah er ihr mit eindringlichem Blick in die Augen. »Was ist?«, fragte sie.

»Setz dich mal für einen Moment hin. Du musst das genau durchdenken. Bevor McMahon dir Stress macht.«

Lottie atmete langsam aus und legte eine Hand auf seinen Arm. »Du hast recht. Hol Kirby auch herein. Dann versuchen wir, uns neu zu organisieren.«

Sie entfernte sich von ihm und sackte auf ihren Schreibtischstuhl. Dann öffnete sie die Akte des ungelösten Falls. Sie nahm das Foto heraus und hielt es ins Licht. »Wo warst du nur?«

»Lottie?«

Sie ließ das Foto fallen. »Das alles wird umfassende Auswirkungen haben. Corrigan war zu der Zeit der leitende Ermittler. Alle dachten, Lynn wäre tot. Nur ihre Familie hat geglaubt, dass sie noch am Leben sein könnte. Nach ihrem körperlichen Zustand beim Fund der Leiche kann das nur eines bedeuten.«

»Und was?«

»Dass sie gegen ihren Willen irgendwo festgehalten wurde. Ihr armer Vater. Wie soll ich ihm das nur erklären?« Sie presste die Lippen aufeinander und schluckte schwer. Mein Gott, was für ein Mist. Sie hatte ein Loch in das Bündchen ihres Ärmels gebohrt, weil sie ihre Finger vor Anspannung so fest hineingekrallt hatte.

»Eins nach dem anderen«, sagte Boyd. »Wie willst du es Superintendent McMahon sagen?«

»Mir was sagen?«, dröhnte eine Stimme durch die Tür, die zeitgleich aufgerissen wurde.

»Ach du Scheiße.« Lottie vergrub das Gesicht in ihren Händen.

»Tja, wenigstens können die Medien Ihnen nicht die Schuld daran geben, Parker.« McMahon hatte sie alle in der Zentrale versammelt.

»Aber wir als Polizei haben diese junge Frau im Stich gelassen«, sagte Lottie.

»Jetzt ist nicht der richtige Zeitpunkt für diese Art der Manöverkritik«, wies McMahon sie zurecht, der an der Stirnseite des Raumes auf und ab ging. »Konzentrieren Sie sich. Gehen Sie die Akte noch mal durch. Sehen Sie sich die Befunde der Leiche an.«

»Trotzdem: zehn Jahre lang«, begann Lottie. »War sie etwa die ganze Zeit über am See?«

McMahon schien diesen Gedanken in Erwägung zu ziehen. »Befragen Sie den Typ, der die Leiche entdeckt hat, und auch den Inhaber des Campingplatzes. Sie haben irgendetwas übersehen.«

Lottie nickte und sagte ganz leise »Arsch.«

»Das hab ich gehört«, flüsterte Boyd.

Sie sah zu McMahon auf. »Die Rechtsmedizinerin hat bestätigt, dass Elizabeth Byrnes Kleidung mit Wasser aus dem Ladystown Lake gewaschen wurde. Könnte es einen Zusammenhang zwischen ihrem Mord und dem Verschwinden von Lynn O'Donnell geben?« Noch während sie die Worte aussprach, fiel ihr auf, wie dämlich sie klangen.

»Zwischen den beiden Ereignissen liegt ein ganzes Jahrzehnt«, sagte er.

»Aber nur ein paar Tage liegen zwischen dem Fund der Leichen.«

»Wer wohnt dort noch? Ich will, dass jeder Anwohner vernommen wird.«

»Das haben wir bereits getan«, sagte Kirby.

»Dann machen Sie es noch mal, denn diesmal suchen Sie nach einem Ort, an dem diese Frau zehn Jahre lang gelebt hat«, brüllte McMahon. »Zehn verdammte Jahre unter Ihrer verdammten Nasen und Sie haben nichts mitbekommen!«

»Hey, es gibt keinen Grund, meine Detectives zu beschimpfen.« Lottie marschierte direkt auf ihn zu. »Keiner der hier Anwesenden hat damals an dem Fall gearbeitet. Superintendent Corrigan war dafür zuständig.«

»Wie Sie vielleicht wissen, wurde der gestern operiert. Er sollte also damit nicht behelligt werden.«

»Wie geht es ihm?«, fragte Lottie.

McMahon kaute auf seiner Unterlippe herum. »Ich weiß es nicht. Vielleicht könnten Sie Mrs Corrigan anrufen? Also, falls Sie die Zeit haben. Erwähnen Sie den ganzen Mist nicht.«

»Was? Na gut, Sir, aber ...«

»Wollten Sie dem noch etwas hinzufügen?«

»Gibt es eine Chance auf Verstärkung aus einer anderen Abteilung?«

»Wo ist Detective Lynch?«

»Sie ist gerade krank.«

»Ich werde sehen, was ich tun kann. In der Zwischenzeit bringen Sie die Polizisten auf Trab. Beziehen Sie jeden einzelnen Detective, der in dieser Dienststelle arbeitet, in die Ermittlungen mit ein. Ich will Antworten. Haben Sie verstanden?«

Die anderen nickten. Es herrschte eisernes Schweigen.

»Rede ich eigentlich mit mir selbst? Ich will Antworten, und zwar sofort, und die werden Sie nur bekommen, wenn Sie etwas unternehmen, Sie Schlafmützen. Also raus mit Ihnen und an die Arbeit!«

»Wir müssen den O'Donnells Bescheid sagen«, warf Lottie ein. »Bevor die Medien Wind davon bekommen.«

»Tun Sie das. Denn ich kann Ihnen garantieren: Sobald die Medien davon erfahren, werden sie uns die Hölle heiß machen.«

»Sie schon wieder?« Donal O'Donnell führte die beiden Detectives in sein Haus.

»Sind Ihre Söhne noch da?«

»Die sind kurz nach Ihnen gegangen.«

»Könnten Sie sie vielleicht bitten, wieder herzukommen?«

Donal schien zu zittern, als er sich auf einen Stuhl sinken ließ. »Dann ist es also so weit. Jetzt kommt die schlechte Nachricht, vor der ich mich Tag für Tag gefürchtet habe, seit mein kleines Mädchen verschwunden ist. Sie können es mir sagen. Ich sage es dann den Jungs.«

Er starrte sie aus zwei wässrigen Augen an und Lottie versuchte, den Blick nicht abzuwenden. Sie war kurz davor, das letzte Bisschen Hoffnung, das Donal O'Donnell in sich trug, zu zerstören. Der Kessel pfiff und Dampf stieg hinter ihm auf.

»Machen Sie das lieber aus, meine Liebe. Sonst kocht das Wasser noch zwei Minuten lang weiter.«

»Möchten Sie etwas trinken?«

»Nein, ich möchte nichts. Setzen Sie sich.«

Sie fand es immer furchtbar, jemandem schlechte Nachrichten zu überbringen. Und die hier ... die würde den alten Mann umbringen. »Sie haben recht, Mr O'Donnell, ich habe schlechte Nachrichten für Sie.«

»Tja, Sie sind wohl kaum hier, um mir zu sagen, dass ich im Lotto gewonnen habe, oder?«

»Nein, bin ich nicht. Es geht um Ihre Tochter Lynn.«

Er fing an, die Zeitung, die er zuvor schon gefaltet hatte, entlang der Knicke neu zu falten. »Was ist mit meinem Mädchen? Haben Sie sie gefunden? Ich nehme an, sie ist nicht mehr am Leben, sonst würde sie wohl hinter Ihnen zur Tür hereinspazieren.«

»Es tut mir so leid.«

»Es muss Ihnen nicht leidtun. Sie kannten sie nicht. Sie war mein Baby. Jetzt kann ich endlich um sie trauern.«

»Sind Sie sicher, dass Sie in Ordnung sind?«

»Großer Gott!« Der alte Mann stand plötzlich auf und streckte seine Arme zur Decke aus, so als würde er den Sohn Gottes empfangen wollen, der vom Himmel herabfuhr. Oder sich von Luzifer, dem Teufel, befreien. Lottie hatte Mühe, nicht zusammenzuzucken. »Das Böse, das dieses Land heimsucht, wohnt genau hier«, rief er. »Unter diesem Dach.«

»Hey, ganz ruhig«, sagte Boyd.

»Setzen Sie sich bitte hin«, stimmte Lottie ein.

»Sie beide können mich mal.«

»Wollen Sie erfahren, was Lynn zugestoßen ist oder nicht?«, fragte Lottie.

»Sie ist tot. Was können Sie mir da noch sagen, um meinen Schmerz zu lindern? Nur Gebeine sind nach all der Zeit noch von ihr übrig. Das brauchen Sie mir nicht zu sagen. Ich weiß es.«

»Das ist nicht ganz richtig«, sagte Lottie vorsichtig.

»Sehen Sie, Mr O'Donnell, es ist so: Wir glauben, dass Ihre Tochter frühestens vor zwei Wochen gestorben ist und bis dahin noch am Leben war.«

Augenblicklich schlug die Stimmung um. Donal O'Donnell sank zu Boden. Ein schriller Jammerlaut durchbrach die Stille, die auf Lotties Worte gefolgt war. Und dann hörte man nichts mehr.

———

Matt Mullin schaute unter seinen langen Wimpern zu seiner Mutter auf und beobachtete sie. Sie hatte die Arme verschränkt und lehnte an seiner offenen Zimmertür.

»Ich kann dich nicht mehr decken, Matt. Sie wissen, dass du hier bist. Bitte, sag mir, was du getan hast. Vielleicht kann ich dir dann helfen.«

Er schloss die Augen und kauerte sich an der Wand zusammen, so wie er es getan hatte, als er neun war. »Ich will nicht darüber reden.«

»Wenn du nicht mit mir reden möchtest, dann ruf deine Therapeutin an. Nimmst du deine Medikamente?«

»Geh weg. Ich will schlafen.«

»Du warst die ganze Nacht weg. Wo warst du?«

Ihre Stimme drang schrill durch seinen Schädel. Das Geräusch erinnerte ihn an Kreide, die über eine Tafel kratzt. »Hörst du jetzt endlich auf mit den Fragen? Mir platzt gleich der Schädel.«

»Hast du etwas Schlimmes getan, Matt?«

Er atmete lange aus, öffnete die Augen und setzte sich in seinem Bett auf. Ein beißender, säuerlicher Geruch umwaberte ihn. Ging er von seinem Körper aus oder von ihr? Er drückte das Kissen an seinen Brustkorb und sah zu der Frau, die ihn geboren und die ihn sein ganzes Leben lang geliebt und versorgt hatte. Und er hasste sie bis aufs Blut. Für ihn war sie eine Fremde. Alles, was er jemals gewollt hatte, war Elizabeth, aber die hatte ihn nicht gewollt.

Er warf das Kissen zu Boden, zog seine Schuhe an, ging an seiner Mutter vorbei und rempelte sie dabei mit der Schulter an.

»Matt? Matt! Wo willst du denn hin?«

Ihre Stimme verfolgte ihn, als er aus dem Haus lief.

———

Grace versuchte zu blinzeln, aber ihre Augen waren immer noch verklebt. Sie konnte sich nicht bewegen.

Wo war sie? Sie versuchte, sich zu erinnern.

Der Zug. Der Mann.

Dann versuchte sie zu schreien, aber ihre Lippen fühlten sich an, als wären sie mit Klebeband verschlossen worden. Sie wollte weinen, doch es kamen keine Tränen. Sie wollte schreien, aber ihre Worte blieben tief in ihrem Brustkorb stecken.

Sie stemmte sich gegen ihre Fesseln und rang mit der bitteren Realität, während sie wieder in der Dunkelheit versank.

SECHSUNDSIEBZIG

Eine Elster beäugte Lottie von ihrem Platz auf dem kahlen Ast eines Baumes. Dann breitete sie die Flügel aus und flog davon.

Sie stand auf der Treppe vor der Tür und wartete darauf, dass Boyd seine Zigarette zu Ende geraucht hatte. Sie traute sich nicht, nach einem Zug zu fragen. Sie hatte schon zu viele schlechte Angewohnheiten. »Die lassen sich aber Zeit.«

»Es ist nicht einmal fünf Minuten her, dass du sie angerufen hast. Ein bisschen Geduld.«

»Für Geduld habe ich keine Zeit. Wir haben einen Berg von Arbeit vor uns und das hier ...«

»Willst du mal ziehen?« Er hielt ihr die Zigarette hin. »Um deine Nerven zu beruhigen?«

Sie schlug das Angebot mit einer Lüge aus. »Meinen Nerven geht es bestens. Ich will bloß so bald wie möglich rüber zum Pflegeheim, um mit Queenie McWard zu sprechen.«

»Warum willst du das? Sie wurde bereits über die Todesfälle informiert.«

»Ich bin mir selbst nicht sicher, aber ich möchte überprüfen, ob es eine Verbindung zwischen Elizabeth und Bridie gab. Wegen des Notizbuchs. Du erinnerst dich?«

»Und was spielt das für eine Rolle? Selbst wenn sie in der Schule nebeneinandergesessen haben, bringt uns das nicht weiter.«

»Man kann nie wissen.«

»Da kommt die Kavallerie.« Boyd warf die Zigarette weg und trat sie mit dem Absatz seines Schuhs aus. Der Himmel hatte sich inzwischen verdunkelt und die Luft kündete bedrohlich von baldigem Regen.

Sie warteten, während vier Personen durch die Holztür in der Mauer zum Vorgarten traten.

»Sie wissen, dass er ein schwaches Herz hat?«, fragte einer der Brüder. Es war Cillian, der Gepflegte von den beiden.

»Ihr Vater steht unter Schock«, sagte Lottie. »Abgesehen davon geht es ihm gut.«

»Gut? Ha, Sie müssen wohl noch mal auf die verdammte Polizeischule.« Das war der Ungepflegte.

»Beruhige dich, Finn«, kam es von einer zierlichen kleinen Frau im rosafarbenen Pullover. Ihre Augen waren verquollen und gerötet. Kam das vom Weinen, fragte sich Lottie, oder gab es dafür noch einen anderen Grund?

»Sind Sie seine Ehefrau?«, fragte Lottie und deutete mit dem Kopf zu Finn.

»Nein, ich bin Keelan, die Frau von Cillian. Sara dort ist mit Finn verheiratet.« Sie deutete auf die übergewichtige Frau im schwarzen Wollmantel, deren strähniges Haar ihr bis auf die Schultern fiel.

»Mein Gott, was für ein Mist«, blaffte Cillian.

Lottie musste daran denken, dass sie am Morgen genau

das Gleiche gedacht hatte. »Lassen Sie uns reingehen und sehen, was zu tun ist.«

Die Familie drängte sich durch die schmale Tür und weiter über den kurzen Flur. Als Lottie ihnen mit Boyd folgen wollte, bemerkte sie, dass Keelan zurückgeblieben war.

»Ist mit Ihnen alles in Ordnung?«

»Es gibt ein paar Sachen, die Sie wissen müssen«, sagte Keelan leise. »Aber ich kann jetzt nicht reden. Hier ist meine Nummer, bitte rufen Sie mich an.«

Lottie nahm ihr den Zettel ab und steckte ihn in die Tasche ihrer Jeans. Keelan sah müde auf und formte tonlos ›Danke‹ mit den Lippen.

»Was sollte das denn?«, fragte Boyd, als die Frau außer Hörweite war.

»Ich habe nicht die geringste Ahnung.«

»Das ist ja nichts Neues.«

»Halt einfach die Klappe, Boyd.«

Lottie hatte schon in der Küche ein Foto von Lynn gesehen, aber als sie das Wohnzimmer betrat, hatte sie das Gefühl, vor einem Schrein zu stehen.

Die Wand ihr gegenüber war mit Fotos der toten Frau bedeckt. Sie waren alle gerahmt und der Staub sammelte sich in den Ecken der Bilderrahmen. Wahrscheinlich hatte die verstorbene Mrs O'Donnell, Donals Frau, die Bilder einst staubfrei und in tadellosem Zustand gehalten. Aber das Zimmer schien seit Monaten, wenn nicht gar Jahren, nicht mehr genutzt worden zu sein. Die altmodischen, speckigen Polstermöbel hatten Blumenmuster. Der Kamin war leer und in einer Ecke stand ein elektrischer Heizstrahler mit zwei Heizstäben, der anging, nachdem Cillian den Stecker eingesteckt hatte. Der Geruch von verbranntem Staub erfüllte die stickige Luft.

Lottie versuchte sich vorzustellen, wie es hier früher einmal gewesen sein mochte. Als das Zimmer vom Lachen der Kinder erfüllt gewesen war, die spielten oder vor dem ramponierten alten Fernseher auf dem Ecktisch saßen. Aber nein, dieses Bild wollte vor ihrem geistigen Auge nicht Form annehmen. Stattdessen kroch ihr ein Schauer den Rücken hinauf, bis zu der Stelle zwischen den Schulterblättern.

Zwischen den unzähligen Fotos ließ sich die grässliche verblichene braun-geblümte Tapete gerade so erahnen. Dicke Veloursvorhänge hingen vor den Spitzengardinen, die mit der Zeit und durch Rauch ganz vergilbt waren. Der Teppich war abgewetzt, daher wusste sie, dass das Zimmer früher viel benutzt worden sein musste, aber dennoch hatte es etwas Dickensisches an sich. Es war dunkel, feucht und staubig.

Und dann fiel es ihr plötzlich auf. Unter den Fotos, die vor ihr an der Wand hingen, konnte sie nicht eines mit den beiden Jungen ausmachen, weder mit ihnen alleine noch zusammen mit ihrer Schwester. Seltsam. Sie kratzte sich am Kopf und versuchte, sich einen Reim darauf zu machen.

Die sieben Erwachsenen zwängten sich in das kleine Zimmer. Lottie stand mit dem Rücken zum Kaminsims neben Boyd. Donal nahm in einem Sessel Platz, während seine Söhne sich auf das Sofa gequetscht hatten und ihre Ehefrauen rechts und links daneben saßen. Lottie war froh, dass ihr niemand eine Tasse Tee angeboten hatte, denn sonst hätte man ihn abwechselnd reichen müssen. Es war ja kaum Platz, um einen Arm zu heben.

»Heraus mit der Sprache«, sagte Finn. Bitterkeit schwang in seinen Worten mit.

»Wir haben am Donnerstagabend eine Leiche gefunden. Draußen bei Barren Point am Ladystown Lake.«

»Am Donnerstag! Und das sagen Sie uns erst jetzt?« Finn versuchte aufzustehen, aber er war zwischen seiner Frau und seinem Bruder eingeklemmt.

»Wir wussten nur, dass die Leiche zu einer Frau Mitte dreißig gehörte«, fuhr Lottie fort und versuchte, einen mitfühlenden Tonfall beizubehalten. »Wir haben nichts gefunden, was uns es ermöglicht hätte, sie zu identifizieren. Erst heute Morgen stellte sich heraus, dass ihre DNA zu einer Frau in der Vermissten-Datenbank passt.«

»DNA? Welche DNA?«

»Halt den Mund, Finn.« Cillian versetzte seinem Bruder mit dem Ellbogen einen Stoß in die Brust. »Lass sie ausreden. Danach kannst du deine Fragen stellen.«

Gott sei Dank, dachte Lottie. Wenigstens einer von ihnen war vernünftig. »Ohne den DNA-Treffer hatten wir keinen Grund zu der Annahme, dass es Lynns Leiche ist. Wie Sie wissen, gehen wir davon aus, dass jemand verstorben ist, wenn er zehn Jahre lang vermisst wird.«

»Jetzt ist sie ja verstorben«, murmelte Donal.

»Aber es kann nicht Lynn sein«, sagte Cillian. »Sie war erst fünfundzwanzig. Sie sagten doch, die Frau sei Mitte dreißig gewesen.«

»Es tut mir leid, aber es ist Lynn. Wir glauben, dass sie die letzten zehn Jahre lang irgendwo festgehalten wurde.«

»Wo? Wo war unsere Lynn?«, fragte Finn.

»Wir versuchen, genau das herauszufinden.«

»Wurde sie ermordet?« Er fragte einfach weiter, obwohl Cillian ihn mit seinen Blicken zu durchbohren schien.

»Es gibt keine Beweise, die auf Mord hindeuten. Nicht

den vorläufigen Obduktionsergebnissen zufolge. Es ist möglich, dass sie eines natürlichen Todes gestorben ist.«

»Es ist aber nicht nichts Natürliches daran, in einer kalten Februarnacht draußen am Barren Point zu sein.« Donal rieb sich das Kinn.

»Wir stehen mit den Ermittlungen noch am Anfang ...«

»Nein, Sie sind mit den Ermittlungen ein Jahrzehnt zu spät dran, das sind Sie.«

»Mr O'Donnell, wir tun unser Bestes, um Antworten zu bekommen.«

»Sie haben damals nicht Ihr Bestes getan, wie können wir Ihnen da heute glauben?«

Lottie seufzte und sah sich hilfesuchend nach Boyd um.

Er straffte die Schultern. »Die Leiche wurde mit Bleiche gewaschen und in schwarze Müllsäcke gewickelt, die dann aufgerissen wurden, sodass ihr Körper der Witterung ausgesetzt und den wilden Tieren zugänglich war.«

Mein Gott, Boyd, dachte Lottie, so deutlich hätte er nun wirklich nicht werden müssen. Aber sie machte ihm deshalb keine Vorwürfe. Die Familie reagierte nicht mit den Emotionen, die sie erwartet hätte. Das vorherrschende Gefühl im Raum, das sie deutlicher als alles andere wahrnahm, war Verbitterung, vielleicht auch Zorn. Das kam normalerweise ein paar Tage später. Nach dem Schock und der Trauer. Aber da war noch etwas anderes. Ein unterschwelliges Gefühl, das sie nicht zuordnen konnte. Noch nicht, zumindest. Vielleicht später.

»Sie dreckiger Mistkerl«, schrie Finn.

Er befreite sich von den Körpern, die ihn auf der Couch hielten, und stürzte sich auf Boyd. Seine Faust traf ihn im Gesicht, bevor Lottie die Hände aus den Taschen nehmen konnte. Als sie sich schließlich bewegte, hatte Cillian seinen

Bruder bereits im Armhebel gepackt und drückte ihn zu Boden.

»Halt die Klappe«, knurrte er. »Du bist ein Idiot. Einen Polizisten anzugreifen! Was sollte das werden?«

»Ich bringe das Arschloch um, das sollte das werden.«

»Jungs! Haltet den Mund!« Donal stand auf und stellte einen Fuß auf Finns Rücken. »Du entehrst das Andenken deiner Schwester. Und das eurer armen Mutter.«

Lottie warf einen Blick in Boyds Richtung und sah, dass er sich Wange und Auge rieb und die Männer auf dem Boden wütend anstarrte. Sie legte eine Hand auf seinen Arm, um ihn zurückzuhalten. Die Lage waren schon schlimm genug, auch ohne dass er zurückschlug.

»Hatte Lynn ein Baby?«, fragte Lottie.

Finn richtete sich auf.

Sie musterte die Gesichter der Männer. Bei allen dreien zeigte sich dieselbe Gefühlsregung, lediglich in unterschiedlichem Ausmaß: Entsetzen.

Schließlich ergriff Donal das Wort. »Nicht dass ich wüsste. Warum?«

»Wir vermuten, dass sie ein Kind geboren hatte.«

»Das wird ja immer schlimmer«, sagte er. »Es gibt da draußen irgendwo noch ein Kind?«

»Das werde ich herausfinden«, sagte Lottie. »Eine letzte Sache wäre da noch.« Sie klappte den Umschlag ihrer Tasche hoch und zog ein Blatt Papier heraus. »Der hier wurde ... bei der Leiche gefunden. Kommt er Ihnen bekannt vor?«

»Was ist das?«, fragte Donal. »Wo haben Sie das her? Ich verstehe nicht, was das soll.«

»Das ist ein Foto eines Claddagh-Rings aus Sterling-Silber. Sagt der Ihnen etwas?«

Die O'Donnells schüttelten stumm die Köpfe. Es wäre

aussichtslos, der Sache jetzt nachzugehen, aber Lottie wusste, dass ihnen der Ring etwas sagte. Das verrieten ihre Mienen.

»Hören Sie, Sie alle stehen unter Schock«, begann sie, obwohl sie eigentlich lieber etwas anderes gesagt hätte. »Wir kommen später noch einmal vorbei. Dann haben Sie Zeit, diese schreckliche Nachricht zu verarbeiten. Sagen Sie mir Bescheid, wenn Ihnen zu dem Ring etwas einfällt. Kochen Sie sich einen Tee und reden Sie miteinander.«

»Tee? Tee, hat sie gesagt«, erwiderte Finn, der seine Stimme wiedergefunden hatte. »Ich wüsste, was ich gern mit einem Kessel voller heißem Tee machen würde. Trinken ist es nicht!«

Die unverhohlene Wut in seinen Worten verblüffte Lottie. Sie musste hier raus, und zwar schnell. Sonst wäre sie, nicht Boyd, diejenige, die um sich schlug.

Während sie im Haus gewesen waren, hatte es angefangen zu nieseln, und es war etwas milder geworden.

»Ich gehe zu Queenie McWard«, sagte Lottie. »Dich setze ich im Büro ab. Finde heraus, was Kirby noch ausgegraben hat.« Sie ging über die Straße auf den Parkplatz zu.

»Ich muss zum Arzt.« Boyd rieb sich noch immer die Wange.

»Du wirst es schon überleben. Aber wenn du das wirklich für notwendig hältst ...«

»Man sollte diesen Verrückten einsperren.«

»Ich sperre dich gleich ein, wenn du nicht den Mund hältst.« Sie schloss das Auto auf. »Reiß dich zusammen.«

Boyd starrte über das Dach hinweg an. »Was ist denn mit dir los?«

»Irgendetwas war merkwürdig da drinnen. Hast du es auch gespürt?«

»Ja. Es war verstörend.«

»Ich komme nicht ganz drauf. Aber es fällt mir schon noch ein.«

»Gut. Und warum hast du ihnen gesagt, dass Lynn ein Kind bekommen hat? Das ist doch noch nicht sicher, oder?«

»Ich wollte sehen, wie sie reagieren.«

Sie ließ den Wagen an und fuhr unter der Brücke hindurch, vorbei am Bahnhof. Die Ampel war rot. Die Scheibenwischer bewegten sich über die Windschutzscheibe und verteilten dabei den Schmutz, was die Sicht beschränkte.

»Diese beiden Brüder waren ziemlich impulsiv«, sagte sie. »Wahrscheinlich können sie sich nicht ausstehen.«

»Die meisten Geschwister sind so.«

»Ich habe meinen Bruder geliebt.«

»Er ist gestorben, als du vier Jahre alt warst. Wie kannst du das noch wissen? Wahrscheinlich hat er dich an den Zöpfen gezogen und du hast ihn dafür gehasst.«

»Woher willst du wissen, dass ich Zö…«

»Ich mein ja nur.«

»Lass es einfach sein.«

Sie betrachtete Boyd. Er hatte den Kopf nach hinten gegen den Sitz gelehnt und die Augen geschlossen. Dort, wo ihn die Faust getroffen hatte, war seine Wange gerötet und angeschwollen. Sie wollte die Hand ausstrecken, die Zärtlichkeit der letzten Nacht wieder heraufbeschwören, aber jetzt war ein neuer Tag. Jetzt waren sie bei der Arbeit. Und so musste ihre Beziehung auch bleiben, rein professionell. Sie umklammerte das Lenkrad, beugte sich nach vorn und versuchte, durch den Schmierfilm etwas zu erkennen, während sie darauf wartete, dass die Ampel auf Grün sprang. Sie konnte keine Beziehung mit Boyd eingehen. Auf gar keinen Fall.

»Hass«, sagte sie.

»Was?«

»Das war es.«

»Ich komme nicht ganz mit.« Boyd fuhr sich mit den Fingern über die Wange und zuckte vor Schmerz zusammen.

»Was ich in diesem Zimmer gespürt habe. Die Spannung innerhalb der Familie O'Donnell. Es war mehr als Wut. Es war blanker Hass.«

Regentropfen liefen an der Fensterscheibe hinab. Der Friedhof in der Ferne sah trostlos und grau aus. Lottie fuhr mit dem Aufzug nach oben und ging über den Flur zum Zimmer von Queenie McWard.

Die alte Dame saß halb aufrecht im Bett und drehte ihre Rosenkranzperlen zwischen den Fingern. Sie schien um dreißig Jahre gealtert zu sein.

»Ich habe gestern Abend das Feuer gesehen. Es war eines der *teachíns*.«

»Teachín?«

»So nennt man auf Irisch ein kleines Haus. Waren Sie nicht in der Schule? Meine Bridie schon. Hat viel gelernt. Einen Job bekommen. Hat sie Ihnen das erzählt?« In den Falten im Gesicht der alten Frau waren Tränen zu erkennen. Es war so zerfurcht wie ein ausgetrocknetes Flussdelta, kurz bevor die Flut kommt. »Bis dieser Taugenichts ihr einen Heiratsantrag gemacht hat. Das war ja schön und gut, aber sein Herz war schon gebrochen worden.«

»Sie meinen Paddy?«

»Ja, Paddy. Ein Nichtsnutz, das ist er. Habe ich das schon gesagt?«

»Es tut mir leid, dass ich Ihnen in dieser traurigen Zeit Fragen stellen muss, Queenie, aber haben Sie eine Ahnung, warum jemand deren Haus niederbrennen wollen könnte?«

»Und meine Tochter und meinen Enkel ermorden? Nun, wir sind Ausgestoßene in dieser Stadt ...«

»Ich glaube nicht, dass dem so ist. Schon solange ich denken kann, gibt es in Ragmullin eine Gemeinschaft von Fahrenden. Natürlich passieren hin und wieder Verstöße gegen die öffentliche Ordnung, aber die gibt es überall und ...«

»Es geht um die Vorurteile, die grassieren. Das war schon immer so und wird auch immer so bleiben. Das ist der Grund, warum das *teachin* in Brand gesteckt wurde.«

Lottie seufzte und sah zur Decke.

»Sie brauchen nicht die Augen zu verdrehen, junge Dame. Ich mag zwar alt sein, aber ich bin nicht blind. Noch nicht.«

»Ich habe nur nachgedacht. Vielleicht hat das nichts mit Vorurteilen zu tun. Es könnte um etwas gehen, in das Paddy verwickelt ist.«

»Paddy ist immer in irgendetwas verwickelt. Aber als er meine Bridie geheiratet hat, hat er mir versprochen, dass er anständig sein würde. Ich dachte, er würde sich und mein Mädchen ganz gut versorgen.«

»Und womit, was hat er gemacht?«

»Dieses und jenes.«

»Queenie, ich muss wissen, ob er in irgendwelche zwielichtige Geschäfte verwickelt war; irgendetwas, weshalb jemand zornig auf ihn und seine Familie gewesen sein könnte.«

Die alte Frau stützte ihren zierlichen, vogelartigen Körper auf einen Ellbogen und versuchte, sich im Bett aufzurichten. Der Duft von Lavendel wehte von den Laken an Lotties Nase, als sie sich vorbeugte, um ihr zu helfen. Eine knochige Hand, an der an jedem Finger ein Ring steckte, schob sie beiseite. »Ich brauche Ihre Hilfe nicht.«

Als sie schließlich saß, musterte Queenie Lottie über den Rahmen ihrer Brille hinweg. »Boxen. Das war sein Ding.«

»Bare-Knuckle-Fights?« Lottie dachte an Kirby und Lynch und daran, wie die beiden versucht hatten, der Sache auf den Grund zu gehen.

»Nichts Illegales, hat er gesagt. Er ist durch das Land zu den Boxclubs gereist. Hat junge Burschen trainiert.«

Das würde erklären, weshalb er so wenig zu Hause war, dachte Lottie.

»Wie oft ist meine Bridie völlig aufgelöst hergekommen und hat geweint wie ein Baby. Immer wegen ihm. Wegen ihrem Paddy. Sie hatte keinen blassen Schimmer, was er trieb. Also habe ich ihn herkommen lassen. Er kam rein wie ein Lamm, das zur Schlachtbank geführt wird. Ich habe gesagt, was ich zu sagen hatte, und er auch.« Sie presste die Lippen zusammen.

»Und? Er hat Ihnen erzählt, dass er Jungen das Boxen beibringt?«

»Das hat er. Jungen *und* Mädchen.«

»Aber er war oft die ganze Nacht lang verschwunden.«

»Ich weiß. Er hat mir gesagt, dass er manchmal dort übernachten muss. Wenn es spät wird. Das hat er gesagt.«

Lottie fragte sich, *wo* genau er dann übernachtete. Und warum hatte er ihr nicht davon erzählt? Wenn es sich um etwas Harmloses handelte, wäre er doch nicht so verschwiegen gewesen. Sie wusste, dass Mitglieder der fahrenden Gemeinschaft für gewöhnlich treu waren, aber trotzdem schöpfte sie jetzt genau diesen Verdacht. Sie musste Paddy dazu bringen, ihr alles zu verraten, ansonsten drohte ihm eine Anklage wegen Totschlags, wenn nicht gar wegen Mordes.

»Das hat er nicht gemacht, falls Sie das jetzt denken. Jedenfalls nicht dieses Mal.«

»Was soll das heißen?«

»Werden Sie mal nicht patzig, junge Frau. Ich sage nur, wie ich die Sache sehe. Wie ich schon sagte: Noch bin ich nicht blind.«

»Ich stehe unter enormem Druck. Das Feuer, der Mord auf dem Friedhof, eine junge Frau, die vermisst wird, seit sie mit dem Zug nach Hause gefahren ist, und die Leiche am See, das ist alles ...«

»Vermisst, nachdem sie mit dem Zug gefahren ist? Genau das ist dem jungen Mädchen vor Jahren passiert.«

»Ich meine Mollie Hunter. Sie wird seit Mittwoch vermisst.«

Queenie ließ sich auf dem Bett wieder nach hinten fallen. Als das Laken ihren knochigen Körper bedeckte, wirkte sie mit einem Mal viel kleiner.

»Was ist los?«, fragte Lottie erschrocken.

»Die Geschichte wiederholt sich. Das ist los«, krächzte die alte Frau.

»Ich kann Ihnen nicht ganz folgen.« Lottie wollte aus dem Heim fliehen. Dem Geruch der alten Menschen entkommen. Und den ächzenden Knochen von Queenie McWard.

Die alte Frau griff nach Lotties Hand. Die Bewegung war so unvermittelt und schnell, dass sie beinahe aufgeschrien hätte.

»Das Mädchen war nicht gut für meine Familie, für keinen von uns. Aber das ist nicht die ganze Geschichte. Sie dachten, *er* wäre nicht gut für sie.« Ein Hustenanfall schüttelte Queenie und sie krümmte sich. Schaum trat an ihren Mundwinkeln hervor und mit ihrer knochigen, mit Ringen besetzten Hand zerrte sie an ihren Lippen.

Lottie drückte den Klingelknopf, um eine Schwester zu rufen.

Medizinisches Personal kam ins Zimmer. Lottie wurde beiseitegedrängt und beobachtete, wie man sich energisch an der kleinen alten Frau zu schaffen machte.

»Bitte nicht sterben, Queenie«, flüsterte sie.

Sie hatte noch so viele Fragen, aber es sah nicht danach aus, als würde sie ihr diese Fragen stellen können. Zumindest nicht heute.

Sie war schon auf dem Weg zur Tür, als es ihr dämmerte. Sie warf einen Blick zurück, in Richtung des eng zusammenstehenden medizinischen Personals. An der knochigen Hand war zwischen all dem Goldschmuck ein silberner Claddagh-Ring zu sehen.

Sie verließ das Zimmer. Ließ das Summen der Maschinen und die Rufe der Krankenschwestern und Ärzte hinter sich. Und überließ Queenie McWard ihrem Schicksal.

Als sie wieder in ihrem Auto saß, das vor dem Pflegeheim stand, spürte Lottie, wie ihr etwas eingerostetes Hirn in Gang kam und sich die Puzzleteile allmählich zusammenfügten. Die Lösung war da. Zum Greifen nah. Sie musste das nur in Ruhe überdenken. Da klingelte ihr Handy.

»Ich hoffe, das ist wichtig, Boyd, denn du hast meinen Gedankengang unterbrochen. Ich war einer Sache auf der Spur, und jetzt ist sie weg.«

»Du musst sofort zu Carol O'Gradys Haus fahren. Wir treffen uns dort.«

ACHTUNDSIEBZIG

Die Türglocke schien kaputt zu sein, denn auf ihr Klingeln hin geschah nichts. Also klopfte Lottie jetzt an Carol O'Gradys Haustür.

Die Haut um Boyds Auge färbte sich wegen des Schlags, den er eingesteckt hatte, und dem folgenden Bluterguss allmählich bläulich-gelb.

Die Tür wurde geöffnet.

»Terry?« Die Augen des jungen Mannes lagen tief in den Höhlen. War er betrunken oder high? Zu dieser Tageszeit?

»Wer will das wissen?«

»Wir haben uns neulich kennengelernt. DI Lottie Parker und DS Boyd. Erinnern Sie sich?«

»Nein.«

»Wir wollen mit Carol sprechen.«

»Sie ist bei der Arbeit. Und meine Eltern sind in der Stadt.«

»Ich glaube, sie ist sehr wohl hier.« Lottie zwängte sich gebückt unter dem Arm des Teenagers hindurch. »Das darf man nicht machen!«, protestierten Terry und Boyd gleichzeitig.

»Ich hab's aber gerade gemacht.« Lottie stand am unteren Ende der Treppe und rief hinauf: »Carol. Ich möchte kurz mit Ihnen reden.«

Schritte ertönten, und dann erschien Carol auf dem Treppenabsatz. »Was soll denn das Geklopfe? Ich versuche zu schlafen.«

Lottie winkte die junge Frau zu sich, die Treppe hinunter. »Würden Sie uns Teewasser aufsetzen, Terry?«

»Ich geh raus.« Er stapfte an Boyd vorbei und den Weg vor dem Haus hinunter.

»Sie sollten sich einen Mantel anziehen«, rief Lottie ihm nach.

»Scheiß auf den Mantel.«

Lottie und Boyd folgten Carol ins Wohnzimmer.

»Wie fühlen Sie sich?«

»Hundeelend. Ich musste früher von der Arbeit nach Hause gehen.«

»So ist das manchmal in der Schwangerschaft.«

»Pst. Nicht so laut.« Carol deutete mit ihrem Kopf in Richtung der Tür, die zur Küche führte.

»Machen Sie sich keine Sorgen. Terry hat gesagt, dass Ihre Eltern in der Stadt sind.«

»Was weiß er denn schon? Er ist seit gestern Abend nur dabei, sich zu betrinken.«

»Wir wollen mit Ihnen über Mollie Hunter sprechen.« Lottie fand, sie hatte heute schon genug Zeit verschwendet.

Carol verschränkte die Arme und zupfte an den Ellbogen am Stoff ihres Pullovers herum. Sie presste die Lippen fest aufeinander. »Sie kennen sie, stimmt's?«

»Ich glaube schon.«

»Da gibt es nichts zu glauben. Wollen Sie uns davon erzählen?«

»Eigentlich nicht.«

»Ich habe nicht den ganzen Tag Zeit, Carol. Ich weiß, dass Sie sich nicht gut fühlen, aber ich habe kein Problem damit, Ihren Arsch aufs Revier zu schleifen und Sie in eine Zelle zu stecken, in der es nach Erbrochenem stinkt. Da können Sie sich die ganze Nacht lang die Seele aus dem Leib kotzen. Kein Problem, ehrlich. Also antworte Sie mir.«

»Sie ... sie war nett zu mir.«

»Herrgott noch mal. Warum haben wir Ihre Unterwäsche in einer Plastiktüte in Mollie Hunters Wohnung gefunden?«

»Was?«

»Wir haben im Schnellverfahren eine DNA-Probe isoliert. Ihre DNA stimmt damit überein.«

»Stimmt womit überein? Und wie sind Sie überhaupt an meine DNA gekommen?«

»Sie wurden vor drei Jahren zusammen mit Terry verhaftet. Wegen Besitzes von Cannabis.«

»Die Anklage wurde fallengelassen.«

»Das stimmt, aber Ihre DNA liegt uns trotzdem vor.«

Carol schien in sich zusammenzusacken. Sie kämpfte schniefend mit den Tränen und sah aus, als müsste sie sich jeden Moment übergeben.

»Erzählen Sie es mir«, sagte Lottie.

»Ich wurde vergewaltigt. So. Jetzt habe ich es ausgesprochen.« Sie zupfte fester an ihren Ärmeln.

Lottie drehte sich zu Boyd um. Er zuckte mit den Schultern. Dieses Szenario hatten sie überhaupt nicht in Betracht gezogen.

»Bitte erzählen Sie mir, was passiert ist, Carol.« Ihre Stimme war jetzt sanfter.

»Es ist in der Nähe ihres Hauses passiert. Sie ist vorbeigekommen. Und sie war in Ordnung, das wusste ich, obwohl ich sie überhaupt nicht kannte. Sie hat mich zusammengekauert neben der Gasse gefunden, die zwischen zwei Wohnblocks verläuft. Sie hat mich in ihre Wohnung gebracht. Wollte die Polizei rufen. Aber ich stand unter Schock. Ich wusste nicht, was ich tat oder sagte. Ich muss wohl gesagt haben, dass ich nicht will, dass sie jemanden anruft.« Sie schniefte und wischte sich mit dem Handrücken über die Nase.

Lottie sah mit großen Augen zu Boyd. »Wer war es, Carol? Und wann?«

»Meine Güte. Das spielt doch jetzt keine Rolle mehr. Es ist über zwei Monate her.«

»Haben Sie ihn erkannt? War es jemand, den Sie kannten?«

»Ich ... ich bin mir nicht sicher. Er kam mir irgendwie bekannt vor. Seine Stimme klang schroff und wütend. Ich glaube, er war betrunken. Mehr weiß ich nicht.«

»Und der Tanga. Warum hatte Mollie ihn?«

»Sie hat in dieser Nacht meine Kleidung an sich genommen. Alles war nass und schmutzig. Ich war mit den Nerven am Ende. Sie hat gesagt, sie hätte eine Freundin bei der Polizei. Da wurde ich hysterisch und sagte, dass ich keine Polizisten sehen will. Sie hat gesagt, falls ich meine Meinung ändern sollte, könne ich mit dieser Freundin reden. Ich habe sie versprechen lassen, niemandem etwas zu erzählen. Ich wusste nichts davon, aber sie muss wohl meine Kleidung als Beweis aufgehoben haben oder so. Ich weiß es wirklich nicht.« Carol kauerte sich zusammen und hatte Mühe, ihre heftigen Schluchzer zu unterdrücken.

Lottie lehnte sich wieder in den Sessel zurück und

merkte erst jetzt, dass sie sich unbewusst vorgebeugt hatte, bereit, jeden Moment aufzuspringen.

»Dieser Mann ... dieser jämmerliche Feigling, der Ihnen das angetan hat, ist er der Vater des Kindes, mit dem Sie schwanger sind?«

Carol zuckte mit den Schultern. »Ich weiß es nicht genau.«

»Hatten Sie zu dieser Zeit eine Beziehung mit einem anderen Mann?«

Ein Nicken.

»Und mit wem?«

Sie schüttelte den Kopf. »Das sage ich nicht.«

»Wer weiß noch von dem Übergriff?«

»Niemand.«

»Wusste Elizabeth davon?«

Carol biss sich auf die Lippe. Tränen liefen über ihre Wangen.

»Ja. Ich hatte es Lizzie erzählt.«

»Also wussten zwei junge Frauen davon, dass Sie vergewaltigt wurden. Eine ist tot – ermordet – und die andere wird vermisst, wahrscheinlich wurde sie ebenfalls ermordet. Und Sie fanden das nicht wichtig genug, um uns das zu erzählen? Mein Gott, haben Sie denn gar nicht nachgedacht?«

Lottie spürte, wie Boyd sie am Arm berührte, um sie zu bremsen. Sie ließ seine Hand dort ruhen. Denn er hatte recht. Sie war wütend auf Carol, weil sie wichtige Informationen verschwiegen hatte, aber die junge Frau litt ohnehin schon genug. Herrgott, dachte sie zum gefühlt zehnten Mal an diesem Tag, was für ein Durcheinander.

»Sie müssen den Vorfall melden, Carol.«

»Nein, das muss ich nicht. Es war nur ein Versehen. Er hat das nicht gewollt. Er ist ein guter Mensch.«

»Was meinen Sie damit?« Lottie streckte die Hand aus und ergriff Carols Hand. Im selben Moment dämmerte es ihr. »Dann *ist* es jemand, den Sie kennen.«

»Das habe ich nicht gesagt. Hören Sie auf, mir Worte in den Mund zu legen.«

»Entschuldigung. Aber ich muss Ihnen dringend raten, das Richtige zu tun.«

»Ich werde niemandem davon erzählen. Und damit Schluss. Sie können jetzt gehen, bevor meine Eltern nach Hause kommen.«

Lottie dachte über die Worte der jungen Frau nach und fragte: »Hat er Sie bedroht? Dieser Mann?«

Wieder Schluchzen und Kopfschütteln.

»Ist er verheiratet?«

Ein Achselzucken. »Dazu sage ich nichts.«

»Sind Sie noch immer mit ihm zusammen?«

»Er denkt, schon.«

»Weiß er, dass Sie schwanger sind?«

»Nein.« Ihre Augen starrten sie entsetzt an. Die Pupillen waren groß und tiefschwarz. »Sagen Sie niemandem ein Wort davon. Bitte. Ich flehe Sie an.«

Lottie seufzte. »Es tut mir so leid, dass Ihnen das zugestoßen ist, Carol, aber irgendwann werden die Leute merken, dass Sie schwanger sind.«

»Ich bin noch nicht bereit, jemandem davon zu erzählen. Die einzigen beiden Menschen, die von der Vergewaltigung wussten, sind ... sind ...« Sie zog die Beine unter den Körper, bis sie in Embryonalstellung auf dem Sofa lag, und weinte.

»Geben Sie mir die Handynummer Ihres Bruders. Ich sorge dafür, dass er zurückkommt und bei Ihnen bleibt.«

»Nein!« Carol stieß einen erstickten Schrei aus. »Gehen Sie einfach. Bitte. Lassen Sie mich allein.«

»Ich werde einen Bericht über die Sache schreiben müssen, das ist Ihnen sicherlich klar.« Lottie hatte Mitleid mit der jungen Frau, aber sie wusste, dass sie nun mal auch ihren Job machen musste. »Wenn Sie sich bereit fühlen, dann kommen Sie auf die Wache. Dort wird geschultes Personal bereitstehen, mit dem Sie reden können. In der Zwischenzeit wird eine Opferbetreuerin bei Ihnen bleiben.«

»Nein, verdammt. Auf keinen Fall.«

»Es ist nur zu Ihrer eigenen Sicherheit. Und jetzt geben Sie mir Terrys Nummer.«

Anna Byrne öffnete die Tür und geleitete sie ins Haus.

»Entschuldigen Sie die Störung, aber wir müssen Ihnen ein paar Fragen stellen.« Lottie blieb stehen, genau wie Boyd, aber Anna ließ sich auf einen Stuhl fallen. Ihr Schmerz war beinahe greifbar.

»Fragen Sie nur.«

»Hat Elizabeth jemals von einer gewissen Mollie Hunter erzählt?«

»Nein, an diesen Namen erinnere ich mich nicht. Sie hat immer nur gesagt, dass sie sich mit Carol O'Grady treffen will.«

»Sind Sie sicher?«

»Im Moment bin ich mir bei gar nichts mehr sicher.«

»Was ist mit Matt Mullin? Wir haben Grund zu der Annahme, dass er sich seit Weihnachten nicht mehr in München aufhält. Hat er versucht, Elizabeth zu kontaktieren?«

Anna stand auf. »Ich setze Teewasser auf.« Sie trug dieselbe Kleidung wie neulich und sah aus, als hätte sie seitdem ununterbrochen geweint.

»Uns bleibt keine Zeit für Tee. Sprechen Sie mit mir, Anna, bitte.«

»Ich habe nichts von Matt gehört.« Anna setzte sich wieder hin. »Und ich weiß nicht, ob Elizabeth wieder Kontakt zu ihm hatte. Haben Sie ihr Handy gefunden?«

»Es ist spurlos verschwunden.« Lottie setzte sich neben die aufgelöste Mutter. »Ich weiß, Sie mögen Carol nicht besonders, aber gibt es irgendetwas, über das wir Bescheid wissen sollten?«

»Zum Beispiel?«

»Hat sie Elizabeth vielleicht in irgendetwas mit hineingezogen?«

»Dieses Flittchen. Ist es ihre Schuld, dass meine Tochter tot ist?«

»Nein, so habe ich das sicher nicht gemeint.« Lottie wandte den Kopf zur Seite und bedeutete Boyd, seinen Charme spielen zu lassen.

»Mrs Byrne«, begann er, »Anna. Wir haben nur wenige Anhaltspunkte, um Elizabeths Mörder zu finden. Wir glauben, dass Carol eine Verbindung zu ihm darstellen könnte. Das ist zwar weit hergeholt, aber dennoch könnte sie uns vielleicht zu ihm führen. Fällt Ihnen irgendetwas ein, das aus dem Rahmen fiel?«

»An dem Mädchen fiel alles aus dem Rahmen.«

»Bitte«, flehte Lottie.

Anna verschränkte die Arme und zupfte mit den Fingern an den Ärmeln ihres Pullovers herum. Die Nägel waren bis auf die Haut abgekaut. »Sie ist nie hierher zu Besuch gekommen, falls Sie das wissen wollen. Aber Elizabeth war ständig bei ihr. In den letzten Wochen war sie noch öfter dort, seit Weihnachten. Ich habe keine Ahnung, was der Grund dafür war. Elizabeth hat mir nie davon erzählt, aber ich vermute, dass es etwas mit einem Mann zu tun hatte. Sie wissen ja, wie junge Leute in dem Alter sind.«

»Ja, das weiß ich«, sagte Lottie.

»Vielleicht war Matt wieder in der Stadt oder so. Ich weiß es nicht.«

»Können wir uns Elizabeths persönliche Sachen noch einmal ansehen? Wenn es Ihnen nichts ausmacht.«

»Ihre Leute von der Spurensicherung sind alles durchgegangen, aber machen Sie nur. Nehmen Sie nur nichts mit, ohne mir Bescheid zu sagen.«

Lottie war froh, der bedrückenden Atmosphäre zu entkommen, denn Annas Trauer schien die ganze Küche zu erfüllen.

Elizabeths Zimmer sah noch genauso aus wie vor ein paar Tagen.

»Was hoffst du, hier zu finden?«, fragte Boyd.

»Einen Hinweis darauf, dass Matt Mullin in Kontakt mit ihr stand.«

»Aber wir haben schon beim ersten Mal nichts gefunden und die Spurensicherung auch nicht.«

»Damals wussten wir nicht, wonach wir suchen müssen.«

»Wir wissen jetzt auch nicht ...«, setzte Boyd an. Lottie warf ihm einen warnenden Blick zu. Er fuhr fort: »Ich schätze, ich werde es wissen, wenn ich es sehe.«

Er streifte sie im Vorbeigehen und die Berührung seiner Hand ließ ihre Haut kribbeln. Es war nur eine kurze, kaum merkliche Berührung gewesen, aber Lottie hatte sie gespürt. Ihr Brustkorb zog sich vor Beklemmung eng zusammen. Eine Tablette würde jetzt helfen, aber es gab keine Möglichkeit, unbemerkt eine zu nehmen. Sie zwang ihr Gehirn, sich zu fokussieren. Irgendwo in diesem Zimmer könnten sich Hinweise auf das Schicksal von Mollie Hunter befinden. Sie mussten gründlich sein.

»Stand in ihrem Notizbuch irgendetwas, das uns einen Hinweis geben könnte?«, fragte sie.

»Nein. Es sei denn, sie hat es in einer Art Geheimschrift verfasst.«

Nachdem sie das Zimmer sorgfältig durchsucht hatte, fuhr Lottie mit einer Hand durch die Halsketten, die an dem Plastikständer auf der Frisierkommode hingen. Sie hielt inne, als ihre Finger auf eine silberne Kette trafen.

»Boyd, sieh dir das an.« Sie hielt die Kette hoch. Ein Ring war daran befestigt. »Hing das die ganze Zeit über hier?«

»Muss wohl. Da solltest du Anna fragen.«

»Mich was fragen?« Anna stand in der Tür. Sie ballte stetig die Hände zu Fäusten und öffnete sie wieder. Lottie wusste nicht, ob das eine Geste der Wut oder der Hilflosigkeit war.

»Gehört die Elizabeth?« Sie hielt die Kette samt Ring hoch, und ein erwartungsvoller Schauer brachte ihre Haut zum Prickeln.

»Die habe ich noch nie zuvor gesehen.« Anna trat einen Schritt in das Zimmer. »Sind Sie hier fertig?«

Lottie warf Boyd einen Blick zu und nickte. »Ich muss die Kette mitnehmen.«

»Ich glaube nicht, dass sie Elizabeth gehörte, also können Sie sie haben.«

Lottie steckte den Schmuck in einen Beweismittelbeutel, lächelte traurig und verließ das Zimmer.

ACHTZIG

Der Tag, falls es denn noch derselbe Tag war, schien kein Ende zu nehmen. Die Langeweile hatte die Angst verdrängt. Und die Knochen, die Babyknochen, verspotteten sie. Sie lagen einfach da auf dem Tisch, so als erwarteten sie, dass sie etwas unternahm.

Aber was konnte sie schon tun? Sie war eingesperrt. Sie hatte keine Möglichkeit zu entkommen. Und sie hatte noch immer nicht die leiseste Ahnung, warum er sie entführt hatte. Aber sie war sicher, dass er sie bewusst als Opfer ausgewählt hatte. Das war kein Zufall gewesen. Nein. Er hatte sie gezielt aufgespürt und überfallen. Aber warum?

Sie hatte die Bilder an der Wand genau betrachtet und versucht, einen Hinweis darauf zu finden, wer sie gemalt hatte. Wer vor ihr dieses Gefängnis bewohnt hatte. Oder versteckte sich in den Bildern sogar eine Botschaft? Vielleicht war das der Schlüssel. Sie kniete sich an das Ende des Bettes und sah sie noch einmal an. Diesmal schaute sie ganz genau hin. Und dann entdeckte sie es. Da, mit winzigen schwarzen Buchstaben war etwas über eine krumme

Dampflokomotive gemalt. Offensichtlich und gerade deshalb nahezu unsichtbar.

Ein Name.

Aber er sagte ihr rein gar nichts.

———

In ihrem Büro legte Boyd zwei Untersetzer auf Lotties Schreibtisch und stellte dann mit Schwung zwei Tassen Kaffee darauf ab.

»Woher hast du die denn?« Sie riss erstaunt die Augen auf.

»Die Untersetzer? Aus meiner Schreibtischschublade. Du hast mir noch gar nicht erzählt, was Queenie gesagt hat.«

»Kommt mir vor, als wäre es schon wieder zwei Tage her, dass ich mit ihr gesprochen habe.« Sie tippte auf der Tastatur ihres Computers herum. »Warte kurz, bis ich mich hier eingeloggt habe. Ich möchte ein Bild von Paddy McWard heraussuchen.«

»Warum?«

»Um zu sehen, ob er Ringe trägt.« Sie hämmerte auf der Tastatur herum.

»Ich weiß, dass wir einen Ring an einer Kette bei Elizabeth zu Hause gefunden haben und auch einen Ring im Körper der nicht identifizierten Frau vom See, aber was hat McWard damit zu tun?«

»Boyd, trink deinen Kaffee aus und sei mal für eine Minute still. Ich brauche einen Moment Ruhe, damit mein Verstand in die Gänge kommt.« Sie öffnete eine Reihe von Fotos und zoomte bei einem näher heran.

»Ist das ein aktuelles Bild?«, fragte Boyd.

»Es ist ein paar Jahre alt. Damals wurde er wegen Autodiebstahls verhaftet ... hier. Siehst du seine Hände?« Sie drehte den Bildschirm, sodass Boyd die Fotos sehen konnte.

»Keine Ringe.«

»Eben.«

»Was eben?«

»Die meisten Menschen aus der Gemeinschaft der Fahrenden tragen Schmuck. Dicke Goldketten, Ringe und den ganzen Kram. Aber er trägt keine Ringe.«

»Und das beweist was?«

»Warte mal kurz.« Sie zoomte mit dem Cursor näher an McWards Arm heran. »Mein Gott, Boyd. Sieh dir diese Tätowierung an.«

Er beugte sich über den Schreibtisch und kniff die Augen zusammen. »Es ist ein keltisches Kreuz.«

»Weiter oben. Direkt unter seinem Ärmel. Das ist das Claddagh-Symbol.«

»In der Tat. Und weiter?«

Lottie drückte auf eine Taste und der Bildschirm wurde schwarz.

»Ich weiß nicht.«

»Wie kamst du denn überhaupt darauf?«

»Queenie sagte, dass Paddy ein gebrochenes Herz hatte. Wir nehmen an, dass Elizabeth mit Bridie in der Schule war. Und wir haben gerade eine Kette mit einem Claddagh-Ring in ihrem Zimmer gefunden. Was, wenn es eine Dreiecksbeziehung gab, in die Paddy irgendwie verwickelt war?«

»Und er hat Elizabeth und dann seine Frau umgebracht? Ach, und du glaubst wohl auch, dass er Lynn O'Donnell entführt und sie zehn Jahre irgendwo versteckt hat? Und Mollie Hunter auch, sicherheitshalber. Du brauchst mehr Kaffee, Lottie, dein Hirn ist noch nicht wach genug.«

»Mein Gehirn arbeitet mit Hochdruck. Ich muss noch mal mit McWard sprechen.«

Sie nahm zwei Streifenwagen und neben Boy auch Kirby mit, zur Sicherheit. Es war nicht abzusehen, wie sich die Sache entwickeln würde. Ihr gingen viele Gedanken durch den Kopf, die sich nicht zu einem stimmigen Bild zusammenfügen lassen wollten. Aber sie wusste, dass sich irgendwo in diesem Puzzle die Antwort verstecken musste. Und im Moment führten alle Spuren, abgesehen von Matt Mullin, zu Paddy McWard.

Die Trümmer des Hauses der Familie McWard waren mit Tatortband abgesperrt. Paddy befand sich im Wohnwagen seines Cousins. Er blieb in der Tür stehen und bat sie nicht herein. Bitte, dachte Lottie, wenn du es so haben möchtest. Dann klären wir das eben vor deinen Verwandten und Nachbarn.

»Ihre Schwiegermutter ist vor einer Stunde verstorben, Paddy.«

»Gut.«

»Gut?«

»Wenigstens muss sie so nicht um ihre Tochter und ihren Enkel trauern.«

Ein angstvoller Stich fuhr Lottie in den Brustkorb, als sie daran dachte, dass Katie und Louis so weit weg von ihr waren. Sie sollte Chloe anrufen, um sicherzugehen, dass es ihr und Sean gut ging. Das würde sie tun, sobald sie hier fertig war.

»Kannten Sie Elizabeth Byrne?«

»Nein.«

»Mollie Hunter?«

»Was soll das?«

»Beantworten Sie die Frage.«

»Nie gehört.«

Lottie spielte ihren Trumpf aus. »Was ist mit Lynn O'Donnell?«

»Nein.«

Aber sein Gesicht verriet, dass er log. Die Augen trübten sich, die Pupillen unter seinen Lidern weiteten sich und waren so dunkel, dass sie schwarzen Halbmonden glichen. Die Glühbirne, die außen am Wohnwagen angebracht war, tauchte seine Züge in gelbliches Licht. Lottie entging nicht, dass sich die Haut plötzlich straff über seine Wangenknochen spannte.

»Kommen Sie mit, Paddy. Wir müssen auf dem Revier mit Ihnen sprechen.«

»Schon wieder? Wie oft war ich schon da? Und jedes Mal war es reine Zeitverschwendung. Also sage ich Nein. Entweder Sie verhafteten mich oder Sie verschwinden. Ich habe nichts getan.«

»Aber wir müssen mit Ihnen über den Brandanschlag auf Ihr Haus sprechen.« Sie beobachtete, wie er die Hände zu Fäusten ballte. »Wir können das auch auf die harte Tour erledigen.«

Sie zog ein Paar Handschellen aus ihrer Tasche und deutete auf die beiden Streifenwagen, die mit eingeschaltetem Blaulicht vor dem Tor standen.

»Das ist das letzte Mal.« Er gab nach, drängte sich an ihr vorbei und ging auf den ersten der beiden Wagen zu.

Lottie hätte schwören können, dass er dabei Tränen in den Augen hatte.

Sie folgten den beiden Streifenwagen zurück zur Dienststelle, und Lottie sprang noch an der Eingangstreppe aus dem Auto. Sie wollte schon drinnen sein, wenn McWard hereingebracht wurde.

Obwohl es zu regnen begonnen hatte, machte sie sich daran, ihren Mantel auszuziehen, während sie die Stufen hinauflief.

»Inspector Parker! Kann ich Sie kurz sprechen?«

Lottie drehte sich um und erblickte die Reporterin, Cynthia Rhodes, und hinter ihr einen Kameramann. Sie hatte das Gefühl, diesen Anblick schon einmal gesehen zu haben. Das würde kein gutes Ende nehmen.

»Was wollen Sie, Cynthia?«

»Soweit ich weiß, wurden heute zwei Beschwerden gegen Sie vorgebracht. Möchten Sie sich dazu äußern?«

»Was für Beschwerden?«

»Ich habe einen Anruf von einer Mrs O'Grady erhalten. Sie sagt, Sie hätten ihre Tochter unnötig aufgewühlt. Sie möchte darauf hinweisen, wie gefühllos die Polizei vorgegangen ist. Weil die beste Freundin der jungen Frau ermordet aufgefunden wurde und so weiter.«

»So ein Blödsinn.« Halt die Klappe, Lottie, schalt sie sich im Stillen. Aber sie wusste, dass es dafür schon zu spät war.

Rhodes kam jetzt erst richtig in Gang. »Und dann ist da die Familie O'Donnell. Von ihr habe ich auch eine Beschwerde vorliegen. DI Parker, bekomme ich einen Kommentar zu dem Fund von Lynn O'Donnells Leiche vor zwei Tagen?«

»Nein, bekommen Sie nicht.«

»Warum hat es so lange gedauert, ihre Familie zu informieren?«

»Das geht Sie gar nichts an.«

»Ich finde durchaus, dass die Bevölkerung das etwas angeht, Inspector. War sie stark verwest? War das der Grund für die Verzögerung?«

»Warum verpissen Sie sich nicht wieder nach Dublin?«

Scheiße!

Man hatte Paddy McWard bereits in eine Zelle gebracht, als Lottie im Revier eintraf, denn beide Vernehmungszimmer waren belegt. Sie eilte die Treppe hinauf, und als sie zerzaust und völlig durchnässt in ihrem Büro ankam, traf sie dort auf Lynch.

»Was ist jetzt schon wieder?«, blaffte Lottie, rollte ihren Mantel zusammen und beförderte ihn mit dem Fuß unter ihren Schreibtisch. Ihr T-Shirt war klitschnass und die Jeans klebte an ihren Beinen. Scheiß drauf, dachte sie. Aber sie konnte die Gedanken an Cynthia Rhodes nicht vertreiben. Sie steckte ganz schön tief in der Scheiße, wenn diese dreckige Möchtegern-Journalistin das Material von eben ausstrahlte ... Was genau hatte sie überhaupt gesagt? Sie ließ sich auf den nächstgelegenen Stuhl fallen und stützte den Kopf in die Hände.

»Möchten Sie einen Kaffee? Oder eine Cola light? Ich habe eine Dose in meiner Tasche.«

»Ich dachte, Sie wären krankgeschrieben.«

»Jetzt geht es mir besser, Boss. Alles andere kann warten.«

Lottie sah zu ihrer Ermittlerin auf. »Es tut mir leid. Was wollten Sie eben sagen?«

»Matt Mullin. Er war die ganze Zeit über bei seiner Mutter.«

»Der Mistkerl.«

»Er ist sehr niedergeschlagen. Ich glaube, es geht ihm ziemlich schlecht. Er wartet im Vernehmungszimmer.«

»Jetzt?«

»Ja.«

»Verdammt.« Lottie rieb sich mit der Hand unter der Nase entlang und unterdrückte ein Niesen.

»Sie müssen nach Hause gehen und sich umziehen«, sagte Lynch. »Haben Sie heute schon was gegessen?«

»Ob ich was gegessen habe? Wissen Sie was? Ich habe keine Ahnung. In fünf Minuten bin ich unten. Bleiben Sie so lange bei ihm.«

Als Lynch das Büro verlassen hatte, durchsuchte Lottie ihre Taschen nach einem Taschentuch. Dabei fand sie den Zettel mit der Telefonnummer, den Keelan O'Donnell ihr gegeben hatte. Was sie wohl von ihr wollte? Aber dafür hatte sie jetzt keine Zeit. Sie würde sie später anrufen. Lottie stopfte den Zettel zurück in ihre Tasche, drückte das Wasser aus ihren tropfenden Haaren und beschloss, dass Matt Mullin sich schlicht damit abgeben müssen würde, wie sie im Moment aussah.

Der Mann, der vor ihr stand, sah überhaupt nicht aus wie auf dem Foto, das sie von ihm hatte. Er wirkte zum Beispiel viel älter. Aber trotz der dunklen Schatten unter den geröteten Augen strahlte er eine gewisse Selbstgefälligkeit aus. Tja, Mr Mullin, dann wollen wir doch mal sehen, wie lange das so bleibt.

Ohne Vorwarnung legte Lottie das Foto von Elizabeth vor ihn auf den Tisch. Das von ihrer Leiche. Sofort zuckte er zusammen. Das hat ja bestens geklappt, dachte sie.

»War die Trennung von Elizabeth ein Grund, sie zu ermorden?«, fragte sie.

»Wovon sprechen Sie? Ich habe ihr nie auch nur ein Haar gekrümmt.«

»Und das soll ich Ihnen glauben? Mr Mullin, ich bin nicht in der Stimmung für Spielchen. Ich hatte einen beschissenen Tag. Und jetzt reden Sie endlich.«

»Reden? Worüber denn? Ich habe Elizabeth nicht umgebracht. Ich habe sie geliebt. Sie fehlt mir so sehr. Ich kann nicht fassen, dass sie tot ist.«

Lottie zeigte ihm ein Foto von der Kette mit dem Ring, die sie gefunden hatte.

Er sah mit einer gehobenen Augenbraue zu ihr hoch. »Hat das Elizabeth gehört?«

»Hat das Elizabeth gehört?«, äffte Lottie ihn nach. »Sie haben ihr das geschenkt, stimmt's?«

»Ich schwöre bei Gott, das habe ich nicht. Ich habe das nie zuvor gesehen.«

»Denken Sie wirklich, ich glaube Ihnen das?«

»Es ist die Wahrheit.« Er bleckte die Zähne und kaute auf seiner Unterlippe herum.

»Wann haben Sie sie zuletzt gesehen? Und sagen Sie mir nicht, dass es vor einem Jahr war, denn wissen Sie was? Das kaufe ich Ihnen nicht ab.«

Er seufzte. Und dachte nach. »Die Trennung war hart für mich. Als ich in Deutschland war, wurde mir klar, dass ich einen Fehler gemacht hatte. Aber sie wollte mich nicht anhören. Hat meine Nummer blockiert und wollte nicht mit mir reden. Das hat mich ganz krank gemacht.«

Meinte der Typ das ernst? Lottie verdrehte die Augen und spürte, dass Lynch ihrem Knie unter dem Tisch einen Stups verpasste.

»Fahren Sie fort.«

»Ich war so niedergeschlagen, dass ich nicht mehr arbeiten konnte und mich bei meiner Mutter verkrochen habe.«

»Ein fünfunddreißigjähriger Banker, der seinen Job hinschmeißt und zu seiner Mum rennt. Das kann man sich nicht ausdenken.«

»Sie sind ein ziemliches Biest, oder?«

»Ah, so klingt also der wahre Matt Mullin. Sie sind also wieder nach Hause gezogen. Und wann war das?«

»Anfang Dezember.«

»Und haben Sie sich mit Elizabeth getroffen?«

»Nein. Ich sagte Ihnen doch, dass sie sich nicht mit mir treffen wollte und auch nicht mit mir reden oder so. Also habe ich angefangen, ihr zu folgen. Wenn sie mit dem Zug gefahren ist.«

Lottie stieß einen leisen Pfiff aus. *Stalker* schoss es ihr durch den Kopf, und gleich darauf blitzte das Wort *Mörder* vor ihrem geistigen Auge auf.

»Hat sie Sie gesehen?«

»Wahrscheinlich. Aber sie hat mich ignoriert. An manchen Tagen saß sie neben dem anderen Mädchen.«

»Welches andere Mädchen?«

»Das, das vermisst wird. Mollie Hunter.«

Lottie setzte sich gerade hin. »Sie haben Elizabeth zusammen mit Mollie Hunter im Zug sitzen sehen?«

»Ja. Aber nicht jeden Tag. Es sah nicht so aus, als wären sie Freundinnen, eher entfernte Bekannte.«

»Also haben Sie Elizabeth getötet und dann Mollie entführt.«

»Habe ich nicht.« Er sah sich verzweifelt im Raum um. »Habe ich Anspruch auf einen Anwalt?«

»Wenn Sie einen möchten. Es könnte dann allerdings so aussehen, als hätten Sie etwas zu verbergen.«

»Sie wissen genau, dass das Schwachsinn ist.«

»Haben Sie Elizabeth in den Rochfort Gardens nachgestellt?«

»Ich weiß nicht, wovon Sie sprechen.«

»Beim Laufen. Joggen. Am Wochenende.«

»Nein, habe ich nicht. Nur, wenn sie im Zug war.«

»Und was haben Sie den ganzen Tag lang in Dublin gemacht, während sie bei der Arbeit war?«

»Ich bin herumgelaufen. Habe am Bahnhof einen Kaffee getrunken und gewartet.«

»Erzählen Sie weiter.«

»Da gibt es nichts mehr zu erzählen. Elizabeth war am Dienstag und Mittwoch nicht im Zug, und dann habe ich gehört, was ihr zugestoßen ist. In den Nachrichten. O Gott, ich kann es nicht fassen.« Er begann zu schluchzen.

»Was haben Sie an den Tagen gemacht, an denen Elizabeth nicht im Zug saß?«

»Ich ... ich habe versucht, mit dieser Mollie zu reden. Aber sie wollte kein Gespräch mit mir anfangen. Sie ist aufgestanden und hat sich zu so einer nervösen jungen Frau gesetzt.« In Lotties Gehirn machte etwas Klick. Grace!

War es möglich, dass dieser Idiot die Wahrheit sagte? Sie blickte zu Lynch, um herauszufinden, was die Ermittlerin dachte, aber Lynch starrte nur die Wand an und ihr Gesicht hatte eine unheilvolle gräuliche Farbe angenommen. Das Letzte, was sie jetzt gebrauchen konnte, war, dass sich ihr Detective vor dem Verdächtigen auf den Tisch übergab.

Matt stand auf. »Ich will jetzt mit meinem Anwalt sprechen. Ansonsten lassen Sie mich gehen.«

Lottie hatte wirklich nichts, weswegen sie ihn hätte festhalten können. Sie brauchte Beweise.

»Sind Sie damit einverstanden, dass wir eine DNA-Probe entnehmen?«

»Besorgen Sie sich einen richterlichen Beschluss.«

Mein Gott, er machte ihr das Leben wirklich nicht leichter. »Okay, das werde ich. Sie können gehen, aber ich möchte, dass Sie morgen früh um zehn Uhr wieder hier sind. Mit oder ohne Ihren Anwalt. Sind Sie damit einverstanden?«

Er zuckte mit den Schultern und ging.

»Ich glaube, ich trinke jetzt doch einen Kaffee mit Ihnen, Lynch.«

Im Flur traf sie auf Boyd, der ihr entgegengerannt kam.

»Oh, Boyd. Mein bester Mann. Kannst du deine Mutter anrufen und sie bitten, Grace ans Telefon zu holen? Sie hat vielleicht diesen Mullin zusammen mit Mollie im Zug gesehen.«

»Lottie. In die Kantine. Jetzt.« Er war völlig außer Atem.

»Da will ich auch gerade hin. Ich brauche dringend einen Kaffee.«

Er schüttelte den Kopf. »Nachdem du das gesehen hast, brauchst du wohl etwas Stärkeres.«

In der Kantine war ein Fernseher an die Wand montiert, der normalerweise stummgeschaltet war, weil alles mit Untertiteln lief. Aber jetzt war der Ton aufgedreht.

Lottie setzte sich mit offenem Mund auf einen der neuen roten Plastikstühle.

»Hier ist Cynthia Rhodes und ich berichte aus Ragmullin in den Midlands. Eine Stadt, in der es in den letzten Jahren immer wieder zu Tragödien und Mordfällen gekommen ist. Jetzt werfen die Einwohner der örtlichen Garda Síochána Unfähigkeit vor.«

»Was zum Teufel? Dieses Miststück!« Lottie sprang auf. Wut brodelte in ihr und schnürte ihren Brustkorb zu.

»Das tragischste Ereignis in Ragmullin traf die Familie O'Donnell, die erst vor wenigen Wochen ihre Ehefrau und Mutter beerdigt hat. Maura O'Donnell hat den Kampf gegen den Krebs verloren, aber diejenigen, die sie kannten, sagen, dass sie an einem gebrochenen Herzen gestorben ist. Sie ging ins Grab, ohne zu wissen, wo ihre Tochter Lynn O'Donnell ist, die vor zehn Jahren spurlos verschwand. Die Gardaí glaubte,

Lynn wäre tot und möglicherweise an einem unbekannten Ort in den Dublin Mountains verscharrt, wie ich von einem Detective Inspector des Garda-Reviers in Ragmullin weiß.«

»Lügnerin. Sie zitiert mich völlig falsch.«

»Das hast du gesagt? Laut gesagt?«, fragte Boyd im Flüsterton.

»Irgendwie schon.«

»Mein Gott, wenn McMahon das erst herausbekommt!«

»Ich weiß es schon.« McMahons Stimme dröhnte hinter ihr durch den Raum.

»Unheimlicher Typ«, murmelte Lottie. Er hatte die nervige Angewohnheit, plötzlich aus dem Nichts aufzutauchen, leise und heimtückisch. Aber vielleicht empfand sie das auch nur so, weil sie übertrieben misstrauisch war.

»Pst.« Boyd drehte den Ton weiter auf.

»Leiser«, schrie Lottie. »Wir können doch die Untertitel lesen.«

»Machen Sie es lauter. Ich will das hören, damit ich über Maßnahmen zur Schadensbegrenzung entscheiden kann.«

McMahon zog sich einen Stuhl heran. Das Plastik quietschte, als er sich setzte.

Cynthia stand vor dem Haus von Donal O'Donnell.

»Gestern habe ich ein Interview mit dieser trauernden Familie geführt. Sie baten mich, auf die Unfähigkeit der Polizei hinzuweisen und um Hinweise über den Verbleib von Lynn zu bitten. Leider habe ich heute erfahren, dass die Leiche von Ms O'Donnell gefunden wurde. Und zwar nicht in den Dublin Mountains, sondern am Ladystown Lake, nur ein paar Kilometer außerhalb von Ragmullin.«

Auf der linken Seite des Bildschirms erschien ein Foto

von Lynn, und auf der rechten Seite war die Straße zu sehen, die nach Barren Point führt.

»Noch beunruhigender ist Folgendes: Meine Quellen sagen mir, dass Lynn O'Donnell nicht etwa seit zehn Jahren tot ist. Nein, sie hat bis vor ein oder zwei Wochen noch gelebt. Das wirft die Frage auf, wieso die örtliche Polizei es nicht geschafft hat, diese schöne junge Frau aufzuspüren. Und die Frage danach, wo sie in den letzten zehn Jahren gewesen ist. War sie die ganze Zeit über frei, oder wurde sie das Opfer einer Entführung und man hat sie gegen ihren Willen festgehalten? Vor Kurzem habe ich versucht, mit Detective Inspector Parker vom Garda-Revier in Ragmullin zu sprechen.«

Der Bildschirm machte einen Schnitt und zeigte jetzt die Treppe vor die Dienststelle. Es regnete in Strömen und Rhodes stand mit ihrem Mikrofon in der Hand da. Lottie erschien von rechts, und es war zu sehen, wie sie die Treppe hinaufrannte und dabei ihren Mantel auszog.

»Schalten Sie das aus«, rief sie. »Ich weiß, wo das hinführt.«

»Was hast du ihr gesagt?«, flüsterte Boyd. »O Gott, ich hoffe, es ist nichts, weshalb die Medien dich verreißen können.«

»Ich kann das nicht mit ansehen.« Lottie sprang von ihrem Stuhl auf und stürmte davon, aber an der Tür hielt sie inne und wartete auf die Worte, die sie im landesweiten Fernsehen demütigen würden.

Cynthias Stimme dröhnte durch die Kantine. »DI Parker, bekomme ich einen Kommentar zu dem Fund von Lynn O'Donnells Leiche vor zwei Tagen?«

»Nein, bekommen Sie nicht.«

»Warum hat es so lange gedauert, ihre Familie zu informieren?«

»Das geht Sie gar nichts an.«

Lottie erschauderte. Scheiße, das war sogar noch schlimmer, als sie befürchtet hatte. Sie bemerkte, dass McMahon ihr den Kopf zuwandte und sie ansah. Zuckte da etwa gerade ein gehässiges Grinsen über sein Gesicht?

»Ich finde durchaus, dass Bevölkerung das etwas angeht, Inspector. War sie stark verwest? War das der Grund für die Verzögerung?«

»Warum verpissen Sie sich nicht wieder nach Dublin?«

Das Bild zeigte, wie Lottie sich an Rhodes vorbeidrängte. Dann schwenkte die Kamera wieder zu der verwirrt dreinblickenden und ziemlich durchnässten Cynthia.

»Und das war DI Parker, die zwei Mordermittlungen leitet sowie den Fall von Mollie Hunter, die seit Mittwoch vermisst wird.«

Lottie stöhnte auf. »Herrgott, wenn du mich schon fertigmachen musst, dann recherchiere wenigstens die verdammten Fakten vernünftig.«

»Was für Fakten?« McMahon erhob sich von seinem Stuhl und Boyd schaltete den Fernseher wieder stumm.

»Lynn wurde nicht ermordet, sie ist eines natürlichen Todes gestorben.«

»Das, Inspector, ist irrelevant. Wo war sie zehn Jahre lang? Wenn sie irgendwo gefangen gehalten wurde, glauben Sie nicht, dass das vielleicht zu ihrem Tod beigetragen hat?«

»Ach, was Sie nicht sagen.« Sie lehnte sich gegen den Türrahmen und schloss die Augen. Dieser Tag konnte nicht mehr schlimmer werden, oder?

»In mein Büro.« McMahon stürmte an ihr vorbei und ließ dabei eine Wolke von widerlichem Aftershave-Duft zurück.

»Kommt jemand mit, Boyd?«, fragte sie.

»Ich glaube, wer sich sein eigenes Grab schaufelt, musst da auch allein durch.«

»Okay. Aber kann ich um einen Gefallen bitten, bevor ich McMahon zum Fraß vorgeworfen werde? Ich brauche Verstärkung, wenn ich Paddy McWard vernehme.«

McWard gab an, keinen Anwalt zu wollen. Lottie ließ sich auf einen Stuhl fallen, während Boyd das Aufnahmegerät einstellte und die Erklärungen zum Ablauf vorlas.

»Fangen Sie schon an«, sagte McWard.

»Erzählen Sie mir von Ihrem Claddagh-Tattoo«, forderte Lottie ihn auf.

»Was?«

»Zeigen Sie es mir.«

Er zuckte mit den Schultern und streckte ihr seinen Arm hin.

»Wann haben Sie das machen lassen?«

»Vor zehn Jahren, vielleicht. Ich weiß es nicht mehr genau.«

»Warum gerade dieses Symbol?«

»Es hat mir gefallen. Wollen Sie mich deshalb verhaften?«

»Und Sie tragen keine Ringe?«

»Nein.«

»Nicht mal einen Ehering?«

»Das ist kein Verbrechen. Er ist kaputt gegangen, wenn Sie es genau wissen wollen.«

»Tatsächlich?«

»Meine Hand ist nach einer Schlägerei so sehr angeschwollen, dass ich den Ring aufschneiden lassen musste. Jetzt zufrieden?«

»Nicht wirklich. Kannten Sie Lynn O'Donnell?«

»Das habe ich Ihnen bereits beantwortet. Ich kannte sie nicht.«

»Das glaube ich Ihnen nicht.«

Wieder zuckte er mit den Schultern.

Es war an der Zeit, ihren Trumpf auszuspielen – zumindest das, was sie dafür hielt. Nämlich das Foto von dem Ring, den Jane Dore aus Lynn O'Donnells Bauchraum entfernt hatte. Ihr Bauchgefühl sagte ihr, dass McWard etwas damit zu tun hatte, aber sie hatte bisher keine konkreten Beweise, die ihn mit einem der Fälle in Verbindung brachten. Sie legte die Fotokopie mit der Bildseite nach unten auf den Tisch und wartete. Dann drehte sie das Blatt langsam um und beobachtete dabei McWards Gesicht.

Seine Miene veränderte sich nicht.

»Und?«, fragte er. »Das ist ein Claddagh-Ring. Was hat das mit mir zu tun?«

»Möchten Sie wissen, wo wir ihn gefunden haben?«

»Nicht unbedingt, aber ich nehme an, ihr Bullen werdet es mir gleich sagen.«

»Haben Sie mich gerade einen Bullen genannt?«

»Muh.«

»Um Himmels willen, hören Sie auf mit dem Kinderkram«, sagte Lottie. Unter dem Tisch trat Boyd gegen ihr Bein. Sie drehte sich zu ihm um. Er schüttelte leicht den

Kopf, als Warnung, dass sie sich zurückhalten sollte. Im Leben nicht.

»Dieser Ring wurde vor zwei Tagen in der Leiche einer Frau entdeckt, die zuvor tot aufgefunden worden war.«

»Wie gesagt: Das hat nichts mit mir zu tun.«

»Morgen wird sie seit genau zehn Jahren vermisst.«

Lottie machte sich auf weitere Beleidigungen gefasst. Aber stattdessen herrschte eine erdrückende Stille und alle Farbe wich aus McWards Gesicht, bis er leichenblass war.

Er biss sich auf die Innenseite seiner Wange, zog das Foto zu sich heran und starrte es an. Ein ersticktes Schluchzen zwängte sich durch seine Kehle. »Lynn?«

Lottie sah zu Boyd. Was? Also hatte er sie *doch* gekannt.

Sie hustete leise. »Ja, wir haben den Ring in der Leiche von Lynn O'Donnell gefunden.«

Er schob das Foto wieder von sich weg und verschränkte die Arme. »Ich weiß nichts von irgendeiner Lynn.«

»Sie sind kein guter Lügner, Paddy. Sie haben gerade ihren Namen gesagt. Sie kannten sie. Geben Sie es zu.«

Sein Schweigen hing in der Luft wie ein zart gewebtes Spinnennetz. Und Lottie fühlte sich wie die Fliege, die kurz davor war, sich auf eine Spinne darin zu stürzen.

»Paddy. Reden Sie mit mir, um Himmels willen.«

Seine Augen waren trüb, als er den Kopf senkte. »Ich habe gerade meine Frau und meinen Sohn verloren. Und Sie glauben, ich wäre in irgendetwas mit diesem Mädchen verwickelt gewesen? Dann sind Sie wirklich die widerwärtigste Kreatur auf Erden.«

»Aber Sie kannten Lynn O'Donnell. Haben Sie sie entführt? Sie zehn Jahre lang versteckt und dann sterben lassen?«

»Sie sind verrückt, ist Ihnen das klar?«

»Und dann haben Sie sie am See abgeladen, um sie verrotten zu lassen?«

»Nein.«

Lottie seufzte. Sie hatte nichts gegen Paddy McWard in der Hand. Nicht das Geringste. Trotzdem sagte ihr Gefühl ihr, dass er etwas mit dem Fall zu tun hatte.

»Was ist mit all den Tagen und Nächten, die Sie nicht zu Hause verbringen. Wohin gehen Sie dann?«

»Schon wieder dieses Thema?«

»Ja. Und ich werde es so oder so irgendwann herausfinden, also können Sie es mir auch sagen.«

Er verschränkte die Arme, legte sie auf dem Tisch ab und ließ seinen Kopf darauf fallen. »Ich brauche mal eine Pause.« Seine Stimme klang gedämpft.

Frustriert ließ Lottie ebenfalls die Schultern sinken und bat Boyd, die Vernehmung zu beenden.

»Da Sie im Moment kein Zuhause haben, stellen wir Ihnen für die Nacht eine schöne sterile Zelle zur Verfügung. So haben Sie Zeit, sich zu überlegen, ob Sie uns nicht doch die Wahrheit sagen wollen.«

»Bare-Knuckle-Fights.«

»Was?« Sie bedeutete Boyd mit einem Nicken, die Aufnahme wieder zu starten. Sie hatte das ja in der PULSE-Datenbank gesehen. Vor acht Jahren hatte man ihn deshalb verhaftet, aber die Anklage war fallengelassen worden. War das alles, dessen er sich schuldig gemacht hatte? Sie musste es herausfinden.

McWard hob teilnahmslos den Kopf. »Früher war ich in illegale Boxkämpfe verwickelt. Ich habe dabei eine Menge Geld verloren. Und fast auch mein Leben.«

»Fahren Sie fort.«

»Ich hatte einen jüngeren Bruder, der ... der vor sieben Jahren bei einem dieser Kämpfe durch einen Tritt gegen den Kopf gestorben ist. Das hat mich wachgerüttelt.«

»Inwiefern?«

»Jetzt setzte ich mich gegen die Kämpfe ein. Ich reise durch das Land und spüre die Kämpfer auf. Dann versuche ich, die jungen Kerle zur Vernunft zu bringen. Ich bringe jeden, der mir Gehör schenkt, in seriöse Boxclubs. Einige von ihnen trainiere ich sogar selbst. Das ist alles, was ich gemacht habe. Nichts Verdächtiges. Ich versuche nur, den Tod meines Bruders wiedergutzumachen.«

Hatte Queenie das gemeint, als sie davon gesprochen hatte, dass sein Herz schon gebrochen gewesen war? Lottie warf einen Seitenblick zu Boyd und hob skeptisch eine Augenbraue, bevor sie sich wieder McWard zuwandte.

»Können Sie das beweisen?«

»Ich kann Sie in einige der Clubs mitnehmen. Die Jungs reden vielleicht mit Ihnen. Aber was die illegalen Sachen angeht, in die kann ich Sie nicht einweihen. Es konnten ja nicht mal die Bullen, die Sie beauftragt haben, etwas darüber herausfinden.«

Lottie holte tief Luft und stieß sie dann langsam wieder aus. »Ich glaube zwar, dass Sie mir die Wahrheit sagen, aber nicht die ganze Wahrheit.«

»Sie haben nichts gegen mich in der Hand, mit dem Sie mich hierbehalten könnten. Und weglaufen werde ich nicht, denn ich muss mich um die Beerdigungen kümmern. Ich komme morgen wieder.«

»Sie gehen nirgendwo hin, bis Sie mir nicht die Wahrheit gesagt haben. Die ganze Wahrheit, Paddy.«

Vielleicht lag es daran, dass sie ihn mit seinem Vornamen angesprochen hatte, dass er plötzlich verändert wirkte. Lottie sah verwundert zu, wie er nach dem Foto des Rings griff und seine Finger sich in das Papier drückten.

»Ich habe sie so sehr geliebt«, flüsterte er.

Ihr stockte der Atem und ihr Unterkiefer klappte herunter, aber Lottie bekam kein Wort heraus.

»Meine Lynn. Ich kann nicht glauben, dass sie tot ist. Ich dachte immer, sie würde gefunden werden. Ich habe so lange nach ihr gesucht. Wir waren so verliebt. Aber es sollte nicht sein, von Anfang an nicht. Nicht mit ihrer Arschloch-Familie. Nachdem die es herausgefunden hatten, gab es keine Chance mehr für uns.«

»Nachdem sie was herausgefunden hatten?«

»Dass wir uns trafen. Dass wir ein Paar waren.« Er sah zur Decke und räusperte sich. »Bridie war erst vierzehn, als wir uns verlobt haben. Ich habe sie nicht geliebt. Aber so ist es in unserem Volk üblich. Damals kannte ich Lynn bereits. Ich hab sie kennengelernt, als ich nach Dublin gefahren bin, um in der Zentralverwaltung was wegen meiner Sozialhilfe zu regeln. Dort hat sie gearbeitet. Sie hatte so ein fröhliches Lächeln. Ich war vom ersten Tag an in sie verliebt. Und das Merkwürdige war, dass es ihr auch so ging.«

»Sie waren in einer Beziehung mit Lynn O'Donnell?«, fragte Lottie ungläubig.

»Jetzt gucken Sie nicht so schockiert. Wo die Liebe nun mal hinfällt. Ich habe ihr den Ring geschenkt. Als Zeichen meiner Treue und Liebe.«

»Sind Sie sicher, dass es derselbe Ring ist?«

»Wenn Sie ihn mir zeigen, kann ich das genau sagen.«

Lottie wusste nicht, ob das eine gute Idee war. Log er sie an?

»Was ich nicht verstehe, ist, dass Ihr Name nirgendwo in den Unterlagen der damaligen Ermittlungen auftaucht. Warum ist das so?«

»Ihre Familie wollte nicht bloßgestellt werden, indem das ganze Land erfährt, dass ihr geliebtes kleines Mädchen mit einem Fahrenden rumgemacht hat. Was für eine Schande.« Er verzog angewidert die Lippen. »Ich hasse sie. Jeden Einzelnen von ihnen. Es ist ihre Schuld, dass Lynn verschwunden ist.«

»Ich glaube eher, dass es Ihre Schuld ist, Paddy.«

»Vielleicht haben Sie recht.«

»Wo haben Sie sie die letzten zehn Jahre lang festgehalten?«

Sein hasserfüllter Blick aus Augen, die jetzt dunkler schienen als zuvor, durchbohrte sie. »Ich habe sie nicht entführt und ich habe sie nirgendwo festgehalten. Ich will meinen Anwalt sprechen. So lange sage ich kein Wort mehr.«

Weil die Erschöpfung ihr bis in die Knochen gesickert war, beendete Lottie die Vernehmung und veranlasste dann, dass Paddy über Nacht in Gewahrsam genommen wurde. Sie mussten weitere DNA-Untersuchungen durchführen. Hoffentlich würde sie ihm morgen vielleicht die ganze Wahrheit entlocken und damit Mollie Hunter finden.

———

McMahons Stimmung hatte sich in der halben Stunde, die sie ihn hatte warten lassen, erheblich verschlechtert.

»Ich dachte, ich hätte Ihnen gesagt, dass ich Sie sofort sehen wollte. Wo zur Hölle waren Sie?«

»Ich musste eine Vernehmung leiten. Wir konnten McWard nicht ewig hierbehalten.«

»Ich bin Ihr Vorgesetzter. Ich stehe an erster Stelle.«

»Ja, Sir.« Jetzt war es dafür zu spät, dachte sie. Sie hatte ihn bereits hinter Paddy McWard zurückgestuft. Und auf keinen Fall würde sie ihm von dem möglichen Durchbruch im Fall Lynn O'Donnell erzählen. Das sollte er selbst herausfinden, wenn sie einen Antrag auf Verlängerung des Gewahrsams einreichten.

»Setzen Sie sich. Diese Katastrophe von einem Fernsehinterview – was haben Sie sich dabei gedacht?«

»Offensichtlich gar nichts.«

»Schluss mit dem Klugscheißerei jetzt.« Er schlug mit der Faust auf den leeren Schreibtisch.

Lottie rutschte auf ihrem Stuhl weiter nach unten, in der Hoffnung, dass sie vielleicht im Erdboden versinken würde. Sie war so müde; sie konnte sich nicht mal erinnern, wann sie das letzte Mal geschlafen hatte. Sie musste nach Hause.

»Ich bin erschöpft, Sir. Können wir das nicht morgen besprechen?«

»Für Sie wird es kein Morgen geben. Sie sind vorläufig suspendiert, bis eine Untersuchungskommission Ihre Einstellung und Ihr Verhalten unter die Lupe genommen hat.«

Scheiße!

»Bekomme ich nicht zuerst eine Verwarnung? Sie können mich nicht einfach suspendieren. Sie müssen das Protokoll einhalten.« Sie beugte sich im Stuhl eilig nach vorne und streckte eine Hand aus. Normalerweise flehte sie niemals um etwas, aber jetzt tat sie es doch.

»Und haben *Sie* das?«, fragte er.

»Was?«

»Das Protokoll eingehalten?«

»Das war etwas anderes. Rhodes hat mich überfallen. Ich war nicht darauf vorbereitet ...«

»Man muss immer vorbereitet sein. Jemand in Ihrer Stellung weiß das.«

»Ich habe es vergessen. Ich war ...«

»Erschöpft? Das ist keine Entschuldigung.«

Sie warf die Hände in die Luft. »Etwas anderes kann ich Ihnen nicht sagen.«

»Raus, Parker. Sie sind eine Schande für das ganze Revier.«

Sie konnte sich nicht davon abhalten, die Augen zu verdrehen. Was ihn noch wütender machen würde. Das ist der falsche Weg, Lottie.

Er erhob sich langsam von seinem Stuhl. Dabei erinnerte er sie an einen Panther. Trotzdem zuckte sie nicht einmal mit der Wimper. Diese Genugtuung wollte sie ihm nicht zukommen lassen. Also blieb sie sitzen und verschränkte die Arme.

»Wissen Sie, so schlimm dieser Auftritt im Landesfernsehen auch war, so hat er mir doch eine gewisse Genugtuung verschafft. Denn, Parker, Sie machen nichts als Ärger, und ich werde es mir zum obersten Ziel setzen, dass Sie aus dem Polizeidienst entlassen werden.«

»Das werden wir ja sehen, stimmt's?« Sie erhob sich träge und spazierte aus seinem Büro.

Als sie hörte, wie die Tür hinter ihr ins Schloss fiel, blieb sie stehen und hob seufzend ihren Blick zur Decke. Dann schaute sie sich nach Boyd um. Er war nirgends zu sehen.

Sie schnappte sich ihren Mantel und die Schlüssel und ging hinaus, ohne noch einen Blick zurückzuwerfen.

VIERUNDACHTZIG

Chloe kochte das Abendessen. Es gab Pommes aus dem Backofen und Burger. Lottie schlang das Essen hinunter und half ihr anschließend, die Spülmaschine einzuräumen.

»Granny war vorhin hier«, sagte Chloe.

»Was für eine Wunderheilung.«

»Sie hat gesagt, dass sie deine Kochkünste satthat. Ich glaube, sie ist nicht mehr krank. Ich habe ihr geholfen, hier ein bisschen aufzuräumen. Sie hat sogar den Staubsauger rausgeholt. Und sie hat mich und Sean während des Saubermachens beleidigt.«

»Dann geht es ihr definitiv besser«, sagte Lottie und lachte.

Chloe lächelte und Lottie spürte, wie die Erschöpfung, die ihr in den Knochen steckte, ein wenig nachließ. Sie drückte ihre Tochter an sich und umarmte sie. In diesem Moment kam Sean in die Küche geschlendert, aber er kehrte auf dem Absatz wieder um und gab dabei ein »Igitt!« von sich.

»Hättest du etwas dagegen, wenn Boyd kurz herkäme?«

»Geht es um Arbeitskram?«, fragte Chloe.

»Nicht wirklich.« Lottie ließ sie los, schloss die Tür des Geschirrspülers und drückte auf den Start-Knopf.

»Mir egal.«

Und bevor sie etwas erwidern konnte, war das Mädchen aus dem Zimmer gestürmt und hatte dabei die Tür zugeknallt.

Lottie rief Boyd an. Sie hatten etwas zu besprechen, und es hatte nichts mit der Arbeit zu tun.

»Warum schmeißt du dich so in Schale?« Chloe ließ sich auf Lotties Bett fallen. »Es ist doch nur Boyd.«

»Wie wäre es damit?«, fragte Lottie und hielt ihr eine cremefarbene Bluse hin.

»Probier's mal mit dem blauen Kleid.« Chloe verschränkte die Arme.

Lottie hielt sich das Kleid probeweise vor den Körper. »Ich fürchte, das passt mir nicht mehr.«

»Das liegt daran, dass du nur noch Haut und Knochen bist. Du musst mehr essen.«

»Ich esse genug.«

»Nur Junkfood. Du machst dich wieder mal selbst kaputt.«

»Wieder mal?« Sie zog das blaue Kleid über ihr langes graues T-Shirt.

»Jedes Mal, wenn du an einem Mordfall arbeitest, vergisst du, an dich selbst zu denken. Das ist dir zu groß.«

»Was schlägst du sonst vor?«

»Deine Jeans und eine saubere Bluse, falls du eine findest.«

»Chloe, sei nicht so gemein.«

»Meine Güte, es ist nur Boyd. Nicht Johnny Depp.«

»Ich möchte ... mal anders aussehen als normalerweise.«

»Das klingt, als wäre es ernst.«

»Du hast recht: Es ist nur Boyd.« Lottie zog zwei Blusen von den Kleiderbügeln. »Welche von beiden?«

»Die grüne.«

»Die passt nicht zu meinen Augen.«

»Dann eben die weiße.«

»Was ist los, Chloe?« Lottie warf die Kleider auf den Boden und setzte sich neben ihrer Tochter auf das Bett. Sie nahm ihre Hand. »Hast du Liebeskummer? Probleme mit einem Jungen?«

»Es geht nicht um meine Probleme mit Jungs. Sondern um deine mit einem Mann.«

»Ich habe keine Probleme mit dem Mann.«

»Das ist es ja gerade. Boyd ist, na ja, ein Freund von dir. Du kannst nicht mit ihm ausgehen.«

»Zum letzten Mal: Das ist kein Date.«

»Warum sitzt er dann unten im Wohnzimmer und hat schon wieder einen Blumenstrauß dabei?«

»Das ist nun mal seine Art.« Lottie biss sich auf die Lippe. Sie hatte keine Ahnung, wie sie mit dem Unbehagen ihrer Tochter umgehen sollte.

»Ich weiß, dass du gestern Nacht mit ihm geschlafen hast. Das wird nur Tränen geben.«

»Hey.« Sie drückte Chloes Hand fest. »Ich muss nur ein paar Dinge mit ihm besprechen. Es ist nichts Ernstes.«

»Ja, aber er ist dein Freund. Und du wirst diese Freundschaft kaputtmachen, so wie du alles immer kaputtmachst. Ich vermisse Dad!«

»Augenblick mal ...«

Aber Chloe war schon verschwunden.

Lottie ließ sich zurück auf das Bett fallen, starrte auf einen Wasserfleck an der Decke und fragte sich, was sie bloß falsch machte.

FÜNFUNDACHTZIG

Schlussendlich bugsierte sie Boyd wieder zur Haustür hinaus und folgt ihm mit dem Auto zu seiner Wohnung.

Wie immer war es dort sauber und ruhig. Sie saß neben ihm auf dem Sofa und nippte an einem Glas Weißwein. Sie hatten abgemacht, sich nicht über die Arbeit zu unterhalten.

»Hast du Grace vermisst, dieses Wochenende?«

»Nein. Ich bin schon so lange allein, dass es mir schwerfällt, meine Wohnung mit jemandem zu teilen. Egal, sie kommt morgen ja schon zurück.«

»Dann habe ich wohl keine Chance«, sagte sie und lachte. Der Wein, den sie verbotenerweise trank, sorgte dafür, dass sie sich entspannte. Ein bisschen, zumindest.

»Du hast immer eine Chance bei mir, Lottie Parker.« Er stieß sein Glas gegen ihres, und die haselnussbraunen Sprenkel in seinen Augen funkelten im Licht. »Ich fand es schön, dass du gestern Nacht hier warst. In meinem Bett. Dass wir uns geliebt haben.«

»Ich war nur für ein paar Stunden hier.« Sie drehte ihm

den Kopf zu. Wie sollte sie das bloß anstellen, ohne ihre Freundschaft kaputtzumachen?

»Du bist so schön, aber du merkst es nicht.«

»Hör auf damit!«

»Ich wäre fast durchgedreht, weil ich mich den ganzen Tag lang beherrschen musste.«

»Was meinst du?«

»Dass ich versuchen musste, die Hände von dir zu lassen und mich dir gegenüber neutral zu verhalten.«

Sie lächelte verlegen. »Dafür war McMahon überhaupt nicht neutral. Er bereitet meine Entlassungspapiere vor. Ich weiß nicht, was ich tun soll.«

»Er kann dich nicht suspendieren, ohne Rücksprache mit dem Chief Superintendent zu halten, also mach dir keine Sorgen.«

»Ich mache mir aber Sorgen. Ich brauche meinen Job. Er ist das Einzige, was mich halbwegs davor bewahrt, durchzudrehen.«

»Du hast doch deine Kinder. Und es sind großartige Kinder. Ich liebe Sean.«

»Aber Chloe ist mir ein Rätsel. Wenn ich nur ergründen könnte, was in ihrem Kopf vorgeht.«

»Gibt's Probleme?«

»Sie findet, dass ich eine enge Freundschaft kaputtmache.«

»Und machst du das?«

»Ihrer Meinung nach mache ich immer alles kaputt.«

»Nein, machst du nicht. Sie ist einfach ein Teenager. Und sie hat Angst, ihre Mutter zu verlieren.«

»Es ist nicht nur das, Boyd. Ich mache mir Sorgen um sie. Sie sagt, dass sie ihren Vater vermisst.«

»Natürlich tut sie das. Und Sean auch.« Er beugte sich

vor, griff nach der Flasche und schenkte sich nach. »Noch ein Glas?«

»Ich sollte eigentlich gar nichts trinken. Ich muss noch nach Hause fahren.« Als er den Arm zurückzog, sagte sie: »Na gut, vielleicht ein halbes Glas.«

Sie lehnten sich zurück und genossen die Stille. Mit den Beinen berührten sie sich und ihr Kopf lag an seiner Schulter. Sie hatte das Gefühl, wenn sie nur lange genug so dasaß, würden die Probleme in ihrem Leben einfach verschwinden, zumindest für ein Stündchen.

»Fehlt dir manchmal der Sex?«, fragte er.

»Herrgott, Boyd. Wo kommt das auf einmal her?«

Er deutete auf den Ansatz seiner Bauchmuskeln. »Von hier. Irgendwo da unten.«

Lottie stand auf und ging zum Fenster. »Das ist eine komische Frage.«

Er schwieg.

Sie hob eine Lamelle des Holzrollos an, sodass die Welt draußen in zwei Hälften geteilt wurde. Sie wollte sich nicht umdrehen. Wollte nicht sehen, wie er dort saß, die Hände knapp über seiner Gürtelschnalle abgelegt. Mit seinen langen, einsamen Fingern. Seinem kurzen, noch feuchten Haar. Und mit diesem fragenden Ausdruck in den Augen.

»Ich denke nicht mal daran«, sagte sie.

»Das musst du doch manchmal.«

»Denkst du daran?«

»Nicht so oft, wie du vielleicht glaubst«, sagte Boyd.

Sie hörte, dass er vom Sofa aufstand. Hörte das Klirren, als er das Glas auf dem Tisch abstellte, das Geraschel seiner Hose und den dumpfen Klang seiner Schritte auf dem Teppich. Sie spürte seine Nähe, als er hinter ihr stehen blieb.

»Liebst du mich, Lottie?«

Daraufhin machte sie einen Schritt von ihm weg. Sie drehte sich um und starrte ihn an. Von der Seite betrachtet war er noch attraktiver, weil sie seine abstehenden Ohren nicht sehen konnte.

Wie sollte sie ihm antworten, ohne ihn zu verletzen? Ohne sich selbst zu verletzen. Liebte sie Boyd? Adam war der einzige Mann in ihrem Leben gewesen, in ihrem ganzen Leben, bis er diesen scheiß Krebs bekommen hatte und vor ihren Augen gestorben war. Boyd war immer zur Stelle gewesen, wenn sie das Gefühl hatte, dass ihr der Boden unter den Füßen weggerissen wurde. Ja, sie hatte nach ihren Trinkgelagen in seinem Bett geschlafen, aber die letzte Nacht hatte sich anders angefühlt. Und gerade das machte ihr am meisten Angst.

Als er sich langsam zu ihr umdrehte, stockte ihr der Atem, weil sie die Enttäuschung in seinen Augen las. Sie wollte die Finger ausstrecken und über seine Wange streicheln, wollte seine Hand halten und ihm sagen, was sie tief in ihrem Herzen wusste. Aber vielleicht würde sie ihn dann auch verlieren. War es nicht sicherer, alles weiterlaufen zu lassen wie bisher und ihm etwas vorzuspielen? Aber wie lange konnte sie das tun, ohne von ihren wahren Gefühlen überwältigt zu werden? Und würde Boyd überhaupt noch da sein, wenn sie der Wahrheit, die sie bereits erkannt hatte, ins Auge sah?

»Das kann niemals funktionieren«, sagte sie. »Ich muss nach Hause.«

Er löste sich von ihr.

Sie ließ ihn am Fenster stehen, nahm Mantel und Tasche und verschwand aus seiner Wohnung in die Einsamkeit der Nacht.

Es war fast Mitternacht und bis auf das Knarren des Hauses herrschte Stille, als sie nach Hause kam. Mechanisch sortierte sie die Wäsche, stellte die Maschine an und räumte die feuchte Kleidung in den Trockner. Im Obergeschoss war es kühl. Sie holte Adams alten Angelpullover aus einer Schublade und zog ihn über ihren Schlafanzug.

Bevor sie ins Bett ging, sah sie nach Chloe, die tief und fest schlief. Sean lag im Bett, hatte Kopfhörern auf und sah sich einen Film auf seinem Laptop an. Er zwinkerte ihr zu, als sie ihm einen Kuss zuwarf, und ihr Herz machte vor lauter Liebe einen Hüpfer, als sie die Tür wieder schloss.

Sie fiel ins Bett wie ein Stein. Sie brauchte den Schlaf, um jeden Gedanken an die neuen Probleme, die sie mit Boyd und mit ihrem Job hatte, auszulöschen. Um Morde, vermisste Mädchen und McMahon würde sie sich morgen kümmern.

———

Boyd hatte gerade die Flasche Wein geleert, als seine Mutter ihn anrief und sich erkundigte, ob Grace für die nächste Woche ein neues Rezept für ihre Tabletten gegen Angstzustände brauche.

Grace? Sein Magen zog sich zusammen.

Seine Mutter dachte, Grace wäre bei ihm. Und er dachte, Grace wäre bei seiner Mutter. Aber wie sich herausstellte, war sie weder bei ihr noch bei ihm. Und sie ging nicht an ihr Handy. Wo zum Kuckuck war sie?

Zuletzt hatte er sie gestern Morgen gesehen, als er sie am Bahnhof abgesetzt hatte. Bilder von Elizabeth Byrnes nacktem Körper auf dem Boden eines ausgehobenen Grabes schwirrten durch seinen Kopf und in sein Herz begann zu rasen. Als er ins Schlafzimmer ging, beschleunigte sich auch seine Atmung. Er fasste sich an die Brust. Dann fiel er auf das Bett. Sein Arm baumelte lose von der Matratze. Seine Finger berührten etwas. Graces Handy. Es lag auf dem Boden, direkt neben ihrem kleinen Fläschchen mit den Tabletten gegen die Angstzustände.

Lottie. Er sollte Lottie anrufen.

Schmerz durchzuckte seinen Arm und breitete sich bis in seinen Brustkorb aus. Seine Lunge blähte sich vergeblich auf. Er bekam keine Luft. Und dann wurde ihm schwarz vor Augen.

Rauch. Es roch nach Rauch. Scheiße!

Lottie schlug die Bettdecke zurück und setzte sich kerzengerade auf. Sie knipste die Lampe an, sprang aus dem Bett und öffnete die Tür. Auf dem Treppenabsatz sammelte sich dichter, schwarzer Rauch. Dahinter, am unteren Ende der Treppe, schlugen Flammen in die Höhe.

Lottie schnappte sich ihr Handy und rannte in Chloes Zimmer. Sie zerrte das Mädchen aus dem Bett und machte dann das Gleiche mit Sean.

»Was ist los, Mum?« Sean sah verschlafen aus und die Kopfhörer hingen noch um seinen Hals.

»O Gott. Nein! Das Haus brennt«, schrie Chloe vom Treppenabsatz her.

Lottie zog ihre Kinder hinter sich her, und obwohl sie am ganzen Körper zitterte, hielt sie sich einen Arm vor Nase und Mund und setzte einen Fuß auf die oberste Stufe.

»Nein, Mum!«, schrie Chloe. »Der Rauch. Er wird dich umbringen.«

»Was sollen wir jetzt machen?«, rief Sean.

Lottie stieg zwei Stufen hinunter, dann drohte der Rauch sie zu überwältigen. Sie lief zurück nach oben. »Wir müssen aus einem Fenster klettern.«

»Das in meinem Zimmer.« Chloe drehte sich um und rannte los. Sean folgte ihr. »Ich hab mich schon mal so rausgeschlichen.«

»Warte!«, rief Lottie. »Nasse Handtücher. Wir brauchen nasse Handtücher.« Als der Rauch in ihre Lunge drang, verflog ihre Selbstbeherrschung, genau wie alles, was sie in ihrer Ausbildung gelernt hatte. Hatte sich Bridie McWard in den letzten Momenten ihres Lebens genauso gefühlt? Nein, Lottie würde nicht zulassen, dass ihrer Familie das Gleiche passierte. Schnell folgte sie ihren Kindern in Chloes Zimmer und schlug die Tür hinter sich zu.

Chloe hatte das Fenster geöffnet und saß draußen auf dem Sims. »Du musst auf das Dach vom Schuppen springen. Das ist nicht weit.«

Lottie starrte in den Garten hinunter, der von den

Flammen in grelles orangefarbenes Licht getaucht wurde. Rauchwolken quollen aus ihrer Küche. Hatte irgendein Mistkerl ihr Haus in Brand gesteckt? Aber sie hatte keine Zeit, darüber nachzudenken, was es bedeutete, dass ihr ganzes Hab und Gut gerade vor ihren Augen verbrannte. Sie musste ihre Familie in Sicherheit bringen.

Sean hatte sein Handy ans Ohr gedrückt und schrie ihre Adresse hinein. Sie war nicht einmal auf die Idee gekommen, die Feuerwehr zu rufen. Konzentration, Lottie, du musst dich konzentrieren.

»Mach schon!«, rief Chloe und streckte ihr die Hand hin.

Lotties hochgewachsener Sohn wäre auch alleine auf den Fenstersims gekommen, aber sie half ihm trotzdem und sah dann dabei zu, wie Chloe auf das Dach des Schuppens sprang und Sean ihr eilig folgte.

Die weiße Farbe, mit der die Zimmertür lackiert worden war, blätterte wegen der Hitze bereits ab. Schwarze Rauchschwaden krochen durch die Ritzen im Türrahmen und unter der Tür hindurch. Lottie bekam kaum noch Luft, als sie durch das Fenster flüchtete. Ohne auch nur einen Gedanken daran zu verschwenden, dass sie stürzen und sich dabei das Genick brechen könnte, sprang sie auf das Dach des Schuppens. Die Kinder waren bereits hinuntergeklettert und kauerten sich auf der grasbewachsenen Böschung hinter dem Schuppen zusammen, wo sie zu ihnen stieß.

Sie hielten sich aneinander fest und starrten zu ihrem brennenden Haus hinauf, das sich vor dem Nachthimmel abzeichnete. Sirenen waren zu hören; sie heulten gegen das Knistern und Zischen der Flammen an.

Weg. Verloren.

Sie hatte alles verloren.

Da hörte sie ihre Kinder leise schluchzen.

———

Die Kälte und die Feuchtigkeit waren ihr bis in die Knochen gesickert. Sie konnte die Augen nicht öffnen, egal wie angestrengt sie es versuchte. Die Stimmen in ihrem Kopf kamen und gingen, lösten sich auf wie Gischt auf einer Welle.

Ihr Körper zitterte unentwegt, ihre Lippen bebten und sie knirschte unwillkürlich mit den Zähne. Wer war sie?

Grace. So hieß sie. Was war passiert? Der Mann aus dem Zug. Hatte er sie hergebracht? Wo war sie?

Ein Name blitzte in ihrem Bewusstsein auf. Mollie. Sie hatte Mollie nicht gefunden. Würde sie überhaupt jemand finden?

———

Mollie wickelte sich in die dünne Decke, ließ sich zurück auf das Bett fallen und wünschte, sie könnte das Licht ausschalten. Es blendete sie. Und hielt sie wach. An diesem Ort gab es weder Tag noch Nacht. Nur endlos lange Stunden.

Sie hatte keine Ahnung, wann er zuletzt bei ihr gewesen war. Es kam ihr vor, als wäre es eine Ewigkeit her. Hatte er sie vergessen? Hatte er sie hier zurückgelassen, damit sie starb? Würde sie so enden wie die Knochen auf dem Tisch? Verwest und schließlich blank, ohne jedes Fleisch. Nicht begraben und nicht gesegnet.

Es musste sie doch inzwischen jemand vermissen?

Ihr Hals fühlte sich vom Schreien wund an und ihre Augen waren so trocken, als befänden sich winzige Kieselsteinchen darin. Außerdem hatte sie Hunger und Durst. Aber es war nichts mehr übrig.

Sie drehte sich auf die Seite.

Niemand würde herkommen.

Sie war allein.

Man würde sie niemals finden.

Es gab nichts, was sie tun konnte.

Sie würde sterben.

Und zwar allein.

FÜNFTER TAG

SONNTAG, 14. FEBRUAR 2016

Lottie erwachte, weil weiches Licht durch die dünnen Baumwollvorhänge fiel. Sie setzte sich schlagartig im Bett auf. Wo zum Geier war sie?

Als sie sich im Zimmer umsah, stürzten die Ereignisse der letzten Nacht wieder auf sie ein. In ihrem Hals klebte ein Geschmack, als hätte sie zu viele Zigaretten geraucht, und sie stank nach Rauch.

Seit sie Adam geheiratet hatte, hatte sie nicht mehr in diesem Zimmer geschlafen, aber jetzt fluteten sie die Erinnerungen an ihre Kindheit mit aller Wucht. Als Kind hatte sie sich hier sicher gefühlt, aber jetzt fühlte sie sich wie ein Eindringling. Ein Riese in einer Miniaturwelt. Sie empfand keine Nostalgie, nur Traurigkeit. Sie gehörte nicht hierher. Der einzige Ort, der wirklich ein Zuhause für sie war, war jetzt nur noch ein schwelender Ascheberg.

Alle Erinnerungen an ihren Mann und ihr gemeinsames Leben waren zusammen mit dem Haus ausgelöscht worden. Waren zu Asche zerfallen. Als sie Adams Pullover enger um ihren Körper zog, wurde ihr klar, dass dieses Kleidungsstück im Wesentlichen das Einzige war, was sie noch von ihm hatte.

Die Tür wurde geöffnet. Lottie wischte sich hastig die Tränen aus dem Gesicht und sah zu, wie ihre Mutter eine Tasse Kaffee auf den Nachttisch stellte.

Rose Fitzpatrick sah so gesund aus wie schon seit Monaten nicht mehr. Ihr Haar war frisch gewaschen und voluminös. Ihre Kleider akkurat gebügelt. Ihre Haut hatte noch einen leicht gelblichen Farbton und in ihren Augen lag dieser traurige und gleichzeitig teilnahmslose Blick, den man oft bei Menschen sah, die so lange getrauert hatten, dass sie keine Tränen mehr vergießen konnten. Trotzdem war es, als hätte das Feuer der letzten Nacht als Katalysator gewirkt und Rose dazu gebracht, wie Lazarus von den Toten aufzuerstehen.

In diesem Moment wurde Lottie klar, wie sehr sie sich eigentlich wünschte, dass ihre Mutter die Regie übernahm. Nicht dass sie alles aus der Hand geben wollte, aber im Moment war sie froh darüber. Vielleicht würden sie eines Tages einen Weg finden, mit ihrer komplizierten Vergangenheit umzugehen.

»Was ist mit Chloe und Sean? Geht es ihnen gut?«, fragte sie.

»Sie schlafen noch, die Armen. Es ist schlimm, was ihnen passiert ist.«

»Danke«, sagte Lottie.

»Wofür?«

»Dafür, dass du uns aufgenommen hast.«

»Jetzt tu nicht so vornehm, Lottie Parker. Dafür, dass ich euch aufgenommen habe? Ist eine Mutter nicht genau dafür da? Sie muss sich doch um ihre Familie kümmern.«

Irgendwo in dieser Aussage war ein Seitenhieb auf Lotties Fähigkeit, sich um ihre eigene Familie zu kümmern, versteckt, aber sie ließ die Worte unkommentiert stehen. Während sie den Kaffee schlürfte, versuchte sie, ihren Verstand in Gang zu bringen.

»Ich muss zum Haus rübergehen. Ein paar Klamotten holen.« Sie spürte, dass ihre Mutter sie anstarrte. »Was ist?«

»Es ist nichts mehr davon übrig. Das weißt du doch.«

»Das wusste ich nicht ...« Hastig nahm sie einen Schluck Kaffee, um das Schluchzen zu unterdrücken, das in ihrem Hals aufsteigen wollte.

»Du musst nachdenken, Lottie, und dir genau überlegen, wie es weitergeht. Du kannst gerne mit meinen Enkelkindern hierbleiben. Ich weiß, dass du dieses Angebot wahrscheinlich nicht lange annehmen willst, aber können wir in der Zwischenzeit zumindest zivilisiert miteinander umgehen? Denkst du, du bekommst das hin?«

Lottie hielt ihre Zunge im Zaum. Sie war nicht diejenige, die immer abfällige Bemerkungen machte. Oder etwa doch?

»Okay. Danke schön.«

Rose nickte, verließ das Zimmer und schloss die Tür mit einem dumpfen Geräusch.

»Was soll ich bloß machen?«, rief Lottie den vier Wände entgegen.

Sie brauchte frische Luft.

Scheiße, sie brauchte etwas zum Anziehen.

Da piepte ihr Handy, weil eine Nachricht eingegangen war.

ACHTUNDACHTZIG

Letzte Nacht war Boyd, nachdem er seine Panikattacke überwunden hatte, durch die Stadt gestreift. Grace war nirgends zu finden gewesen. Er hatte Kirby, Lynch und Gilly zusammengetrommelt, damit sie herumtelefonierten. Sie riefen auf dem Revier in der Store Street an, bei der Garda-Hauptverwaltung. Dann bei der Eisenbahngesellschaft. Einfach überall. Irgendjemand musste doch wissen, wo sie war.

Es war aussichtslos. Das wusste er. Da brauchte er nur an Mollie Hunter zu denken, die seit Mittwoch nicht mehr gesehen worden war. Und Grace war im selben Zug gewesen wie sie. Also wo war sie?

Als er von dem Feuer in Lotties Haus gehört hatte, war er sofort hingefahren, um zu sehen, ob er irgendwie helfen könnte. Er hatte dafür gesorgt, dass sie und die Kinder sicher bei Lotties Mutter untergebracht wurden. Jetzt suchte die Spurensicherung in den glühenden Überresten nach Hinweisen darauf, was passiert war. Waren Lottie und ihre Familie ins Visier desjenigen geraten, der auch Bridie McWard und ihr Kind ermordet hatte? Die einzige bekannte Variable in dieser Gleichung war, dass Paddy McWard die ganze Nacht auf dem Revier in einer Zelle verbracht hatte.

Boyd schritt in der Zentrale auf und ab. Er musste in sein Auto steigen und irgendetwas unternehmen. Irgendwohin fahren. Aber wohin?

Jetzt hätte er gerne Lotties Bauchgefühl.

Jetzt hätte er gerne Lottie bei sich. Punkt.

NEUNUNDACHTZIG

Lottie stand an der Ecke neben dem Büro des Friedhofswärters und sah den Hügel hinab zu der kleinen Gruppe Menschen, die dort zusammengekommen war. Pater Joe versprengte Weihwasser aus einem kleinen tragbaren Messingeimer. Sie wollte davonlaufen, um diese intime Tätigkeit nicht zu unterbrechen und um vor der Ruhe dieses Morgens zu fliehen, die im krassen Gegensatz zu dem zerstörerischen Chaos der letzten zwölf Stunden stand. Aber etwas hatte sie dazu bewogen herzukommen, und jetzt stand sie da wie festgewachsen.

Um ihre Hände zu wärmen, schob sie sie in die Ärmel des Mantels ihrer Mutter. Als die Trauernden vorbeigingen, mit gesenkten Köpfen und Arm in Arm, biss sie sich auf die Lippe. In Roses Stiefeln, Hose und Oberteil fühlte sie sich unbehaglich. Es war alles zu groß, die Kleidungsstücke hingen lose um ihren Körper, aber arme Leute durften nicht wählerisch sein, hatte Rose gesagt. Gilly war mit Sachen vorbeigekommen, von denen sie glaubte, dass sie vielleicht Chloe passen könnten, und sie wollte Lottie später in die Stadt fahren, damit sie Kleidung für Sean kaufen konnte. Ein mit zwei Polizisten besetzter Streifenwagen parkte vor Roses Haus und hatte den Befehl, Wache zu halten.

Pater Joe blieb stehen, als er Lottie sah. Auf seinen Zügen lag ein gequälter Ausdruck, so wie man es in den Gesichtern von Menschen sah, die in ihrem Leben Tragisches erlebt haben. Dieser Blick. Lottie wusste genau, was Pater Joe Burke durchgemacht hatte. Den Verlust einer Mutter, die er nie gekannt hatte. Eine Mutter, der man ihn gegen ihren Willen weggenommen hatte. Und dann ihre Ermordung. Das war zu viel Leid für einen einzigen Mann.

»Hallo. Lange nicht gesehen«, sagte sie.

Er lächelte und sie bemerkte, dass allein das immer noch dafür sorgen konnte, dass sich sein Gesicht aufhellte. Trotz der Traurigkeit, die inzwischen darin zu lesen war. Das blonde Haar, das ihm früher vor die einst spitzbübischen blauen Augen gefallen war, war Vergangenheit und sein Kopf jetzt fast kahl geschorenen. War das eine Form der Selbstgeißelung? Wollte er sich selbst ablegen, das, was er zu sein glaubte? Sie kannte dieses Gefühl nur zu gut.

Er kam näher und legte sacht eine Hand an ihren Ellbogen. Sie biss sich fester auf die Lippe.

»Dann hast du meine Nachricht bekommen«, stellte er fest. »Bist du in Ordnung? Und die Kinder?«

Sie zuckte mit den Schultern. »Ich glaube schon.«

»Du musst mit jemandem sprechen, Lottie. Kommst du mit zum Haus, damit wir uns unterhalten können?«

»Ich habe noch viel zu erledigen«, sagte sie und kam sich dumm vor, weil sie überhaupt hergekommen war.

»Dann lass uns ein Stück zusammen gehen.«

Sie spürte, dass er sie bei sich einhakte, und ließ sich von ihm führen. Als sie den Hügel halb hinabgestiegen waren, wurde ihr schwindlig und sie setzten sich auf eine Bank aus Stahl.

»Es ist gerade alles irgendwie verrückt«, sagte sie und beobachtete, wie Bernard Fahy das Grab von Mrs Green auffüllte.

»Ist das nicht immer so?«

Sie lachte traurig. »Du wirst in den nächsten Tagen noch ein paar Beerdigungen haben. Ich war bei Queenie McWard, kurz bevor sie starb.«

»Das ist sehr traurig.«

Die Sonne wurde vom Kupferdach des alten Pflegeheims zurückgeworfen, an das sich dicht das neue Gebäude drängte. »Besuchst du die Menschen, die im Heim leben, ab und zu?«

»Manchmal. Aber ich bin erst kurz vor Weihnachten wieder hergekommen.«

»Ich dachte, du wärst für immer weggegangen.«

»Ich hatte einen Sinneswandel: Ich gehöre hierher.«

»Das dachte ich auch immer. Dass ich hierhergehöre. Jetzt bin ich mir da nicht mehr so sicher.«

»Du stehst unter Schock, Lottie. Dir ist etwas Schreckliches widerfahren.«

»Das Feuer?«

»Ja. Ist noch etwas anderes passiert?«

»Eine ganze Menge. Ich fürchte, ich werde von meinem Job suspendiert. Meine eine Tochter hasst mich und die andere ist nach New York geflogen, um den Großvater ihres Sohnes zu besuchen. Sean ist eben Sean, und meine Mutter ... das muss ich dir ein andermal erzählen.«

»Was ist mit Boyd?«

»Was ist mit ihm?« Und während sie diese Worte aussprach, spürte Lottie eine Sehnsucht in ihrem Herzen.

Sie wollte mit ihm sprechen. Wie sie Boyd kannte, ließ er ihr ihren Freiraum. »Ich mag Boyd.«

»Ich glaube, du brauchst einen tröstenden Arm um dich. Und nicht nur einen priesterlichen.«

»Du bist so ein guter Mensch, Joe. Es tut mir leid, was dir alles zugestoßen ist.«

»Das war nicht deine Schuld. Ich lerne langsam, mit dem Schmerz umzugehen.«

»Ich auch. Aber jetzt habe ich vielleicht keinen Job mehr.« Ehe sie sich's versah, erzählte sie ihm, wie ihre Ermittlungen dazu geführt hatten, dass jetzt die Frage nach ihrer Suspendierung im Raum stand.

»Ich habe die Nachrichten verfolgt. Glaubst du, dass die aktuellen Fälle mit dem Verschwinden von Lynn O'Donnell in Verbindung stehen?«

»Allmählich glaube ich das, ja.«

»Mir ist durch den Kopf gegangen, dass Mollie Hunter vielleicht dort festgehalten wird, wo auch Lynn zehn Jahre lang gefangen gehalten wurde«, sagte er.

»Das ist möglich. Aber wir haben keine Ahnung, wo das sein könnte.«

»Dann geh in Gedanken zurück zu dem Tag, an dem alles begann. Genau heute, vor zehn Jahren.«

Lottie erschauderte, als ein Vogel über ihrem Kopf mit den Flügeln schlug und ein Zug auf den Gleisen abbremste und in den Bahnhof einfuhr. »Du hattest schon immer ein Händchen für Detektivarbeit.«

Er lächelte.

Der Zug hupte und verschwand aus ihrem Blickfeld.

NEUNZIG

Nachdem sie sich auf dem Friedhof von Pater Joe verabschiedet hatte, ging Lottie in die Stadt, holte sich einen Kaffee und schlenderte dann langsam die Main Street hinauf, ohne den Schaufenstern voller roter Herzen Beachtung zu schenken. Ihre Füße trugen sie zum Bahnhof, dabei hatte sie diesen Weg nicht bewusst eingeschlagen.

Sie bezweifelte, dass Jimmy Maguire an einem Sonntagmorgen dort sein würde, und es war schon eine halbe Stunde her, dass sie den Zug aus Sligo gehört hatte. Aber als sie in der Säulenhalle vor dem Fahrkartenschalter stand, erspähte sie seinen Kopf mit der Schirmmütze, die er immer trug, und sah, dass Maguire auf sie zukam.

»Wenn das nicht die reizende Detective Inspector Parker ist.«

»Ich wollte mich mit Ihnen unterhalten.«

Er wies ihr den Weg zum Fahrkartenschalter. »Drinnen gibt es einen Verkaufsautomaten für Heißgetränke, wenn Sie etwas trinken möchten.«

»Nein, danke. Ich hatte gerade schon einen Kaffee.«

Sie setzte sich auf die Holzbank vor der Tür. Der kalte

Wind pfiff ihr um die Ohren. Sie vergrub ihr Kinn in dem Wollmantel ihrer Mutter, als er sich zu ihr setzte.

»Welche Fragen haben Sie an mich? Mir ist nichts weiter eingefallen, was die beiden Mädchen betrifft. Eine schlimme Sache. Die eine ermordet und die andere vermisst. So was Entsetzliches.«

»Es geht um Lynn O'Donnell.«

Er erbleichte und biss sich auf die Innenseite seiner Wange. »Was ist mit ihr?«

»Haben Sie sie gekannt?«

»Nein.«

»Haben Sie sie an dem Tag, als sie verschwunden ist, gesehen?«

»Ich nehme an, Sie haben sich in den Fall eingearbeitet, also wissen Sie, dass ich sie an diesem Abend gesehen habe, als sie aus dem Zug gestiegen ist.«

»Ja, auf dem Bahnsteig ist ihr die Tasche heruntergefallen.«

»Ich habe ihr geholfen, ihre Sachen wieder aufzusammeln. Das war das letzte Mal, dass ich sie gesehen habe.«

»Kannten Sie sie vorher schon?«

Er wirkte, als würde er ihre Worte überdenken. Vielleicht fragte er sich, ob das eine Fangfrage war. Dabei stocherte sie bloß im Trüben fischen, in der Hoffnung, dabei auf irgendetwas zu stoßen.

»Ich kannte sie flüchtig. Ihre Brüder kannte ich, weil sie leidenschaftlich gern die Züge beobachteten. Diese Jungs waren besessen von Zügen. Das sind sie immer noch. Beide sind im Komitee der Railway Preservation Society.«

Lottie merkte sich dieses Detail. »Wie wirkte Lynn an diesem Tag auf Sie?«

»Ach, das ist alles schon so lange her.«

»Versuchen Sie, sich zu erinnern.«

Er schloss die Augen. »Ein bisschen nervös. Immerhin hat ihre Tasche fallen lassen.« Er öffnete ein Auge wieder und schielte zu Lottie hinüber.

»Gab es dafür einen Grund? Hat sie jemanden oder etwas gesehen, das sie aus der Fassung gebracht haben könnte?«

Wieder schloss er die Augen. Wahrscheinlich, um sich diesen Tag vor zehn Jahren wieder in Erinnerung zu rufen. »Der Bahnsteig war brechend voll«, erzählte er. »Es war sehr viel los. Damals fuhren nicht so viele Züge wie heute. Und in die wenigen Züge, die fuhren, zwängten sich folglich mehr Menschen. Die Männer liefen alle mit Rosensträußen herum, die sie wahrscheinlich billig in der Moore Street gekauft hatten.«

»Nachdem Sie ihr geholfen hatten, ihre Handtasche wieder einzuräumen«, warf Lottie ein, »haben Sie da gesehen, wohin sie gegangen ist?«

»Was habe ich denn laut Bericht gesagt?«

»Ich möchte wissen, woran Sie sich erinnern können.«

Er seufzte und sah zu den Tauben hinauf, die auf einem der Dachsparren nisteten. »Mein Gedächtnis ist nicht mehr, was es früher war.«

»Ich bin sicher, dass es noch ganz gut ist.«

Bei diesem Kompliment lächelte er.

»Sie war ganz rot im Gesicht. Vielleicht peinlich berührt? Ich weiß es nicht. Sie stürmte durch die Schranke vom Bahnsteig weg und dann nach draußen. Die Menschenmenge hatte sich da schon etwas zerstreut. Ich gab dem Zug das Zeichen zur Weiterfahrt und schloss die Schranken. Ich weiß noch, wie ich auf den Stufen da drüben stand und dachte, dass ich schon fast Feierabend hatte. Das war der letzte Zug gewesen. Und ...«

»Und was?«

»Das habe ich bisher niemandem gesagt.« Er umklammerte seine Finger und presste die Hände fest zusammen, so als könnte diese Geste seine Zunge zum Schweigen bringen.

Lottie legte eine Hand auf seinen Arm. »Mir können Sie es sagen.«

»Ich ... ich konnte es niemandem erzählen. Sehen Sie, es war ein kleines Feuer ausgebrochen. Ich glaube, deswegen erinnere ich mich nur noch verschwommen. Es war in den alten Warteräumen im hinteren Bereich. Dort brannte es plötzlich. Ich habe es niemandem erzählt. Es war meine Aufgabe. Ich hatte Angst, meinen Job zu verlieren.«

»Was war Ihre Aufgabe?«

»Dafür zu sorgen, dass die Räume sauber sind und kein Müll herumliegt.«

Lottie seufzte. Er schweifte vom Thema ab. »Jimmy, wollten Sie mir nicht von Lynn O'Donnell erzählen?«

»Da gibt es nichts zu erzählen.«

»War es ein großes Feuer?«

»Zuerst dachte ich, schon. Aber dann konnte ich es doch ziemlich schnell löschen.«

»Wie kam das Feuer zustande?«

»Müll, der sich neben dem Gebäude angesammelt hatte, ist in Brand geraten.« Er rang die Hände und seine Lippen zitterten. »Ich habe es nicht gemeldet, weil mein Job auf dem Spiel stand. Verstehen Sie das?«

Das tat sie, trotzdem fragte sie: »Was verschweigen Sie mir?«

»Ich konnte damals nichts sagen. Und ich kann es auch jetzt nicht.«

»Wir haben ihre Leiche gefunden. Die von Lynn. Wussten Sie das? Wir glauben, dass sie jemand an jenem Tag damals entführt und dann zehn Jahre lang irgendwo versteckt hat, bis sie starb. Können Sie sich etwas Schreckli-cheres vorstellen? Und war Ihr Job den Kummer wert, den diese Familie durchmachen musste?«

»Er hat auch nichts gesagt. Es war also nicht allein meine Schuld.«

»Von wem reden Sie?« Lottie setzte sich auf. Das war wirklich eine neue Wendung in dem Fall.

»Er hat mir geholfen. Dabei, das Feuer zu löschen. Ich konnte nichts sagen, sonst hätte er mich vielleicht in die Scheiße geritten, wissen Sie.«

»Jimmy, Sie müssen mir sagen, was Sie meinen.«

Er stand auf, schob seine Schirmmütze zurück und kratzte sich an der Stirn. Dann wandte er ihr den Rücken zu und sprach mit so leiser Stimme, dass sie aufstehen musste, um ihn hören zu können.

»Wissen Sie, er war bei ihr, hat sie abgeholt oder so. Sie saßen im Auto. Ich glaube, er hat ungefähr zur selben Zeit wie ich gesehen, dass es brannte, denn er ist mir zu Hilfe gekommen. Als wir die Flammen mit den Feuerlöschern gelöscht hatten, reichte ich ihm die Hand, um ihm zu danken, und bat ihn, niemandem etwas davon zu erzählen, und er sagte ...«

»Fahren Sie fort, Jimmy.«

»Er sagte: Das Gleiche erwarte ich auch von Ihnen. Dann ist er zu ihr ins Auto gestiegen.«

»Herrgott!« Lottie spürte ein erwartungsvolles Kribbeln in ihrem Bauch. Davon war nichts in Lynn O'Donnells Akte zu lesen gewesen. »Wer? Wer war es?«

Er sah sie traurig an, die Augen halb geschlossen. »Ihr Bruder.«

Lottie schluckte ihre Überraschung hinunter.

»Welcher von beiden, Jimmy? Sagen Sie es mir! Welcher Bruder?«

»Carol?« Terrys Stimme hallte die Treppe hinauf.

Wenn er Mum und Dad weckt, bringe ich ihn um, dachte sie und sprang aus dem Bett. Ihr Mageninhalt stieg ihr die Kehle hoch. Sie griff nach einem Taschentuch und übergab sich in den Eimer neben dem Bett. Wann würde das jemals aufhören?

»Carol, komm runter.«

»Ich komme schon, du Idiot.« Vielleicht war ein Blumenstrauß zum Valentinstag geliefert worden. Das wäre toll. Vielleicht hatte er vor, seine Frau zu verlassen.

»Was soll der ganze Lärm?«

Ihr Vater war also aufgewacht.

»Das ist für mich. Geh wieder schlafen, Dad. Es ist schließlich Sonntag«, sagte sie.

Unten an der Treppe stand Terry. Er hatte die Haustür geöffnet. »Hier will dich jemand sprechen.«

»Du!«, rief Carol aus, und vor Überraschung klappte ihr die Kinnlade herunter. »Was machst du denn hier?«

»Wir müssen reden«, sagte der Mann und wandte sich ab. »Ich habe um die Ecke geparkt.«

»Gib mir fünf Minuten. Ich sollte mir erst mal was anziehen.«

———

Die Dienststelle war in großer Aufregung, als Lottie dort eintraf. Auf den Schreibtischen standen etliche Kaffeebecher, halb gegessene Croissants lagen herum und überall waren Krümel, weil die Leute zwischen Tür und Angel aßen.

»Was ist hier los?«, fragte sie und hob hilfesuchend die Arme, um eine Antwort von ihrem betriebsamen Team zu bekommen.

»Schon wieder hier?« Boyd sprang vom Platz an seinem Schreibtisch auf und schob sie in ihr Büro. »Mein Gott, Lottie, du siehst schrecklich aus. Du solltest zu Hause im Bett liegen.«

»Ich habe weder ein Zuhause noch ein Bett.«

»Und hat McMahon dich nicht suspendiert?«

»Das glaubt er nur. Aber er ist mir egal. Wie auch immer, der Chief Superintendent wird mich nicht so schnell loswerden wollen. Jemand hat letzte Nacht versucht, meine Familie auszulöschen. Das ist im Moment alles, was mich interessiert. Sobald McGlynn die Beweise sichergestellt hat, werde ich mir den Mistkerl, der das war, vorknöpfen. Also, sagest du mir jetzt, was das hier alles soll?« Sie schlug mit der Hand auf den Tisch und zuckte gleich darauf vor Schmerz zusammen. Die Neuigkeiten, die sie herausgefunden hatte, würden warten müssen, bis man ihr erklärt hatte, was hier vor sich ging.

»Deine Hand. Sie ist verletzt.«

Sie hielt ihre mit einem Verband umwickelte linke

Hand hoch. »Gut erkannt, Sherlock. Mir war nicht klar, wie schnell Flammen eine Treppe hochsteigen können.«

»Wenigstens hast du jetzt ein paar Klamotten bekommen, auch wenn sie ein bisschen altmodisch sind.«

Sie betrachtete Boyds ausgezehrtes Gesicht. »Du siehst auch furchtbar aus. Was ist los?«

»Es geht um Grace. Sie ist verschwunden.«

»Was? Erzähl mir alles.«

Er berichtete von dem Anruf seiner Mutter und von allem, was sie bisher unternommen hatten, ohne auch nur eine Spur zu finden, die sie zu seiner Schwester führen könnte.

»Bestimmt ist sie in Ordnung. Mach dir keine Sorgen.« Aber Lottie glaubte ihren Worten selbst nicht.

Boyds Atmung ging hektisch und flach, als er antwortete. »Sie kann nicht in Ordnung sein. Ihr Handy und ihre Medikamente liegen bei mir zu Hause, und ich bin sicher, dass sie am selben Ort ist wie Mollie Hunter. Und wenn Mollie bereits tot ist, werde ich Grace nie wiedersehen.«

»Eins nach dem anderen, Boyd. Atme tief durch, bevor du eine Panikattacke bekommst.«

»Ich hatte schon eine. Bin ohnmächtig geworden.«

»Dann geh zum Arzt. Lass dich untersuchen.«

»Das sagt die Richtige. Mir wird es wieder besser gehen. Sobald ich Grace gefunden habe.«

»Hast du sie dem Protokoll nach offiziell als vermisst gemeldet?«

»Ja, und noch mehr. Ich habe McMahon gebeten, sich an die Medien zu wenden. In Anbetracht all dessen, was in der letzten Woche passiert ist, hat er dem zugestimmt.«

»Okay. Wenn Graces Verschwinden mit den aktuellen Fällen in Verbindung steht, müssen wir beim Verschwinden von Mollie Hunter ansetzen und unsere Ermittlungsschritte noch einmal zurückverfolgen, vielleicht finden wir so deine Schwester. Einverstanden?«

»Ich denke schon. Sind Chloe und Sean okay?«

»Sie sind bei meiner Mutter. Gilly ist auch dort. Es geht ihnen gut.«

»Du solltest bei ihnen sein.«

»Ich weiß. Aber ich werde auf heißen Kohlen sitzen, solange wir Grace nicht gefunden haben, also bin ich hier besser aufgehoben. Meine Kinder kennen mich gut; sie werden das verstehen.«

»McWard weigert sich immer noch, etwas zu sagen«, berichtete er. »Wir werden ihn noch ein paar Stunden lang dabehalten, aber dann müssen wir entweder Anklage erheben oder ihn freilassen.«

»Vergiss McWard mal für einen Moment. Ich habe vorhin etwas herausgefunden. Es könnte ein neues Licht auf den Fall werfen. An dem Tag, an dem Lynn O'Donnell verschwand, brach ein Feuer in den alten Warteräumen drüben auf dem stillgelegten Bahnsteig aus.«

»Was hat das mit ihrem Verschwinden zu tun?«

»Ich musste ihm ein bisschen auf die Sprünge helfen, aber dann hat sich Jimmy Maguire daran erinnert, dass Lynn an diesem Abend am Bahnhof einen Mann getroffen hat.«

»Paddy McWard?«

»Nein. Ihren Bruder.«

———

Carol zog den Kragen ihres Mantels an ihrem Hals enger zusammen und setzte sich auf den Beifahrersitz seines Wagens. Trotzig vergrub sie ihre Hände in den Taschen.

»Du bist vielleicht mutig, dass du bei mir zu Hause vorbeikommst. Mein Bruder wird dich umbringen.«

»Nicht wenn ich den kleinen Scheißer zuerst umbringe. Dieser verdammte Kiffer.«

»Was willst du? Ich sehe hier nirgends Blumen, das ist also schon mal kein guter Anfang.«

»Ich kann dir etwas viel Besseres geben als Blumen. Du hast mir gefehlt. Ich wollte dich bloß sehen.«

»Und dabei riskieren, dass mein Vater dich sieht? Was ist hier wirklich los, Cillian?« Sie drehte sich auf dem Sitz zur Seite, um ihn besser sehen zu können. Er wirkte angespannt. Seine Hände umklammerten das Lenkrad. Unter den Augen zeichneten sich Schatten ab. Aber trotzdem sah er immer noch umwerfend gut aus.

»Lass uns eine Runde drehen«, sagte er. »Ich kenne ein ruhiges Plätzchen am See.« Ohne auf ihre Antwort zu warten, drehte er den Zündschlüssel um. »Ich muss dir was Wichtiges sagen.«

Verdammt, dachte Carol, sie könnte jetzt wirklich eine Umarmung gebrauchen. Sie zog ihre Hand aus der Tasche und streichelte über sein Bein, während er aus der Siedlung fuhr, die Straße hinunter und dann weiter in Richtung des Sees.

Lottie beobachtete, wie Boyd diese neuen Informationen verdaute.

»Okay, wir wissen also nicht, welcher Bruder es war«, sagte er. »Maguire will es uns nicht verraten, und er behauptet, dass er den Bruder, welcher auch immer es war, in den letzten zehn Jahren nie auf dieses Thema angesprochen hat. Das ergibt keinen Sinn.«

»Dass er den Brand vertuschen musste, hat sein Urteilsvermögen getrübt. Das sagt er zumindest. Ich hatte Glück, dass ich überhaupt so viel aus ihm herausbekommen konnte.«

»Und in der Akte wird nirgends erwähnt, dass einer ihrer Brüder sie an diesem Tag noch mal gesehen hat?«

»Nicht mit einem Wort.«

»Wir sollten sie festnehmen lassen.«

»Warte, Boyd. Vielleicht besteht keine Verbindung zu Lynns Fall, aber wenn wir das tun, und einer ihrer Brüder ist auch derjenige, der Mollie und Grace entführt hat, dann wird er uns vielleicht niemals sagen, wo sie sind. Wir brauchen einen Plan.«

Er stieß einen Seufzer aus. Seine Hände zitterten und auf seiner Stirn hatten sich Schweißperlen gebildet. Sie streckte eine Hand nach ihm aus, aber er verschränkte die Arme.

»Wir haben auf der Suche nach Mollie die ganze Stadt durchkämmt: Ohne Ergebnis«, sagte er.

»Was ist mit den Rochfort Gardens? Dort sind die Frauen doch immer gejoggt.«

»Das Gelände ist riesig.«

»Genau. Und da gibt es alte Gemäuer wie das Old House und all diese lächerlichen Zierbauten.«

Boyd griff zum Telefon und organisierte einen Suchtrupp samt Polizeihubschrauber.

»Was müssen wir sonst noch absuchen?«, fragte er und legte auf.

»Der Bahnhof und die umliegende Gegend wurden bereits durchsucht. Sogar der alte Bahnhofsbau. Das fällt also alles raus.«

»Was ist mit den baufälligen Reihenhäusern in der Gegend, wo Donal O'Donnell wohnt?«

»Das wäre auch eine Möglichkeit«, sagte sie.

Boyd nahm den Hörer ab, um auch diese Suche zu organisieren.

»Warte mal.« Lottie hielt ihn zurück. Das ging zu schnell. Sie mussten erst nachdenken. »Wir wollen doch niemanden verängstigen. Vielleicht sollten wir Donal zuerst da rausholen.«

»Aber wie, ohne Verdacht zu erregen?«

»Ich sage ihm, dass wir neue Beweise in Lynns Fall vorliegen haben und er sich etwas ansehen muss.«

»Er könnte auch in der Sache mit drinstecken.«

Sie hielt inne. Das hatte sie noch nicht in Betracht gezogen.

»Stimmt. Vielleicht sogar die ganze Familie. Vielleicht wollten sie so verheimlichen, dass Lynn von einem Fahrenden schwanger war.«

Kaum hatte sie die Worte ausgesprochen, dämmerte Lottie etwas. »Scheiße, Boyd. Was ist mit ihrem Baby passiert?«

DREIUNDNEUNZIG

Weil Donal O'Donnell sich weigerte, aufs Revier zu kommen, beschloss Lottie, persönlich zu ihm zu fahren.

Als sie im Auto saß, klingelte ihr Telefon.

»Spreche ich mit Inspektor Lottie Parker?«

»Ja. Wer ist denn da?«

»Keelan. Keelan O'Donnell.«

»Wie kann ich Ihnen weiterhelfen?«

»Sie haben sich gar nicht bei mir gemeldet.«

»Tut mir leid. Es ist gerade sehr stressig in der Dienststelle.« Und das war noch gelinde ausgedrückt, dachte Lottie. »Was gibt es denn?«

»Es geht um Cillian. Ich weiß nicht, wo er ist. Und ...«

»Und?«

»Wir haben Probleme zu Hause. Große Probleme, und das schon seit Monaten. Deshalb wollte ich auch mit Ihnen sprechen. Ich fürchte, er hat etwas vor.«

»Etwas?« Lottie warf Boyd einen Seitenblick zu. »Und was?«

»Ich glaube, er trifft sich mit einer anderen Frau. Verstehen Sie, der Grund, weshalb ... Ich habe Angst,

Inspector. Er ist in letzter Zeit ein bisschen gewalttätig. Ich habe Angst, dass er mir oder Saoirse etwas antut.«

»Keelan, ich bin gerade auf dem Weg zum Haus Ihres Schwiegervaters. Warum treffen wir uns nicht dort?«

Der Fernseher lief. Der Ton stummgeschaltet. Die Kerze auf der Kommode vor Lynns Foto brannte diesmal nicht. Donal saß am Tisch und hatte die Hände zu Fäusten geballt. Lottie und Boyd nahmen ihm gegenüber Platz.

»Mr O'Donnell. Donal. Können Sie uns von dem Tag berichten, an dem Lynn verschwunden ist?«

»Meine Güte! Jetzt haben Sie endlich ihre Leiche gefunden und trotzdem nur noch mehr Fragen. Es steht alles in der Akte. Ich bin sicher, dass es ein ziemlich großer, dicker Aktenordner ist. Sie können ihn nicht übersehen.« Er zog die Zeitung zu sich heran und begann, sie zu falten.

»Wir haben neue Hinweise.«

»Sie haben ihre Leiche schon gefunden.«

»Wir glauben, dass Lynn heute vor zehn Jahren aus dem Zug gestiegen ist und von ihrem Bruder abgeholt wurde. Ist sie nach Hause gekommen? Ist dann etwas passiert? Gab es Streit, weil sie sich in einen Fahrenden verliebt hatte? Oder so etwas in der Art, hm?«

Donal hielt mit dem Papierfalten inne, seine Hand erstarrte mitten in der Luft. »Wie kommen Sie denn darauf?«

»Erinnern Sie sich daran, dass ich von einem Ring erzählt habe, den die Rechtsmedizinerin in Lynns Leiche gefunden hat?«

»Was ist damit?«

»Paddy McWard hatte ihn Lynn geschenkt.«

Er kräuselte angewidert die Lippen. »Dieses Stück

Dreck. Ich würde nicht zulassen, dass er meinen Söhnen zu nahekommt – und schon gar nicht meiner Tochter.«

»Aber er *ist* Ihrer Tochter nahegekommen. Laut Paddy waren sie ein Paar. Wahrscheinlich wären sie zusammen durchgebrannt und hätten geheiratet, wenn das nicht jemand verhindert hätte.«

Sie zuckte zusammen, als Donal auf den Küchenboden spuckte. »Er hat keinen Finger an mein kleines Mädchen gelegt.«

Sie beschloss, dass Angriff im Moment die beste Option war, und sagte: »Ich habe Grund zu der Annahme, dass einer von Lynns Brüdern sie vom Bahnhof abgeholt hat. Sind sie anschließend hergekommen? Es gab einen großen Krach. Und was ist dann passiert?«

»Hauen Sie ab, Sie Teufelin! Sie reden in meinem Haus schlecht über mich. Das werde ich nicht dulden.«

Es läutete an der Tür.

»Ich gehe schon«, sagte Boyd und verschwand.

Ein paar Augenblicke später kam er zurück, gefolgt von Keelan und einem kleinen Mädchen.

»Hey, Dad, was ist los?«

»Ich bin nicht dein Dad! Was willst du hier?«

Lottie bemerkte, dass Keelan zurückwich und ihre Tochter sich hinter ihren Beinen versteckte.

»Ich ... ich bin auf der Suche nach Cillian.«

»Hier ist er nicht. Du kannst wieder abhauen.«

»Setzen Sie sich, Keelan«, warf Lottie ein. Die Frau war so eingeschüchtert, dass ihre Angst förmlich greifbar war.

»Ich bringe Saoirse zum Spielen ins Wohnzimmer.«

Als sie zurückkam, setzte sie sich an das andere Ende des Tisches.

»Donal, die Angelegenheit ist ernst. Bitte erzählen Sie uns, was heute vor zehn Jahren passiert ist.«

Mit seinen wässrigen Augen sah er kurz auf, bevor er auf seine Hände hinunterblickte und den Kopf schüttelte.

»Es war schlimm. Es war böse. Mein kleines Mädchen hat einen Fluch über unsere Familie gebracht. Weil sie sich mit diesen Leuten herumgetrieben hat, die in Wohnwägen leben und Zaubersprüche und Flüche ausstoßen. Können Sie sich vorstellen, wie sich meine arme Maura gefühlt hätte, wenn sie das herausgefunden hätte? Sie wäre am Boden zerstört gewesen.«

»Hatte Lynn vor, es ihrer Mutter zu sagen?«, fragte Lottie.

»Sie hat es Cillian gesagt. Er war immer ihr Lieblingsbruder. Mit Finn hat sie sich nie so richtig verstanden. Ich glaube, der Junge war ganz schön eifersüchtig auf seinen Bruder. Aber das tut jetzt nichts zur Sache. Cillian wusste, dass sie vorhatte, es an diesem Tag allen zu erzählen, denn es war Valentinstag, und sie wollte sich mit dem Zigeuner treffen.« Er hielt inne, so als würde dieses Wort einen widerlichen Nachgeschmack auf seiner Zunge hinterlassen. »Ich war gerade von der Arbeit nach Hause gekommen, als die Jungs mir gesagt haben, dass ich mich auf schlechte Nachrichten gefasst machen soll. Sie stand da drüben.« Er zeigte auf die Kommode. »Stand da, dieses Flittchen, und hat mir gesagt, dass sie schwanger ist.«

»Wo war Ihre Frau?«

»Sie war noch bei der Arbeit. Wir haben hart für unsere Kinder gearbeitet. Tag und Nacht. Und das war der Dank dafür. Diese Schlampe. Das ist, was sie war: eine verdammte Schlampe.«

»Es gibt keinen Grund, so schlecht über deine Tochter zu reden.« Keelan verschränkte die Arme vor der Brust und sah ihn skeptisch an.

»Bitte fahren Sie fort, Donal«, sagte Lottie. Sie wollte

nicht, dass er dichtmachte, denn dann würden sie vielleicht nie herausfinden, was passiert war; würden Grace und Mollie vielleicht niemals finden. Falls zwischen den Fällen tatsächlich eine Verbindung bestand.

Donal sah aus dem Augenwinkel zu ihr hinüber, bevor er fortfuhr. »Sie haben ja keine Ahnung, wie das war. Ich wäre vor Schreck fast gestorben. So ein Schock war das. Aber als sie mir dann auch noch gesagt hat, mit wem sie rumgehurt hat, bin ich durchgedreht. Ich bin aufgesprungen und habe sie mitten ins Gesicht geschlagen. Sie ist nach hinten gefallen und Cillian hat sie aufgefangen. Dann hat er mich angeschrien und Finn stand bloß mit offenem Mund da, weil er nun mal ein Trottel ist und das auch immer bleiben wird.«

»Und dann?«

»Dann bin ich aus dem Haus gestürmt. Bin in die Kneipe gegangen. Ich muss so um die zehn Pint Bier getrunken haben, und als ich nach Hause kam, war Lynn nicht mehr da.«

»Was war passiert? Was haben Ihre Söhne gesagt?«

»Cillian hat behauptet, dass Lynn weggelaufen ist. Er hat mir erzählt, dass er zur Siedlung gefahren ist, wo der Kerl wohnt, aber sie war nicht da und der Zigeuner wusste von nichts.«

»Und haben Sie ihm geglaubt, dass sie weggelaufen war?«

»Was hätte ich denn sonst glauben sollen? Dass er sie getötet und ihre Leiche versteckt hat? Das habe ich die letzten zehn Jahre lang befürchtet. Deshalb habe ich den McWard-Kerl auch niemals erwähnt. Meine Familie hatte auch ohne ihn schon genug Schande auf sich geladen. Sie lastete immer schwerer auf uns.«

»Und Ihre Frau. Was haben Sie Maura gesagt?«

»Finn hat ihr erzählt, Lynn wäre nie nach Hause gekommen. Und an diese Aussage haben wir uns gehalten. Das ist die Geschichte, die wir all die Jahre allen erzählt haben. Er hat Cillian gedeckt, so wie es Brüder nun mal tun.«

»Aber Lynn war nicht tot. Wo war sie?«

»Ich habe keine Ahnung. Ich habe mir eingeredet, dass sie seit ebendiesem Tag tot war, und jetzt ist sie es tatsächlich.«

»Und wo ist Cillian jetzt?« Lottie wandte sich an Keelan.

»Ich weiß es nicht. Er war die halbe Nacht weg. So wie meistens.« Keelan hielt inne und hatte Mühe, die Worte über die Lippen zu bekommen. »Heute Morgen hatten wir wieder einen heftigen Streit und er ist davongestürmt. Aber er hat etwas gesagt, das mir Angst gemacht hat.«

»Was hat er gesagt?«

»Er nannte mich ein eifersüchtiges Miststück. Dann sagte er, dass Eifersucht ihm seine Schwester genommen hat und dass sie deswegen gestorben ist. Er sagte, wenn ich nicht die Klappe halte, würde er mich umbringen.«

»Haben Sie irgendeine Ahnung, wo er die Nächte verbringt?«, fragte Boyd.

Lottie blickte in sein angespanntes Gesicht, in dem deutlich die Sorge um seine Schwester zu lesen war. »Keelan, weißt du, wo er Lynn all die Jahre versteckt gehalten haben könnte? Wo er Mollie Hunter und möglicherweise Grace Boyd festhalten könnte?«

»O Gott. Sie glauben doch nicht ... Das könnte er nicht. Nicht Cillian.« Keelan stand auf und raufte sich die Haare.

»Bitte denken Sie nach«, sagte Lottie. Dann wandte sie sich an Donal. »Gibt es einen Ort, an den Ihre Söhne gerne gingen, als sie jünger waren? Irgendwo, wo niemand suchen würde?«

»Alle Häuser in der direkten Nachbarschaft stehen schon seit zehn oder elf Jahren leer. Maura hat nicht erlaubt, dass wir umziehen, für den Fall, dass Lynn nach Hause kommt und uns dann nicht findet.«

»Okay. Ich möchte, dass Sie mit aufs Revier kommen. Wir werden eine Suchaktion in die Wege leiten.«

»Ich gehe nirgendwo hin«, sagte Donal.

»Mr O'Donnell, Sie haben sich an der Vertuschung eines Verbrechens beteiligt. Sie kommen mit uns mit.«

»Da müssen Sie mir schon Handschellen anlegen.«

»Das mache ich.« Boyd zog ein Paar aus seiner Tasche und ließ sie aufschnappen.

»Warte mal«, sagte Lottie. Sie drehte sich zu Keelan um. »Wir müssen Finn und seine Frau in Schutzhaft nehmen. Sind sie heute zu Hause?«

»Ich denke schon.«

Lottie rief Kirby an und wies ihn an, sofort mit einem Streifenwagen dorthin zu fahren. Sie ließ Boyd bei Donal zurück und schickte Keelan ins Wohnzimmer, um Saoirse einzusammeln. Der ganze Raum verströmte Kummer und Verlust.

»Inspector?«, begann Keelan.

Lottie sah sie an.

»Ich glaube nicht, dass mein Cillian seiner Schwester so etwas antun könnte. Er hat sie geliebt.«

»Liebe kann die Menschen dazu bringen, seltsame Dinge zu tun«, sagte Lottie.

VIERUNDNEUNZIG

Die Scheiben des Autos waren von ihrem Liebesspiel noch beschlagen. Carol strich ihre Kleidung glatt und war froh, dass die Übelkeit abgeflaut war. Sie fuhr mit einem Finger über Cillians Gesicht. »Du siehst traurig aus.«

»Ich liebe dich, Carol«, sagte er. »Ich weiß, dass dir etwas Schreckliches zugestoßen ist. Aber ich muss wissen, ob das Baby von mir ist oder von dem Mistkerl, der dich vergewaltigt hat.«

Carol drehte sich von ihm weg. Warum sagte er so etwas? Er war es doch gewesen, oder nicht? Aber sie konnte ihm nicht sagen, dass sie wusste, dass er sie vergewaltigt hatte. Dass er sich in jener Nacht betrunken hatte, ihr gefolgt war und sie überfallen hatte. Außerdem war sie auch ziemlich betrunken gewesen, trug sie dann nicht Mitschuld daran? Sie klammerte sich an den Gedanken, dass es nur Cillians Baby sein konnte. Sie hatte mit keinem anderen Mann Sex gehabt. Aber wie sollte sie ihn davon überzeugen?

Eigentlich wollte sie wütend auf ihn sein, aber ihr Herz war voller Liebe. Und voller Trauer um ihre tote Freundin.

Lizzie, die die Kette und den Ring aufbewahrt hatte, die sie ihrem Vergewaltiger vom Hals gerissen hatte. Dieselbe, die Cillian immer getragen hatte, aber jetzt nicht mehr trug. Ach, warum konnte sie sich bloß nicht mehr an alles erinnern? Warum hatte sie an diesem Abend so viel getrunken?

»Antworte mir«, sagte er und beugte sich über sie. Sein Mund war ihrem so nah, dass ihre Lippen seine Worte dämpften. »Ich werde ihn mit bloßen Händen in Stücke reißen. Wer war das Arschloch, das dir das angetan hat?«

»Ich bin mir nicht sicher.«

»Aber du hast eine Vermutung?«

»Ja.«

»Sag es mir.« Sein Gesicht war angespannt und ihr war noch nie zuvor aufgefallen, wie dunkel seine Augen eigentlich waren.

»Zuerst muss ich wissen, dass du deine Frau verlassen wirst«, platzte sie heraus und verschränkte ihre Finger fest ineinander.

Er löste sich von ihr und sie spürte, wie sich eine kalte Leere zwischen ihnen ausbreitete. Und noch etwas anderes. Etwas, das den beengten Innenraum des Autos ausfüllte.

Da wusste sie plötzlich, was es war.

Nichts anderes als ihre eigene Angst.

———

Kirby brachte Keelan, Saoirse und Donal zum Garda-Revier. Donal tobte und schrie etwas von bösen Geistern, deshalb sagte Lottie zu Kirby, er solle einen Arzt rufen. Sie hatte auch so schon genug Ärger, ohne dass sie den Tod eines Verdächtigen zu verschulden hätte.

»Ich muss Grace finden«, sagte Boyd, als sie mit der Durchsuchung des Hauses des alten Mannes fertig waren.

»Der Suchtrupp arbeitet sich in den Reihenhäusern vor. Bis jetzt haben wir nichts.«

»Wo konnte er ein Mädchen zehn Jahre lang unbemerkt versteckt gehalten haben? Das Warum spielt jetzt erst mal keine Rolle.«

»Es muss in diesem Haus einen Hinweis darauf geben. Es ist der letzte Ort, wo Lynn unseres Wissens war.«

»Man sollte meinen, in ihrem eigenen Zuhause wäre sie sicher gewesen.«

»Ein Haus mit einem wahnsinnigen Vater und zwei Brüdern, bei denen die Hormone völlig verrücktspielten, und wer weiß, wie die Mutter drauf war. Dann bringt Lynn die Nachricht nach Hause, dass sie etwas getan hat, womit sie für Donal das ultimative Tabu bricht: schwanger von einem Fahrenden. Vorurteile sind schrecklich, Boyd.«

»Eine junge Frau zehn Jahre lang zu verstecken, ist es auch. Glaubst du, dass er nach Lynns Tod durchgedreht ist und sich Elizabeth als Ersatz genommen hat?«

»Das ist auch meine Vermutung. Dann ist Elizabeth geflohen, er hat sie getötet und musste wieder Ersatz finden. Wo zum Teufel hat er die Frauen festgehalten?«

Wieder trat Lottie in Donals Schlafzimmer. Die muffige Luft stand in dem kleinen Raum und sie hatte das Gefühl, sie wie eine unsichtbare Mauer berühren zu können, würde sie die Hand ausstrecken. Aber sie wagte es nicht. Neben dem Bett stand ein kleines Bücherregal, aus dem wahllos Ordner herausragten.

»Da habe ich schon nachgesehen«, sagte Boyd. »Scheinen alte Unterlagen von der Arbeit zu sein. Es geht hauptsächlich um das Pflegeheim.«

»Ja, dort arbeitet er.«

»Die Jungs haben da eine Zeit lang auch gearbeitet. Ich habe Rechnungen gesehen. Donal ist ganz schön gerissen.

Er hat der Gesundheitsbehörde Malerarbeiten in Rechnung gestellt, die seine Söhne erledigt haben.«

»Wo hast du das gelesen?«

Boyd zog einen schwarzen A4-Ringordner aus dem Regal, wobei zwei andere zu Boden fielen.

»Meine Güte, lass die einfach liegen«, sagte Lottie, als er sich bückte, um sie wieder aufzuräumen. »Wo steht das genau? Zeig mir die Seite.«

Er lehnte sich über ihre Schulter und blätterte durch den Ordner. »Da. Sie haben einen Heizraum renoviert und irgendeinen Flur gestrichen. Im Februar 2001.«

»Das bezieht sich auf den alten Gebäudekomplex, in dem das Pflegeheim früher untergebracht war. Er wurde nicht mal ein Jahr später geschlossen. Könnte es das sein?«

»Was?«

»Ich glaube, dort könnte er Elizabeth festgehalten haben.« Lottie lief zur Tür.

»Gott, das ist weit hergeholt«, rief Boyd.

Aber sie rannte weiter.

———

»Carol, du musst mir sagen, wen du verdächtigst. Ich kann dir nichts versprechen, bevor ich es nicht weiß.«

Sie blickte aus dem Fenster, zu den Wellen auf dem aufgewühlten See. »Du hast sonst immer einen Ring an einer Kette um den Hals getragen. Aber jetzt trägst du ihn nicht mehr. Warum nicht?«

»Ich weiß zwar nicht, was das damit zu tun hat, aber wenn es dich glücklich macht, sage ich es dir.« Er drehte sich um und sah ihr ins Gesicht. »Ich hatte vor einer Weile abends einen Streit mit meinem Bruder. Ich kann mich nicht einmal genau daran erinnern, worüber wir uns gestritten haben. Ich glaube, es ging irgendwie um das Komitee der Railway Preservation Society. Jedenfalls haben wir haben uns gestritten. Es ging ziemlich zur Sache. So wie früher, als wir noch Kinder waren. Er hat mir die Kette vom Hals gerissen. Dabei ist sie verlorengegangen. Ich habe den Boden nach ihr abgesucht, als er weg war. Aber ich habe sie nie gefunden. Willst du mir sagen, dass der Vergewaltiger die Kette hatte?«

»Du weißt nicht, wo sie sein könnte?«

»Nein, und es ist mir inzwischen auch egal. Es war ein Claddagh-Ring. Lynn trug so einen ... als sie verschwunden ist. Ich habe einen ähnlichen gekauft und ihn um meinen Hals getragen, um mich an sie zu erinnern.«

Carol drehte sich vom Fenster weg und sah ihn an. »In der Nacht, als ich überfallen wurde, trug mein Vergewaltiger genau so eine Kette. Ich habe sie ihm vom Hals gerissen.«

»Was?« Langsam dämmerte ihm, was sie da gesagt hatte. »Du hat gedacht, ich wäre es gewesen. All die Wochen hast du dich trotzdem noch mit mir getroffen, obwohl du geglaubt hast, ich hätte dich überfallen und vergewaltigt. Wie konntest du das tun?«

Sie zuckte mit den Schultern. »Ich habe es einfach gemacht. Der Ring gehörte dir. Da war ich mir sicher. Ich habe ihn einer Freundin gegeben, damit sie ihn für mich aufbewahrt, falls ich die Vergewaltigung anzeigen möchte und Beweise brauche.«

»Du hast was getan? Mein Gott, Carol. Ich könnte doch niemals ...« Er hielt inne. »Ich glaube nicht, dass ich ... du weißt schon, so brutal sein könnte. Aber ich war in letzter Zeit so gestresst, dass ich gar nicht mehr ich selbst war. In einer Nacht habe ich Keelan sogar geschlagen und an einem anderen Abend alle Teller im Haus kaputt gemacht.«

Tränen liefen ihm über die Wangen. Sie streckte eine Hand aus und wischte sie weg.

»Es tut mir leid. Ich liebe dich und ich wollte nicht glauben, dass du es warst.«

»Ich nehme dir das nicht wirklich übel.«

»Cillian.« Sie senkte die Stimme zu einem Flüstern. »Der Mann, der mich überfallen hat ... könnte das vielleicht, na ja, dein Bruder gewesen sein?«

»Finn? Nein!«, rief er.

Sie beobachtete, wie sich sein Gesichtsausdruck veränderte.

»O Gott«, sagte sie.

Cillian schlug seinen Kopf gegen das Lenkrad und schrie den Wellen entgegen, die sich auf dem See türmten.

Und in diesem Augenblick fürchtete Carol um ihr Leben und um das des Babys, das in ihr heranwuchs.

FÜNFUNDNEUNZIG

Die Luke öffnete sich und seine Beine kamen zum Vorschein, als er die Leiter hinunterkletterte. Warum hatte sie nicht früher daran gedacht, ihn niederzuschlagen? Vor ein oder zwei Tagen, als sie noch die Kraft dazu hatte? Inzwischen fraß der Hunger Löcher in ihren Magen wie eine Ratte, und sie konnte sich kaum noch bewegen.

Als er von der letzten Sprosse auf den Boden sprang, sah sie, dass er in der einen Hand eine Schere hielt und in der anderen einen batteriebetriebenen Rasierapparat.

»Zeit für einen Haarschnitt«, sagte er. »Oder willst du mir vielleicht zuerst verraten, wo du ihn versteckt hast?«

»Wo ich wen versteckt habe?«

»Oh, jetzt tu doch nicht so verschämt, du Hübsche. Ich weiß, dass du mit dieser Schlampe befreundet warst. Dass du sie in der Nacht, in der sie überfallen wurde, aufgenommen hast. Habe ich dir das nicht erzählt? Ich habe ihr das angetan. Sie hat sich vielleicht gewehrt. Ein schlimmes Luder.«

Meinte er das Mädchen, das vergewaltigt worden war?

Wie war noch mal ihr Name? Carol O'Grady? Aber Mollie kannte sie kaum. »Was soll ich denn versteckt haben?«

»So willst du es also haben? Ich dachte, wenn du ein paar Tage eingesperrt bist, würde das deine Zunge vielleicht lockern, aber ich muss wohl zu brutalen Mitteln greifen. Die arme, alte Lynn. Sie mochte es nicht, dass ich ihr den Kopf rasiert habe. Aber ich musste es tun. Die Läuse, diese Krabbeltiere, hätten ihr hier unten sonst die Kopfhaut zerbissen. Siehst du, ich bin gar nicht so böse.«

Bevor ihr klar wurde, was er tat, hatte er sie schon an den Haaren hochgezogen. Er wickelte ihr Haar in einem festen Knoten um seine Finger und schnitt es mit der Schere ab. Hilflos sah sie zu, wie die Haare neben ihren nackten Füßen auf dem Boden landeten.

»Nein!«

Das Surren des Rasierapparats übertönte ihr Schluchzen, als er dicht an ihrer Kopfhaut entlangschnitt und ihr das Haar vom Kopf rasierte. Die Rasierklinge traf auf eine Pustel, die sich im Laufe des letzten Tages dort gebildet hatte, und Blut lief ihr über die Stirn in die Augen.

»Was willst du von mir?«, schrie sie.

»Den Ring an der Silberkette. Die dir deine vergewaltigte Freundin gegeben hat, damit du sie aufbewahrst.«

»Ich weiß nicht, wovon du redest.« Sie hatte wirklich keine Ahnung.

»Komm schon. Ich bin nicht blöd. Entweder hat sie ihn dieser Schlampe Elizabeth gegeben oder dir. Die Zicke ist gestorben, bevor ich etwas aus ihr herausbekommen konnte, also denke ich, dass du ihn haben musst. Also, wo zur Hölle ist er?«

Mollie sackte inmitten ihrer geschorenen Haare zu Boden und versuchte, sich zu erinnern. Sie hatte Carols Kleidung. Sonst nichts. Keinen Ring. Keine Kette. Aber das würde er ihr nicht glauben. Als er in die Hocke ging, um sie weiter zu rasieren, wusste sie, dass sie sich einen Plan einfallen lassen musste. Und zwar verdammt schnell. Sonst würde sie am Ende neben den Knochen auf dem Tisch vor sich hinvegetieren.

SECHSUNDNEUNZIG

Auf dem Weg zum Pflegeheim ließ sich Boyd von den Suchtrupps den Stand der Dinge durchgeben. Sie waren immer noch in den Rochfort Gardens, aber sie hatten nichts gefunden. Noch nicht. Als sie zum Gebäude fuhren, in dem früher das Pflegeheim untergebracht gewesen war, meldete sich Kirby über Funk.

»Habe die O'Donnells am Revier abgesetzt. Bin auf dem Weg, um Finn und Sara abzuholen, dann schließe ich mich dem Suchtrupp auf dem Ladystown Campingpark an.«

Boyd drückte ihn weg.

»Sie werden sie finden«, sagte Lottie. »Bist du in Ordnung?«

»Das werde ich erst sein, wenn das alles vorbei ist.«

Er fuhr bis vor das alte Heim und parkte dort. Lottie stieg aus dem Auto und ging zwischen zwei Gebäuden hindurch, die über ihr in die Höhe ragten, dann kam sie zu dem ältesten der Bauten.

»Dieses Haus stammt noch aus der Zeit der Großen Hungersnot«, sagte sie, als Boyd zu ihr kam.

»Ich dachte, Lynch wäre unsere Expertin für Lokalgeschichte.«

Sie zeigte auf eine Plakette über der schwarzen Holztür.
»Da steht es.« Sie drückte gegen die Tür und musste feststellen, dass sie fest verschlossen war. »Sehen wir uns mal
weiter hinten um.«

An der alten Mauer, hinter der sich das jetzige Pflegeheim befand, standen rostige Öltanks und Maschinenteile
lagen verstreut herum. Sie ging weiter nach rechts und
Boyd folgte ihr. Sie bogen noch einmal um die Ecke und
blieben dann stehen. Ein Auto war wahllos dort geparkt
worden.

»Wem gehört denn der Wagen?«, fragte Boyd und holte
sein Handy hervor.

»Ich tippe auf Cillian O'Donnell. Überprüf das mal
anhand des Nummernschilds.«

Er war bereits am Handy, als sie an dem Auto vorbeiging, einen Schutthaufen hinter sich ließ und seitlich neben
einem anderen Gebäude herauskam.

»Ist das ein Heizhaus?«, fragte sie.

»Ich würde sagen, ja. Aber sieh dir mal den Schornstein
an.« Er zeigte nach oben. »Hier muss einmal eine Verbrennungsanlage gewesen sein.«

Auf der Rückseite war eine Tür. Lottie stieß mit den
Knöcheln ihrer unversehrten Hand dagegen. Sie schwang
nach innen auf. Mit hochgezogenen Augenbrauen sah
Lottie zu Boyd.

»Schwein gehabt«, sagte er.

»Du weißt einfach immer, was ich denke. Zieh Handschuhe an, nur für den Fall, dass das tatsächlich eine heiße
Spur ist.«

Sie gingen hinein.

»Ich glaube, du hast recht, Boyd. Das war früher ein

Verbrennungsofen. Du gehst dort entlang und ich überprüfe diese Seite.«

Fünf Minuten lang sahen sie sich um, suchten alles ab und lauschten in die Stille. Nichts.

»Draußen steht ein Auto, also muss jemand hier sein«, sagte Lottie.

»Vielleicht will nur jemand die Gebühren auf dem Parkplatz des Pflegeheims umgehen. Hat das Auto einfach hier abgestellt und ist weggegangen.«

Sie ignorierte seine Bemerkung und öffnete die Tür zu dem ofenähnlichen Bauwerk, die in den gemauerten Vorbau des Schornsteins eingelassen war. Sie lehnte sich über den Rand und spähte hinein.

»Heilige Scheiße, Boyd. Da ist eine Falltür im Boden.«

War das da eben eine Stimme gewesen?

Es hatte danach geklungen. Eine Stimme, irgendwo da oben.

Er war so damit beschäftigt, sie kahl zu rasieren, dass er es wohl nicht gehört hat. Aber sie war sicher, dass oben über ihnen jemand war. Jemand, der zu ihm gehörte? Oder jemand, der ihr helfen würde? Sie musste ihn ablenken.

»Die Knochen«, setzte sie an, »woher stammen sie?«

»Warum willst du das wissen?«

»Ich finde sie ein bisschen unheimlich.«

»Ich sollte dir noch viel unheimlicher sein als die Knochen.«

»Ich habe keine Angst vor dir.« Die Hoffnung, dass vielleicht Rettung nahte, gab ihr einen Funken Mut zurück.

Er ließ ihren Kopf los und setzte sich auf den Boden. Sie drehte sich um, sodass sie ihn ansehen konnte.

»Wem könnte ich es denn erzählen, wo ich doch hier eingesperrt bin?«, fragte sie.

»Für ein hübsches Mädchen bist du ganz schön vorlaut.«

»Oh, ist schon gut. Du brauchst es mir nicht zu sagen. Ich will es gar nicht wissen.«

Er starrte sie an und kaute dabei auf der Innenseite seiner Wange herum. Wägte ab, was er tun sollte. War sie zu ihm durchgedrungen? Sie hoffte es.

»Die sind von einem Baby«, sagte er.

»Wessen Baby? Und wer war diese Lynn, von der du gesprochen hast?«

»Jetzt willst du also plaudern. Ich habe keine Zeit für so was.« Er hob die Schere.

»Ich sage dir, wo der Ring und die Halskette sind, wenn du mir von ihr erzählst.« Mollie hatte keine Ahnung, woher sie die Kraft dafür nahm, aber tief in ihrem Inneren wusste sie, dass das vielleicht ihre letzte Chance war. Wenn sie dafür sorgte, dass er weiterredete, könnte die Person, die oben war, sie vielleicht hören.

»Spielst du Spielchen mit mir?«

»Nein.«

»Das macht meine durchgeknallte Frau schon immer mit mir.«

»Das tut mir leid«, log sie und versuchte, ihr Mitgefühl überzeugend rüberzubringen.

»Die Knochen. Die sind von dem Baby meiner Schwester. Lynn war schwanger, als ich sie genommen habe. Weg von ihrem Bruder, der sie ja so liebte. Sie hatte immer mehr Zeit für ihn als für mich. Und er hat mich immer in Schwierigkeiten gebracht. Hat mir immer die Schuld zugeschoben. Sie war der Star unserer Familie, alle liebten sie abgöttisch und ich blieb außen vor. Das mittlere Kind, das war ich. Links liegen gelassen.« Er presste die Lippen grimmig zusammen und Mollie sah, dass seine Finger weiß wurden, weil er die Schere so fest umklammerte.

»Das ist ja furchtbar«, sagte sie beschwichtigend und überlegte, ob sie es schaffen würde, die Schere zu ergreifen.

»Das ist nicht fair«, sagte er. »Sie ist an diesem Tag nach Hause gekommen, die Hure, und hat vor meinem armseligen Vater und Bruder verkündet, dass sie von einem Zigeuner schwanger ist. Da wusste ich, dass das ihr Ende war. Der Glanz des Goldkinds war verblichen und ich sah meine Chance. Ich habe Lynn genommen, um sie für mich allein zu haben.«

»Wie hast du das geschafft?« Bitte rede weiter, betete Mollie. Oben herrschte Stille. War das ein gutes oder ein schlechtes Zeichen? Solange sie ihn weiterhin zum Reden bringen konnte, gab es noch Hoffnung.

»Der Alte ist weggelaufen, in die Kneipe, mein Bruder war am Boden zerstört und hat vor meinen Augen völlig die Beherrschung verloren, und Mutter musste jeden Moment nach Hause kommen. Ich wusste, dass man mir die Schuld geben würde, denn, Schätzchen, mir wurde immer die Schuld an allem gegeben. Lynn ist aus dem Haus gerannt. Sie hatte eine Scheißangst. Ich bin ihr gefolgt. Habe sie aufgesammelt. Habe ihr gut zugeredet und sie umgarnt. Habe ihr einen Haufen Lügen erzählt und sie hierher gebracht.«

»Gab es dieses Versteck hier schon immer?«

»Dieses Versteck ist ein Geniestreich von mir.«

»Dann musst du ja ziemlich schlau sein.«

»Das bin ich tatsächlich.« Er grinste. »Zuerst habe ich sie oben in dem Raum mit dem alten Verbrennungsofen eingesperrt, aber innerhalb von ein paar Wochen habe ich in dem Zimmer einen doppelten Boden mit einer Klappe nach hier unten eingebaut. Das hat alles zum ursprünglichen Heizhaus gehört. Einen ganzen Sommer lang habe ich beim Renovieren geholfen. Ich habe die Tür zugemauert und die Falltür und die Leiter eingebaut. Ja, ich bin sehr schlau. So hätte sie niemals jemand finden können. Und sie haben sie ja auch nicht gefunden. Endlich hatte ich etwas, was mein Bruder nicht haben konnte: Ich hatte sie ganz für mich allein.«

»Was ist mit ihrem ... Baby passiert?« Mollie konnte nicht verhindern, dass ihr Blick zu den blanken, weißen, winzigen Knochen wanderte.

»Er wurde tot geboren, der kleine Bastard. Ich habe ihn oben liegen gelassen, damit er verrottet. Ich habe überlegt, ihn zu begraben. Aber es war eine bessere Idee, seine Knochen hierher zu bringen, wo sie sie an jedem Tag ihres erbärmlichen Lebens sehen konnte.«

Mollie wurde speiübel. Welche seelischen Qualen das arme Mädchen erlitten haben musste! »Wo ist sie jetzt?«

»Wer?«

Sie bemerkte, dass seine Augen glasig wurden. Der Schleier des Wahnsinns legte sich über das Weiß, die Pupillen waren dunkel und hasserfüllt. Sie bemühte sich, mit fester Stimme zu sprechen.

»Deine Schwester.«

»Sie ist gestorben. Es hat so viel Spaß gemacht zuzusehen, wie sich alle jedes Jahr in ihrem Kummer suhlten und sich fragten, wo sie bloß sein könnte.« Er lachte. Es war ein seltsames, krächzendes Geräusch. »Sie haben keiner Menschenseele von dem Fahrenden erzählt. Sie hatte diesen Ring von ihm. Einen Claddagh-Ring oder so. Sie hat ihn verschluckt. Die dumme Schlampe. Ich weiß nicht, ob er in ihrer Speiseröhre stecken geblieben ist und sie vergiftet hat, oder was auch immer, aber als ich ihr erzählte, dass Mutter gestorben war, ohne jemals erfahren zu haben, dass sie noch lebt, hat Lynn es nicht mehr ertragen. Oder vielleicht lag es daran, dass ich mit der Beerdigung, der

Verwandtschaft und dem ganzen Scheiß beschäftigt war. Das dauerte eine ganze Woche: der Leichenschmaus, die Beerdigung, die Trauerfeier. Da habe ich vergessen, Essen und Trinken vorbeizubringen. Also vielleicht ist sie verhungert. Das war mir ziemlich egal. Aber ich hatte den Ärger mit ihrer Leiche, die ich irgendwie loswerden musste.«

»Du hättest sie hierlassen können«, wagte Mollie zu sagen. »Bei ihrem Baby.«

»Ich konnte den Geruch nicht ertragen. Und ich wollte diesen Raum frei haben, für den Fall, dass ich ihn mal brauche. Und so kam es ja dann auch.«

Mollie traute sich fast nicht zu fragen, aber schließlich brachte sie die Worte hervor: »Was hast du mit ihrer Leiche gemacht?«

»Ich habe sie in Bleiche gewaschen, in Müllsäcke gewickelt und sie draußen am See abgeladen, wo Ratten und Raubvögel sie fressen sollten. Aber ein paar dämliche Jugendliche haben sie gefunden, bevor sie bis auf die Knochen abgenagt worden war. Also, meine Hübsche, ich habe dir alles erzählt. Jetzt bist du dran. Sag es mir: Wo ist die Kette mit dem Ring?«

———

Lottie legte einen Finger an ihre Lippen. »Pst. Ich höre Stimmen. Da unten ist jemand.«

Boyd lehnte sich mit ihr in den höhlenartigen Raum. »Du hast recht. Ich gehe runter.«

»Nein, du musst Verstärkung rufen. Und sieh dich draußen aufmerksam um. Vielleicht gibt es noch einen anderen Weg in das Versteck. Dieses Gebäude befindet sich neben dem Heizhaus. Sieh dort nach. Aber sei leise.«

»Ich werde dich nicht alleinlassen.«

»Warum nicht?«

»Weil da unten vielleicht meine Schwester ist und du etwas Dummes anstellen wirst.«

»Das werde ich nicht. Ich werde bloß diese Tür bewachen. Geh jetzt und fordere Verstärkung an.«

Sie sah dabei zu, wie er widerwillig fortging, dann legte sie ein Ohr an die hölzerne Klappe im Boden. Die Geräusche drangen gedämpft zu ihr herüber, aber sie konnte trotzdem einige Worte verstehen. Sie schaltete die Aufnahmefunktion ihres Handys ein und schob das Telefon über die breiteste Lücke in der hölzernen Klappe, die sie finden konnte.

Sie hatte etwa fünf Minuten lang gelauscht und Boyd war noch nicht zurückgekehrt, als sie den Schrei hörte.

Ohne länger darüber nachzudenken, schob sie ihr Handy beiseite, riss die Klappe auf und sprang hinunter.

<h1 style="text-align:center">ACHTUNDNEUNZIG</h1>

Lottie schlug mit einem dumpfen Geräusch auf dem Boden auf, weil sie die meisten Sprossen der Leiter verfehlt hatte.

»Lassen Sie die Waffe fallen, Finn. Und gehen Sie weg von Mollie.«

Zwei Augenpaare starrten sie fassungslos an. In Mollies Blick lag Schrecken und in Finns Verwirrung. Der Raum war beengt, die Luft erfüllt von dem Geruch der Angst. Er rann von den Wänden und überzog die Haut des nackten Mädchens wie ein unsichtbarer Schimmer.

Sie kniete auf dem Boden. Ihr Kopf war willkürlich rasiert worden. Er stand hinter ihr, hatte einen Arm um ihre Taille gewickelt, den anderen um ihren Hals, und drückte sie an seinen Körper. In einer Hand hielt er eine Schere und zielte damit direkt auf ihr Auge.

»Bleiben Sie da stehen«, knurrte er. »Ich mache sie fertig, das schwöre ich.«

»Das wäre kein kluger Zug.« Obwohl Lottie immer noch auf dem Boden lag, versuchte sie, etwas in ihrer Nähe zu finden, das sie als Waffe benutzen konnte. Sie hatte keine Tasche und keine Waffe bei sich, aber Mollie war in

Gefahr und sie musste etwas tun. Wo zum Teufel war Boyd?

»Oh, ich finde schon, dass das ein kluger Zug wäre. Ich habe Sie alle ausgetrickst.«

Ein Geräusch über ihnen ließ Lottie nach oben blicken. Aber es war nicht Boyd, sondern Cillian O'Donnell. Wo zum Henker kam er denn jetzt her? Das war gar nicht gut.

Finn brach in ungezügeltes Lachen aus. »Jetzt können wir einen auf glückliche Familien machen, liebster Bruder.«

Cillian stieg von der Leiter, griff nach unten und zog Lottie hoch, bis sie stand. Scheiße, dachte sie. Die beiden stecken unter einer Decke. Wo zum Teufel war Boyd?

»Es ist okay, Finn, ich habe die Polizistin unter Kontrolle«, sagte er. »Leg die Schere weg. Du willst doch nicht noch einen Mord auf dem Gewissen haben, oder?«

»Noch einen Mord? Was redest du da?«

»Wir können das zusammen erledigen. Du und ich. So wie in den guten alten Zeiten.«

Lottie spürte, wie sich die Härchen an ihren Armen aufstellten. Wie sollte sie es schaffen, beide Männer zu überrumpeln? Mollie sah nicht so aus, als wäre sie körperlich in der Lage, ihr zu helfen. Boyd sollte sich besser beeilen.

»Ja, Finn«, sagte sie. »Legen Sie die Schere weg.«

»Mach, dass sie den Mund hält«, schrie Finn.

»Ich habe sie. Kein Grund zu schreien«, sagte Cillian. Lottie spürte, dass er seinen Arm um ihren Hals schlang.

Finn stieß ein Knurren aus. »Was geht dich das an? Du hast dich nie für mich interessiert, und das wird sich jetzt auch nicht mehr ändern.«

»Doch, es geht mich sehr wohl etwas an«, sagte Cillian. »Denn ich möchte dir helfen. So wie du mir bei Lynn geholfen hast.«

»Was meinst du damit?« Die Hand mit der Schere zitterte.

Mollie rührte sich nicht, nur ihre Augen verrieten, dass sie am Leben war. Ihr Blick huschte hilfesuchend von Cillian zu Lottie. Erneut suchte Lottie den Raum nach einer Waffe ab. Obwohl es hier unten so beengt war, schien Finn meilenweit von ihr entfernt und damit unerreichbar zu sein.

»Du hast sie weggebracht, nicht wahr?«, setzte Cillian an. »Bevor sie Schande über unsere ganze Familie bringen konnte. Du hast uns einen Haufen Ärger erspart, Bruder.«

Hatte er vor, die Wahrheit zu verdrehen, um Finn glauben zu machen, dass er bei alledem der Gute war? Falls ja, wäre das ein kluger Schachzug. Aber vielleicht war es auch nur ein Trick. Lottie war so erschöpft, die letzten vierundzwanzig Stunden hatten sie derart mitgenommen, dass ihr Bauchgefühl sie verlassen zu haben schien. Sie konnte die Situation nicht einschätzen. Sie brauchte Boyd.

»Findest du wirklich?«, fragte Finn und ließ seine Hand ein Stück nach unten sinken. Die Schere lag jetzt an Mollies Hals, denn das Mädchen hatte sich noch immer nicht bewegt.

»Klar. Und dieser Fahrende«, fuhr Cillian fort, »der hat nur bekommen, was er verdient hat.«

»Und ob. Ich habe seine Bruchbude niedergebrannt. Jetzt hat er gar nichts mehr. All die Jahre hat er dort gelebt und uns verspottet, aber er wusste nie, dass Lynn direkt vor seiner Nase versteckt war. Das fand ich lustig.«

»Finn?«, setzte Cillian an.

»Ja, Bruder?«

»Dass du Lynn genommen hast, kann ich verstehen. Aber was ist mit Carol? Warum musstest du sie mir auch wegnehmen?«

»Wovon redest du?«, fragte Finn. Auf seiner Stirn zeichneten sich zwei gerade Linien ab.

Ja, wovon redest du?, dachte Lottie.

»Warum hast du hast sie vergewaltigt?«

Weil Cillians Arm immer noch an ihrem Hals lag und er sie an sich zog, spürte Lottie die Tränen, die ihm über das Gesicht liefen. Sie blickte hinab auf seine freie Hand, um zu sehen, ob er eine Waffe hatte, aber da war nichts. Sie musste das hören.

»Vergewaltigt? Ich habe nicht …« Finn funkelte seinen Bruder wütend an.

»Du hast es getan. Ich weiß, dass du es warst. Aber warum?«

»Du weißt also mal wieder alles.« Er zog die Schere weg von Mollie und richtete sie auf Cillian, aber er hielt die Frau immer noch mit dem anderen Arm an der Taille fest. »Du hattest Keelan und Saoirse. Du hattest alles und du hast es einfach kaputtgemacht. Bist herumgestreunt und hast es mit dieser Schlampe Carol getrieben. Und ich sitze zu Hause mit Scheiß-Sara, der Kuckucksuhr. Ticktack. Die Zeit ist um.«

Sein Angriff kam schnell. Aber Lottie war schneller. Sie rammte den Ellbogen in Cillians Magengegend und stieß ihn zurück gegen die Leiter. Mit einem Satz nach vorn trat sie Finn zwischen die Beine und riss ihm die Waffe aus der Hand, als er sich vor Schmerz krümmte. Mollie fiel zu Boden und rollte sich unter das Bett.

Hektische Schritte erklangen auf den Leitersprossen, dann sprang Boyd über den niedergestreckten Cillian und landete auf Finn. Lottie hörte das Surren eines Motors und zuckte zusammen. Finn stürzte sich mit dem Rasierapparat auf Boyds Gesicht und zerschnitt seine Wange. Aber Boyd hielt Finns Handgelenke so lange fest, bis der Rasierapparat zu Boden fiel.

Lottie legte dem Entführer Handschellen an und atmete erleichtert auf. Dann redete sie Mollie gut zu, bis diese unter dem Bett hervorkam, und nahm sie in den Arm. Boyd legte währenddessen auch Cillian Handschellen an.

Bevor Lottie den beiden Männern ihre Rechte vorlas, sah sie sich in dem Kabuff um. Sie bemerkte die kleinen Bilder an den Wänden. Sah den Namen, der darauf stand.

Und dann sah sie die Knochen.

Kirby kratzte sich am Kopf und steckte sich eine Zigarre in den Mund. Der Wind wirbelte Wellen auf dem See auf.

»Wag es nicht, die anzuzünden«, sagte Lynch und zog die Tür eines Wohnwagens auf.

»Das muss schon die fünfzigste Tür sein, die wir heute aufmachen«, sagte er und blickte sehnsüchtig auf die Zigarre in seiner Hand, bevor er sie wieder in seiner Tasche verstaute.

»Es ist die zehnte«, sagte Lynch. »Aber hier ist nichts. Hast du den Schlüssel für den nächsten Wohnwagen?«

Kirby sah an dem Schlüsselbündel nach, den sie in der verlassenen Hütte des Verwalters gefunden hatten. So viel zum Thema Sicherheit. »Das ist Zeitverschwendung. In keinem der Wagen ist jemand.«

»Gib mir den Schlüssel.« Lynch marschierte zu Nummer elf.

»Was ist mit dem da drüben?« Kirby ging auf einen kleinen Wohnwagen zu, der am Ende der Reihe stand und von Gebüsch umgeben war. Die Fenster waren zugenagelt worden und das Trittbrett war kaputt. Und von Gasflaschen oder Mülleimern war nichts zu sehen.

»Woher zum Teufel soll ich das wissen?« Lynch riss ihm den Schlüsselbund aus der Hand. »Vielleicht ist der Besitzer verstorben und der Wohnwagen wurde dem Verfall überlassen.«

Sie ging mit den Schlüsseln weg und Kirby wollte ihr folgen, aber dann bemerkte er, dass an der Tür ein neues Schloss hing, und hielt inne.

»Lynch. Das sieht verdächtig aus.«

»Für dich sieht heute alles verdächtig aus«, rief sie zurück.

Er ging näher heran und versuchte, trotz der vernagelten Fenster etwas zu erkennen. Aber es gab keine Ritzen zwischen den Holzbrettern und er konnte nichts sehen. Er rüttelte an der Türklinke. »Hallo? Ist da jemand?«

Er legte sein Ohr an das Holz. Kein Ton war zu hören. Trotzdem sagte ihm sein Bauchgefühl, dass er der Sache weiter nachgehen sollte. Eine Gripzange wäre jetzt praktisch, dachte er.

»Gibt es an dem Schlüsselbund auch einen Schlüssel für ein Vorhängeschloss?«, rief er Lynch zu.

»Nein.« Sie kam zu ihm.

Kirby dachte einen Augenblick lang nach. »Achtung, geh einen Schritt zurück.«

Das Holz splitterte, als sein Stiefel durch das morsche Holz brach. Das Schloss hielt der Krafteinwirkung stand, aber er zerrte mit seinen bloßen Händen an den Latten, bis er hindurchtreten konnte. Das einströmende Licht warf einen Schatten auf eine Gestalt, die auf dem Boden lag.

»Ruf einen Krankenwagen«, flüsterte er.

———

Das Absperrband, das für Tatorte genutzt wurde, flatterte rund um sein ausgebranntes Haus. Paddy McWard vergrub die Hände tief in den Jackentaschen und blinzelte seine Tränen weg. Sein ganzes Leben lang hatte er sich gegen Diskriminierung und Vorurteile behauptet, aber er hatte nie eine Chance gehabt, sich für Lynn einzusetzen. Und wegen seiner Gefühle für sie hatte er sich nie erlaubt, Bridie zu lieben.

Aber seinen Sohn, den kleinen Tommy ...

Er schluckte das Schluchzen, das in seiner Kehle aufstieg, wieder hinunter.

Lange und unermüdlich hatte er dafür gekämpft, junge Männer aus dem gefährlichen Milieu zu retten, nachdem er seinen Bruder verloren hatte. Jetzt musste er etwas gegen die Ungerechtigkeit tun, unter der sein Volk litt. Er wusste zwar noch nicht was, aber er würde sich nicht völlig kleinkriegen lassen.

Er drehte sich um, weil er hinter sich Schritte hörte. Da stand ein Priester und seine Augen funkelten im Mondlicht.

»Hallo, Paddy. Ich bin Pater Joe Burke. Ich kann die Qualen, die Sie durchmachen, ein bisschen nachvollziehen. Und ich bin ein guter Zuhörer, wenn Sie reden möchten.«

»Wissen Sie was, Pater, ich glaube, das ist eine gute Idee.«

EINHUNDERT

Boyd hatte ein großes weißes Pflaster auf der Wange und auf dem Kiefer kleben.

»Passt gut zu dem Bluterguss auf der anderen Seite«, sagte Lottie. »Dieser Finn konnte dich wirklich nicht leiden.«

»Das ist nicht witzig, sondern sehr schmerzhaft.« Boyd sah auf, als die Sirene eines Krankenwagens vor der Notaufnahme aufheulte und dann wieder verstummte.

Lottie überflog die Nachricht auf ihrem Handy noch einmal. »Das sollten sie sein.«

Boyd stürzte nach vorn, als die Sanitäter die Krankentrage ausluden, die Räder sicherten und sie an ihnen vorbeischoben. Boyd griff nach Graces Hand und folgte der Trage ins Krankenhaus.

»Es wird alles wieder gut«, sagte Lottie.

Aber Boyd war bereits verschwunden.

Zurück im Büro versuchte Lottie zu verstehen, was in dem alten Gebäudekomplex des Pflegeheims geschehen war.

Finn und Cillian waren verhaftet worden, obwohl sie inzwischen vermutete, dass Cillian nicht an der Entführung seiner Schwester beteiligt gewesen war. Die war allein Finns Werk gewesen. Und er hatte die McWards wegen seiner krankhaften Eifersucht ins Verderben gestürzt. Sie musste noch Carol erneut befragen und ihre Aussage aufnehmen. Aber sobald Finn zu reden begann, würde er abgesehen von seinen anderen Verbrechen auch wegen Vergewaltigung angeklagt werden.

Mollie war im Krankenhaus, genau wie Grace, und es sah aus, als würden sich beide körperlich von den Strapazen der letzten Tage erholen. Die seelischen Folgen hingegen waren ein anderes Thema. Boyds Mutter war aus Galway eingetroffen und auch er müsste jeden Moment ins Büro zurückkehren.

Da ging die Tür auf und er kam herein.

»Du siehst scheiße aus«, sagte er, zog einen Stuhl vom Tisch und ließ sich mit einem Plumps darauf fallen.

»Das musst du gerade sagen«, erwiderte Lottie. »Ist Grace in Ordnung? Bist du in Ordnung?«

»Sie wird wieder werden. Es ist hart, wenn die eigene Familie mit reingezogen wird«, sagte er.

»Das kannst du laut sagen.«

»Es ist hart ...«

»Boyd!« Sie streckte unter ihrem Schreibtisch die Beine aus. Dabei blieb ihr Fuß am Riemen ihrer Tasche hängen und sie zog sie zu sich heran. Sie hatte gestern Abend vergessen, sie mit nach Hause zu nehmen, also war darin noch der Umschlag mit Katies Geld. Immerhin eine Sache, die das Feuer überlebt hatte.

»Diese O'Donnell-Familie war wirklich zerrüttet«, sagte sie. »Ich komme immer wieder zu dem Gedanken zurück, dass Carol Elizabeths Tod vielleicht hätte verhindern können, wenn sie die Vergewaltigung angezeigt hätte.«

»Es war nicht ihre Schuld. Sie war völlig verängstigt. Und wie viele Vergewaltigungsopfer dachte sie, sie könnte selbst etwas dafür, was passiert war. Um alles noch komplizierter zu machen, hat sie gedacht, dass sie ihr Geliebter, Cillian, vergewaltigt hat. Sie hat geschwiegen und geglaubt, sie würde ihn so schützen.«

»Arme Frau.«

»Und als sein durchgeknallter Bruder bemerkt hat, dass er die Kette und den Ring verloren hat, hat er danach gesucht alle ausfindig gemacht, mit denen Carol Kontakt hatte, und sie befragt.« Lottie seufzte.

»Aber alles begann damit, dass Lynn sich in Paddy McWard verliebt hat, dessen einziges Verbrechen es war, in eine Gemeinschaft hineingeboren worden zu sein, die von den O'Donnell-Männern verachtet wird.« Boyd schlug frustriert mit der Hand auf den Schreibtisch. »Weil sie lauter Vorurteile hatten!«

»Nein, es fing schon vorher an. Mit der Eifersucht zwischen zwei Brüdern. Mit der Eifersucht innerhalb ihrer Familie.«

Kirby platzte zur Tür herein. »Tut mir leid, Boss. Aber wir haben eine Leiche gefunden.«

»Wo? Und wen? Wir haben doch jetzt alle aufgespürt.«

»Auf den Bahngleisen. Direkt neben dem Friedhof. Die Berichte kamen vor einer halben Stunde rein.« Kirby war ganz außer Atem.

»Wer ist es?«

Kirby legte ein Foto vor Lottie auf den Schreibtisch. »Das ist sein Foto, von der Falltafel. Er wurde vom Abendzug erfasst.«

»Matt Mullin«, sagte Lottie. »Der Arme.«

»Wenn es Grace besser geht, werde ich sie bitten, einen Blick auf sein Foto zu werfen«, sagte Boyd. »Wahrscheinlich hat Mullin Mollie dazu gebracht, den Platz zu wechseln und sich neben sie zu setzen.«

»Danke, Kirby«, sagte Lottie. »Könnten Sie seine Mutter informieren? Nehmen Sie eine Opferbetreuerin mit.«

»Wird gemacht. Oh, und noch eine Sache, Boss. Die Spurensicherung hat Finn O'Donnells Auto durchsucht. Sie haben Hautschüppchen im Fußraum und auf den Vorder- und Rücksitzen gefunden.«

»Das stellt eine direkte Verbindung zwischen Finn und Elizabeth Byrne her. Sie litt an Schuppenflechte.«

»Und seine DNA sollte ihm die Vergewaltigung nachweisen«, sagte Boyd. »Wo ist sein Bruder jetzt?«

»Wir haben ihn auf Kaution freigelassen, also ist er wahrscheinlich zu Hause und rauft sich entweder wieder mit Keelan zusammen oder packt seine Koffer. So oder so, Cillian hat bisher nichts Strafbares getan, das wir beweisen könnten.«

»Es sei denn, Keelan erstattet eine offizielle Anzeige wegen häuslicher Gewalt.«

»Das wird die Zeit zeigen«, sagte Lottie.

»Aber woher wusste er, dass Finn im alten Gebäude des Pflegeheims war?« Boyd rieb sich über das Kinn und zuckte zusammen, als seine Finger am Pflaster hängen blieben.

»Seiner Aussage nach war er mit Carol am See und sie hat ihm erzählt, dass sie vergewaltigt worden ist. Als sie die Kette mit dem Ring erwähnt hat, fiel sein Verdacht sofort auf seinen Bruder. Und er wusste, dass es nur zwei Orte gab, an denen Finn ein besonderes Interesse hatte. Einer war die stillgelegte Eisenbahntrasse, also fuhr er zuerst dorthin, und dann machte er sich auf den Weg zu Finns anderem Lieblingsort: dem alten Gebäudekomplex, in dem früher das Pflegeheim untergebracht war.«

»War er nicht vorher schon einmal dort? Dann wäre er doch sicher auf Lynn gestoßen?«

»Er meint, er wäre nie da gewesen, aber beide hätten dort gearbeitet, als sie jünger waren. Er sagte, Finn hätte oft über die alte Verbrennungsanlage gesprochen und darüber, dass er sie eines Tages instand setzen wollte.«

»Ich glaube immer noch, dass Cillian mit drinhing.«

»Das glaube ich nicht«, sagte Lottie. In diesem Moment leuchtete das Telefon auf ihrem Schreibtisch auf. Sie nahm den Anruf entgegen, obwohl sie sich nicht nur körperlich, sondern auch geistig erschöpft fühlte. Die Brandkatastrophe von letzter Nacht schien dafür gesorgt zu haben, dass ihr Gehirn zusammengeschrumpelt war.

Es war Jim McGlynn.

»Gibt es Neuigkeiten hinsichtlich der Frage, wer versucht hat, meine Familie zu ermorden?«, fragte Lottie.

»Das Feuer ist in Ihrem Hauswirtschaftsraum ausgebrochen. Die Ursache war wahrscheinlich ein Wäschetrockner.«

»Das kann nicht sein.« Lottie spürte, dass ihre Wangen vor Scham glühten. »Es kann nicht meine eigene Schuld sein.«

»Wir sind noch nicht fertig mit unserer Arbeit. Vielleicht finden wir noch etwas anderes. Ich wollte Ihnen das nur schon mal sagen.«

»Danke, Jim.«

»Sie sollten aber Ihren Versicherungsstatus überprüfen.«

»Oh, ist der Brandfall etwa nicht abgedeckt?«

»Woher soll ich das wissen?« McGlynn legte auf.

Lottie blickte auf. »Was ist?«

»Es ist deine Schuld?«, fragte Boyd.

Tränen stiegen Lottie in die Augen. Sie drängte sie mit einem Schniefen zurück. »Herrgott, Boyd. Was habe ich meiner Familie damit angetan? Ich habe nie Zeit für die Wartung der Geräte oder den ganzen Haushaltskram. Es muss immer alles schnell gehen. O mein Gott. Das ist alles meine Schuld.« Sie legte den Kopf auf den Schreibtisch und versteckte sich unter ihren Armen.

»Sch, Lottie«, sagte Boyd. »Mach dir keine Vorwürfe. Es könnte sich immer noch herausstellen, dass dieser Mistkerl Finn O'Donnell schuld daran ist.«

Sie hob den Kopf. »Vielleicht hast du recht. Ich weiß nicht, was schlimmer ist. Zu denken, dass es meine Schuld ist, oder dass es jemand auf mich und meine Familie abgesehen hat.«

Kirby steckte seinen Kopf zur Tür hinein. »Lynch gibt die erste Runde im Cafferty's aus. Stimmt's, Lynch?«

»Lass mich in Ruhe, Kirby. Ich kann nichts trinken, und das weißt du auch.«

»Warum nicht?«, fragte Boyd.

»Ich bin schwanger«, antwortete Lynch und errötete.

»Oh, endlich mal gute Neuigkeiten«, sagte Boyd.

»Wie geht es Grace?«, fragte Lynch.

»Sie wird wieder werden. Meine Mutter ist bei ihr. Ich sollte wohl lieber zurück ins Krankenhaus fahren.«

»Und ich rufe dann mal Gilly an«, sagte Kirby. »Ich will den abgeschlossenen Fall nicht allein feiern.«

Das Büro leerte sich zusehends, und als sie allein war, rief Lottie Chloe an.

»Hey, Süße. Wie geht es dir und Sean?«

»Gut. Ich hatte einen super Tag mit Gilly. Sie ist cool. Wir haben jede Menge Klamotten in der Stadt gekauft. Warte, bis ich dir die Sachen zeige. Und für Sean haben wir einen Hoodie und T-Shirts und ein Paar Jeans besorgt. Er läuft allerdings barfuß herum. Wir haben vergessen, ihm auch Schuhe zu kaufen.«

»Ich hole ihm morgen welche.«

»Er hat den ganzen Tag lang zusammen mit Oma alte Filme im Fernsehen angeschaut. Und weißt du was? Das hat ihm sogar Spaß gemacht.«

»Das ist ja schön.« Lottie spürte ein eifersüchtiges Stechen im Brustkorb. »Soll ich was zu essen mitbringen?«

»Lädt Boyd dich ein?«

»Nein, aber ich habe meine Handtasche mit Katies Geld wiedergefunden.«

»Das war nur ein Scherz. Wegen Boyd, meine ich. Bring ihn mit. Oma will mit ihm reden.«

»Ernsthaft?«

»Nicht wirklich.« Chloe senkte ihre Stimme zum Flüsterton. »Wir können nicht hierbleiben, Mum. Sie macht mich noch wahnsinnig, und morgen wird Sean die Schnauze voll von den Filmen haben. Aber es sind noch eine Woche lang Ferien. Was sollen wir nur machen?«

»Es tut mir leid, Chloe, aber wir müssen noch eine Weile bei ihr bleiben. Zumindest bis ich eine Mietwohnung gefunden habe.«

»Oma will mit dir sprechen.«

»Nein, Chloe, ich muss los.«

Zu spät.

»Immer bist du auf dem Sprung.« Rose Fitzpatrick war wieder ganz die Alte.

»Du wirst mir kein Essen von der Imbissbude ins Haus bringen. Ich habe einen Truthahn und einen Schinken zubereitet.«

»Aber es ist doch nicht Weihnachten.«

»Es ist Valentinstag. Es wird höchste Zeit, dass wir hier

ein bisschen Liebe abbekommen. Und bring den Burschen mit den großen Ohren mit.«

»Wen? Boyd?«

»Ja. Ich mag ihn. Bist du schon auf dem Weg?«

Lottie legte auf und bemerkte, dass Boyd im Türrahmen lehnte.

»Ich dachte, du wärst ins Krankenhaus gefahren«, sagte sie und hantierte mit den Akten auf ihrem Schreibtisch herum. Dabei fiel ihr Blick auf die kleinen Bilder in dem Beweismittelbeutel aus Plastik.

»Ich wollte nur sichergehen, dass du nicht die ganze Nacht über hierbleibst.«

»Es muss die Hölle für Lynn gewesen sein, zehn Jahre lang in diesem winzigen Raum festgehalten zu werden. Und die Knochen ihres Babys direkt vor ihren Augen. Wie grausam können Menschen sein?«, fragte Lottie.

»Das Baby kann zusammen mit seiner Mutter bestattet werden, sobald Jane die DNA-Tests durchgeführt hat.«

»Ich versuche, die Signatur zu entziffern.« Sie hob ein anderes Bild hoch, das einen Zug zeigte. Dann schaute sie plötzlich mit tränenerfüllten Augen auf.

»Was hast du, Lottie?« Boyd beugte sich über den Schreibtisch und griff nach ihrer Hand.

Die Berührung war angenehm, denn Lottie brauchte in diesem Moment die Nähe eines aufrichtigen, freundlichen Menschen. Es gab zu viel Böses auf der Welt. Trotzdem zog sie ihre Hand weg.

»Lynn hat nie aufgehört, den Vater ihres Kindes zu lieben.« Sie drehte das Bild herum, sodass Boyd die Schrift lesen konnte. »Sieh dir das Wort auf dem Zug an. Es ist sein Name. Paddy.«

»Der arme Kerl. Er ist dabei, die Beerdigungen zu organisieren. Aber er wird wahrscheinlich nicht zu Lynns Beerdigung kommen können. Donal O'Donnell will ihn nicht dabeihaben.«

»Wenn Keelan ein Wort mitzureden hat, wird Paddy dabei sein. Ich glaube, sie hat die Nase voll von den Eifersüchteleien und den Vorurteilen dieser Familie. Und das habe ich ehrlich gesagt auch.«

Kirby stürmte herein, eine noch nicht angezündete Zigarre zwischen den Lippen.

»Was ist jetzt schon wieder?«, fragte Lottie.

»McMahon. Er ist auf dem Kriegspfad. Schlimmer als wir es von Corrigan kennen. Und er ist auf dem Weg hierher. An Ihrer Stelle würde ich schleunigst verschwinden.«

»So ein Arsch«, sagte Boyd.

»Scheiße«, murmelte Lottie.

EPILOG

Lottie stand in der Straße, Boyd neben ihr, und sie betrachtete die Überreste ihres ausgebrannten Hauses. Es war dunkel, und selbst der Himmel war aufgewühlt.

»Warum haben sich die Götter gegen mich verschworen? Warum nehmen sie mir alles weg?«

»Du hast immer noch deine Familie und du hast immer noch deinen Job«, sagte Boyd. »Du hast Glück, dass McMahon deinen Fernsehausraster nicht weiter verfolgt.«

»Das macht er bloß nicht, damit er sich mit dem Erfolg brüsten kann, den Mordfall so schnell aufgeklärt zu haben. Ich frage mich, ob Cynthia Rhodes wohl weiterhin aus Ragmullin berichten wird.«

»Da bin ich mir sicher.«

»Gibt es etwas Neues von Corrigan?«, fragte Lottie. »Ich hätte nie gedacht, dass ich das einmal sagen würde, aber ich vermisse ihn.«

»Seine Operation ist erfolgreich verlaufen, aber ich weiß nicht, wann er zurückkommt, falls er überhaupt zurückkommt.«

»Das heißt, dass ich McMahon noch länger ertragen muss!«

»Oder dass er dich noch länger ertragen muss«, sagte Boyd und lachte.

»Boyd, ich habe kein Zuhause mehr. Der Rauch und die Flammen haben alles verschlungen. Es ist nur noch Asche übrig.«

»Aber du hast noch Katies Geld, das sie von Tom Rickard hat«, sagte er und lächelte.

»Das ist nicht lustig.« Sie vergrub ihre Hände tiefer in den Taschen des Wollmantels ihrer Mutter.

»Ich weiß, aber manchmal bleibt einem nichts anderes übrig, als die Dinge mit Galgenhumor zu nehmen«, sagte er.

Ihr Telefon vibrierte in ihrer Manteltasche und im selben Moment prasselte der Regen beinahe diagonal auf sie herunter und schnitt in ihr Gesicht wie Glasscherben.

Sie ging trotz der unbekannten Nummer ran.

»Spreche ich mit Lottie Parker?«

»Ja.« Sie lief in kleinen Kreisen auf der Straße herum. »Wer ist denn da?«

»Captain Leo Belfield. Ich bin vom NYPD. New York Police Department.«

Lotties Knie prallten auf den harten Asphalt, als sie zu Boden sackte, während um sie herum der Regen niederging. Sie presste das Telefon an ihr Ohr.

»Was ist passiert? Oh, allmächtiger Gott! Bitte sagen Sie mir, dass es ihnen gut geht!« Boyd beugte sich hinunter und schlang seine Arme um sie. Sie schüttelte ihn ab.

»Tut mir leid, ich kann Ihnen nicht ganz folgen«, sagte der Anrufer. »Noch mal langsam, bitte.«

»Meine Tochter und mein Enkel sind gerade in New York«, brachte sie unter Schluchzen hervor. Jetzt hatte sie alle Fassung verloren. »Sagen Sie mir, dass ihnen nichts passiert ist. Du lieber Gott, Herr im Himmel ...«

»Ähm, davon weiß ich nichts, Ma'am.«

»Oh.« Sie ließ sich auf den Bordstein fallen, ohne sich darum zu kümmern, dass ihre Kleidung sich mit Wasser vollsog. »Warum rufen Sie mich dann an?«

»Ich habe Ihre Nummer bei den Sachen meiner Mutter gefunden.«

»Ihrer Mutter? Worum geht es denn? Sie haben mich beinahe zu Tode erschreckt.«

»Der Name meiner Mutter ist Alexis Belfield. Sie hat einen Herzinfarkt erlitten, aber es besteht kein Grund zur Sorge. Der Arzt sagt, mit den richtigen Medikamenten wird sie wieder gesund werden. Ich musste ihre Unterlagen und einige Dateien auf dem Computer durchgehen, um die Angaben zu ihrer Krankenversicherung herauszusuchen. Ich habe Ihnen eine E-Mail geschickt, aber Sie haben nicht geantwortet. Nach einigen Nachforschungen bin ich dann auf Ihre Nummer gestoßen und habe beschlossen, Sie anzurufen. Ich glaube nicht, dass ich diese Dateien überhaupt jemals zu Gesicht bekommen sollte ...«

»Hey, Moment mal. Sagten Sie Alexis Belfield?«

»Genau die. Sie ist meine Mutter.«

»Oh!« Lottie starrte mit großen Augen zu Boyd hoch, während ihr Herz schmerzhaft gegen ihren Brustkorb hämmerte.

»Ich wollte mich mal kurz vorstellen und Hallo sagen. Ich glaube, wir sind verwandt, wenn das stimmt, was ich hier gelesen habe.«

»Wie sagten Sie noch gleich, war Ihr Name?«

»Leo Belfield. Und wissen Sie, Lottie Parker, ich glaube, ich bin vielleicht Ihr Halbbruder.«

»Was?« Sie hätte beinahe das Handy fallengelassen.

»Kommen Sie in nächster Zeit mal in die Staaten? Oder hey, wie wär's, wenn ich Sie besuchen komme! Ich bin sicher, Mom würde sich freuen.«

Ich bin sicher, das würde sie nicht, dachte Lottie.

»Ist das Ihr Ernst?«, fragte sie.

Er hielt zum ersten Mal in diesem Gespräch inne. »Entschuldige, habe ich Sie irgendwie verärgert? Ich weiß, dass ein Anruf nicht die feine Art ist, um sich vorzustellen, aber ich war aufgeregt und ...«

»Ich muss das erst einmal verdauen.« Die Worte platzten einfach aus ihr heraus. »Wissen Sie, mein Haus ist letzte Nacht bis auf die Grundmauern niedergebrannt. Ich lebe mit meinen zwei Teenagern im Haus meiner Mutter und sie ist nicht gerade einfach im Umgang, aber das ist eine andere Geschichte. Meine Älteste ist zurzeit mit ihrem Sohn, meinem Enkel, in New York, und deshalb haben Sie mich zu Tode erschreckt. Ich habe gerade einen großen Fall gelöst und jetzt sitze ich im Regen am Straßenrand und weiß nicht, wie meine Zukunft aussieht. Ich brauche Zeit zum Nachdenken. Bitte, Leo, kommen Sie nicht her. Jedenfalls jetzt noch nicht.«

Sie legte auf und starrte Boyd an.

»Ich kann es nicht fassen«, sagte sie.

»Ich auch nicht. Was war das denn?«

Lottie blickte zum Himmel auf. Der Regen verwandelte sich allmählich in einen Graupelschauer.

»Ich dachte ... ich dachte, Katie und Louis wäre etwas zugestoßen.«

»Aber es geht ihnen gut.«

»Ja. Aber er hat gesagt ... dieser Leo am Telefon ... er hat gesagt, dass er vielleicht mein Halbbruder ist. Mein Gott, Boyd. Was soll ich denn jetzt machen?«

»Zuerst stehst du aus dieser Pfütze auf. Hier, nimm

meine Hand. Und dann musst du zu deiner Mutter rübergehen und deine Kinder in den Arm nehmen. Und mit diesem Leo musst du dich nicht treffen, wenn du nicht möchtest.«

»Das wird Rose den Rest geben.« Lottie wand sich aus seinem Griff. »Ich werde es ihr nicht sagen. Und du wirst das auch nicht tun.«

»Werde ich nicht. Aber Lottie ... du musst ernsthaft darüber nachdenken, was dieser Anruf bedeutet.«

»Das werde ich.« Sie bemerkte den verletzten Ausdruck, der für einen Moment in seinem Blick lag. »Nur nicht mehr heute Abend.«

Sie hakte sich bei ihm ein, lehnte sich an seine Schulter und ließ den Ort, der einmal ihr Zuhause gewesen war, hinter sich.

Und sie hatte wirklich keine Ahnung, wohin ihr Weg führen würde.

EIN BRIEF VON PATRICIA

Hallo, liebe Leserinnen und Leser,

ich möchte euch herzlich dafür danken, dass ihr meinen vierten Roman, *Nie in Sicherheit*, gelesen habt.

Ich weiß es sehr zu schätzen, dass ihr eure kostbare Zeit Lottie Parker, ihrer Familie und ihrem Team gewidmet habt. Wenn euch dieser Ausflug gefallen hat, möchtet ihr Lottie vielleicht durch die gesamte Romanreihe hindurch begleiten. Euch, die ihr bereits die ersten drei Lottie-Parker-Bücher *Die vergessenen Kinder*, *Die geraubten Mädchen* und *Das verlorene Kind* gelesen habt, danke ich für eure Unterstützung und für eure Rezensionen.

Wenn ihr euch zu meinem Newsletter anmelden möchtet, um über meine Neuerscheinungen auf dem Laufenden zu bleiben, klickt bitte hier:

www.bookouture.com/bookouture-deutschland-sign-up

Alle Figuren dieser Geschichte sind frei erfunden, genau wie die Stadt Ragmullin, auch wenn Ereignisse aus meinem Leben mein Schreiben stark beeinflusst haben.

Wenn euch *Nie in Sicherheit* gefallen hat, würde ich mich sehr über eine Rezension auf einer Online-Plattform freuen. Das würde mir viel bedeuten. Die wunderbaren Rezensionen, die bisher zu meinen Büchern geschrieben wurden, motivieren mich, an mich selbst zu glauben und weiterzuschreiben.

Ihr könnt euch über meine Facebook-Autorenseite und meinen Twitter-Account mit mir vernetzen. Außerdem betreibe ich einen Blog (und versuche, ihn auf dem neuesten Stand zu halten).

Nochmals vielen Dank. Ich hoffe, dass wir uns im fünften Band der Reihe wiedersehen.

Alles Liebe
Patricia

DANKSAGUNGEN

Dies ist mein viertes Buch in der Lottie-Parker-Reihe, das auf die Bücher *Die vergessenen Kinder*, *Die geraubten Mädchen* und *Das verlorene Kind* folgt. Als Autorin arbeite ich mit vielen anderen Menschen zusammen und bin dankbar, ein tolles Team um mich zu haben.

Aber zunächst möchte ich sagen, dass *ihr* die wichtigsten Personen auf meinem Weg als Autorin seid. Ihr habt meine Bücher gekauft und gelesen. Ich hoffe, *Nie in Sicherheit* hat euch gefallen. Meine Leserinnen und Leser motivieren mich, weiterzuschreiben. Dafür vielen Dank.

Für mich ist Bookouture mehr als nur ein Verlag. Es ist eher wie eine Familie, denn alle unterstützen sich gegenseitig und stehen sich mit Rat und Tat zur Seite. So geht mir die Arbeit mit dem Text beim Schreiben und im Lektorat viel leichter von der Hand.

Helen Jenner und Lydia Vassar Smith waren meine Lektorinnen bei *Nie in Sicherheit*, und ich möchte ihnen beiden für die intensive Auseinandersetzung mit meinem Text danken und dafür, dass sie mir geholfen haben, ein Buch zu schreiben, auf das ich stolz bin. Auch allen anderen bei Bookouture, die an *Nie in Sicherheit* gearbeitet haben, danke ich. Besonders hervorheben möchte ich Kim Nash und Noelle Holten für das unglaubliche Marketing und für die Organisation der Blogtouren. Kim, danke, dass du immer für mich da bist und nach mir siehst. Ich weiß das sehr zu schätzen.

Vielen Dank auch an all diejenigen, die direkt an meinen Büchern arbeiten: Lauren Finger (Lektorat), Jen Hunt (Redaktion), Alex Crow und Jules McAdam (Marketing) und Jane Selley.

Alle meine Bücher erscheinen auch als Hörbücher, daher möchte ich mich bei Sprecherin Michele Moran dafür bedanken, dass sie mit ihrer großartigen Arbeit Lottie und meinen anderen Figuren eine Stimme verleiht. Ebenso danke ich Adam Helal von The Audiobook Producers.

Liebe Autorenkolleginnen und -kollegen bei Bookouture, ich kenne keine anderen Menschen, die einander so sehr unterstützen, wie ihr es tut. Ein besonderer Dank geht an Angie Marsons für all ihre Unterstützung und ihren Rat.

Vielen Dank an jede einzelne Bloggerin und jeden einzelnen Blogger sowie an alle Rezensentinnen und Rezensenten, die *Die vergessenen Kinder*, *Die geraubten Mädchen*, *Das verlorene Kind* und *Nie in Sicherheit* rezensiert haben. Ich hoffe, ich kann weiterhin dafür sorgen, dass ihr beschäftigt seid!

Danke an meine Agentin Ger Nichol von The Book Bureau, dafür, dass du dich um mich kümmerst und meine Interessen vertrittst.

Dir, meiner Schwester Marie Brennan, sage ich tausend Dank dafür, dass du dir die Zeit genommen hast, die ersten Entwürfe meiner Romane zu lesen, und für deine hilfreichen Anmerkungen und deine Unterstützung.

John Quinn, du stehst immer zur Verfügung, wenn ich Rat in polizeilichen Angelegenheiten brauche. Bei den meisten Dingen nehme ich mir große künstlerische Freiheit heraus, daher übernehme ich die volle Verantwortung für alles, was ich in dieser Hinsicht abgewandelt habe!

Vielen Dank an meine Freunde. Jo und Antoinette, danke, dass ihr immer für mich da seid. Jackie, danke für die

Schreibauszeiten. Niamh, dir danke ich für die aufschlussreichen Telefongespräche. Grainne, danke dafür, dass du mein Ruhepol bist.

Andere aus der schreibenden Zunft, die mich inspirieren und motivieren, sind: Louise Phillips, Liz Nugent, Vanessa O'Loughlin, Arlene Hunt, Carolann Copeland, Laurence O'Bryan, Sean O'Farrell und viele weitere.

Den lokalen und landesweiten Medien kann ich nicht genug für die Berichterstattung über mich und meine Bücher danken. Ich danke Olga Aughey, Claire Corrigan und Claire O'Brien.

Danke auch an Dr Clodagh Brennan, Eric Smyth, Kevin Monaghan, Sean Lynch, Rita Gilmartin, Marty Mulligan und Shane Barkey.

Auch Stella Lynch von Just Books danke ich, und ein besonderer Dank geht an alle Bibliotheken und ihre Mitarbeiterinnen und Mitarbeiter.

Danke an Lily Gibney und ihre Familie, die mich immer unterstützt haben.

Meiner Mutter und meinem Vater, William und Kathleen Ward, danke ich dafür, dass ihr viele Jahre lang meinen Träumen ein offenes Ohr geschenkt und an mich geglaubt habt.

Ich bin so stolz auf meine drei Kinder, Aisling, Orla und Cathal. Ihr drei habt immer wieder bewiesen, wie stark ihr seid. Euer Vater Aidan wäre so stolz darauf, wie ihr nach seinem viel zu frühen Tod das Leben meistert. Und Daisy und Shay haben Unmengen an Freude und Liebe in mein Leben gebracht. Ich liebe euch beide.

Zu guter Letzt widme ich *Nie in Sicherheit* meinen Schwestern Marie und Cathy und meinem Bruder Gerard. Dieses Buch handelt auch von der Beziehung zwischen Geschwistern. Und ich habe einfach die besten.